Zu diesem Buch

«Die Amerikaner haben uns gezeigt, wie unsere Welt sich darstellen läßt… In ihrer profanen Erzähllust, in ihrer pragmatischen Unbefangenheit sind Autoren wie Saul Bellow, Joseph Heller, John Updike, Irving Wallace, Norman Mailer (ein paar Namen nur) Vorbilder für einen schriftstellerischen Wirklichkeitssinn, der hierzulande so gut wie unbekannt ist. Kraß und bunt, grausam und von unbestechlicher Logik der Entwicklung, ungereimt wie das Leben ungereimt ist, zart und entsetzlich – und allemal von einem Griff, der hart und unsentimental ist. John Irving – das ist hier ein neuer Name, und sein Roman ‹Garp und wie er die Welt sah› hat einen Rang, über den hinaus man sich kaum etwas vorstellen kann… Garp wird Schriftsteller, ‹richtiger› Schriftsteller. Irving erzählt seine Biographie, die Biographie von Helen, seiner Schulfreundin und späteren Frau, die Biographien der Kinder, der Freunde, Irving erzählt alles. Die Geschichten sind ineinander verflochten wie Marinetauwerk, es gibt in diesem Buch keinen überflüssigen Satz, der Bau des Romans ist von der Genauigkeit eines hochkomplizierten Uhrwerks. Garp beendet die Schule, geht mit seiner Mutter nach Wien, macht dort erste Schreibversuche – ‹Pension Grillparzer› bekommen wir in voller Länge nebenbei zu lesen –, sucht und findet die ersten wirklichen Schreibmotivationen, er kehrt mit der Mutter in die Staaten zurück, heiratet, hat zwei Kinder, wird langsam berühmt, experimentiert mit Affären, es scheint ein leichtes, widerstandsloses Leben zu sein – bis das Schicksal zuschlägt.» (Reinhardt Stumm in «Tages-Anzeiger», Zürich)

John Irving

Garp

und wie er die Welt sah

Roman

Deutsch von
Jürgen Abel

Rowohlt

Die amerikanische Originalausgabe
erschien 1978 unter dem Titel
«The World According to Garp»
im Verlag E. P. Dutton, New York
Umschlagbild mit freundlicher Genehmigung
des FiFiGe Filmverleihs und der Warner Home Video

463.–502. Tausend August 1991

Veröffentlicht im Rowohlt Taschenbuch Verlag GmbH,
Reinbek bei Hamburg, November 1982
Copyright © 1979 by Rowohlt Verlag GmbH,
Reinbek bei Hamburg
«The World According to Garp» Copyright © 1976, 1977, 1978
by John Irving
Alle deutschen Rechte vorbehalten
Gesamtherstellung Clausen & Bosse, Leck
Printed in Germany
1480-ISBN 3 499 15042 5

Für Colin
und
Brendan

Garp
und wie er die Welt sah

I
Das Bostoner
Mercy Hospital

Garps Mutter, Jenny Fields, wurde 1942 in Boston festgenommen, weil sie einen Mann in einem Kino verletzt hatte. Es war kurz nachdem die Japaner Pearl Harbor bombardiert hatten, und die Leute waren tolerant gegen Soldaten, weil plötzlich jeder Soldat war, aber Jenny Fields blieb fest in ihrer Intoleranz gegen das Benehmen von Männern im allgemeinen und Soldaten im besonderen. In dem bewußten Kino hatte sie dreimal weiterrücken müssen, aber jedesmal war der Soldat näher an sie herangerückt, bis sie an der modrig riechenden Wand saß, wo irgendeine alberne Säule ihr fast die ganze Sicht auf die Wochenschau versperrte. Da beschloß sie, nun nicht mehr aufzustehen und weiterzurücken. Der Soldat jedoch rückte abermals weiter und setzte sich neben sie.

Jenny war zweiundzwanzig. Sie hatte das College, kaum hatte sie angefangen, auch schon wieder verlassen, aber die Schwesternschule hatte sie als Klassenbeste absolviert, und sie war sehr gern Krankenschwester. Sie war eine athletisch wirkende junge Frau und hatte immer leicht gerötete Wangen; sie hatte dunkles, weich glänzendes Haar und einen Gang, den ihre Mutter als männlich bezeichnete (sie schwenkte die Arme), und ihr Gesäß und ihre Hüften waren so schmal und fest, daß sie von hinten wie ein Junge aussah. Jenny fand ihre Brüste zu groß; sie war der Meinung, durch ihren üppigen Busen sehe sie wie ein «billiges Flittchen» aus.

Sie war alles andere. Tatsächlich war sie vom College abgehauen, als ihr der Verdacht kam, ihre Eltern hätten sie hauptsächlich deshalb nach Wellesley geschickt, damit sie sich von irgendeinem jungen Mann aus gutem Hause ausführen und dann zum Traualtar führen ließ. Das Wellesley College hatten ihre älteren Brüder empfohlen. Wellesley-Absolventinnen, hatten sie ihren Eltern versichert, würden nicht als leichte Mädchen betrachtet, sondern gälten als vorzügliche Ehekandidatinnen. Jenny spürte, daß ihr Studium für ihre Eltern nur eine höfliche Methode war, Zeit zu schinden, als ob sie in Wirklichkeit eine Kuh wäre, die nur auf die Einführung des Instruments zur künstlichen Besamung vorbereitet würde.

Sie hatte als Hauptfach Englische Literatur gewählt, doch als sie den Eindruck gewann, daß es ihren Kommilitoninnen vor allem anderen darum zu tun war, Bildung und Sicherheit für den Umgang mit Männern zu erwerben, fiel es ihr nicht schwer, die Literatur für die Krankenpflege hinzuwerfen. Sie betrachtete die Krankenpflege als etwas, das man unmittelbar in die Praxis umsetzen konnte, und bei dieser Ausbildung gab es, soweit Jenny sehen konnte, kein verstecktes Motiv (später schrieb sie in ihrer berühmten Autobiographie, daß sich zu viele Schwestern bei zu vielen Ärzten anbiederten, aber damals waren ihre Schwesterntage schon vorüber).

Ihr gefiel die einfache, von Firlefanz freie Tracht: das Oberteil des Kleides ließ ihre Brüste kleiner wirken, die Schuhe waren bequem und geeignet für ihre schnelle Art zu gehen. Wenn sie Nachtwache hatte, blieb ihr immer noch Zeit zum Lesen. Und den Knaben vom College, die beleidigt und enttäuscht waren, wenn man keine Zugeständnisse machte, und überlegen und reserviert taten, wenn man welche machte, trauerte sie nicht nach. Im Krankenhaus sah sie mehr Soldaten und junge Arbeiter als Studenten, und die waren offener und nicht so dünkelhaft in ihren Erwartungen; wenn man ihnen ein bißchen nachgab, hatte man wenigstens das Gefühl, daß sie sich freuten, wenn sie einen wiedersahen. Dann war plötzlich jeder Soldat – und ebenso aufgeblasen wie die Collegestudenten –, und Jenny Fields ließ sich überhaupt nicht mehr mit Männern ein.

«Meine Mutter», schrieb Garp, «war ein einsamer Wolf.»

Die Fields hatten ihr Vermögen mit Schuhen gemacht, wenn auch Mrs. Fields, eine geborene Weeks aus Boston, einiges Geld mit in die Ehe gebracht hatte. Die Fields hatten so viel verdient mit ihren Schuhen, daß sie sich schon vor Jahren aus den Schuhfabriken zurückgezogen hatten. Sie lebten in einem großen, mit Schindeln gedeckten Haus in Dog's Head Harbor an der Küste von New Hampshire. Jenny fuhr an ihren freien Tagen heim – hauptsächlich um ihre Mutter zufriedenzustellen und die alte Dame davon zu überzeugen, daß sie, Jenny, auch wenn sie als Krankenschwester «ihr Leben wegwarf», wie ihre Mutter bemerkte, keine liederlichen Gewohnheiten in ihrer Sprache oder in ihrem moralischen Verhalten entwickelte.

Jenny traf häufig ihre Brüder an der North Station und fuhr im Zug zusammen mit ihnen heim. Wie von allen Mitgliedern der Familie Fields erwartet wurde, saßen sie auf der rechten Seite der Boston and Maine Railway, wenn der Zug Boston verließ, und auf der linken, wenn sie zurückkamen. Das entsprach den Wünschen des alten Mr. Fields, der zugab, daß die Aussicht auf jener Seite die häßlichere war, aber fand, daß alle Fields gezwungen sein sollten, die schmutzige Quelle ihrer Unabhängigkeit und ihres besseren Lebens zu betrachten. Zur Rechten, wenn man Boston verließ, und zur Linken, wenn man zurückkehrte, sah man nämlich das Hauptauslieferungslager der Fields-Fabriken in Haverhill liegen und die gewaltige Reklametafel mit dem riesigen Arbeitsschuh, der einen festen Schritt auf den Betrachter zutat. Die Tafel überragte den Rangierbahnhof und spiegelte sich in unzähligen Miniaturausgaben in den Fenstern. Unter dem drohenden, vorwärtsschreitenden Fuß standen die Worte:

FIELDS
FÜR DEN FUSS
IN DER FABRIK ODER
AUF DEM FELD!

Es gab auch ein Fields-Sortiment von Schwesternschuhen, und Mr. Fields gab seiner Tochter jedesmal, wenn sie nach Hause kam, ein Gratispaar – Jenny mußte Dutzende von Paaren besessen haben. Auch Mrs. Fields, die den Abgang ihrer Tochter vom Wellesley College beharrlich mit einer düsteren Zukunft gleichsetzte, machte Jenny jedesmal, wenn sie nach Hause kam, ein Geschenk. Mrs. Fields schenkte ihrer Tochter eine Wärmflasche oder sagte es jedenfalls – und Jenny glaubte es: sie machte die Päckchen nie auf. Ihre Mutter sagte zum Beispiel: «Liebes, hast du noch die Wärmflasche, die ich dir geschenkt habe?» Dann dachte Jenny einen Moment lang nach, nahm an, daß sie sie im Zug vergessen oder weggeworfen hatte, und sagte schließlich: «*Vielleicht* habe ich sie verloren, Mutter, aber ich brauche bestimmt keine neue.» Worauf Mrs. Fields das Päckchen aus seinem Versteck hervorholte und es ihrer Tochter aufdrängte – noch eingewickelt in das Drugstorepapier. Und dann sagte Mrs. Fields: «*Bitte*, Jenny, paß besser auf. Und *benutze* sie, bitte!»

Als Krankenschwester hielt Jenny die Wärmflasche für ein ziemlich nutzloses Instrument; in ihren Augen war es ein rührendes und sonderbares Gerät altmodischer und weitgehend psychologischer Tröstung. Einige Päckchen fanden jedoch den Weg bis in ihr kleines Zimmer nahe beim Bostoner Mercy Hospital. Sie bewahrte sie in einem Wandschrank auf, der angefüllt war mit ebenfalls ungeöffneten Kartons von Schwesternschuhen.

Sie fühlte sich ihrer Familie nicht verbunden und fand es seltsam, wie man sie als Kind mit Fürsorge überschüttet und dann plötzlich, zu einem bestimmten, vorher festgesetzten Zeitpunkt den Strom der Zuneigung abgestellt und mit den Erwartungen begonnen hatte – als würde von einem verlangt, daß man eine kurze Phase hindurch Liebe absorbierte (und genug davon bekam) und sodann eine sehr viel längere Phase hindurch gewisse Verpflichtungen erfüllte. Als Jenny die Fesseln gesprengt und das Wellesley College für etwas so Vulgäres wie Krankenpflege aufgegeben hatte, hatte sie zugleich ihre Familie fallenlassen – und ihre Eltern und Geschwister waren im Begriff, sie fallenzulassen, als könnten sie nicht anders. Die Fields hätten es zum Beispiel sehr viel angemessener gefunden, wenn Jenny Ärztin geworden oder wenn sie auf dem College geblieben wäre, bis sie einen Arzt *geheiratet* hätte. Wenn sie ihre Brüder, ihre Mutter und ihren Vater sah, war ihnen allen jedesmal unbehaglicher zumute. Sie waren alle mitein-

ander in den peinlichen Prozeß verwickelt, einander zu «ent-
kennen».

Familien müssen wohl so sein, dachte Jenny Fields. Falls sie selber je Kinder hätte, würde sie sie, wenn sie zwanzig waren, nicht
weniger lieben, als wenn sie zwei waren. Womöglich brauchen sie
einen mit zwanzig sogar noch mehr, dachte sie. Was braucht man
im Grunde schon, wenn man zwei ist? Im Krankenhaus waren die
Neugeborenen die leichtesten Patienten. Je älter sie wurden, um
so mehr brauchten sie – und um so unerwünschter und ungeliebter
waren sie.

Jenny war zumute, als wäre sie auf einem großen Schiff herangewachsen, ohne je den Maschinenraum gesehen oder gar das
Funktionieren der Maschinen begriffen zu haben. Es gefiel ihr,
wie im Krankenhaus alles darauf reduziert wurde, was einer aß,
ob es ihm half, es gegessen zu haben, und wohin es ging. Als Kind
hatte sie nie gesehen, wie das schmutzige Geschirr abgewaschen
wurde, und eine Zeitlang hatte sie, wenn die Dienstmädchen den
Tisch abräumten, sogar geglaubt, sie würden das Geschirr fortwerfen (das war in der Zeit, ehe sie die Küche auch nur betreten
durfte). Und wenn der Milchwagen jeden Morgen die Flaschen
brachte, dachte Jenny eine Zeitlang, er brächte auch das Geschirr
mit den Mahlzeiten – so sehr glich das Geräusch, das Klirren und
Klappern, den Geräuschen hinter der geschlossenen Küchentür,
wo die Mädchen das Geschirrproblem, wie auch immer, lösten.

Jenny Fields war fünf, als sie zum erstenmal das Badezimmer
ihres Vaters sah. Sie machte es eines Morgens ausfindig, indem sie
dem Duft seines Kölnischwassers folgte. Sie fand eine dampfende
Duschkabine – ziemlich modern für 1925 –, ein privates WC, eine
Reihe von Flaschen, die so anders waren als die Flaschen ihrer
Mutter, daß Jenny glaubte, sie habe den Unterschlupf eines fremden Mannes aufgespürt, der seit Jahren unentdeckt in ihrem El-
ternhaus lebte. Und das hatte sie, in der Tat!

Im Krankenhaus erfuhr Jenny, wohin alles ging, und sie lernte
auch, woher fast alles kam – gänzlich unmagische Antworten auf
die «Rätsel» des Lebens. In Dog's Head Harbor, in Jennys Eltern-
haus, hatte jedes Familienmitglied sein eigenes Bad, sein eigenes
Zimmer, seine eigene Tür mit seinem eigenen Spiegel an der In-

nenseite gehabt. Im Krankenhaus war die Privatsphäre nicht heilig, war nichts ein Geheimnis – wenn man einen Spiegel haben wollte, mußte man eine Schwester darum bitten.

Das größte Geheimnis, das Jenny als Kind je auf eigene Faust hatte erforschen dürfen, war der Keller gewesen und der große irdene Topf, der jeden Montag mit Muscheln gefüllt wurde. Jennys Mutter streute abends Maismehl über die Muscheln, und jeden Morgen wurden sie mit frischem Meerwasser gespült, das durch ein langes Rohr direkt vom Meer in den Keller lief. Gegen Ende der Woche waren die Muscheln dick und frei von Sand; sie wurden jetzt zu groß für ihre Schalen, und ihre wulstigen, obszönen Füße ragten aus dem Salzwasser. Freitags half Jenny der Köchin, sie zu sortieren: die toten zogen den Fuß nicht ein, wenn man sie berührte.

Jenny bat um ein Buch über Muscheln. Sie las alles über sie: wie sie sich ernährten, wie sie sich fortpflanzten, wie sie wuchsen. Sie waren die ersten Lebewesen, die sie ganz und gar verstand – ihr Leben, ihre Sexualität, ihren Tod. Menschliche Wesen waren in Dog's Head Harbor nicht so zugänglich. Im Krankenhaus spürte Jenny Fields, wie sie verlorene Zeit aufholte; sie fand heraus, daß Menschen nicht viel geheimnisvoller oder anziehender waren als Muscheln.

«Meine Mutter», schrieb Garp, «war nicht jemand, der feine Unterschiede machte.»

Ein auffallender Unterschied zwischen Muscheln und Menschen, den sie hätte entdecken können, war der, daß die meisten Leute einen gewissen Sinn für Humor besaßen. Aber Jenny hatte nichts übrig für Humor. Es gab damals einen sehr beliebten Witz unter den Bostoner Krankenschwestern, aber Jenny fand ihn gar nicht lustig. In diesem Witz spielte ein anderes Bostoner Krankenhaus eine Rolle. Das Krankenhaus, in dem Jenny arbeitete, war das Bostoner Mercy Hospital, allgemein Mercy genannt; außerdem gab es noch das Massachusetts General Hospital, Mass General genannt. Und ein drittes Hospital war das Peter Bent Brigham-Krankenhaus, kurz Peter Krank genannt.

Eines Tages, so ging der Witz, wurde ein Bostoner Taxifahrer von einem Mann angehalten, der vom Bordstein auf ihn zugetaumelt kam und auf der Straße fast in die Knie ging. Das Gesicht des Mannes war purpurrot vor Schmerzen. Entweder war er kurz vorm Ersticken, oder er hielt den Atem an, jedenfalls war es sichtlich schwierig für ihn zu sprechen. Der Fahrer öffnete die Tür und half ihm hinein. Der Mann legte sich mit dem Gesicht nach unten auf den Boden vor der hinteren Sitzbank, die Knie bis zur Brust angezogen.

«Krankenhaus! Krankenhaus!» schrie er.

«Peter Krank?» fragte der Fahrer. Das war das nächste Krankenhaus.

«Viel schlimmer als krank», stöhnte der Mann. «Ich glaube, Molly hat ihn abgebissen.»

Es gab wenig Witze, die Jenny lustig fand, und diesen ganz gewiß nicht; Peterwitze waren nichts für Jenny, die von dem Thema nichts mehr wissen wollte. Sie hatte gesehen, in was für Schwierigkeiten man durch so einen «Peter» kommen konnte; Kinder waren noch nicht das Schlimmste. Natürlich sah sie Frauen, die keine Kinder haben wollten und unglücklich waren über ihre Schwangerschaft. Diese Frauen sollten kein Kind bekommen *müssen*, fand Jenny – obwohl ihr in erster Linie die Kinder leid taten, die unter solchen Umständen geboren wurden. Sie sah auch Frauen, die sich auf ihr Kind freuten, und diese weckten in ihr den Wunsch, selber eines zu haben. Eines Tages, dachte Jenny Fields, würde ich gern ein Kind haben – nur eines. Die Schwierigkeit ist nur, daß sie so wenig wie möglich mit einem Peter zu tun haben wollte, und mit einem Mann schon gar nichts.

Bei den meisten Peter-Behandlungen, die Jenny sah, waren die Patienten Soldaten. Die US-Army sollte erst von 1943 an von der Entdeckung des Penicillins profitieren, und es gab viele Soldaten, die erst 1945 Penicillin bekamen. Im Bostoner Mercy wurden Peter damals, um 1942, gewöhnlich mit Sulfonamiden und Arsen behandelt. Bei Tripper gab es Sulfathiazol – mit möglichst viel Wasser. Und gegen Syphilis verabreichte man in der Zeit vor dem Penicillin ein Mittel namens Neoarsphenamin. Jenny Fields fand, dies war der Inbegriff dessen, wohin Sex führen konnte – daß man den menschlichen Organismus in dem Versuch, ihn zu säubern, mit *Arsen* versetzte.

15

Für die andere, lokale Peter-Behandlungsmethode brauchte man ebenfalls einer Menge Flüssigkeit. Jenny assistierte oft bei dieser Desinfektionsprodezur, weil der Patient dabei zahlreicher Handreichungen bedurfte; manchmal mußte er sogar festgehalten werden. Es war ein sehr simples Verfahren, bei dem man bis zu hundert Kubikzentimeter Flüssigkeit in den Penis und durch die überraschte Harnröhre jagte, ehe alles zurückkam. Aber die Prozedur war für alle Beteiligten ein bißchen ungemütlich. Der Mann, der einen Apparat für diese Behandlungsmethode erfand, hieß Valentine, und sein Apparat wurde Valentine-Irrigator genannt. Noch lange nachdem Dr. Valentines Irrigator verbessert oder durch einen anderen Apparat für Spülungen ersetzt worden war, bezeichneten die Schwestern im Bostoner Mercy die Prozedur als Valentine-Therapie – eine angemessene Strafe für Liebhaber, wie Jenny Fields fand.

«Meine Mutter», schrieb Garp, «hatte nichts übrig für Romantik.»

Als der Soldat in dem Kino sich das erste Mal umsetzte – bei seinem ersten Annäherungsversuch –, dachte Jenny Fields: Die Valentine-Therapie wäre genau das richtige für ihn. Aber sie hatte keinen Irrigator bei sich – er war zu groß für ihre Handtasche. Außerdem setzte diese Therapie die bereitwillige Mitwirkung des Patienten voraus. Aber sie hatte etwas anderes bei sich: ein Skalpell, das sie ständig mit sich herumtrug. Sie hatte es nicht etwa aus dem OP gestohlen – es war ein weggeworfenes Skalpell mit einer tiefen Scharte an der Spitze (wahrscheinlich hatte ein Arzt es auf den Boden oder in ein Waschbecken fallen lassen). Für Wertarbeit taugte es nicht mehr, aber für Wertarbeit brauchte Jenny es auch nicht.

Zuerst hatte es die kleinen seidenen Innentaschen ihrer Handtasche aufgeschlitzt. Dann hatte sie die eine Hälfte einer alten Thermometerhülle gefunden, die genau über die Klinge des Skalpells paßte und sie wie eine Füllfederkappe umhüllte. Diese Hülle zog sie ab, als der Soldat auf den Sitz neben ihr rückte und den Arm auf die Lehne legte, die sie (absurderweise) teilen sollten. Seine lange Hand, die vom Ende der Armlehne herunterbaumelte, zuckte wie die Flanke eines Pferdes, das Fliegen fortzittert. Jenny behielt die Hand am Skalpell in ihrer Tasche; mit der anderen Hand hielt sie die Tasche auf ihrem weißen Schoß fest. Sie stellte sich vor, daß ihr Schwesternkleid wie ein heiliger Schild leuchtete und daß aus irgendeinem perversen Grund das Geschmeiß neben ihr von diesem Leuchten angelockt worden war.

«Meine Mutter», schrieb Garp, «ging mit einem wachen Blick für Leute, die Frauen die Handtasche oder die Unschuld rauben, durchs Leben.»

Es war nicht die Tasche, an die der Soldat in dem Kino wollte. Er faßte ihr Knie an. Jenny wies ihn ziemlich unverblümt zurecht. «Nehmen Sie Ihre stinkende Hand weg», sagte sie. Mehrere Leute drehten sich um.

«Oh, komm doch», stöhnte der Soldat, und seine Hand fuhr schnell unter ihr Schwesternkleid; er mußte feststellen, daß sie die Oberschenkel zusammengepreßt hatte – und er mußte feststellen, daß sein ganzer Arm, von der Schulter bis zum Handgelenk, plötzlich wie eine weiche Melone aufgeschlitzt war. Jenny hatte sein Rangabzeichen und sein Hemd sauber durchschnitten, seine Haut und seine Muskeln sauber durchschnitten und die Knochen an seinem Ellbogengelenk freigelegt. («Wenn ich ihn hätte töten wollen», erklärte sie später der Polizei, «hätte ich ihm die Pulsader aufgeschnitten. Ich bin Krankenschwester. Ich weiß, wie Leute verbluten.»)

Der Soldat schrie. Im Aufspringen und Zurückkippen schlug er mit seinem unaufgeschnittenen Arm nach Jennys Kopf und traf sie so heftig am Ohr, daß ihr der Schädel schwirrte. Sie hieb mit dem Skalpell nach ihm und entfernte ein Stück von seiner Oberlippe, das ungefähr die Form und die Dicke eines Daumennagels hatte. («Ich wollte ihm *nicht* die Kehle aufschlitzen», erklärte sie später der Polizei. «Ich wollte ihm die Nase abschneiden, aber ich habe sie verfehlt.»)

Schreiend kroch der Soldat auf allen vieren zum Mittelgang und dem schutzversprechenden Licht im Foyer entgegen. Ein Kinobesucher wimmerte in panischem Schrecken.

Jenny wischte ihr Skalpell am Sitzpolster ab, steckte es wieder in die Handtasche und bedeckte die Klinge mit der Thermometerhülle. Dann ging sie ins Foyer, wo gellende Schmerzensschreie zu hören waren, während der Geschäftsführer von der Tür aus durch den dunklen Zuschauerraum rief: «Ist vielleicht ein Arzt anwesend. Bitte, ist ein Arzt da?»

Eine Krankenschwester war da, und sie ging hinaus, um Hilfe zu leisten, so gut sie konnte. Als der Soldat sie erblickte, verlor er das Bewußtsein, was nicht unbedingt mit dem Blutverlust zusammenhing. Jenny wußte, wie Gesichtswunden bluteten – der Schein trog. Die tiefere Wunde an seinem Arm mußte natürlich sofort versorgt werden, aber der Soldat drohte nicht etwa zu verbluten. Niemand außer Jenny schien das zu wissen – da war soviel Blut, und so viel davon war an ihrem weißen Schwesternkleid. Man war sich schnell darüber im klaren, daß sie es getan hatte. Die Kartenabreißer wollten nicht zulassen, daß sie den bewußtlosen Soldaten anfaßte, und irgend jemand nahm ihr die Handtasche ab. Die wahnsinnige Schwester! Die rasende Messerstecherin! Jenny Fields war gelassen. Sie glaubte, sie brauchte nur abzuwarten, bis die hier wirklich zuständigen Leute die Lage durchschaut hatten. Aber die Polizisten waren auch nicht sehr nett zu ihr.

«Sind Sie schon lange mit diesem Burschen gegangen?» fragte sie der erste auf dem Weg zum Revier.

Und ein anderer fragte sie später: «Wie kamen Sie eigentlich darauf, daß er Sie *vergewaltigen* wollte? Er sagt, er wollte sich nur vorstellen.»

«Das ist aber eine gemeine kleine Waffe, Schätzchen», sagte ein dritter. «Du solltest so etwas nicht mit dir herumtragen. Damit schaffst du dir nur Schwierigkeiten.»

Also wartete Jenny darauf, daß ihre Brüder die Sache in Ordnung brächten. Sie waren beide Juristen – in Cambridge, auf der anderen Seite des Flusses: der eine studierte Jura, der andere lehrte Jura.

Sie reagierten nicht gerade ermutigend, als sie kamen.

«Du hast deiner Mutter das Herz gebrochen», sagte der eine.

«Wärst du doch in Wellesley geblieben», sagte der andere.

«Ein alleinstehendes Mädchen muß sich schützen», sagte Jenny. «Was könnte schicklicher sein?»

Aber einer ihrer Brüder fragte sie, ob sie beweisen könne, daß sie vorher keine Beziehungen mit dem Mann gehabt habe.

«Unter uns», flüsterte der andere, «bist du schon lange mit diesem Kerl gegangen?»

Schließlich wurde die Sache bereinigt, als die Polizei herausfand, daß der Soldat aus New York war und dort eine Frau und ein Kind hatte. Er hatte in Boston Urlaub genommen und fürchtete mehr als alles andere, daß seine Frau von der Sache Wind bekam. Alle waren sich darüber einig, daß das wirklich schrecklich sein würde – für alle Beteiligten. So wurde Jenny ohne Anklageerhebung freigelassen. Als sie sich darüber beschwerte, daß die Polizei ihr das Skalpell nicht zurückgegeben hatte, sagte einer ihrer Brüder: «Um Gottes willen, Jennifer, du kannst doch ein anderes stehlen, nicht wahr?»

«Ich habe es nicht *gestohlen*», sagte Jenny.

«Du solltest ein paar Freunde haben», riet ihr der eine Bruder.

«In Wellesley», sagten sie immer wieder.

«Vielen Dank, daß ihr gekommen seid, als ich euch gerufen habe», sagte Jenny.

«Wozu ist eine Familie denn da?» sagte der eine.

«Die Bande des Bluts», sagte der andere und wurde im gleichen Augenblick blaß vor Verlegenheit – ihre Tracht war so beschmiert.

«Ich bin ein anständiges Mädchen», erklärte Jenny ihren beiden Brüdern.

«Jennifer», sagte der ältere – das erste Vorbild in ihrem Leben, weil er so klug war und immer wußte, was richtig war. Er machte ein ernstes, fast feierliches Gesicht und sagte: «Man sollte sich möglichst nicht mit verheirateten Männern einlassen.»

«Wir werden es Mutter nicht erzählen», sagte der andere.

«Und Vater erst recht nicht!» sagte der erste. In einem ungeschickten Versuch, natürliche Herzlichkeit zu bekunden, zwinkerte er ihr zu – eine Geste, die sein Gesicht verzerrte und Jenny einen Moment lang davon überzeugte, daß das erste Vorbild ihres Lebens jetzt einen Gesichtstick hatte.

Neben den Brüdern befand sich ein Briefkasten mit einem Plakat von Uncle Sam. Ein winziger Soldat, ganz in Braun, kletterte von Uncle Sams großen Händen herunter. Die Worte unter dem Plakat lauteten: HILF UNSEREN JUNGS! Jennys ältester Bruder betrachtete Jenny, die das Plakat betrachtete.

«Und laß dich nicht mit Soldaten ein», fügte er hinzu, obwohl er in wenigen Monaten selbst Soldat sein würde. Er würde einer von den Soldaten sein, die nicht aus dem Krieg heimkehren sollten. Er würde seiner Mutter das Herz brechen – etwas, wovon er einst mit Abscheu gesprochen hatte.

Ihr einziger anderer Bruder sollte lange nach Kriegsende bei einem Segelunfall ums Leben kommen. Er würde einige Kilometer vor dem Fieldsschen Familienbesitz in Dog's Head Harbor ertrinken. Von seiner trauernden Ehefrau würde Jennys Mutter sagen: «Sie ist noch jung und attraktiv, und die Kinder sind nicht unrecht. Wenigstens noch nicht. Bestimmt wird sie nach einer geziemenden Zeit noch einen anderen finden können.» Die Witwe des Bruders wandte sich schließlich, fast ein Jahr nach dem nassen Tod ihres Mannes, an Jenny. Sie fragte Jenny, ob sie fände, daß nun eine «geziemende Zeit» vergangen sei und daß sie tun könne, was getan werden müsse, um «einen anderen» zu finden. Sie machte sich Sorgen, Jennys Mutter zu verletzen. Sie wollte wissen, ob Jenny es für richtig hielt, die Trauer abzulegen.

«Wozu trauerst du, wenn dir nicht nach Trauern *ist*?» fragte Jenny sie. In ihrer Autobiographie schrieb Jenny: «Dieser armen Frau mußte gesagt werden, was sie *fühlen* sollte.»

«Es war die dümmste Frau, sagte meine Mutter, der sie begegnet sei», schrieb Garp. «Und sie hatte das Wellesley College besucht!»

Aber als Jenny Fields ihren Brüdern in ihrer kleinen Pension beim Bostoner Mercy gute Nacht sagte, war sie zu durcheinander, um richtigen Zorn zu empfinden. Außerdem hatte sie Schmerzen – das Ohr, auf das der Soldat sie geschlagen hatte, tat ihr weh, und tief zwischen ihren Schulterblättern hatte sie einen Muskelkrampf, so daß sie kaum schlafen konnte. Sie mußte sich da drinnen irgend etwas verrenkt haben, als die Kartenabreißer sie im Foyer gepackt und ihr die Arme auf den Rücken gedreht hatten. Ihr fiel ein, daß eine Wärmflasche angeblich gut gegen Muskelschmerzen war, und so stand sie auf und ging zum Wandschrank und öffnete eines der Päckchen, die ihre Mutter ihr geschenkt hatte.

Es war keine Wärmflasche – das war nur der beschönigende Ausdruck ihrer Mutter für etwas gewesen, was ihre Mutter nicht über die Lippen brachte. In dem Päckchen befand sich eine Frauendusche. Jennys Mutter wußte, wozu sie dienten, und Jenny auch. Sie hatte im Krankenhaus vielen Patientinnen geholfen, sie zu benutzen, auch wenn sie im Krankenhaus nicht oft zur Verhütung von Schwangerschaften nach dem Beischlaf benutzt wurden; sie wurden zur allgemeinen Frauenhygiene und bei Geschlechtskrankheiten benutzt. Für Jenny Fields war eine Frauendusche eine freundlichere, bequemere Version des Valentine-Irrigators.

Jenny öffnete alle Päckchen ihrer Mutter. Jedes enthielt eine Frauendusche. «Bitte, *benutze* sie, Liebes!» hatte ihre Mutter sie angefleht. Jenny wußte, daß ihre Mutter, obwohl sie es gut meinte, annahm, daß Jennys Sexualleben beachtlich und unverantwortlich sei. Zweifellos «seit Wellesley», wie ihre Mutter es ausgedrückt hätte. Seit Wellesley, glaubte Jennys Mutter, war Jenny «außer Rand und Band» (wie sie sich ebenfalls ausgedrückt hätte).

Jenny Fields kroch wieder ins Bett und legte sich die Frauendusche, die sie mit heißem Wasser gefüllt hatte, zwischen die Schulterblätter; sie hoffte, die Klemmen, die das Wasser daran hinderten, den Schlauch hinunterzulaufen, hielten dicht, doch um sicherzugehen, hielt sie den Schlauch wie einen Rosenkranz aus Gummi mit der Hand umklammert und tauchte das Ende mit den winzigen Löchern in ihr leeres Wasserglas. Die ganze Nacht lag Jenny da und lauschte dem Tröpfeln der Frauendusche.

In dieser Welt mit ihrer schmutzigen Phantasie, dachte sie, ist man entweder jemandes Frau oder jemandes Hure – oder auf dem besten Wege, das eine oder das andere zu werden. Wenn du in keine der beiden Kategorien paßt, dann versuchen alle, dir das Gefühl zu vermitteln, daß irgend etwas bei dir nicht stimmt. Aber, dachte sie, bei mir stimmt alles.

Das war natürlich der Anfang des Buches, das Jenny Fields viele Jahre später berühmt machen würde. Ihre Autobiographie, hieß es, überbrücke bei aller Ungeschliffenheit die übliche Kluft zwischen literarischem Verdienst und Popularität, obwohl Garp behauptete, das Werk seiner Mutter habe «den gleichen literarischen Wert wie der Versandkatalog von Sears Roebuck».

Aber was machte Jenny Fields vulgär? Nicht ihre gesetzlichen Brüder, nicht der Soldat im Kino, der ihr Schwesternkleid besudelte. Nicht die Frauenduschen ihrer Mutter, obwohl sie am Ende verantwortlich dafür waren, daß Jenny hinausgeworfen wurde. Ihre Wirtin (eine mürrische Person, die aus dunklen persönlichen Gründen bei jeder Frau argwöhnte, sie sei im Begriff, vor Wollust zu explodieren) entdeckte in Jennys winzigem Zimmer und Bad insgesamt neun Frauenduschen. Schuld durch Assoziation: für die beunruhigte Wirtin war dies ein Indiz für eine Furcht vor Ansteckung, die noch größer war als ihre eigene Furcht. Oder, schlimmer noch, diese Vielzahl von Frauenduschen wies auf ein tatsächliches, erschreckendes Dusch*bedürfnis* hin, dessen leicht zu durchschauende Ursachen die Wirtin noch in ihren schlimmsten Träumen verfolgten.

Was sie mit den zwölf Paar Schwesternschuhen machte, ist gar nicht auszudenken. Jenny fand die Angelegenheit so absurd – und war sich ihrer eigenen Gefühle gegenüber den Vorkehrungen ihrer Eltern so unsicher –, daß sie kaum protestierte. Sie zog um.

Aber das machte sie nicht vulgär. Da ihre Brüder, ihre Eltern und ihre Wirtin ihr – ohne Rücksicht auf das Beispiel, das sie gab – ein liederliches Leben zudachten, kam Jenny zu dem Schluß, daß alle Manifestationen ihrer Unschuld müßig waren und wie ein Versuch, sich zu verteidigen, wirkten. Sie nahm sich eine kleine Wohnung, was ihr prompt ein neues Bombardement originalverpackter Frauenduschen seitens ihrer Mutter und einen Stapel Schwesternschuhe von ihrem Vater einbrachte. Ihr kam der Gedanke, daß sie womöglich dachten: Wenn sie schon eine Hure sein muß, dann soll sie wenigstens eine hygienische und gut beschuhte sein.

Zum Teil war es der Krieg, der Jenny davon abhielt, lange darüber nachzugrübeln, wie gründlich ihre Familie sie mißverstand – und er hielt sie auch von Bitterkeit und Selbstmitleid ab. Jenny war keine Grüblerin. Sie war eine gute Krankenschwester, und sie bekam immer mehr zu tun. Viele Schwestern meldeten sich freiwillig zum Dienst in der Army, aber Jenny hatte kein Verlangen, die Uniform zu wechseln oder zu reisen; sie war eine Einzelgängerin, und sie legte keinen Wert darauf, einen Haufen neue Leute kennenzulernen. Im übrigen fand sie die *Rangordnung* im Bostoner Mercy irritierend genug – in einem Feldlazarett der Army konnte das nur noch schlimmer sein.

An erster Stelle hätten ihr die Neugeborenen gefehlt. Das war der wahre Grund, weshalb sie blieb, als so viele andere gingen. Als Krankenschwester, das spürte sie, war sie am besten, wenn sie mit Müttern und Neugeborenen zu tun hatte – und es gab plötzlich so viele Babies, deren Väter fort oder gefallen oder vermißt waren. Jenny hatte vor allem den Wunsch, diesen Müttern Mut zu machen. Im Grunde beneidete sie sie sogar. In ihren Augen war es die ideale Konstellation: eine Mutter allein mit einem neugeborenen Kind, der Mann am Himmel über Frankreich abgeschossen. Eine junge Frau mit ihrem Kind, und ein ganzes Leben vor sich – nur sie beide. Ein ganz und gar eigenes Kind, keine Fesseln, dachte Jenny Fields. Fast eine jungfräuliche Geburt. Zumindest würde keine *weitere* Peter-Behandlung erforderlich sein.

Die Frauen waren mit ihrem Los natürlich nicht immer so zufrieden, wie Jenny es, so meinte sie jedenfalls, an ihrer Stelle gewesen wäre. Sie waren traurig – jedenfalls viele – oder fühlten sich verlassen (viele andere); sie grollten ihren Kindern – einige jedenfalls; sie wollten einen Ehemann und einen Vater für ihre Kinder haben (viele andere). Aber Jenny Fields war ihre Stütze – sie plädierte für das Alleinleben, sie erklärte ihnen, wie glücklich sie dran seien.

«Finden Sie nicht, daß Sie eine prima Frau sind?» fragte sie sie. Die meisten fanden, daß sie es waren.

«Und haben Sie nicht ein niedliches Baby?» Die meisten fanden ihr Baby niedlich.

«Und der Vater? Wie war *er*?» Ein Faulenzer, dachten viele. Ein Schwein, ein blöder Kerl, ein Lügner – ein abgewrackter Nichtsnutz, ein Herumtreiber! Aber er ist *tot*! schluchzten einige.

«Dann sind Sie jetzt doch besser dran, nicht wahr?» fragte Jenny.

Einige schlossen sich ihrer Ansicht an, aber im Krankenhaus litt Jennys Ruf unter diesem Kreuzzug. Das Krankenhaus verfolgte ledigen Müttern gegenüber im allgemeinen keine so ermutigende Politik.

«Die gute Jungfrau Maria-Jenny», sagten die anderen Schwestern. «Die will kein Baby auf die leichte Tour. Warum bittet sie nicht Gott um eines?»

In ihrer Autobiographie schrieb Jenny: «Ich wollte eine Arbeit haben, und ich wollte allein leben. Das machte mich zu einer sexuell Verdächtigen. Dann wollte ich ein Kind haben, aber ich wollte weder meinen Körper noch mein Leben mit jemandem teilen müssen, um eines zu bekommen. Auch das machte mich zu einer sexuell Verdächtigen.» Und das war es auch, was sie vulgär machte. (Und daher hatte sie ihren berühmten Titel: *Eine sexuell Verdächtige. Die Autobiographie von Jenny Fields.*)

Jenny Fields entdeckte, daß man mehr respektiert wurde, wenn man andere Leute schockierte, als wenn man versuchte, sein eigenes Leben zu leben und sich seine Privatsphäre zu erhalten. Jenny sagte den anderen Schwestern, daß sie sich eines Tages einen Mann suchen würde, der sie schwanger machte – nur das und sonst nichts. Die Möglichkeit, daß der Mann es mehr als einmal versuchen mußte, zog sie, wie sie sagte, nicht in Betracht. Die Schwestern erzählten das natürlich brühwarm weiter. Und binnen kurzem bekam Jenny mehrere Anträge. Sie mußte eine schnelle Entscheidung treffen: sie konnte voll Scham darüber, daß ihr Geheimnis nun keines mehr war, den Rückzug antreten, oder sie konnte dazu stehen.

Ein junger Medizinstudent bot sich unter der Bedingung an, daß sie ihm an einem Dreitage-Weekend mindestens sechs Chancen gebe. Jenny erklärte ihm, er leide offenkundig unter mangelndem Selbstvertrauen; sie wolle ein Kind, das nicht so unsicher sei.

Ein Anästhesist sagte, er würde sogar für die Ausbildung des Kindes – bis zum College-Abschluß – aufkommen. Jenny erklärte ihm, seine Augen stünden zu dicht zusammen, und er habe keine ebenmäßigen Zähne; sie wolle ihrem Kind solche Handikaps nicht aufbürden.

Der Freund einer anderen Krankenschwester behandelte sie am grausamsten; er erschreckte sie damit, daß er ihr in der Krankenhauskantine ein bis zum Rand mit einer weißlichen, schleimigen Flüssigkeit gefülltes Milchglas überreichte.

«Sperma», sagte er und deutete mit einem Kopfnicken auf das

Glas. «Das ist *ein* Schuß – ich mache keine halben Sachen. Wenn man nur eine Chance bekommt, bin ich Ihr Mann.» Jenny hielt das abscheuliche Glas hoch und musterte es kühl. Gott weiß, was wirklich darin war. Der Freund der Schwester sagte: «Nur damit Sie sehen, was ich Ihnen bieten kann. Samen jede Menge», fügte er grinsend hinzu. Jenny kippte den Inhalt des Glases auf eine Topfpflanze.

«Ich will ein Kind», sagte sie. «Ich habe nicht die Absicht, eine Samenbank aufzumachen.»

Jenny wußte, daß sie es schwer haben würde. Sie lernte es, Schläge einzustecken, und sie lernte es, entsprechend zu reagieren.

So kamen die Leute zu dem Schluß, Jenny Fields sei unfein, sie gehe zu weit. Ein Witz war ein Witz, aber Jenny schien es nur allzu ernst damit zu sein. Entweder streckte sie die Waffen aus Sturheit nicht – oder, schlimmer noch, sie meinte wirklich, was sie sagte. Ihre Kollegen im Krankenhaus schafften es nicht, sie zum Lachen zu bringen, und sie schafften es nicht, sie ins Bett zu bringen. Oder wie Garp über das Dilemma seiner Mutter schrieb: «Ihre Kollegen stellten fest, daß sie sich ihnen überlegen fühlte. Niemandes Kollegen schätzen das.»

So leiteten sie eine Politik der Härte gegen Jenny ein. Es war eine Entscheidung des gesamten Personals – selbstverständlich «zu ihrem eigenen Besten». Sie beschlossen, Jenny von den Neugeborenen und den Müttern zu entfernen. Sie hat immer nur die Kinder im Kopf, sagten sie. Fort mit Jenny Fields aus der Entbindungsstation. Haltet sie von den Brutkästen fern – sie hat ein zu weiches Herz oder einen zu dicken Kopf.

So trennten sie Jenny Fields von den Müttern und ihren Kindern. Sie ist eine sehr gute Schwester, sagten sie alle; schicken wir sie ein bißchen auf die Intensivstation. Sie hatten die Erfahrung gemacht, daß eine Schwester auf der Intensivstation des Bostoner Mercy schnell das Interesse an ihren eigenen Problemen verlor. Jenny wußte natürlich, warum man sie von den Neugeborenen fortschickte; sie verübelte den anderen nur, daß sie ihre Selbstbeherrschung so gering einschätzten. Weil sie ihren Wunsch sonderbar fanden, nahmen sie an, sie könne sich auch nicht richtig beherrschen. Die Leute sind unlogisch, dachte Jenny. Sie wußte, sie hatte noch Zeit genug, um schwanger zu werden. Sie hatte es damit nicht eilig. Es war nur Teil eines eventuellen Plans.

Inzwischen war Krieg. Auf der Intensivstation bekam sie ein bißchen mehr davon zu sehen. Die Lazarette schickten ihnen ihre Sorgenpatienten, und das waren immer die unheilbaren Fälle. Es gab die üblichen älteren Patienten, die an den üblichen Schläuchen hingen; es gab die üblichen Arbeitsunfälle und Autounfälle und die schrecklichen Unfälle, die Kindern zustießen. Aber hauptsächlich waren Soldaten auf der Station. Was ihnen widerfuhr, war kein Unfall.

Jenny unterteilte die Nichtunfälle, die den Soldaten widerfuhren, auf ihre eigene Weise und erfand ihre eigenen Kategorien für sie.

1. Männer mit Verbrennungen; die meisten hatten sich die Verbrennungen an Bord eines Schiffes zugezogen (die kompliziertesten Fälle kamen vom Chelsea Naval Hospital), manche aber auch in Flugzeugen oder am Boden. Jenny nannte sie «die Äußerlichen».

2. Männer mit Schußwunden oder Verletzungen an gefährlichen Stellen; sie hatten *innere* Schwierigkeiten, und Jenny nannte sie «die lebenswichtigen Organe».

3. Männer, deren Verletzungen Jenny beinahe mystisch vorkamen; es waren Männer, die nicht mehr «da» waren, deren Köpfe und Wirbelsäulen irgendwie in Mitleidenschaft gezogen waren. Manchmal waren sie gelähmt, manchmal dämmerten sie einfach nur so dahin. Jenny nannte sie «die Abwesenden». Manchmal hatte einer der Abwesenden auch äußerliche Verletzungen oder Schäden an lebenswichtigen Organen; das ganze Krankenhaus hatte einen Namen für sie:

4. Sie waren «die hoffnungslosen Fälle».

«Mein Vater», schrieb Garp, «war ein ‹Hoffnungsloser›. Das muß ihn in den Augen meiner Mutter sehr interessant gemacht haben. Keine Fesseln.»

Garps Vater hatte als unterer Turmschütze am Himmel über Frankreich einen Nichtunfall gehabt.

«Der untere Turmschütze», schrieb Garp, «war das Mitglied der Bomberbesatzung, das dem Flugabwehrfeuer vom Boden her am meisten ausgesetzt war. Dieses Feuer wurde Flak genannt; Flakgeschosse sahen für den Schützen oft wie emporgeschleuderte Tintentropfen aus, die sich am Himmel ausbreiteten, als wäre der Himmel ein Blatt Löschpapier. Der kleine Mann (denn um in den unteren MG-Turm hineinzupassen, war der Schütze besser dran, wenn er klein war) kauerte mit seinen Maschinengewehren in seinem engen Nest – einem Kokon, in dem er einem jener in Plexiglas gefangenen Insekten glich. Der MG-Turm war eine Metallkugel mit einem gläsernen Bullauge; er saß wie ein aufgeblähter Nabel am Rumpf einer B-17, wie eine Zitze am Bauch des Bombers. In dieser winzigen Kuppel befanden sich zwei Maschinengewehre und ein kleiner, schmaler Mann, der die Aufgabe hatte, ein Jagdflugzeug, das seinen Bomber angriff, in seine Visiere zu bekommen. Wenn der MG-Turm sich bewegte, drehte sich der Turmschütze mit. In dem Turm befanden sich Holzgriffe mit Knöpfen darauf, um mit den Maschinengewehren Feuer zu geben. Wenn er diese Abzugshebel umklammert hielt, sah der untere Turmschütze wie ein gefährlicher Fötus aus, der in der widersinnig exponierten Fruchtblase des Bombers hing und seine Mutter schützte. Mit diesen Griffen konnte man auch den MG-Turm steuern, aber nur bis zu einem bestimmten Sperrpunkt, damit der Turmschütze nicht vorn die Propeller abschoß.

Da der Himmel *unter* ihm war, muß sich der Turmschütze besonders ausgesetzt vorgekommen sein, wie ein nachträglicher Einfall, ein Appendix. Bei der Landung wurde der MG-Turm eingefahren – gewöhnlich. Ein *nicht* eingefahrener MG-Turm schlug unweigerlich Funken auf der alten Piste – so lang und gewaltsam wie Automobile.»

Technical Sergeant Garp, der verstorbene Schütze, dessen Vertrautheit mit dem gewaltsamen Tod gar nicht übertrieben werden kann, diente bei der Achten Luftflotte – der Luftflotte, die von England aus den Kontinent bombardierte. Sergeant Garp hatte bereits Erfahrung als Bugschütze in der B-17C und als Bordschütze im mittleren Teil der B-17E, ehe er zum unteren Turmschützen bestimmt wurde.

Garp hatte etwas gegen die Bordgeschütze im mittleren Teil der B-17E. Dort mußten sich zwei mittlere Bordschützen in den Rippenkäfig des Bombers zwängen: ihre Schießluken lagen einander gegenüber, und Garp bekam jedesmal einen Schlag ans Ohr, wenn sein Kamerad sein Geschütz in dem Augenblick schwenkte, in dem Garp sich mit seinem bewegte. In späteren Modellen wurden ebendieser Gefahr der gegenseitigen Behinderung wegen die Schießluken der mittleren Bordschützen versetzt angeordnet. Aber diese Neuerung kam für Sergeant Garp zu spät.

Sein erster Feindflug war ein Tageseinsatz von B-17Es gegen Rouen am 17. August 1942, der ohne Verluste durchgeführt wurde. Technical Sergeant Garp bekam von seinem Kameraden einen Schlag ans linke und zwei ans rechte Ohr. Die Schwierigkeit rührte zu einem Teil daher, daß der andere Schütze im Vergleich zu Garp so groß war; die Ellbogen des Mannes waren auf gleicher Höhe wie Garps Ohren.

An diesem ersten Tag über Rouen steckte in dem unteren MG-Turm ein Mann namens Fowler, der sogar noch kleiner war als Garp. Fowler war vor dem Krieg Jockey gewesen. Er war ein besserer Schütze als Garp, aber der MG-Turm war Garps größter Wunsch. Garp war Waise, aber er muß gern allein gewesen sein, und er wollte irgendwie loskommen von der Tuchfühlung mit dem anderen Schützen und von dessen Ellbogenhieben. Wie so viele Bordschützen träumte natürlich auch Garp von seinem fünfzigsten oder fünfundfünfzigsten Einsatz, nach dem er zur Zweiten Luftflotte – dem Bomber-Ausbildungs-Kommando – versetzt zu werden hoffte, wo er sich in Sicherheit als Bordschützenausbilder zur Ruhe setzen konnte. Aber bis Fowler ums Leben kam, beneidete Garp ihn um seinen «privaten» Posten, um seine Jockey-Einsamkeit.

«Ein verdammt mieser Platz, wenn du viel furzt», behauptete Fowler, ein Zyniker, der mit einem trockenen, irritierenden Hüsteln und einem üblen Ruf bei den Krankenschwestern des Feldlazaretts behaftet war.

Fowler kam bei einer Notlandung auf einer ungepflasterten Straße ums Leben. Die Fahrwerkstreben wurden durch ein Schlagloch abrasiert, das ganze Fahrgestell brach zusammen, und der Bomber machte eine harte Bauchlandung, die den MG-Turm mit der unverhältnismäßigen Wucht eines auf eine Weintraube fallenden Baumes zerquetschte. Fowler, der immer gesagt hatte, er habe mehr Vertrauen zu Maschinen als zu Pferden oder menschlichen Wesen, hockte in dem nicht eingefahrenen MG-Turm, als das Flugzeug auf ihm landete. Die mittleren Bordschützen, darunter Sergeant Garp, sahen die Überreste unter dem Bauch des Bombers hervorspritzen. Der Staffeladjutant, der von den Beobachtern am Boden der nächste war, übergab sich in seinem Jeep. Der Staffelkommandeur brauchte nicht erst abzuwarten, bis Fowlers Tod offiziell bestätigt wurde, um ihn durch den zweitkleinsten Bordschützen der Staffel zu ersetzen. Der winzige Technical Sergeant Garp hatte schon immer unterer Turmschütze werden wollen. Im September 1942 wurde er es.

«Meine Mutter war auf Details versessen», schrieb Garp. Wenn ein neuer Verwundeter eingeliefert wurde, war Jenny Fields die erste, die den Arzt fragte, wie es passiert sei. Und Jenny ordnete sie schweigend ein: die «Äußerlichen», die «lebenswichtigen Organe», die «Abwesenden» und die «Hoffnungslosen». Und sie dachte sich kleine Wortspiele als Merkhilfe für die Namen der Männer und ihr Mißgeschick aus. So zum Beispiel: Schütze Rochen brach sich die Knochen, Sergeant Potter landete auf Schotter, Corporal Soden verlor seine Hoden, Captain Stout verbrannte die Haut, Major Longfellow hat ein kurzes Gedächtnis.

Sergeant Garp war ein Rätsel. Bei seinem fünfundfünfzigsten Flug über Frankreich hörte der kleine Turmschütze plötzlich auf zu schießen. Dem Piloten fiel auf, daß der MG-Turm nicht mehr feuerte, und er dachte, Garp habe einen Treffer abbekommen. Falls es so war, hatte der Pilot es am Rumpf seines Flugzeugs zumindest nicht gemerkt. Er hoffte, Garp habe es auch nicht sehr gemerkt. Nach der Landung ließ der Pilot Garp schleunigst in den Motorrad-Beiwagen eines Feldarztes schaffen – die Ambulanzwagen waren alle im Einsatz. Sobald er in dem Beiwagen saß, begann der winzige Sergeant an sich herumzuspielen. Der Pilot klappte das Wetterschutzdach aus Segeltuch über den Beiwagen. Das Schutzdach hatte ein Seitenfenster, durch das der Arzt, der Pilot und die herumstehenden Männer Garp beobachten konnten. Dafür daß er so klein war, schien er eine außerordentlich große Erektion zu haben, aber er hantierte kaum geschickter daran herum als ein Kind – nicht halb so geschickt wie ein Affe im Zoo. Doch wie ein Affe schaute Garp aus seinem Käfig und starrte ungeniert in die Gesichter der menschlichen Wesen, die ihn beobachteten.

«Garp?» sagte der Pilot. Garps Stirn war mit mehr oder weniger getrocknetem Blut gesprenkelt, aber seine Fliegermütze klebte oben an seinem Schädel und tropfte; sonst schien er nicht verletzt zu sein. «Garp!» schrie der Pilot ihn an. Wo in der Metallkugel die Maschinengewehre gewesen waren, war ein klaffender Riß. Anscheinend hatte eine Flakgranate die Läufe der Maschinengewehre getroffen und dabei den Turm aufgebrochen und sogar die Griffe mit den Knöpfen gelöst, obwohl Garps Händen nichts fehlte – außer daß sie etwas ungeschickt masturbierten.

«Garp!» rief der Pilot.

«Garp?» sagte Garp. Er äffte den Piloten nach wie ein gelehriger Papagei oder eine Krähe. «Garp», sagte Garp, als hätte er das Wort gerade neu gelernt. Der Pilot nickte Garp zu, als wollte er ihn ermuntern, sich seinen Namen zu merken. Garp lächelte. «Garp», sagte er. Offenbar dachte er, daß man sich so begrüßte. Nicht guten Tag, guten Tag – sondern Garp, Garp!

«Jesus, Garp», sagte der Pilot. In dem Bullauge des MG-Turms waren ein paar Löcher und Risse zu sehen gewesen. Der Arzt öffnete jetzt den Reißverschluß vom Seitenfenster in dem Schutzdach des Beiwagens und sah Garp in die Augen. Irgend etwas war nicht in Ordnung mit Garps Augen: sie verdrehten sich unabhängig voneinander. Wahrscheinlich, dachte der Arzt, rückte für Garp die Welt drohend näher, schoß vorbei und rückte wieder drohend näher – falls Garp überhaupt noch sehen konnte. Was der Pilot und der Arzt zu diesem Zeitpunkt noch nicht wissen konnten, war der Umstand, daß bei der Explosion der Granate ein paar scharfe und dünne Splitter den Nervus Oculomotorius in Garps Gehirn – und auch noch andere Teile seines Gehirns – beschädigt hatten. Der Oculomotorius besteht hauptsächlich aus motorischen Fasern, die den größten Teil der Muskeln des Augapfels mit Nervenreizen versorgen. Davon abgesehen hatte Garps Gehirn einige Schnitte und Stiche abbekommen, die sehr an eine präfrontale Lobotomie erinnerten – wenn es auch eine rechte Pfuscharbeit war.

Der Arzt machte sich große Sorgen, eine *wie* pfuscherhafte Lobotomie an Sergeant Garp vorgenommen worden war, und entschied sich deshalb dagegen, die blutgetränkte Fliegermütze abzunehmen, die an Garp haftete und in seine Stirn hinunterschlappte, wo sie eine feste, glänzende Beule berührte, die sich jetzt dort bildete. Alle hielten Ausschau nach dem Fahrer des Arztes, aber der Fahrer war fort, er übergab sich irgendwo, und der Arzt sagte sich, daß er jemanden suchen mußte, der sich zu Garp in den Beiwagen setzte, und das Motorrad selber fahren mußte.

«Garp?» sagte Garp zu dem Arzt, sein neues Wort ausprobierend.

«Garp», bestätigte der Arzt. Garp schien erfreut. Und er hatte seine beiden kleinen Hände an seinem eindrucksvoll erigierten Penis, als er jetzt mit Erfolg masturbierte.

«Garp!» bellte er. In seiner Stimme schwang Freude, aber auch Überraschung mit. Er verdrehte die Augen zu seinem Publikum und flehte die Welt an, vor ihm zu erscheinen und stillzustehen. Er wußte nicht recht, was er getan hatte. «Garp?» fragte er voller Zweifel.

Der Pilot tätschelte seinen Arm und nickte den anderen Männern von der Flug- und Bodencrew zu, als wollte er sagen: Wir müssen dem Sergeant ein bißchen helfen, Leute. Bitte, laßt uns dazu beitragen, daß er sich wie zu Hause fühlt. Und in ehrfürchtigem Respekt vor Garps Ejakulation sagten die Männer alle «Garp! Garp! Garp!» zu ihm – ein beruhigender Robbenchor, bemüht, Garp zu besänftigen.

Garp nickte glücklich mit dem Kopf, aber der Arzt faßte ihn am Arm und flüsterte ihm besorgt zu: «Nein! Bewegen Sie nicht den Kopf, okay, Garp? Bewegen Sie bitte nicht den Kopf!» Garps Augen wanderten an dem Piloten und dem Arzt vorbei, die darauf warteten, daß sie wieder zu ihnen kamen. «Tun Sie gar nichts, Garp», flüsterte der Pilot. «Einfach nur still dasitzen, okay?»

Garps Gesicht strahlte reinen Frieden aus. Mit seinen beiden Händen, die seinen erschlaffenden Penis hielten, wirkte der kleine Sergeant, als hätte er genau das getan, was die Situation erforderte.

In England konnte man nichts für Sergeant Garp tun. Er hatte das Glück, daß er lange vor Kriegsende nach Boston heimtransportiert wurde. Im Grunde hatte er das irgendeinem Senator zu verdanken. In einem Leitartikel einer Bostoner Zeitung war die US-Navy beschuldigt worden, sie transportiere nur solche Verwundeten in die Heimat zurück, die aus wohlhabenden und angesehenen amerikanischen Familien stammten. Um ein so niederträchtiges Gerücht zum Schweigen zu bringen, behauptete ein Senator, wenn *überhaupt* Schwerverwundete das Glück hätten, nach Amerika zurückzukommen, könne das Los «sogar eine *Waise* treffen – genau wie jeden anderen». Dann gab es einige Aufregung – es galt, eine verwundete Waise aufzutreiben, um die Worte des Senators zu beweisen. Aber schließlich fand man den idealen Mann.

Technical Sergeant Garp war nicht nur eine Waise – er war obendrein schwachsinnig, und sein Vokabular bestand aus einem einzigen Wort, so daß er sich nicht bei der Presse beschweren konnte. Und auf allen Fotos, die aufgenommen wurden, lächelte der Turmschütze Garp.

Als der sabbernde Sergeant ins Bostoner Mercy eingeliefert wurde, hatte Jenny Fields einige Mühe, ihn einzuordnen. Er war eindeutig ein «Abwesender», fügsamer als ein Kind, aber sie wußte nicht genau, was ihm sonst noch alles fehlte.

«Hallo. Wie geht es Ihnen?» fragte sie ihn, als man ihn – er grinste – auf die Station schob.

«Garp!» bellte er. Der Oculomotorius war teilweise wiederhergestellt, und seine Augen hüpften jetzt eher, als daß sie sich verdrehten, aber seine Hände steckten in Gazefäustlingen – Garp hatte mit dem Feuer gespielt, das im Krankenrevier des Truppentransporters ausgebrochen war. Er hatte die Flammen gesehen und hatte die Hände danach ausgestreckt und einige der Flammen zu seinem Gesicht hochgewedelt. Dabei hatte er sich die Augenbrauen versengt. Für Jenny sah er aus wie eine rasierte Eule.

Mit den Verbrennungen war Garp gleichzeitig ein «Äußerlicher» und ein «Abwesender». Außerdem konnte er, da seine Hände so dick verbunden waren, nicht mehr masturbieren, was er, wie aus seinem Krankenblatt hervorging, häufig und mit Erfolg – und ohne die geringste Befangenheit – getan hatte. Diejenigen, die ihn seit seinem Unfall bei dem Schiffsbrand genauer beobachtet hatten, fürchteten, der kindische Bordschütze werde in Depressionen versinken – weil ihm sein einziges Erwachsenenvergnügen genommen war, wenigstens bis seine Hände verheilten.

Es war natürlich möglich, daß Garp auch Schäden an «lebenswichtigen Organen» davongetragen hatte. Viele Splitter waren in seinen Kopf eingedrungen; etliche davon steckten an zu empfindlichen Stellen, als daß man sie hätte entfernen können. Womöglich war die gewaltsame Lobotomie längst nicht sein einziger Gehirnschaden; die innere Zerstörung konnte fortschreiten. «Unser allgemeiner Verfall», schrieb Garp, «ist auch ohne Flakeinwirkung auf unseren Organismus schon kompliziert genug.»

Vor Sergeant Garp hatte es einen Patienten gegeben, dessen Kopf ähnlich von Splittern penetriert worden war. Monatelang war es ihm gutgegangen – nur daß er Selbstgespräche führte und gelegentlich ins Bett pinkelte. Dann gingen ihm plötzlich die Haare aus, und er hatte Mühe, seine Sätze zu beenden. Kurz vor seinem Tod hatte er weibliche Brüste entwickelt.

In Anbetracht der Indizien, der Schatten und der weißen Nadeln auf den Röntgenbildern war der Turmschütze Garp wahrscheinlich ein «Hoffnungsloser». Aber für Jenny Fields sah er sehr nett aus. Der ehemalige untere Turmschütze, ein kleiner, reinlicher Mann, war so unschuldig und geradeheraus in seinen Forderungen wie ein Zweijähriger. Er rief «Garp!», wenn er Hunger hatte, und «Garp!», wenn er sich freute; er fragte «Garp?», wenn ihn etwas verwirrte oder wenn er sich an Fremde wandte, und er sagte «Garp» ohne Fragezeichen, wenn er einen wiedererkannte. Er tat gewöhnlich, was man ihm sagte, aber man konnte sich nicht auf ihn verlassen; er vergaß leicht, und wenn er mal so gehorsam war wie ein Sechsjähriger, war er ein andermal so unbekümmert neugierig, als wäre er erst anderthalb.

Die Depressionen, die in seinen Begleitpapieren erschöpfend dokumentiert waren, schienen zeitlich mit seinen Erektionen zusammenzufallen. In diesen Augenblicken pflegte er seinen armen, erwachsenen Peter zwischen seine gazigen, in Fäustlinge gehüllten Hände zu klemmen und zu weinen. Er weinte, weil die Gaze sich nicht so gut anfühlte wie die kurze Erinnerung an seine Hände und weil ihm die Hände weh taten, wenn er irgend etwas berührte. In solchen Augenblicken setzte sich Jenny Fields zu ihm. Sie massierte ihm den Rücken zwischen den Schulterblättern, bis er den Kopf wie eine Katze nach hinten legte, und redete die ganze Zeit mit einer freundlichen Stimme voll erregender Modulationen auf ihn ein. Die meisten Schwestern leierten ihren Patienten etwas vor – mit gleichmäßiger, monotoner Stimme, die einschläfernd wirken sollte. Aber Jenny wußte: was Garp brauchte, war nicht Schlaf. Sie wußte, daß er noch ein Baby war und sich langweilte – er brauchte Zerstreuung. Also zerstreute Jenny ihn. Sie stellte ihm das Radio an, aber manche Sendungen regten Garp auf – niemand wußte, warum. Andere lösten bei ihm gewaltige Erektionen aus, die zu Depressionen führten, und so fort. Eine Sendung, nur eine einzige, schenkte Garp einen feuchten Traum, der ihn so überraschte und erfreute, daß er immer darauf brannte, das Radio zu *sehen*. Aber Jenny konnte die Sendung nicht wiederfinden, die Sache ließ sich nicht wiederholen. Sie wußte, wenn sie den armen Garp an die Traumsendung anschließen könnte, würden ihre Arbeitstage und sein Leben sehr viel glücklicher verlaufen. Aber das war nicht so einfach.

Sie gab ihre Bemühungen auf, ihm ein neues Wort beizubringen. Wenn sie ihn fütterte und sah, daß ihm das Essen schmeckte, sagte sie: «Gut! Das ist *gut*!»

«Garp!» stimmte er zu.

Und wenn er Essen auf sein Lätzchen spuckte und ein bitterböses Gesicht machte, sagte sie: «Schlecht! Das Zeug ist *schlecht*, nicht wahr?»

«Garp!» würgte er.

Das erste Anzeichen, daß es mit ihm bergab ging, sah Jenny darin, daß er das *G* zu verlieren schien. Eines Morgens begrüßte er sie mit einem «Arp».

«Garp», sagte sie nachdrücklich zu ihm. «G-arp.»

«Arp», sagte er. Da wußte sie, daß sie ihn verlor.

Täglich schien er jünger zu werden. Im Schlaf knetete er mit seinen zappelnden Fäusten die Luft, seine Lippen spitzten sich, seine Wangen machten saugende Bewegungen, und seine Augenlider zitterten. Jenny hatte viel Zeit mit Neugeborenen verbracht – sie wußte, daß der Turmschütze in seinen Träumen an der Mutterbrust sog. Eine Zeitlang erwog sie, einen Schnuller in der Entbindungsstation zu stehlen. Aber sie hielt sich von dieser Station fern; die Witze irritierten sie (»Da kommt Jungfrau Maria-Jenny und klaut eine Gummibrust für ihr Kind. Wer ist denn der glückliche Vater, Jenny?«). Sie sah zu, wie Sergeant Garp im Schlaf nuckelte, und versuchte sich vorzustellen, daß seine letzte Regression friedlich verlaufen würde, daß er in sein Embryonalstadium zurückkehren und nicht mehr mit den Lungen atmen würde; daß seine Persönlichkeit sich selig spalten und daß die eine Hälfte dann von einem Ei und die andere Hälfte von Sperma träumen würde. Schließlich würde er einfach nicht mehr *sein*.

Fast so war es dann auch. Garps Stillphase war schließlich so ausgeprägt, daß er alle vier Stunden wie ein Säugling im Stillrhythmus aufwachte; er schrie sogar wie ein Baby mit hochrotem Gesicht, vergoß in einem Moment Tränen und war im nächsten wieder beruhigt – vom Radio, von Jennys Stimme. Einmal, als sie ihm den Rücken massierte, rülpste er. Jenny brach in Tränen aus. Sie saß an seinem Bett und wünschte ihm eine schnelle, schmerzlose Reise zurück in den Mutterschoß und weiter.

Wenn seine Hände doch nur heilen würden, dachte sie, dann könnte er wenigstens am Daumen lutschen. Wenn er aus seinen Saugträumen erwachte und hungrig war oder sich einbildete, hungrig zu sein, hielt Jenny ihm einen Finger an den Mund und ließ seine Lippen daran nuckeln. Obwohl er richtige, ausgewachsene Zähne hatte, war er *im Geist* zahnlos, und nie biß er sie. Diese Beobachtung bewog Jenny eines Nachts, ihm ihre Brust zu geben. Er sog unermüdlich, und es schien ihn nicht zu stören, daß dort nichts zu holen war. Jenny dachte, daß sie, wenn er weiterhin ihre Brust nahm, Milch haben *würde*; sie spürte ein starkes Ziehen in ihrem Schoß, das nicht nur mütterlich, sondern auch sexuell war. Ihre Gefühle waren so intensiv – sie glaubte eine Zeitlang, sie könne möglicherweise ein Kind *empfangen*, indem sie lediglich Baby-Turmschützen stillte.

Fast so war es dann auch. Aber Bordschütze Garp war nicht *ganz* Baby. Eines Nachts, während er an ihrer Brust lag, bemerkte

Jenny, daß er eine Erektion hatte – eine Erektion, daß sich die Decke hob; mit seinen unbeholfenen, verbundenen Händen erregte er sich und wimmerte vor Enttäuschung, während er hungrig wie ein Wolf an ihrer Brust sog. Und so half sie ihm eines Nachts; mit ihrer kühlen, gepuderten Hand faßte sie ihn an. Er hörte auf, an ihrer Brust zu saugen, er rieb einfach nur den Mund an ihr.

«Ar», stöhnte er. Er hatte das *P* verloren.

Einst ein Garp, dann ein Arp, jetzt nur noch ein Ar; sie wußte, daß er starb. Ihm blieben nur noch ein Vokal und ein Konsonant.

Als er kam, fühlte sie seinen Erguß naß und heiß in ihrer Hand. Unter der Decke roch es wie in einem Treibhaus im Sommer, absurd fruchtbar – unkontrolliertes Wachstum. Man könnte dort *alles* einpflanzen, und es würde gedeihen. Bei Garps Sperma mußte Jenny Fields denken: Wenn man ein wenig davon in einem Treibhaus verspritzte, würden *Kinder* aus der Erde sprießen.

Jenny dachte vierundzwanzig Stunden über die Sache nach.

«Garp?» flüsterte Jenny.

Sie knöpfte das Oberteil ihres Schwesternkleids auf und holte ihre Brüste heraus, die sie immer zu groß gefunden hatte. «Garp?» flüsterte sie ihm ins Ohr. Seine Augenlider flatterten, seine Lippen näherten sich. Sie waren von einem weißen Grabtuch umgeben, einem Vorhang an Schienen, der sie von der übrigen Station trennte. Auf der einen Seite von Garp lag ein «Äußerlicher» – Opfer eines Flammenwerfers, glitschig vor Salbe, in Mull gehüllt. Er hatte keine Augenlider mehr, so daß er immer zu beobachten schien, aber er war blind. Jenny zog sich ihre derben Schwesternschuhe aus, löste ihre weißen Strümpfe, schlüpfte aus ihrem Kleid. Sie legte einen Finger an Garps Lippen.

Auf der anderen Seite von Garps weißverhängtem Bett lag ein «lebenswichtiges Organ», das sich zum «Abwesenden» entwickelte. Der Mann hatte den größten Teil seines Dickdarms und sein Rektum eingebüßt; jetzt machte die eine Niere ihm zu schaffen, und seine Leber trieb ihn zum Wahnsinn. Er hatte schreckliche Alpträume, in denen er gezwungen wurde, zu urinieren und seinen Darm zu entleeren, obwohl das für ihn jetzt der Geschichte angehörte: in Wirklichkeit merkte er gar nicht mehr, wenn er die-

se Dinge machte, und er machte sie durch Schläuche in Gummi-
beutel. Er stöhnte oft, und anders als Garp stöhnte er mit vollständigen Worten.

«Scheiße», stöhnte er.

«Garp?» flüsterte Jenny. Sie schlüpfte aus ihrem Slip, nahm ihren Büstenhalter ab und schlug die Decke zurück.

«Jesus», sagte der «Äußerliche» gedämpft; seine Lippen waren
mit Brandblasen bedeckt.

«Gottverdammte Scheiße!» brüllte das «lebenswichtige Organ».

«Garp», sagte Jenny Fields. Sie nahm seinen erigierten Penis
und hockte sich rittlings auf ihn.

«Aaa», sagte Garp. Auch das *R* war fort. Er war auf einen einzigen Vokal angewiesen, um seine Freude oder Trauer auszudrük-
ken. «Aaa», sagte er, als Jenny ihn in sich einführte und sich mit
ihrem ganzen Gewicht auf ihn setzte.

«Garp?» fragte sie. «Okay, Garp? Ist es gut, Garp?»

«*Gut*», stimmte er klar und deutlich zu. Aber es war nur ein
Wort aus seinem zerstörten Gedächtnis, das einen Moment lang
freigelegt wurde, als er in ihr kam. Es war das erste und letzte
richtige Wort, das Jenny Fields ihn sprechen hörte: gut. Als er erschlaffte und sein Lebenssaft aus ihr heraussickerte, war er wieder
auf Aaa's reduziert, er schloß die Augen und schlief ein. Als Jenny
ihm die Brust geben wollte, hatte er keinen Hunger.

«Gott!» rief der «Äußerliche», wobei er sehr vorsichtig mit den
t's umging; seine Zunge hatte ebenfalls Brandwunden.

«Piß!» zischte das «lebenswichtige Organ».

Jenny Fields wusch Garp und sich mit warmem Wasser aus einer
weiß emaillierten Krankenhausschüssel und Seife. Die Frauendusche würde sie selbstverständlich nicht benutzen, und sie zweifelte
nicht daran, daß der Zauber gewirkt hatte. Sie fühlte sich empfängli-
cher als frisch gepflügter Boden – die genährte Erde –, und sie hatte
gespürt, wie Garp sich in ihr so reichlich ergoß wie ein Wasser-
schlauch im Sommer (als könnte er einen Rasen sprengen).

Sie machte es kein zweites Mal mit ihm. Es gab keinen Grund.
Ihr verschaffte es keine Lust. Von Zeit zu Zeit half sie ihm mit der
Hand, und wenn er wollte und danach schrie, gab sie ihm die
Brust. Aber nach ein paar Wochen hatte er keine Erektionen

mehr. Als man die Verbände von seinen Händen abnahm, stellte man fest, daß selbst der Heilungsprozeß rückwärts zu laufen schien; und man wickelte sie wieder ein. Er verlor jedes Interesse an ihrer Brust. Seine Träume kamen Jenny vor wie Träume, die ein Fisch haben mochte. Er war wieder im Mutterschoß, Jenny wußte es; er nahm wieder eine embryonale Lage ein – er rollte sich ganz klein in der Mitte des Bettes zusammen. Er gab keinen Laut mehr von sich. Eines Morgens beobachtete Jenny, wie er mit seinen kleinen, schwachen Füßen strampelte; sie bildete sich ein, sie fühle *in sich* ein Treten. In Wirklichkeit war es noch zu früh dafür, sicher, aber sie wußte, daß es angefangen hatte.

Bald hörte Garp auf zu strampeln. Er bekam seinen Sauerstoff immer noch, indem er mit seinen Lungen Luft einatmete, aber Jenny wußte, daß dies nur ein Beispiel für die menschliche Anpassungsfähigkeit war. Er wollte nicht mehr essen; man mußte ihn intravenös ernähren – so hing er wieder an einer Nabelschnur. Jenny sah seiner letzten Phase mit einiger Sorge entgegen. Würde es am Ende einen Kampf geben, ähnlich dem verzweifelten Kampf des Samens? Würde das Sperma sich ablösen und das nackte Ei sehnsüchtig auf den Tod warten? Wie würde sich die Seele bei der Rückreise des kleinen Garp zuletzt spalten? Aber die Phase ging vorbei, ohne daß Jenny sie beobachtete. Eines Tages, als sie frei hatte, starb Technical Sergeant Garp.

«Wann *sonst* hätte er sterben können?» schrieb Garp. «Er konnte sich nur davonstehlen, während meine Mutter frei hatte.»

«Natürlich *fühlte* ich etwas, als er starb», schrieb Jenny Fields in ihrer berühmten Autobiographie. «Aber das Beste von ihm war in mir. Es war für uns beide das beste, die einzige Möglichkeit, wie er weiterleben konnte, die einzige Art, wie ich ein Kind bekommen wollte. Daß der Rest der Welt dies als unmoralischen Akt betrachtet, zeigt mir nur, daß der Rest der Welt nicht die Rechte des einzelnen respektiert.»

Es war 1943. Als Jennys Schwangerschaft sichtbar wurde, verlor sie ihre Stellung. Selbstverständlich war es genau das, was ihre Eltern und Brüder erwartet hatten; sie waren nicht überrascht. Jenny hatte schon lange ihre Bemühungen aufgegeben, sie von ihrer Reinheit zu überzeugen. Sie bewegte sich wie ein befriedigter

Geist durch die großen Flure ihres Elternhauses in Dog's Head Harbor. Ihre Gelassenheit beunruhigte ihre Familie, und man ließ sie in Ruhe. Insgeheim war Jenny recht glücklich, doch bei all den Gedanken, die sie sich über das Kind, das sie erwartete, gemacht haben muß, ist es ein Wunder, daß sie sich nie um Namen gekümmert hat.

Denn als Jenny Fields schließlich einen acht Pfund schweren Jungen zur Welt brachte, hatte sie keinen Namen parat. Jennys Mutter fragte sie, wie sie ihn nennen wolle. Aber Jenny hatte gerade erst entbunden und ihr Beruhigungsmittel bekommen; sie war nicht sehr kooperativ.

«Garp», sagte sie.

Ihr Vater, der Schuhkönig, dachte, sie hätte gerülpst, aber ihre Mutter flüsterte ihm zu: «Er heißt *Garp*.»

«Garp?» sagte er. Sie wußten, daß sie auf diese Art vielleicht herausfinden konnten, wer der Vater des Kindes war. Jenny hatte natürlich kein Sterbenswörtchen gesagt.

«Stell fest, ob das der Vorname oder der Nachname von diesem Hurensohn ist», flüsterte Jennys Vater Jennys Mutter zu.

Jenny war sehr schläfrig. «Garp», sagte sie. «Einfach Garp. Das ist alles.»

«Ich glaube, es ist ein Nachname», erklärte Jennys Mutter Jennys Vater.

«Wie ist sein *Vor*name?» fragte Jennys Vater unwirsch.

«Ich habe es nie erfahren», murmelte Jenny. Das stimmte; sie hatte es nie erfahren.

«Sie hat seinen Vornamen nie erfahren!» brüllte ihr Vater.

«Bitte, Liebes», sagte ihre Mutter. «Er *muß* doch einen Vornamen haben.»

«Technical Sergeant Garp», sagte Jenny Fields.

«Ein gottverdammter Soldat, ich hab's ja gewußt!» sagte ihr Vater.

«Technical Sergeant?» fragte Jennys Mutter sie.

«T. S.», sagte Jenny Fields. «T. S. Garp. So soll mein Kind heißen.» Sie schlief ein.

Ihr Vater tobte vor Wut. «T. S. Garp!» schrie er. «Was soll *das* für ein Name sein?»

«Sein ganz persönlicher Name», erklärte Jenny ihm später. «Es ist sein *eigener* gottverdammter und ganz persönlicher Name.»

«Es machte viel Spaß, mit einem solchen Namen zur Schule zu gehen», hat Garp geschrieben. «Die Lehrer pflegten einen zu fragen, wofür die Initialen standen. Zuerst sagte ich immer, es seien *nur* Initialen, aber sie glaubten mir nie. Also mußte ich sagen: ‹Fragen Sie meine Mom. Sie wird es Ihnen sagen.› Und das taten sie. Und die gute alte Jenny sagte ihnen gründlich die Meinung.»

So wurde der Welt T. S. Garp beschert: geboren von einer guten Krankenschwester mit einem eigenen Willen und dem Samen eines Turmschützen – seinem letzten Schuß.

2
Blut und Blau

T. S. Garp hatte immer das Gefühl, er werde früh sterben. «Ich glaube», schrieb Garp, «ich habe wie mein Vater einen Hang zur Kürze. Ich bin ein Ein-Schuß-Mann.»

Garp entging mit knapper Not dem Schicksal, auf dem Gelände einer reinen Mädchenschule aufzuwachsen – seiner Mutter war dort die Stelle der Schulschwester angeboten worden. Aber Jenny Fields bezog in ihre Überlegungen die Qualen mit ein, die eine positive Entscheidung womöglich nach sich gezogen hätte: ihr kleiner Garp von Frauen umgeben. (Jenny und Garp sollten eine Wohnung in einem der zur Schule gehörenden Wohnheime bekommen.) Sie malte sich die ersten sexuellen Erfahrungen ihres Sohnes aus – eine Phantasie, die vom Anblick und von dem Geruch des rein weiblichen Waschhauses inspiriert wurde: die Mädchen würden das arme Kind im Spiel in weichen Bergen rein weiblicher Unterwäsche begraben. Die Arbeit hätte Jenny schon gefallen, aber sie lehnte das Angebot Garps wegen ab. Statt dessen nahm sie eine Stellung an der großen, berühmten Steering School an. Dort würde sie allerdings nur eine von vielen Schulschwestern sein, und die Wohnung, die sie und Garp bekommen sollten, lag in dem kalten, mit Gefängnisfenstern versehenen Seitenflügel des Nebengebäudes des Krankenreviers der Schule.

«Mach dir nichts draus», sagte ihr Vater. Er war verärgert über Jenny. Es störte ihn, daß sie überhaupt arbeiten wollte; es war genug Geld da, und er wäre glücklicher gewesen, wenn sie sich auf dem Familienbesitz in Dog's Head Harbor versteckt hätte, bis ihr unehelicher Sohn herangewachsen war und sie verließ. «Wenn der Junge ein Fünkchen angeborener Intelligenz hat», sagte er zu ihr, «sollte er *später* eventuell die Steering School *besuchen*, aber bis dahin gibt es meiner Meinung nach keine bessere Umgebung, in der ein Junge aufwachsen könnte.»

«Angeborene Intelligenz» – das war eine der vornehmen Formulierungen, mit denen ihr Vater auf Garps zweifelhafte genetische Herkunft anspielte. Die Steering School, die Jennys Vater und ihre Brüder besucht hatten, war damals eine reine Jungenschule. Jenny glaubte, wenn sie selber die Gefangenschaft dort ertragen könnte, bis der kleine Garp das Gymnasium hinter sich gebracht hätte, sei dies das beste, was sie für ihren Sohn tun könne. «Ein Akt der Wiedergutmachung, weil du ihm einen Vater verweigerst», wie ihr Vater sich ihr gegenüber ausdrückte.

«Es ist doch sonderbar», schrieb Garp, «daß meine Mutter, die sich selbst gut genug kannte, um zu wissen, daß es für sie nicht in Frage kam, mit einem Mann zusammen zu leben, am Ende mit achthundert Jungen zusammen lebte.»

So wuchs der kleine Garp bei seiner Mutter im Nebengebäude des Krankenreviers der Steering School auf. Er wurde nicht ganz wie ein «Lehrerbalg» – der Ausdruck der Schüler für alle minderjährigen Kinder der Lehrer und Mitarbeiter der Schule – behandelt. Eine Schulschwester gehörte nicht ganz zu der Klasse oder Kategorie der Mitglieder des Lehrkörpers. Überdies machte Jenny nicht den geringsten Versuch, einen Mythos um Garps Vater aufzubauen – sich eine Heiratsgeschichte zurechtzulegen, um ihrem Sohn zu dem Status eines ehelichen Kindes zu verhelfen. Sie war eine Fields, und sie legte Wert darauf, den Leuten ihren Namen zu sagen. Ihr Sohn war ein Garp. Und sie legte Wert darauf, den Leuten *seinen* Namen zu sagen. «Es ist sein eigener Name», sagte sie.

Alle bekamen es mit. Nicht nur, daß bestimmte Spielarten der Arroganz von der Gesellschaft der Steering School toleriert wurden, manche Spielarten wurden sogar gefördert; doch akzeptable Arroganz war eine Sache des Geschmacks und des Stils. Der Grund, *weshalb* man arrogant war, mußte als lohnend – einem höheren Zweck dienend – empfunden werden, und die Art, *wie* man arrogant war, sollte charmant sein. Jenny Fields war nicht von Natur aus geistvoll. Garp schrieb, daß seine Mutter «nie beschloß, arrogant zu sein, sondern nur unter Druck arrogant war». Stolz war an der Steering School hochangesehen, aber Jenny Fields schien auf ein uneheliches Kind stolz zu sein. Nichts, um deshalb unbedingt den Kopf hängen zu lassen, aber ein *bißchen* Demut hätte sie doch zeigen können.

Jenny war indessen nicht nur stolz auf Garp, sondern sie freute sich ganz besonders über die Umstände, wie sie ihn bekommen hatte. Die Welt kannte diese Umstände noch nicht – Jenny hatte ihre Autobiographie noch nicht herausgebracht, sie hatte noch nicht einmal angefangen, sie zu schreiben. Sie wartete, bis Garp alt genug war, um die Geschichte würdigen zu können.

Die Geschichte, die Garp kannte, war genau das, was Jenny allen sagte, die den Mut hatten, sie zu fragen. Jennys Geschichte war drei nüchterne Sätze lang.

1. Garps Vater war Soldat.
2. Er fiel im Krieg.
3. Wer nahm sich im Krieg schon die Zeit zum Heiraten?

Sowohl die Präzision als auch das Geheimnisvolle dieser Geschichte hätten durchaus romantisch interpretiert werden können. Angesichts der reinen Tatsachen hätte der Vater immerhin ein Kriegsheld gewesen sein können. Eine tragische Liebesaffäre war vorstellbar. Schwester Fields hätte eine Lazarettschwester gewesen sein können. Sie hätte sich «an der Front» verlieben können. Und Garps Vater hätte meinen können, er schulde «der Menschheit» einen letzten Einsatz. Aber so, wie Jenny Fields auftrat, regte sie niemanden dazu an, sich ein solches Melodram auszumalen. Zunächst einmal schien sie ihr Alleinsein viel zu sehr zu genießen; sie trauerte der Vergangenheit offenbar nicht im mindesten nach. Sie war nie zerstreut, sie bemühte sich einfach, für den kleinen Garp dazusein – und eine gute Schwester zu sein.

Natürlich war der Name Fields an der Steering School bekannt. Der berühmte Schuhkönig aus Neuengland war ein großzügiger Ehemaliger, und eines Tages sollte er, ob man es nun damals vermutete oder nicht, sogar Mitglied des Beirats werden. Sein Geld war nicht das älteste, aber auch nicht das neueste in Neuengland, und seine Frau, Jennys Mutter – eine geborene Wecks aus Boston –, war an der Steering School womöglich noch bekannter. Einige der älteren Lehrer konnten sich noch erinnern, daß Jahre hindurch, ohne Unterbrechung, immer irgendein Weeks gerade seine Abschlußprüfung gemacht hatte. Trotzdem hatte man an der Steering School nicht den Eindruck, daß Jenny Fields all das, was jene auszeichnete, geerbt hatte. Sie sah ganz gut aus, das gab man wohl zu, aber sie war nichts Besonderes. Sie trug ihre Schwesterntracht sogar, wenn sie etwas Schickeres hätte anziehen können. Und überhaupt, die ganze Sache mit ihrem Schwesternberuf, auf den sie auch noch so stolz zu sein schien, war irgendwie merkwürdig. Wenn man an ihre Familie dachte . . . Krankenpflege war kein Beruf für eine Fields oder eine Weeks.

In Gesellschaft legte Jenny jene unelegante Ernsthaftigkeit an den Tag, bei der leichtlebigeren Leuten unbehaglich wird. Sie las viel und war eine besessene Benutzerin der Schulbibliothek. Wenn jemand ein Buch haben wollte, das gerade nicht da war, wurde jedesmal festgestellt, daß es an Schwester Fields ausgeliehen war. Anrufe wurden höflich beantwortet: oft bot Jenny an, das Buch direkt dem Interessenten zu bringen, sobald sie es ausgelesen hätte. Sie las solche Bücher dann schnell zu Ende, aber sie hatte nichts über sie zu sagen. In einer Schulgemeinschaft ist jemand, der aus irgendwelchen verborgenen Gründen liest, jedenfalls nicht, um darüber zu sprechen, ein Sonderling. Wozu las sie eigentlich?

Daß sie in ihren Freistunden Kurse besuchte, war noch sonderbarer. In der Satzung der Steering School stand, daß Lehrer und Mitarbeiter sowie ihre Ehegatten kostenlos jeden angebotenen Kurs besuchen durften – sie brauchten nur die Erlaubnis des Unterrichtenden einzuholen. Und wer hätte eine Krankenschwester ferngehalten – von den Elisabethanern, dem viktorianischen Roman, der Geschichte Rußlands bis 1917, von einer Einführung in die Genetik oder von der Abendländischen Zivilisation I und II? Im Laufe der Jahre sollte Jenny Fields von Cäsar bis zu Eisenhower marschieren, vorbei an Luther und Lenin, Erasmus und der Zellkernteilung, der Osmose und Freud, an Rembrandt und den Chromosomen und Vincent van Gogh – vom Styx zur Themse, von Homer bis zu Virginia Woolf. Von Athen nach Auschwitz.

Sie sagte nie ein Wort. Sie war die einzige Frau in den Kursen. In ihrer weißen Tracht hörte sie so ruhig zu, daß die Jungen und schließlich auch die Lehrer sie vergaßen; sie setzten den Unterricht fort, während Jenny auffallend weiß und still unter ihnen saß, eine Zeugin, der nichts entging – die vielleicht nichts entschied, möglicherweise aber über alles urteilte.

Jenny Fields erhielt die Bildung, auf die sie gewartet hatte; jetzt endlich schien die Zeit reif zu sein. Aber ihre Motive waren nicht gänzlich egoistisch; sie prüfte die Steering School für ihren Sohn. Wenn Garp alt genug war, würde sie ihm eine Menge Ratschläge geben können – sie kannte die Nieten in jedem Fach, die Kurse, die sich dahinschleppten, und diejenigen, die im Fluge vergingen.

Ihre Bücher quollen aus der winzigen Wohnung im Seitenflügel des Nebengebäudes des Krankenreviers. Sie verbrachte zehn Jahre an der Steering School, bevor sie herausfand, daß die Buchhandlung den Lehrern und Mitarbeitern der Schule einen Nachlaß von zehn Prozent gewährte (den man ihr nie angeboten hatte). Das erzürnte sie. Sie war auch sehr großzügig mit ihren Büchern – schließlich standen Regale in jedem Zimmer des trostlosen Seitenflügels. Aber sie sprengten die Regale und glitten in das Hauptgebäude des Krankenreviers, in das Wartezimmer und in den Röntgenraum, wo sie die Zeitungen und Zeitschriften zuerst bedeckten und dann ersetzten. Allmählich wurde den Kranken der Steering School klar, was für ein seriöser Ort die Schule war – nicht wie irgendein gewöhnliches Krankenhaus, das vollgestopft war mit leichter Lektüre und all dem Medienmist. Während man auf den Arzt wartete, konnte man im *Herbst des Mittelalters* blättern; während man auf seine Laborergebnisse wartete, konnte man die Schwester bitten, einem das unschätzbare Standardwerk der Genetik, *Das Handbuch der Taufliege*, zu bringen. Wenn man ernsthaft krank war oder vielleicht längere Zeit im Revier liegen mußte, fand sich dort sicher *Der Zauberberg*. Für den Jungen, der sich das Bein gebrochen hatte, und für all die Sportverletzten gab es die positiven Helden und ihre markigen Abenteuer-Romane von Joseph Conrad und Herman Melville statt Hefte von *Sports Illustrated*; statt *Time* und *Newsweek* Bücher von Dickens und Hemingway und Mark Twain. Welch feuchter Traum für alle Literaturfreunde, im Krankenrevier der Steering School das Bett zu hüten! Endlich ein Krankenhaus mit guter Lektüre.

Als Jenny Fields zwölf Jahre an der Steering School verbracht hatte, sagten die Schulbibliothekare, wenn sie feststellten, daß sie ein verlangtes Buch nicht hatten, ganz selbstverständlich: «Vielleicht hat es das Krankenrevier.»

Und in der Buchhandlung bekam man zuweilen, wenn ein Buch nicht am Lager oder wenn es vergriffen war, die Empfehlung: «Gehen Sie doch mal rüber zu Schwester Fields im Krankenrevier; vielleicht hat *sie* es.»

Und Jenny runzelte die Stirn, wenn sie die Bitte hörte, und sagte dann: «Ich glaube, es ist in Zimmer sechsundzwanzig, im Nebengebäude. Aber McCarty liest es gerade. Er hat die Grippe. Er wird es Ihnen wahrscheinlich gern geben, wenn er es durch hat.» Oder sie antwortete: «Das habe ich zuletzt unten am Whirlpool-Bad gesehen. Es könnte ein bißchen feucht sein, jedenfalls der Anfang.»

Es ist unmöglich, Jennys Einfluß auf die Qualität der Erziehung an der Steering School abzuschätzen; doch sie verwand nie ihren Zorn darüber, daß man sie zehn Jahre lang um den Nachlaß von zehn Prozent betrogen hatte. «Meine Mutter war die Hauptstütze dieser Buchhandlung», schrieb Garp. «Im Vergleich zu ihr las sonst niemand in Steering je auch nur eine einzige Zeile.»

Als Garp zwei war, bot die Steering School Jenny einen Dreijahresvertrag an; sie war eine gute Schwester, darüber war man sich allgemein einig, und die leichte Abneigung, die man allgemein gegen sie empfand, war in den beiden ersten Jahren nicht größer geworden. Das Kind war schließlich genauso wie *alle anderen* Kinder; im Sommer vielleicht ein bißchen brauner als die meisten und im Winter ein bißchen blaß – und ein bißchen dick. Es hatte etwas Rundliches, wie ein eingewickeltes Eskimokind, auch wenn es gar nicht eingewickelt war. Und die jüngeren Lehrer, die gerade den letzten Krieg hinter sich gebracht hatten, bemerkten, das Kind habe eine Figur wie eine Bombe. Aber uneheliche Kinder sind schließlich auch Kinder. Die Verstimmung über Jennys sonderbare Art hielt sich in akzeptablen Grenzen.

Sie akzeptierte den Dreijahresvertrag. Sie lernte, vervollkommnete sich und bahnte zugleich ihrem Garp den Weg durch die Steering School. Was diese Schule bieten könne, sei «eine höhere Bildung», hatte ihr Vater gesagt. Jenny fand es besser, sich selbst zu vergewissern.

Als Garp fünf war, wurde Jenny Fields zur Oberschwester ernannt. Es war schwer, junge, flinke Schwestern zu finden, die die Lebhaftigkeit und das ungebärdige Benehmen der Jungen ertragen konnten; es war schwer, überhaupt jemanden zu finden, der gewillt war, auf dem Schulgelände zu wohnen, und Jenny schien mit ihrer kleinen Wohnung im Seitenflügel des Nebengebäudes des Krankenreviers ganz zufrieden zu sein. In diesem Sinn wurde Jenny vielen eine Mutter: sie sprang mitten in der Nacht auf, wenn einer der Jungen sich übergab oder nach ihr klingelte oder sein Wasserglas hinwarf. Oder wenn die gelegentlich bösen Buben in den dunklen Mittelgängen der Schlafsäle Dummheiten machten, mit ihren Krankenhausbetten herumrollten, Gladiatorenkämpfe in Rollstühlen veranstalteten, durch die eisenvergitterten Fenster verbotene Gespräche mit Mädchen aus dem Ort führten oder versuchten, die dicken Efeuäste hinunter- oder heraufzuklettern, die die beiden alten Backsteingebäude, das Krankenrevier und seinen Annex, miteinander verbanden.

Das Krankenrevier war mit dem Nebengebäude durch einen unterirdischen Gang verbunden, der gerade breit genug war, daß man ein Bett auf Rädern, mit je einer schlanken Schwester zu beiden Seiten, hindurchschieben konnte. Die bösen Buben spielten in dem Gang manchmal Bowling, was sich in dem entlegenen Seitenflügel bei Jenny und Garp so anhörte, als wären die Versuchsratten und Versuchskaninchen im Kellerlabor über Nacht riesengroß geworden und rollten die Mülltonnen mit ihren kraftvollen Schnauzen weiter unter die Erde.

Aber als Garp fünf war – als seine Mutter zur Oberschwester ernannt wurde –, stellte man an der Steering School fest, daß er irgend etwas Merkwürdiges an sich hatte. Was an einem fünfjährigen Jungen eigentlich hätte anders sein können, ist nicht ganz klar, aber sein Kopf wirkte irgendwie glatt, dunkel, feucht (wie der Kopf einer Robbe), und sein übertrieben kompakter Körper brachte die alten Spekulationen über seine Gene wieder zum Vorschein. Seinem Temperament nach schien der Junge seiner Mutter zu ähneln: entschlossen, möglicherweise etwas stumpf, reserviert, aber immer auf der Hut. Er war klein für sein Alter, aber in anderer Hinsicht ungewöhnlich reif; er besaß eine beunruhigende Gelassenheit. In Bodennähe wirkte er außergewöhnlich gelenkig, wie ein geschmeidiges Tier. Andere Mütter bemerkten mit gelegentlicher Unruhe, daß der Junge auf alles *klettern* konnte. Wenn man Klettergerüste, Schaukeln, hohe Böschungen, Zuschauertribünen, die gefährlichsten Bäume sah: Garp war immer ganz oben.

Eines Abends nach dem Essen konnte Jenny ihn nicht finden. Garp durfte sich im Krankenrevier und im Nebengebäude frei bewegen und mit den Jungen reden. Jenny rief ihn normalerweise über die Sprechanlage, wenn er wieder in die Wohnung kommen sollte. «GARP NACH HAUSE», pflegte sie zu sagen. Er hatte seine genauen Weisungen: welche Zimmer er nicht betreten durfte, weil dort die ansteckenden Fälle lagen oder Jungen, denen es wirklich schlecht ging und die lieber allein sein wollten. Garp mochte am liebsten die Sportunfälle; er betrachtete gern Gipsverbände und Schlingen und große Bandagen, und er ließ sich gern den Hergang der Unfälle erzählen, immer wieder von neuem. Vielleicht war er im Herzen Krankenschwester, wie seine Mutter. Jedenfalls freute er sich, wenn er kleine Besorgungen für die Patienten erledigen, Bestellungen ausrichten, Essen stibitzen konnte. Aber eines Abends – er war fünf – reagierte Garp nicht auf den GARP NACH HAUSE-Ruf. Über die Sprechanlage erreichte man alle Zimmer des Krankenreviers und des Nebengebäudes, auch die Räume, die Garp auf ausdrücklichen Befehl unter keinen Umständen betreten durfte – Labor, OP und Röntgenraum. Wenn Garp die GARP NACH HAUSE-Botschaft nicht hören konnte, wußte Jenny, daß er entweder in der Klemme oder nicht in den Gebäuden war. Sie stellte in aller Eile einen Suchtrupp aus den gesünderen und beweglicheren Patienten zusammen.

Es war ein nebliger Abend im Vorfrühling; ein paar Jungen gingen nach draußen und riefen durch die feuchten Forsythien und über den Parkplatz. Andere durchstöberten alle dunklen, leeren Winkel und die verbotenen Räume mit den medizinischen Apparaten. Anfangs genoß Jenny ihre ersten Ängste. Sie untersuchte den Wäscheschacht, einen glatten Zylinder, der durch vier Etagen direkt in den Keller hinunter führte (Garp durfte nicht einmal Wäsche in den Schacht werfen). Aber unten, wo der Schacht durch die Decke kam und seinen Inhalt auf den Kellerboden spie, lag nur Wäsche auf dem kalten Zement. Sie suchte in dem Boilerraum und dem siedenden, riesigen Heißwasserkessel, aber dort zumindest war Garp nicht verbrüht. Sie suchte in den Treppenhäusern, aber Garp hatte Anweisung, nicht auf der Treppe zu spielen, und er lag nicht zerschmettert in der Tiefe eines der viergeschossigen Treppenhäuser. Dann verfiel sie wieder in ihre unausgesprochenen Ängste, der kleine Garp könne einem unerkannten Sittenstrolch unter den Jungen der Steering School zum Opfer fallen. Aber im Vorfrühling waren zu viele Jungen im Krankenrevier, als daß Jenny sie alle hätte im Auge behalten oder gar gut genug kennen können, um ihre sexuellen Neigungen zu erahnen. Da waren die Dummköpfe, die an dem ersten Sonnentag schwimmen gingen, noch ehe der letzte Schnee geschmolzen war. Da waren die letzten Opfer hartnäckiger Wintererkältungen, deren unterschiedliche Widerstandskräfte zermürbt waren. Da waren die kulminierenden Sportverletzungen des Winterhalbjahrs und die ersten Schüler, die sich beim Frühjahrssport verletzt hatten.

Einer von ihnen war Hathaway, der jetzt, wie Jenny hörte, von seinem Zimmer im vierten Stock des Nebengebäudes nach ihr klingelte. Hathaway, ein Lacrossespieler, hatte sich einen Bandschaden am Knie zugezogen; zwei Tage nachdem man ihm einen Gipsverband gemacht und ihn auf Krücken losgelassen hatte, war er im Regen nach draußen gegangen und mit seinen Krücken oben auf der langen Marmortreppe der Hyle Hall ausgerutscht. Bei dem Sturz hatte er sich das andere Bein gebrochen. Nunmehr mit seinen beiden langen Beinen in Gips, rekelte sich Hathaway in seinem Bett im vierten Stock des Nebengebäudes des Krankenreviers und hielt zärtlich einen Lacrosseschläger in seinen Händen mit den großen Knöcheln. Man hatte ihn aus dem Weg geschafft und mehr oder weniger einsam auf weiter Flur im vierten Stock des

Nebengebäudes untergebracht, weil er die irritierende Angewohnheit hatte, einen Lacrosseball quer durchs Zimmer zu schlagen und von der Wand abprallen zu lassen. Dann fing er den harten, hüpfenden Ball mit dem Drahtgeflecht am Ende seines Schlägers und knallte ihn wieder an die Wand. Jenny hätte dem ein Ende machen können, aber schließlich hatte sie selbst einen Sohn, und sie wußte, daß Jungen das Bedürfnis haben, sich stumpfsinnig immer wieder dem gleichen physischen Akt zu widmen. Es schien sie zu entspannen, wie Jenny beobachtet hatte – einerlei ob sie nun fünf waren, wie Garp, oder siebzehn, wie Hathaway.

Aber es machte sie wütend, daß Hathaway so ungeschickt mit seinem Lacrosseschläger umging und seinen Ball ständig verlor! Sie hatte sich dazu durchgerungen, ihn in ein Zimmer zu legen, wo andere Patienten sich nicht über das Bummern beschweren würden, aber nun klingelte Hathaway jedesmal, wenn er seinen Ball verlor, damit jemand kam und ihn aufhob. Und obwohl es einen Fahrstuhl gab, lag der vierte Stock des Nebengebäudes für jedermann weitab vom Schuß. Als Jenny sah, daß der Fahrstuhl besetzt war, ging sie die vier Treppen zu schnell hinauf und war nicht nur zornig, sondern auch außer Atem, als sie Hathaways Zimmer erreichte.

«Ich *weiß*, wieviel dieses Spiel für Sie bedeutet, Hathaway», sagte Jenny, «aber Garp ist verschwunden, und ich habe jetzt wirklich keine Zeit, Ihren Ball zu suchen.»

Hathaway war ein stets freundlicher, etwas langsam denkender Junge mit einem schlaffen, haarlosen Gesicht und einer nach vorn fallenden, rotblonden Tolle, die das eine seiner wässerigen Augen teilweise verdeckte. Er hatte die Angewohnheit, den Kopf nach hinten zu kippen, vielleicht um unter seinen Haaren hervorschauen zu können, und aus diesem Grund sowie wegen der Tatsache, daß er sehr groß war, blickte jeder, der Hathaway ansah, in seine weiten Nasenlöcher.

«Miss Fields?» sagte er. Jenny fiel auf, daß er seinen Lacrosseschläger nicht in den Händen hielt.

«Was *ist*, Hathaway?» fragte Jenny. «Es tut mir leid, ich habe es eilig… Garp ist verschwunden. Ich suche *Garp*.»

«Oh», sagte Hathaway. Er sah sich im Zimmer um – vielleicht

nach Garp –, als hätte ihn gerade jemand um einen Aschenbecher gebeten. «Ich wünschte, ich könnte Ihnen suchen helfen.» Er starrte hilflos auf seine beiden Gipsbeine.

Jenny tippte auf eines seiner vergipsten Knie, als klopfte sie an eine Tür, hinter der womöglich jemand schlief. «Da müssen Sie wohl noch etwas warten», sagte sie. Sie wartete darauf, daß er ihr sagte, was er wollte, aber Hathaway schien vergessen zu haben, daß er nach ihr geklingelt hatte. «Hathaway?» fragte sie und klopfte wieder an sein Bein, um zu sehen, ob jemand zu Hause war. «Was wollten Sie? Haben Sie Ihren Ball verloren?»

«Nein», sagte Hathaway. «Ich habe meinen *Schläger* verloren.» Unwillkürlich sahen sie beide sich einen Moment lang in Hathaways Zimmer nach dem verschwundenen Lacrosseschläger um. «Ich habe geschlafen», erklärte er, «und als ich aufwachte, war er nicht mehr da.»

Jenny dachte zuerst an Meckler, die Plage vom zweiten Stock des Nebengebäudes. Meckler war ein genialer Spötter, der jeden Monat mindestens vier Tage im Krankenrevier verbrachte. Er war mit seinen sechzehn Jahren Kettenraucher, er gab die meisten Schülerpublikationen der Steering School heraus, und er hatte schon zweimal den jährlichen Klassikerpokal gewonnen. Meckler verabscheute das Essen im Speisesaal. Er lebte von Kaffee und Spiegeleiersandwiches von *Buster's Snack and Grill*, wo er auch die meisten seiner langen und lange überfälligen, aber genialen Semesterarbeiten schrieb. Er brach jeden Monat zusammen und kam ins Krankenrevier, um sich von seiner physischen Selbstzerstörung und seiner Genialität zu erholen – dort die abscheulichsten Streiche zu ersinnen, die Jenny ihm jedoch nie ganz zweifelsfrei nachweisen konnte. Einmal schwammen gekochte Kaulquappen in der Teekanne für die Laborassistentinnen, die sich prompt über den fischigen Beigeschmack beschwerten, und einmal hatte Meckler – diesmal war sie sich absolut sicher – ein Präservativ mit Eiweiß gefüllt und es über den Türknauf ihrer Wohnung gezogen. Sie wußte nur deshalb, daß es Eiweiß gewesen war, weil sie später die Schalen gefunden hatte – in ihrer Handtasche. Und Meckler war es auch gewesen, wie Jenny fest glaubte, der bei der Windpockenepidemie vor ein paar Jahren den dritten Stock des Krankenreviers organisiert hatte: die Jungen wichsten der Reihe nach und kamen mit ihrem heißen Sperma in der Hand zu den Mikroskopen im Labor gelaufen – um zu sehen, ob sie steril waren.

Aber Meckler, dachte Jenny, hätte eher ein Loch in das Netz des Schlägers geschnitten – und den nutzlosen Schläger in den Händen des schlafenden Hathaway gelassen.

«Ich wette, Garp hat ihn», sagte Jenny zu Hathaway. «Wenn wir Garp finden, finden wir auch Ihren Schläger.» Sie widerstand zum hundertstenmal dem Impuls, die Hand auszustrecken und die Haartolle zurückzustreichen, die Hathaways eines Auge fast ganz verdeckte. Statt dessen drückte sie zärtlich Hathaways große Zehen, die aus seinen Gipsverbänden hervorschauten.

Wenn Garp Lacrosse spielen wollte, dachte Jenny, wo würde er dann hingehen? Nicht nach draußen, denn draußen ist es zu dunkel; er würde den Ball verlieren. Und der einzige Ort, wo er die Sprechanlage vielleicht nicht gehört hatte, war der unterirdische Gang zwischen dem Nebengebäude und dem Hauptgebäude – ein idealer Spielplatz, wie Jenny wußte. Und es wäre nicht das erste Mal: einmal hatte Jenny ein nachmitternächtliches Getümmel abgepfiffen. Sie fuhr mit dem Fahrstuhl direkt in den Keller. Hathaway ist ein reizender Junge, dachte sie. Garp könnte Schlimmeres passieren, als so zu werden. Aber auch Besseres.

Hathaway dachte zwar langsam, aber er dachte. Er hoffte, daß dem kleinen Garp nichts zugestoßen war. Er wünschte, er könnte aufstehen und helfen, den Jungen zu suchen. Garp war oft in Hathaways Zimmer zu Gast. Ein verkrüppelter Athlet mit zwei Gipsbeinen – das gab es nicht alle Tage. Hathaway hatte Garp erlaubt, auf seinen eingegipsten Beinen zu malen; zwischen und auf den Autogrammen von Freunden waren die mit Buntstift gemalten Gesichter und Monster aus Garps Phantasiewelt. Hathaway betrachtete jetzt die Zeichnungen des Jungen auf seinen Gipsverbänden und machte sich Sorgen um Garp. Auf diese Weise entdeckte er den Lacrosseball zwischen seinen Oberschenkeln; er hatte ihn durch den Gips nicht gefühlt. Er lag da, als wäre er ein Ei, das Hathaway gelegt hatte und warmhielt. Wie konnte Garp ohne Ball Lacrosse spielen?

Als er die Tauben hörte, wußte Hathaway, daß Garp nicht Lacrosse spielte. Die Tauben! Jetzt fiel es ihm wieder ein. Er hatte sich bei dem Jungen über sie beklagt. Die Tauben mit ihrem verdammten Gurren, ihrem glucksenden Getue unter den Traufen und in den Regenrinnen des steilen Schieferdachs ließen ihn nachts nicht schlafen. Es war ein ernstes Problem, was die Schlafbedingungen im vierten und obersten Stockwerk betraf. Und ein Problem für alle in der Schule, die im obersten Stockwerk schliefen – *Tauben* schienen den Campus zu beherrschen. Die für die Erhaltung der Gebäude zuständigen Männer hatten die meisten Traufen und Lieblingssitze der Tauben mit feinem Maschendraht abgedeckt, aber die Tauben schliefen bei trockenem Wetter in den Regenrinnen und fanden Nischen unter den Dächern und Sitzgelegenheiten in dem alten, knorrigen Efeu. Es gab kein Mittel, sie von den Gebäuden fernzuhalten. Und wie sie gurren konnten! Hathaway haßte sie. Er hatte zu Garp gesagt, wenn er nur *ein* gesundes Bein hätte, würde er sie schon erwischen.

«Wie denn?» fragte Garp.

«Sie fliegen nachts nicht gern», erklärte Hathaway dem Jungen. Er hatte in Bio II einiges über die Gewohnheiten der Tauben gelernt; Jenny Fields hatte auch an dem Kurs teilgenommen. «Ich könnte aufs Dach klettern», sagte Hathaway zu Garp, «nachts, wenn es nicht regnet, und sie in der Regenrinne fangen. Das ist nämlich alles, was sie tun – in der Regenrinne sitzen und die ganze Nacht gurren und scheißen.»

«Aber *wie* würdest du sie fangen?» fragte Garp.

Und Hathaway schwenkte seinen Lacrosseschläger und schaukelte den Ball hin und her. Dann ließ er den Ball zwischen seine Beine rollen und senkte das Netz des Schlägers behutsam über Garps kleinen Kopf. «So», sagte er. «Damit würde ich sie mühelos erwischen – mit meinem Lacrosseschläger. Eine nach der andern, bis ich sie alle hätte.»

Hathaway erinnerte sich, wie Garp ihm zugelächelt hatte – dem großen freundlichen Jungen mit den beiden heroischen Gipsbeinen. Hathaway blickte aus dem Fenster, sah, daß es wahrhaftig dunkel war und nicht regnete. Hathaway drückte auf seine Klingel. «Garp!» rief er. «O Gott!» Er drückte mit dem Daumen auf den Klingelknopf und ließ nicht los.

Als Jenny Fields sah, daß sie Signallampe vom vierten Stock aufleuchtete, dachte sie nur, daß Garp wahrscheinlich Hathaways La-
crosseutensilien zurückgebracht hatte. Was für ein braver Junge,
dachte sie und fuhr wieder mit dem Fahrstuhl in den vierten Stock.
Sie lief, so daß ihre guten Schwesternschuhe quietschten, zu Hathaways Zimmer. Sie erblickte den Lacrosseball in Hathaways Hand.
Sein eines Auge, das deutlich sichtbare, blickte verstört.

«Er ist auf dem Dach», sagte Hathaway zu ihr.

«Auf dem Dach!» sagte Jenny.

«Er versucht, mit meinem Lacrosseschläger Tauben zu fangen»,
sagte Hathaway.

Ein ausgewachsener Mann konnte, wenn er auf dem Absatz der
Feuerleiter stand, mit den Händen über den Rand der Regenrinne
langen. Wenn die Steering School die Regenrinnen reinigen ließ –
erst nachdem alle Blätter abgefallen waren und vor den schweren
Frühjahrsregenfällen –, wurden immer nur *große* Männer für diese
Arbeit herangezogen, weil die kleineren darüber klagten, daß sie,
wenn sie in die Regenrinnen griffen, Dinge berührten, die sie nicht
sehen könnten – tote Tauben und halb verweste Eichhörnchen
und undefinierbares schleimiges Zeug. Nur die großen Männer
konnten, wenn sie auf den obersten Absätzen der Feuerleitern
standen, in die Regenrinnen spähen, ehe sie hineinlangten. Die
Rinnen waren so breit und beinahe so tief wie Schweinetröge, aber
sie waren nicht so solide – und sie waren alt. Damals war *alles* an
der Steering School alt.

Als Jenny Fields aus der Feuertür des vierten Stockwerks trat
und auf der Feuerleiter stand, konnte sie die Regenrinne kaum mit
den Fingerspitzen erreichen; sie konnte nicht über die Regenrinne
auf das steile Schieferdach sehen – und bei der Dunkelheit und
dem Nebel konnte sie nicht einmal die Unterseite der Regenrinne
bis zu den beiden Ecken des Gebäudes sehen. Und Garp konnte
sie noch viel weniger sehen.

«Garp?» flüsterte sie. Sie hörte, wie vier Etagen unter ihr, zwischen den Büschen und den hier und da aufblitzenden Motorhau-
ben oder Dächern parkender Autos, ein paar Jungen ebenfalls
nach ihm riefen. «Garp?» flüsterte sie etwas lauter.

«Mom?» fragte er und erschreckte sie – obwohl sein Flüstern leiser war als ihres. Seine Stimme kam aus nächster Nähe, fast aus Armeslänge, dachte sie, aber sie konnte ihn nicht sehen. Dann sah sie, wie sich das geflochtene Netzende des Lacrosseschlägers wie die sonderbare Schwimmklaue eines fremdartigen Nachttiers vor dem nebelverhangenen Mond abzeichnete; es ragte fast unmittelbar über ihr aus der Regenrinne heraus. Als sie jetzt nach oben griff, fühlte sie zu ihrem Schrecken Garps Bein: es war durch die verrostete Rinne gebrochen, die seine Hose zerrissen und ihn zerschrammt hatte. Nun war er dort eingekeilt: das eine Bein bis zur Hüfte durch die Rinne hängend, das andere Bein ausgestreckt in der Rinne hinter ihm, parallel zum Rand des steilen Schieferdachs. Garp lag auf dem Bauch in der knarrenden Regenrinne.

Als er durch die Rinne gebrochen war, hatte er sich zu sehr erschrocken, um rufen zu können; er fühlte förmlich, daß der ganze brüchige Trog durchgerostet war und jeden Moment auseinanderfallen konnte. Seine *Stimme*, dachte er, könnte das Dach zum Einsturz bringen. Er lag mit der Wange in der Rinne und beobachtete durch ein kleines Loch im Rost die Jungen unten, vier Etagen unter ihm, auf dem Parkplatz und zwischen den Büschen, wo sie nach ihm suchten. Der Lacrosseschläger, dessen Netz tatsächlich eine überraschte Taube enthalten hatte, war über den Rand der Rinne gerutscht, so daß der Vogel freikam.

Die Taube hatte sich, obwohl sie gefangen gewesen und wieder freigekommen war, nicht bewegt. Sie hockte in der Rinne und gab ihre kurzen, dummen Laute von sich. Jenny wurde klar, daß Garp die Regenrinne nie von der Feuerleiter aus erreicht haben konnte, und sie erschauerte bei dem Gedanken, wie er mit dem Lacrosseschläger in der einen Hand an dem Efeu zum Dach hinaufgeklettert war. Sie hielt sein Bein ganz fest; an seiner nackten, warmen Wade klebte ein wenig Blut, aber er hatte sich nicht schlimm an der rostigen Rinne geschnitten. Eine Tetanusspritze, dachte sie; das Blut war fast getrocknet, und Jenny glaubte nicht, daß er genäht werden mußte – obwohl sie die Wunde bei der Dunkelheit nicht klar erkennen konnte. Sie versuchte sich etwas auszudenken, wie sie ihn herunterholen konnte. Unter ihr flimmerten die Forsythien im Licht der unteren Fenster; aus dieser Entfernung sahen die gelben Blüten (für sie) wie die Spitzen kleiner Gasflammen aus.

«Mom?» fragte Garp.

«Ja», flüsterte sie. «Ich halte dich.»

«Nicht loslassen», sagte er.

«Okay», sagte sie zu ihm. Wie durch ihre Stimme ausgeklinkt, löste sich ein weiteres Stückchen von der Rinne.

«Mom!» sagte Garp.

«Es ist alles okay», sagte Jenny. Sie überlegte, ob es nicht am besten sein würde, ihn mit einem Ruck herunterzuzerren und zu hoffen, daß sie ihn einfach durch die verrostete Rinne ziehen konnte. Aber dann würde womöglich die ganze Rinne vom Dach abreißen, und was *dann*? dachte sie. Sie sah, wie sie beide von der Feuerleiter gefegt wurden und in die Tiefe stürzten. Aber sie wußte auch, daß kein Mensch *auf* die Regenrinne steigen und den Jungen aus dem Loch ziehen und ihn dann über den Rand nach unten lassen konnte. Die Rinne trug kaum einen Fünfjährigen; sie würde bestimmt keinen Erwachsenen tragen. Und Jenny wußte, daß sie Garps Bein nicht lange genug loslassen würde, damit es jemand versuchen konnte.

Miss Creen, die neue Schwester, sah schließlich die beiden von unten und stürzte ins Haus, um Dekan Bodger anzurufen. Schwester Creen dachte an Dekan Bodgers Suchscheinwerfer, der an seinem dunklen Auto angebracht war (mit dem er jeden Abend den Campus nach Jungen absuchte, die nach dem Zapfenstreich noch draußen waren). Trotz der Klagen der Gärtner fuhr Bodger über die Fußwege und über die weichen Rasenflächen, richtete seinen Suchscheinwerfer auf das dichte Gebüsch neben den Gebäuden und machte so den Campus zu einem unsicheren Ort für Herumtreiber – oder für Verliebte, die auf die freie Natur angewiesen waren.

Schwester Creen rief auch Dr. Pell an, weil sie in Krisensituationen immer auf Leute verfiel, von denen man erwartete, daß sie die Verantwortung übernahmen. Sie dachte nicht an die Feuerwehr, ein Gedanke, der Jenny durch den Kopf ging; aber Jenny fürchtete, sie würden zu lange brauchen und die Rinne würde vollständig herunterbrechen, bevor sie eintrafen; schlimmer noch, sie würden, so malte sie sich aus, darauf bestehen, daß sie *ihnen* alles überließ, und sie zwingen, Garps Bein loszulassen.

Überrascht blickte Jenny zu Garps kleinem, durchnäßtem Turnschuh empor, der nun in dem jähen, gespenstischen Lichtstrahl von Dekan Bodgers Suchscheinwerfer baumelte. Das Licht störte und verwirrte die Tauben, die wahrscheinlich keine sehr klare Vorstellung vom Morgengrauen hatten und nun offenbar nahe daran waren, zu irgendeiner Entscheidung zu gelangen in der Regenrinne; ihr Gurren und die scharrenden Geräusche ihrer Krallen wurden hektischer.

Die Jungen in den weißen Krankenhausnachthemden, die unten auf dem Rasen um Dekan Bodgers Auto herumliefen, wirkten, als hätten sie den Verstand verloren, sei es durch das Geschehen – oder infolge der scharfen Kommandos, mit denen Dekan Bodger sie anwies, hierhin oder dorthin zu laufen, dieses oder jenes zu holen. Bodger nannte alle Jungen «Männer». So bellte er zum Beispiel: «Laßt uns eine Reihe Matratzen unter die Feuerleiter legen, Männer! Ruckzuck!» Bodger hatte an der Steering School zwanzig Jahre lang Deutsch unterrichtet, ehe er zum Dekan ernannt wurde; seine Kommandos klangen wie das Schnellfeuer herunterkonjugierter deutscher Verben.

Die «Männer» stapelten Matratzen und äugten durch das Skelett der Feuerleiter zu Jennys Schwesternkleid hinauf, das im Licht des Suchscheinwerfers wunderbar weiß aufleuchtete. Einer der Jungen stand unmittelbar am Gebäude, genau unter der Feuerleiter, und der Blick unter Jennys Rock und auf ihre angestrahlten Beine mußte ihn verwirrt haben, jedenfalls hatte er die Krise offenbar vergessen und *stand* einfach nur da. «Schwarz!» brüllte Bodger ihn an, aber der Junge hieß Warner, und so reagierte er nicht. Dekan Bodger mußte ihm einen Rippenstoß geben, damit er endlich aufhörte zu starren. «Matratzen holen, Schmidt!» befahl ihm der Dekan.

Jenny hatte ein Stückchen von der Rinne oder ein Partikel von einem Blatt ins Auge gekriegt, und sie mußte die Beine noch weiter spreizen, um nicht das Gleichgewicht zu verlieren. Als die Rinne nachgab, wurde die Taube, die Garp gefangen hatte, aus dem abgebrochenen Ende des Trogs herauskatapultiert und zu einem kurzen, aufgeregten Flug genötigt. Jenny stockte der Atem: im ersten Moment dachte sie, die verschwommen durch ihr Blickfeld segelnde Taube sei der in die Tiefe stürzende Körper ihres Sohnes. Aber noch hielt sie, wie sie sich beruhigt sagte, Garps Bein fest umklammert. Sie wurde zuerst tief in die Hocke gedrückt und dann mit der einen Hüfte auf den Absatz der Feuerleiter geworfen – durch das Gewicht eines ansehnlichen Teils der Regenrinne, der immer noch Garp enthielt. Erst als ihr bewußt wurde, daß sie beide sicher auf dem Absatz waren und saßen, ließ sie Garps Bein los. Ein kunstvoll geformter blauer Fleck, ein beinahe vollkommener Abdruck ihrer Finger, sollte seine Wade noch eine Woche lang zieren.

Vom Boden aus war die Szene verwirrend. Dekan Bodger sah ein plötzliches Durcheinander von Körpern über sich, hörte das Geräusch der reißenden Rinne, sah Schwester Fields stürzen. Er sah ein meterlanges Stück der Regenrinne in die Dunkelheit fallen, aber den Jungen sah er nicht mehr. Er sah etwas Taubenähnliches in und durch den Strahl seines Suchscheinwerfers sausen, aber er folgte dem Flug der Taube nicht – die sich, vom Licht geblendet, im Dunkeln verirrte: die Taube streifte die Eisenkante der Feuerleiter und brach sich das Genick. Die Taube hüllte sich in ihre Flügel und trudelte wie ein etwas zu weicher Fußball nach unten, ein gutes Stück vor der Matratzenreihe, die Bodger für den äußersten Notfall hatte auslegen lassen. Bodger sah die Taube und hielt das kleine, schnell abwärts gleitende Knäuel irrtümlich für das Kind.

Dekan Bodger war im Grunde ein beherzter und zuverlässiger Mann, Vater von vier streng erzogenen Kindern. Die Hingabe, mit der er auf dem Campus Polizeiarbeit verrichtete, beruhte weniger auf dem Verlangen, anderen Leuten den Spaß zu verderben, als vielmehr auf seiner Überzeugung, daß fast jeder Unfall unnötig war und sich mit List und Fleiß verhindern ließ. So kam es, daß Bodger glaubte, er könne das fallende Kind auffangen, denn in seinem immer besorgten Herzen war er auf eine Situation wie diese vorbereitet und wartete praktisch nur darauf, einen abstürzenden Jungen aus dem dunklen Himmel zu reißen. Der Dekan war kurzhaarig und muskulös und so seltsam proportioniert wie ein Bullterrier, und mit dieser Hunderasse hatte er auch die kleinen Augen gemeinsam, die bei ihm immer entzündet waren, so rotlidrig und schief wie Schweinsaugen. Ebenfalls wie ein Bullterrier war Bodger gut, wenn es darum ging, aus festem Stand heraus loszuspringen, was er nun tat, die starken Arme weit ausgestreckt, die Schweinsaugen auf die fallende Taube geheftet. «Ich hab dich, mein Sohn!» rief Bodger, womit er die Jungen in ihren Krankenhausnachthemden tödlich erschreckte. Auf so etwas waren sie nicht vorbereitet.

Dekan Bodger hechtete nach der Taube, die seine Brust mit einer Wucht traf, auf die selbst Bodger nicht ganz vorbereitet war. Die Taube brachte den Dekan ins Wanken und warf ihn auf den Rücken. Er merkte, wie ihm die Puste ausging, und lag keuchend da. Die zerzauste Taube hielt er in beiden Armen; ihr Schnabel piekste in sein Stoppelkinn. Einer der verschreckten Jungen wandte den Suchscheinwerfer vom vierten Stock ab und richtete den Lichtstrahl direkt auf den Dekan. Als Bodger sah, daß er eine Taube an die Brust drückte, warf er den toten Vogel über die Köpfe der staunenden Jungen hinweg auf den Parkplatz.

Im Aufnahmeraum des Krankenreviers herrschte Hochbetrieb. Dr. Pell war eingetroffen und behandelte jetzt Garps Bein – es war eine schartige, aber oberflächliche Wunde, die sorgfältig ausgeschnitten und gesäubert, jedoch nicht genäht werden mußte. Schwester Creen gab dem Jungen eine Tetanusspritze, während Dr. Pell einen kleinen rostigen Splitter aus Jennys Auge entfernte; Jenny hatte sich unter der Last des kleinen Garp und der Regenrinne den Rücken verzerrt, aber sonst ging es ihr gut. Die Atmosphäre in der Aufnahme war herzlich und heiter, außer wenn es Jenny gelang, den Blick ihres Sohnes auf sich zu lenken; für die anderen war Garp ein noch einmal davongekommener Held, aber bestimmt hatte er Angst davor, was Jenny in der Wohnung mit ihm anstellen würde.

Dekan Bodger wurde einer der wenigen Leute an der Steering School, die Jennys Zuneigung gewannen. Er winkte sie beiseite und sagte ihr, falls sie es für nützlich halte, sei er gern bereit, dem Jungen die Leviten zu lesen – sofern Jenny der Meinung sei, wenn er es besorge, werde es einen nachhaltigeren Eindruck hinterlassen als alles, was sie, Jenny, dem Jungen sagen könne. Jenny nahm das

Angebot dankbar an. Sie einigten sich auf eine Drohung, die den Jungen beeindrucken würde. Dann strich Bodger sich die Federn von der Brust und steckte sein Hemd wieder in die Hose, das wie eine Cremefüllung unter seiner engen Weste hervorgequollen war. Unvermittelt verkündete er den schnatternden Anwesenden, er würde gern einen Augenblick mit dem kleinen Garp allein sein. Alles verstummte. Garp versuchte, sich mit Jenny davonzustehlen, aber Jenny sagte: «Nein. Der *Dekan* möchte mit dir sprechen.» Dann waren sie allein. Garp wußte nicht, was ein Dekan war.

«Deine Mutter führt da drüben ein strenges Regiment, nicht wahr, mein Junge?» fragte Bodger. Garp verstand nicht, aber er nickte. «Sie macht ihre Sache sehr gut, wenn du mich fragst», sagte Dekan Bodger. «Sie sollte einen Sohn haben, auf den sie sich *verlassen* kann. Weißt du, was das heißt, *sich auf jemanden verlassen*, mein Junge?»

«Nein», sagte Garp.

«Es heißt: Kann sie dir glauben, daß du auch da bist, wo du sagst, daß du bist? Kann sie glauben, daß du nie etwas tust, was du nicht darfst? *Das* heißt, sich auf jemanden verlassen, mein Junge», sagte Bodger. «Glaubst du, daß deine Mutter sich auf dich verlassen kann?»

«Ja», sagte Garp.

«Bist du gern hier?» fragte Bodger ihn. Er wußte sehr gut, daß der Junge hier glücklich war; Jenny hatte vorgeschlagen, daß Bodger an diesem Punkt ansetzen sollte.

«Ja», sagte Garp.

«Hast du gehört, wie die Jungen mich nennen?» fragte der Dekan.

«‹Toller Hund›?» fragte Garp. Er hatte gehört, wie die Jungen im Revier *irgend jemanden* «Toller Hund» genannt hatten, und Dekan Bodger sah für Garp wie ein toller Hund aus. Aber der Dekan war überrascht; er hatte viele Spitznamen, doch diesen hatte er noch nie gehört.

«Ich meinte, daß die Jungen mich Sir nennen», sagte Bodger und war dankbar, daß Garp ein feinfühliges Kind war – Garp bemerkte den verletzten Ton in der Stimme des Dekans.

«Ja, Sir», sagte Garp.

«Und du bist also *gern* hier?» fragte der Dekan noch einmal.

«Ja, Sir», sagte Garp.

«Nun, wenn du noch *ein*mal auf die Feuerleiter gehst oder dich irgendwie in die Nähe des Daches wagst», sagte Bodger, «*darfst* du hier nicht mehr bleiben. Hast du verstanden?»

«Ja, Sir», sagte Garp.

«Dann sei ein braver Junge und mach deiner Mutter Freude», sagte Bodger, «oder du mußt ganz weit weg an einen fremden Ort ziehen.»

Garp fühlte sich plötzlich von Dunkelheit umgeben, ähnlich dem Dunkel und dem Gefühl, weit weg zu sein, das er gespürt haben mußte, als er vier Stockwerke über der Ebene, wo die Welt sicher war, in der Regenrinne lag. Er fing an zu weinen. Aber Bodger nahm Garps Kinn zwischen seinen dicken Daumen und seinen dekanhaften Zeigefinger und bewegte den Kopf des Jungen hin und her. «Du darfst deine Mutter *nie* enttäuschen, mein Sohn», sagte Bodger ihm. «Wenn du es doch tust, wirst du dein Leben lang ein schlechtes Gewissen haben, genau wie jetzt.»

«Der arme Bodger meinte es gut», schrieb Garp. «Ich *habe* die meiste Zeit meines Lebens ein schlechtes Gewissen gehabt, und ich *habe* meine Mutter enttäuscht. Aber Bodgers Verständnis dessen, was *wirklich* in der Welt geschieht, ist ebenso fragwürdig wie das Verständnis eines jeden anderen.»

Garp bezog sich hier auf die Illusion, der der arme Bodger in seinem späteren Leben anhing: daß er nicht eine Taube, sondern den kleinen Garp beim Sturz vom Dach des Nebengebäudes aufgefangen hatte. Zweifellos hatte der Augenblick, als er die Taube auffing, für den gutherzigen Bodger in dessen fortgeschrittenen Jahren eine ebenso große Bedeutung gewonnen, als *hätte* er Garp aufgefangen.

Dekan Bodgers Wirklichkeitssinn war oft gestört. Beim Verlassen des Krankenreviers stellte der Dekan fest, daß jemand den Suchscheinwerfer von seinem Auto abgeschraubt hatte. Er stürmte durch alle Krankenzimmer – selbst durch die mit den ansteckenden Fällen. «Sein Licht wird eines Tages auf den scheinen, der ihn genommen hat!» verkündete Bodger, aber niemand gestand. Jenny war überzeugt, daß es Meckler gewesen war, aber sie konnte es nicht beweisen. Dekan Bodger fuhr ohne seinen Scheinwerfer heim. Zwei Tage später hatte er die Grippe irgendeines Patienten und wurde im Krankenrevier ambulant behandelt. Jenny war voller Mitgefühl.

Es dauerte noch weitere vier Tage, bis Bodger einen Grund hatte, in sein Handschuhfach zu schauen. Der niesende Dekan fuhr gerade – mit einem neuen Suchscheinwerfer am Auto – den nächtlichen Campus ab, als er von einem neuen, erst vor kurzem eingestellten Wachmann angehalten wurde.

«Um Himmels willen, ich bin der Dekan», erklärte Bodger dem bebenden Jüngling.

«Aber das weiß ich nicht mit Sicherheit, Sir», sagte der Wachmann. «Man hat mir gesagt, daß ich niemanden auf den Fußwegen fahren lassen darf.»

«Man hätte Ihnen besser gesagt, daß Sie sich nicht mit Dekan Bodger anlegen sollen!» sagte Bodger.

«Das hat man mir auch gesagt, Sir», sagte der Wachmann, «aber ich *weiß* nicht, daß Sie Dekan Bodger sind.»

«Also gut», sagte Bodger, dem das humorlose Pflichtbewußtsein des Wachmanns insgeheim sehr gefiel, «ich kann zweifelsfrei beweisen, wer ich bin.» Dann fiel Dekan Bodger ein, daß sein Führerschein abgelaufen war, und er beschloß, dem Wachmann statt dessen seinen Kraftfahrzeugschein zu zeigen. Als Bodger das Handschuhfach öffnete, lag die verblichene Taube darin.

Meckler hatte wieder zugeschlagen; und wieder gab es keinen Beweis. Die Taube war nicht übermäßig verwest, und sie wand sich nicht vor Maden (noch nicht), aber Dekan Bodgers Handschuhfach wimmelte von Läusen. Die Taube war so tot, daß die Läuse sich nach einem neuen Heim umsahen. Der Dekan zog seinen Kraftfahrzeugschein so schnell wie möglich heraus, aber der junge Wachmann konnte die Augen nicht von der Taube wenden.

«Man hat mir erzählt, daß die hier ein echtes Problem sind», sagte der Wachmann. «Man hat mir erzählt, daß sie überall reinkommen.»

«Die Bengels kommen überall rein!» polterte Bodger. «Die Tauben sind relativ harmlos, auf die Jungen muß man aufpassen.»

Eine Zeitlang – unfair lange, wie Garp fand – paßte Jenny sehr genau auf *ihn* auf. Sie hatte eigentlich immer gut auf ihn aufgepaßt, aber sie hatte auch die Erfahrung gemacht, daß man sich auf ihn verlassen konnte. Jetzt mußte Garp ihr beweisen, daß man sich wieder auf ihn verlassen konnte.

In einer so kleinen Gemeinschaft wie der Steering School machen Neuigkeiten schneller die Runde als Tausendfüßler. Die Geschichte, daß der kleine Garp auf das Dach vom Nebengebäude des Krankenreviers geklettert war und daß seine Mutter nicht gewußt hatte, wo er war, machte sie beide verdächtig – Garp als Jungen, der einen schlechten Einfluß auf andere Jungen ausüben konnte, und Jenny als Mutter, die sich nicht richtig um ihren Sohn kümmerte. Natürlich bemerkte Garp vorerst die Diskriminierung nicht, aber Jenny, die diskriminierendes Verhalten immer sehr schnell erkannte (und es auch schnell voraussah), stellte wieder einmal fest, daß die Leute sich gemeine Vorurteile bildeten. Ihr Fünfjähriger war ausgebüxt und aufs Dach geklettert? Also kümmerte sie sich nie richtig um ihn! Also war er eindeutig ein *merkwürdiges* Kind.

Ein vaterloser Junge, sagten manche, der nichts als gefährliche Streiche im Sinn hat.

«Es ist merkwürdig», schrieb Garp, «daß die Familie, die *mich* von meiner Einzigartigkeit überzeugte, dem Herzen meiner Mutter nie nahestand. Mutter war praktisch, sie glaubte an Beweise und an Resultate. Sie glaubte zum Beispiel an Bodger, denn was ein Dekan machte, war zumindest sichtbar. Sie glaubte an spezifische Berufe: Geschichtslehrer, Ringtrainer – und Krankenschwestern natürlich. Aber die Familie, die mich von meiner Einzigartigkeit überzeugte, war niemals eine Familie, die Mutter respektierte. Mutter war der Meinung, daß die Percys Nichtstuer waren.»

Jenny Fields stand nicht allein mit diesem Glauben. Stewart Percy hatte einen Titel, aber keinen richtigen Beruf. Er war der sogenannte Sekretär der Steering School, aber kein Mensch hatte ihn je tippen sehen. Er hatte sogar seine eigene Sekretärin, aber kein Mensch hatte eine Ahnung, *was* sie zu tippen haben mochte. Eine Zeitlang schien Stewart Percy irgendeine Verbindung mit der Steering Alumni Association zu haben, einem Verein ehemaliger

Steering-Schüler, die vor Geld so einflußreich und vor Nostalgie so sentimental waren, daß sie bei der Verwaltung der Schule in hohem Ansehen standen. Aber der Geschäftsführer des Vereins behauptete, Stewart Percy sei bei den jüngeren Alumni zu unbeliebt, als daß er von irgendeinem Nutzen sein könne. Die jüngeren Alumni kannten Percy noch aus ihren Schülertagen.

Stewart Percy war nicht beliebt bei den Schülern, die ihrerseits den Verdacht hatten, daß Percy nichts tat.

Er war ein massiger, rosiger Klotz mit jener falschen Heldenbrust, die sich jeden Moment als dicker Bauch entpuppen kann – jener tapfer herausgedrückten Brust, die unversehens zusammenfallen und das Tweedsakko, das sie umspannt, sprengen kann, so daß die Regimentsstreifenkrawatte in den Farben der Steering School – «Blut und Blau», wie Garp sie immer nannte – in die Höhe flog.

Stewart Percy, den seine Frau Stewie rief – während eine Generation von Steering-Schülern ihn Dickwanst nannte –, hatte einen Plattkopf mit Haaren so silbern wie die Tapferkeitsmedaille. Die Jungen sagten, daß Stewarts Plattkopf an einen Flugzeugträger erinnern sollte, weil Stewart im Zweiten Weltkrieg bei der Navy gewesen war. Sein Beitrag zum Lehrplan der Steering School bestand aus einem einzigen Kurs, den er fünfzehn Jahre lang gab – so lange, wie die Geschichtslehrer brauchten, bis sie den Mumm und die nötige Respektlosigkeit entwickelt hatten, um ihm die Abhaltung des Kurses zu untersagen. Fünfzehn Jahre lang war er eine Peinlichkeit für alle. Nur die arglosesten Anfänger fielen überhaupt darauf herein, ihn zu belegen. Der Kurs hieß «Mein Teil vom Pazifik». Behandelt wurden nur die Seeschlachten des Zweiten Weltkrieges, an denen Stewart Percy persönlich teilgenommen hatte. Es waren zwei gewesen. Es gab keinerlei Lehrbücher für den Kurs; es gab nur Stewarts Vorlesungen und Stewarts persönliche Dia-Sammlung. Die Dias waren nach alten Schwarzweiß-Fotos angefertigt worden – ein Verfahren, das ihnen eine interessante Verschwommenheit verlieh. Mindestens eine denkwürdige Kurswoche von Dias betraf Stewarts Landurlaub in Hawaii, wo er seine Frau Midge kennengelernt und geheiratet hatte.

«Merkt euch, Jungs, sie war keine Eingeborene», pflegte er der

Klasse gewissenhaft zu erklären (obwohl man auf dem grauen Dia kaum erkennen konnte, *was* sie war). «Sie war nur zu *Besuch* dort, sie *kam* nicht von dort», pflegte Stewart zu sagen. Und dann folgten endlos viele Dias von Midges graublonden Haaren.

Die Kinder der Percys waren ebenfalls allesamt blond, und man mußte annehmen, daß auch sie eines Tages so silbern sein würden wie die Tapferkeitsmedaille – genau wie Stewie, den die Schüler zu Garps Zeiten nach einem Gericht nannten, das ihnen mindestens einmal in der Woche vorgesetzt wurde: Fat Stew. Fat Stew wurde aus einem anderen allwöchentlichen Gericht zubereitet: Mystery Meat. Aber Jenny Fields pflegte zu sagen, daß Stewart Percy gänzlich aus Haaren so silbern wie die Tapferkeitsmedaille bestand.

Und ob sie ihn nun Fettwanst oder Fat Stew nannten, die Jungen, die Stewart Percys Kurs «Mein Teil vom Pazifik» belegten, hätten eigentlich schon wissen müssen, daß Midge keine eingeborene Hawaiianerin war, obwohl man es manchen tatsächlich noch sagen mußte. Was die aufgeweckteren Jungen wußten und was alle Leute an der Steering School praktisch von Geburt an wußten – und hinfort stummer Verachtung überantworteten –, war der Umstand, daß Stewart Percy ausgerechnet Midge *Steering* geheiratet hatte. Sie war die letzte Steering. Die unbegehrte Prinzessin der Steering School – kein Schulleiter war ihr bisher über den Weg gelaufen. Stewart Percy heiratete in so viel Geld hinein, daß er gar nichts tun zu können *brauchte* – außer verheiratet zu bleiben.

Wenn Jenny Fields' Vater, der Schuhkönig, an Midge Steerings Geld dachte, zog es ihm die Schuhe aus.

«Midge war eine so verrückte Person», schrieb Jenny Fields in ihrer Autobiographie, «daß sie im Zweiten Weltkrieg Ferien auf Hawaii machte. Und sie war eine so *total* verrückte Person», schrieb Jenny, «daß sie sich tatsächlich in Stewart Percy verliebte und fast unverzüglich anfing, ihm seine blutleeren Tapferkeitsmedaillenkinder zu gebären – noch ehe der Krieg vorbei war. Und als der Krieg dann vorbei war, kehrte sie mit ihm und ihrer wachsenden Familie zur Steering School zurück. Und sie befahl der Schulverwaltung, ihrem Stewie einen Job zu geben.»

«Als ich noch ein kleiner Junge war», schrieb Garp, «gab es

schon drei oder vier kleine Percys, und weitere – augenscheinlich immer mehr – waren unterwegs.»

Die zahlreichen Schwangerschaften Midge Percys veranlaßten Jenny Fields zu boshaften Versen.

> *Was liegt in Midge Percys Bauch,*
> *so rund und so aufreizend hell?*
> *Es ist, wenn medaillensilbrig auch,*
> *nichts als ein haariges Knäuel.*

«Meine Mutter war eine schlechte Schriftstellerin», schrieb Garp über Jennys Autobiographie. «Aber sie war eine noch schlechtere Lyrikerin.» Als Garp fünf war, bekam er solche Gedichte allerdings noch nicht zu hören. Und warum war Jenny Fields so grausam gegen Stewart und Midge?

Jenny wußte, daß Fat Stew auf sie herabsah. Aber Jenny sagte nichts, sie behielt lediglich die Situation im Auge. Garp war ein Spielkamerad von den Kindern der Percys – sie durften Garp jedoch nicht im Nebengebäude des Krankenreviers besuchen. «Unser Haus ist wirklich besser geeignet für Kinder», sagte Midge einmal am Telefon zu Jenny. «Ich meine –» sie lachte – «ich glaube nicht, daß sie sich hier etwas *holen* können.»

Höchstens ein bißchen Dummheit, dachte Jenny, aber sie sagte nur: «Ich weiß, wer ansteckend ist und wer nicht. Und auf dem Dach spielt niemand.»

Um gerecht zu sein: Jenny wußte, daß das Haus der Percys, das ehemalige Haus der Familie Steering, ein Paradies für Kinder war. Es war mit Teppichen ausgelegt und geräumig und voll von Generationen geschmackvoller Spielsachen. Es war ein reiches Haus. Und da es von Dienstboten in Ordnung gehalten wurde, war es auch ein zwangloses Haus. Jenny haßte die Art Zwanglosigkeit, die sich die Familie Percy leisten konnte. Jenny fand, daß weder Midge noch Stewie die Intelligenz hatten, sich soviel Sorgen um ihre Kinder zu machen, wie sie sich hätten machen sollen. Außerdem hatten sie so *viele* Kinder. Wenn man eine *Menge* Kinder hat, überlegte Jenny, hat man dann vielleicht nicht mehr soviel Angst um jedes einzelne?

Jenny machte sich nämlich Sorgen um ihren Garp, wenn er fort war und mit den Kindern der Percys spielte. Jenny war auch in einem Haus der Oberschicht aufgewachsen, und sie wußte genau, daß Kinder der Oberschicht nicht wie durch Zauber vor Gefahren geschützt waren, nur weil sie irgendwie sicherer, mit einem widerstandsfähigeren Stoffwechsel und gefeiten Genen zur Welt gekommen waren. In der Umgebung der Steering School gab es jedoch viele, die das offenbar glaubten – weil es auf den ersten Blick zu stimmen schien. Es *war* etwas Besonderes an den aristokratischen Kindern dieser Familien: ihre Haare schienen immer zu sitzen, sie hatten nie Pickel. Vielleicht wirkten sie so, als stünden sie unter keinerlei Stress, weil es nichts mehr gab, was sie haben wollten, dachte Jenny. Aber dann fragte sie sich, wie sie selber es geschafft hatte, anders zu sein.

In Wahrheit beruhte ihre Sorge um Garp auf genauen Beobachtungen, die sie bei den Percys gemacht hatte. Die Kinder liefen frei herum, als ob ihre Mutter glaubte, sie seien gefeit. Die beinahe albinohaften Kinder der Percys mit ihrer beinahe durchsichtigen Haut wirkten wahrhaftig auf magische Weise, wenn nicht sogar regelrecht gesünder als andere Kinder. Und obwohl sich fast alle Lehrerfamilien über Fat Stew einig waren, fand man, daß die Kinder der Percys und selbst Midge offensichtlich «Klasse» besaßen. Starke, schützende Gene seien da am Werk, meinte man.

«Meine Mutter», schrieb Garp, «befand sich im *Kriegszustand* mit Leuten, die Gene so ernst nahmen.»

Und eines Tages sah Jenny ihren kleinen dunklen Garp über den Rasen vor dem Revier zu den eleganteren Lehrerhäusern hinüberlaufen, die weiß waren und grüne Fensterläden hatten und in deren Mitte das Haus der Percys thronte – wie die älteste Kirche in einer Stadt voller Kirchen. Jenny beobachtete die Meute von Kindern, wie sie die sicheren, abgezirkelten Fußwege der Schule entlangliefen – Garp allen anderen voran. Eine Reihe tolpatschiger, schwerfälliger Percys verfolgte ihn – und die anderen Kinder, die sich dem Rudel angeschlossen hatten.

Da war Clarence DuGard, dessen Vater Französisch unterrichtete und so roch, als ob er sich nie wüsche; er öffnete den ganzen

Winter über nie ein Fenster. Da war Talbot Mayer-Jones, dessen Vater mehr über die gesamte amerikanische Geschichte wußte als Stewart Percy über seinen kleinen Teil vom Pazifik. Da war Emily Hamilton, die acht Brüder hatte und ein Jahr, ehe man an der Steering School durch Abstimmung beschloß, Mädchen zuzulassen, an einer minderwertigen reinen Mädchenschule ihre Abschlußprüfung machen sollte; ihre Mutter sollte – nicht unbedingt infolge dieses Beschlusses, aber gleichzeitig mit seiner Bekanntgabe – Selbstmord begehen (was Stewart Percy zu der Bemerkung veranlaßte, genau das werde kommen, wenn man Mädchen zulasse: weitere Selbstmorde). Und da waren die Brüder Grove, Ira und Buddy, «aus dem Ort»; ihr Vater gehörte zu dem für die Erhaltung und Instandsetzung des Besitzes zuständigen Personal, und es war eine heikle Frage, ob man die Jungen überhaupt ermutigen sollte, die Steering School zu besuchen, und wie sie wohl zurechtkommen würden.

Jenny sah die Kinder über die frischgeteerten Wege zwischen den leuchtend grünen Rasenvierecken laufen, die von Gebäuden aus verwitterten und bröckligen Backsteinen – die fast wie rosa Marmor aussahen – umgeben waren. Wie sie zu ihrem Kummer feststellen mußte, lief der Hund der Familie Percy mit – nach Jennys Meinung ein dummes bösartiges Tier, das jahrelang der Leinenvorschrift trotzen sollte, so wie die Percys mit ihrer Zwanglosigkeit protzten. Der Hund, ein riesiger Neufundländer, hatte sich von einem Hündchen, das Mülleimer umstürzte und ohne Sinn und Verstand Baseball-Bälle verschleppte, zu einer heimtückischen Bestie entwickelt.

Eines Tages, als die Kinder spielten, hatte der Hund einen Volleyball zerbissen – nicht eigentlich eine bösartige Handlung. Ein grober Fehler nur. Doch als der Junge, dem der zusammengeschrumpfte Ball gehörte, versucht hatte, ihn dem großen Hund aus der Schnauze zu ziehen, hatte der Hund ihn gebissen – tiefe punktuelle Wunden in den Unterarm: kein Biß, wie eine Krankenschwester wußte, der nur ein Unfall war, ein Versehen und nach dem Motto: «Bonkers war ein bißchen aufgeregt, weil er so gern mit den Kindern spielt.» So sagte jedenfalls Midge Percy, die dem Hund den Namen Bonkers gegeben hatte. Sie erzählte Jenny, sie haben den Hund kurz nach der Geburt ihres vierten Kindes geschenkt bekommen. Das Wort *bonkers* bedeutete «ein bißchen verrückt», erzählte sie Jenny, und so war ihr zumute, wie sie sagte: sie war verrückt nach Stewie, obwohl sie doch schon die ersten vier Kinder von ihm hatte. «Ich war einfach verrückt nach ihm», sagte Midge zu Jenny, «und deshalb habe ich den armen Hund Bonkers genannt, um meine Gefühle für Stew zu beweisen.»

«Midge Percy war etwas verrückt, das stimmt», schrieb Jenny Fields. «Dieser Hund war ein Killer, und das einzige, was ihn schützte, war eines der vielen durchsichtigen und widersinnigen Vorurteile, für die die amerikanische Oberschicht berühmt ist: nämlich daß die Kinder und Haustiere der Aristokratie gar nicht frei *genug* sein können und daß sie gar nicht imstande sind, jemandem weh zu tun. Daß es *anderen* Leuten verboten sein müßte, die Welt zu übervölkern oder *ihre* Hunde von der Leine zu lassen, daß aber die Hunde und Kinder der reichen Leute ein Recht darauf haben, frei herumzulaufen.»

«Die Tölen der Oberschicht», pflegte Garp sie zu nennen – die Hunde *und* die Kinder.

Er hätte seiner Mutter darin zugestimmt, daß Bonkers, der Hund der Percys, gefährlich war. Neufundländer sind eine Rasse von Hunden mit glänzendem Fell, die so aussehen wie schwarze Bernhardiner mit Schwimmpfoten. Sie sind im allgemeinen träge und gutmütig. Aber auf dem Rasen der Percys beendete Bonkers ein Footballspiel, indem er seine fünfundsiebzig Kilo auf den Rücken des fünfjährigen Garp warf und dem Jungen das linke Ohrläppchen abbiß – und auch noch einen Teil von Garps restlichem Ohr. Bonkers hätte wahrscheinlich das *ganze* Ohr genommen, aber er war ein bemerkenswert konzentrationsschwacher Hund. Die anderen Kinder flohen in alle Richtungen.

«Bonkie hat jemand gebissen», sagte ein jüngerer Percy und zog Midge vom Telefon fort. Es war eine Familiengewohnheit der Percys, ein -y oder -ie an den Namen fast aller Familienangehörigen zu hängen. So wurden die Kinder – Stewart (jr.), Randolph, William, Cushman (ein Mädchen) und Bainbridge (ein weiteres Mädchen) – im Familienkreis nur Stewie Zwei, Dopey, schriller Willy, Cushie und Pu genannt. Die arme Bainbridge, deren Name nicht für eine Endung auf -y oder -ic prädestiniert war, war auch die letzte in der Familie, die Windeln trug; so wurde sie in dem scharfsinnigen Bemühen, sowohl lautmalerisch als auch literarisch zu sein, kurz Pu genannt.

Es war Cushie, die an Midges Arm hing und ihrer Mutter mitteilte: «Bonkie hat jemand gebissen.»

«Wen hat er denn diesmal erwischt?» sagte Fat Stew und griff nach einem Squash-Schläger, als wollte er sich der Sache annehmen, aber er war völlig unbekleidet; also zog Midge ihren Morgenrock zusammen und schickte sich an, als erste Erwachsene nach draußen zu laufen, um den Schaden in Augenschein zu nehmen.

Stewart Percy war zu Hause oft unbekleidet. Kein Mensch weiß, warum. Vielleicht wollte er sich von dem Stress befreien, den es mit sich brachte, wenn er immer so *ungemein* bekleidet auf dem Campus von Steering herumstolzierte und nichts anderes zu tun hatte, als sein Tapferkeitsmedaillensilber zur Schau zu tragen. Und vielleicht war es auch aus Notwendigkeit – bei all dem Nachwuchs, für den er verantwortlich war, *mußte* er zu Hause oft unbekleidet sein.

«Bonkie hat Garp gebissen», sagte die kleine Cushie Percy. Weder Stewart noch Midge bemerkten, daß Garp in der Tür stand – die ganze linke Seite seines Kopfes blutig und angebissen.

«Mrs. Percy?» flüsterte Garp, aber nicht laut genug, um gehört zu werden.

«Es war also Garp?» sagte Fat Stew. Er beugte sich vor, um den Squash-Schläger wieder in den Wandschrank zu stellen, und furzte. Midge sah ihn an. «Bonkie hat Garp also gebissen», sagte Stewart sinnend. «Nun, der Hund hat wenigstens einen guten Geschmack, nicht wahr?»

«Oh, Stewie», sagte Midge, und ein Gluckser, perlend wie ein Speicheltröpfchen, entfuhr ihr. «Garp ist doch noch ein kleiner Junge.» Und da stand er sogar, kurz vor einer Ohnmacht und auf den kostbaren Teppich im Flur blutend, der sich naht- und faltenlos durch vier der riesigen Räume im Erdgeschoß zog.

Cushie Percy, deren junges Leben im Kindbett enden sollte, während sie versuchte, ein Kind zur Welt zu bringen, das ihr erstes geworden wäre, sah Garp auf das Familienerbstück bluten: die bemerkenswerte Galerie. «Oh, wie schrecklich!» schrie sie und rannte zur Tür hinaus.

«Oh, ich werde wohl deine Mutter anrufen müssen», sagte Midge zu Garp, der ganz benommen war, weil er das Knurren und den Geifer des großen Hundes immer noch in seinem partiellen Ohr hatte.

Jahrelang sollte Garp Cushie Percys Aufschrei «Oh, wie schrecklich!» falsch deuten. Er dachte, sie hätte *nicht* sein angebissenes, blutiges Ohr, sondern ihres Vaters große graue Nacktheit, die den ganzen Flur ausfüllte, gemeint. *Das* war für ihn, Garp, schrecklich: der silberne, heldenbäuchige Navy-Mann, der von der imposanten Wendeltreppe der Percys nackt auf ihn zukam.

Stewart Percy kniete vor Garp nieder und blickte neugierig in das blutige Gesicht des Jungen. Aber Fat Stew schien seine Aufmerksamkeit nicht auf das böse zugerichtete Ohr zu richten, und Garp fragte sich, ob er den riesigen nackten Mann über die näheren Umstände seiner Verletzung informieren sollte. Aber Stewart Percy betrachtete nicht die Stelle, wo Garp verletzt war. Er betrachtete Garps glänzende braune Augen, ihre Farbe und ihre Form, und er schien sich von etwas zu überzeugen, denn nun nickte er streng und sagte zu seiner dümmlichen blonden Midge: «Japs.»

Auch bis Garp dies vollständig begriff, sollten Jahre vergehen. Aber Stewie Percy sagte zu Midge: «Ich war lange genug im Pazifik, um japanische Augen zu erkennen, wenn ich welche sehe. Ich habe dir doch *gesagt*, es war ein Japs.» Das *es*, das Stewart Percy meinte, war Garps Vater oder wen er dafür hielt. Dieses Ratespiel wurde von den Leuten an der Steering School oft und gern gespielt: man riet, wer Garps Vater war. Und Stewart Percy war auf Grund seiner Erfahrungen in seinem Teil vom Pazifik zu dem Schluß gekommen, daß Garps Vater ein Japaner war.

«Damals dachte ich», schrieb Garp, «‹Japs› sei ein Wort für mein abgebissenes Ohr.»

«Es hat keinen Sinn, seine Mutter anzurufen», sagte Stewie zu Midge. «Bring ihn gleich zum Krankenrevier rüber. Sie ist doch Schwester, nicht wahr? *Sie* wird schon wissen, was zu tun ist.»

Jenny wußte es allerdings. «Warum bringen Sie den Hund nicht auch her?» fragte sie Midge, während sie behutsam um das, was von Garps kleinem Ohr geblieben war, herumwusch.

«Bonkers?» fragte Midge.

«Bringen Sie ihn her», sagte Jenny. «Ich gebe ihm eine Spritze.»

«Eine Injektion?» fragte Midge. Sie lachte. «Meinen Sie, es gibt eine *Spritze*, damit er keine Leute mehr beißt?»

«Nein», sagte Jenny. «Ich meine, Sie könnten das Geld sparen – statt ihn zum Tierarzt zu bringen. Ich meine, es gibt eine Spritze, damit er *stirbt. So* eine Injektion. Dann *wird* er keine Leute mehr beißen.»

«So», schrieb Garp, «fing der Krieg mit den Percys an. Für meine Mutter war es, glaube ich, ein Klassenkampf, was, wie sie später sagte, alle Kriege waren. Was mich betrifft, so wußte ich nur, daß ich mich vor Bonkers hüten mußte. Und vor den übrigen Percys.»

Stewart Percy schickte Jenny Fields eine Hausmitteilung auf einem Bogen mit dem Briefkopf des Sekretärs der Steering School: «Ich kann nicht glauben, daß Sie tatsächlich von uns verlangen, Bonkers einschläfern zu lassen», schrieb Stewart.

«Sie können Ihren fetten Arsch darauf wetten, daß ich das verlange», sagte Jenny am Telefon zu ihm. «Oder binden Sie ihn wenigstens für alle Zeiten an.»

«Es hat keinen Sinn, einen Hund zu haben, wenn der Hund nicht frei rumlaufen kann», sagte Stewart.

«Dann geben Sie ihm eine Spritze», sagte Jenny.

«Bonkers hat alle seine Spritzen bekommen, trotzdem vielen Dank», sagte Stewart. «Er ist wirklich ein lieber Hund. Außer er wird provoziert.»

«Offenkundig», schrieb Garp, «war Fat Stew der Meinung, daß meine Japsenhaftigkeit Bonkers provoziert hatte.»

«Was bedeutet ‹guter Geschmack›?» fragte der kleine Garp seine Mutter. Dr. Pell nähte gerade sein Ohr im Krankenrevier. Jenny erinnerte den Arzt daran, daß Garp erst kürzlich eine Tetanusspritze bekommen hatte.

«Guter Geschmack?» fragte Jenny. Die merkwürdig aussehende Ohramputation zwang Garp, sein Haar immer lang zu tragen – worüber er sich später oft beschwerte.

«Fat Stew hat gesagt, Bonkers hat einen ‹guten Geschmack›», sagte Garp.

«Weil er dich gebissen hat?» fragte Jenny.

«Ich glaube, ja», sagte Garp. «Was bedeutet es?»

Jenny wußte es natürlich. Aber sie sagte: «Es bedeutet, daß Bonkers gewußt haben muß, daß du von allen Kindern am besten schmeckst.»

«Stimmt das?» fragte Garp.

«Bestimmt», sagte Jenny.

«Woher wußte das Bonkers?» fragte Garp.

«Das weiß ich nicht», sagte Jenny.

«Was bedeutet ‹Japs›?» fragte Garp.

«Hat Fat Stew das zu dir gesagt?» fragte ihn Jenny.

«Nein», sagte Garp. «Ich glaube, das hat er zu meinem Ohr gesagt.»

«Oh, ja, dein Ohr», sagte Jenny. «Es bedeutet, daß du besondere Ohren hast.» Aber sie fragte sich, ob sie ihm jetzt erzählen sollte, was sie von den Percys hielt, oder ob er ihr genügend glich, um zu einem späteren, wichtigeren Zeitpunkt von der Erfahrung des Zorns zu profitieren. Vielleicht, dachte sie, sollte ich diesen Brocken für ihn aufheben – für einen Augenblick, wenn er ihn *gebrauchen* kann. Im Geist sah Jenny Fields immer mehr und immer größere Schlachten auf sich zukommen.

«Meine Mutter schien einen Feind zu brauchen», schrieb Garp. «Ob real oder eingebildet, der Feind meiner Mutter half ihr zu erkennen, wie *sie* sich verhalten sollte und wie sie mich erziehen sollte. Sie war kein Naturtalent als Mutter; ich glaube sogar, meine Mutter bezweifelte, daß sich *irgend etwas* natürlich ergab. Sie tat alles, bis zuletzt, bewußt und mit Bedacht.»

So wurde die Welt, wie Fat Stew sie sah, in jenen frühen Jahren Garps zu Jennys Feind. Man könnte diese Phase «Vorbereitung Garps auf Steering» nennen.

Sie beobachtete, wie sein Haar wuchs und die fehlenden Teile seines Ohrs bedeckten. Sie staunte über sein gutes Aussehen, denn gutes Aussehen hatte bei ihrer Beziehung mit Technical Sergeant

Garp keine Rolle gespielt. Wenn der Sergeant gut ausgesehen hatte, dann hatte Jenny Fields es nicht wirklich bemerkt. Aber der kleine Garp sah gut aus, das konnte sie sehen, obwohl er klein blieb – als sei er dazu geboren, um in den MG-Turm hineinzupassen.

Die Kinder (die auf den Fußwegen und Rasenvierecken und Sportplätzen der Steering School herumliefen) wurden linkischer und befangener, während Jenny sie heranwachsen sah. Clarence DuGard brauchte bald eine Brille, die er immer wieder zerbrach; im Laufe der Jahre sollte Jenny ihn viele Male wegen seiner Ohrentzündungen und einmal wegen eines gebrochenen Nasenbeins behandeln. Talbot Mayer-Jones fing plötzlich an zu lispeln; er hatte einen flaschenförmigen Körper, jedoch eine liebenswürdige Art, und er litt unter einer leichten chronischen Sinusitis. Emily Hamilton wurde so groß, daß sie dauernd stolperte und stürzte und ständig aufgeschlagene Knie und Ellbogen hatte; die Art, wie ihre kleinen Brüste sich bemerkbar machten, ließ Jenny zusammenzucken – und weckte gelegentlich in ihr den Wunsch, eine Tochter zu haben. Ira und Buddy Grove, die Jungen «aus dem Ort», hatten dicke Fesseln und Handgelenke und Hälse und schmierige, ewig gequetschte Finger, weil sie sich zuviel in der Werkstatt ihres Vaters zu schaffen machten. Und groß wurden auch die Kinder der Percys, blond und von metallischer Sauberkeit, die Augen von der Farbe des stumpfen Eises auf dem brackigen Steering River, der durch die salzige Marsch zum nahen Meer sickerte.

Stewart jr., der Stewie Zwei genannt wurde, machte seine Abschlußprüfung an der Steering School, ehe Garp auch nur auf die Schule kam; Jenny behandelte ihn zweimal wegen eines verstauchten Knöchels und einmal wegen einer Gonorrhöe. Später absolvierte er die Harvard Business School, eine Staphylokokkeninfektion und eine Scheidung.

Randolph Percy wurde Dopey genannt, bis er starb (an einem Herzanfall, als er erst fünfunddreißig war – ein Beschäler so recht nach dem Herzen seines fetten Vaters und selber Vater von fünf Kindern). Dopey schaffte die Abschlußprüfung an der Steering School nicht, besuchte aber mit Erfolg eine andere Schule bis zum

Abschluß. Eines Tages rief Midge im Sonntagseßzimmer: «Unser Dopey ist tot!» Sein Kosename klang in diesem Zusammenhang so furchtbar, daß die Familie ihn, nach seinem Tod, endlich Randolph nannte.

William Percy, der schrille Willy, genierte sich wegen seines dummen Kosenamens, was für ihn sprach, und obwohl er drei Jahre älter war als Garp, stand er Garp sehr anständig bei, als Garp anfing. Jenny hatte William, den sie William nannte, immer gern gemocht. Sie behandelte viele Male seine Bronchitis, und die Nachricht von seinem Tod (in einem Krieg, unmittelbar nach seinem Examen in Yale) bewegte sie so sehr, daß sie einen langen Beileidsbrief an Midge und Fat Stew schrieb.

Was die Mädchen der Percys betraf, so sollte Cushie das bekommen, was sie verdiente (und Garp sollte sogar eine kleine Rolle dabei spielen – sie waren ungefähr gleichaltrig). Und der armen Bainbridge, der jüngsten Percy, die das schwere Los hatte, Pu genannt zu werden, blieb *ihre* Begegnung mit Garp erspart, bis Garp in den besten Mannesjahren war.

Alle diese Kinder und ihren Garp sah Jenny heranwachsen. Während sie darauf wartete, daß Garp für die Steering School bereit war, wurde die schwarze Bestie Bonkers sehr alt und langsamer – aber nicht zahnlos, wie Jenny konstatierte. Und immer nahm sich Garp vor ihm in acht, auch noch als Bonkers aufgehört hatte, mit den Kindern herumzutollen; wenn er auf der Lauer lag und – verfilzt und struppig und tückisch wie ein Dornbusch im Dunkeln – zwischen den weißen Säulen vor dem Haus der Percys drohend aufragte, behielt Garp ihn immer noch im Auge. Manchmal kam ein jüngeres Kind oder jemand, der neu in der Gegend war, dem Tier zu nahe und wurde gebissen. Jenny registrierte die Nähte und die Fleischwunden, für die der große sabbernde Hund verantwortlich war, aber Fat Stew ertrug all ihre kritischen Bemerkungen, und Bonkers blieb am Leben.

«Ich glaube, meine Mutter begann die Gegenwart dieses Hundes allmählich zu schätzen, auch wenn sie das nie zugegeben hätte», schrieb Garp. «Bonkers war für sie die Verkörperung des Feindes Percy – ein Wesen aus Muskeln und Fell und überriechendem Atem. Es muß meiner Mutter gefallen haben, daß sie miterlebte, wie der alte Hund langsamer wurde, während ich größer wurde.»

Als Garp für die Steering School bereit war, war der schwarze Bonkers vierzehn Jahre alt. Als Garp in die Schule aufgenommen wurde, hatte Jenny Fields selbst ein paar Haare von dem Silber der Tapferkeitsmedaille. Als Garp auf der Steering School anfing, hatte Jenny an allen Kursen teilgenommen, die es wert waren, und hatte sie nach ihrem allgemeinen und unterhaltenden Wert eingestuft. Als Garp Schüler der Steering School war, bekam Jenny Fields das traditionelle Geschenk, das Lehrer und andere Mitarbeiter erhielten, die es an der Schule fünfzehn Jahre lang ausgehalten hatten: die berühmten Steering-Teller. Die strengen Backsteingebäude der Schule, darunter auch das Nebengebäude des Krankenreviers, waren in die großen Eßflächen der Teller eingebrannt, naturgetreu und in den Farben der Steering School: dem guten alten Blut und Blau.

3

Was er später einmal
werden wollte

Im Jahre 1781 gründeten die Witwe und die Kinder von Everett Steering die Steering Academy, wie sie zuerst hieß. Sie taten es, weil Everett Steering beim Tranchieren seiner letzten Weihnachtsgans seiner um ihn versammelten Familie mitgeteilt hatte, seine einzige Unzufriedenheit mit *seiner* Stadt sei die, daß er seinen Söhnen keine Anstalt haben bieten können, die imstande gewesen wäre, sie auf eine höhere Bildung vorzubereiten. Seine Töchter erwähnte er nicht. Er war Schiffsbauer in einem kleinen Ort, dessen lebendiges Band zum Meer ein hoffnungslos verlorener Fluß war; Everett Steering wußte, daß der Fluß hoffnungslos verloren war. Er war ein gescheiter Mann und gewöhnlich nicht zum Spielen aufgelegt, aber nach dem Weihnachtsessen gestattete er sich eine Schneeballschlacht mit seinen Söhnen und seinen Töchtern. Er starb vor Anbruch der Nacht an einem Schlaganfall. Everett Steering war zweiundsiebzig; selbst seine Söhne und seine Töchter waren schon zu alt für Schneeballschlachten, aber er konnte die Stadt Steering mit Recht als *seine* Stadt bezeichnen.

Man hatte sie nach dem Freiheitskrieg im Rausch der Begeisterung über die Unabhängigkeit nach ihm benannt. Everett Steering hatte dafür gesorgt, daß eine Reihe von Kanonen an strategischen Punkten entlang des Flußufers in Stellung gebracht wurden, um die Briten, die, wie man vermutete, von der Great Bay den Fluß heraufgesegelt kommen würden, von einem Angriff abzuschrecken – einem Angriff, der nie kam. Der Fluß hieß damals Great River, doch nach dem Krieg wurde er Steering River genannt, und der Ort, der keinen richtigen Namen hatte – sondern immer nur The Meadows genannt worden war, weil er in dem Gebiet der Salz- und Süßwassersümpfe nur wenige Meilen landeinwärts lag –, wurde ebenfalls Steering genannt.

Viele Familien in Steering lebten vom Schiffsbau oder von anderen Gewerben, die von der See her den Fluß heraufkamen; solange der Ort The Meadows genannt wurde, war er ein Binnenhafen gewesen. Doch neben dem Wunsch, eine Akademie für Knaben zu gründen, hatte Everett Steering seiner Familie auch mitgeteilt, daß Steering nicht mehr lange ein Hafen sein würde. Der Fluß, bemerkte er, ersticke am Schlick.

Sein Leben lang hatte Everett Steering, soweit man wußte, immer nur einen Witz erzählt, und er hatte ihn nur seiner Familie erzählt: Der einzige nach ihm benannte Fluß sei voll Schmutz – und werde mit jeder Minute voller. Das Land war nichts als Sumpf und Wiesen, von Steering bis zum Meer, und sofern die Leute nicht zu dem Schluß kamen, daß es sich lohnte, Steering als Hafen zu erhalten und ein tieferes Bett für den Fluß auszubaggern, dann würde schließlich selbst ein Ruderboot Mühe haben, von Steering bis zur Great Bay zu gelangen (wenn die Flut nicht gerade sehr hoch war). Everett wußte all das. Everett Steering wußte, daß eines Tages die Flut das Flußbett von seinem Haus bis hin zum Atlantik mit Schlick füllen würde.

Im nächsten Jahrhundert waren die Steerings so weise, ihren Lebensunterhalt auf die Spinnerei und Weberei zu gründen, die sie über dem Wasserfall des Süßwasserteils ihres Flusses errichteten. Zur Zeit des Bürgerkriegs waren der einzige Gewerbebetrieb in der Stadt Steering am Steering River die Steering Mills. So stieg die Familie von Schiffen auf Tuch um, als die Zeit reif war.

Eine andere Schiffsbauerfamilie in Steering hatte nicht soviel Glück: ihr letztes Schiff schaffte nur den halben Weg von Steering zum Meer. In einem einst berüchtigten Teil des Flusses, «der Blinddarm» genannt, blieb das letzte in Steering gebaute Schiff für immer im Schlamm stecken, und noch jahrelang konnte man es von der Straße aus sehen, wie es bei Flut halb aus dem Wasser ragte und bei Ebbe auf dem Trockenen saß. Kinder spielten darin, bis es plötzlich Schlagseite bekam und jemandes Hund zermalmte.

Ein Schweinezüchter namens Gilmore barg die Schiffsmasten und zog damit seine Scheune hoch. Und zu der Zeit, als der junge Garp die Steering School besuchte, konnte die Schulmannschaft ihre Rennboote nur bei Flut auf dem Fluß rudern. Bei Ebbe ist der Steering River von Steering bis zum Meer eine einzige seichte Schlammlache.

So war es Everett Steerings Instinkt für Wasser zu verdanken, daß 1781 eine Akademie für Knaben gegründet wurde. Ein rundes Jahrhundert später blühte sie.

«Im Laufe all dieser Jahre», schrieb Garp, «müssen die schlauen Gene der Steerings sich irgendwie verwässert haben; was das Wasser betrifft, so verkamen die ehemals so guten Instinkte der Familie.» Garp genoß es, Midge Steering-Percy auf diese Weise zu charakterisieren. «Eine Steering, deren Instinkte für Wasser ihren Lauf beendet hatten», sagte er. Garp fand es herrlich ironisch, «daß die Steering-Gene für den Sinn für Wasser keine Chromosomen mehr hatten, als sie Midge erreichten. *Ihr* Sinn für Wasser war so pervertiert», schrieb Garp, «daß er sie zuerst nach Hawaii und dann zur US-Navy führte – in Gestalt von Fat Stew.»

Midge Steering-Percy war das Ende der direkten Linie. Nach ihr würde die Steering School selbst der letzte Steering sein, und vielleicht sah der alte Everett auch das voraus; viele Familien haben weniger oder Schlimmeres hinterlassen. Zu Garps Zeiten zumindest war die Steering School noch unnachsichtig und entschieden in ihrer Zielsetzung: der «Vorbereitung junger Männer auf eine höhere Bildung». Und Garp hatte überdies eine Mutter, die dieses Ziel ebenfalls sehr ernst nahm. Garp selbst nahm die Schule so ernst, daß es sogar Everett Steering, den Mann mit dem einen Witz in seinem Leben, erfreut hätte.

Garp wußte, welche Kurse er belegen sollte und wen er als Lehrer haben wollte. Das ist oft der Unterschied zwischen guten und schlechten Schulleistungen. Er war in Wirklichkeit kein begabter Schüler, aber er hatte Anleitung; viele seiner Kurse waren Jenny noch frisch im Gedächtnis, und sie war eine gute Einpaukerin. Von Natur aus war Garp wahrscheinlich kaum mehr zu intellektuellen Beschäftigungen befähigt als seine Mutter, aber er hatte Jennys starke Disziplin; eine Krankenschwester *ist* von Natur aus zu systematischer Arbeit befähigt, und Garp glaubte an seine Mutter.

Wenn Jenny als Ratgeberin versagte, dann nur auf einem Gebiet. Sie hatte sich nie um den Sportunterricht an der Steering School gekümmert und konnte Garp nicht sagen, welche Spiele ihm vielleicht gefallen würden. Sie konnte ihm sagen, daß die Ostasiatischen Kulturen von Mr. Merrill ihm besser gefallen würden als das England der Tudors von Mr. Langdell. Aber Jenny kannte zum Beispiel nicht die Unterschiede in Freud und Leid zwischen Football und Fußball. Sie hatte nur beobachtet, daß ihr Sohn klein, kräftig, gelenkig, schnell und ein Einzelgänger war; sie nahm an, er wisse bereits, welche Sportarten ihm gefallen würden. Er wußte es nicht.

Mannschaftssport, dachte er, ist dumm. Ein Boot im Gleichklang rudern, sein Ruder wie ein Galeerensträfling in fauliges Wasser eintauchen – und der Steering River war in der Tat faulig. Auf dem Wasser schwammen Fabrikabfälle und menschlicher Kot – und die Schlammlachen waren immer mit dem Salzwasserschleim bedeckt, den die Flut zurückließ (eine schmierige Masse, die aussah wie erkalteter ausgelassener Speck). Everett Steerings Fluß war voller Schmutz und Schlimmerem, aber selbst wenn sein Wasser glasklar gewesen wäre: Garp war nun einmal kein Ruderer. Und auch kein Tennisspieler. In einem seiner ersten Essays – in seinem ersten Jahr auf der Steering School – schrieb Garp: «Ich mache mir nichts aus Bällen. Der Ball steht zwischen dem Sportler und seinem Sport. Das gleiche gilt für Hockey-Pucks und Federbälle – und Schlittschuhe drängen sich genau wie Skier zwischen den Körper und den Boden. Und wenn man seinen Körper durch ein Verlängerungsutensil – ein Racket, ein Schlagholz oder einen Schläger – noch weiter vom Kampf distanziert, sind alle Reinheit der Bewegung, Kraft und Konzentration verloren.»

Da er für Football zu klein war und zu Fußball entschieden ein Ball gehörte, machte er Langstreckenlauf, was Geländelauf genannt wurde. Aber er trat in zu viele Pfützen und litt den ganzen Herbst unter einer permanenten Erkältung.

Als die winterliche Sportsaison begann, war Jenny bekümmert über die Ruhelosigkeit ihres Sohnes. Sie tadelte ihn: er mache zuviel her aus einer simplen sportlichen Entscheidung, und warum er denn nicht wisse, welche Turnart ihm die liebste sei? Aber Sport war in Garps Augen keine Erholung. *Nichts* war in Garps Augen Erholung. Er schien von Anfang an zu glauben, man müsse irgend etwas Anstrengendes bewältigen. («Schriftsteller lesen nicht zum Spaß», sollte Garp später in eigener Sache schreiben.) Auch schon ehe der junge Garp wußte, daß er Schriftsteller werden würde, oder wußte, *was* er werden wollte, gab es offenbar nichts, was er «zum Spaß» tat.

Garp mußte an dem Tag, an dem er sich für einen Sport im Winterhalbjahr eintragen sollte, im Krankenrevier bleiben. Jenny wollte ihn nicht aus dem Bett lassen: «Du weißt doch sowieso nicht, wofür du dich eintragen willst.» Alles, was Garp tun konnte, war husten.

«Zu albern! Wirklich kaum zu glauben!» erklärte Jenny. «Da lebst du fünfzehn Jahre unter diesen hochnäsigen, ungezogenen Leuten – und bringst dich halb um, wenn du dich entscheiden sollst, welchen Sport du treiben willst, um dich nachmittags zu beschäftigen.»

«Ich habe meine Sportart noch nicht gefunden», krächzte Garp. «Ich muß mir eine Sportart suchen.»

«Warum?» fragte Jenny.

«Ich weiß es nicht», stöhnte er und hustete und hustete.

«Gott erhöre dein Flehen!» klagte Jenny. «Jetzt werde *ich* dir einen Sport suchen», sagte sie. «Ich gehe jetzt zur Turnhalle und trage dich für irgend etwas ein.»

«Nein!» flehte Garp.

Und Jenny sprach aus, was für Garp während seiner vier Jahre auf der Steering School ihre ewige Litanei war: «Ich weiß mehr als du, nicht wahr?» Garp sank auf sein verschwitztes Kissen zurück.

«Aber nicht *darüber*, Mom», sagte er. «Du hast alle Kurse besucht, aber du hast nie in einer *Mannschaft* gespielt.»

Falls Jenny Fields einsah, daß dies eines ihrer seltenen Versäumnisse war, gab sie es zumindest nicht zu. Es war ein typischer Dezembertag: gefrorener Matsch überzog den Boden wie Glasscherben, und die Stiefel von achthundert Jungen hatten den Schnee in grauen Schmutz verwandelt. Jenny Fields zog sich warm an und wanderte über den winterlich grimmigen Campus, ganz die überzeugte und entschlossene Mutter, die sie war. Sie sah aus wie eine Krankenschwester, die gewillt ist, der grausamen russischen Front wenigstens ihr bißchen Hoffnung zu bringen. Auf solche Weise näherte Jenny Fields sich der Turnhalle der Steering School. In den ganzen fünfzehn Jahren, die sie in Steering verbracht hatte, war sie noch nie dort gewesen – sie hatte nicht gewußt, daß es wichtig war. Ganz am entgegengesetzten Ende des Campus, umgeben von den großen Sportplätzen, den Hockeyplätzen, den Tenniscourts, sah Jenny die riesige Turnhalle aus dem Schnee aufragen, drohend wie eine Schlacht, die sie nicht vorausgesehen hatte, und ihr Herz füllte sich mit Sorge und Schwermut.

Die Seabrook-Turnhalle und das Seabrook-Sporthaus – und das Seabrook-Stadion und die Seabrook-Eishockeyfelder – waren nach dem grandiosen Sportlehrer und Flieger-As des Ersten Weltkriegs Miles Seabrook benannt. Sein Gesicht und sein massiger Torso begrüßten Jenny in Gestalt eines Triptychons von Fotos, die reliquiengleich in der Vitrine der Eingangshalle ausgestellt waren. Miles Seabrook, Jahrgang 09, einen ledernen Footballhelm auf dem Kopf, die Schulterpolster wahrscheinlich überflüssig. Unter dem Foto der alten Nr. 32 das schwer mitgenommene Trikot selbst: verblichen und oft von Motten bestürmt, ein Häuflein Stoff, lag es in der verschlossenen Trophäenvitrine unter dem ersten Drittel des Foto-Triptychons. Ein Schild verkündete es: SEIN ECHTES HEMD.

Das Mittelstück in dem Triptychon zeigte Miles Seabrook als Hockey-Torwart – in jenen alten Tagen trugen die Torhüter Polster, aber das tapfere Gesicht war nackt, die Augen blickten klar und herausfordernd, und überall sah man die Narben. Miles Seabrooks mächtige Gestalt füllte das mickrige Netz aus. Wie hatte man bloß bei Miles Seabrook mit seinen katzenschnellen und bärengroßen Lederpfoten, seinem keulenähnlichen Schläger und seinem Brustschutz, seinen Schlittschuhen, die wie die langen Klauen eines riesigen Ameisenbärs wirkten, einen Treffer landen können? Unter dem Footballbild und der Hockeyaufnahme standen die Ergebnisse der *großen* Spiele des Jahres: für alle Kampfspielarten endete die Saison mit dem traditionellen Kampf gegen die Bath

Academy, die fast so alt und berühmt wie die Steering School und der Erzrivale jedes Steering-Schülers war. Die verhaßten Bath-Jungen trugen Gold und Grün (zu Garps Zeiten nannte man ihre Farben Kotze und Babyscheiße). STEERING 7, BATH 6; STEERING 3, BATH 0. Niemand landete einen Treffer bei Miles.

Captain Miles Seabrook, wie er unter dem dritten Foto des Triptychons genannt wurde, starrte Jenny aus einer Uniform entgegen, die ihr nur zu vertraut war. Es war eine Fliegerkombination, sie erkannte es sofort; die Kluft hatte sich zwischen den Weltkriegen zwar verändert, aber nicht so sehr, daß Jenny den keck hochgeschlagenen, mit Schaffell gefütterten Kragen, den siegessicher herunterbaumelnden Kinnriemen der Fliegermütze, die hochgedrehten Ohrenschützer (Miles Seabrooks Ohren wurden nicht kalt!) und die achtlos in die Stirn geschobene Pilotenbrille nicht erkannt hätte. An seiner Kehle das blendend weiße Halstuch. Unter diesem Porträt stand kein Ergebnis, aber hätte irgend jemand von der Sportabteilung der Steering School Sinn für Humor gehabt, dann hätte Jenny vielleicht lesen können: VEREINIGTE STAATEN 16, DEUTSCHES REICH 1. Sechzehn Flugzeuge hatte Miles Seabrook nämlich abgeschossen, ehe die Deutschen einen Treffer bei ihm landeten.

Bänder und Auszeichnungen lagen staubig in der verschlossenen Trophäenvitrine, wie Opfergaben auf einem Altar für Miles Seabrook. Dazwischen lag auch ein ramponiertes Stück Holz, das Jenny irrtümlich für ein Fragment von Miles Seabrooks abgeschossenem Flugzeug hielt – sie war auf *jede* Geschmacklosigkeit gefaßt. Aber das Holz war nur alles, was von seinem letzten Hokkeyschläger übriggeblieben war. Warum nicht sein Suspensorium? dachte Jenny Fields. Oder, wie ein Andenken an ein gestorbenes Baby, eine Locke von seinem Haar? Das auf allen drei Fotos von einem Helm oder einer Mütze oder einer dicken gestreiften Socke bedeckt war. Vielleicht, dachte Jenny – mit bezeichnender Geringschätzung –, hatte Miles Seabrook eine Glatze.

Jenny ärgerte sich über die Haltung, die stillschweigend mit den in der staubigen Vitrine liegenden Dingen verehrt wurde. Der Krieger-Athlet, der lediglich wieder die Uniform wechselte. Der Körper erhielt jedesmal nur einen vorgetäuschten Schutz:

als Schulschwester der Steering School hatte Jenny fünfzehn Jahre lang Football- und Hockeyverletzungen gesehen – trotz aller Helme, Masken, Riemen, Schnallen, Scharniere und Polster. Und Sergeant Garp und all die anderen hatten Jenny gezeigt, daß Männer im Kriege einen besonders illusorischen Schutz hatten.

Verdrossen ging Jenny weiter; als sie an den Vitrinen vorbeischritt, hatte sie das Gefühl, daß sie sich dem Motor einer gefährlichen Maschine näherte. Sie mied die arenagroßen offenen Räume in der Halle, wo sie das kämpferische Geschrei und Gegrunze hörte. Sie suchte die dunklen Flure, wo sie die Büros vermutete. Habe ich fünfzehn Jahre gewartet, dachte sie, um mein Kind an *das* zu verlieren?

Sie erkannte einen Teil des Geruchs. Desinfektionsmittel. Jahre angestrengten Scheuerns. Kein Zweifel, in einer Turnhalle lauerten Keime von ungeheurer Wirkungsfähigkeit auf ihre Chance. Dieser Teil des Geruchs erinnerte sie an Kliniken und an das Krankenrevier – abgestandene, postoperative Luft. Doch hier, in dem riesigen, zum Andenken an Miles Seabrook errichteten Gebäude, herrschte noch ein *anderer* Geruch, der ihr so widerwärtig war wie der Geruch von Sex. Der Komplex der Turnhalle und des Sporthauses war 1919 erbaut worden, knapp ein Jahr vor ihrer Geburt: was Jenny roch, waren fast vierzig Jahre herausgepreßtes Furzen und Schwitzen von Jungen, die unter Stress und Spannung standen. Was Jenny roch, war *Wettkampf*, wild und voller Enttäuschungen. Sie war eine solche Außenseiterin – in *ihrer* Jugend hatte das alles nie eine Rolle gespielt.

In einem Flur, der von den verschiedenen zentralen Kraftfeldern der Turnhalle getrennt schien, blieb Jenny stehen und horchte. Irgendwo in der Nähe war ein Gewichtheberaum; sie hörte das Dröhnen der Eisenscheiben und das Stöhnen, das auf fortschreitende Leistenbrüche hindeutete – ein ausgesprochener Schwesterngesichtspunkt. Jenny hatte tatsächlich den Eindruck, daß das ganze Gebäude ächzte und preßte, als litten sämtliche Schüler der Steering School an Verstopfung und wollten sich in der abscheulichen Turnhalle Erleichterung verschaffen.

Jenny Fields fühlte sich geschlagen, so wie sich nur ein Mensch fühlen kann, der immer achtsam gewesen ist und sich plötzlich einem Fehler konfrontiert sieht.

In diesem Moment tauchte der blutende Ringer vor ihr auf. Jenny wußte nicht genau, wie der angeschlagene, tropfende Junge sie überrascht hatte, aber von dem Gang mit den kleinen, harmlos wirkenden Räumen ging eine Tür ab, und das Gesicht des Ringers war genau vor ihr, der Kopfschutz saß so schief auf seinem Schädel, daß ihm der Kinnriemen in den Mund geglitten war und die Oberlippe zu einem fischartigen Grinsen verzog. Die kleine Schale an dem Riemen, die vorher sein Kinn gehalten hatte, lief jetzt von dem Blut über, das aus seiner Nase strömte.

Als Krankenschwester ließ Jenny sich nicht übermäßig von Blut beeindrucken, aber sie duckte sich wegen der voraussehbaren Kollision mit dem stämmigen, nassen, bullig wirkenden Jungen, der es jedoch noch irgendwie schaffte, ihr auszuweichen und zur Seite zu taumeln. Bewundernswert, was Flugbahn und Fülle betrifft, erbrach er sich auf seinen Sportkameraden, der sich bemühte, ihn zu stützen. «Verzeihung», gurgelte er, denn die meisten Jungen von Steering waren gut erzogen.

Sein Sportkamerad tat ihm den Gefallen, seinen Kopfschutz abzunehmen, damit der Unglückliche nicht an seinem Erbrochenen würgte oder erstickte; er achtete kaum darauf, daß er selbst besudelt war, und rief laut durch die offene Tür des Ringraums: «Carlisle hat es nicht mehr geschafft!»

Durch die Tür jenes Raumes, dessen Hitze Jenny anzog, wie ein tropisches Treibhaus einen mitten im Winter in Versuchung bringen kann, antwortete die klare Tenorstimme eines Mannes. «Carlisle! Sie haben *zweimal* von dem Kantinenfraß nachgefaßt, Carlisle! Schon beim *ersten*mal hätten Sie verdient, zu kotzen! *Kein Mitleid*, Carlisle!»

Carlisle, für den es kein Mitleid gab, schleppte sich den Gang weiter; er blutete und rülpste sich zu einer Tür, durch die er seinen triefenden Abgang machte. Sein Sportkamerad, der ihm in Jennys Augen ebenfalls das Mitleid versagt hatte, ließ Carlisles Kopfschutz mit dem Rest von Carlisles Erbrochenem zu Boden fallen; dann ging er zu den Spinden. Jenny hoffte, daß er sich umziehen würde.

Sie sah auf die offene Tür des Ringraums; sie holte Luft und ging hinein. Sofort meinte sie das Gleichgewicht zu verlieren. Unter den Füßen hatte sie ein weiches, fleischiges Gefühl, und die Wand gab bei ihrer Berührung nach, als sie sich dagegenlehnte; sie war in einer gepolsterten Zelle mit warmen und weichen Matten auf dem Boden und an den Wänden, mit einer Luft, die zum Ersticken heiß war und nach Schweiß stank, so daß sie kaum zu atmen wagte.

«Tür zu!» sagte die Tenorstimme des Mannes – denn Ringkämpfer, das erfuhr Jenny später, *lieben* die Hitze und ihren Schweiß, besonders wenn sie abnehmen wollen, und sie *blühen auf*, wenn Wände und Fußboden so heiß und weich sind wie die Gesäßbacken schlafender Mädchen.

Jenny schloß die Tür. Sogar die Tür war mit einer Matte gepolstert, und sie ließ sich mit dem Gedanken dagegensinken, irgend jemand könnte die Tür von außen öffnen und sie barmherzig freilassen. Der Mann mit der Tenorstimme war der Trainer, und Jenny sah durch die flimmernde Hitze, wie er an der Wand des langen Raumes entlangschritt, da er nicht stillstehen konnte, während er seine kämpfenden Ringer mit zusammengekniffenen Augen beobachtete. «Noch dreißig Sekunden!» schrie er sie an. Die Paare auf den Matten zuckten wie unter einem elektrischen Schlag zusammen. Die Zweiergruppen im Ringraum hatten sich zu unentwirrbaren, brutalen Knäueln verfilzt, und die Ringer mühten sich in Jennys Augen so hektisch und verzweifelt ab wie bei einer Vergewaltigung.

«Noch fünfzehn Sekunden!» schrie der Trainer. *«Beeilung!»*

Das verschlungene Paar, das Jenny am nächsten war, trennte sich plötzlich, die verknoteten Gliedmaßen befreiten sich, die Adern auf den Armen und Hälsen pochten. Der Mund des einen Jungen entließ einen atemlosen Ausruf und einen Speichelfaden, als sein Gegner sich von ihm löste und sie beide gegen die gepolsterte Wand purzelten.

«Die Zeit ist um!» schrie der Trainer. Er benutzte keine Pfeife. Die Ringer erschlafften unvermittelt und lösten sich mit großer Langsamkeit voneinander. Ein halbes Dutzend von ihnen taumelte jetzt auf Jenny und die Tür zu; sie dachten an das Trinkwasserbecken und an frische Luft, doch Jenny nahm an, sie wollten hinaus auf den Gang, um sich zu übergeben oder in Ruhe zu bluten – oder beides.

Jenny und der Trainer waren die einzigen stehenden Gestalten, die im Ringraum zurückblieben. Jenny konstatierte, daß der Trainer ein adretter kleiner Mann war, gedrungen wie eine Sprungfeder; sie konstatierte außerdem, daß er fast blind war, denn nun schaute er mit zusammengekniffenen Augen in ihre Richtung und erkannte, daß ihre Weiße und ihre Konturen nicht zu dem Ringraum gehörten. Er tastete nach seiner Brille, die er gewöhnlich auf den Mattenrand an der Wand legte, etwa in Kopfhöhe – wo sie nicht so leicht von einem gegen die Wand geschleuderten Ringer zerbrochen werden konnte. Jenny konstatierte, daß der Trainer ungefähr in ihrem Alter war und daß sie ihn noch nie auf dem Campus von Steering oder in der Nähe gesehen hatte – weder mit noch ohne Brille.

Der Trainer war neu in Steering. Er hieß Ernie Holm, und bisher hatte er die Leute von Steering genauso eingebildet gefunden, wie Jenny sie gefunden hatte. Ernie Holm hatte an der University of Iowa zweimal zu den zehn landesbesten Ringern gehört, aber er hatte nie einen nationalen Titel gewonnen, und er hatte fünfzehn Jahre lang an Highschools überall in Iowa als Trainer gearbeitet und dabei versucht, sein einziges Kind, eine Tochter, allein großzuziehen. Er hatte vom Mittleren Westen die Schnauze voll, wie er es gesagt hätte, und er war an die Ostküste gekommen, um seiner Tochter eine Klasseausbildung zu garantieren, wie er es ebenfalls gesagt hätte. Sie war der Grips der Familie, wie er gern sagte – und sie hatte das gute Aussehen ihrer Mutter, die er nie erwähnte.

Die fünfzehnjährige Helen Holm hatte ihr bisheriges Leben lang nachmittäglich drei Stunden lang in Ringräumen von Iowa bis Steering gesessen und zugesehen, wie Jungen jeder Größe schwitzten und sich gegenseitig herumschleuderten. Helen sollte Jahre später bemerken, daß ihre Kindheit als einziges Mädchen in Ringräumen sie zu einer großen Leserin gemacht hatte. «Ich bin als Zuschauerin aufgewachsen», sagte Helen. «Ich bin zur Voyeurin erzogen worden.»

Sie war eine so gute und so unermüdliche Nonstopleserin, daß

Ernie Holm nur ihretwegen an die Ostküste gezogen war. Er hatte die Stelle an der Steering School Helens wegen angenommen: in seinem Vertrag hatte er gelesen, daß die Kinder der Lehrer und anderen Mitarbeiter die Steering School gratis besuchen konnten – oder sie erhielten den entsprechenden Betrag für den Besuch einer anderen Privatschule. Ernie Holm selbst war ein schlechter Leser; irgendwie hatte er die Tatsache übersehen, daß die Steering School nur Jungen aufnahm.

So zog er im Herbst ins frostige Steering und meldete seine Tochter wieder einmal in einer kleinen schlechten staatlichen Schule an. Wahrscheinlich war die staatliche Schule in Steering sogar noch schlechter als die meisten anderen staatlichen Schulen, weil die gescheiten Jungen aus dem Ort alle die Steering School besuchten und die gescheiten Mädchen alle fortgingen. Ernie Holm hatte nicht einkalkuliert, daß er seine Tochter würde fortschicken. müssen – er war ja extra deswegen umgezogen, um bei ihr zu bleiben. Während er sich an seine neuen Pflichten gewöhnte, erkundete Helen Holm die Randbezirke der großen Steering School, verschlang die Bücher aus der Buchhandlung und der Bibliothek (und hörte dabei zweifellos Geschichten über die *andere* große Leserin in Steering: Jenny Fields); und Helen fuhr fort, sich wie in Iowa unter ihren langweiligen Klassenkameraden auf ihrer langweiligen staatlichen Schule zu langweilen.

Ernie Holm hatte ein Gespür für Leute, die sich langweilten. Er hatte sechzehn Jahre vorher eine Krankenschwester geheiratet; als Helen geboren wurde, gab die Krankenschwester die Krankenpflege auf, um eine Ganztagsmutter zu sein. Nach sechs Monaten wollte sie wieder Krankenschwester werden, aber damals gab es in Iowa noch keine Kindertagesheime, und Ernie Holms junge Frau entfernte sich nach und nach unter dem Druck, eine Ganztagsmutter und Exkrankenschwester zu sein. Eines Tages verließ sie ihn. Sie hinterließ ihm eine Ganztagstochter und keine Erklärung.

So wuchs Helen Holm in Ringräumen auf – ein sehr sicherer Ort für kleine Kinder, da sie rundherum gepolstert und immer schön warm sind. Bücher hatten Helen davor bewahrt, daß sie sich langweilte. Ernie Holm fragte sich allerdings besorgt, wie lange Fleiß und Interesse seiner Tochter wohl noch in einem Vakuum genährt werden konnten. Ernie war überzeugt, daß zumindest die *Gene* für Langeweile in seiner Tochter waren.

Deshalb war er nach Steering gegangen. Und deshalb war Helen, die ebenfalls eine Brille trug – und ebensosehr darauf angewiesen war wie ihr Vater –, an diesem Tag, als Jenny Fields in den Ringraum spaziert kam, bei ihrem Vater. Jenny bemerkte Helen nicht; wenige Leute bemerkten Helen, als sie fünfzehn war. Helen bemerkte Jenny dagegen sofort; Helen war insofern anders als ihr Vater, als sie nicht mit Jungen rang oder Schritte und Griffe demonstrierte, und deshalb behielt *sie* ihre Brille auf.

Helen Holm hielt fortwährend Ausschau nach Krankenschwestern, weil sie fortwährend Ausschau nach ihrer verschwundenen Mutter hielt, nach der ihr Vater nie gesucht hatte. Bei Frauen hatte Ernie Holm einige Erfahrung darin, ein Nein als Antwort zu betrachten. Doch als Helen klein gewesen war, hatte Ernie ihr oft ein spekulatives Märchen erzählt, das er sich zweifellos selbst gern ausmalte – eine Geschichte, die auch Helen immer gefesselt hatte. «Eines Tages», so lautete die Geschichte, «begegnest du vielleicht einer hübschen Krankenschwester, die so aussieht, als *wüßte* sie nicht mehr, wo sie ist, und sie blickt dich vielleicht an, als wüßte sie auch nicht, wer *du* bist – aber sie sieht vielleicht so aus, als würde sie es gern herausfinden.»

«Und das ist meine Mutter?» fragte Helen dann.

«Und das ist deine Mutter!» sagte Ernie dann.

So kam es, daß Helen Holm, als sie im Ringraum von Steering von ihrem Buch aufblickte, ihre Mutter zu sehen glaubte. Jenny Fields in ihrer weißen Schwesterntracht wirkte immer fehl am Platz; hier, auf den hochroten Matten der Steering School, sah sie dunkelhaarig und gesund, kräftig gebaut und gut aus, wenn auch nicht unbedingt hübsch, und Helen Holm muß gedacht haben, keine andere Frau würde sich in dieses weichbodige Inferno gewagt haben, wo ihr Vater arbeitete. Helens Brille beschlug, sie klappte das Buch zu; in ihrem anonymen grauen Trainingsanzug, der ihre noch unausgeprägte fünfzehnjährige Gestalt – ihre spitzen Hüften und ihre kleinen Brüste – verbarg, lehnte sie sich linkisch an die Wand des Ringraums und wartete darauf, daß ihr Vater ein Zeichen des Erkennens von sich gab.

Aber Ernie Holm tastete immer noch nach seiner Brille; wie im Nebel sah er die weiße Gestalt – unbestimmt weiblich, vielleicht eine Krankenschwester –, und sein Herzschlag stockte bei der Möglichkeit, an die er nie wirklich geglaubt hatte: die Rückkehr seiner Frau, ihre Worte «Oh, wie ich dich und unsere Tochter vermißt habe!» Welche *andere* Krankenschwester würde seine Arbeitsstätte betreten?

Helen sah die unbeholfenen Gesten ihres Vaters und faßte sie als das erforderliche Zeichen auf. Sie ging über die blutwarmen Matten auf Jenny zu, und Jenny dachte: Mein Gott, das ist ja ein *Mädchen*! Ein hübsches Mädchen mit Brille. Was tut ein hübsches Mädchen an solch einem Ort?

«Mom?» sagte das Mädchen zu Jenny. «*Ich* bin's, Mom! *Helen*», sagte sie und brach in Tränen aus; sie warf ihre dünnen Arme um Jennys Schultern und preßte ihr nasses Gesicht an Jennys Hals.

«Jesus Christus!» sagte Jenny Fields, die sich noch nie gern hatte anfassen lassen. Aber sie war Krankenschwester, und sie mußte Helens Verlangen gespürt haben; sie schob das Mädchen nicht von sich, obwohl sie ganz genau wußte, daß sie nicht Helens Mutter war. Jenny Fields fand, *einmal* Mutter geworden zu sein, sei vollauf genug. Kühl tätschelte sie den Rücken des weinenden Mädchens und blickte den Ringtrainer, der in diesem Augenblick seine Brille wiedergefunden hatte, flehentlich an. «Ich bin auch nicht *Ihre* Mutter», sagte Jenny höflich zu ihm, denn er sah sie mit der gleichen jähen Erleichterung an, die Jenny in dem Gesicht des hübschen Mädchens beobachtet hatte.

Ernie Holm seinerseits dachte, die Ähnlichkeit ginge tiefer als die Tracht und die Zufallsrolle eines Ringraums im Leben zweier Krankenschwestern; aber Jenny war nicht so hübsch wie Ernies davongelaufene Frau, und Ernie dachte, selbst fünfzehn Jahre könnten seiner Frau nicht angetan haben, daß sie jetzt so unauffällig und lediglich gut aussah wie Jenny. Trotzdem sah Jenny nett aus in Ernie Holms Augen, die nun ein undeutliches um Entschuldigung bittendes Lächeln lächelten, das seinen Schülern von den Malen her, wenn sie verloren hatten, vertraut war.

«Meine Tochter hat gedacht, Sie wären ihre Mutter», sagte Ernie Holm zu Jenny. «Sie hat ihre Mutter eine Weile nicht mehr gesehen.»

Offensichtlich, dachte Jenny Fields. Sie fühlte, wie das Mädchen sich anspannte und aus ihren Armen federte.

«Das ist nicht deine Mom, Liebling», sagte Ernie Holm zu Helen, die bis zur Wand des Ringraums floh; sie war ein sprödes Mädchen, ganz und gar nicht gewohnt, ihre Emotionen zu zeigen – nicht einmal ihrem Vater.

«Und haben Sie gedacht, ich sei Ihre *Frau*?» fragte Jenny Ernie, weil sie einen Augenblick den Eindruck gehabt hatte, auch er hätte sie verwechselt. Sie überlegte, eine wie lange «Weile» Mrs. Holm wohl schon fort sein mochte.

«Sie haben mich eine Sekunde lang getäuscht», sagte Ernie höflich mit einem schüchternen Lächeln, das er nur sparsam verwendete.

Helen hockte sich in einer Ecke des Ringraums auf den Boden und starrte Jenny wütend an, als hätte Jenny sie absichtlich in Verlegenheit gebracht. Jenny war gerührt; es war Jahre her, daß Garp sie so umarmt hatte, und es war ein Gefühl, das selbst eine selektive Mutter wie Jenny manchmal vermißt hatte, wie sie sich erinnerte.

«Wie heißt du?» fragte sie Helen. «Ich bin Jenny Fields.»

Das war natürlich ein Name, den Helen Holm kannte. Sie war die andere geheimnisvolle Bücherleserin an der Steering School. Außerdem hatte Helen noch nie einem Menschen die Gefühle entgegengebracht, die sie für eine Mutter reservierte, und obwohl es Zufall gewesen war, daß sie Jenny diese Gefühle hatte zukommen lassen, fand sie es schwer, sie nun gänzlich zurückzunehmen. Sie hatte das schüchterne Lächeln ihres Vaters, und sie sah Jenny dankbar an; seltsamerweise spürte Helen den Wunsch, Jenny abermals in die Arme zu nehmen, aber sie hielt sich zurück. Inzwischen trotteten wieder Ringer in den Raum; sie keuchten noch vom Wassertrinken am Trinkwasserspender, wo diejenigen, die abnehmen wollten, sich nur den Mund gespült hatten.

«Kein Training mehr», sagte Ernie Holm zu ihnen und winkte sie aus dem Raum. «Schluß für heute. Lauft eure Runden!» Gehorsam, ja sogar erleichtert sprangen sie in der Türöffnung des hochroten Raumes hoch; sie holten ihre Kopfbedeckungen, ihre gummierten Trainingsanzüge, ihre Bandagenrollen. Ernie Holm wartete darauf, daß der Raum leer war, während seine Tochter und Jenny Fields darauf warteten, daß er eine Erklärung abgab; eine Erklärung war das mindeste, was er ihnen schuldete, fand er, und Ernie fühlte sich nirgendwo so wohl wie in einem Ringraum. Für ihn war es der natürliche Ort, um jemandem eine Geschichte zu erzählen, selbst eine schwierige Geschichte ohne Ende – und selbst einem fremden Menschen. Und so begann er, als seine Ringer gegangen waren, um ihre Runden zu laufen, ganz geduldig mit seiner Vater-und-Tochter-Erzählung, mit der kurzen Geschichte von der Krankenschwester, die sie verlassen hatte, und vom Mittleren Westen, den sie erst kürzlich verlassen hatten. Natürlich war dies eine Geschichte, die Jenny zu würdigen wußte, denn Jenny kannte sonst niemanden, der allein mit einem Kind lebte. Und obwohl sie versucht gewesen sein mag, ihnen *ihre* Geschichte zu erzählen – denn es gab interessante Parallelen und Unterschiede –, wiederholte Jenny bloß ihre Standardversion: Garps Vater war Soldat, und so fort. Und wer nimmt sich im Krieg schon die Zeit zum Heiraten? Es war zwar nicht die ganze Geschichte, aber offensichtlich gefiel sie Helen und Ernie, die an der Steering School noch niemanden kennengelernt hatten, der so empfänglich und aufrichtig war wie Jenny.

In dem warmen roten Ringraum, auf den weichen Matten, umringt von den gepolsterten Wänden – in solch einer Umgebung ist plötzliche, unerwartete Nähe möglich.

Natürlich würde Helen diese erste Umarmung ihr ganzes Leben nicht vergessen, und wie sehr ihre Gefühle für Jenny sich auch verändern und wieder zurückverändern sollten von jenem Augenblick im Ringraum an, so war Jenny Fields doch mehr Mutter für sie, als sie, Helen, es je gekannt hatte. Und auch Jenny sollte nie vergessen, was für ein Gefühl es war, wie eine Mutter umarmt zu werden, und sie würde sogar in ihrer Autobiographie erwähnen, wie sich die Umarmung einer Tochter von der eines Sohnes unterschied. Es ist zumindest eine Ironie, daß sie die einzige Erfahrung, auf der diese Aussage beruhte, an jenem Dezembertag in der zum

Andenken an Miles Seabrook errichteten gigantischen Turnhalle machte.

Es wäre bedauerlich, falls Ernie Holm irgendein Verlangen gegenüber Jenny Fields empfand und falls er sich vorstellte, und sei es nur kurz, hier sei vielleicht eine andere Frau, mit der er sein Leben teilen könne. Denn Jenny Fields hegte keinerlei solche Gefühle; sie fand Ernie nur sehr nett – vielleicht hoffte sie, er würde ihr Freund werden. Wenn es so kam, würde er ihr erster Freund sein.

Und Ernie und Helen müssen perplex gewesen sein, als Jenny fragte, ob sie noch einen Moment im Ringraum bleiben dürfe – allein. Wozu? müssen sie sich gefragt haben. Dann fiel es Ernie ein, sie zu fragen, weshalb sie gekommen sei.

«Um meinen Sohn zum Ringen anzumelden», sagte Jenny schnell. Sie hoffte, Garp würde es billigen.

«Gut, sehr schön», sagte Ernie. «Und Sie machen bitte das Licht aus und stellen die Heizung ab, wenn Sie gehen? Die Tür schnappt von selbst zu.»

So blieb Jenny allein und machte das Licht aus und hörte, wie die großen Heizlüfter sich stumm summten. Und hier, in dem dunklen Raum, dessen Tür angelehnt war, zog sie ihre Schuhe aus und schritt die Matten ab. Warum, dachte sie, fühle ich mich hier trotz der augenscheinlichen Gewalttätigkeit dieses Sports so sicher? Liegt es an ihm? fragte sie sich. Aber Ernie beschäftigte ihre Gedanken nur kurz – einfach ein kleiner, adretter, muskulöser Mann mit Brille. Wenn Jenny überhaupt an Männer dachte, und sie tat es nie richtig, dachte sie, daß man sie besser ertragen konnte, wenn sie klein und adrett waren, und sie zog Männer und Frauen vor, die Muskeln hatten. Sie mochte Leute mit Brille, so wie jemand, der keine Brille zu tragen braucht, an anderen Leuten Brillen mögen kann – sie «hübsch» finden kann. Aber hauptsächlich ist es der Raum, dachte sie – der rote Ringraum, groß, aber begrenzt, gegen Schmerzen gepolstert, stellte sie sich vor. Sie ließ sich mit einem dumpfen Laut auf die Knie fallen, nur um zu hören, wie die Matten sie aufnahmen. Sie schlug einen Purzelbaum und riß sich dabei das Kleid auf; dann setzte sie sich auf die Matte und blickte zu dem stämmigen Jungen hinüber, der plötzlich groß und breit in der Tür des dunklen Raumes stand. Es war Carlisle, der Ringer, der sein Mittagessen von sich gegeben hatte; er hatte seinen Dress gewechselt und war zurückgekommen, um sich noch eine weitere Strafe zu holen, und er spähte über die dunklen hochroten Matten hinweg zu der leuchtend weißen Schwester, die wie eine Bärin in ihrer Höhle hockte.

«Verzeihung, Madam», sagte er. «Ich habe nur jemanden zum Trainieren gesucht.»

«Na, da dürfen Sie *mich* nicht anschauen», sagte Jenny. «Laufen Sie Ihre Runden!»

«Ja, Madam», sagte Carlisle und trabte davon.

Als sie die Tür hinter sich zuzog und das Schloß zuschnappte, merkte sie, daß sie ihre Schuhe vergessen hatte. Der Pförtner war anscheinend nicht imstande, den richtigen Schlüssel zu finden, aber er lieh ihr die Basketballschuhe eines großen Jungen, die im Fundbüro abgegeben worden waren. Jenny schlurfte über den gefrorenen Matsch zum Krankenrevier und hatte das Gefühl, daß ihr erster Ausflug in die Welt des Sports sie mehr als ein bißchen verändert hatte.

Im Nebengebäude lag Garp in seinem Bett und hustete und hustete. «Ringen!» krächzte er. «Großer Gott, Mutter, willst du, daß ich umgebracht werde?»

«Ich glaube, der Trainer wird dir gefallen», sagte Jenny. «Ich habe ihn kennengelernt, und er ist ein netter Mann. Ich habe auch seine Tochter kennengelernt.»

«Oh, Jesus», stöhnte Garp. «Seine *Tochter* ringt?»

«Nein, sie liest viel», sagte Jenny beifällig.

«Klingt aufregend, Mom», sagte Garp. «Begreifst du nicht, daß es mich den Hals kosten kann, wenn du mich mit der Tochter des Ringtrainers zusammenbringst? Ist das vielleicht deine Absicht?»

Aber Jenny war unschuldig; sie hatte nichts dergleichen im Sinn. Sie hatte wirklich und wahrhaftig nur an den Ringraum gedacht und an Ernie Holm; ihre Gefühle für Helen waren ausschließlich mütterlich, und als ihr rüder junger Sohn die Möglichkeit einer Kuppelei – und seines Interesses für die junge Helen Holm – andeutete, war Jenny eher besorgt. Sie hatte bisher noch gar nicht an die Möglichkeit gedacht, daß ihr Sohn sich auf diese

Weise für jemanden interessierte – zumindest, hatte sie gedacht, würde er sich nicht lange interessieren. Es war sehr beunruhigend für sie, und sie konnte nur zu ihm sagen: «Du bist erst fünfzehn Jahre alt. Vergiß das nicht.»

«Na, und wie alt ist seine Tochter?» fragte Garp. «Und wie heißt sie?»

«Helen», antwortete Jenny. «Sie ist auch erst fünfzehn. Und sie trägt eine *Brille*», fuhr sie scheinheilig fort. Immerhin wußte sie ja, was *sie* von Brillen hielt, und vielleicht mochte Garp sie auch. «Sie sind aus *Iowa*», fügte sie hinzu und fand, daß sie ein größerer Snob war als die verhaßten Dandies, die an der Steering School den Ton angaben.

«Mein Gott, *ringen*», stöhnte Garp wieder, und Jenny war erleichtert, daß er von dem Thema Helen abkam. Es war ihr peinlich, wie sehr sie eindeutig gegen diese Möglichkeit war. Das Mädchen ist hübsch, dachte sie – wenn auch nicht auf eine auffällige Art, und ist es nicht so, daß Jünglinge nur auffällige Mädchen mögen? Und wäre es mir lieber, wenn Garp sich für ein *auffälliges* Mädchen interessierte?

Was diese Sorte Mädchen betraf, so hatte Jenny ein Auge auf Cushie Percy geworfen. Ein etwas reichlich loses Mundwerk, ein bißchen zu provozierend in ihrem Äußeren – und mußte eine Fünfzehnjährige aus gutem Hause wie Cushman Percy schon so entwickelt sein? Dann haßte sich Jenny dafür, daß sie das «aus gutem Hause» auch nur gedacht hatte.

Es war ein verwirrender Tag für sie gewesen. Sie sank in Schlaf und machte sich ausnahmsweise keine Sorgen wegen des Hustens ihres Sohnes, denn ihr schien, daß ernstere Sorgen vor ihm lagen. Gerade jetzt, wo ich dachte, wir hätten es geschafft! dachte Jenny. Sie mußte mit jemandem *über Jungen* reden – mit Ernie Holm, vielleicht; sie hoffte, daß sie sich nicht in ihm geirrt hatte.

Es stellte sich heraus, daß sie recht gehabt hatte mit dem Ringraum – und mit ihrer Vermutung, wie wohl ihr Garp sich dort fühlen würde. Der Junge mochte Ernie auch. In seiner ersten Ringsaison arbeitete Garp hart und gern, um seine Schritte und Griffe zu lernen. Obwohl er von den Schülern seiner Gewichtsklasse kräftig durchgewalkt wurde, beklagte er sich nie.

Er wußte, daß er seinen Sport und sein Hobby gefunden hatte; es würde den besten Teil seiner Energie beanspruchen, bis das Schreiben kam. Er liebte die Einsamkeit des Kampfes und die beängstigende Begrenzung des auf die Matte gemalten Kreises; die Strapazen, um in Form zu bleiben; die ständige Konzentration darauf, sein Gewicht niedrig zu halten. Und wie Jenny zu ihrer Erleichterung feststellte, sprach Garp in dieser ersten Saison kaum von Helen Holm, die mit ihrer Brille und in ihrem grauen Trainingsanzug dasaß und las. Sie blickte von Zeit zu Zeit auf, wenn jemand ungewöhnlich laut auf die Matte klatschte oder vor Schmerz aufschrie.

Helen hatte Jennys Schuhe zum Nebengebäude des Krankenreviers zurückgebracht, und es war Jenny peinlich, daß sie das Mädchen nicht einmal hereinbat. Einen Augenblick lang waren sie einander so nahe gewesen! Aber Garp war zu Hause. Jenny wollte die beiden nicht miteinander bekannt machen. Und außerdem – Garp war erkältet.

Eines Tages saß Garp im Ringraum neben Helen. Er war sich bewußt, daß er einen großen Pickel im Nacken hatte und stark schwitzte. Ihre Brille sah so beschlagen aus, daß Garp zweifelte, ob sie überhaupt sehen konnte, was sie las. «Du liest ja eine Menge», sagte er zu ihr.

«Nicht soviel wie deine Mutter», sagte Helen, ohne ihn anzusehen.

Zwei Monate später sagte Garp zu Helen: «Du kannst dir die Augen verderben, wenn du in einem so heißen Raum liest.» Sie sah ihn an, ihre Brille war diesmal sehr klar und vergrößerte ihre Augen auf eine Weise, die ihn erschreckte.

«Ich hab schon immer verdorbene Augen», sagte sie. «Ich bin mit schlechten Augen geboren.» Aber für Garp waren es sehr hübsche Augen; so hübsch, daß ihm nichts mehr einfiel, was er ihr sagen konnte.

Dann war die Ringsaison vorbei. Garp wurde in die Juniorauswahl aufgenommen und meldete sich für Leichtathletik an, weil er sich für irgendeinen Frühjahrssport entscheiden mußte. Seine Kondition war von der Ringsaison her so gut, daß er beim Meilenlauf mitmachen konnte; er war der drittbeste Meilenläufer der Steering-Mannschaft, aber er würde nie besser werden. Nach einer Meile hatte Garp das Gefühl, nun habe er erst richtig angefangen. («Schon damals ein Romancier – wenn ich es auch nicht wußte», sollte Garp Jahre später schreiben.) Er warf auch den Speer, aber nicht weit.

Die Speerwerfer von der Steering School trainierten hinter dem Footballstadion, wo sie viel Zeit damit verbrachten, Frösche aufzuspießen. Die oberen Süßwasserzuflüsse des Steering River liefen hinter dem Seabrook-Stadion vorbei; viele Speere gingen dort verloren, und viele Frösche wurden dort massakriert. Der Frühling ist nicht gut, dachte Garp, der ruhelos war, der das Ringen vermißte; wenn er nicht ringen konnte, sollte wenigstens der Sommer kommen, dachte er, dann würde er auf der Straße zum Strand von Dog's Head Harbor Langstreckenlauf machen.

Eines Tages sah er Helen Holm im obersten Rang des leeren Seabrook-Stadions allein mit einem Buch sitzen. Er kletterte die Stufen zu ihr hinauf und klapperte mit seinem Speer auf dem Zement, damit sie nicht erschrak, wenn sie ihn so plötzlich neben sich sah. Sie erschrak nicht. Sie hatte ihn und die anderen Speerwerfer seit Wochen beobachtet.

«Genug kleine Tiere gemordet für heute?» fragte Helen ihn. «Auf der Jagd nach etwas anderem?»

«Von Anfang an», schrieb Garp, «fielen Helen immer die rechten Worte ein.»

«Ich finde, du solltest Schriftstellerin werden, wenn du soviel liest», sagte Garp zu Helen. Er gab sich Mühe, ungezwungen zu wirken, verdeckte aber schuldbewußt die Speerspitze mit seinem Schuh.

«Unmöglich», sagte Helen. Sie hatte, was das betraf, keinerlei Zweifel.

«Na, vielleicht kannst du ja einen Schriftsteller heiraten», sagte Garp zu ihr.

Sie sah zu ihm auf, ihr Gesicht war sehr ernst, die neue Sonnenbrille, die ihr verschrieben worden war, paßte besser zu ihren breiten Wangenknochen als die letzte, die ihr immer auf der Nase heruntergerutscht war.

«Wenn ich überhaupt heirate, dann nur einen Schriftsteller», sagte sie. «Aber ich glaube nicht, daß ich heiraten werde.»

Garp hatte versucht zu scherzen; Helens Ernst machte ihn nervös. Er sagte: «Na, ich bin jedenfalls sicher, daß du keinen Ringer heiraten wirst.»

«Da kannst du ganz sicher sein», sagte Helen. Vielleicht konnte der junge Garp seinen Kummer nicht ganz verhehlen, jedenfalls fügte Helen hinzu: «Es sei denn einen Ringer, der auch Schriftsteller ist.»

«Aber in erster Linie und vor allem anderen Schriftsteller», vermutete Garp.

«Ja, ein *richtiger* Schriftsteller», sagte Helen geheimnisvoll – aber bereit zu definieren, was sie damit meinte. Garp wagte nicht, sie danach zu fragen. Er ließ sie weiterlesen.

Es war ein langer Weg die Stadionstufen hinunter; er schleifte seinen Speer hinter sich her. Ob sie sich irgendwann einmal etwas anderes anziehen wird als diesen grauen Trainingsanzug? überlegte er. Später schrieb Garp, daß er Vorstellungskraft besaß, habe er zum erstenmal entdeckt, als er sich Helen Holms Körper vorzustellen versuchte. «Da sie immer in diesem verdammten Trainingsanzug steckte», schrieb er, «mußte ich mir ihren Körper vorstellen – eine andere Möglichkeit, ihn zu sehen, gab es nicht.» Garp stellte sich Helens Körper sehr schön vor – und nirgendwo in seinen Schriften sagt er, daß er enttäuscht war, als er endlich die Realität sah.

An diesem Nachmittag im leeren Stadion, als Froschfleisch an der Spitze seines Speers klebte, geschah es, daß Helen Holm seine Vorstellungskraft anregte und daß T. S. Garp den Entschluß faßte, Schriftsteller zu werden. Ein *richtiger* Schriftsteller, wie Helen gesagt hatte.

4

Abschlußprüfung

T. S. Garp schrieb jeden Monat eine Kurzgeschichte, während er die Steering School besuchte, vom Ende seines ersten Jahres bis zur Abschlußprüfung, doch erst in seinem vorletzten Jahr zeigte er Helen etwas, das er geschrieben hatte. Nach ihrem ersten Jahr als Zuschauerin an der Steering School wurde Helen auf die Talbot Academy für Mädchen geschickt, und Garp sah sie nur noch gelegentlich am Wochenende. Manchmal kam sie zu den Turnieren der Ringermannschaft. Einmal, nach einem solchen Kampf, bat Garp sie, auf ihn zu warten, bis er geduscht habe: er hätte etwas in seinem Spind, das er ihr geben wolle.

«O Mann», sagte Helen. «Deine alten Ellbogenschützer?»

Sie betrat den Ringraum nicht mehr, auch dann nicht, wenn sie für längere Ferien nach Hause kam. Sie trug dunkelgrüne Kniestrümpfe und einen grauen Flanellrock mit plissierten Falten; ihr Pullover, der immer dunkel und dezent war, paßte oft genau zu den Kniestrümpfen, und ihre langen dunklen Haare waren immer nach oben gekämmt, auf dem Kopf zu einem Kranz geflochten oder kompliziert hochgesteckt. Sie hatte einen breiten Mund und sehr dünne Lippen, und sie benutzte nie Lippenstift. Garp wußte, daß sie immer gut roch, aber er berührte sie nie. Er stellte sich nicht vor, daß irgend jemand anders das tat; sie war so schlank und fast so groß wie ein junger Baum – sie war beinahe fünf Zentimeter größer als Garp –, und sie hatte scharfe, fast übertrieben wirkende Gesichtsknochen, während ihre Augen hinter der Brille immer sanft und groß und von einem satten Honigbraun waren.

«Deine alten Ringerschuhe?» fragte ihn Helen mit einem neugierigen Blick auf den großen dicken verschlossenen Umschlag.

«Es ist etwas zu lesen», sagte Garp.

«Ich habe eine Menge zu lesen», sagte Helen.

«Es ist etwas, das ich geschrieben habe», erklärte ihr Garp.

«O Mann», sagte Helen.

«Du brauchst es nicht gleich zu lesen», erklärte ihr Garp. «Du kannst es mitnehmen, wenn du zur Schule zurückfährst, und mir einen Brief schreiben.»

«Ich habe eine Menge zu schreiben», sagte Helen. «Ich muß dauernd Referate schreiben.»

«Dann können wir später darüber reden», sagte Garp. «Wirst du Ostern hier sein?»

«Ja, aber da habe ich etwas vor», sagte Helen.

«O Mann», sagte Garp. Doch als er die Hand ausstreckte, um seine Geschichte wieder an sich zu nehmen, waren die Knöchel ihrer schmalen Hand sehr weiß, und sie wollte das Päckchen nicht loslassen.

In der 60 Kilo-Klasse beendete Garp in seinem vorletzten Jahr die Saison mit zwölf Siegen und einer Niederlage, letztere bei den Endkämpfen um die Meisterschaft von Neuengland. In seinem letzten Jahr sollte er alles gewinnen – die Wahl zum Mannschaftskapitän, die Wahl zum besten Ringer des Jahres, den Titel von Neuengland. Seine Mannschaft sollte eine fast zwanzigjährige Vorherrschaft von Ernie Holms Steering-Mannschaften in Neuengland einleiten. In diesem Landesteil hatte Ernie etwas, das er eine Iowa-Vorgabe nannte. Als Ernie für immer gegangen war, sollte es mit den Ringern der Steering School bergab gehen. Und vielleicht war Garp für Ernie Holm immer etwas Besonderes, weil er der erste von vielen Steering-Stars war.

Helen machte sich nicht viel daraus. Sie freute sich, wenn ihres Vaters Ringer gewannen, weil es ihren Vater glücklich machte. Aber in Garps letztem Jahr, als er Kapitän der Ringermannschaft der Steering School war, besuchte Helen keinen einzigen Kampf. Sie schickte ihm jedoch seine Geschichte zurück – per Post von Talbot, zusammen mit folgendem Brief:

Lieber Garp,
diese Geschichte ist vielversprechend, obwohl ich
glaube, daß Du im Augenblick noch mehr ein
Ringer als ein Schriftsteller bist. Du gehst sorgfäl-
tig mit der Sprache um und hast ein Gespür für
Menschen, aber die Handlung wirkt ziemlich
konstruiert, und das Ende der Geschichte ist eini-
germaßen unreif. Ich weiß es jedoch zu schätzen,
daß Du sie mir gezeigt hast.

Viele Grüße
Helen

Es sollte natürlich noch andere ablehnende Briefe in Garps Schriftstellerlaufbahn geben, doch keiner sollte ihm je soviel bedeuten wir dieser. Helen war in Wirklichkeit noch freundlich gewesen. Die Geschichte, die Garp ihr gab, handelte von zwei jungen Liebenden, die auf einem Friedhof vom Vater des Mädchens ermordet werden, weil er sie für Grabräuber hält. Nach diesem unseligen Irrtum werden die Liebenden Seite an Seite beigesetzt; aus einem völlig unerfindlichen Grund werden ihre Gräber prompt ausgeraubt. Es ist nicht klar, was aus dem Vater wird – von dem Grabräuber ganz zu schweigen.

Jenny erklärte Garp, seine ersten schriftstellerischen Bemühungen seien ziemlich unrealistisch, aber Garp sah sich von seinem Englischlehrer ermutigt, der fast ein Schriftsteller war (einen richtigen gab es an der Steering School nicht) – ein anfälliger Mann mit einem Sprachfehler, der Tinch hieß. Er hatte einen sehr schlechten Mundgeruch, der Garp an den Hundeatem von Bonkers erinnerte – ein geschlossener Raum voll abgestorbener Geranien. Aber was Tinch sagte, war, wenn auch riechend, freundlich. Er lobte Garps Vorstellungskraft, und er brachte ihm ein für allemal solide Grammatik und die Liebe zu einer präzisen Sprache bei. Tinch wurde von den Jungen, die zu Garps Zeiten die Steering School besuchten, Stink genannt, und man bedachte ihn fortwährend mit Anspielungen auf seinen üblen Mundgeruch. Mundwasser auf seinem Pult. Zahnbürsten mit der Schulpost.

Nach einer solchen Anspielung – einer an die Literaturkarte von

England geklebten Packung Pfefferminzpastillen für frischen Atem – fragte Tinch die Schüler seiner Aufsatzklasse, ob sie fänden, daß er aus dem Mund rieche. Die Jungen saßen da, stumm wie die Fische, aber Tinch suchte sich den jungen Garp aus, seinen Lieblingsschüler, seine größte Hoffnung, und fragte ihn direkt: «Garp, würden Sie sagen, daß ich aus dem M-M-Mund rieche?»

Die Wahrheit kam und ging durch die offenen Fenster an diesem Frühlingstag in Garps letztem Jahr. Garp war für seine humorlose Aufrichtigkeit, sein Ringen, seine Englischaufsätze bekannt. Seine anderen Zensuren waren mittelmäßig bis schlecht. Von früh an, behauptete Garp später, bemühte er sich um Perfektion und verzettelte sich nicht. Seine Ergebnisse beim allgemeinen Leistungstest zeigten, daß ihm nichts sonderlich lag – er war kein Naturtalent. Das überraschte ihn nicht: er teilte mit seiner Mutter die Überzeugung, daß nichts natürlich kam. Doch als ein Kritiker Garp nach Erscheinen seines zweiten Romans «einen geborenen Schriftsteller» nannte, packte ihn der Schalk. Er schickte eine Fotokopie der Kritik an die Testleute in Princeton, New Jersey, und schlug in einer beigefügten Mitteilung vor, sie sollten ihr bisheriges Bewertungssystem überprüfen. Und dann schickte er eine Fotokopie seiner Testergebnisse an den Kritiker und schrieb in der beigefügten Mitteilung: «Vielen Dank, aber ich bin zu nichts ‹geboren›.» Garp war der Ansicht, er sei ebensowenig ein geborener Schriftsteller wie eine geborene Krankenschwester oder ein geborener Turmschütze.

«G-G-Garp?» stotterte Mr. Tinch und beugte sich zu dem Jungen vor, der die furchtbare Wahrheit roch. Garp wußte, daß er den jährlichen Preis für kreatives Schreiben gewinnen würde. Tinch war immer der einzige Preisrichter. Und wenn er in dem Kurs Mathematik III, den er gerade wiederholte, nur knapp bestand, würde er eine annehmbare Abschlußprüfung schaffen und seine Mutter sehr glücklich machen.

«Rieche ich sch-sch-schlecht aus dem M-M-Mund, Garp?» fragte Tinch.

«‹Gut› oder ‹schlecht› – das ist Ansichtssache, Sir», sagte Garp.

«Ihrer Ansicht nach, G-G-Garp?» sagte Tinch.

«Meiner Ansicht nach», sagte Garp, ohne mit der Wimper zu

zucken, «haben Sie den besten Mundgeruch aller Lehrer dieser Schule.» Und er warf einen eisigen Blick quer durchs Klassenzimmer auf Benny Potter aus New York – einen geborenen Schlaukopf, wie selbst Garp zugegeben hätte – und starrte Bennys Grinsen von Bennys Gesicht, denn seine, Garps, Augen sagten Benny, daß er, Garp, Benny das Genick brechen würde, falls er einen Mucks von sich gab.

Und Tinch sagte: «Ich danke dir, Garp.» Und Garp gewann den Preis für kreatives Schreiben trotz der Mitteilung, die er seinem letzten Aufsatz beifügte:

> *Mr. Tinch, ich habe in der Klasse gelogen, weil ich nicht wollte, daß die anderen Arschlöcher über Sie lachten. Sie sollten jedoch wissen, daß Ihr Mundgeruch wirklich ziemlich schlecht ist. Es tut mir leid.*
>
> *T. S. Garp*

«Wissen Sie w-w-was?» sagte Tinch zu Garp, als sie allein waren und über Garps letzte Geschichte redeten.

«Was denn?» sagte Garp.

«Ich kann nichts gegen meinen Mundgeruch m-m-machen», sagte Tinch. «Ich glaube, er kommt daher, daß ich s-s-sterbe», sagte er mit einem Augenzwinkern. «Ich v-v-verfaule von innen her!» Aber Garp fand das gar nicht komisch, und er behielt Tinch noch Jahre nach seiner Abschlußprüfung im Auge und war froh, daß der alte Herr nichts Unheilbares zu haben schien.

Tinch sollte in einer Winternacht auf dem Gelände der Steering School sterben, aus Gründen, die mit seinem schlechten Mundgeruch nicht das geringste zu tun hatten. Er kam von einer Lehrerparty, wo er, wie man einräumte, womöglich zuviel getrunken hatte, und rutschte auf dem Eis aus und verlor beim Sturz auf den gefrorenen Fußweg das Bewußtsein. Der Nachtwächter fand ihn erst kurz vor Morgengrauen – Tinch war bereits erfroren.

Unglücklicherweise erfuhr Garp ausgerechnet von Benny Potter, dem Schlaukopf, die Neuigkeit. Garp lief Potter in New York in die Arme, wo Potter für eine Illustrierte arbeitete. Garps schlechte Meinung über Potter wurde noch durch seine schlechte Meinung über Illustrierte verstärkt – sowie durch seine Annahme, Potter habe ihn immer um seinen bedeutsameren literarischen Output beneidet. «Potter gehört zu jenen Bedauernswerten, die ein Dutzend Romane in der Schublade versteckt haben», schrieb Garp, «aber er würde es nicht wagen, sie irgendeinem Menschen zu zeigen.»

In seinen Jahren auf der Steering School ging Garp aber auch nicht mit seinen Arbeiten hausieren. Nur Jenny und Tinch bekamen seine Fortschritte zu Gesicht – und dann war da noch die eine Geschichte, die er Helen gegeben hatte. Garp entschied, er würde Helen keine weitere Geschichte mehr geben, bis er eine geschrieben hätte, die so gut wäre, daß sie nichts Schlechtes darüber sagen könnte.

«Hast du schon gehört?» fragte Benny Potter Garp in New York.

«Was denn?» sagte Garp.

«Der alte Stink ist abgekratzt», sagte Benny. «Er ist erf-f-f-froren.»

«Wie bitte?» sagte Garp.

«Der alte Stink», sagte Potter. Garp hatte diesen Spitznamen nie gemocht. «Er war betrunken und ist über den Campus nach Hause geschwankt. Da ist er hingefallen und hat sich einen Schädelbruch geholt und ist am Morgen nicht mehr aufgewacht.»

«Du Arschloch», sagte Garp.

«Es stimmt, Garp», sagte Benny. «Es war scheißkalt, unter fünfundzwanzig Grad minus. Obwohl», fügte er tückisch hinzu, «ich immer gedacht hätte, sein alter Ofen von Mund würde ihn w-w-warm halten.»

Sie waren in der Bar eines netten Hotels irgendwo in den Fifties, irgendwo zwischen Park Avenue und Third Avenue; Garp wußte, wenn er in New York war, nie, wo er war. Er war mit jemand zum Mittagessen verabredet und war Potter in die Arme gelaufen, der ihn hierhergeschleppt hatte. Garp packte Potter unter den Achselhöhlen und setzte ihn auf die Bar.

«Du kleine Mücke, Potter», sagte Garp.

«Du hast mich nie leiden können», sagte Benny.

Garp schob Potter halb nach hinten über die Bar, so daß die Taschen von Potters offener Anzugjacke in das Gläserspülbecken hingen.

«Laß mich in Ruhe!» sagte Benny. «Du bist immer der Liebling von dem alten Stink gewesen, du Arschkriecher!»

Garp schubste Benny, so daß Bennys Hintern in das Spülbecken hing; das Spülbecken war voller Gläser, und das Wasser spritzte auf.

«Ich muß Sie bitten, sich nicht auf die Bar zu setzen, Sir», sagte der Barkeeper zu Benny.

«Jesus Christus, ich werde angegriffen, Sie Trottel!» sagte Benny. Garp ging bereits, und der Barkeeper mußte Benny Potter aus dem Spülbecken hieven und wieder auf den Boden setzen. «Dieser Hurensohn, mein Arsch ist völlig naß!» schrie Benny.

«Würden Sie hier bitte auf Ihren Ton achten, Sir!» sagte der Barkeeper.

«Meine verdammte Brieftasche ist durchgeweicht!» sagte Benny und hielt, während er sich den Hosenboden auswrang, dem Barkeeper seine Brieftasche hin. «Garp!» brüllte Benny, aber Garp war fort. «Du hattest schon immer einen miesen Sinn für Humor, Garp!»

Man muß um der Gerechtigkeit willen zugeben, daß Garp besonders während seiner Zeit auf der Steering School ziemlich humorlos war, zumindest was sein Ringen und sein Schreiben anging – seinen Lieblingszeitvertreib und seine künftige Karriere.

«Wie weißt du überhaupt, daß du Schriftsteller werden wirst?» fragte Cushie Percy ihn einmal.

Es war in Garps letztem Jahr, und sie spazierten am Steering River entlang zu einer «Stelle», die Cushie, wie sie sagte, kannte. Sie war übers Wochenende aus Dibbs nach Haus gekommen. Die Dibbs School war das fünfte Mädcheninternat, das Cushie besuchte; angefangen hatte sie in Talbot, in Helens Klasse, wo sie jedoch wegen ihrer Verstöße gegen die Schulordnung aufgefordert worden war, die Schule zu verlassen. Die Verstöße gegen die Schulordnung hatten sich an drei anderen Schulen wiederholt. Bei den Jungen der Steering School war die Dibbs School berühmt und beliebt wegen ihrer Mädchen mit der mangelhaften Schuldisziplin.

Es war Flut, und Garp sah einen Rennachter über das Wasser des Steering River gleiten; eine Seemöwe folgte ihm. Cushie Percy nahm Garps Hand. Cushie hatte viele komplizierte Methoden, um die Zuneigung eines Jungen für sich zu testen. Viele Jungen von der Steering School hätten sich gern mit Cushie eingelassen, aber die meisten von ihnen wollten nicht gern dabei gesehen werden, wie sie ihr Zuneigung bezeigten. Garp, stellte Cushie fest, machte sich nichts daraus. Er hielt ihre Hand richtig fest; sicher, sie waren zusammen aufgewachsen, aber sie fand nicht, daß sie gute oder enge Freunde waren. Wenn Garp das gleiche wollte, was die anderen wollten, dachte Cushie, war es ihm wenigstens nicht peinlich, bei der Verfolgung dieses Ziels gesehen zu werden. Cushie mochte ihn deswegen.

«Ich dachte, du wolltest Ringer werden», sagte Cushie zu Garp.

«Ich *bin* Ringer», sagte Garp. «Ich will Schriftsteller werden.»

«Und du willst Helen Holm heiraten», neckte ihn Cushie.

«Vielleicht», sagte Garp; seine Hand erschlaffte. Cushie wußte, daß dies – Helen Holm – ein weiteres Thema war, bei dem er keinen Humor hatte, und daß sie sich in acht nehmen mußte.

Ein paar Jungen von Steering kamen ihnen auf dem Weg am Fluß entgegen; sie gingen vorbei, und einer von ihnen rief zurück: «Paß bloß auf, Garp!»

Cushie drückte seine Hand. «Scher dich nicht um sie», sagte sie.

«Tu ich auch nicht», sagte Garp.

«Und worüber willst du schreiben?» fragte ihn Cushie.

«Ich weiß nicht», sagte Garp.

Er wußte nicht einmal, ob er das College besuchen sollte. Einige Colleges im Mittelwesten hatten sich wegen seines Ringens für ihn interessiert, und Ernie Holm hatte einige Briefe geschrieben. Zwei hatten den Wunsch geäußert, ihn zu sehen, und Garp war hingefahren. In ihren Ringräumen war er sich weniger deklassiert als *deplaciert* vorgekommen. Die Ringer dort schienen ihn mehr schlagen zu wollen, als er sie schlagen wollte. Aber ein College hatte ihm ein vorsichtiges Angebot gemacht – ein bißchen Geld und keine Versprechungen über das erste Jahr hinaus.

Ziemlich fair angesichts dessen, daß er aus Neuengland kam. Aber das hatte Ernie Holm ihm schon erzählt. «Es ist dort draußen ein anderer Sport, mein Junge. Ich meine, du hast die Fähigkeit – und du hast auch die Ausbildung gehabt, wenn ich das sagen darf. Was du nicht gehabt hast, ist die Konkurrenz. Und du mußt scharf darauf sein, Garp. Du mußt wirklich interessiert sein, verstehst du?»

Und als er Tinch gefragt hatte, auf welche Schule er wegen seines *Schreibens* gehen sollte, schien Tinch wieder einmal völlig ratlos. «Auf eine g-g-gute Schule, nehme ich an», sagte er. «Aber wenn du sch-sch-schreiben willst», sagte Tinch, «k-k-kannst du das nicht überall?»

«Du hast einen hübschen Körper», flüsterte Cushie Percy Garp zu, und er erwiderte ihren Händedruck.

«Du auch», sagte er ihr aufrichtig. Sie hatte in Wirklichkeit einen absurden Körper. Klein, aber voll erblüht, eine volle Blüte. Man hätte sie nicht Cushman nennen sollen, dachte Garp, sondern *Cushion* – und seit ihrer gemeinsamen Kindheit hatte er sie manchmal so gerufen. «He, Cushion, wie wär's mit einem Spaziergang?» Sie sagte, sie kenne eine Stelle.

«Wohin nimmst du mich mit?» fragte Garp sie.

«Ha!» sagte sie. «*Du* nimmst *mich*. Ich zeige dir nur den Weg. Und die Stelle», sagte sie.

Sie verließen den Weg an jenem Teil des Steering River, der vor langer Zeit Blinddarm genannt worden war. Einst war hier ein Schiff im Schlick steckengeblieben, aber davon gab es keine sichtbaren Spuren mehr. Nur das Ufer verriet eine Geschichte. An dieser schmalen Biegung hatte Everett Steering die Briten auslöschen wollen – und hier standen Everetts Kanonen, drei gewaltige Eisenrohre, die in ihre Betonsockel hineinrosteten. Früher waren sie natürlich schwenkbar gewesen, aber die späteren Stadtväter hatten sie für immer fixiert. Neben ihnen lag ein unveränderlicher Haufen von Kanonenkugeln, in Zement zusammengewachsen. Die Kugeln waren grünlich und rot vom Rost, als gehörten sie zu einem seit langem versunkenen Schiff, und die Zementfläche, auf der die Kanonen standen, war jetzt mit von Jugendlichen hinterlassenen Abfällen übersät – Bierdosen und zerbrochene Flaschen.

Die grasbewachsene Böschung, die zu dem unbewegten und beinahe leeren Fluß hinunterführte, war zertrampelt, wie von Schafen abgegrast – aber Garp wußte, daß sie nur von zahllosen Steering-Schülern und ihren Freundinnen festgestampft worden war. Cushies Wahl einer «Stelle» war nicht sehr originell, sah ihr aber ähnlich, dachte Garp.

Garp mochte Cushie, und William Percy hatte Garp immer gut behandelt. Garp war zu klein gewesen, um Stewie Zwei zu kennen, und Dopey war eben Dopey. Die kleine Pu war ein merkwürdiges, scheues Kind, fand Garp, aber Cushies rührende Beschränktheit ging geradewegs auf ihre Mutter, Midge Steering-Percy, zurück. Garp kam sich Cushie gegenüber unaufrichtig vor, weil er nicht erwähnt hatte, daß ihr Vater, Fat Stew, seiner Meinung nach ein unsagbares Arschloch war.

«Bist du schon einmal hier gewesen?» fragte Cushie Garp.

«Vielleicht mit meiner Mutter», sagte Garp, «aber das ist schon eine Weile her.» Er wußte natürlich, was «die Kanonen» waren. «Bei den Kanonen bumsen» war eine stehende Redewendung an der Steering School. Zum Beispiel: «Letztes Wochenende habe ich bei den Kanonen gebumst.» Oder: «Du hättest sehen sollen, wie der alte Fenley bei den Kanonen loslegte.» Sogar die Kanonen selbst trugen formlose Inschriften wie diese: «Paul bumste Betty, 1958.» Und: «M. Overton, Abschlußprüfung 59, hat hier eine Ladung abgeschossen.»

Jenseits des trägen Flusses sah Garp die Golfspieler vom Country Club von Steering. Selbst aus der Ferne wirkte ihre lächerliche Kleidung auf dem grünen Fairway hinter dem Sumpfgras, das bis zu den Schlammlachen hinunterwuchs, unnatürlich. Mit ihren bunt bedruckten und karierten Sachen sahen sie auf dem grünbraunen und graubraunen Uferstreifen wie vorsichtige, deplacierte Landtiere aus, die ihren hüpfenden weißen Tupfen über einen See folgten. «Jesus, wie albern Golf doch ist», sagte Garp. Wieder seine Theorie von Spielen mit Bällen und Schlägern; Cushie kannte sie schon und war nicht interessiert. Sie ließen sich an einer weichen Stelle nieder – unter ihnen der Fluß, ringsum Büsche und über ihren Schultern die gähnenden Münder der großen Kanonen. Garp blickte in die Mündung der nächsten Kanone und erschrak, als er den Kopf einer zerschmetterten Puppe sah, die ein gläsernes Auge auf ihn richtete.

Cushie knöpfte sein Hemd auf und biß leicht in seine Brustwarzen.

«Ich mag dich», sagte sie.

«Ich mag *dich*, Cushion», sagte er.

«Ist es weniger schön», fragte Cushie ihn, «weil wir alte Freunde sind?»

«O nein», sagte er. Er hoffte, sie würden «es» schnell machen, weil es Garp noch nie geschehen war, und er zählte auf Cushies Erfahrung. Sie küßten sich feucht auf dem festgestampften Gras; Cushie war eine Zungenküsserin: kunstvoll drückten ihre harten kleinen Zähne zwischen seine.

Noch in diesem Stadium aufrichtig, versuchte Garp ihr zuzumurmeln, daß er ihren Vater für einen Idioten hielt.

«Natürlich ist er das», stimmte Cushie zu. «Deine Mutter ist aber auch ein bißchen seltsam, findest du nicht?»

Na ja, Garp nahm an, sie sei es. «Aber ich mag sie trotzdem», sagte er, der treueste aller Söhne. Noch in diesem Augenblick.

«Oh, ich mag sie auch», sagte Cushie. Als sie so das Nötige gesagt hatten, zog Cushie sich aus. Garp zog sich aus; aber plötzlich fragte sie ihn: «Los, wo ist es?»

Garp geriet in Panik. Wo war *was*? Er hatte gedacht, sie habe es in der Hand.

«Wo ist dein *Ding*?» fragte Cushie fordernd und zog an dem, was Garp für sein Ding *hielt*.

«Was denn?» sagte Garp.

«Oh, wow, hast du etwa keins mitgebracht?» fragte Cushie ihn. Garp fragte sich, was er hätte mitbringen sollen.

«Was denn?» sagte er.

«Oh, Garp», sagte Cushie. «Hast du kein *Präservativ*?»

Er blickte sie um Entschuldigung bittend an. Er war nur ein Junge, der sein Leben lang bei seiner Mutter gelebt hatte, und das einzige Präservativ, das er je gesehen hatte, war über den Türknauf ihrer Wohnung im Nebengebäude des Krankenreviers gezogen worden, wahrscheinlich von einem boshaften Jungen namens Mecklcr, der inzwischen längst die Abschlußprüfung gemacht hatte und fortfuhr, sich selbst zu zerstören.

Trotzdem hätte er es wissen müssen: Garp hatte natürlich viele Gespräche über «Pariser» gehört.

«Komm», sagte Cushie. Sie führte ihn zu den Kanonen. «Du hast es noch nie gemacht, nicht wahr?» fragte sie ihn. Er schüttelte den Kopf, aufrichtig bis in sein verzagtes Herz hinein. «O Garp», sagte sie. «Wenn du nicht so ein alter Freund von mir wärst.» Sie lächelte ihn an, aber er wußte, sie würde es ihn jetzt nicht machen lassen. Sie zeigte in die Mündung der mittleren Kanone. «Sieh hinein», sagte sie. Er sah hinein. Ein juwelenartiges Funkeln von Glassplittern – wie die winzigen Kiesel eines tropischen Strandes, stellte er sich vor; und noch etwas anderes – weniger Erfreuliches. «Präservative», erklärte ihm Cushie.

Die Kanone war mit alten Kondomen vollgestopft. Hunderte von Verhütungen! Eine Schau verhinderter Fortpflanzung. Wie Hunde ihre Reviergrenzen mit Urin markieren, so hatten die Jungen von der Steering School ihr Sperma in der Mündung der Mammutkanone hinterlassen, die den Steering River bewachte. Die moderne Welt hatte ein weiteres historisches Wahrzeichen befleckt.

Cushie zog sich an. «Du weißt aber auch nichts», neckte sie ihn. «Worüber willst du eigentlich schreiben?» Er hatte bereits vermutet, dies würde noch einige Jahre ein Problem sein – ein Haken in seinen Plänen.

Er wollte sich gerade anziehen, aber sie bat ihn, sich hinzulegen, damit sie ihn betrachten könne. «Du bist schön», sagte sie. «Und mach dir nichts draus.» Sie küßte ihn.

«Ich kann Präservative holen», sagte er. «Es würde nicht lange dauern, nicht wahr? Und wir könnten zurückkommen.»

«Mein Zug geht um fünf», sagte Cushie, aber sie lächelte freundlich.

«Ich dachte, du müßtest nicht zu einer bestimmten Zeit zurück sein», sagte Garp.

«Wieso? Selbst in Dibbs gibt es einige Vorschriften», sagte Cushie; es klang so, als sei sie verletzt wegen des schlechten Rufes ihrer Schule. «Und außerdem», sagte sie, «triffst du dich mit Helen. Ich weiß, daß du sie siehst, nicht wahr?»

«Aber nicht so», gab er zu.

«Garp, du solltest nicht allen Leuten alles erzählen», sagte Cushie.

Das war auch ein Problem, wenn er schrieb – Mr. Tinch hatte es ihm gesagt.

«Du bist immer so schrecklich ernst», sagte Cushie. Endlich war sie einmal in der Lage, ihm Bescheid zu sagen.

Auf dem Fluß unter ihnen glitt ein Rennachter durch die schmale Wasserpfütze, die sich noch in dem Blinddarm befand, und ruderte auf das Bootshaus von Steering zu, ehe die Ebbe kam und das Wasser nicht mehr für die Heimfahrt reichte.

Dann sahen Garp und Cushie den Golfspieler. Er war durch das Sumpfgras auf der anderen Seite des Flusses heruntergekommen; er hatte seine violette Hose bis über die Knie hochgekrempelt und watete in die Schlammlachen, wo das Wasser bereits ablief. Vor ihm, auf den tieferen Schlammlachen, schwamm sein Golfball, vielleicht zwei Meter vom Rand des noch vorhandenen Wassers entfernt. Der Golfspieler stelzte vorsichtig weiter, aber der Schlamm reichte ihm jetzt schon bis über die Waden; er balancierte mit seinem Golfschläger, steckte dessen glänzendes Ende in den Dreck und fluchte.

«Harry, komm zurück!» rief ihm jemand zu. Es war sein Golfpartner, ein ähnlich bunt gekleideter Mann: Bermuda-Shorts, so grün, wie kein Gras es jemals war – und gelbe Kniestrümpfe. Der Golfspieler, der Harry hieß, näherte sich finster entschlossen seinem Ball: ein rarer Wasservogel, der sein Ei aus einem Ölfleck holen will.

«Harry, du wirst in dem Dreck *einsacken*!» warnte ihn sein Freund. Erst jetzt erkannte Garp Harrys Partner: der Mann in Grün und Gelb war Cushies Vater, Fat Stew.

«Der Ball ist ganz neu!» brüllte Harry; dann verschwand sein linkes Bein bis zur Hüfte; bei dem Versuch, sich umzudrehen, verlor Harry das Gleichgewicht und plumpste auf den Hintern. Schnell versank er bis zur Taille, und sein entsetztes Gesicht färbte sich über seinem blauen Hemd – blauer als jeder Himmel – krebsrot. Er wedelte mit seinem Schläger, aber der Schläger entglitt seiner Hand und segelte in den Schlamm, nur wenige Zentimeter von dem Ball entfernt, der, unsäglich weiß und für immer außer Harrys Reichweite, dahindümpelte.

«Hilfe!» schrie Harry. Aber auf allen vieren konnte er ein paar Meter auf Fat Stew und das rettende Ufer zukriechen. «Fühlt sich an wie Aale!» rief er. Er kroch weiter und benutzte seine Arme, so wie eine Robbe an Land ihre Flossen benutzen würde. Ein schreckliches gurgelndes Geräusch folgte ihm durch die Schlammlachen, als wollte ein keuchender Mund unter dem Schlamm ihn einsaugen.

Garp und Cushie unterdrückten ihr Lachen in den Büschen. Harry robbte das letzte Stück zum Ufer. Stewart Percy trat bei dem Versuch zu helfen mit einem Fuß in den Schlamm und mußte prompt einen Golfschuh und einen gelben Strumpf dem Sog überlassen.

«Pssst! Und lieg *still*», befahl Cushie. Sie bemerkten beide, daß Garp eine Erektion hatte. «Oh, so ein Jammer», flüsterte Cushie mit einem traurigen Blick auf die Erektion. Doch als er versuchte, sie neben sich ins Gras zu ziehen, sagte sie: «Ich will kein Kind kriegen. Nicht einmal von dir. Und du weißt ja, deines könnte ein kleiner Japs sein», sagte Cushie. «Und so eines will ich schon gar nicht.»

«Was?» sagte Garp. Gut, er hatte keine Ahnung von Präservativen, aber was sollte das mit dem kleinen Japs? fragte er sich. «Pssst», flüsterte Cushie. «Ich zeige dir gleich was, worüber du schreiben kannst.»

Die wütenden Golfspieler kämpften sich bereits durch das Sumpfgras zum makellosen Fairway zurück, als Cushies Mund den Rand von Garps festem Bauchnabel zwickte. Garp war sich nie sicher, ob das Wort Japs tatsächlich seine Erinnerung in Bewegung brachte und ob ihm in diesem Augenblick wirklich wieder einfiel, wie er im Haus der Percys geblutet hatte – und wie die kleine Cushie ihren Eltern gesagt hatte: «Bonkie hat Garp gebissen» (und wie Garp, das Kind, von dem nackten Fat Stew einer genauen Musterung unterzogen worden war). Möglicherweise erinnerte Garp sich damals daran, daß Fat Stew gesagt hatte, er habe Japs-Augen, und vielleicht klickte damit ein Mosaikstein seiner Lebensgeschichte an die richtige Stelle – jedenfalls faßte er in diesem Augenblick den Entschluß, seine Mutter um mehr Einzelheiten zu bitten, als sie ihm bisher angeboten hatte. Er hatte das Bedürfnis, mehr zu erfahren, als daß sein Vater Soldat gewesen war, und so fort. Aber er spürte auch Cushie Percys weiche Lippen auf seinem Bauch, und als sie ihn plötzlich in ihren warmen Mund nahm, war er sehr überrascht, und seine Entschlußkraft war ebenso schnell fortgeblasen wie alles übrige. Dort, unter den drei Rohren der Steeringschen Familienkanonen, wurde T. S. Garp auf diese relativ sichere und risikofreie Art und Weise in die praktische Sexualität eingeführt. Gewiß, von Cushies Standpunkt aus, war es auch ohne jede Gegenseitigkeit.

Sie gingen Hand in Hand am Steering River zurück.

«Ich möchte dich nächstes Wochenende sehen», sagte Garp zu ihr. Er nahm sich vor, die Präservative nicht zu vergessen.

«Ich weiß, daß du Helen richtig liebst», sagte Cushie. Sie haßte Helen Holm wahrscheinlich, falls sie sie überhaupt richtig kannte. Helen war sehr eingebildet auf ihren Grips.

«Ich möchte dich trotzdem sehen», sagte Garp.

«Du bist sehr nett», sagte Cushie und drückte seine Hand. «Und du bist mein ältester Freund.» Aber sie mußten beide gewußt haben, daß man einen Menschen sein Leben lang kennen und trotzdem nie wirklich Freund mit ihm sein kann.

«Wer hat dir erzählt, daß mein Vater ein Japaner war?» fragte Garp sie.

«Ich weiß nicht», sagte Cushie. «Ich weiß auch nicht, ob er wirklich einer war.»

«Ich auch nicht», gab Garp zu.

«Ich weiß nicht, warum du deine Mutter nicht fragst», sagte Cushie. Er hatte sie natürlich gefragt, und Jenny war keinen Zoll von ihrer ersten und einzigen Version abgewichen.

Als Garp Cushie in Dibbs anrief, sagte sie: «Wow, *du* bist es! Mein Vater hat eben gerade angerufen und mir gesagt, ich dürfte dich auf keinen Fall sehen oder dir schreiben oder mit dir sprechen. Ich dürfte nicht einmal deine Briefe lesen – als ob du welche schriebest. Ich glaube, irgendein Golfer hat uns gesehen, als wir von den Kanonen fortgegangen sind.» Sie fand es sehr komisch, aber Garp sah nur, daß er bei den Kanonen keine Zukunft mehr hatte. «Ich komme an dem Wochenende nach Haus, wenn du die Abschlußprüfung machst», teilte Cushie ihm mit. Aber Garp überlegte: Wenn er die Kondome jetzt kaufte, würde er sie dann noch zur Abschlußprüfung benutzen können? Konnten Präservative verderben? Und in welcher Zeit? Und mußte man sie im Kühlschrank aufbewahren? Es gab niemanden, den er fragen konnte.

Garp dachte daran, Ernie Holm zu fragen, aber er hatte auch so schon Angst, Helen würde erfahren, daß er mit Cushie Percy zusammen gewesen war. Und obwohl er keine wirkliche Beziehung zu Helen hatte und sie deshalb auch nicht betrügen konnte, hatte er seine Vorstellungskraft und seine Pläne.

Er schrieb Helen einen langen Beichtbrief über seine «Lust», wie er es nannte – und daß sie nicht mit seinen höheren Gefühlen für sie zu vergleichen sei, wie er sich ausdrückte. Helen antwortete prompt, sie wisse nicht, warum er *ihr* all das erzähle, aber ihrer Meinung nach *schreibe* er sehr gut darüber. Es sei zum Beispiel besser geschrieben als die Geschichte, die er ihr gezeigt habe, und sie hoffe, er werde ihr auch weiterhin zeigen, was er geschrieben habe. Sie fügte hinzu, ihrer Meinung nach sei Cushie Percy, jedenfalls nach dem wenigen, was sie über das Mädchen wisse, ziemlich *dumm*. «Aber nett», schrieb Helen. Und wenn Garp dieser Lust, wie er es nenne, ausgeliefert sei, sei es dann nicht ein Glück, jemanden wie Cushie in der Nähe zu haben?

Garp schrieb zurück, er werde ihr keine Geschichte mehr zeigen, bis er eine geschrieben habe, die gut genug für sie sei. Er erörterte auch seine Motive, nicht aufs College zu gehen. Erstens, dachte er, würde er nur deshalb aufs College gehen, um zu ringen, und er war sich nicht sicher, ob es ihm wichtig genug war, auf dieser Stufe zu ringen. Er sah keinen Sinn darin, einfach an irgendeinem kleinen College, wo der Sport nicht gefördert wurde, weiterzuringen. «Es lohnt sich nur», schrieb Garp an Helen, «wenn ich versuche, der Beste zu sein.» Er glaubte, der Versuch, beim Ringen der Beste zu sein, sei nicht das, was er wollte; außerdem war es, das wußte er, nicht wahrscheinlich, daß er der Beste sein *konnte.* Und wer habe schon einmal davon gehört, daß jemand aufs College ging, um der Beste im *Schreiben* zu sein?

Und wieso kam er überhaupt auf die Idee, der Beste sein zu wollen?

Helen schrieb ihm, er solle nach Europa gehen, und Garp sprach mit Jenny über diese Idee.

Zu seiner Überraschung hatte Jenny nie *gedacht,* daß er aufs College gehen würde; sie akzeptierte nicht, daß dies der *Sinn* von Internaten sei. «Wenn die Steering School angeblich jedermann zu einer so erstklassigen Bildung verhilft», sagte Jenny, «wozu um Himmels willen brauchst du dann noch *mehr* Bildung? Ich meine, wenn du immer gut aufgepaßt hast, bist du jetzt gebildet. Stimmt's?» Garp kam sich nicht gebildet vor, aber er sagte, er nehme an, er sei es. Er fand, er habe immer gut aufgepaßt. Was Europa anging, so war Jenny durchaus interessiert. «Oh, das würde ich gern mal probieren», sagte sie. «Es ist bestimmt besser, als hierzubleiben.»

Da begriff Garp, daß seine Mutter die Absicht hatte, bei ihm zu bleiben.

«Ich werde herausfinden, wo ein Schriftsteller in Europa am besten hingeht», sagte Jenny zu ihm. «Ich habe selbst daran gedacht, etwas zu schreiben.»

Garp war so elend zumute, daß er sich ins Bett legte. Nach dem Aufstehen schrieb er Helen, er sei dazu verurteilt, daß seine Mutter ihm bis ans Ende seines Lebens folge. «Wie kann ich schreiben», schrieb er an Helen, «wenn meine Mom mir über die Schulter blickt?» Darauf wußte Helen keine Antwort; sie sagte, sie werde das Problem bei ihrem Vater zur Sprache bringen, und vielleicht werde Ernie Jenny irgendeinen Rat geben. Ernie Holm mochte Jenny; er nahm sie gelegentlich mit ins Kino. Jenny war sogar so etwas wie ein Ringfan geworden, und obwohl es zwischen ihnen nicht mehr als Freundschaft geben konnte, war Ernie sehr feinfühlig, was die Geschichte von der ledigen Mutter betraf – er hatte Jennys Version gehört und sie akzeptiert als alles, was er zu wissen brauchte, und bei den Leuten von Steering, die den Wunsch äußerten, mehr zu erfahren, verteidigte er Jenny verbissen.

Aber in kulturellen Dingen ließ Jenny sich von Tinch Tips geben. Sie fragte ihn, wohin ein Junge und seine Mutter in Europa fahren könnten – wo das künstlerischste Klima, welches der beste Ort zum Schreiben sei. Mr. Tinch war 1913 zuletzt in Europa gewesen. Er war nur den Sommer über geblieben. Er war zuerst in England gewesen, wo es noch mehrere lebende Tinchs gab – seine britischen Vorfahren –, aber seine alten Verwandten hatten ihm angst gemacht, indem sie ihn um Geld baten, und sie baten um so viel und auf so unverschämte Art und Weise, daß Tinch schnell zum europäischen Kontinent hinüberfloh. In Frankreich waren die Leute jedoch ebenfalls unverschämt zu ihm, und in Deutschland waren sie laut. Da er einen nervösen Magen hatte, fürchtete er sich vor der italienischen Küche. So war er nach Österreich gegangen. «In Wien», erklärte er Jenny, «fand ich das wahre Europa. Es war b-b-beschaulich und k-k-künstlerisch», sagte Tinch. «Man spürte die Trauer und die G-G-Größe.»

Ein Jahr später begann der Erste Weltkrieg. Und 1918 sollte die Spanische Grippe zahlreiche Wiener dahinraffen, die den Krieg überlebt hatten. Die Grippe sollte den alten Klimt umbringen, und sie sollte den jungen Schiele und Schieles junge Frau umbringen. Vierzig Prozent der übriggebliebenen männlichen Bevölkerung sollten den Zweiten Weltkrieg nicht überleben. Das Wien, in das Tinch Jenny und Garp schickte, war eine Stadt, deren Leben vorbei war. Seine Müdigkeit konnte immer noch mit B-B-Beschaulichkeit verwechselt werden, aber Wien war kaum mehr imstande, noch viel G-G-Größe zu zeigen. Unter den Halbwahrheiten Tinchs würden Jenny und Garp noch die Trauer ahnen.

«Und *jeder* Ort kann künstlerisch sein», schrieb Garp später, «wenn dort ein Künstler arbeitet.»

«Wien?» sagte Garp zu Jenny. Er sagte es so, wie er vor über drei Jahren «Ringen?» zu ihr gesagt hatte, als er auf dem Krankenbett lag und an ihrer Fähigkeit zweifelte, einen Sport für ihn auszusuchen. Aber er erinnerte sich, daß sie damals recht gehabt hatte, und er wußte nichts über Europa und sehr wenig über andere Orte. Garp hatte auf der Steering School drei Jahre lang Deutsch gelernt, durchaus nützlich, und Jenny (die in Sprachen nicht sehr gut war) hatte ein Buch über die merkwürdigen Bettgenossen der österreichischen Geschichte gelesen: Maria Theresia und der Faschismus. *Vom Kaiserreich zum Anschluß!* hieß das Buch. Garp hatte es jahrelang im Badezimmer gesehen, aber jetzt war es nirgends mehr zu finden. Vielleicht war es dem Whirlpool-Bad zum Opfer gefallen.

«Ich habe es zuletzt bei Ulfelder gesehen», sagte Jenny.

«Ulfelder hat vor drei Jahren seine Abschlußprüfung gemacht, Mom», erinnerte Garp seine Mutter.

Als Jenny Dekan Bodger erklärte, daß sie kündigen wolle, sagte Bodger, Steering werde sie vermissen und jederzeit gern wieder nehmen. Jenny wollte nicht unhöflich sein, aber sie murmelte, Krankenschwester könne man fast überall sein, nehme sie an; sie wußte natürlich nicht, daß sie nie wieder Krankenschwester sein würde. Bodger wunderte sich, daß Garp nicht aufs College gehen wollte. Nach Ansicht des Dekans war Garp kein Problem mehr für die Schuldisziplin gewesen, seit er mit fünf Jahren den Sturz vom Dach des Nebengebäudes des Krankenreviers überlebt hatte, und Bodgers heimlicher Stolz auf seine Rolle bei dieser Rettungsaktion hatte ihm immer eine gewisse Zuneigung zu Garp eingeflößt. Außerdem war Dekan Bodger ein Ringfan und einer der wenigen Bewunderer Jennys. Aber Bodger akzeptierte es, daß der Junge von dem «Geschäft des Schreibens», wie Bodger es nannte, überzeugt zu sein schien. Jenny erzählte Bodger nicht, daß sie vorhatte, auch selber ein bißchen zu schreiben.

Dieser Teil des Plans bereitete Garp am meisten Unbehagen, aber er sagte Helen kein einziges Wort davon. Es ging alles sehr schnell, und Garp vermochte seine Befürchtungen nur gegenüber seinem Ringtrainer, Ernie Holm, auszusprechen.

«Ihre Mom weiß, was sie tut, da bin ich mir ganz sicher», erklärte ihm Ernie. «Sie müssen nur sicher sein, was Sie selbst betrifft.»

Sogar der alte Tinch war voller Optimismus, was den Plan betraf. «Es ist ein bißchen e-e-exzentrisch», meinte Tinch, «aber das sind viele gute Ideen.» Jahre später sollte Garp sich daran erinnern, daß Tinchs rührendes Stottern wie eine Botschaft von Tinchs Körper an Tinch war. Garp schrieb, Tinchs Körper habe

117

Tinch mitzuteilen versucht, daß er eines Tages erf-f-frieren werden.

Jenny sagte, sie würden kurz nach der Abschlußprüfung fahren, aber Garp hatte gehofft, den Sommer noch in Steering zu bleiben.

«Warum denn nur um Himmels willen?» fragte ihn Jenny.

Wegen Helen, wollte er ihr erklären. Aber er hatte keine Geschichten, die gut genug für Helen waren; das hatte er bereits gesagt. Es blieb nichts anderes übrig, als fortzugehen und sie zu schreiben. Auf keinen Fall konnte er erwarten, daß Jenny noch einen Sommer in Steering blieb, nur damit er seine Verabredung mit Cushie Percy bei den Kanonen einhalten konnte – vielleicht sollte es nicht sein. Trotzdem hoffte er, am Wochenende nach der Abschlußprüfung mit Cushie in Verbindung treten zu können.

Bei Garps Abschlußprüfung regnete es. Der Regen klatschte in Schwaden auf den klatschnassen Campus; die Gullys liefen über, und die von auswärts gekommenen Autos durchpflügten die Straßen wie Yachten in einer Sturmbö. Die Frauen wirkten hilflos in ihren Sommerkleidern; die Station-Wagen wurden in aller Eile vollgestopft. Vor der Miles Seabrook-Turnhalle und dem Sporthaus war ein großes hochrotes Zelt errichtet worden, und hier, in der abgestandenen Zirkusluft, wurden die Diplome ausgehändigt – die Reden gingen im Regen unter, der auf das hochrote Zeltdach prasselte.

Niemand blieb lange. Die Straßenkreuzer verließen den Ort. Helen hatte nicht kommen können, da an der Talbot Academy am darauffolgenden Wochenende die Abschlußfeier war und sie noch mitten im Examen saß. Cushie Percy dagegen war bestimmt unter den Besuchern der enttäuschenden Zeremonie gewesen, da war Garp ganz sicher; aber er hatte sie nicht gesehen. Er wußte, daß sie bei ihrer lächerlichen Familie sein würde, und Garp war klug genug, um in sicherer Distanz von Fat Stew zu bleiben – ein empörter Vater blieb trotzdem ein Vater, auch wenn Cushman Percys Ehre schon lange zuvor geraubt worden war.

Als die Spätnachmittagssonne durchkam, machte auch das nicht mehr viel aus. Steering dampfte, und der Boden würde noch tagelang durchweicht sein – vom Seabrook-Stadion bis hin zu den Kanonen. Garp stellte sich die tiefen Wasserrinnsale vor, die, wie er wußte, jetzt das weiche Gras bei den Kanonen durchzogen; selbst der Steering River würde angeschwollen sein. Die Kanonen würden überlaufen; die nach oben gerichteten Rohre füllten sich jedesmal mit Wasser, wenn es regnete. Bei solchem Wetter spien die Kanonen Ströme von Glassplittern aus und hinterließen Schleimpfützen aus alten Kondomen auf dem befleckten Beton. An diesem Wochenende würde keine verführerische Cushie bei den Kanonen warten, das wußte Garp.

Aber die Dreierpackung knisterte wie ein winziges, trockenes Hoffnungsfeuer in seiner Tasche.

«Hör zu», sagte Jenny. «Ich habe Bier gekauft. Fang an und betrink dich, wenn du willst.»

«Jesus, Mom», sagte Garp. Aber er trank ein paar Flaschen mit ihr. Sie saßen allein zusammen an seinem Abschlußabend – das Krankenrevier nebenan war leer, und auch die Betten im Nebengebäude waren leer und abgezogen – bis auf die Betten, in denen sie schlafen würden. Garp trank das Bier und überlegte, ob alles ein plötzlicher Abfall sei; er beruhigte sich mit dem Gedanken an die wenigen guten Geschichten, die er gelesen hatte. Aber trotz seiner Steering-Bildung war er kein großer Leser – mit Helen oder Jenny zum Beispiel konnte er es nicht aufnehmen. Garp hatte, was Geschichten betraf, die Methode, eine zu suchen, die er mochte, und sie dann immer wieder zu lesen. Zu der Zeit, als er die Steering School besuchte, las er Joseph Conrads *Der geheime Teilhaber* vierunddreißigmal. Und D. H. Lawrences *Der Mann, der Inseln liebte* las er einundzwanzigmal; jetzt fühlte er sich bereit, diese Geschichte abermals zu lesen.

Draußen vor den Fenstern der winzigen Wohnung im Nebengebäude des Krankenreviers lag der Campus von Steering dunkel und naß und verlassen da.

«Weißt du, betrachte es doch einmal so», sagte Jenny, die sah, daß er sich im Stich gelassen fühlte. «Du hast nur vier Jahre gebraucht, um die Steering School zu absolvieren, aber *ich bin* achtzehn Jahre auf dieser verdammten Schule gewesen.» Jenny war keine große Trinkerin: als sie ihr zweites Bier halb getrunken hatte, sank sie in Schlaf. Garp trug sie in ihr Zimmer; sie hatte sich bereits die Schuhe ausgezogen, und Garp löste nur ihre Schwesternnadel – damit sie sich beim Herumdrehen nicht damit piekste. Es war eine warme Nacht, deshalb deckte er sie nicht zu.

Er trank noch ein Bier, und dann machte er einen Spaziergang.

Das Haus der Percys – ursprünglich das Haus der Steerings – thronte nicht weit vom Nebengebäude des Krankenreviers auf seinem feuchten Rasen. Nur ein Licht brannte in Stewart Percys Haus, und Garp wußte, wessen Licht es war: die kleine Pu Percy, die inzwischen vierzehn war, konnte bei gelöschtem Licht nicht schlafen. Cushie hatte Garp auch erzählt, daß Bainbridge immer noch gern Windeln trug – vielleicht, dachte Garp, weil ihre Familie sie immer noch beharrlich Pu nannte.

«Na ja», sagte Cushie, «ich weiß nicht, was daran *schlimm* sein soll. Sie benutzt die Windeln ja nicht, verstehst du? Ich meine, sie ist *stubenrein* und so. Pu *trägt* nur gern Windeln – gelegentlich.»

Garp stand auf dem dampfenden Gras unter Pu Percys Fenster und versuchte sich daran zu erinnern, welches Zimmer das von Cushie war. Da er sich nicht daran erinnern konnte, beschloß er, Pu zu wecken; sie würde ihn bestimmt erkennen, und bestimmt würde sie Cushie Bescheid sagen. Aber Pu erschien wie ein Gespenst an ihrem Fenster; sie schien Garp, der sich fest an den Efeu unter ihrem Fenster klammerte, nicht sofort zu erkennen. Bainbridge Percy hatte Augen wie ein von den Scheinwerfern eines Autos gelähmtes Reh, kurz ehe es überfahren wird.

«Um Gottes willen, Pu, *ich* bin's», flüsterte Garp ihr zu.

«Du willst zu Cushie, nicht wahr?» fragte Pu ihn mürrisch.

«Ja!» grunzte Garp. Dann riß der Efeu, und er fiel hinunter in die Hecke. Cushie, die in ihrem Badeanzug schlief, half ihm, sich zu befreien.

«Wow, du weckst noch das ganze Haus», sagte sie. «Bist du betrunken?»

«Ich bin *gefallen*», sagte Garp gereizt. «Deine Schwester ist so komisch.»

«Draußen ist es überall naß», sagte Cushie zu ihm. «Wohin können wir gehen?»

Garp hatte daran gedacht. Im Nebengebäude, das wußte er, waren sechzig Betten frei.

Aber Garp und Cushie waren noch nicht an der Veranda der

Percys vorbei, als Bonkers sie stellte. Die schwarze Bestie war schon vom Herabsteigen der Verandatreppe außer Atem, und ihre eisgraue Schnauze war mit Geifer gesprenkelt; ihr Atem traf Garp wie eine alte, ihm ins Gesicht geschleuderte Grassode. Bonkers knurrte, aber selbst sein Knurren war langsamer geworden.

«Sag ihm, er soll abhauen», flüsterte Garp Cushie zu.

«Er ist taub», sagte Cushie. «Er ist sehr alt.»

«Ich weiß, wie alt er ist», sagte Garp.

Bonkers bellte – ein knirschender und scharfer Ton wie von den Angeln einer unbenutzten Tür, die plötzlich mit Gewalt geöffnet wird. Er war dünner geworden, aber er wog noch gut seine sechzig Kilo. Ein Opfer von Ohrmilben und Räude, alten Hundebissen und Stacheldraht, beschnüffelte er jetzt seinen Feind und nagelte Garp an der Veranda fest.

«Hau *ab*, Bonkers!» zischte Cushie.

Garp versuchte, um den Hund herumzugehen, und bemerkte, wie langsam Bonkers reagierte.

«Er ist halb *blind*», flüsterte Garp.

«Und er kann nicht mehr gut riechen», sagte Cushie.

«Er sollte längst tot sein», flüsterte Garp vor sich hin, aber er versuchte, einen Bogen um den Hund zu machen. Bonkers folgte ihm benommen. Sein Maul erinnerte Garp immer noch an die Kraft eines Löffelbaggers, und die schlaffe Muskelfalte an seiner schwarzen zottigen Brust zeigte Garp, wie gut der Hund zuspringen konnte – aber vor langer Zeit.

«*Ignorier* ihn einfach», schlug Cushie vor – in dem Augenblick, als Bonkers gerade zusprang.

Der Hund war so langsam, daß Garp ihm noch ausweichen und rasch hinter ihn treten konnte; er zog ihm die Vorderbeine weg und ließ sich mit der Brust auf den Rücken des Hundes fallen. Bonkers fiel vornüber, er stieß mit der Nase zuerst in die Erde – seine Hinterbeine hatten noch Halt. Garp hatte die eingeknickten Vorderbeine jetzt in der Gewalt, aber der Kopf des großen Hundes wurde nur durch das Gewicht von Garps Brust am Boden gehalten. Ein scheußliches Knurren klang auf, als Garp das Rückgrat des Hundes nach unten preßte und sein Kinn in den dichtbehaarten Nacken des Hundes bohrte. Bei diesem Kampf kam plötzlich ein *Ohr* zum Vorschein – in Garps Mund –, und Garp biß hinein. Er biß so fest zu, wie er konnte, und Bonkers heulte auf. Er biß Bonkers im Gedanken an sein eigenes fehlendes Fleisch, er biß ihn für die vier Jahre, die er auf der Steering School verbracht hatte – und für die achtzehn Jahre seiner Mutter.

Erst als im Haus der Percys Lichter angingen, gab Garp den alten Bonkers frei.

«Lauf!» schlug Cushie vor. Garp packte ihre Hand, und sie kam mit ihm. Er hatte einen scheußlichen Geschmack im Mund. «Wow, mußtest du ihn unbedingt *beißen*?» fragte Cushie.

«Er hat mich gebissen», rief Garp ihr ins Gedächtnis zurück.

«Ich erinnere mich», sagte Cushie. Sie drückte seine Hand, und er führte sie dorthin, wo er hinwollte.

«Was zum Teufel ist hier los?» hörten sie Stewart Percy brüllen.

«Es ist Bonkie, es ist Bonkie!» rief Pu Percy in die Nacht hinaus.

«Bonkers!» rief Fat Stew. «Hierher, Bonkers! Hierher, Bonkers!» Und sie hörten alle das durchdringende Jaulen des tauben Hundes.

Es war ein Tumult, der überall auf dem verlassenen Campus zu hören war. Er weckte Jenny Fields, die aus ihrem Fenster im Nebengebäude des Krankenreviers spähte. Garp sah zu seinem Glück, wie sie Licht machte. Er bat Cushie, sich hinter ihm, in einem Flur des unbelegten Nebengebäudes, zu verstecken, während er sich Jennys medizinischen Rat holte.

«Was ist passiert?» fragte ihn Jenny. Garp wollte wissen, ob das Blut, das an seinem Kinn herunterlief, seines war oder ausschließlich das von Bonkers. Am Küchentisch wusch Jenny ein schwarzes schorfiges Ding ab, das an Garp klebte. Es fiel von Garps Hals und landete auf dem Tisch – so groß wie ein Silberdollar. Sie starrten beide darauf.

«Was *ist* das?» fragte Jenny.

«Ein Ohr», sagte Garp. «Oder ein Teil davon.»

Auf dem weißlackierten Tisch lag der schwarze ledrige Überrest eines Ohres – leicht eingerollt an den Rändern und rissig wie ein alter, hart gewordener Handschuh.

«Ich bin über Bonkers gestolpert», sagte Garp.

«Ohr um Ohr», sagte Jenny Fields.

Garp hatte nicht einmal eine Schramme abbekommen; es war ausschließlich Bonkers' Blut.

Als Jenny in ihr Schlafzimmer zurückging, zog Garp Cushie in den unterirdischen Gang, der zum Krankenrevier hinüberführte. Achtzehn Jahre lang hatte er sich mit dem Weg vertraut gemacht. Er führte sie zu dem Flügel, der am weitesten von der Wohnung seiner Mutter im Nebengebäude entfernt war; es war ein Raum über der Hauptaufnahme, nahe beim OP und den anderen Räumen für Chirurgie und Anästhesie.

So kam es, daß Sex für Garp immer mit bestimmten Gerüchen und Empfindungen verbunden war. Die Erfahrung sollte sekretorisch, aber entspannt bleiben: ein schließlicher Lohn in quälenden Zeiten. Der Geruch würde ihm für immer als zutiefst persönlich und doch irgendwie klinisch in Erinnerung bleiben. Die Umgebung würde immer menschenleer wirken. Sex würde in Garps Vorstellung ein einsamer Akt bleiben, vollzogen in einem verlassenen Universum – irgendwann nachdem es geregnet hatte. Es war immer ein ungeheuer optimistischer Akt.

Cushie weckte bei Garp natürlich viele Vorstellungen von Kanonen. Als das dritte Kondom aus der Dreierpackung verbraucht war, fragte sie, ob das alles sei, was er habe – ob er nur eine Packung gekauft habe. Ein Ringer liebt nichts so sehr wie wohlverdiente Erschöpfung; Garp schlief über Cushies Vorhaltungen ein.

«Beim erstenmal hast du keine gehabt», sagte sie gerade, «und diesmal hast du nicht genug? Ein Glück, daß wir so alte Freunde sind.»

Es war noch dunkel und lange vor Morgengrauen, als Stewart Percy sie weckte. Fat Stews Stimme kam wie eine unnennbare Krankheit über das alte Gebäude. «Aufmachen!» hörten sie ihn brüllen, und sie krochen ans Fenster, um zuzuschauen.

Auf dem grünen, grünen Rasen, in Bademantel und Hausschuhen – und mit Bonkers neben ihm an der Leine – geiferte Cushies Vater gegen die Fenster des Nebengebäudes. Es dauerte nicht lange, bis Jenny in dem erleuchteten Fenster erschien.

«Sind Sie krank?» fragte sie Stewart.

«Ich will meine Tochter holen!» schrie Stewart.

«Sind Sie betrunken?» fragte Jenny.

«Lassen Sie mich sofort rein!» kreischte Stewart.

«Der Doktor ist nicht da», sagte Jenny Fields, «und ich glaube nicht, daß ich Sie angemessen behandeln könnte.»

«Sie Biest!» brüllte Stewart. «Ihr Bastard hat meine Tochter verführt! Ich weiß, daß sie dort sind, auf Ihrer verdammten Fickstation!»

Es *ist* jetzt eine Fickstation, dachte Garp und genoß die Berührung und den Duft Cushies, die zitternd neben ihm stand. In der kühlen Luft, die durch das dunkle Fenster drang, erschauerten sie stumm.

«Sie sollten meinen *Hund* sehen!» schrie Stewart auf Jenny ein. «Überall Blut! Der Hund hat sich unter der Hängematte verkrochen! Blut auf der Veranda!» krächzte Stewart. «Was zum Teufel hat dieser Bastard mit Bonkers gemacht?»

Garp fühlte, wie Cushie neben ihm zusammenzuckte, als seine Mutter antwortete. Was Jenny sagte, mußte Cushie Percy an ihre Bemerkung erinnert haben, vor dreizehn Jahren. Was Jenny Fields sagte, war: «Garp hat Bonkie gebissen.» Dann ging das Licht in ihrem Zimmer aus, und in der Dunkelheit rings um das Nebengebäude und das Krankenrevier war nur noch Fat Stews Atmen zu hören, zusammen mit dem abfließenden Regen – der über die Steering School rann und alles reinwusch.

5

In der Stadt,
in der
Mark Aurel starb

Als Jenny Garp nach Europa mitnahm, war Garp besser auf die «Einzelhaft» des Schriftstellerlebens vorbereitet als die meisten anderen Achtzehnjährigen. Er lebte bereits in einer Welt seiner eigenen Vorstellung; schließlich war er von einer Frau großgezogen worden, die Einzelhaft für eine absolut natürliche Lebensart hielt. Es sollte Jahre dauern, bis Garp merkte, daß er keine Freunde hatte, und diese Seltsamkeit kam Jenny Fields niemals seltsam vor. Auf seine distanzierte und höfliche Art war Ernie Holm der erste Freund, den Jenny Fields je gehabt hatte.

Bis Jenny und Garp eine Wohnung fanden, wohnten sie in mehr als einem Dutzend über ganz Wien verstreuten Pensionen. Mr. Tinch hatte gemeint, dies sei die ideale Methode, sich den Teil der Stadt auszusuchen, der ihnen am besten gefiel: in allen Bezirken wohnen und dann selbst entscheiden. Aber das kurzfristige Leben in Pensionen mußte für Tinch im Sommer 1913 angenehmer gewesen sein; als Jenny und Garp nach Wien kamen, war es 1961; sie hatten es bald satt, ihre Schreibmaschinen von Pension zu Pension zu schleppen. Doch war es diese Erfahrung, die Garp zu dem Stoff für seine erste größere Kurzgeschichte, «Die Pension Grillparzer», verhalf. Garp hatte noch nicht einmal gewußt, was eine Pension war, ehe er nach Wien kam. Aber er fand schnell heraus, daß eine Pension weniger bot als ein Hotel – sie war immer kleiner und nie elegant; sie bot manchmal Frühstück und manchmal nicht. Eine Pension war manchmal ein Fund und manchmal ein Fehler. Jenny und Garp fanden Pensionen, die sauber und

gcmütlich und freundlich waren, aber oft waren sie heruntergekommen.

Jenny und Garp verloren wenig Zeit, um zu entscheiden, daß
sie am oder nahe beim Ring, der großen runden Straße, die das
Herz der Altstadt umgibt, wohnen wollten; es war der Teil der
Stadt, wo praktisch alles war und wo Jenny, die kein Deutsch
sprach, etwas besser zurechtkam – es war der aufgeschlossenere,
kosmopolitische Teil Wiens, wenn es in Wien überhaupt einen
solchen Stadtteil gibt.

Es machte Garp Spaß, für seine Mutter verantwortlich zu sein;
drei Jahre Deutsch an der Steering School hatten Garp zu ihrer
beider Anführer gemacht, und er genoß es sichtlich, Jennys Boss
zu sein.

«Nimm das Schnitzel, Mom», empfahl er ihr etwa.

«Ich fand, *Kalbsnieren* klingt so verlockend», sagte Jenny.

«Kalbsnieren, Mom», übersetzte Garp. «Magst du Nieren?»

«Ich weiß nicht», gab Jenny zu. «Wahrscheinlich nicht.»

Als sie endlich in eine eigene Wohnung zogen, übernahm Garp
das Einkaufen. Jenny hatte achtzehn Jahre lang in den Speisesälen
der Steering School gegessen; sie hatte nie kochen gelernt, und
jetzt konnte sie die Rezepte nicht lesen. In Wien entdeckte Garp,
wie gern er kochte. Aber das erste, was ihm an Europa gefiel, war
angeblich das WC – das Wasserklosett. In seiner Pensionszeit
stellte Garp fest, daß ein Wasserklosett ein winziger Raum mit einer Toilette und sonst nichts war; es war das erste an Europa, was
Garp sinnvoll fand. Er schrieb an Helen, daß «es das vernünftigste
System ist – in einem Raum zu urinieren und Stuhl zu haben und
sich in einem anderen die Zähne zu putzen». Das WC sollte natürlich auch eine wichtige Rolle in Garps Geschichte «Die Pension
Grillparzer» spielen, aber Garp sollte diese Geschichte fürs erste
noch nicht schreiben – und auch nichts anderes.

Zwar besaß er für einen Achtzehnjährigen ungewöhnlich viel
Selbstdisziplin, doch gab es einfach zu viel zu sehen; zusammen
mit den Dingen, für die er nun plötzlich verantwortlich war, hatte
Garp eine Menge um die Ohren, und monatelang waren seine ein-
zigen befriedigenden schriftstellerischen Versuche seine Briefe an
Helen. Er fand sein neues Territorium viel zu aufregend, um sich

täglich die Zeit zum Schreiben zu nehmen, obwohl er es versuchte.

Er versuchte eine Geschichte über eine Familie zu schreiben; als er anfing, wußte er nur, daß die Familie ein interessantes Leben führte und daß alle Familienmitglieder einander sehr nahe standen. Das reichte nicht.

Jenny und Garp zogen in eine cremefarbene Wohnung mit hohen Räumen im zweiten Stock eines alten Hauses in der Schwindgasse, einer kleinen Straße im vierten Bezirk. Die Prinz-Eugen-Straße, der Schwarzenbergplatz und das Untere und Obere Belvedere waren gleich um die Ecke. Garp besuchte sämtliche Kunstgalerien der Stadt, aber Jenny ging nur in das Obere Belvedere. Garp erklärte ihr, daß das Obere Belvedere lediglich Gemälde des 19. und 20. Jahrhunderts enthielt. Aber Jenny sagte, daß das 19. und 20. Jahrhundert ihr reichten. Garp meinte, sie könne doch wenigstens durch den Garten zum Unteren Belvedere gehen und sich die Barocksammlung anschauen, aber Jenny schüttelte den Kopf; sie habe an der Steering School mehrere kunstgeschichtliche Kurse besucht – sie sei nicht gebildet genug, sagte sie.

«Und die Breughels, Mom!» sagte Garp. «Du fährst einfach mit der Straßenbahn den Ring hinauf und steigst an der Mariahilfer Straße aus. Das große Museum gegenüber von der Haltestelle ist das Kunsthistorische.»

«Aber zum Belvedere kann ich *gehen*», sagte Jenny. «Warum soll ich Straßenbahn fahren?»

Sie konnte auch zur Karlskirche gehen, und dort gab es, ein kurzes Stück die Argentinierstraße hinauf, einige interessant aussehende Botschaftsgebäude. Die Bulgarische Botschaft befand sich genau gegenüber von ihrer Wohnung in der Schwindgasse. Jenny hielt sich gern, wie sie sagte, in ihrer eigenen Nachbarschaft auf. Eine Straße weiter gab es ein Kaffeehaus; dort ging sie manchmal hin und las die englischen Zeitungen. Sie ging nie außer Haus essen, außer, wenn Garp sie mitnahm; und wenn er nicht in der Wohnung für sie kochte, aß sie gar nichts zu Hause. Sie war völlig von der Idee in Anspruch genommen, irgend etwas zu schreiben – mehr in Anspruch genommen als Garp, jedenfalls in dieser Phase.

«Ich habe keine Zeit, an diesem Punkt in meinem Leben die Touristin zu spielen», erklärte sie ihrem Sohn. «Aber laß *dich* nicht hindern, bade in Kultur. Das *solltest* du jedenfalls tun.»

«Aufnehmen, aufne-ne-nehmen», hatte Tinch zu ihnen gesagt. Und Jenny fand, genau das sei es, was Garp tun sollte; was sie anging, so war sie der Meinung, sie habe schon genug aufgenommen, um eine Menge zu sagen zu haben. Jenny Fields war einundvierzig. Sie stellte sich vor, der interessante Teil ihres Lebens liege hinter ihr; alles, was sie wollte, war, darüber zu schreiben.

Garp gab ihr einen Zettel, den sie immer mit sich herumtragen sollte. Auf dem Zettel stand ihre Adresse – für den Fall, daß sie sich verlief: Wien IV, Schwindgasse 15/2. Garp hatte ihr beigebracht, wie sie es aussprechen mußte – eine mühsame Lektion. «*Schwindgassefünfzehnzwei*!» ratterte Jenny.

«Noch einmal», sagte Garp. «Oder willst du nicht wieder *zurück*, wenn du dich verlaufen hast?»

Garp erkundete tagsüber die Stadt und fand Lokale, in die er Jenny abends und spätnachmittags, wenn sie mit ihrem Schreiben fertig war, ausführen konnte: Sie tranken ein Bier oder einen Schoppen Wein, und Garp beschrieb ihr, was er den ganzen Tag über getan und erlebt hatte. Jenny hörte höflich zu. Wein oder Bier machten sie müde. Gewöhnlich aßen sie irgendwo gemütlich zu Abend, und Garp brachte Jenny mit der Straßenbahn nach Hause; er war sehr stolz darauf, daß er nie ein Taxi zu nehmen brauchte, weil er das Straßenbahnnetz so gründlich erforscht hatte. Manchmal ging er morgens auf die Freimärkte und kam zeitig heim und kochte den ganzen Nachmittag. Jenny beklagte sich nie; ihr war es gleichgültig, ob sie zu Haus oder außer Haus aßen.

«Das ist ein Gumpoldskirchner», sagte Garp etwa über den Wein. «Er paßt sehr gut zu *Schweinebraten*.»

«Was für lustige Worte», bemerkte Jenny.

In einer typischen Bewertung von Jennys Prosastil schrieb Garp später: «Meine Mutter hatte so mit ihrem Englisch zu kämpfen – da war es kein Wunder, daß sie sich nie die Mühe machte, Deutsch zu lernen.»

Obwohl Jenny Fields sich jeden Tag an ihre Schreibmaschine setzte, wußte sie nie, wie sie schreiben sollte. Obwohl sie – physisch – schrieb, machte es ihr keinen Spaß, das, was sie geschrieben hatte, noch einmal zu lesen. Nicht lange, und sie versuchte sich an die guten Sachen zu erinnern, die sie gelesen hatte, und dachte darüber nach, worin sie sich von ihren ersten Entwürfen unterschieden. Sie fing, wenn sie schrieb, einfach am Anfang an. «Ich wurde 1920 geboren», und so fort. «Meine Eltern wollten, daß ich in Wellesley blieb, aber . . .» Und natürlich: «Ich beschloß, daß ich selbst ein Kind haben wollte, und bekam schließlich eines auf folgende Weise . . .» Aber Jenny hatte genug gute Geschichten gelesen, um zu merken, daß ihre nicht so gut *klangen* wie die guten Geschichten, an die sie sich erinnerte. Sie fragte sich, was nicht stimmte, und sie schickte Garp oft in die wenigen Buchhandlungen, die englische Bücher führten. Sie wollte genauer untersuchen, wie Bücher anfingen; sie hatte schnell über dreihundert Schreibmaschinenseiten produziert, und doch fühlte sie, daß ihr Buch nie richtig *in Gang kam*.

Aber Jenny durchlitt ihre Schreibprobleme stumm; sie war vergnügt, wenn sie mit Garp zusammen war, wenn auch selten sehr aufmerksam. Jenny Fields war seit eh und je der Meinung, daß die Dinge anfangen und zu einem Ende gelangen. Wie zum Beispiel Garps Bildung – wie ihre eigene. Wie Sergeant Garp. Sie hatte nicht etwa die Zuneigung zu ihrem Sohn verloren, aber sie fand, daß die Phase, in der sie ihn zu bemuttern hatte, vorbei war; sie fand, sie hatte Garp so weit gebracht und solle ihn nun selber herausfinden lassen, was er tun wollte. Sie konnte nicht ihr und sein Leben damit verbringen, daß sie ihn zum Ringen oder für irgend etwas anderes anmeldete. Jenny lebte gern mit ihrem Sohn zusammen; sie kam gar nicht auf den Gedanken, daß sie je getrennt leben würden. Aber Jenny erwartete, daß Garp sich jeden Tag allein in Wien zerstreute, und das tat Garp.

Er war mit seiner Geschichte über eine interessante Familie, deren Mitglieder einander sehr nahe standen, noch nicht weitergekommen, außer daß er eine interessante Beschäftigung für sie gefunden hatte. Der Familienvater war eine Art Inspektor, und seine Familie begleitete ihn, wenn er seiner Arbeit nachging. Die Arbeit bestand darin, daß er alle Restaurants und Hotels und Pensionen in Österreich genau zu prüfen und zu bewerten und mit einer Note zu klassifizieren hatte. A, B oder C. Es war eine Arbeit, von der Garp sich vorstellte, daß er sie gern getan hätte. In einem Land wie Österreich, das abhängig war vom Tourismus, sollte die Klassifizierung der Häuser, in denen die Touristen aßen und schliefen, von verzweifelter Wichtigkeit sein, aber Garp konnte sich nicht vorstellen, was daran wichtig sein konnte – oder für wen es wichtig sein konnte. Bisher war diese Familie alles, was er hatte: die Leute hatten einen lustigen Job. Sie deckten Makel auf, sie erteilten Noten. Ja, und? Es war leichter, Helen zu schreiben.

In diesem Spätsommer und Frühherbst lernte Garp ganz Wien zu Fuß und mit der Straßenbahn kennen, ohne einen Menschen kennenzulernen. Er schrieb an Helen, daß «ein Teil des Jünglingsalters aus dem Gefühl besteht, daß es niemanden gibt, der dir genügend ähnelt, um dich zu verstehen»; Garp schrieb, seiner Meinung nach verstärke Wien dieses Gefühl in ihm, «weil es in Wien wirklich niemanden wie mich gibt».

Seine Wahrnehmung war zumindest numerisch richtig. Es gab in Wien sehr wenige Leute, die auch nur das gleiche Alter hatten wie Garp. Nicht viele Wiener waren 1943 geboren und überhaupt nicht viele Wiener waren zwischen dem Beginn der Nazi-Besatzung 1938 und dem Ende des Kriegs 1945 geboren worden. Und wenn auch eine überraschende Zahl von Kindern aus Vergewaltigungen hervorgegangen waren, gab es bis nach dem Ende der sowjetischen Besatzung im Jahre 1955 nicht viele Wiener, die Kinder haben *wollten*. Wien war eine Stadt, die siebzehn Jahre lang von Ausländern besetzt gewesen war. Und den meisten Wienern war es in diesen siebzehn Jahren verständlicherweise nicht angebracht oder weise vorgekommen, Kinder in die Welt zu setzen. Garp machte die Erfahrung, in einer Stadt zu leben, die ihm das Gefühl vermittelte, es sei etwas Besonderes, achtzehn Jahre alt zu sein. Das mußte ihn schneller haben altern lassen und es mußte zu seinem wachsenden Eindruck beigetragen haben, Wien sei eher «ein Museum, das eine tote Stadt beherbergt», wie er Helen schrieb, als eine Stadt, die noch am Leben war.

Garps Beobachtung wurde nicht als Kritik vorgebracht. Garp

spazierte *gern* in einem Museum herum. «Eine realere Stadt hätte vielleicht nicht so gut zu mir gepaßt», schrieb er später. «Aber Wien war in seiner Sterbephase; es lag still, so daß ich es betrachten und darüber nachdenken und es wieder betrachten konnte. In einer lebenden Stadt hätte ich nie soviel bemerken können. Lebende Städte halten nicht still.»

So verbrachte T. S. Garp die warmen Monate damit, Wien zu *bemerken*, Briefe an Helen Holm zu schreiben und den Haushalt für seine Mutter zu führen, die ihrem frei gewählten Leben in Einsamkeit noch die Isolation des Schreibens hinzugefügt hatte. «Meine Mutter, die Schriftstellerin», bezeichnete Garp sie spaßhaft in zahlreichen Briefen an Helen. Aber er beneidete Jenny darum, daß sie überhaupt schrieb. Er hatte das Gefühl, daß er sich mit seiner Geschichte festgefahren hatte. Er wußte, daß er fortfahren und seine erfundene Familie ein Abenteuer nach dem andern erleben lassen konnte, aber wohin führte das? In noch ein B-Restaurant mit so mäßigen Nachspeisen, daß die Bewertung mit der Note A hoffnungslos außer Reichweite lag; in noch ein B-Hotel, das dem C so sicher entgegenrutschte, wie der schimmelige Geruch in der Halle nie und nimmer verschwinden würde. Vielleicht konnte jemand aus der Familie des Inspektors in einem Restaurant der Klasse A vergiftet werden, aber was würde das *bedeuten*? Und es konnte verrückte Leute oder gar Verbrecher geben, die sich in einer der Pensionen versteckt hielten, aber was würden sie mit dem allgemeinen Plan zu tun haben?

Garp wußte, daß er keinen Plan hatte.

Er sah, wie ein kleiner Zirkus von vier Mitgliedern aus Jugoslawien oder Ungarn auf einem Bahnhof ankam. Er versuchte, sich ihn in seiner Geschichte vorzustellen. Da war ein Bär gewesen, der mit einem Motorrad Runde um Runde auf einem Parkplatz herumfuhr. Ein paar Menschen sammelten sich an, und ein Mann, der auf Händen ging, sammelte Geld für die Nummer des Bären – mit einem Topf, den er mit den Füßen balancierte; gelegentlich fiel er hin, aber das tat der Bär auch.

Schließlich sprang das Motorrad nicht mehr an. Es blieb unklar, was die beiden anderen Zirkusmitglieder machten; als sie den Bären und den Mann, der auf Händen ging, gerade ablösen wollten, kam die Polizei und forderte sie auf, einen Haufen Formulare auszufüllen. Das war kein sehr interessanter Anblick gewesen, und die Menge – soweit man davon reden konnte – hatte sich zerstreut. Garp war am längsten geblieben, nicht weil er sich für weitere Nummern interessierte, sondern weil er sich dafür interessierte, diesen armseligen Zirkus in seiner Geschichte unterzubringen. Er konnte sich nicht vorstellen, wie. Als Garp den Bahnhof verließ, hörte er, wie der Bär sich übergab.

Wochenlang war der einzige Fortschritt, den Garp mit seiner Geschichte machte, ein Titel: «Das österreichische Fremdenverkehrsamt.» Er gefiel ihm nicht. Er wurde wieder ein Tourist statt ein Schriftsteller.

Als es jedoch kälter wurde, bekam Garp den Tourismus satt; er begann an Helen herumzumeckern, weil sie ihm nicht oft genug zurückschrieb – ein Zeichen, daß er ihr zuviel schrieb. Sie hatte sehr viel mehr zu tun als er: sie ging aufs College, wo sie die beiden ersten Semester übersprungen hatte, und sie hatte sich mehr als die doppelte Durchschnittslast an Kursen aufgeladen. Wenn Helen und Garp sich in diesen frühen Jahren ähnelten, dann insofern, als beide sich so verhielten, als hätten sie es eilig, irgendwohin zu gelangen. «Laß die arme Helen in Frieden», riet Jenny ihm. «Ich dachte, du wolltest noch etwas anderes schreiben außer Briefen.» Aber Garp mißfiel die Vorstellung, in derselben Wohnung mit seiner Mutter zu konkurrieren. Ihre Schreibmaschine machte nie eine Denkpause; Garp wußte, daß ihr ständiges Hämmern seine schriftstellerische Laufbahn wahrscheinlich beenden würde, ehe er richtig anfangen konnte. «Meine Mutter hatte nie etwas von der Stille des Redigierens gehört», bemerkte Garp einmal.

Im November hatte Jenny sechshundert Manuskriptseiten fertig, aber noch immer hatte sie das Gefühl, daß sie noch gar nicht richtig angefangen habe. Garp hatte keinen Stoff, der so aus ihm herausströmen konnte. Die Vorstellungskraft, begriff er, produziert nicht so schnell wie das Gedächtnis.

Sein «Durchbruch», wie er es nannte, als er Helen schrieb, kam an einem kalten und verschneiten Tag im Museum der Stadt Wien. Es war ein Museum, das man von der Schwindgasse aus bequem zu Fuß erreichen konnte; irgendwie hatte er es bisher ausgelassen, da er wußte, daß er jeden Tag hingehen konnte. Jenny erzählte ihm davon. Es war eine der zwei oder drei Sehenswürdigkeiten, die sie tatsächlich selbst besucht hatte – nur weil es gleich auf der anderen Seite des Karlsplatzes und damit noch durchaus, wie sie es nannte, in ihrer Nachbarschaft lag.

Sie erwähnte, im Museum befinde sich das Zimmer eines Schriftstellers; den Namen des Schriftstellers hatte sie vergessen. Sie fand es eine interessante Idee, das Zimmer eines Schriftstellers in einem Museum auszustellen.

«Das *Zimmer* eines Schriftstellers, Mom?» fragte Garp.

«Ja, es ist ein komplettes Zimmer», sagte Jenny. «Sie haben alle Möbel des Schriftstellers genommen und vielleicht auch die Wände und den Fußboden. Ich weiß nicht, wie sie es gemacht haben.»

«Ich weiß nicht, *warum* sie es gemacht haben», sagte Garp. «Das ganze Zimmer ist in dem Museum?»

«Ja, ich glaube, es war ein Schlafzimmer», sagte Jenny, «aber es war auch das Zimmer, wo der Schriftsteller wirklich *schrieb*.»

Garp verdrehte die Augen. Er fand es obszön. Ob auch die Zahnbürste des Schriftstellers dort sein würde? Und der Nachttopf?

Es war ein ganz gewöhnliches Zimmer, aber das Bett wirkte zu klein – wie ein Kinderbett. Der Schreibtisch wirkte auch klein. Nicht das Bett oder der Tisch eines expansiven Schriftstellers, dachte Garp. Das Holz war dunkel; alles sah sehr zerbrechlich aus. Garp fand, daß seine Mutter ein besseres Zimmer zum Schreiben hatte. Der Schriftsteller, dessen Zimmer in dem Museum der Stadt Wien ausgestellt war, hieß Franz Grillparzer; Garp hatte nie etwas von ihm gehört.

Franz Grillparzer starb 1872: Er war ein österreichischer Dichter und Dramatiker, von dem nur sehr wenige Leute außerhalb des deutschen Sprachraums je etwas gehört haben. Er ist einer jener Schriftsteller des 19. Jahrhunderts, die das 19. Jahrhundert nicht mit bleibender Beliebtheit überlebten, und Garp sollte später argumentieren, daß Grillparzer es auch nicht verdient hatte, das 19. Jahrhundert zu überleben. Garp interessierte sich nicht für Theaterstücke und Gedichte, aber er ging in die Bibliothek und las, was als Grillparzers erzählerisches Meisterwerk angesehen wird, die langc Erzählung «Der arme Spielmann». Vielleicht, dachte Garp, reichten seine drei Jahre Schuldeutsch nicht aus, um die Erzählung würdigen zu können; auf deutsch haßte er sie. Dann fand er in einem Antiquariat in der Habsburgergasse eine englische Übersetzung der Geschichte; er haßte sie immer noch.

Garp fand, daß Grillparzers berühmte Geschichte ein schauerliches Melodram war; er fand auch, daß sie einfältig erzählt und schlicht sentimental war. Sie erinnerte ihn nur von ferne an russische Geschichten aus dem 19. Jahrhundert, in denen die Hauptfigur oft ein unentschlossener Zauderer und ein Versager in allen Bereichen des praktischen Lebens ist; aber Dostojewskij konnte einen nach Garps Ansicht wenigstens dazu zwingen, sich für einen solchen Unglückswurm zu interessieren; Grillparzer langweilte einen mit rührseligen Bagatellen.

In demselben Antiquariat kaufte Garp eine englische Übersetzung der *Selbstbetrachtungen* von Mark Aurel; er hatte Mark Aurel in einem Griechischkurs an der Steering School lesen müssen, aber er hatte ihn noch nie auf englisch gelesen. Er kaufte das Buch, weil der Antiquar ihm erzählte, Mark Aurel sei in Wien gestorben.

«Im Leben eines Menschen», schrieb Mark Aurel, «ist seine Zeit nur ein Augenblick, sein Sein ein unaufhörlicher Fluß, seine Wahrnehmung ein schwaches Binsenlicht, sein Körper eine Beute der Würmer, seine Seele ein ruheloser Strudel, sein Schicksal dunkel, sein Ruhm ungewiß. Kurz, alles Körperliche ist wie eilendes Wasser, alles Seelische wie Träume und Dämpfe.» Garp hatte irgendwie das Gefühl, daß Mark Aurel in Wien gelebt haben müßte, als er das schrieb.

Das Thema von Mark Aurels trostlosen Betrachtungen war gewiß *das* Thema eines großen Teils aller ernsthaften Literatur, dachte Garp; der Unterschied zwischen Grillparzer und Dostojewskij war nicht eine Sache des Stoffs. Der Unterschied, schloß Garp, lag in der Intelligenz und in der Eleganz; der Unterschied lag in der Kunst. Irgendwie machte ihm diese offenkundige Entdeckung Spaß. Jahre später las Garp in einer kritischen Einführung in Grillparzers Werk, Grillparzer sei «sensibel, zerrissen, manchmal paranoid, oft deprimiert, exzentrisch und zutiefst niedergeschlagen gewesen; kurz, ein vielschichtiger und moderner Mensch».

«Mag sein», schrieb Garp. «Aber er war auch ein außerordentlich schlechter Schriftsteller.»

Garps Überzeugung, daß Grillparzer ein «schlechter» Schriftsteller war, schien dem jungen Mann sein erstes wirkliches Selbstvertrauen als Künstler einzuflößen – noch ehe er etwas geschrieben hatte. Vielleicht muß es im Leben jedes Schriftstellers diesen Augenblick geben, in dem ein anderer Schriftsteller beschuldigt wird, seinen Beruf verfehlt zu haben. Was den armen Grillparzer betraf, so war Garps Killerinstinkt fast so etwas wie ein Ringergeheimnis: es war, als hätte Garp einen Gegner im Kampf gegen einen anderen Ringer beobachtet; Garp hatte die Schwächen ausgemacht und *wußte*, daß er es besser konnte. Er zwang sogar Jenny, «Der arme Spielmann» zu lesen. Es war eines der wenigen Male, daß er ihr *literarisches* Urteil suchte.

«Mist», verkündete Jenny. «Dümmlich. Weinerlich. Süßlicher Schwulst.»

Sie waren *beide* hocherfreut.

«Ich mochte schon sein Zimmer nicht sehr», erklärte Jenny. «Es war einfach nicht das Zimmer eines Schriftstellers.»

«Na, ich glaube nicht, daß es darauf ankommt, Mom», sagte Garp.

«Aber es war so vollgestopft», beschwerte sich Jenny. «Es war zu dunkel, und es wirkte schrecklich pompös.»

Garp spähte in das Zimmer seiner Mutter. Ihr Bett und ihre Kommode – und sogar der Wandspiegel, an dem beschriebene Blätter klebten, so daß seine Mutter sich kaum noch sehen konnte – waren übersät mit den Seiten ihres unglaublich langen und schlampigen Manuskripts. Garp fand, daß das Zimmer seiner Mutter auch nicht gerade wie das Zimmer eines Schriftstellers aussah, aber er sagte es nicht.

Er schrieb Helen einen langen, kecken Brief, in dem er Mark Aurel zitierte und Franz Grillparzer verriß. Nach Garps Ansicht «starb Franz Grillparzer 1872 für immer, und man kann ihn wie einen billigen Landwein nicht weit von Wien fortbringen, ohne daß er ungenießbar wird». Der Brief war eine Art Muskelspiel – vielleicht wußte Helen das. Der Brief war eine Freiübung – Garp machte einen Durchschlag davon und kam zu dem Schluß, er sei so gut, daß er das Original behalten und Helen den Durchschlag schicken würde. «Ich komme mir ein bißchen vor wie eine Bibliothek», schrieb Helen ihm. «Es ist, als wolltest Du mich als Deine Aktenschublade benutzen.»

Beschwerte Helen sich wirklich? Garp hatte nicht genug Gespür für Helens Leben, um daran zu denken, sie zu fragen. Er schrieb nur zurück, er sei nun «bald bereit zum Schreiben». Er hoffe zuversichtlich, daß die Ergebnisse ihr gefallen würden. Vielleicht fühlte sich Helen von ihm eingeschüchtert, aber sie ließ sich keine Angst anmerken; auf dem College machte sie fast dreimal so viele Kurse wie die meisten anderen Studenten. Gegen Ende ihres ersten Semesters hatte sie das Pensum des vierten Semesters geschafft. Die Beschäftigung eines jungen Schriftstellers mit sich selbst und sein starkes Ego erschreckten Helen Holm nicht; sie bewegte sich mit ihrem eigenen bemerkenswerten Tempo voran, und sie wußte jemanden zu schätzen, der Entschlußkraft besaß. Außerdem gefielen ihr Garps Briefe; sie hatte ebenfalls ein starkes Ego, und seine Briefe, erklärte sie ihm wiederholt, waren schrecklich gut geschrieben.

In Wien fingen Jenny und Garp an, sich mit Grillparzer-Witzen zu amüsieren. Sie entdeckten plötzlich überall in der Stadt kleine Erinnerungen an den toten Grillparzer. Es gab eine Grillparzergasse, es gab ein Kaffeehaus Grillparzer, und eines Tages fanden sie in einer Konditorei zu ihrem Staunen eine Art Schichttorte, die nach ihm benannt war: Grillparzertorte! Sie war viel zu süß. Wenn Garp für seine Mutter kochte, fragte er sie, ob sie ihr Ei weich oder gegrillparzert wolle. Und eines Tages beobachteten sie im Zoo von Schönbrunn eine besonders hagere Antilope mit dürren kotverschmierten Flanken. Garp identifizierte sie als das Grillparzergnu. Eines Tages meinte Jenny im Zusammenhang mit ihrem Manuskript, sie habe «einen Grillparzer gemacht». Das bedeutete, wie sie erklärte, sie habe eine Szene oder eine Gestalt «wie einen losrasselnden Wecker» eingeführt. Die Szene, die sie dabei im Sinn hatte, war die Szene in dem Bostoner Kino, als der Soldat sich ihr genähert hatte: «In dem Kino», schrieb Jenny Fields, «näherte sich mir ein Soldat, der sich vor Lust verzehrte.»

«Das ist schrecklich, Mom», gab Garp zu. Mit «einen Grillparzer machen» meinte Jenny die Formulierung «der sich vor Lust verzehrte».

«Aber so war es», sagte Jenny. «Es war Lust und nichts anderes.»

«Es ist besser, wenn du sagst, er barst vor Lust», schlug Garp vor.

«Puh», sagte Jenny. Noch ein Grillparzer. Es war vor allem die Lust, die sie störte – ganz allgemein. Sie diskutierten über Lust, so gut sie konnten. Garp bekannte seine Lust auf Cushie Percy und gab eine gemäßigte Version der verzehrenden Szene zum besten. Sie mißfiel Jenny. «Und Helen?» fragte Jenny. «Fühlst du das auch für Helen?»

Garp gab zu, daß er es tat.

«Wie schrecklich», sagte Jenny. Sie verstand das Gefühl nicht und sah nicht, wie Garp es jemals mit Genuß, geschweige denn mit Zuneigung verbinden konnte.

««Alles Körperliche ist wie eilendes Wasser›», sagte Garp halbherzig, indem er sich auf Mark Aurel berief. Seine Mutter schüttelte nur den Kopf. Sie aßen in einem sehr roten Restaurant in der Nähe der Blutgasse zu Abend. «*Blood Street*», übersetzte Garp ihr glücklich.

«Hör auf, alles zu übersetzen», sagte Jenny. «Ich will gar nicht alles wissen.» Sie fand die Dekoration des Restaurants *zu* rot und das Essen zu teuer. Die Bedienung war langsam, und sie machten sich zu spät auf den Heimweg. Es war sehr kalt, und die fröhlichen Lichter der Kärntner Straße wärmten sie leider nicht.

«Laß uns ein Taxi nehmen», sagte Jenny. Aber Garp meinte dickköpfig, fünf Straßen weiter könnten sie ebensogut eine Straßenbahn nehmen. «Du und deine verdammten *Straßenbahns*», sagte Jenny.

Das Thema «Lust» hatte ihnen eindeutig den Abend verdorben.

Der erste Bezirk glitzerte in weihnachtlichem Talmiglanz; zwischen den schlanken Turmspitzen des Stephansdoms und dem massigen Gebäude der Staatsoper lagen sieben Häuserblocks mit Geschäften und Bars und Hotels; diese sieben Häuserblocks hätten im Winter überall auf der Welt sein können. «Irgendwann müssen wir einmal in die Oper gehen, Mom», schlug Garp vor. Sie waren seit sechs Monaten in Wien und noch nie in der Oper gewesen, aber Jenny blieb abends nicht gern lange auf.

«Geh allein», sagte Jenny. Sie sah, ein Stück vor ihnen, drei Frauen in langen Pelzmänteln stehen; die eine hatte einen passenden Pelzmuff, und sie hielt sich den Muff vors Gesicht und blies hinein, um ihre Hände zu wärmen. Sie war recht elegant anzuschauen, aber die beiden anderen Frauen hatten etwas von dem weihnachtlichen Flitter an sich. Jenny beneidete die Frau um ihren Muff. «So etwas will ich auch haben», verkündete Jenny. «Wo kann ich so einen bekommen?» Sie zeigte auf die Frauen vor ihnen, aber Garp wußte nicht, was sie meinte.

Die Frauen, das wußte er, waren Huren.

Als die Huren Jenny mit Garp auf sich zukommen sahen, wußten sie nicht, was sie von dem Gespann halten sollten. Sie sahen einen gutaussehenden Jungen mit einer schlichten, aber gutaussehenden Frau, die alt genug war, um seine Mutter zu sein; aber Jenny hakte sich ziemlich formell bei Garp ein, wenn sie mit ihm ging, und das Gespräch zwischen Jenny und Garp hatte etwas Angespanntes und Konfuses – was bei den Huren den Eindruck erweckte, Jenny könnte *nicht* Garps Mutter sein. Dann zeigte Jenny mit dem Finger auf sie, und sie wurden zornig; sie dachten, Jenny sei ebenfalls eine Hure, die in ihrem Revier arbeite und ihnen einen Jungen weggeschnappt habe, der wohlhabend und nicht unsympathisch wirkte – einen hübschen Jungen, an dem *sie* sonst vielleicht verdient hätten.

In Wien ist die Prostitution legal; sie wird umständlich unter Kontrolle gehalten. Es gibt so etwas wie eine Gewerkschaft; es gibt ärztliche Atteste, regelmäßige Untersuchungen, Ausweise. Nur die am besten aussehenden Prostituierten dürfen in den feinen Straßen des ersten Bezirks arbeiten. In den umliegenden Bezirken sind die Prostituierten häßlicher oder älter, oder beides; sie sind natürlich auch billiger. Eigentlich sollen sie in allen Bezirken festgesetzte Preise nehmen. Als die Huren Jenny sahen, traten sie auf dem Bürgersteig auseinander, um Jenny und Garp den Weg zu versperren. Sie waren schnell zu dem Ergebnis gekommen, daß Jenny nicht ganz dem Standard einer Prostituierten des ersten Be-

zirks entsprach und daß sie wahrscheinlich nicht registriert war –
was illegal ist – oder den ihr zugewiesenen Bezirk verlassen hatte,
um ein bißchen mehr Geld nehmen zu können; was ihr eine Menge Scherereien mit den anderen Prostituierten einbringen würde.

In Wahrheit wäre Jenny von den meisten Leuten nicht für eine
Prostituierte gehalten worden, aber es läßt sich schwer sagen, wie
sie eigentlich aussah. Sie hatte so viele Jahre ihre Schwesterntracht
getragen, daß sie nicht recht wußte, wie sie sich in Wien anziehen
sollte; sie neigte dazu, sich zu feinzumachen, wenn sie mit Garp
ausging – vielleicht zum Ausgleich für den alten Bademantel, in
dem sie schrieb. Sie hatte keine Erfahrung darin, sich Kleidung zu
kaufen, und in einer fremden Stadt kam ihr alles irgendwie fremd-
artig vor. Da ihr nichts Bestimmtes vorschwebte, kaufte sie einfach die teureren Sachen; schließlich hatte sie Geld und hatte andererseits weder die Geduld noch die Lust, Preise zu vergleichen.
Infolgedessen sah sie neu und auffällig in ihren Sachen aus, und
neben Garp sah sie nicht so aus, als ob sie aus derselben Familie
kam. Garp hatte in Steering immer nur Sakko und Krawatte und
bequeme Hosen getragen – eine saloppe Stadtuniform, in der er
nirgendwo auffiel.

«Würdest du die Frau bitte fragen, wo sie diesen Muff gekauft
hat?» sagte Jenny zu Garp. Zu ihrer Überraschung blockierten die
Frauen den Bürgersteig, um sie und Garp aufzuhalten.

«Es sind *Huren*, Mom», flüsterte Garp ihr zu.

Jenny Fields erstarrte. Die Frau mit dem Muff redete heftig auf
sie ein. Jenny verstand natürlich kein Wort; sie sah Garp fragend
an, damit er übersetzte. Die Frau überschüttete Jenny mit einem
Wortschwall, aber Jenny wandte die Augen nicht von ihrem Sohn.

«Meine Mutter wollte Sie nur fragen, wo Sie Ihren hübschen
Muff gekauft haben», sagte Garp in seinem langsamen Deutsch.

«Oh, es sind *Ausländer*», sagte eine.

«Gott, sie ist seine *Mutter*», sagte eine andere.

Die Frau mit dem Muff starrte Jenny an, die jetzt den Muff der
Frau anstarrte. Eine der Huren war ein junges Mädchen mit hoch
aufgetürmtem Haar, in dem lauter kleine goldene und silberne
Sterne glitzerten; außerdem hatte sie einen tätowierten grünen
Stern auf einer Wange und eine Narbe, die ihre Oberlippe kaum

merklich verzerrte – so daß man im ersten Augenblick nicht wußte, *was* mit ihrem Gesicht nicht stimmte, man wußte nur, *daß* etwas nicht stimmte. Mit ihrem Körper jedoch stimmte alles; sie war
groß und sehr schlank, und es war schwer, sie anzusehen, obwohl
Jenny sich jetzt dabei ertappte, daß sie das Mädchen anstarrte.

«Frag sie, wie alt sie ist», sagte Jenny zu Garp.

«Ich bin *eighteen*», sagte das Mädchen. «*I know good English.*»

«So alt ist mein Sohn auch», sagte Jenny und stieß Garp mit
dem Ellbogen in die Rippen. Sie begriff nicht, daß die drei *sie* für
eine von ihnen gehalten hatten; als Garp es ihr später erzählte, war
sie außer sich vor Wut – aber nur auf sich selbst. «Das liegt an meinen Sachen!» rief sie. «Ich kann mich nicht anziehen!» Und von
diesem Augenblick an sollte sich Jenny Fields nur noch wie eine
Krankenschwester kleiden: sie legte ihre Tracht wieder an und
trug sie überall – als wäre sie für immer im Dienst, obwohl sie nie
wieder Krankenschwester sein würde.

«Darf ich Ihren Muff einmal sehen?» fragte Jenny die Frau, die
einen hatte; Jenny hatte angenommen, sie sprächen alle Englisch,
aber nur das junge Mädchen kannte die Sprache. Garp übersetzte,
und die Frau ließ ihren Muff widerstrebend los – ein Duft von
Parfüm strömte aus dem warmen Nest, in dem sich ihre schmalen,
von Ringen funkelnden Hände umklammert hatten.

Die dritte Hure hatte auf der Stirn eine Pockennarbe, die dem
Abdruck eines Pfirsichkerns ähnelte. Abgesehen von diesem Makel und einem kleinen feisten Mund, der an den Mund eines übergewichtigen Kindes erinnerte, war sie eine reife Schönheit – in den
Zwanzigern, nahm Garp an; wahrscheinlich hatte sie einen gewaltigen Busen, aber bei dem schwarzen Pelzmantel, den sie trug, ließ
sich das nicht mit Sicherheit sagen.

Die Frau mit dem Muff war sehr schön, fand Garp. Sie hatte ein
schmales, leicht traurig wirkendes Gesicht. Er stellte sich vor, daß
sie eine schöne Figur besaß. Ihr Mund war sehr ruhig. Nur ihre
Augen und ihre bloßen Hände in der kalten Nacht ließen Garp
erkennen, daß sie mindestens so alt wie seine Mutter war. Vielleicht sogar älter. «Ein Geschenk», sagte sie zu Garp über den
Muff. «Ich habe ihn mit dem Mantel bekommen.» Beides war aus
einem silbrig blonden, sehr glatten Pelz.

«Beides echt», sagte die Junge, die Englisch konnte. Offenbar bewunderte sie alles an der älteren Prostituierten.

«Sie können natürlich fast überall einen bekommen, wenn auch vielleicht nicht ganz so wertvoll», meinte die Frau mit der Pokkennarbe. «Gehen Sie zu Stef», sagte sie in einem komischen Tonfall, so daß Garp sie kaum verstehen konnte, und zeigte die Kärntner Straße hinauf. Aber Jenny sah nicht hin, und Garp nickte nur und fuhr fort, die langen, bloßen, von Ringen blitzenden Finger der älteren Frau zu betrachten.

«Meine Hände sind ganz kalt», sagte sie freundlich zu Garp, und Garp nahm Jenny den Muff ab und gab ihn der Hure zurück. Jenny war wie betäubt.

«Laß uns mit ihr sprechen», sagte Jenny zu Garp. «Ich möchte sie danach fragen.»

«*Wonach*, Mom?» sagte Garp. «Jesus Christus!»

«Worüber wir beide gerade gesprochen haben», sagte Jenny. «Ich möchte sie nach der *Lust* fragen.»

Die beiden älteren Huren sahen das Mädchen an, das Englisch konnte, aber sie konnte nicht gut genug Englisch, um etwas aufzuschnappen.

«Es ist kalt, Mom», schimpfte Garp. «Und es ist spät. Laß uns heimgehen.»

«Sag ihr, wir gehen irgendwohin, wo es warm ist, und sprechen ein bißchen miteinander», sagte Jenny. «Sie wird uns dafür *zahlen* lassen, nicht wahr?»

«Ich glaube, ja», stöhnte Garp. «Mom, sie hat keine Ahnung von Lust. Sie fühlen wahrscheinlich nicht viel dergleichen.»

«Ich möchte etwas über die Lust der *Männer* wissen», sagte Jenny. «Über *deine* Lust. *Darüber* muß sie etwas wissen.»

«Um Himmels willen, Mom!» sagte Garp.

«Was ist?» fragte ihn die schöne Prostituierte. «Was habt ihr?» fragte sie. «Was ist los – will sie den Muff kaufen?»

«Nein, nein», sagte Garp. «Sie will *Sie* kaufen.»

Die ältere Hure war sprachlos; die Hure mit der Pockennarbe lachte.

«Nein, nein», erklärte Garp. «Nur um zu *sprechen*. Meine Mutter möchte Ihnen nur ein paar Fragen stellen.»

«Es ist kalt», meinte die Hure und sah ihn mißtrauisch an.

«Vielleicht irgendwo drinnen?» schlug Garp vor. «Wo Sie wollen.»

«Frag sie, was sie haben will», sagte Jenny.

«Wieviel kostet es?» murmelte Garp.

«Es kostet fünfhundert Schilling», sagte die Hure, «üblicherweise.» Garp mußte Jenny erläutern, daß das ungefähr zwanzig Dollar waren. Jenny Fields sollte noch über ein Jahr in Österreich leben, ohne je die deutschen Zahlen zu lernen oder sich im österreichischen Währungssystem auszukennen.

«Zwanzig Dollar, nur um zu sprechen?» sagte Jenny.

«Nein, nein, Mom», sagte Garp, «das ist für das *Übliche*.»

Jenny überlegte. Waren zwanzig Dollar eine Menge Geld für das Übliche? Sie wußte es nicht.

«Sag ihr, wir geben ihr zehn», sagte Jenny. Aber die Hure blickte zweifelnd – als ob Reden ihr schwerer fiele als das «Übliche». Ihre Unentschlossenheit war allerdings nicht nur eine Sache des Geldes; sie traute Garp und Jenny nicht. Sie fragte die junge Hure, die Englisch sprach, ob die beiden Engländer oder Amerikaner seien. Amerikaner, erfuhr sie und schien ein wenig erleichtert.

«Die Engländer sind oft pervers», teilte sie Garp schlicht mit. «Amerikaner sind gewöhnlich ordinär.»

«Wir möchten nur mit Ihnen sprechen», erklärte Garp beharrlich, aber er sah, daß die Prostituierte sich unbeirrt irgendeine monströse Mutter-und-Sohn-Nummer vorstellte.

«Zweihundertfünfzig Schilling», stimmte die Dame mit dem Nerzmuff schließlich zu. «Und Sie bezahlen meinen Kaffee.»

So gingen sie zu dem Lokal, wo alle Huren hingingen, um sich aufzuwärmen, eine winzige Bar mit Miniaturtischen; das Telefon klingelte die ganze Zeit, aber nur wenige Männer lungerten mürrisch an der Garderobe herum und begutachteten die Frauen. Es war so etwas wie ein ungeschriebenes Gesetz, daß man die Frauen nicht ansprechen durfte, wenn sie in dieser Bar waren; die Bar war eine Art Heimathafen, eine neutrale Zone.

«Frag sie, wie alt sie ist», sagte Jenny zu Garp; doch als er sie fragte, schloß die Frau sanft die Augen und schüttelte den Kopf.

«Okay», sagte Jenny, «frag sie, warum sie denkt, daß die Männer sie mögen.» Garp verdrehte die Augen. «Nun, magst *du* sie?» fragte Jenny ihn. Garp bejahte. «Also, was hat sie an sich, was du *begehrst*?» fragte ihn Jenny. «Ich meine nicht ihre Geschlechtsteile. Ich meine, gibt es irgend etwas anderes, was einen befriedigt? Irgend etwas, was man sich vorstellt, etwas, woran man denkt, so etwas wie eine *Aura*?» fragte Jenny.

«Warum gibst du *mir* nicht die zweihundertfünfzig Schilling? Dann brauchst du ihr keine Fragen zu stellen, Mom», sagte Garp erschöpft.

«Sei nicht so unverschämt», sagte Jenny. «Ich möchte wissen, ob es sie entwürdigt, auf diese Weise begehrt zu werden – und dann auf diese Weise genommen zu werden, nehme ich an –, oder ob sie denkt, daß es nur die Männer entwürdigt?» Garp quälte sich ab, um diese Frage zu übersetzen. Die Frau schien ernsthaft darüber nachzudenken – oder aber sie verstand die Frage nicht. Oder sie verstand Garps Deutsch nicht.

«Ich weiß es nicht», sagte sie schließlich.

«Ich habe noch andere Fragen», sagte Jenny.

So ging es noch eine Stunde. Dann sagte die Hure, sie müsse wieder arbeiten. Jenny schien weder befriedigt noch enttäuscht, was die mangelnden konkreten Ergebnisse des Gesprächs betraf; sie schien einfach nur unersättlich neugierig zu sein. Garp hatte noch nie jemanden so begehrt, wie er die Frau begehrte.

«Begehrst du sie?» fragte Jenny ihn so unvermittelt, daß er nicht lügen konnte. «Ich meine, nach all dem – und nachdem du sie betrachtet hast und mit ihr gesprochen hast –, möchtest du jetzt wirklich noch Sex mit ihr haben?»

«Natürlich, Mom», sagte Garp kläglich. Jenny sah nicht so aus, als verstünde sie die Lust nun besser als vor dem Abendessen. Sie sah ihren Sohn verwirrt und überrascht an.

«Also gut», sagte sie. Sie gab ihm die 250 Schilling, die sie der Frau schuldeten, und noch weitere 500 Schilling. «Tu damit, was du tun willst», sagte sie zu ihm, «oder was du tun mußt, nehme ich an. Aber bitte bring mich zuerst nach Hause.»

Die Hure hatte beobachtet, wie das Geld den Besitzer wechselte; sie hatte ein Auge für den richtigen Betrag. «Hören Sie», sagte sie zu Garp und berührte seine Hand mit ihren Fingern, die so kalt waren wie ihre Ringe. «Ich habe nichts dagegen, wenn Ihre Mutter mich für Sie kaufen will, aber sie kann nicht mit uns kommen. Ich will nicht, daß sie uns zuschaut, auf keinen Fall. Ich bin trotz allem katholisch, ob Sie es glauben oder nicht», sagte sie. «Und wenn Sie etwas Spezielles wollen, wie das, müssen Sie sich an Tina wenden.»

Garp fragte sich, wer Tina war; er erschauerte bei dem Gedanken, daß anscheinend nichts zu «speziell» für sie war. «Ich bringe jetzt meine Mutter nach Hause», sagte Garp zu der schönen Frau. «Und ich werde nicht zu Ihnen zurückkommen.» Aber sie lächelte ihn an, und er glaubte, seine Erektion würde seine Tasche voll loser Schillinge und wertloser Groschen durchstoßen. Nur einer ihrer makellosen Zähne – aber es war ein oberer Schneidezahn – war ganz aus Gold.

Im Taxi (Garp hatte sich einverstanden erklärt, eines zu nehmen) erläuterte Garp seiner Mutter das Wiener Prostitutionssystem. Jenny war nicht überrascht, zu hören, daß die Prostitution gesetzlich zugelassen war; es überraschte sie zu hören, daß sie an so vielen anderen Orten *illegal* war. «Warum sollte sie nicht zugelassen sein?» fragte sie. «Warum soll eine Frau mit ihrem Körper nicht machen können, was sie will? Wenn jemand dafür zahlen will, ist es nur ein Schacher wie so viele andere. Sind zwanzig Dollar eine Menge Geld dafür?»

«Nein, das ist ganz günstig», sagte Garp. «Zumindest ist es ein sehr niedriger Preis für die gut aussehenden.»

Jenny gab ihm eine Ohrfeige. «Du weißt alles darüber!» sagte sie. Dann sagte sie, es tue ihr leid – sie hatte ihn noch nie geschlagen. Sie hätte einfach keine Ahnung, was diese verdammte Lust, Lust, Lust! sei.

In der Wohnung in der Schwindgasse demonstrierte Garp, daß er *nicht* mehr ausgehen wollte; er lag sogar schon in seinem Bett und schlief, ehe Jenny, die durch die Manuskriptseiten in ihrem wilden Zimmer stapfte, schlafen ging. Ein Satz brodelte in ihr, aber sie sah ihn noch nicht klar vor sich.

Garp träumte von anderen Prostituierten; er hatte in Wien zwei oder drei aufgesucht – aber er hatte nie die Preise des ersten Bezirks bezahlt. Am nächsten Abend ging Garp nach einem frühen Essen in der Schwindgasse zu der Frau mit dem silbern schimmernden Muff.

Ihr Arbeitsname war Charlotte. Sie war nicht überrascht, ihn zu sehen. Charlotte war alt genug, um zu merken, wenn sie jemanden an der Angel hatte, auch wenn sie Garp nie genau sagte, wie alt sie war. Sie hatte sehr auf sich geachtet, und nur wenn sie ganz entkleidet war, sah man ihr Alter noch an anderen Stellen außer an den Adern auf ihren schmalen Händen. Sie hatte Schwangerschaftsstreifen am Bauch und an ihren Brüsten, aber sie erzählte Garp, das Kind sei vor langer Zeit gestorben. Es störte sie nicht, wenn Garp die Narbe vom Kaiserschnitt berührte.

Nachdem er Charlotte viermal zum festgesetzten Tarif des ersten Bezirks gesehen hatte, traf er sie eines Sonnabendmorgens zufällig auf dem Naschmarkt. Sie kaufte Obst. Ihr Haar war vielleicht ein wenig schmutzig; jedenfalls hatte sie es mit einem Tuch bedeckt und trug es wie ein kleines Mädchen – Ponyfransen und zwei kurze Zöpfe. Die Ponyfransen klebten ein bißchen an ihrer Stirn, die am Tage blasser wirkte. Sie war nicht geschminkt und hatte amerikanische Jeans und Tennisschuhe und einen langen weiten Pullover mit einem hohen Rollkragen an. Garp hätte sie nicht erkannt, wenn er nicht ihre Hände gesehen hätte, die das Obst umklammerten; sie hatte alle ihre Ringe an den Fingern.

Zuerst wollte sie nicht antworten, als er sie ansprach. Aber er hatte ihr bereits erzählt, daß er immer für sich und seine Mutter einkaufte und kochte, und sie fand das amüsant. Nach der ersten Irritation über das Zusammentreffen mit einem Kunden in ihrer dienstfreien Zeit wirkte sie gutgelaunt. Es dauerte eine Weile, bis Garp klar wurde, daß er ungefähr so alt war, wie Charlottes Kind gewesen wäre. Charlotte interessierte sich sozusagen stellvertretend dafür, wie Garp mit seiner Mutter zusammen lebte.

«Wie kommt deine Mutter mit dem Schreiben zurecht?» fragte sie ihn manchmal.

«Sie hämmert immer noch drauflos», antwortete Garp dann. «Ich glaube, sie hat das Lustproblem noch nicht gelöst.»

Aber Charlotte ließ Garp nur bis zu einem bestimmten Punkt über seine Mutter scherzen.

Garp fühlte sich bei Charlotte so unsicher, daß er ihr nie erzählte, daß auch er zu schreiben versuchte. Er wußte, sie würde denken, er sei zu jung. Manchmal dachte er es auch. Und seine Geschichte war noch nicht so weit, daß er jemandem davon erzählen konnte. Das meiste, was er daran getan hatte, war eine Änderung des Titels. Er nannte sie jetzt «Die Pension Grillparzer», und dieser Titel war das erste an der Geschichte, was ihm wirklich rundherum gefiel. Er half ihm, sich zu konzentrieren. Jetzt hatte er einen Schauplatz im Sinn – nur *einen* Schauplatz, wo fast alles, was wichtig war, passieren würde. Das half ihm auch, konzentrierter über seine Gestalten nachzudenken – über die Familie von Klassifizierern, über die anderen Gäste einer kleinen, traurigen Pension irgendwo (sie würde klein und traurig sein müssen, und in Wien, um den Namen Grillparzer zu tragen). Zu den «anderen Gästen» würden auch die Mitglieder eines Zirkus gehören; keines sehr guten, stellte er sich vor, aber eines Zirkus, der sonst nirgendwo unterkam. Man wollte sie sonst nirgendwo haben.

In der Welt der Klassifizierungen würde die ganze Sache so etwas wie eine C-Erfahrung sein. Diese Art, sich die Dinge vorzustellen, brachte Garp langsam in eine, wie er glaubte, richtige Richtung; damit hatte er recht, nur war es noch zu neu, um es niederzuschreiben – zu neu sogar, um Helen darüber zu schreiben. Außerdem, je mehr er Helen schrieb, um so weniger schrieb er auf eine andere, wichtige Weise; und darüber konnte er nicht mit seiner Mutter sprechen: Phantasie war nicht gerade ihre Stärke. Und natürlich wäre er sich albern vorgekommen, wenn er über irgend etwas von alldem mit Charlotte gesprochen hätte.

Garp traf Charlotte sonnabends oft auf dem Naschmarkt. Sie kauften ein, und manchmal aßen sie in einem serbischen Lokal nicht weit vom Stadtpark zusammen zu Mittag. Bei solchen Gelegenheiten zahlte Charlotte für sich selbst. Bei einem dieser Mittagessen gestand Garp ihr, daß er den Tarif des ersten Bezirks nur schwer bezahlen könne, ohne seiner Mutter zu beichten, wohin dieser stetige Geldstrom floß. Charlotte war verärgert, daß er in ihrer dienstfreien Zeit Geschäftliches zur Sprache brachte. Sie wäre noch sehr viel ärgerlicher gewesen, hätte er ihr gestanden, daß er sie beruflich weniger sah, da die Preise des sechsten Bezirks,

wie sie ihm eine Frau berechnete, die er Ecke Karl-Schweighofer-
gasse und Mariahilfer Straße traf, sehr viel leichter vor seiner Mutter zu verheimlichen waren.

Charlotte hatte eine schlechte Meinung von ihren Kolleginnen,
die außerhalb des ersten Bezirks arbeiteten. Einmal erzählte sie
Garp, sie habe vor, sich beim ersten Anzeichen, daß sie nicht
mehr für den ersten Bezirk qualifiziert sei, vom Geschäft zurückzuziehen. Sie werde nie in den äußeren Bezirken arbeiten. Sie habe
eine Menge Geld gespart, erzählte sie ihm, und sie wolle nach
München (wo niemand wußte, daß sie eine Hure war) und einen
jungen Arzt heiraten, der sich in jeder Beziehung um sie kümmern
konnte, bis sie starb; sie brauchte Garp nicht zu sagen, daß sie
schon immer jüngere Männer angezogen hatte, aber Garp nahm
ihr übel, daß sie – auf lange Sicht – Ärzte für erstrebenswert hielt.
Vielleicht war es diese frühe Konfrontation mit der Attraktivität
von Ärzten, was Garp während seiner literarischen Laufbahn veranlaßte, seine Romane und Erzählungen oftmals mit so unerfreuli-
chen Gestalten aus der Welt der Medizin zu bevölkern. Falls es so
war, wurde er sich dessen zumindest erst später bewußt. In der
Erzählung «Die Pension Grillparzer» ist von keinem Arzt die Rede. Am Anfang ist auch nur sehr wenig vom Tod die Rede, obwohl er das Thema ist, auf das die Geschichte zusteuern würde.
Anfangs hatte Garp nur einen Traum vom Tod, aber es war ein
Walfisch von einem Traum, und er schenkte ihn der ältesten lebenden Person in seiner Geschichte: einer Großmutter. Garp
nahm an, dies bedeute, daß sie als erste sterben werde.

DIE PENSION GRILLPARZER

Mein Vater war für das Österreichische Fremdenverkehrsamt tätig. Es war die Idee meiner Mutter, daß wir alle mit
ihm fuhren, wenn er als Spion des Fremdenverkehrsamts auf
Reisen ging. Meine Mutter und mein Bruder und ich beglei-
teten ihn auf allen seinen geheimen Missionen, die dem
Zweck dienten, die Unfreundlichkeit, den Staub, das

schlecht zubereitete Essen, all die Unterlassungssünden österreichischer Restaurants, Hotels und Pensionen aufzudecken. Wir hatten Anweisung, bei jeder Gelegenheit Schwierigkeiten zu machen, nie genau das zu bestellen, was auf der Speisekarte stand, die merkwürdigen Wünsche mancher Ausländer vorzubringen – wann wir gern baden würden, daß wir Aspirin brauchten und wissen wollten, wie man zum Zoo komme. Wir hatten Anweisung, höflich, aber lästig zu sein; und wenn der Besuch vorüber war, berichteten wir meinem Vater im Auto.

Meine Mutter sagte zum Beispiel: «Der Friseur hat morgens immer geschlossen. Aber sie empfehlen einem ganz gute Adressen. Ich finde, es wäre alles in Ordnung, wenn sie nicht behaupteten, sie hätten einen Friseur im Hotel.»

«Schön, aber sie *behaupten* es», sagte mein Vater und machte sich eine Notiz auf seinem riesigen Block.

Ich war immer der Chauffeur. Ich sagte: «Der Wagen wird zwar abseits von der Straße geparkt, aber zwischen dem Zeitpunkt, als wir ihn dem Portier übergaben, und dem Moment, als wir ihn in der Hotelgarage abholten, ist jemand vierzehn Kilometer damit gefahren.»

«Das ist eine Sache, die man der Geschäftsleitung mitteilen muß», sagte mein Vater und notierte es.

«Die Toilette hat geleckt», sagte ich.

«Ich habe die Tür zum WC nicht aufgekriegt», sagte mein Bruder Robo.

«Robo», sagte Mutter, «du hast immer Schwierigkeiten mit Türen.»

«War das Klasse C?» fragte ich.

«Tut mir leid, nein», sagte Vater. «Es ist immer noch unter Klasse B verzeichnet.» Wir fuhren eine Weile schweigend weiter; unser schwerwiegendstes Urteil betraf die Neubewertung eines Hotels oder einer Pension. Wir empfahlen nicht leichtfertig eine Änderung der Klasse.

«Ich meine, das erfordert einen Brief an die Geschäftsführung», rief Mutter. «Keinen zu freundlichen Brief, aber auch keinen richtig harten. Zähl einfach die Tatsachen auf.»

«Ja. Ich fand den Mann ganz sympathisch», sagte Vater. Er legte immer Wert darauf, die Geschäftsführer persönlich kennenzulernen.

«Vergiß nicht zu erwähnen, daß sie mit unserem Auto gefahren sind», sagte ich. «Das ist wirklich unverzeihlich.»

«Und die Eier waren schlecht», sagte Robo; er war noch nicht ganz zehn, und seine Urteile wurden nicht ernsthaft berücksichtigt.

Wir wurden ein sehr viel unbarmherzigeres Bewertungsteam, als mein Großvater starb und wir Großmutter erbten – die Mutter meiner Mutter, die uns von nun an auf unseren Reisen begleitete. Johanna, eine würdige Matrone, war Reisen der Klasse A gewohnt, und mein Vater mußte sehr viel häufiger Unterkünfte der Klassen B und C inspizieren. Die B- und C-Hotels (und die Pensionen) waren die Häuser, die die Touristen am meisten interessierten. Bei den Restaurants hatten wir etwas mehr Glück. Die Leute, die nicht in den feinen Häusern schlafen konnten, legten dennoch Wert darauf, in den besten Häusern zu essen.

«Ich gebe mich nicht als Versuchskaninchen für zweifelhaftes Essen her», erklärte Johanna. «Diese merkwürdige Beschäftigung mag euch Spaß machen, weil ihr sie als Gratisurlaub auffaßt. Aber ich sehe, daß man einen schrecklichen Preis dafür zahlt: die Angst, nicht zu wissen, was für eine Sorte Nachtquartier man haben wird. Die Amerikaner mögen es zauberhaft finden, daß es bei uns immer noch Zimmer ohne eigenes Bad und WC gibt, aber ich bin eine alte Frau und finde es alles andere als zauberhaft, wenn ich auf der Suche nach Sauberkeit und Erleichterung einen öffentlichen Korridor entlangirren muß. Und Angst ist nur die eine Hälfte. Man kann sich Krankheiten holen – und nicht nur vom Essen. Wenn das Bett fragwürdig ist, verspreche ich euch, daß ich mich nicht hineinlegen werde. Und die Kinder sind klein und leicht zu beeindrucken; ihr solltet an die Klientel in einigen dieser Absteigen denken und euch ernstlich nach dem Einfluß auf eure Kinder fragen.» Meine Mutter und mein Vater nickten; sie sagten nichts. «Fahr langsamer!» fuhr Großmutter mich an. «Du bist noch ein Knabe und willst nur angeben.» Ich fuhr langsamer.

«Wien», seufzte Großmutter. «In Wien habe ich immer im Ambassador gewohnt.»

«Johanna, das Ambassador steht nicht auf der Liste», sagte Vater.

«Das will ich meinen», sagte Johanna. «Ich nehme an, wir werden nicht einmal in einem Klasse A-Hotel schlafen?»

«Nun, es ist eine B-Reise», gestand mein Vater. «Jedenfalls zum größten Teil.»

«Ich hoffe», sagte Großmutter, «du meinst damit, daß wenigstens ein A-Haus auf unserer Route liegt.»

«Nein», gestand Vater. «Es gibt da ein C-Haus.»

«Au fein!» sagte Robo. «In Kategorie C zanken sich die Leute immer.»

«Das kann ich mir denken», sagte Johanna.

«Es ist eine Pension der Klasse C – sehr klein», sagte Vater, als ob die Größe des Hauses alles verzieh.

«Und sie bewerben sich um ein B», sagte Mutter.

«Aber es hat ein paar Beschwerden gegeben», fügte ich hinzu.

«Kann ich mir denken», sagte Johanna.

«Und Tiere», fügte ich hinzu. Meine Mutter sah mich streng an.

«Tiere?» fragte Johanna.

«Tiere», gestand ich.

«Mögliche Hinweise auf Tiere», korrigierte mich meine Mutter.

«Ja, du mußt schon fair sein», sagte mein Vater.

«Entzückend!» sagte Großmutter. «Hinweise auf Tiere. Ihre Haare auf den Teppichen? Ihre abscheulichen Exkremente in den Ecken? Wißt ihr denn nicht, daß ich in jedem Zimmer, in dem kurz vorher eine Katze gewesen ist, einen schweren Asthmaanfall kriege?»

«Bei der Beschwerde ging es nicht um Katzen», sagte ich. Meine Mutter stieß mich heftig mit dem Ellbogen.

«Hunde?» fragte Johanna. «Tollwütige Hunde! Die einen beißen, wenn man zum Bad will.»

«Nein», sagte ich. «Keine Hunde.»

«Bären!» rief Robo.

Aber meine Mutter sagte: «Das mit dem Bären wissen wir nicht genau, Robo.»

«Das ist doch ausgeschlossen», sagte Johanna.

«Natürlich ist es ausgeschlossen!» sagte Vater. «Wie könnte es in einer Pension Bären geben?»

«Es stand in einem Brief», sagte ich. «Das Fremdenverkehrsamt nahm natürlich an, es sei die Beschwerde eines Verrückten. Aber dann sah ihn noch jemand – und schrieb ebenfalls, in der Pension sei ein Bär gewesen.»

Mein Vater warf mir durch den Rückspiegel einen finsteren Blick zu, aber ich sagte mir, wenn wir schon alle an der Inspektion teilnehmen sollten, war es besser, meine Großmutter vorzuwarnen.

«Wahrscheinlich ist es kein richtiger Bär», sagte Robo spürbar enttäuscht.

«Ein Mann in einem Bärenkostüm!» rief Johanna. «Was ist das für eine unerhörte Perversion? Eine *Bestie* von Mann, der verkleidet herumschleicht! Warum nur? Es ist ein Mann in einem Bärenkostüm, ich weiß es», sagte sie. «Dahin möchte ich *zuerst*. Wenn es auf dieser Tour eine C-Strapaze gibt, wollen wir sie möglichst schnell hinter uns bringen.»

«Aber wir haben keine Zimmer bestellt», sagte Mutter.

«Ja, wir sollten ihnen die Chance geben, so gut zu sein, wie sie können», sagte Vater. Obwohl er seinen Opfern nie enthüllte, daß er für das Fremdenverkehrsamt tätig war, glaubte Vater, Zimmerbestellungen seien eine anständige Art, dem Personal die Möglichkeit zu geben, sich auf die Inspektion vorzubereiten.

«Ich bin überzeugt, daß wir in einem Haus, in dem Gäste verkehren, die sich als Tiere verkleiden, keine Zimmer zu bestellen brauchen», sagte Johanna. «Ich bin überzeugt, daß dort *immer* Zimmer frei sind. Ich bin überzeugt, daß die Gäste dort regelmäßig in ihren Betten sterben – aus Angst oder an irgendwelchen grausigen Verletzungen, die der Verrückte mit dem stinkenden Bärenkostüm ihnen zufügt.»

«Vielleicht ist es doch ein *richtiger* Bär», sagte Robo hoffnungsvoll – denn an der Wendung, die das Gespräch genommen hatte, sah Robo mit Sicherheit, daß ein richtiger Bär Großmutters vermeintlichem Dämon vorzuziehen war. Vor einem richtigen Bären hatte Robo, glaube ich, keine Angst.

Ich chauffierte uns so unauffällig wie möglich zu der dunklen, verwinkelten Ecke der Planken- und Seilergasse. Wir hielten Ausschau nach der C-Pension, die eine B-Pension werden wollte.

«Kein Platz zum Parken», sagte ich zu Vater, der es bereits in seinem Block notierte.

Ich parkte in der zweiten Reihe. Wir saßen im Auto und spähten an der Pension Grillparzer hinauf; sie ragte nur vier schmale Stockwerke zwischen einer Konditorei und einer Tabaktrafik empor.

«Siehst du?» sagte Vater. «Keine Bären.»

«Keine *Männer*, hoffe ich», sagte Großmutter.

«Sie kommen nachts», sagte Robo und blickte vorsichtig in beide Richtungen der Straße.

Wir gingen hinein und lernten den Geschäftsführer kennen, einen Herrn Theobald, der Johanna sofort in Alarmzustand versetzte. «Drei Generationen, die zusammen reisen!» rief er. «Wie in der guten alten Zeit», fügte er, speziell für Großmutter, hinzu, «vor all den Scheidungen und den jungen Leuten, die alle allein wohnen wollen. Unsere Pension ist eine *Familien*pension! Ich wünschte nur, Sie hätten Zimmer bestellt – dann hätte ich Sie näher beieinander unterbringen können.»

«Wir sind es nicht gewohnt, im selben Zimmer zu schlafen», sagte Großmutter.

«Selbstverständlich nicht!» rief Theobald. «Ich meinte nur, ich wünschte, Ihre Zimmer könnten näher beieinander sein.» Dieser Satz beunruhigte Großmutter eindeutig.

«Wie weit müssen wir denn auseinander liegen?» fragte sie.

«Nun, ich habe nur noch zwei Zimmer frei», sagte er. «Und nur eines ist groß genug, daß die beiden Jungen es mit ihren Eltern teilen können.»

«Und wie weit ist mein Zimmer von ihrem entfernt?» fragte Johanna kühl.

«Sie haben das Zimmer genau gegenüber vom WC!» verkündete Herr Theobald, als wäre das ein großer Vorteil.

Doch während er uns unsere Zimmer zeigte, wobei Großmutter sich verächtlich am Ende unserer Prozession hielt und neben Vater ging, hörte ich sie flüstern: «So habe ich mir meinen Lebensabend nicht vorgestellt. Gegenüber vom WC, so daß ich alle Gäste höre!»

«Die Zimmer sind alle verschieden eingerichtet», erläuterte uns Herr Theobald. «Die Möbel stammen aus meiner Familie.» Wir konnten es glauben. Das große Zimmer, das Robo und ich mit unseren Eltern teilen sollten, war ein Museumssaal voller Trödelkram, jede Kommode mit Griffen in einem anderen Stil. Dafür hatte das Waschbecken Wasserhähne aus Messing und das Bett ein geschnitztes Kopfende. Ich sah, wie mein Vater für eine alsbaldige Notiz in seinem riesigen Block das eine gegen das andere abwog.

«Mach das später», sagte Johanna zu ihm. «Wo schlafe ich?»

Als Familie folgten wir pflichtschuldigst Herrn Theobald und meiner Großmutter durch den langen, verwinkelten Flur, wobei mein Vater die Schritte bis zum WC zählte. Der Flurläufer war zerschlissen und ausgeblichen. An den Wänden hingen alte Fotografien von Eisschnellläufermannschaften – an den Füßen die vorne merkwürdig hochgebogenen Schlittschuhe, die an Hofnarrenschuhe oder die Kufen altertümlicher Schlitten erinnerten.

Robo, der vorausgelaufen war, verkündete, daß er das WC entdeckt hatte.

In Großmutters Zimmer, das voller Porzellan und polierter Möbel war, herrschte ein leicht modriger Geruch. Die Vorhänge waren klamm. In der Mitte des Bettes erhob sich ein beunruhigender Wulst – wie das gesträubte Fell auf dem

Rückgrat eines Hundes. Fast hätte man meinen können, eine sehr schlanke Gestalt liege unter der Decke.

Großmutter sagte nichts. Aber als Herr Theobald wie ein Verwundeter, dem man gerade gesagt hat, daß er mit dem Leben davonkommen wird, aus dem Zimmer gewankt war, fragte sie meinen Vater: «Wie kann die Pension Grillparzer auch nur hoffen, ein B zu bekommen?»

«Ganz entschieden C», sagte Vater.

«Auf immer und ewig. Amen», sagte ich.

«Ich würde eher sagen, E oder F», erklärte Großmutter.

In dem schummrigen Teesalon sang ein Mann ohne Krawatte ein ungarisches Lied. «Das heißt ja noch nicht, daß er Ungar ist», sagte Vater in beruhigendem Ton zu Johanna, aber sie blieb skeptisch.

«Ich würde sagen, der Anschein spricht gegen ihn», meinte sie. Sie wollte weder Tee noch Kaffee. Robo aß ein kleines Stück Kuchen, das ihm angeblich schmeckte. Meine Mutter und ich rauchten eine Zigarette; sie versuchte ständig aufzuhören, und ich versuchte anzufangen. Deshalb teilten wir uns eine Zigarette – wir hatten sogar gelobt, nie eine allein zu rauchen.

«Ein großartiger Gast», flüsterte Herr Theobald meinem Vater zu und deutete auf den Sänger. «Er kennt Lieder aus aller Welt.»

«Zumindest aus Ungarn», sagte Großmutter, aber sie lächelte.

Ein kleines Männchen, glattrasiert, aber mit jenem permanenten stahlblauen Bartschatten in seinem hageren Gesicht, sprach meine Großmutter an. Er trug ein sauberes weißes Hemd (wenn auch vergilbt vom Alter und vom Waschen), Anzughosen und eine nicht dazu passende Jacke.

«Wie bitte?» sagte Großmutter.

«Ich sagte, daß ich Träume kenne», sagte der Mann zu ihr.

«Sie *kennen* Träume», sagte Großmutter. «Sie meinen, Sie *haben* sie?»

«Ich habe sie und kenne sie», sagte der Mann geheimnisvoll. Der Sänger hörte auf zu singen.

«Jeden Traum, den Sie wissen möchten», sagte der Sänger. «Er erzählt ihn.»

«Ich bin ziemlich sicher, daß ich keinen wissen möchte», sagte Großmutter. Mißbilligend beäugte sie das dunkle dichte Haarbüschel, das dem Sänger aus dem offenen Hemdkragen quoll. Den Mann, der Träume «kannte», wollte sie nicht näher betrachten.

«Ich sehe, daß Sie eine vornehme Dame sind», sagte der Traummann zu Großmutter. «Sie reagieren nicht auf jeden Traum, der des Weges kommt.»

«Bestimmt nicht», sagte Großmutter. Sie schoß einen ihrer «Wie kannst du mir so etwas nur antun?»-Blicke auf meinen Vater ab.

«Aber ich weiß einen», sagte der Traummann; er schloß die Augen. Der Sänger zog sich einen Stuhl her, und plötzlich merkten wir, daß er dicht bei uns saß. Robo hockte, obwohl er eigentlich zu groß dafür war, auf Vaters Schoß. «In einer großen Burg», begann der Traummann, «lag eine Frau neben ihrem Mann. Sie war plötzlich, mitten in der Nacht, hellwach. Sie erwachte, ohne die leiseste Idee zu haben, was sie geweckt haben könnte, und sie fühlte sich so wach, als wäre sie schon seit Stunden auf. Sie wußte auch, ohne daß es eines Blicks, eines Wortes oder einer Berührung bedurfte, daß ihr Mann ebenfalls hellwach war – und genauso plötzlich wie sie.»

«Hoffentlich ist das auch für Kinderohren geeignet, ha, ha», sagte Herr Theobald, aber niemand würdigte ihn auch nur eines Blickes. Meine Großmutter faltete die Hände im Schoß und starrte darauf hinab – die Knie zusammengepreßt, die Füße unter ihrem Stuhl mit der hohen geraden Lehne versteckt. Meine Mutter hielt meines Vaters Hand.

Ich saß neben dem Traummann, dessen Jacke wie ein ganzer Zoo roch. Er sagte: «Die Frau und ihr Mann lagen wach und horchten auf Geräusche in der Burg, die sie nur gemietet hatten und nicht so genau kannten. Sie horchten auf Geräusche im Burghof, den sie nie zusperrten. Die Dorfbewohner pflegten bei der Burg spazierenzugehen; die Dorfkinder durften auf dem großen Hoftor hin und her schwingen. Was hatte sie geweckt?»

«Bären?» sagte Robo. Aber Vater legte die Fingerspitzen auf Robos Mund.

«Sie hörten Pferde», sagte der Traummann. Die alte Johanna, die mit geschlossenen Augen und gesenktem Kopf dasaß, schien auf ihrem steifen Stuhl zu erschauern. «Sie hörten das Atmen und Stampfen von Rossen, die versuchten, still zu sein», sagte der Traummann. «Der Mann streckte die Hand aus und berührte seine Frau. ‹Pferde?› sagte er. Die Frau stand auf und ging ans Fenster zum Hof. Sie würde bis zum heutigen Tage schwören, daß der Hof voller berittener Krieger war – aber *was* für Krieger! Sie trugen Ritterrüstungen! Die Visiere ihrer Helme waren geschlossen, und ihre murmelnden Stimmen klangen so blechern und waren so undeutlich zu vernehmen wie Stimmen eines schwächer werdenden Rundfunksenders. Ihre Rüstungen schepperten, wenn ihre Pferde unruhig von einem Huf auf den andern traten.

In dem Burghof befand sich ein altes, leeres Becken von einem ehemaligen Brunnen, aber die Frau sah, daß der Brunnen lief; das Wasser schwappte über den abgenutzten Rand, und die Pferde tranken davon. Die Ritter waren auf der Hut; sie wollten nicht absitzen; sie blickten zu den dunklen Fenstern der Burg hinauf, als wüßten sie, daß sie an diesem Wasserbecken – an diesem Rastplatz irgendwo auf ihrem Weg – ungebetene Gäste waren.

Die Frau sah ihre großen Schilde im Mondlicht aufblitzen. Sie kroch wieder unter die Decke und drängte sich stocksteif an ihren Mann.

‹Was ist es?› fragte er.

‹Pferde›, sagte sie.

‹Dachte ich's mir doch›, sagte er. ‹Sie werden die Blumen fressen.›

‹Wer hat diese Burg gebaut?› fragte sie ihn. Es war eine sehr alte Burg, das wußten sie beide.

‹Karl der Große›, sagte er und schlief schon wieder ein.

Aber die Frau blieb wach und horchte auf das Wasser, das jetzt durch die ganze Burg zu fließen, in allen Rinnen zu gurgeln schien, als zöge der alte Brunnen Wasser aus jeder verfügbaren Quelle. Und da waren die verzerrten Stimmen der raunenden Ritter – der Krieger *Karls des Großen*, die ihre tote Sprache sprachen! Für die Frau waren die Stimmen der Krieger ebenso gruselig wie das 8. Jahrhundert und die Menschen, die Franken hießen. Die Pferde tranken immer noch.

Die Frau lag noch lange wach und wartete darauf, daß die Krieger fortritten; sie hatte keine Angst, daß sie sie angriffen – sie war überzeugt, daß sie unterwegs waren und an einem Ort Rast machten, den sie einst gekannt hatten. Aber solange das Wasser lief, hatte sie das Gefühl, daß sie die Stille der Burg oder ihr Dunkel nicht stören durfte. Als sie einschlief, glaubte sie, die Krieger Karls des Großen seien noch da.

Am Morgen fragte ihr Mann: ‹Hast du das Wasser laufen hören?› Ja, natürlich hatte sie es gehört. Aber der Brunnen war natürlich trocken, und sie sahen vom Fenster aus, daß die Blumen *nicht* abgefressen waren – und jedermann weiß, daß Pferde Blumen fressen.

‹Schauen wir nach›, sagte ihr Mann. Und er ging mit ihr in den Burghof. ‹*Keine* Hufspuren, *keine* Roßäpfel. Wir müssen *geträumt* haben, daß wir Pferde hörten!› Sie sagte ihm nicht, daß auch Krieger dort gewesen waren oder daß es ihrer Meinung nach unwahrscheinlich war, daß zwei Menschen denselben Traum hatten. Sie erinnerte ihn auch nicht daran, daß er als starker Raucher nicht einmal kochende Suppe roch; der Duft der Pferde in der kühlen Morgenluft war zu fein für ihn.

Sie sah oder träumte die Krieger noch zweimal, während sie dort wohnten, aber ihr Mann erwachte nicht mehr mit ihr. Es geschah immer ganz plötzlich. Einmal erwachte sie mit dem Geschmack von Metall auf der Zunge, als hätte sie ein altes, säuerlich schmeckendes Stück Eisen – ein Schwert, einen Brustpanzer, ein Kettenhemd, eine Beintasche – an den Mund geführt. Sie standen wieder dort draußen, bei kälterem Wetter. Dichte Nebelschwaden, die von dem Brunnenwasser aufstiegen, umwaberten sie; die Pferde waren weiß bereift. Und beim nächstenmal waren es nicht mehr so viele – als forderten der Winter oder die Scharmützel ihren Tribut. Beim letztenmal kamen ihr die Rosse klapperdürr vor, und die Männer sahen wie leere Rüstungen aus, die vorsichtig auf den Sätteln balancierten. Die Pferde trugen lange Eismasken über den Nüstern. Sie (oder die Männer) atmeten stockend.

Ihr Mann», schloß der Traummann, «sollte an einer Infektion der Atemwege sterben. Aber die Frau wußte es nicht, als sie diesen Traum träumte.»

Meine Großmutter blickte auf von ihrem Schoß und schlug dem Traummann in das bartgraue Gesicht. Robo erstarrte auf dem Schoß meines Vaters; meine Mutter ergriff die Hand ihrer Mutter. Der Sänger schob seinen Stuhl zurück und sprang erschrocken oder kampfbereit auf, aber der Traummann verbeugte sich nur vor Großmutter und verließ den düsteren Teesalon. Es war, als hätte er mit Johanna einen Vertrag geschlossen, der unabänderlich war, aber beiden keine Freude machte. Mein Vater schrieb etwas in seinen riesigen Block.

«Nun, war *das* eine Geschichte?» sagte Herr Theobald. «Haha.» Er fuhr Robo durch die Haare – etwas, was Robo noch nie hatte ausstehen können.

«Herr Theobald», sagte meine Mutter, die immer noch Johannas Hand hielt, *«mein Vater ist an einer Infektion der Atemwege gestorben.»*

«Oh, verdammte Scheiße», sagte Herr Theobald. «Verzeihung, gnädige Frau», sagte er, zu Großmutter gewandt, aber die alte Johanna würdigte ihn keiner Antwort.

Wir gingen mit Großmutter in ein Restaurant der Kategorie A, aber sie rührte ihr Essen kaum an. «Dieser Kerl war ein Zigeuner», sagte sie. «Ein satanischer Mensch, und ein Ungar.»

«Bitte, Mutter», sagte meine Mutter. «Er konnte das mit Vater nicht wissen.»

«Er wußte mehr, als *du* weißt», schnappte Großmutter.

«Das Schnitzel ist exzellent», sagte Vater und machte sich eine Notiz in seinem Block. «Der Gumpoldskirchner ist genau der richtige Wein dazu.»

«Die Kalbsnieren sind sehr gut», sagte ich.

«Die Eier sind in Ordnung», sagte Robo.

Großmutter sagte nichts, bis wir in die Pension Grillparzer zurückkehrten, wo wir bemerkten, daß die Tür zum WC erst gut dreißig Zentimeter über dem Boden begann, so daß sie der unteren Hälfte der Türen in amerikanischen Bedürfnisanstalten oder einer Saloon-Tür in einem Western ähnelte. «Ich bin entschieden froh, daß ich im Restaurant das WC aufgesucht habe», sagte Großmutter. «Wie abstoßend! Ich werde versuchen, die Nacht zu überstehen, ohne meine bloßen Knöchel den Blicken aller Vorübergehenden auszusetzen!»

In unserem Familienzimmer sagte Vater: «Hat Johanna nicht auch einmal in einer Burg gewohnt? Vor langer, langer Zeit haben sie und Opa, glaube ich, einmal irgendeine Burg gemietet.»

«Ja, das war vor meiner Geburt», sagte Mutter. «Sie haben Schloß Katzelsdorf gemietet. Ich habe die Fotos gesehen.»

«Deshalb hat der Traum des Ungarn sie so aus der Fassung gebracht», sagte Vater.

«Draußen im Flur fährt einer Fahrrad», sagte Robo. «Ich habe ein Rad vorbeifahren gesehen – unter unserer Tür.»

«Robo, schlaf jetzt», sagte Mutter.

«Es hat ‹quietsch, quietsch› gemacht», sagte Robo.

«Gute Nacht, Jungs», sagte Vater.

«Wenn du reden kannst, können wir auch reden», sagte ich.

«Dann redet miteinander», sagte Vater. «Ich rede mit eurer Mutter.»

«Ich möchte jetzt schlafen», sagte Mutter. «Ich wünschte, niemand würde reden.»

Wir versuchten es. Vielleicht schliefen wir. Dann flüsterte Robo mir zu, daß er aufs WC müsse.

«Du weißt ja, wo es ist», sagte ich.

Robo ging aus dem Zimmer und ließ die Tür angelehnt; ich hörte, wie er durch den Flur ging und die eine Hand an der Wand entlanggleiten ließ. Er kam sehr schnell wieder zurück.

«Da ist jemand im WC», sagte er.

«Dann warte, bis es frei ist», sagte ich.

«Das Licht war nicht an», sagte Robo, «aber ich konnte trotzdem unter der Tür durchschauen. Da ist jemand drin, im Dunkeln.»

«Ich mache es auch lieber im Dunkeln», sagte ich.

Aber Robo wollte mir unbedingt genau erzählen, was er gesehen hatte. Er sagte, unter der Tür seien zwei *Hände* gewesen.

«Hände?» fragte ich.

«Ja – da, wo die Füße gewesen sein müßten», sagte Robo; er behauptete, daß auf jeder Seite der Toilette eine Hand gewesen sei – statt eines Fußes.

«Verschwinde, Robo!» sagte ich.

«Komm bitte mit, und sieh es dir selbst an», flehte er. Ich ging mit ihm durch den Flur, aber im WC war niemand. «Er ist nicht mehr da», sagte er.

«Bestimmt ist er auf seinen Händen davonspaziert», spottete ich. «Los, geh jetzt pinkeln. Ich warte hier auf dich.»

Er ging ins WC und pinkelte traurig im Dunkeln. Als wir fast wieder in unserem Zimmer waren, ging ein kleiner, dunkelhaariger Mann mit der gleichen Haut und ebenso gekleidet wie der Traummann, der Großmutter verärgert hatte, im Gang an uns vorbei. Er zwinkerte uns zu und lächelte. Ich mußte feststellen, daß er auf Händen ging.

«Siehst du?» flüsterte Robo mir zu. Wir gingen in unser Zimmer und schlossen die Tür.

«Was ist?» fragte Mutter.

«Draußen ist ein Mann, der auf Händen geht», sagte ich.

«Ein Mann, der auf Händen *pinkelt*», sagte Robo.

«Klasse C», murmelte Vater im Schlaf; Vater träumte oft, daß er sich Notizen in seinem riesigen Block machte.

«Wir sprechen morgen früh darüber», sagte Mutter.

«Wahrscheinlich nur ein Akrobat, der vor dir angeben wollte, weil du noch so klein bist», sagte ich zu Robo.

«Woher wußte er denn, daß ich noch so klein bin, als er im WC war?» fragte Robo mich.

«*Schlaft* jetzt», flüsterte Mutter.

Dann hörten wir Großmutter hinten im Flur schreien.

Mutter zog ihren hübschen grünen Morgenrock an; Vater zog seinen Bademantel an und setzte seine Brille auf; ich zog mir eine Hose über meinen Pyjama. Robo war als erster im Flur. Wir sahen das Licht, das unter der WC-Tür hervordrang. Drinnen stieß Großmutter rhythmische Schreie aus.

«Hier sind wir!» rief ich ihr zu.

«Mutter, was ist denn?» fragte meine Mutter.

Wir versammelten uns in dem breiten Lichtstreifen. Wir konnten Großmutters malvenfarbene Hausschuhe und ihre porzellanweißen Knöchel unter der Tür sehen.

«Ich habe ein Flüstern gehört, als ich im Bett lag», sagte sie.

«Das waren Robo und ich», sagte ich zu ihr.

«Und dann, als ich dachte, alle wären fort, ging ich hinüber ins WC», sagte Johanna. «Ich ließ das Licht *aus*. Es war sehr *still*», berichtete sie uns. «Und dann sah und hörte ich das Rad.»

«Das *Rad*?» fragte Vater.

«Ein Rad fuhr mehrmals an der Tür vorbei», sagte Großmutter. «Es rollte vorbei und kam zurück und rollte wieder vorbei.»

Vater ließ seine Zeigefinger wie Räder rechts und links von seinem Kopf kreisen und machte eine Grimasse zu Mutter hin. «Da braucht jemand ein paar neue Räder», flüsterte er, aber Mutter sah ihn nur ärgerlich an.

«Ich machte das Licht an», sagte Großmutter, «und da fuhr das Rad fort.»

«Ich habe euch ja gesagt, daß ein Fahrrad im Flur war», sagte Robo.

«Halt den Mund, Robo», sagte Vater.

«Nein, es war kein Fahrrad», sagte Großmutter. «Es war nur ein einzelnes Rad.»

Vater ließ seine Finger rechts und links von seinem Kopf verrückt spielen. «Bei ihr *fehlen* ein oder zwei Räder», tuschelte er meiner Mutter zu. Aber meine Mutter knuffte ihn so heftig, daß ihm die Brille auf der Nase verrutschte.

«Dann kam jemand und schaute *unter* der Tür durch», sagte Großmutter, «und *da* habe ich geschrien.»

«Jemand?» sagte Vater.

«Ich sah seine Hände, Männerhände – er hatte Haare auf den Knöcheln», sagte Großmutter. «Seine Hände waren auf der Matte gleich draußen vor der Tür. Er muß zu mir *hoch*geschaut haben.»

«Nein, Großmutter», sagte ich. «Ich glaube, er stand nur auf den Händen vor der Tür.»

«Sei nicht so vorlaut», sagte meine Mutter.

«Aber wir haben einen Mann gesehen, der auf Händen ging», sagte Robo.

«Habt ihr *nicht*», sagte Vater.

«Haben wir doch», sagte ich.

«Wir werden noch alle Leute wecken», ermahnte uns meine Mutter.

Die Klosettspülung rauschte, und Großmutter rauschte mit dem letzten winzigen Rest ihrer einstigen Würde hinaus. Sie trug einen Morgenrock über einem Morgenrock. Ihr Hals war sehr lang, und ihr Gesicht war weiß eingecremt. Sie sah aus wie eine verschreckte Gans. «Er war böse und gemein», sagte sie zu uns. «Er kannte einen furchtbaren Zauber.»

«Der Mann, der dich angeschaut hat?» fragte Mutter.

«Der Mann, der meinen *Traum* erzählt hat», sagte Großmutter. Jetzt bahnte sich eine Träne ihren Weg durch die
Cremefurchen in ihrem Gesicht. «Es war *mein* Traum», sagte sie, «und er hat ihn allen Leuten erzählt. Unerhört, daß er
ihn auch nur wußte», fauchte sie uns zu. «*Mein* Traum – von
den Rossen und Kriegern Karls des Großen. Außer *mir*
durfte ihn niemand wissen. Ich hatte diesen Traum, ehe du
geboren wurdest», sagte sie, zu meiner Mutter gewandt.
«Und dieser gemeine böse Zauberer hat meinen Traum erzählt, als wäre er eine *Neuigkeit.*

Ich habe deinem Vater nie den ganzen Traum erzählt. Ich
war mir nie ganz sicher, ob es wirklich ein Traum war. Und
jetzt laufen hier Männer auf Händen, mit Haaren auf den
Knöcheln, und verzauberte Räder fahren herum. Ich möchte, daß die Jungen bei mir schlafen.»

So kam es, daß Robo und ich das große, weit vom WC
entfernte Familienzimmer mit Großmutter teilten, die mit
ihrem eingecremten Gesicht, das wie ein nasses Gespenster-
gesicht glänzte, auf den Kissen meiner Mutter und meines
Vaters ruhte. Robo lag wach und beobachtete sie. Ich glaube
nicht, daß Johanna sehr gut schlief; ich stelle mir vor, sie
träumte wieder ihren Todestraum und durchlebte noch einmal den letzten Winter der kalten Krieger Karls des Großen
mit ihren merkwürdigen bereiften Metallkleidern und ihren
zugefrorenen Rüstungen.

Als sich nicht mehr leugnen ließ, daß ich aufs WC mußte,
folgten mir Robos runde, blitzende Augen zur Tür.

Im WC war jemand. Unter der Tür drang kein Licht hervor, aber draußen lehnte ein Einrad an der Wand. Der Fahrer saß im dunklen WC; die Spülung rauschte immer wieder
– wie ein Kind ließ der Einradfahrer dem Wasserkasten keine Zeit, wieder vollzulaufen.

Ich näherte mich dem breiten Spalt unter der WC-Tür,
aber der Insasse stand nicht auf seinen oder ihren Händen.
Was ich sah, waren unzweifelhaft Füße, fast in der erwarteten Stellung, nur daß die Füße nicht den Boden berührten:
ihre Sohlen zeigten schräg aufwärts zu mir – dunkle, bläu-

lich-violette Tatzen. Es waren riesige Füße an kurzen, pelzigen Schienbeinen. Es waren die Füße eines Bären, nur daß sie keine Krallen hatten. Die Krallen eines Bären sind nicht einziehbar wie Katzenkrallen; wenn ein Bär Krallen hätte, würde man sie sehen. Es war also ein Schwindler in einem Bärenkostüm oder ein entkrallter Bär. Ein domestizierter Bär, vielleicht. Zumindest – nach seinem Aufenthalt im WC zu schließen – ein stubenreiner Bär. Sein Geruch verriet mir nämlich, daß es kein Mann in einem Bärenkostüm war; es war ein Bär, durch und durch. Es war ein richtiger Bär.

Ich zog mich bis an die Tür von Großmutters früherem Zimmer zurück, hinter der mein Vater auf weitere Störungen lauerte. Er riß die Tür auf, und ich fiel, uns beide erschreckend, nach drinnen. Mutter saß aufrecht im Bett und zog sich die Daunendecke über den Kopf. «Ich habe ihn!» rief Vater und stürzte sich auf mich. Der Boden bebte; das Einrad des Bären an der Wand geriet ins Rollen und fiel in die Tür des WC, aus dem jetzt plötzlich der Bär herausgetorkelt kam; er stolperte über sein Einrad und machte einen Satz, um das Gleichgewicht nicht zu verlieren. Besorgt starrte er über den Flur und durch die offene Tür auf Vater, der auf meiner Brust hockte. Er hob das Einrad mit den Vordertatzen auf. «Grauf?» sagte der Bär. Vater knallte die Tür zu.

Vom Ende des Flurs her hörten wir eine Frau rufen: «Duna, wo bist du?»

«Harf!» sagte der Bär.

Vater und ich hörten die Frau näher kommen. Sie sagte: «Oh, Duna, übst du schon wieder? Immer üben! Aber es ist besser, du übst bei Tag.» Der Bär sagte nichts, Vater öffnete die Tür.

«Laß niemanden mehr herein», sagte Mutter, die noch unter dem Federbett lag.

Im Gang stand eine hübsche, ältere Frau neben dem Bären, der jetzt, eine riesige Pfote auf der Schulter der Frau, auf seinem Einrad balancierte. Sie trug einen leuchtend roten Turban und ein langes Wickelkleid, das an einen Vorhang erinnerte. Auf ihrem hohen Busen prangte eine Halskette aus Bärenkrallen; ihre Ohrringe berührten die Schulter ihres Vorhang-Kleids und ihre andere, nackte Schulter, auf der ein bezauberndes Muttermal meines Vaters und meine Blicke anzog. «Guten Abend», sagte sie zu Vater. «Es tut mir leid, wenn wir Sie gestört haben. Duna darf nachts nicht üben – aber er liebt seine Arbeit.»

Der Bär brummte etwas und radelte von der Frau fort. Er hatte eine sehr gute Balance, aber er war zu unbekümmert: er streifte die Wände des Flurs und berührte mit den Pfoten die alten Fotografien der Eisschnelläufermannschaften. Die Frau verneigte sich vor Vater, ging mit dem Ruf «Duna, Duna!» hinter dem Bären her und rückte die alten Fotografien wieder gerade, während sie ihm durch den Flur folgte.

«Duna ist das ungarische Wort für Donau», erklärte mir Vater. «Der Bär ist also nach unserer schönen blauen Donau benannt worden.» Manchmal schien es meine Familie zu überraschen, daß auch die Ungarn einen Fluß lieben konnten.

«Ist der Bär ein *richtiger* Bär?» fragte Mutter, die immer noch mit dem Kopf unter dem Federbett lag. Aber ich überließ es Vater, ihr alles zu erklären. Ich wußte, daß Herr Theobald am Morgen eine Menge zu erklären haben würde, und dann würde ich alles noch einmal hören.

Ich ging über den Flur zum WC hinüber. Der Geruch des Bären und die von mir überall vermuteten Bärenhaare verkürzten meinen Aufenthalt dort. Die Haare waren allerdings eine Vermutung, denn der Bär hatte alles sehr ordentlich hinterlassen – oder zumindest sehr sauber für einen Bären.

«Ich habe den Bären gesehen», flüsterte ich Robo zu, als ich wieder in unserem Zimmer war, aber Robo war in Großmutters Bett gekrochen und neben ihr eingeschlafen. Die alte Johanna war jedoch wach.

«Ich sah immer weniger Krieger», sagte sie. «Als sie das letzte Mal kamen, waren es nur noch neun. Sie sahen alle so hungrig aus; sie müssen die überzähligen Pferde gegessen haben. Es war so kalt. Natürlich wollte ich ihnen helfen!

Aber wir lebten nicht zur selben Zeit – wie konnte ich ihnen helfen, da ich doch noch nicht einmal geboren war? Natürlich wußte ich, daß sie sterben würden! Aber es dauerte so lange.

Als sie das letzte Mal kamen, war der Brunnen zugefroren. Sie benutzten ihre Schwerter und ihre langen Spieße, um das Eis in Stücke zu hacken. Dann machten sie ein Feuer und schmolzen das Eis in einem Topf. Sie holten Knochen aus ihren Satteltaschen – Knochen aller Art – und warfen sie in die Suppe. Es muß eine sehr dünne Brühe gewesen sein, denn die Knochen waren alle schon vor langer Zeit abgenagt worden. Ich weiß nicht, was für Knochen es waren. Kaninchenknochen, nehme ich an, und vielleicht die Knochen von einem Hirsch oder einem wilden Eber. Vielleicht auch von den überzähligen Pferden. Ich möchte lieber nicht glauben», sagte Großmutter, «daß es die Knochen der fehlenden Krieger waren.»

«Schlaf jetzt, Großmutter», sagte ich.

«Mach dir wegen des Bären keine Sorgen», sagte sie.

Und *dann*? Was dann? fragte sich Garp. Was kann als nächstes passieren? Er war sich nicht einmal so ganz sicher, was passiert *war*, oder warum. Garp war ein natürlicher Geschichtenerzähler – er konnte Dinge erfinden, eines nach dem andern, und sie paßten irgendwie zusammen. Aber was bedeuteten sie? Der Traum und die verzweifelten Akrobaten – und was würde ihnen allen widerfahren? Alles mußte zusammenpassen. Was wäre eine natürliche Erklärung? Was für ein Schluß konnte sie alle zum Bestandteil ein und derselben Welt machen? Garp wußte, daß er nicht genug wußte; noch nicht. Er verließ sich auf seine Gefühle, die ihn mit der «Pension Grillparzer» bis hierher gebracht hatten. Jetzt mußte er sich auf das Gefühl verlassen, das ihm sagte, er solle nicht weitermachen, ehe er nicht sehr viel mehr wisse.

Was Garp mit seinen neunzehn Jahren älter und klüger machte, hatte nichts mit seiner Erfahrung oder mit dem zu tun, was er gelernt hatte. Er hatte ein bißchen Begabung, ein bißchen Entschlußkraft, eine überdurchschnittliche Geduld; er arbeitete gern hart. Aber das war, zusammen mit der Grammatik, die Tinch ihm beigebracht hatte, auch alles. Nur zweierlei beeindruckte Garp: daß seine Mutter tatsächlich glaubte, sie könne ein Buch schreiben, und daß die wichtigste Beziehung in seinem gegenwärtigen Leben seine Beziehung zu einer Hure war. Diese beiden Fakten trugen erheblich zu dem Sinn für Humor bei, der sich bei dem jungen Mann herausbildete.

Er legte «Die Pension Grillparzer» – wie man so sagt – beiseite. Es wird schon kommen, dachte Garp. Er wußte, daß er mehr wissen mußte; alles, was er tun konnte, war Wien betrachten und erforschen. Es hielt still für ihn. Das Leben schien für ihn stillzuhalten. Er machte auch sehr viele Beobachtungen an Charlotte, und er nahm alles zur Kenntnis, was seine Mutter tat. Aber er war einfach zu jung. Was ich brauche, ist eine *Vision*, wußte er. Einen alles umfassenden Plan, eine eigene Sicht der Dinge. Es wird schon kommen, sagte er sich, wieder und wieder, als trainierte er für die nächste Ringsaison – Seilspringen, Runden auf der kleinen Bahn laufen, Gewichte heben, etwas beinahe so Geistloses, aber ebenso Notwendiges.

Selbst Charlotte hat eine Vision, sagte er sich, und er wußte mit Bestimmtheit, daß seine Mutter eine hatte. Garp besaß nicht die Einsicht, die der absoluten Klarheit über die Welt entsprach, so wie Jenny Fields sie sah. Aber er wußte, es war nur eine Frage der Zeit, bis er sich eine eigene Welt vorstellen konnte – mit ein bißchen Hilfe seitens der wirklichen Welt. Die wirkliche Welt würde bald mitwirken.

6
Die Pension
Grillparzer

Frühling in Wien! Und Garp hatte «Die Pension Grillparzer»
noch immer nicht beendet. Selbstverständlich hatte er Helen kein
Wort über sein Leben mit Charlotte und ihren Kolleginnen geschrieben. Jenny hatte, was ihr Schreiben anging, einen noch
schnelleren Gang eingelegt. Sie hatte den Satz gefunden, der seit
der Nacht, in der sie mit Garp und Charlotte über die Lust diskutierte, in ihr gebrodelt hatte: es war übrigens ein alter Satz aus ihrem längst vergangenen Leben, und es war der Satz, mit dem sie
das Buch, das sie berühmt machen sollte, *wirklich begann.*

«In dieser Welt mit ihrer schmutzigen Phantasie», schrieb Jenny, «ist man entweder jemandes Frau oder jemandes Hure – oder
auf dem besten Weg, das eine oder das andere zu werden.» Der
Satz gab dem Buch einen Ton, der ihm bisher gefehlt hatte; Jenny
entdeckte, daß ihre Autobiographie, wenn sie sie mit diesem Satz
begann, eine Aura erhielt, die die nicht zusammenpassenden Teile
ihrer Lebensgeschichte plötzlich verband – so wie Nebel eine un-
gleichmäßige Landschaft einhüllt, so wie Hitze durch ein weitläu-
figes Haus in jedes Zimmer dringt. Jener Satz inspirierte andere,
die ihm ähnelten, und Jenny webte sie, wie sie einen hellen, alles
verbindenden Faden von leuchtender Farbe durch eine wuchernde
Tapisserie ohne erkennbares Muster hätte weben können.

«Ich wollte arbeiten, und ich wollte allein leben», schrieb sie.
«Das machte mich zu einer sexuell Verdächtigen.» Und das verhalf ihr auch zu einem Titel: *Eine sexuell Verdächtige, die Autobiographie von Jenny Fields.* Das Buch sollte acht Aufla-

gen erleben und in sechs Sprachen übersetzt werden, noch ehe die Taschenbuchausgabe auf den Markt kam, die allein so viel einbrachte, daß Jenny sich und ein ganzes Regiment von Krankenschwestern ein Jahrhundert lang mit neuen Schwesterntrachten hätte versorgen können.

«Dann wollte ich ein Kind haben, aber ich wollte deswegen weder meinen Körper noch mein Leben mit jemandem teilen», schrieb Jenny. «Auch das machte mich zu einer sexuell Verdächtigen.» So hatte Jenny den Faden gefunden, mit dem sie ihr unordentliches Buch zusammennähen konnte.

Doch als es Frühling in Wien wurde, hatte Garp Lust auf eine Reise – etwa nach Italien; vielleicht könnten sie ja ein Auto mieten.

«Kannst du denn fahren?» fragte ihn Jenny. Sie wußte ganz genau, daß er es nie gelernt hatte; es war nie nötig gewesen. «Nun, ich kann es auch nicht», erklärte sie ihm. «Und außerdem habe ich zu tun. Ich kann jetzt meine Arbeit nicht unterbrechen. Wenn du verreisen willst, mußt du allein verreisen.»

Im American Express-Büro, wohin Jenny und Garp sich ihre Post schicken ließen, lernte Garp seine ersten reisenden jungen Amerikaner kennen. Zwei Mädchen, die auf der Dibbs School gewesen waren, und einen Jungen namens Boo, der nach Bath gegangen war. «He, wie wär's mit uns?» sagte eines der Mädchen zu Garp, nachdem sie sich kennengelernt hatten. «Wir sind alle Internatsprodukte.»

Sie hieß Flossie, und Garp hatte den Eindruck, daß sie ein Verhältnis mit Boo hatte. Das andere Mädchen hieß Vivian, und unter dem kleinen Kaffeehaustischchen am Schwarzenbergplatz nahm Vivian Garps Knie fest zwischen die ihren und sabberte, als sie ihren Wein trank. «Ich bin gerade beim Den*tischten* gewesen», erklärte sie ihm. «Hab soviel Novacain in meinem gottverdammten Mund, daß ich nicht weiß, ob er offen oder zu ist.»

«Teils, teils», sagte Garp zu ihr. Aber er dachte: Oh, zum Teufel. Cushie Percy fehlte ihm, und seine Beziehungen zu Prostituierten vermittelten *ihm* allmählich das Gefühl, ein sexuell Verdächtiger zu sein. Charlotte, das war inzwischen klar, war daran interessiert, ihn zu bemuttern; obwohl er versuchte, sie sich auf einer anderen Ebene vorzustellen, wußte er zu seinem Kummer, daß diese Ebene nie über das Geschäftliche hinausreichen würde.

Flossie und Vivian und Boo wollten alle nach Griechenland, aber sie ließen sich drei Tage lang von Garp Wien zeigen. In dieser Zeit schlief Garp zweimal mit Vivian, deren Novocain sich endlich verflüchtigte; er schlief auch einmal mit Flossie, als Boo in der Stadt war, um Reiseschecks einzulösen und das Öl im Wagen wechseln zu lassen. Jungen von Steering und von Bath hatten nun einmal nichts füreinander übrig, das wußte Garp; aber Boo war derjenige, der zuletzt lachte . . .

Es ist nicht zu klären, ob Garp seine Gonorrhöe von Vivian oder von Flossie hatte, aber Garp war überzeugt, daß Boo die Quelle des Übels war. Es war, so meinte Garp, ein «Bath-Tripper». Als die ersten Symptome auftraten, war das Trio allerdings längst nach Griechenland abgefahren, und Garp stand allein da mit dem Tröpfeln und Brennen. In ganz Europa konnte man sich keinen schlimmeren Tripper holen, dachte er. «Boo bumste, und ich schnappte mir den Tripper», schrieb er – aber erst sehr viel später. Als es passierte, war es gar nicht lustig, und er wagte nicht, den fachlichen Rat seiner Mutter zu suchen. Sie würde ihm nie glauben, daß er ihn sich nicht bei einer Hure geholt hatte. So raffte er allen Mut zusammen und fragte Charlotte, ob sie ihm einen Arzt empfehlen könne, der mit der Angelegenheit vertraut sei; er dachte, sie kenne sich aus. Später dachte er, daß möglicherweise Jenny *weniger* böse mit ihm gewesen wäre.

«Man sollte meinen, die Amerikaner verstünden ein bißchen von Hygiene!» sagte Charlotte wütend. «Du solltest an deine Mutter denken! Ich hätte erwartet, daß du einen besseren Geschmack hast. Leute, die es umsonst mit jemandem machen, den sie kaum kennen – also wirklich, vor solchen Leuten solltest du dich in acht nehmen!» Wieder war Garp ohne Präservativ ertappt worden.

So kämpfte sich Garp bis zu Charlottes Hausarzt durch, einem wackeren Mann namens Thalhammer, dem der linke Daumen fehlte. «Und ich war früher Linkshänder», erzählte ihm Herr Dr. Thalhammer. «Aber wir können alles überwinden, wenn wir wollen. Wir können alles lernen, wenn wir es uns nur fest vornehmen!» sagte er mit felsenfester Zuversicht; er demonstrierte Garp, wie er mit beneidenswerter Behendigkeit das Rezept mit der rechten Hand ausstellen konnte. Die Therapie war einfach und schmerzlos. Zu Jennys Zeiten, im guten alten Bostoner Mercy Hospital, hätte man Garp die Valentine-Behandlung angedeihen lassen – und er hätte nachdrücklicher gelernt, daß nicht alle reichen Kinder saubere Kinder sind.

Auch davon schrieb er nichts an Helen.

Seine Lebensgeister sanken; der Frühling schritt voran, die Stadt öffnete sich auf mannigfache Art – wie Knospen. Aber Garp hatte das Gefühl, er habe Wien abgelaufen. Er konnte seine Mutter kaum dazu bewegen, ihr Schreiben lange genug zu unterbrechen, um mit ihm zu Abend zu essen. Als er Charlotte aufsuchen wollte, erklärten ihm ihre Kolleginnen, sie sei krank; sie habe seit Wochen nicht mehr gearbeitet. Drei Sonnabende hintereinander versuchte er vergeblich, sie auf dem Naschmarkt zu treffen. Als er ihre Kolleginnen an einem Maiabend in der Kärntner Straße ansprach, sah er, daß es ihnen widerstrebte, etwas über Charlotte zu sagen. Die Hure mit der Pockennarbe auf der Stirn, die von einem Pfirsichkern zu stammen schien, sagte nur, daß Charlotte kränker sei, als sie zuerst geglaubt habe. Die Junge, die in Garps Alter war, das Mädchen mit der verzogenen Oberlippe und den fragmentarischen Englischkenntnissen, versuchte es ihm zu erklären. «Ihr *Sex* ist krank», sagte sie.

Eine merkwürdige Art es auszudrücken, dachte Garp. Nicht daß es ihn überraschte, daß man sexuell krank sein *konnte*. Doch als er über die Bemerkung lächelte, warf ihm die junge Hure, die Englisch sprach, einen wütenden Blick zu und ging davon.

«Das verstehen Sie nicht», sagte die üppige Prostituierte mit der Pockennarbe. «Denken Sie nicht mehr an Charlotte.»

Es war Mitte Juni, und Charlotte war immer noch nicht wieder da, als Garp Herrn Dr. Thalhammer anrief und ihn fragte, wo er sie finden könne. «Ich bezweifle, daß sie irgend jemanden sehen möchte», sagte Doktor Thalhammer, «aber der Mensch kann sich mit fast allem abfinden.»

Ganz in der Nähe von Grinzing und dem Wiener Wald, draußen im neunzehnten Bezirk, wo keine Huren gehen, sieht Wien aus wie eine Dorfausgabe seiner selbst; in diesen Vororten haben viele Straßen noch Kopfsteinpflaster, und Bäume wachsen am Rand der Bürgersteige. Da er sich in diesem Teil der Stadt nicht auskannte, fuhr Garp mit der Linie 38 die Grinzinger Allee zu weit hinaus und mußte das Stück bis zur Ecke Billrothstraße und Rudolfinergasse zu Fuß zurückgehen, um zu dem Krankenhaus zu gelangen.

Das Rudolfinerhaus ist eine Privatklinik in einer Stadt der verstaatlichten Medizin; seine kalten Steinmauern sind von dem gleichen Maria-Theresia-Gelb wie Schloß Schönbrunn oder das Obere und Untere Belvedere. Es hat einen eigenen Park auf seinem eigenen Gelände, und es ist genauso teuer wie fast alle Krankenhäuser in den Vereinigten Staaten. Das Rudolfinerhaus stellt seinen Patienten zum Beispiel normalerweise keine Pyjamas zur Verfügung, da seine Patienten gewöhnlich ihr eigenes Nachtzeug vorziehen. Die reichen Wiener leisten sich den Luxus, dort krank zu sein – und die meisten Ausländer, die Angst vor der verstaatlichten Medizin haben, landen hier draußen, wo sie erst einmal einen Schlag angesichts der Preise bekommen.

Im Juni, bei seinem ersten Besuch, hatte Garp den Eindruck, das Rudolfinerhaus sei voller hübscher junger Mütter, die gerade Kinder zur Welt gebracht hatten. Aber es war auch voller wohlhabender Leute, die es aufgesucht hatten, um sich wieder ernstlich wohl zu fühlen, und es war zu einem Teil voller wohlhabender Leute, die es, wie Charlotte, aufgesucht hatten, um hier zu sterben.

Charlotte lag in einem Einzelzimmer, da es, wie sie sagte, keinen Grund mehr für sie gab, ihr Geld zu sparen. Als Garp sie sah, wußte er, daß sie sterben würde. Sie hatte fast dreißig Pfund abgenommen. Garp sah, daß sie ihre übriggebliebenen Ringe am Zeigefinger und am Mittelfinger trug; die anderen Finger waren so dürr geworden, daß ihr die Ringe herunterglitten. Charlotte hatte die Farbe des stumpfen Eises auf dem brackigen Steering River. Sie schien nicht sehr überrascht, Garp zu sehen, aber sie stand unter starken Betäubungsmitteln, und Garp hatte den Eindruck, daß sie wohl kaum noch zu überraschen war. Garp hatte ein Körbchen

Obst mitgebracht; von ihren gemeinsamen Einkäufen her wußte er, was Charlotte gern aß, aber sie hatte mehrere Stunden am Tag einen Schlauch im Hals, der ihren Rachen so wund machte, daß sie nichts anderes mehr als Flüssigkeiten schlucken konnte. Garp aß ein paar Kirschen, während Charlotte die Teile ihres Körpers aufzählte, die entfernt worden waren. Ihre Geschlechtsorgane, glaubte sie, und ein größerer Teil ihres Verdauungstrakts, und irgend etwas, das mit dem Ausscheidungsprozeß zusammenhing. «Oh, und meine Brüste, glaube ich», sagte sie, und das Weiß in ihren Augen war sehr grau, und sie hielt die Hände über dem Oberkörper, da, wo – wie sie sich vorstellte – ihre Brüste gewesen waren. Garp hatte nicht den Eindruck, daß man ihre Brüste angetastet hatte – da war immer noch etwas unter der Decke. Doch Charlotte war, wie er sich später sagte, eine so schöne Frau gewesen, daß sie allein mit der Haltung ihres Körpers die *Illusion* von Brüsten hatte wecken können.

«Gott sei Dank, daß ich Geld habe», sagte Charlotte. «Ist das hier nicht ein Haus der Klasse A?»

Garp nickte. Am nächsten Tag brachte er eine Flasche Wein mit; das Krankenhaus war sehr nachsichtig, was Besucher und Alkohol betraf – vielleicht gehörte das zu dem Luxus, für den man zahlte. «Selbst wenn ich wieder rauskäme», sagte Charlotte, «was sollte ich tun? Sie haben mir mein Portemonnaie rausgeschnitten.» Sie versuchte einen Schluck Wein zu trinken, dann schlief sie ein. Garp bat eine Lernschwester, ihm zu erklären, was Charlotte mit ihrem «Portemonnaie» gemeint habe – obwohl er es zu wissen glaubte. Die Lernschwester war in Garps Alter, neunzehn oder etwas jünger, und sie errötete und sah an ihm vorbei, als sie ihm den Slangausdruck übersetzte.

«Portemonnaie» sei ein Wort der Prostituierten für ihre Vagina.

«Danke», sagte Garp.

Ein paarmal traf er im Krankenhaus bei Charlotte deren beide Kolleginnen an. Bei Tag, in Charlottes sonnigem Zimmer, waren sie eher schüchtern und kleinmädchenhaft. Die Junge, die etwas Englisch sprach, hieß Wanga; sie hatte sich die Lippe als Kind aufgeschnitten, als sie mit einem Glas Mayonnaise vom Laden nach Hause lief und stürzte. *«We were on a picnic going»*, erklärte sie, «aber statt dessen mußte meine ganze Familie mich ins Krankenhaus bringen.»

Die reifere Frau mit dem Schmollmund und der Pfirsichkernpockennarbe auf der Stirn und den gewaltigen Brüsten bot ihm keine Erklärung für ihre Narbe an; sie war die berüchtigte «Tina», der nichts zu «speziell» war.

Gelegentlich lief Garp im Krankenhaus Herrn Dr. Thalhammer in die Arme, und einmal begleitete er Thalhammer bis zu dessen Auto. «Soll ich Sie mitnehmen?» bot Dr. Thalhammer ihm freundlich an. In dem Auto saß eine hübsche junge Schülerin, die Thalhammer Garp als seine Tochter vorstellte. Sie unterhielten sich alle drei angeregt über *Die Vereinigten Staaten*, und Dr. Thalhammer versicherte Garp, es mache ihm keinerlei Umstände, Garp bis vor seine Haustür in der Schwindgasse zu fahren. Dr. Thalhammers Tochter erinnerte Garp an Helen, aber es erschien ihm undenkbar, zu fragen, ob er das Mädchen wiedersehen dürfe. Daß ihr Vater ihn kürzlich wegen eines Trippers behandelt hatte, schien Garp eine unüberwindliche Peinlichkeit – trotz Dr. Thalhammers Optimismus, der Mensch könne sich mit *allem* abfinden. Garp bezweifelte, daß Dr. Thalhammer sich damit hätte abfinden können.

Auf Garp wirkte die Stadt jetzt ringsherum reif zum Sterben. Die von Menschen wimmelnden Parks und Gärten strömten für ihn den Geruch der Verwesung aus, und das Thema der großen Maler in den großen Museen war immer der Tod. Mit der Linie 38 fuhren immer Krüppel und alte Leute zur Grinzinger Allee hinaus, und die duftenden Blüten an den gepflegten Wegen im Garten des Rudolfinerhauses erinnerten Garp nur an Begräbnisinstitute. Er dachte an die Pensionen, in denen er und Jenny nach ihrer Ankunft vor über einem Jahr zunächst gewohnt hatten: die verblichenen, nicht zueinander passenden Tapeten, die staubigen Nippsachen, das abgestoßene Porzellan, die nach Öl schreienden Türangeln. «Im Leben eines Menschen», schrieb Mark Aurel, «ist seine Zeit nur ein Augenblick . . . sein Körper eine Beute der Würmer . . .»

Die junge Lernschwester, die er in Verlegenheit gebracht hatte, indem er sie nach Charlottes «Portemonnaie» fragte, behandelte ihn immer schnippischer. Eines Tages, als er vor der regulären Besuchszeit kam, fragte sie ihn ein bißchen reichlich aggressiv, was er eigentlich für Charlotte sei – ein Angehöriger? Sie hatte die anderen Besucher, die auffälligen Kolleginnen von Charlotte, gesehen, und sie nahm an, er sei lediglich ein Freier der alten Nutte. «Sie ist meine Mutter», sagte Garp; er wußte nicht, warum, aber er genoß den Schock der jungen Lernschwester und den Respekt, den sie ihm von nun an bezeigte.

«Was hast du ihnen erzählt?» fragte ihn Charlotte ein paar Tage später flüsternd. «Sie halten dich für meinen Sohn.» Er gestand seine Lüge, und Charlotte beichtete, daß sie nichts getan habe, um sie zu korrigieren. «Vielen Dank», flüsterte sie. «Es macht Spaß, die Schweine reinzulegen. Sie fühlen sich so überlegen.» Und mit einem Anflug ihrer früheren, nun schwindenden Sinnlichkeit sagte sie: «Ich würde es dich glatt einmal umsonst machen lassen, wenn ich mein Werkzeug noch hätte. Oder vielleicht zweimal zum halben Preis.»

Er war gerührt und weinte vor ihr.

«Sei kein Kind», sagte sie. «Was bin ich denn schon für dich?» Als sie schlief, las er auf ihrem Krankenblatt, daß sie einundfünfzig war.

Sie starb eine Woche später. Als Garp ihr Zimmer betrat, war der Boden blankgewienert, das Bett abgezogen, das Fenster weit geöffnet. Als er nach ihr fragte, geriet er an eine Stationsschwester, die er nicht kannte – eine eisgraue Jungfer, die immer nur den Kopf schüttelte. «Fräulein Charlotte», sagte Garp. «Sie war Patientin von Herrn Dr. Thalhammer.»

«Dr. Thalhammer hat eine Menge Patienten», sagte die eisgraue Jungfer. Sie konsultierte eine Liste, aber Garp wußte Charlottes richtigen Namen nicht. Schließlich wußte er nur noch eine Möglichkeit, sie genauer zu bezeichnen.

«Die Hure», sagte er. «Sie war eine Hure.»

Die graue Frau musterte ihn kühl – nicht unbedingt mit Befriedigung im Ausdruck, aber ohne jedes Mitgefühl.

«Die Prostituierte ist tot», sagte die alte Krankenschwester. Vielleicht bildete Garp sich nur ein, einen leisen Triumph aus ihrer Stimme herauszuhören.

«Eines schönen Tages, *beste Frau*», sagte er zu ihr, «werden auch Sie tot sein.»

Und das, dachte er, während er das Rudolfinerhaus verließ, war eine ungemein wienerische Bemerkung. Laß es dir gesagt sein, du alte graue Stadt, du totes Ungeheuer, dachte er.

An diesem Abend ging er zum erstenmal in die Oper; zu seiner Überraschung wurde sie auf italienisch gesungen, und da er kein Wort verstand, faßte er die ganze Vorstellung als eine Art religiöser Zeremonie auf. Er spazierte durch die Nacht zu den beleuchteten Türmen des Stephansdoms; der Südturm, las er auf einer Tafel, war um die Mitte des 14. Jahrhunderts begonnen und 1439 fertiggestellt worden. Wien, dachte Garp, ist ein Kadaver – ganz Europa ist vielleicht ein aufgeputzter Leichnam in einem offenen Sarg. «Im Leben eines Menschen», schrieb Mark Aurel, «ist seine Zeit nur ein Augenblick . . . sein Schicksal dunkel . . .»

In dieser Stimmung machte er sich auf den Heimweg über die Kärntner Straße, wo er die berüchtigte Tina traf. Ihre tiefe Pockennarbe, die das Neonlicht der Straßenlaternen auf sich zog, war grünlichblau.

«Guten Abend, Herr Garp», sagte sie. «Raten Sie mal!»

Tina erklärte, daß Charlotte ihm eine Gunst gekauft hatte. Die Gunst bestand darin, daß Garp Tina und Wanga umsonst haben konnte; er konnte sie jede für sich oder beide zusammen haben, erklärte Tina. Zusammen, fand Tina, war interessanter – und es ging schneller. Aber vielleicht mochte Garp sie nicht beide. Garp gab zu, daß Wanga ihn nicht reizte; sie sei zu sehr in seinem Alter, und er würde das zwar nie sagen, wenn sie dabei wäre, weil es sie verletzen könne, aber es störe ihn doch etwas, wie das Mayonnaiseglas ihre Lippe schiefgezogen habe.

«Dann können Sie mich zweimal haben», sagte Tina fröhlich. «Einmal jetzt, und einmal», fügte sie hinzu, «wenn Sie Zeit genug gehabt haben, sich zu verschnaufen. Vergessen Sie Charlotte», sagte Tina. Der Tod holt uns alle irgendwann, erklärte Tina. Trotzdem lehnte Garp das Angebot höflich ab.

«Nun, Sie können jederzeit darauf zurückkommen», sagte Tina. «Wenn Sie wollen.» Sie griff nach ihm und nahm ungeniert sein Glied in ihre warme hohle Hand, die groß wie ein geräumiger

Hosenbeutel war, aber Garp lächelte nur und verbeugte sich vor ihr – wie es die Wiener tun – und ging heim zu seiner Mutter.

Er genoß seinen leichten Schmerz. Der alberne Verzicht bereitete ihm Vergnügen – und die Vorstellung von Tina bereitete ihm, wie er vermutete, mehr Lust, als er je ihrem undefinierbar üppigen Körper hätte abgewinnen können. Die silbrige Vertiefung auf ihrer Stirn war fast so groß wie ihr Mund; ihre Pockennarbe wirkte auf Garp wie ein kleines, offenes Grab.

Was Garp da auskostete, war der Beginn einer lange gesuchten Schriftstellertrance, in der die Welt sich mit einem Tonfall umfassen läßt. «Alles Körperliche ist wie eilendes Wasser», fiel ihm ein, «alles Seelische wie Träume und Dämpfe.» Es war Juli, als Garp die Arbeit an der «Pension Grillparzer» wiederaufnahm. Seine Mutter war dabei, das Manuskript zu beenden, das schon bald ihrer beider Leben verändern sollte.

Es war August, als Jenny ihr Buch beendete und verkündete, sie sei nun reisefertig, um endlich noch etwas von Europa zu sehen – vielleicht Griechenland? schlug sie vor. «Laß uns einfach mit dem Zug irgendwohin fahren», sagte sie. «Ich wollte schon immer mit dem Orient-Express fahren. Wohin fährt er eigentlich?»

«Von Paris nach Istanbul, glaube ich», sagte Garp. «Aber du wirst *allein* fahren müssen, Mom. Ich habe noch zuviel zu tun.»

Wie ich dir, so du mir, mußte Jenny einräumen. Sie hatte *Eine sexuell Verdächtige* so satt, daß sie das Manuskript nicht einmal mehr auf Tippfehler durchsehen konnte. Und sie wußte auch nicht, was sie jetzt damit machen sollte; fuhr man einfach nach New York und händigte einem Wildfremden die eigene Lebensgeschichte aus? Sie wollte, daß Garp das Manuskript las, aber sie sah, daß Garp endlich in eine eigene Aufgabe vertieft war, und fand, daß sie ihn nicht behelligen sollte. Außerdem war sie sich nicht ganz sicher: ein großer Teil ihrer Lebensgeschichte war auch *seine* Lebensgeschichte – sie hielt es für möglich, daß die Geschichte ihn aus der Fassung brachte.

Garp arbeitete den ganzen August über an dem Schluß seiner Kurzgeschichte «Die Pension Grillparzer». Helen schrieb aufgebracht an Jenny. «Ist Garp tot?» fragte sie an. «Ich bitte höflichst um Mitteilung der näheren Umstände.» Diese Helen Holm ist ein gescheites Mädchen, dachte Jenny. Helen erhielt eine längere Antwort, als sie erwartet hatte. Jenny schickte ihr eine Kopie des Manuskripts *Eine sexuell Verdächtige* und erklärte ihr in einer beigefügten Mitteilung, das sei das, was sie das ganze Jahr über getan habe, und nun schreibe auch Garp etwas. Jenny schrieb, sie würde sich freuen, wenn Helen ihr offen ihre Meinung über das Manuskript sagte. Und vielleicht wüßte ja der eine oder andere von Helens College-Professoren, was man mit einem fertigen Buch mache?

Garp erholte sich, wenn er nicht schrieb, indem er in den Zoo ging. Der Zoo war ein Teil der großen Parks und Gärten um das Schloß Schönbrunn. Viele der Zoogebäude waren, so schien es, Ruinen, zu drei Vierteln im Krieg zerstört; sie waren teilweise wiederaufgebaut worden, um die Tiere zu beherbergen. Das vermittelte Garp den unheimlichen Eindruck, daß der Zoo noch mitten in Wiens Kriegszeit existierte; außerdem weckte es sein Interesse für jene Zeit. Um besser einzuschlafen, las er abends einige sehr spezielle historische Berichte über Wien unter der Besatzung der Nazis und der Russen. All dies hing auf irgendeine Weise mit den Todesmotiven zusammen, die ihn verfolgten, während er «Die Pension Grillparzer» schrieb. Garp entdeckte, daß, wenn man schreibt, alles mit allem anderen zusammenzuhängen scheint. Wien war eine sterbende Stadt, im Zoo hatte man die Kriegsschäden nicht so gut beseitigt wie an den Häusern, in denen die *Menschen* lebten; die Geschichte einer Stadt war wie die Geschichte einer Familie – es gibt Nähe und sogar Zuneigung, aber zuletzt trennt der Tod alle voneinander. Nur die Lebendigkeit der Erinnerung erhält die Toten für immer am Leben; ein Schriftsteller hat die Aufgabe, sich alles so persönlich vorzustellen, daß das, was er schreibt, so lebendig ist wie unsere persönlichen Erinnerungen. Er betastete die Einschußstellen vom Maschinengewehrfeuer in den Steinwänden des Entrees der Wohnung in der Schwindgasse.

Jetzt wußte er, was der Traum der Großmutter bedeutete.

Er schrieb Helen, ein junger Schriftsteller habe das verzweifelte Bedürfnis, mit jemandem zusammen zu leben, und er sei zu dem Schluß gekommen, er wolle mit ihr zusammen leben – sie sogar *heiraten*, bot er an, weil Sex einfach notwendig sei, aber es sei zu zeitraubend, wenn man fortwährend planen müsse, wie man dazu komme. Deshalb, argumentierte Garp, ist es besser, mit ihm zu leben!

Helen revidierte mehrere Briefe, ehe sie schließlich einen an ihn abschickte, in dem es hieß, er könne sich seinen Vorschlag sozusagen an den Hut stecken. Ob er sich allen Ernstes einbilde, sie absolviere mit solcher Energie das College, um ihm zu Sex zu verhelfen, den man nicht einmal zu *planen* brauche?

Er revidierte seinen Antwortbrief nicht im mindesten; er sei zu sehr mit Schreiben beschäftigt, schrieb er, um sich die Zeit nehmen zu können, es ihr zu erklären; sie müsse lesen, woran er arbeite, und selbst beurteilen, wie ernst es ihm sei.

«Ich zweifle nicht daran, daß es Dir ernst ist», erklärte sie ihm. «Und im Augenblick habe ich mehr zu lesen, als ich wissen muß.»

Sie teilte ihm nicht mit, daß sie sich auf Jennys Buch *Eine sexuell Verdächtige* bezog; es umfaßte 1158 Manuskriptseiten. Kein literarisches Juwel – darin stimmte sie später mit Garp überein –, aber, wie sie zugeben mußte, eine sehr faszinierende Geschichte.

Während Garp letzte Hand an seine sehr viel kürzere Geschichte legte, plante Jenny Fields ihren nächsten Schachzug. In ihrer Rastlosigkeit hatte sie an einem großen Wiener Zeitungskiosk ein amerikanisches Nachrichtenmagazin gekauft; darin las sie von dem mutigen New Yorker Verleger, der gerade das Manuskript eines berüchtigten, der Unterschlagung öffentlicher Gelder überführten Regierungsmitglieds abgelehnt hatte. Das Buch, eine kaum verhüllte «fiktive» Darstellung der trüben niedrigen politischen Machenschaften des Verbrechers, sei «ein miserabler Roman», hatte der Verleger erklärt. «Der Mann kann nicht schreiben. Warum sollte er mit seinem schmutzigen Leben Geld verdienen?» Das Buch würde natürlich woanders veröffentlicht werden, und es würde seinem verachtenswerten Autor und seinem Verleger eine Menge Geld einbringen. «Manchmal habe ich das Gefühl, es ist meine Pflicht, nein zu sagen», wurde der Verleger zitiert, «selbst wenn die Leute diesen Mist lesen wollen.» Der Mist sollte schließlich mehrere seriöse Kritiker beschäftigen, als wäre er ein seriöses Buch, aber Jenny war stark beeindruckt von dem Verleger, der nein gesagt hatte, und sie schnitt sich den Artikel aus dem

Nachrichtenmagazin aus. Sie zog einen Kreis um den Namen des Verlegers – ein ganz gewöhnlicher Name, fast wie der Name eines Schauspielers oder der Name eines Tiers in einem Kinderbuch: John Wolf. In dem Magazin war ein Bild von John Wolf; er sah aus wie ein Mann, der auf sich achtete, und er war sehr gut gekleidet; er sah aus wie viele Leute in New York – wo Geschäftssinn und gesunder Menschenverstand es ratsam erscheinen lassen, auf sich zu achten und sich möglichst gut zu kleiden –, aber für Jenny Fields sah er aus wie ein Engel. Er war *ihr* Verleger, da war sie sicher. Sie war überzeugt, daß *ihr* Leben *nicht* «schmutzig» war und daß John Wolf finden würde, sie sei es wert, Geld damit zu verdienen.

Garp verfolgte andere Ambitionen mit seiner «Pension Grillparzer». Die Erzählung würde ihm nie viel Geld einbringen: sie würde zuerst in einer «seriösen» Zeitschrift erscheinen, wo fast niemand sie lesen würde. Jahre später, wenn er bekannter wäre, würde sie etwas liebevoller veröffentlicht werden, und man würde ein paar anerkennende Worte darüber schreiben, aber zu seinen Lebzeiten würde «Die Pension Grillparzer» ihm nicht einmal so viel Geld einbringen, daß er sich davon ein ordentliches Auto kaufen konnte. Garp erhoffte jedoch mehr als Geld oder ein Transportmittel von der «Pension Grillparzer». Er erhoffte sich schlicht und einfach, daß er Helen Holm bewegen konnte, mit ihm zusammen zu leben – ihn sogar zu heiraten.

Als er «Die Pension Grillparzer» beendet hatte, verkündete er seiner Mutter, er wolle nach Hause fahren und Helen sehen; er werde ihr eine Kopie der Erzählung schicken – sie könne sie dann schon gelesen haben, wenn er wieder in den Vereinigten Staaten eintreffe. Die arme Helen, dachte Jenny, die wußte, daß Helen eine Menge zu lesen hatte. Außerdem beunruhigte es sie, wie Garp gesagt hatte, er wolle «nach Hause» fahren, als er von Steering sprach. Sie wollte jedoch, wenngleich auch aus anderen Gründen, Helen ebenfalls gern sehen, und Ernie Holm würde nichts dagegen haben, wenn sie ihm ein paar Tage Gesellschaft leisteten. Es gab immer noch das elterliche Haus in Dog's Head Harbor – falls Garp und Jenny einen Platz brauchten, um sich zu erholen oder um Pläne zu machen.

Garp und Jenny waren so sehr mit sich selbst beschäftigt, daß sie keinen Augenblick innehielten, um sich Gedanken zu machen, warum sie so wenig von Europa gesehen hatten, und nun reisten sie ab. Jenny packte ihre Schwesterntrachten ein. Garp hatte noch die Gunst im Sinn, die zu bezeigen Charlotte ihrer Kollegin Tina überlassen hatte.

Die Vorstellung von dieser Gunst hatte ihn beim Schreiben aufrechterhalten, doch wie er sein Leben lang lernen sollte: die Forderungen des Schreibens und des wirklichen Lebens sind nicht immer die gleichen. Seine Vorstellungskraft hatte ihn aufrechterhalten, während er schrieb; jetzt, wo er *nicht* schrieb, wollte er Tina. Er suchte sie in der Kärntner Straße, aber die Mayonnaiseglashure, die Englisch sprach, erzählte ihm, daß Tina den ersten Bezirk verlassen hatte.

«So ist das Leben», sagte Wanga. «Vergessen Sie Tina.»

Garp stellte fest, daß er sie vergessen *konnte*; die Lust, wie seine Mutter es nannte, war in dieser Hinsicht unberechenbar. Und die Zeit, entdeckte er, hatte seine Abneigung gegen Wangas Mayonnaiseglaslippe gemildert; plötzlich gefiel sie ihm sogar. Also nahm er sie, zweimal, und wie er auch sein Leben lang lernen sollte: fast alles ist eine Enttäuschung, wenn ein Schriftsteller etwas zu Ende geschrieben hat.

Garp und Jenny hatten fünfzehn Monate in Wien verbracht. Es war September. Garp und Helen waren erst neunzehn, und Helen würde sehr bald wieder aufs College gehen. Das Flugzeug flog von Wien nach Frankfurt. Das leichte Prickeln (das Wanga war) wich langsam aus Garps Fleisch. Wenn er an Charlotte dachte, stellte er sich vor, daß Charlotte glücklich gewesen war. Immerhin hatte sie den ersten Bezirk nie verlassen müssen.

Das Flugzeug flog von Frankfurt nach London; Garp las «Die Pension Grillparzer» noch einmal und hoffte, daß Helen ihn nicht abweisen würde. Von London nach New York las Jenny die Erzählung ihres Sohnes. Gegenüber dem, woran sie über ein Jahr gesessen hatte, kam Garps Geschichte ihr ziemlich unwirklich vor. Aber ihr Sinn für Literatur war nie sehr ausgeprägt gewesen, und sie staunte über die Vorstellungskraft ihres Sohnes. Später sollte sie sagen, daß «Die Pension Grillparzer» genau die Art Geschichte sei, die sie von einem Jungen ohne richtige Familie erwarten würde.

Das mag so sein. Helen sollte später sagen, am Schluß der «Pension Grillparzer» könnten wir schon einen flüchtigen Blick werfen auf die Welt, wie Garp sie sah.

DIE PENSION GRILLPARZER
[Schluß]

Im Frühstückszimmer der Pension Grillparzer begegneten wir Herrn Theobald und der Menagerie seiner anderen Gäste, die unseren Abend zerrissen hatten. Ich wußte, daß mein Vater (zum erstenmal) vorhatte, sich als Spion des Fremdenverkehrsamts zu erkennen zu geben.

«Männer, die auf Händen herumspazieren», sagte Vater.

«Männer, die unter der WC-Tür hindurchspähen», sagte Großmutter.

«*Dieser* Mann», sagte ich und zeigte auf den kleinen, mürrischen Burschen, der mit seinen Kumpanen – dem Traummann und dem ungarischen Sänger – am Ecktisch auf das Frühstück wartete.

«Er tut es, um seinen Lebensunterhalt zu verdienen», sagte Herr Theobald, und wie um uns zu demonstrieren, daß es sich tatsächlich so verhielt, begann der Mann, der auf seinen Händen stand, auf seinen Händen zu stehen.

«Veranlassen Sie ihn, daß er damit aufhört», sagte Vater. «Wir wissen, daß er es kann.»

«Aber wußten Sie auch, daß er es nicht anders kann?» fragte der Traummann unvermittelt. «Wußten Sie schon, daß seine Beine nutzlos sind? Er hat keine Schienbeine. Es ist *wunderbar*, daß er auf Händen gehen kann! Sonst würde er überhaupt nicht gehen können.» Der Mann nickte, was sichtlich sehr schwer war, während er auf seinen Händen stand.

«Setzen Sie sich bitte», sagte Mutter.

«Es ist völlig in Ordnung, wenn einer ein Krüppel ist», sagte Großmutter kühn. «Aber *Sie* sind böse», erklärte sie dem Traummann. «Sie wissen Dinge, die zu wissen Sie nicht das Recht haben. Er kannte meinen *Traum*», erklärte sie Herrn Theobald, als hätte sie ihm einen Diebstahl aus ihrem Zimmer zu melden.

«Ich weiß, er ist ein *bißchen* böse», gab Theobald zu. «Aber gewöhnlich nicht! Und er benimmt sich immer besser. Er kann nichts dafür, daß er weiß, was er weiß.»

«Ich habe nur versucht, Ihr inneres Gleichgewicht wiederherzustellen», sagte der Traummann, zu Großmutter gewandt. «Ich dachte, es würde Ihnen guttun. Ihr Mann ist schließlich schon eine ganze Weile tot, und es ist an der Zeit, daß Sie aufhören, soviel aus diesem Traum zu machen. Sie sind nicht der einzige Mensch, der einen solchen Traum gehabt hat.»

«Hören Sie auf», sagte Großmutter.

«Ich meinte nur, Sie sollten es wissen», sagte der Traummann.

«Nein, seien Sie bitte ruhig», sagte Herr Theobald zu ihm.

«Ich bin vom Fremdenverkehrsamt», verkündete Vater, wahrscheinlich weil ihm nichts anderes zu sagen einfiel.

«Oh, mein Gott, so ein Mist!» sagte Herr Theobald.

«Es ist nicht Theobalds Schuld», sagte der Sänger. «Es ist *unsere* Schuld. Er ist so nett, uns aufzunehmen, obwohl es ihn seinen guten Ruf kostet.»

«Wissen Sie, sie haben meine Schwester geheiratet», erklärte Herr Theobald uns. «Sie gehören zur *Familie*, verstehen Sie? Was soll ich machen?»

«‹Sie› haben Ihre Schwester geheiratet?» fragte Mutter.

«Nun, zuerst hat sie *mich* geheiratet», sagte der Traummann.

«Und dann hörte sie *mich* singen!» sagte der Sänger.

«Mit *ihm* ist sie nie verheiratet gewesen», sagte Herr Theobald, und alle blickten wie um Entschuldigung bittend auf den Mann, der nur auf seinen Händen gehen konnte.

Herr Theobald sagte: «Sie sind früher im Zirkus aufgetreten, aber die Politik hat sie in Schwierigkeiten gebracht.»

«Wir waren die besten in Ungarn», sagte der Sänger. «Haben Sie schon einmal etwas von dem Zirkus Szolnok gehört?»

«Nein, leider nicht», sagte Vater mit ernster Miene.

«Wir sind in Miskolc, in Szeged, in Debrecen aufgetreten», sagte der Traummann.

«In *Szeged* zweimal», sagte der Sänger.

«Wir hätten es bis nach Budapest geschafft, wenn die Russen nicht gewesen wären», sagte der Mann, der auf seinen Händen ging.

«Ja – die Russen haben ihm die Schienbeine herausgenommen!» sagte der Traummann.

«Bleib bei der Wahrheit», sagte der Sänger. «Er ist ohne Schienbeine *geboren*. Aber es stimmt, daß wir mit den Russen nicht klargekommen sind.»

«Sie wollten den Bären ins Gefängnis sperren», sagte der Traummann.

«Bleib bei der Wahrheit», sagte Herr Theobald.

«Wir haben seine Schwester vor ihnen gerettet», sagte der Mann, der auf seinen Händen ging.

«Also mußte ich sie natürlich aufnehmen», sagte Herr Theobald, «und sie arbeiten so hart, wie sie nur können. Aber wer interessiert sich in diesem Land schon für ihren Auftritt? Es ist eine ungarische Nummer. Bären auf Einrädern haben hier keine *Tradition*», erklärte uns Herr Theobald. «Und die verdammten Träume bedeuten uns Wienern gar nichts.»

«Bleib bei der Wahrheit», sagte der Traummann. «Es liegt daran, daß ich die falschen Träume erzählt habe. Wir haben in einem Nachtklub in der Kärntner Straße gearbeitet, aber dann bekamen wir Auftrittsverbot.»

«Du hättest den Traum damals nie erzählen dürfen», sagte der Sänger feierlich.

«Aber deine Frau war auch schuld!» sagte der Traummann.

«Damals war sie deine Frau», sagte der Sänger.

«Hört bitte auf», flehte Herr Theobald.

«Wir werden bei den Wohltätigkeitsbällen für Kinderkrankheiten auftreten», sagte der Traummann. «Und in einigen staatlichen Krankenhäusern – vor allem vor Weihnachten.»

«Wenn ihr nur etwas mehr mit dem Bären machen würdet», empfahl ihnen Herr Theobald.

«Darüber mußt du mit deiner Schwester reden», sagte der Sänger. «Es ist *ihr* Bär – sie hat ihn abgerichtet, sie hat zugelassen, daß er faul und nachlässig wurde und lauter schlechte Gewohnheiten annahm.»

«Er ist der einzige von euch, der sich nie über mich lustig macht», sagte der Mann, der nur auf seinen Händen gehen konnte.

«Ich würde gern möglichst schnell fort von hier», sagte Großmutter. «Dies alles ist ein scheußliches Erlebnis für mich.»

«Bitte, verehrte Dame», sagte Herr Theobald, «wir wollten Ihnen nur zeigen, daß wir es nicht böse gemeint haben. Es sind schwere Zeiten. Ich brauche die Einstufung in die Klasse B, um mehr Touristen anzulocken, und bei meiner Seele, ich kann den Zirkus Szolnok nicht einfach rauswerfen.»

«*Bei seiner Seele*, so ein Schmarrn», sagte der Traummann. «Er hat Angst vor seiner Schwester. Er würde nicht im Traum daran denken, uns rauszuwerfen.»

«Wenn er im Traum daran dächte, würden wir es wissen!» rief der Mann auf Händen.

«Ich habe Angst vor dem *Bären*», sagte Herr Theobald. «Das Biest tut alles, was sie ihm sagt.»

«Sag nicht ‹das Biest›», sagte der Mann auf Händen. «Er ist ein guter Bär, und er hat noch keinem Menschen etwas zuleide getan. Du weißt genau, daß er keine Krallen mehr hat und nur noch sehr wenige Zähne.»

«Der Arme hat furchtbare Schwierigkeiten beim Fressen», gab Herr Theobald zu. «Er ist schon ziemlich alt, und er ist unsauber.»

Ich blickte meinem Vater über die Schulter, um zu sehen, was er in seinen riesigen Block schrieb. «Ein deprimierter Bär und ein unbeschäftigter Zirkus. Die zentrale Gestalt der Familie ist die Schwester.»

In diesem Augenblick sahen wir, wie sie auf dem Bürgersteig mit dem Bären arbeitete. Natürlich hatte sie den Bären, wie das Gesetz es befahl, an der Leine, aber das war eine bloße Formsache. Mit ihrem auffälligen roten Turban spazierte die Frau den Bürgersteig auf und ab und folgte den faulen Bewegungen des Bären auf seinem Einrad. Der Bär radelte gewandt von einer Parkuhr zur nächsten und stützte sich manchmal mit der einen Tatze an der Parkuhr ab, wenn er wenden wollte. Er war sehr geschickt auf dem Einrad, das sah man, aber man sah auch, daß das Einrad sozusagen eine Sackgasse für ihn war: man sah, daß der Bär spürte, er würde mit dem Einradfahren nicht weiterkommen.

«Sie sollte ihn allmählich von der Straße schaffen», meinte Herr Theobald besorgt. «Die Leute von der Konditorei nebenan beschweren sich bei mir», erklärte er uns. «Sie sagen, der Bär vertreibe ihre Kunden.»

«Der Bär lockt die Kunden *an*!» sagte der Mann auf Händen.

«Manche Leute lockt er an, andere vertreibt er», sagte der Traummann. Er wirkte plötzlich düster, als hätte seine eigene Tiefgründigkeit ihn deprimiert.

Aber wir waren alle so sehr mit den Possen des Zirkus Szolnok beschäftigt, daß wir darüber die alte Johanna ganz vergessen hatten. Als meine Mutter sah, daß Großmutter leise vor sich hin weinte, bat sie mich, den Wagen vorfahren zu lassen.

«Es war zuviel für sie», flüsterte mein Vater Herrn Theobald zu. Die Mitglieder des Zirkus Szolnok blickten beschämt vor sich hin.

Draußen auf dem Bürgersteig kam mir der Bär entgegengeradelt und überreichte mir die Schlüssel; der Wagen stand am Bordstein. «Nicht jeder läßt sich die Schlüssel gern auf solche Weise geben», erklärte Herr Theobald seiner Schwester.

«Oh, ich dachte, es würde ihm Spaß machen», sagte sie und fuhr mir mit der Hand durchs Haar. Sie war so reizvoll wie ein Barmädchen, mit anderen Worten: sie war nachts reizvoller. Im hellen Tageslicht sah ich, daß sie älter war als ihr Bruder und auch älter als ihre Ehemänner – und im Lauf der Zeit, stellte ich mir vor, würde sie aufhören, ihnen eine Geliebte beziehungsweise eine Schwester zu sein, und würde eine Mutter für sie alle werden. Für den Bären war sie bereits eine Mutter.

«Komm her», sagte sie zu ihm. Er radelte lustlos auf der Stelle, die eine Tatze auf einer Parkuhr. Er leckte die kleine Scheibe der Uhr. Sie zog an der Leine. Er starrte sie an. Sie zog wieder. Der Bär begann frech umherzuradeln, zuerst in die eine, dann in die andere Richtung. Es war, als sei plötzlich sein Interesse erwacht, als er sah, daß er ein Publikum hatte. Er begann anzugeben.

«Mach keine Dummheiten», sagte die Schwester zu ihm, aber der Bär radelte immer schneller, vorwärts, rückwärts, fuhr scharfe Kurven und sauste zwischen den Parkuhren hindurch; die Schwester mußte die Leine loslassen. «Duna, hör auf!» rief sie, aber der Bär war jetzt außer Kontrolle. Er ließ das Rad zu nahe an den Bordstein rollen, und das Einrad schleuderte ihn gegen den Kotflügel eines parkenden Autos. Er saß auf dem Bürgersteig, neben sich das Einrad; man merkte, daß er sich nicht ernstlich verletzt hatte, aber er sah sehr verlegen aus, und niemand lachte. «Oh, Duna», schalt die Schwester, aber sie ging zu ihm und hockte sich neben ihn. «Duna, Duna», tadelte sie ihn zärtlich. Er schüttelte seinen großen Kopf; er wollte sie nicht ansehen. Auf dem Fell unter seinem Maul hing ein bißchen Speichel, und sie wischte ihn mit der Hand ab. Er stieß ihre Hand mit seiner Tatze fort.

«Beehren Sie uns bitte wieder!» rief Herr Theobald kläglich, als wir in unser Auto stiegen.

Mutter saß mit geschlossenen Augen da und massierte sich

mit den Fingern die Schläfen – so hörte sie angeblich nichts von dem, was wir sagten. Sie sagte immer, es sei ihr einziger Schutz beim Reisen mit einer so streitsüchtigen Familie.

Ich wollte nicht wie sonst üblich über die Betreuung des Wagens berichten, aber ich sah, daß mein Vater bemüht war, Ruhe und Ordnung aufrechtzuerhalten; er hatte den riesigen Block auf seinen Knien ausgebreitet, als hätten wir gerade eine normale, routinemäßige Inspektion abgeschlossen. «Was sagt der Kilometerzähler?» fragte er.

«Irgend jemand ist fünfunddreißig Kilometer mit dem Wagen gefahren», sagte ich.

«Dieser schreckliche Bär ist hier drinnen gewesen», sagte Großmutter. «Auf dem Rücksitz sind Haare von der Bestie, und außerdem *rieche* ich ihn.»

«Ich rieche nichts», sagte Vater.

«Und das Parfüm dieser Zigeunerin mit dem Turban», fuhr Großmutter fort. «Es hängt unter dem Wagendach.» Vater und ich schnupperten. Mutter massierte sich noch immer die Schläfen.

Auf dem Boden neben dem Brems- und dem Kupplungspedal sah ich mehrere der minzgrünen Zahnstocher, die der ungarische Sänger immer wie eine Narbe im Mundwinkel hatte. Ich erwähnte sie nicht. Es reichte, um sie sich alle vorzustellen – bei einem Ausflug aufs Land, mit unserem Auto. Der singende Fahrer, neben ihm der Mann auf Händen – der mit den Füßen aus dem Fenster winkte. Und hinten, zwischen dem Traummann und seiner ehemaligen Frau – mit dem großen Kopf das gepolsterte Wagendach streifend, die gewaltigen Tatzen in den breiten Schoß gelegt – fläzte sich der alte Bär wie ein gutmütiger Betrunkener.

«Diese armen Menschen», sagte Mutter, noch immer mit geschlossenen Augen.

«Lügner und Kriminelle!» sagte Großmutter. «Zauberer und Flüchtlinge und verkommene Tiere!»

«Sie haben sich alle Mühe gegeben», sagte Vater, «aber sie haben keinen Blumentopf gewonnen.»

«Sie gehören in einen Zoo», sagte Großmutter.

«Ich fand es sehr lustig», sagte Robo.

«Es ist schwer, aus der Klasse C herauszukommen», sagte ich.

«Sie sind längst jenseits von Z», sagte die alte Johanna. «Sie sind aus dem menschlichen Alphabet verschwunden.»

«Ich denke, die Angelegenheit erfordert einen Brief», sagte Mutter.

Aber Vater hob die Hand – als wollte er uns segnen –, und wir schwiegen. Er schrieb in seinen riesigen Block und wünschte nicht gestört zu werden. Sein Gesicht war ernst. Ich wußte, daß Großmutter mit keiner Faser an seinem Verdikt zweifelte. Mutter wußte, daß Einwände nutzlos waren. Robo langweilte sich bereits. Ich steuerte uns durch die schmalen Straßen. Ich fuhr durch die Spiegelgasse zum Lobkowitzplatz. Die Spiegelgasse ist so schmal, daß man in den Schaufenstern der Geschäfte, an denen man vorbeifährt, das Spiegelbild des eigenen Autos sehen kann, und ich hatte das Gefühl, unsere Fahrt durch Wien sei gewissermaßen überlagert – wie durch einen Trick mit einer Filmkamera, als machten wir eine Märchenreise durch eine Spielzeugstadt.

Als Großmutter im Auto eingeschlafen war, sagte Mutter: «Ich nehme nicht an, daß in diesem Fall eine Änderung der Klassifizierung eine große Rolle spielt – ob nach unten oder oben.»

«Nein», sagte Vater, «keine sehr große.» Damit hatte er recht, wenn es auch noch Jahre dauern sollte, bis ich die Pension Grillparzer wiedersah.

Als Großmutter ziemlich plötzlich – im Schlaf – starb, verkündete Mutter, daß sie das Reisen leid sei. Der wahre Grund jedoch war, daß sie jetzt auch von Großmutters Traum heimgesucht wurde. «Die Pferde sind so mager», erzählte sie mir einmal. «Verstehst du, ich habe immer gewußt, daß sie mager sein würden, aber nicht *so* mager. Und die Krieger – ich wußte, daß sie unglücklich sind», sagte sie, «aber nicht, daß sie *so* unglücklich sein würden.»

Mein Vater kündigte beim Fremdenverkehrsamt und erhielt eine Stellung in einer privaten Detektei, die auf Hotels und Warenhäuser spezialisiert war. Die Arbeit befriedigte ihn. Allerdings weigerte er sich, in der Weihnachtszeit zu arbeiten – vor Weihnachten, sagte er, müsse man einigen Leuten erlauben, ein bißchen zu stehlen.

Meine Eltern wurden mit den Jahren gelöster, und ich hatte wirklich das Gefühl, daß sie zuletzt recht glücklich waren. Ich weiß, daß die Kraft von Großmutters Traum durch die wirkliche Welt und besonders durch das, was Robo widerfuhr, geschwächt wurde. Er besuchte ein Internat und war dort sehr beliebt, aber in seinem ersten Semester an der Universität kam er durch eine selbstgebastelte Bombe ums Leben. Dabei war er nicht einmal «politisch». In seinem letzten Brief an meine Eltern schrieb er: «Die radikalen Studenten nehmen sich längst nicht so ernst, wie man allgemein glaubt. Und das Essen ist abscheulich.» Dann ging Robo in sein Geschichtsseminar, und der Seminarraum flog in die Luft.

Einige Zeit nachdem meine Eltern gestorben waren, gab ich das Rauchen auf und fing wieder an zu reisen. Ich stieg mit meiner zweiten Frau in der Pension Grillparzer ab. Mit meiner ersten Frau war ich nie bis nach Wien gekommen.

Die Pension Grillparzer hatte Vaters B-Einstufung nicht lange behalten, und zu der Zeit, als ich dort noch einmal abstieg, war sie sämtliche Klassen hinuntergepurzelt. Die Schwester von Herrn Theobald führte sie. Ihre auffälligen Reize waren geschwunden, und an ihre Stelle war der geschlechtslose Zynismus mancher unverheirateter Tanten getreten. Sie war unförmig, und ihr Haar war feuerrot gefärbt, so daß ihr Kopf einem dieser kupfernen Topfreiniger ähnelte. Sie konnte sich nicht mehr an mich erinnern, und meine Fragen machten sie mißtrauisch. Da ich soviel über ihre früheren Kollegen zu wissen schien, sagte sie sich wahrscheinlich, daß ich bei der Polizei sei.

Der ungarische Sänger war fortgegangen – eine andere Frau war den Reizen seiner Stimme erlegen. Der Traummann war fortgebracht worden – in ein Irrenhaus. Seine eigenen Träume hatten sich in Alpträume verwandelt, und er hatte jede Nacht die ganze Pension mit seinen gruseligen Schreien geweckt. Sein Abtransport aus dem heruntergekommenen Etablissement, sagte Herrn Theobalds Schwester, fiel zeitlich ungefähr mit dem Verlust des B-Rangs zusammen.

Herr Theobald war tot. Er war mit einem jähen Griff nach seinem Herzen tot umgefallen, als er sich eines Nachts in den Flur hinauswagte, um einen vermeintlichen Einbrecher aufzuspüren. Es war nur Duna gewesen, der unzufriedene Bär, der den Nadelstreifenanzug des Traummanns trug. Warum Herrn Theobalds Schwester den Bären so angekleidet hatte, wurde mir nicht erklärt, aber der Anblick des mürrischen Tiers, das in dem hinterlassenen Anzug des Verrückten auf seinem Einrad radelte, hatte Herrn Theobald buchstäblich zu Tode erschreckt.

Der Mann, der nur auf seinen Händen gehen konnte, hatte ebenfalls ein ernstes Mißgeschick erlitten. Seine Armbanduhr war über die Längsleiste einer Rolltreppenstufe gerutscht, und er konnte plötzlich nicht mehr abspringen; seine Krawatte, die er nur selten umband, weil sie auf dem Boden schleifte, wenn er auf seinen Händen ging, wurde unter den Rost am Ende der Rolltreppe gezogen – und erwürgte ihn. Hinter ihm bildete sich eine Schlange von Leuten, die auf der Stelle gingen, indem sie eine Stufe rückwärts gingen, sich von der Rolltreppe ein Stückchen weitertragen ließen und dann wieder eine Stufe rückwärts gingen. Die Welt verfügt über viele ungewollt grausame Mechanismen, die nicht geschaffen sind für Menschen, die auf ihren Händen gehen.

Danach, erzählte mir Herrn Theobalds Schwester, fiel die Pension Grillparzer von der Klasse C ins Bodenlose. Seit die Führung des Hauses auf ihren Schultern lastete, hatte sie weniger Zeit für Duna, und der Bär wurde senil und benahm sich ungehörig. Einmal jagte er einen Briefträger so schnell eine Marmortreppe hinunter, daß der Mann stürzte und sich die Hüfte brach; der Vorfall wurde angezeigt, und die Behörden pochten auf eine alte städtische Verordnung, nach der Tiere nicht frei in öffentlich zugänglichen Räumen herumlaufen durften. Duna wurde aus der Pension Grillparzer verbannt.

Eine Weile hielt Herrn Theobalds Schwester den Bären in einem Käfig im Hinterhof des Gebäudes, aber dort wurde er von Hunden und Kindern geärgert, und die Leute aus den Hinterhofwohnungen warfen ihm Futter (und Schlimmeres) in den Käfig. Er wurde unbärenhaft und verschlagen – er tat nur so, als ob er schliefe – und fraß den größten Teil von jemandes Katze. Dann wurde er zweimal vergiftet und bekam Angst, in dieser gefährlichen Umgebung überhaupt noch etwas zu fressen. Es gab keine andere Möglichkeit mehr, als ihn der Menagerie im Park von Schloß Schönbrunn zu schenken, aber auch dort hatte man Zweifel, ob man ihn annehmen sollte. Er war zahnlos und krank, möglicherweise ansteckend, und die lange Zeit, in der er wie ein menschliches Wesen behandelt worden war, ließ es fraglich erscheinen, ob er für das schlichtere Leben im Zoo überhaupt geeignet war.

Sein Quartier unter freiem Himmel im Hinterhof der Pension Grillparzer hatte sein Rheuma verschlimmert, und sein einziges Talent, das Einradfahren, war unwiederbringlich dahin. Als er es im Zoo zum erstenmal wieder versuchte, stürzte er. Irgend jemand lachte. Sobald irgend jemand über etwas, was Duna tat, lachte, erklärte Herrn Theobalds Schwester, tat Duna es nie wieder. Er wurde schließlich so etwas wie ein Wohlfahrtsfall in Schönbrunn, wo er knapp zwei Monate, nachdem er sein neues Quartier bezogen hatte, starb. Nach Ansicht von Herrn Theobalds Schwester starb Duna vor Schmach – die Folge eines Ausschlags, der sich über seine große Brust ausbreitete, die daraufhin hatte kahlgeschoren werden müssen. Mit einer Schur, hatte einer der Tierwärter gesagt, bringe man einen Bären in tödliche Verlegenheit.

In dem kalten Hinterhof des Hauses schaute ich in den leeren Käfig des Bären. Die Vögel hatten keinen Fruchtsamen zurückgelassen, aber in der einen Ecke des Käfigs erhob sich ein Hügel aus den erhärteten Exkrementen des Bären – so lebensleer und sogar geruchlos wie die Opfer der Katastrophe von Pompeji. Ich mußte unwillkürlich an Robo denken; von dem Bären war mehr übriggeblieben.

Im Auto wuchs meine Niedergeschlagenheit noch, als ich feststellte, daß der Stand des Kilometerzählers sich nicht verändert hatte: nicht einen einzigen Kilometer war der Wagen heimlich gefahren worden. Es gab niemanden mehr, der sich irgendwelche Freiheiten nahm.

«Wenn wir in sicherer Entfernung von deiner geliebten Pension Grillparzer sind», sagte meine zweite Frau zu mir, «würde ich gern mal wissen, warum du mich eigentlich in ein so schäbiges Haus geführt hast.»

«Das ist eine lange Geschichte», gab ich zu.

Ich dachte gerade, daß der Bericht, den Herrn Theobalds Schwester mir über ihre Welt erstattet hatte, von einem merkwürdigen Mangel an Begeisterung oder an Bitterkeit gekennzeichnet war. In ihrer Geschichte herrschte die Eintönigkeit vor, die man mit einem Geschichtenerzähler verbindet, der sich damit abfindet, daß seine Geschichten unglücklich enden; als wären ihr Leben und ihre Gefährten *ihr* niemals exotisch vorgekommen – als hätten sie immer nur eine absurde und zum Scheitern verurteilte Bemühung um Neuklassifizierung in Szene gesetzt.

7

Mehr Lust

Also heiratete sie ihn – sie tat, worum er sie bat. Helen fand, für den Anfang sei es eine ganz gute Geschichte. Dem alten Tinch gefiel sie auch. «Sie ist voller V-V-Verrücktheit und Trauer», sagte Tinch zu Garp. Er empfahl ihm, «Die Pension Grillparzer» an seine, Tinchs, Lieblingszeitschrift zu schicken. Garp wartete drei Monate, bis er folgende Antwort erhielt:

> *Die Geschichte ist nur mäßig interessant, und sie*
> *bietet sprachlich oder formal nichts Neues. Trotz-*
> *dem vielen Dank, daß Sie sie uns gezeigt haben.*

Garp war verwirrt und zeigte Tinch den Ablehnungsbrief. Tinch war ebenfalls verwirrt.

«Ich nehme an, sie interessieren sich für n-n-neuere Prosa», sagte Tinch.

«Was ist das?» fragte Garp.

Tinch gab zu, daß er das auch nicht so genau wußte. «Die neue Prosa interessiert sich für Sprache und F-F-Form, nehme ich an», sagte er. «Aber ich verstehe nicht, womit sie sich eigentlich beschäftigt. Manchmal beschäftigt sie sich mi-mi-mit sich selbst, denke ich», sagte Tinch.

«Mit sich selbst?» sagte Garp.

«Es ist so etwas wie Prosa über P-P-Prosa», erklärte Tinch ihm.

Garp verstand immer noch nicht, aber das, worauf es ihm ankam, war, daß Helen die Geschichte mochte.

Fast fünfzehn Jahre später, als Garp seinen dritten Roman veröffentlichte, sollte derselbe Redakteur von Tinchs Lieblingszeitschrift einen Brief an Garp schreiben – einen für Garp und seine Arbeit sehr schmeichelhaften Brief – und Garp bitten, irgend etwas *Neues*, was er geschrieben habe, zu schicken. Aber T. S. Garp hatte ein gutes Gedächtnis und konnte böse sein wie ein Dachs. Er fand den alten Ablehnungsbrief, in dem seine Grillparzer-Geschichte als «nur mäßig interessant» bezeichnet worden war; der Brief war mit Kaffeeflecken bedeckt, und er war so oft zusammengefaltet worden, daß er an den Falzen Risse aufwies, aber Garp legte ihn einem Brief an den Redakteur von Tinchs Lieblingszeitschrift bei. Garps Brief lautete:

> *Ich bin an Ihrer Zeitschrift nur mäßig interessiert, und ich biete sprachlich oder formal immer noch nichts Neues. Trotzdem vielen Dank, daß Sie mich gebeten haben.*

Garp besaß ein wildes Ich, das sich selbst übertraf, wenn es darum ging, Kränkungen und Ablehnungen seiner Arbeiten nicht zu vergessen. Es war ein Segen für Helen, daß auch sie ein unbezähmbares Selbstbewußtsein besaß, denn hätte sie sich nicht selbst hoch eingeschätzt, hätte sie ihn am Ende gehaßt. So hatten sie beide Glück. Viele Paare leben zusammen und entdecken, daß sie sich nicht lieben; manche Paare merken es nie. Andere heiraten, und es fällt ihnen in den unpassendsten Augenblicken ihres Lebens auf. Was Garp und Helen betraf, so kannten sie einander kaum, aber sie hatten ihre Intuition – und sie verliebten sich auf ihre eigensinnige, bewußte Art irgendwann nach der Hochzeit ineinander.

Vielleicht nahmen sie ihre Beziehung nicht allzu genau unter die Lupe, weil sie so sehr mit ihren einzigartigen Karrieren beschäftigt waren. Helen sollte zwei Jahre, nachdem sie angefangen hatte, ihr College-Examen machen; sie sollte bereits mit dreiundzwanzig ihren Doktor in englischer Literatur und mit vierundzwanzig ihre erste Stelle – eine Dozentur an einem Mädchencollege – haben. Garp sollte fünf Jahre brauchen, um seinen ersten Roman zu beenden, aber es sollte ein guter Roman sein, und er sollte ihm einen für einen jungen Schriftsteller bemerkenswerten Ruhm eintragen – ihm jedoch kein Geld einbringen. Inzwischen würde Helen Geld für sie beide verdienen. Die ganze Zeit, während Helen studierte und Garp schrieb, sorgte Jenny für das Geld.

Jennys Buch war für Helen, als sie es das erste Mal las, ein größerer Schock als für Garp – der schließlich mit seiner Mutter zusammen gelebt hatte und nicht überrascht war über ihre exzentrische Art, die für ihn etwas Alltägliches geworden war. Garp war dagegen schockiert über den Erfolg des Buches. Er hatte nicht damit gerechnet, allgemein bekannt zu werden – eine der Hauptgestalten in eines anderen Buch –, ehe er selbst ein Buch geschrieben hatte.

Der Verleger, John Wolf, würde nie den Morgen in seinem Büro vergessen, an dem er Jenny Fields kennenlernte.

«Da ist eine Krankenschwester, die Sie sprechen möchte», sagte seine Sekretärin und blickte gen Himmel – als hätte ihr Chef einen Vaterschaftsprozeß am Hals. John Wolf und seine Sekretärin konnten nicht wissen, daß es ein Manuskript von 1158 Schreibmaschinenseiten war, was Jennys Handkoffer so schwer machte.

«Es ist über mich», erklärte sie John Wolf, während sie ihren Handkoffer öffnete und das Monstermanuskript auf seinen Schreibtisch wuchtete. «Wann können Sie es lesen?» John Wolf hatte den Eindruck, als wollte die Frau in seinem Büro warten, bis er es gelesen hatte. Er warf einen Blick auf den ersten Satz («In dieser Welt mit ihrer schmutzigen Phantasie . . .»), und er dachte: O Mann, wie werde ich *die* bloß wieder los?

Später geriet er dann allerdings in Panik, als er keine Telefonnummer fand, unter der er sie erreichen konnte; als er ihr sagen wollte, ja! – *das* würden sie bestimmt herausbringen! –, konnte er nicht wissen, daß Jenny Fields zu Gast bei Ernie Holm in Steering war, wo sie bis in die Nacht hinein redeten, jede Nacht (die übliche elterliche Sorge, wenn Eltern feststellen, daß ihre neunzehnjährigen Kinder unbedingt heiraten wollen).

«Wo mögen sie bloß jeden Abend hingehen?» fragte Jenny. «Sie kommen immer erst gegen zwei oder drei Uhr zurück, und letzte Nacht regnete es. Die ganze Nacht hat es geregnet, und sie haben nicht einmal ein Auto.»

Die beiden gingen in den Ringraum. Helen hatte natürlich einen Schlüssel. Und eine Ringmatte war für sie genauso bequem und vertraut wie ein Bett. Und sie war viel größer.

«Sie sagen, daß sie Kinder haben wollen», klagte Ernie. «Helen sollte zuerst ihre Ausbildung beenden.»

«Mit Kindern wird Garp nie ein Buch fertig schreiben», sagte Jenny. Sie dachte daran, daß sie immerhin achtzehn Jahre hatte warten müssen, um ihr Buch *anfangen* zu können.

«Sie arbeiten beide hart», sagte Ernie, um sich und Jenny zu beruhigen.

«Das müssen sie auch», sagte Jenny.

«Ich weiß nicht, warum sie nicht einfach *zusammen leben* können», sagte Ernie. «Und wenn es klappt, können sie doch *dann* heiraten und ein Kind haben.»

«Ich weiß nicht, wieso *überhaupt* jemand mit jemand anders zusammen leben möchte», sagte Jenny Fields.

Ernie machte ein etwas beleidigtes Gesicht: «Es gefällt Ihnen doch auch, wenn Garp mit Ihnen zusammen lebt», erinnerte er sie. «Und es gefällt mir, wenn Helen mit mir zusammen lebt. Sie fehlt mir, wenn sie auf dem College ist.»

«Es ist die *Lust*», sagte Jenny bedeutungsvoll. «Die Welt ist toll vor Lust.»

Ernie machte sich Sorgen um sie – er wußte nicht, daß sie drauf und dran war, für immer reich und berühmt zu werden. «Möchten Sie ein Bier?» fragte er Jenny.

«Nein, danke», sagte Jenny.

«Sie sind gute Kinder», erinnerte Ernie sie.

«Aber am Ende verfallen sie alle der Lust», sagte Jenny Fields düster, und Ernie Holm ging leise in seine Küche und machte sich noch ein Bier auf.

Es war das «Lust»-Kapitel in *Eine sexuell Verdächtige*, das Garp besonders peinlich war. Ein berühmtes uneheliches Kind zu sein, das ließ sich ertragen, aber eine berühmte Fallgeschichte für pubertäres Verlangen zu sein – das war etwas anderes: seine ganz private Geilheit wurde plötzlich beliebtes Lesefutter. Helen fand es sehr komisch, obwohl sie, wie sie bekannte, seinen Hang zu Huren nicht verstehen konnte.

«Die Lust läßt die besten Männer ihren Charakter vergessen», schrieb Jenny Fields – ein Satz, der Garp besonders wütend machte.

«Was zum Teufel versteht *sie* davon?» schrie er. «Sie hat sie nie gefühlt, nicht ein einziges Mal. Eine schöne Expertin! Es ist, als lauschte man einer Pflanze, die die Motive eines Säugetiers beschreibt!»

Aber andere Kritiker gingen freundlicher mit Jenny um. Die seriösen Zeitungen tadelten sie gelegentlich wegen ihrer Art zu schreiben, aber im allgemeinen berichteten die Medien wohlwollend über das Buch. «Die erste wahrhaft feministische Autobiographie, die eine bestimmte Lebensweise ebenso feiert, wie sie eine andere verdammt», schrieb jemand. «Dieses mutige Buch stellt die wichtige Behauptung auf, daß eine Frau ihr Leben lang auf keine *irgendwie* geartete sexuelle Bindung angewiesen ist», schrieb jemand anders.

«Heutzutage», hatte John Wolf sie gewarnt, «sind Sie entweder ‹die richtige Stimme im richtigen Augenblick›, oder Sie liegen für die Leute auf der ganzen Linie falsch.» Sie wurde als «die richtige Stimme im richtigen Augenblick» gefeiert, aber Jenny Fields, die schneeweiß in ihrer Schwesterntracht dasaß – in dem Restaurant, in das John Wolf nur seine Lieblingsautoren mitnahm –, empfand bei dem Wort Feminismus ein Unbehagen. Sie war sich nicht sicher, was es bedeutete, aber das Wort erinnerte sie an Frauenhygiene und an die Valentine-Behandlung. Schließlich war sie eigentlich gelernte Krankenschwester. Sie sagte schüchtern, sie habe nur gedacht, sie hätte die richtige Entscheidung getroffen, wie sie ihr Leben gestalten solle, und da es keine sehr populäre Entscheidung gewesen sei, habe sie sich herausgefordert gesehen, etwas zu ihrer Verteidigung zu sagen. Etliche junge Frauen von der Universität des Staates Florida in Tallahassee fanden Jennys Entscheidung ironischerweise *sehr* populär, sie entfesselten eine kleine Kontroverse, indem sie auf ähnliche Weise ihre Schwangerschaft planten. Eine Zeitlang nannte man in New York dieses Syndrom bei Frauen, die auf ihr Alleinleben bedacht waren, «eine Jenny Fields machen». Aber Garp nannte es immer «einen Grillparzer machen». Jenny dagegen fand nur, daß Frauen – genau wie Männer – zumindest imstande sein sollten, bewußte Entscheidungen über den Gang ihres Lebens zu treffen; wenn das sie zu einer Feministin mache, sagte sie, dann müsse sie wohl eine sein.

John Wolf mochte Jenny Fields sehr, und er tat sein Möglichstes, um sie darauf vorzubereiten, daß sie unter Umständen weder die Angriffe noch die Lobeshymnen auf ihr Buch verstehen würde. Aber Jenny begriff nie ganz, ein wie «politisches» Buch es war – oder wie man es als politisches Buch benutzen würde.

«Ich bin als Krankenschwester ausgebildet worden», sagte sie später bei einem ihrer entwaffnenden Interviews. «Die Krankenpflege war das erste, was ich machte, und das erste, was ich je machen wollte. Es schien mir einfach sehr praktisch für jemanden, der gesund war – und ich bin immer gesund gewesen –, Menschen zu helfen, die nicht gesund waren oder sich nicht allein helfen konnten. Ich glaube, es war einfach so, daß ich in diesem Geist auch ein Buch schreiben wollte.»

Nach Garps Meinung hörte seine Mutter nie auf, Krankenschwester zu sein. Sie hatte ihn durch die Steering School gepflegt, sie hatte sich als Hebamme für ihre eigene seltsame Lebensgeschichte abgeplagt; schließlich wurde sie eine Art Krankenschwester für Frauen, die Probleme hatten. Sie wurde eine Gestalt, die für ihre Stärke berühmt war; Frauen suchten ihren Rat. Mit dem plötzlichen Erfolg von *Eine sexuell Verdächtige* deckte Jenny Fields eine Nation von Frauen auf, die vor dem Problem standen, über ihr Leben zu entscheiden; diese Frauen fühlten sich durch Jennys Beispiel ermutigt, unpopuläre Entscheidungen zu treffen.

Sie hätte bei jeder Zeitung eine Ratgeber-Rubrik eröffnen können, aber Jenny Fields fand, daß mit dem Schreiben jetzt Schluß war – genau wie sie einst entschieden hatte, daß nun mit der Ausbildung Schluß sei; genau wie sie entschieden hatte, daß nun mit Europa Schluß sei. Mit der Krankenpflege war für sie in gewisser Beziehung *nie* Schluß. Ihr Vater, der schockierte Schuhkönig, starb kurz nach dem Erscheinen ihres Buches an einem Herzanfall, und obwohl Jennys Mutter nie Jennys Buch für die Tragödie verantwortlich machte – und Jenny sich auch selbst nie für die Tragödie Vorwürfe machte –, wußte Jenny, daß ihre Mutter nicht allein leben konnte. Anders als Jenny Fields hatte Jennys Mutter die Gewohnheit entwickelt, mit jemandem zusammen zu leben; nun war sie alt, und Jenny malte sich aus, wie sie ziellos und in Abwesenheit ihres Gatten nunmehr ohne das ihr noch verbliebene Fünkchen Verstand durch die großen Räume in Dog's Head Harbor irrte.

Jenny fuhr hin, um sich um sie zu kümmern, und hier, im Herrenhaus in Dog's Head Harbor, übernahm Jenny ihre neue Rolle als Ratgeberin für die Frauen, die sich einigen Trost von ihrer unsinnigen Fähigkeit erhofften, Entscheidungen zu treffen.

«Selbst *gespenstische* Entscheidungen!» jammerte Garp, aber er war glücklich, und er war versorgt. Er und Helen bekamen fast unverzüglich ihr erstes Kind. Es war ein Junge, der den Namen Duncan erhielt. Garp scherzte oft, daß Duncan der Grund sei, weshalb sein erster Roman aus so vielen kurzen Kapiteln bestehe. Er schrieb in den Pausen, wenn er nicht gerade das Kind füttern oder ihm die Windeln wechseln mußte. «Es war ein Roman aus lauter kurzen Einstellungen», behauptete er später, «und das ist ganz und gar Duncans Verdienst.» Helen war jeden Tag im College; sie hatte nur unter der Bedingung eingewilligt, ein Kind zu bekommen, daß Garp bereit war, es zu versorgen. Garp gefiel die Vorstellung, nie aus dem Haus gehen zu müssen. Er schrieb und versorgte Duncan; er kochte und schrieb und versorgte Duncan wieder. Wenn Helen nach Hause kam, kam sie zu einem recht glücklichen Hausmann nach Haus; solange sein Roman Fortschritte machte, konnte ihn keine noch so geistlose Alltagsarbeit aus der Fassung bringen. Im Gegenteil, je geistloser, um so besser. Er ließ Duncan jeden Tag zwei Stunden bei der Frau in der Wohnung unter ihnen; er ging in die Turnhalle. Später wurde er ein Kuriosum an dem Mädchencollege, an dem Helen unterrichtete – er lief endlose Runden um das Feldhockey-Feld oder übte sich in einer für Gymnastik reservierten Ecke der Turnhalle eine halbe Stunde lang im Seilhüpfen. Er vermißte das Ringen. Helen hätte eine Stelle an einer Schule annehmen sollen, jammerte er, wo es eine Ringermannschaft gebe. Helen hatte auszusetzen, daß die englische Abteilung zu klein war, und es gefiel ihr nicht, daß sie keine männlichen Studenten in ihren Kursen hatte, aber es war eine gute Stelle, und sie würde sie behalten, bis sich ihr etwas Besseres bot.

In Neuengland liegt zumindest alles nahe bei allem anderen. Sie besuchten Jenny an der Küste und Ernie in Steering. Garp pflegte mit Duncan in den Ringraum von Steering zu gehen und ihn wie einen Ball herumzurollen. «Hier hat dein Daddy gerungen», erklärte er ihm.

«Hier hat dein Daddy *alles* gemacht», erklärte Helen ihrem Sohn, womit sie – natürlich – Duncans Zeugung und ihre erste Regennacht mit Garp in der verschlossenen, menschenleeren Seabrook-Turnhalle auf den von Wand zu Wand ausgebreiteten warmen hochroten Ringmatten meinte.

«So, jetzt hast du mich endlich rumgekriegt», hatte Helen ihm unter Tränen ins Ohr geflüstert, aber Garp hatte auf der Ringmatte rücklings dagelegen und alle viere von sich gestreckt und sich gefragt, wer hier *wen* rumgekriegt hatte.

Als Jennys Mutter starb, kam Jenny häufiger zu Helen und Garp, obwohl Garp Einwände erhob gegen das, was er «Mutters Entourage» nannte: Jenny Fields reiste mit einem kleinen Kreis von Anbeterinnen oder anderen gelegentlichen Begleiterinnen, die sich zugehörig fühlten zu dem, was man später Frauenbewegung nannte; sie bemühten sich oft um Jennys Unterstützung oder Zustimmung. Und oft ließ ein Fall oder eine Sache Jennys reine weiße Tracht auf dem Rednerpodium erforderlich erscheinen; Jenny sprach allerdings selten sehr viel oder sehr lange.

Nach den anderen Reden stellte man sie als die Autorin des Buches *Eine sexuell Verdächtige* vor. In ihrer Schwesterntracht war sie sofort zu erkennen. Bis weit in ihre Fünfziger sollte Jenny Fields eine sportlich-attraktive Frau bleiben, frisch und schlicht. Sie pflegte aufzustehen und zu sagen: «Das ist richtig.» Oder manchmal auch: «Das ist falsch» – je nach der Gelegenheit. Sie war diejenige, die den Ausschlag gab – sie hatte die schweren Entscheidungen in ihrem eigenen Leben getroffen, und deshalb konnte man darauf zählen, daß sie, wenn es um ein Frauenproblem ging, auf der richtigen Seite war.

Die Logik hinter alldem ließ Garp tagelang kochen und schäumen. Einmal fragte eine Reporterin von einer Frauenzeitschrift an, ob sie kommen könne, um ihn darüber zu interviewen, wie es sei, der Sohn einer berühmten Feministin zu sein. Als die Reporterin entdeckte, für welches Leben Garp sich entschieden hatte, seine «Hausfrauenrolle», wie sie es fröhlich nannte, explodierte Garp.

«Ich tue, was ich tun will», sagte er. «Nennen Sie es bitte nicht bei einem anderen Namen. Ich tue einfach das, was ich tun will – und nichts anderes hat meine Mutter je getan. Sie hat getan, was *sie* tun wollte.»

Die Reporterin ließ nicht locker; was er sage, klinge verbittert. Natürlich müsse es schwer sein, suggerierte sie, als unbekannter Schriftsteller eine Mutter zu haben, deren Buch weltbekannt sei. Garp sagte, vor allem sei es schmerzlich, mißverstanden zu werden; er habe nichts gegen den Erfolg seiner Mutter; er habe lediglich manchmal etwas gegen ihre neuen Freundinnen. «Diese Handlangerinnen, die von ihr leben», sagte er.

Der Artikel in der Frauenzeitschrift hob hervor, daß Garp ebenfalls «von seiner Mutter lebte», und zwar sehr komfortabel, und daß er kein Recht habe, sich feindselig gegen die Frauenbewegung zu stellen. Es war das erste Mal, daß Garp davon hörte: «die Frauenbewegung».

Einige wenige Tage danach kam Jenny zu Besuch. Eine ihrer Kreaturen, wie Garp sich ausdrückte, begleitete sie: eine große, schweigsame, mürrische Frau, die sich im Eingang von Garps Wohnung herumdrückte und es ablehnte, ihren Mantel auszuziehen. Sie behielt den kleinen Duncan im Auge, als warte sie mit äußerstem Unbehagen auf den Moment, in dem das Kind sie anfassen könnte.

«Helen ist in der Bibliothek», sagte Garp zu Jenny. «Ich wollte gerade mit Duncan spazierengehen. Kommst du mit?» Jenny sah die große Frau, die sie begleitete, fragend an; die Frau zuckte mit den Schultern. Die größte Schwäche seiner Mutter seit ihrem Erfolg, fand Garp, bestand, nach seinen Worten, darin, «daß sie sich von allen verkrüppelten und gebrechlichen Frauen, die wünschten, sie hätten *Eine sexuell Verdächtige* oder etwas ebenso Erfolgreiches geschrieben, ausnutzen ließ».

Garp hatte etwas dagegen, sich in seiner eigenen Wohnung von der sprachlosen Begleiterin seiner Mutter einschüchtern zu lassen

– einer Frau, die groß und stark genug war, um die Leibwächterin seiner Mutter zu sein. Vielleicht ist sie das ja, dachte er. Und er hatte plötzlich ein unerfreuliches Bild vor Augen: seine Mutter mit einem kessen weiblichen Gorilla – einer gemeinen Killerin, die jede Männerhand von Jennys weißer Schwesterntracht fernhalten würde.

«Hat diese Frau etwas mit der *Zunge*, Mom?» flüsterte Garp seiner Mutter zu. Das überlegene Schweigen der großen Frau machte ihn wütend; Duncan wollte mit ihr sprechen, aber die Frau fixierte das Kind nur mit einem Schweigen gebietenden Blick. Jenny teilte Garp leise mit, die Frau rede nicht, weil sie keine Zunge habe. Buchstäblich.

«Sie ist abgeschnitten worden», sagte Jenny.

«Jesus», flüsterte Garp. «Wie ist es passiert?»

Jenny verdrehte die Augen – eine Angewohnheit, die sie von ihrem Sohn übernommen hatte. «Du liest aber auch gar nichts, nicht wahr?» fragte Jenny ihn. «Du hast dir einfach nie die Mühe gemacht, dich zu informieren, was eigentlich los ist.» Was «los» war, fand Garp, war nie so wichtig wie das, was er erfand – woran er arbeitete. Eines der Dinge, die ihn an seiner Mutter ärgerten (seit die Feministinnen sie vereinnahmt hatten), war die Tatsache, daß sie ständig über die neuesten *Ereignisse* diskutierte.

«Du meinst, es war ein *Ereignis*?» fragte Garp. «Ist es ein so berühmtes Zungenunglück, daß ich davon gehört haben müßte?»

«O Gott», sagte Jenny müde. «Kein berühmtes Unglück. Sehr absichtlich.»

«Mutter, hat ihr jemand die Zunge abgeschnitten?»

«Genau», sagte Jenny.

«Jesus», sagte Garp.

«Hast du noch nie von Ellen James gehört?» fragte Jenny.

«Nein», gestand Garp.

«Also, es gibt inzwischen eine ganze Gesellschaft von Frauen», informierte ihn Jenny, «auf Grund dessen, was Ellen James zugestoßen ist.»

«Was ist ihr denn zugestoßen?» fragte Garp.

«Zwei Männer haben sie vergewaltigt, als sie elf war», sagte Jenny. «Und dann haben sie ihr die Zunge abgeschnitten, damit sie niemandem erzählen konnte, wer die Männer waren oder wie sie aussahen. Sie waren unglaublich dumm und dachten nicht daran, daß eine Elfjährige *schreiben* kann. Ellen James schrieb eine sehr genaue Beschreibung der Männer, und sie wurden erwischt und vor Gericht gestellt und verurteilt. Im Zuchthaus wurden sie von irgend jemandem ermordet.»

«Wow», sagte Garp. «*Das* ist also Ellen James?» flüsterte er, mit neuem Respekt auf die große stille Frau zeigend.

Jenny verdrehte wieder die Augen. «Nein», sagte sie. «Das ist jemand von der Ellen James-*Gesellschaft*. Ellen James ist noch ein Kind; sie ist ein kleines blondes Mädchen.»

«Du meinst, die Frauen von dieser Ellen James-Gesellschaft laufen stumm durch die Gegend?» fragte Garp. «Als ob *sie* keine Zunge mehr hätten?»

«Nein, ich meine, sie *haben* keine Zunge mehr», sagte Jenny. «Die Frauen von der Ellen James-Gesellschaft lassen sich die Zunge abschneiden. Um zu protestieren gegen das, was Ellen James zugestoßen ist.»

«O Mann», sagte Garp und sah die große Frau mit neu erwachtem Mißfallen an.

«Ich möchte nichts mehr von diesem Quatsch hören, Mom», sagte Garp.

«Also, diese Frau ist eine Ellen-Jamesianerin», sagte Jenny. «Du wolltest es doch wissen.»

«Wie alt ist Ellen James jetzt?» fragte Garp.

«Sie ist zwölf», sagte Jenny. «Es ist erst ein Jahr her.»

«Und diese Ellen-Jamesianerinnen?» fragte Garp. «Sind sie ein Verein, der Tagungen veranstaltet und eine Vorsitzende und eine Schatzmeisterin wählt und all das?»

«Warum fragst du nicht *sie*?» sagte Jenny und zeigte auf die Sprachlose an der Tür. «Ich dachte, du wolltest nichts mehr davon hören.»

«Wie kann ich sie fragen, wenn sie keine Zunge hat, um mir zu antworten?» zischte Garp.

«Sie *schreibt*», sagte Jenny. «Alle Ellen-Jamesianerinnen haben immer einen kleinen Notizblock bei sich und *schreiben* einem auf, was sie sagen wollen. Du weißt doch, was Schreiben ist, nicht wahr?»

Zum Glück kam Helen nach Haus.

Garp sollte noch mehr von den Ellen-Jamesianerinnen sehen. Obwohl es ihn sehr mitnahm, was Ellen James zugestoßen war, empfand er nur Abscheu vor ihren erwachsenen, schalen Nachahmerinnen, die die Angewohnheit hatten, einem einen Notizzettel zu präsentieren. Auf dem Zettel stand etwa:

> *Hallo, ich heiße Martha. Ich bin eine Ellen-Jamesianerin. Wissen Sie, was eine Ellen-Jamesianerin ist?*

Und wenn man es nicht wußte, bekam man einen zweiten Zettel.

Die Ellen-Jamesianerinnen verkörperten für Garp jene Frauen, die seine Mutter groß herausstellten und dabei versuchten, sie für ihre eigenen unausgegorenen Anliegen einzuspannen.

«Ich will dir mal was über diese Frauen sagen, Mom», sagte er einmal zu Jenny. «Wahrscheinlich haben sie sich alle furchtbar schlecht ausgedrückt, wahrscheinlich hatten sie in ihrem Leben nie etwas Vernünftiges zu sagen – so daß ihre Zunge kein allzugroßes Opfer war. Wahrscheinlich erspart es ihnen viele Peinlichkeiten. Falls du verstehst, was ich meine.»

«Du hast nicht gerade viel Mitgefühl», sagte Jenny zu ihm.

«Ich habe eine *Menge* Mitgefühl – für Ellen James», sagte Garp.

«Diese Frauen müssen auf ihre Weise auch gelitten haben», sagte Jenny. «Deshalb möchten sie sich näher zusammenschließen.»

«Und sich noch mehr Leid zufügen, Mom?»

«Vergewaltigung ist das Problem aller Frauen», sagte Jenny.

Garp haßte die pauschalisierende Sprache seiner Mutter mehr als alles andere. Es hieß, die Demokratie bis in ein idiotisches Extrem treiben, fand er.

«Sie ist auch das Problem aller Männer, Mom. Mal angenommen, ich schneide mir, wenn wieder eine Vergewaltigung stattfindet, den Schwanz ab und trage ihn um den Hals. Würdest du *das* auch respektieren?»

«Wir sprechen von *aufrichtigen* Gesten», sagte Jenny.

«Wir sprechen von *albernen* Gesten», sagte Garp.

Aber er würde sich immer an seine erste Ellen-Jamesianerin erinnern – die große Frau, die mit seiner Mutter in seine Wohnung gekommen war. Ehe sie ging, schrieb sie eine Mitteilung für Garp auf und schob ihm den Zettel wie ein Trinkgeld in die Hand.

«Mom hat eine neue Leibwächterin», flüsterte er Helen zu, als sie zum Abschied winkten. Dann las er die Mitteilung der Leibwächterin.

Ihre Mutter ist mehr wert als 2 von Ihrer Sorte,

stand auf dem Zettel.

Aber im Grunde konnte er sich über seine Mutter nicht beklagen; denn in den ersten fünf Jahren, die Garp und Helen verheiratet waren, kam Jenny für ihre Rechnungen auf.

Garp scherzte, er habe seinen ersten Roman *Zaudern* betitelt, weil er so lange gebraucht habe, um ihn zu schreiben, aber er hatte stetig und sorgfältig daran gearbeitet; Garp war selten ein Zauderer.

Der Roman wurde «historisch» genannt. Er spielt im Wien der Kriegsjahre, 1938–1945, und der russischen Besatzung. Die Hauptgestalt ist ein junger Anarchist, der nach dem «Anschluß» untertauchen muß und auf den richtigen Schlag wartet, den er gegen die Nazis führen kann. Er wartet zu lange. Der springende Punkt ist, daß er besser vor der Machtübernahme der Nazis zugeschlagen hätte; aber damals gibt es nichts, dessen er sich sicher sein kann, und er ist zu jung, um zu erkennen, was geschieht. Außerdem klammert sich seine Mutter – eine Witwe – an ihr Privatleben; sie kümmert sich nicht um Politik und hält das Geld ihres verstorbenen Mannes zusammen.

In den Kriegsjahren arbeitet der junge Anarchist als Tierwärter in Schönbrunn. Als die Wiener Bevölkerung ernstlich zu hungern beginnt und mitternächtliche Überfälle auf den Zoo eine übliche Methode der Nahrungsbeschaffung werden, beschließt der junge Anarchist, die restlichen Tiere zu befreien – die selbstverständlich unschuldig sind am Zaudern seines Landes und der Gefügigkeit, mit der es die Naziherrschaft erträgt. Aber inzwischen hungern die Tiere selbst; als der Anarchist sie befreit, fressen sie ihn auf. «Das war nur natürlich», schrieb Garp. Die Tiere wiederum werden von dem hungernden Mob abgeschlachtet, der Wien auf der Suche nach Nahrung durchstreift – unmittelbar vor den russischen Truppen. Auch das war «nur natürlich».

Die Mutter des Anarchisten überlebt den Krieg und wohnt im sowjetischen Sektor (Garp gab ihr die Wohnung, die er und seine Mutter in der Schwindgasse geteilt hatten); die Duldsamkeit der knausrigen Witwe wird schließlich durch die wiederholten Abscheulichkeiten erschöpft, die sie jetzt die Sowjets begehen sieht – vor allem Vergewaltigungen. Sie beobachtet, wie die Stadt wieder in Passivität und Selbstzufriedenheit verfällt, und sie erinnert sich reuevoll an ihre eigene Trägheit zu der Zeit, als die Nazis an die Macht kamen. Schließlich ziehen die Russen ab; es ist 1956, und Wien zieht sich wieder in sich selbst zurück. Aber die Frau trauert um ihren Sohn und ihr geschädigtes Land; sie spaziert jedes Wochenende durch den teilweise wiederaufgebauten und wieder recht stattlichen Zoo und denkt an die heimlichen Besuche, die sie ihrem Sohn dort im Krieg abgestattet hat. Der Aufstand in Ungarn treibt die alte Dame schließlich zu einer letzten Tat. Hunderttausende neuer Flüchtlinge strömen nach Wien. Um die selbstgefällige Stadt wachzurütteln – damit sie sich nicht abermals zurücklehnt und zuschaut, wie die Dinge sich entwickeln –, versucht die Mutter, das zu tun, was ihr Sohn getan hat: sie befreit die Tiere im Schönbrunner Zoo. Aber die Tiere sind jetzt wohlgenährt und zufrieden; nur einige wenige lassen sich dazu bringen, ihren Käfig zu verlassen, und diejenigen, die es tun, können mühelos dazu bewogen werden, auf den Wegen und in den Gärten von Schönbrunn zu bleiben; sie werden schließlich wohlbehalten in ihre Käfige zurückgeschafft. Ein älterer Bär hat eine heftige Attacke von Durchfall. Die Befreiungsgeste der alten Frau ist gut gemeint, aber absolut bedeutungslos und bleibt völlig unbeachtet. Die alte Frau wird festgenommen, und der Polizeiarzt, der sie untersucht, stellt fest, daß sie Krebs hat – ein unheilbarer Fall.

Ihr gehortetes Geld ist ihr schließlich und ironischerweise doch von einem gewissen Nutzen – in Wiens einziger Privatklinik, dem

Rudolfinerhaus. In ihrem Todestraum stellt sie sich vor, daß einige Tiere aus dem Zoo entkommen: zwei junge asiatische Schwarzbären, die überleben und sich so erfolgreich vermehren, daß sie als neue Tierspezies im Donautal berühmt werden.

Aber das geschieht nur in ihrer Vorstellung. Der Roman endet – nach dem Tod der alten Frau – mit dem Tod des von Durchfall geplagten Bären im Schönbrunner Zoo. «Soviel zu der Revolution in modernen Zeiten», schrieb ein Rezensent, der mit den Worten schloß, *Zaudern* sei «ein antimarxistischer Roman».

Der Roman wurde wegen der ihm zugrunde liegenden genauen historischen Recherchen gerühmt – ein Punkt, der Garp nicht sonderlich interessierte. Außerdem wurden seine Originalität und seine für den ersten Roman eines so jungen Autors ungewöhnliche Bandbreite hervorgehoben. John Wolf hatte ihn verlegt, und obwohl er sich mit Garp darauf geeinigt hatte, im Klappentext *nicht* zu erwähnen, daß dies der erste Roman des Sohnes der feministischen Heroine Jenny Fields sei, gab es nur wenige Kritiker, die diesen Refrain nicht erklingen ließen.

«Es ist erstaunlich, daß der inzwischen berühmte Sohn von Jenny Fields», schrieb einer, «tatsächlich das geworden ist, was er, wie er einst sagte, werden wollte, wenn er groß sei.» Dies und andere irrelevante Scharfsinnigkeiten über seine Verwandtschaft mit Jenny machten Garp sehr zornig. Konnte man denn sein Buch nicht um seiner eigenen Fehler und Meriten willen lesen und diskutieren? Aber John Wolf machte ihm die harte Tatsache klar, daß die meisten Leser sich wahrscheinlich mehr für seine Person als für sein Buch interessierten.

«Der junge Herr Garp schreibt immer noch über Bären», schalt ein Schöngeist, der genug Energie besessen hatte, um die Grillparzer-Geschichte in der obskuren Zeitschrift, in der sie erschienen war, auszugraben. «Wenn er groß ist, wird er vielleicht etwas über Menschen schreiben.»

Aber alles in allem war sein literarisches Debüt erstaunlicher als die meisten anderen – und aufsehenerregender. Es wurde natürlich nie ein populäres Buch, und es machte T. S. Garp nicht gerade zu einem Markennamen: es machte aus ihm nicht «das Haushaltsprodukt», das seine Mutter geworden war. Aber es gehörte nun einmal nicht zu dieser Sorte von Büchern, und er gehörte nicht zu dieser Sorte von Schriftstellern und würde nie dazu gehören, sagte John Wolf.

«Was erwarten Sie denn eigentlich?» schrieb ihm Wolf. «Wenn Sie reich und berühmt werden wollen, müssen Sie einen anderen Kurs einschlagen. Und wenn es Ihnen ernst ist, schimpfen Sie nicht. Sie haben ein ernstes Buch geschrieben, es ist angemessen herausgebracht worden. Wenn Sie davon *leben* wollen, reden Sie von einer anderen Welt. Und bedenken Sie: Sie sind vierundzwanzig Jahre alt. Ich nehme an, Sie werden noch eine ganze Menge Bücher schreiben.»

John Wolf war ein ehrenwerter und intelligenter Mann, aber Garp war sich seiner Sache nicht sicher – und er war nicht zufrieden. Er hatte ein bißchen Geld verdient, und inzwischen bekam Helen ein Gehalt; jetzt, wo er Jennys Geld nicht *brauchte*, fand er es ganz in Ordnung, etwas davon anzunehmen, wenn sie es doch sonst zum Fenster hinauswarf. Und er fand auch, daß er noch eine andere Belohnung verdient hatte: er bat Helen, ein zweites Kind zu bekommen. Duncan war vier – alt genug, um sich über einen Bruder oder eine Schwester zu freuen. Helen war einverstanden, zumal Garp es ihr bei Duncan sehr leichtgemacht hatte. Wenn er zwischen den einzelnen Kapiteln seines nächsten Buches Windeln wechseln wollte, war das seine Sache.

Aber in Wirklichkeit war es mehr als nur der Wunsch nach einem zweiten Kind, was Garp dazu drängte, wieder zu zeugen. Er wußte, daß er ein übervorsichtiger, ängstlicher Vater war, und er meinte, er könne Duncan von einem Teil des Drucks der väterlichen Ängste befreien, wenn ein *anderes* Kind da sei, das einen Teil der überschüssigen Angst absorbiere.

«Ich bin sehr glücklich», sagte Helen. «Wenn du noch ein Kind willst, wollen wir eines machen. Ich wünschte nur, du würdest ein bißchen zur Ruhe kommen, ich wünschte, du wärst glücklicher. Du hast ein gutes Buch geschrieben, und nun wirst du noch eines schreiben. Hast du nicht genau das immer gewollt?»

Aber er schimpfte über die Rezensionen über das *Zaudern*, und er stöhnte über die Verkaufszahlen. Er nörgelte über seine Mutter und tobte über ihre «speichelleckerischen» Freundinnen. Schließlich sagte Helen zu ihm: «Du willst zuviel. Zuviel unqualifiziertes Lob oder zuviel unqualifizierte Liebe – jedenfalls *irgend etwas* Unqualifiziertes. Du willst, daß die Welt zu dir sagt: ‹Ich liebe deine Art zu schreiben, ich liebe dich.› Und das ist zuviel. Das ist sogar krank.»

«Aber genau das hast du gesagt», erinnerte er sie. «‹Ich liebe deine Art zu schreiben, ich liebe dich.› Das waren genau deine Worte.»

«Aber es kann nur eine wie mich geben», erinnerte ihn Helen.

Es konnte wahrhaftig nur eine wie sie geben, und er liebte sie sehr. Er würde sie immer «die klügste Entscheidung meines Lebens» nennen. Er traf später einige unkluge Entscheidungen, wie er zugab, aber in den ersten fünf Jahren seiner Ehe mit Helen war er ihr nur ein einziges Mal untreu – und auch das nur kurz.

Es war eine Babysitterin von dem College, an dem Helen unterrichtete, eine Anfängerin aus Helens Proseminar Englische Literatur für Anfänger. Sie war sehr nett zu Duncan – auch wenn sie keine besondere Studentin war, wie Helen gesagt hatte. Sie hieß Cindy, und sie hatte das *Zaudern* von Garp gelesen und war angemessen beeindruckt. Wenn er sie nach Haus fuhr, stellte sie ihm Fragen über Fragen nach seiner Arbeit: Wie sind Sie *darauf* gekommen? Und warum haben Sie es *so* gemacht? Sie war ein winziges Ding, nichts als Flattern und Zittern und Gurren – so vertrauensselig, so gleichbleibend und so dumm wie die Tauben in Steering. Helen hatte ihr den Spitznamen «Wackelpeter» gegeben, aber Garp fühlte sich von ihr angezogen; er gab ihr keinen Spitznamen. Die Familie Percy hatte ihm eine immerwährende Abneigung gegen Kose- und Spitznamen eingeflößt. Und ihm gefielen Cindys Fragen.

Cindy ging von dem College ab, weil sie fand, ein Mädchencollege sei nicht das richtige für sie; sie hatte das Bedürfnis, mit Erwachsenen zusammen zu leben, und mit Männern, sagte sie, und obwohl das College ihr erlaubte, im zweiten Semester ihres ersten Jahres in eine eigene kleine Wohnung außerhalb des Campus zu ziehen, fand sie das College nach wie vor zu «restriktiv» und wollte lieber in einer «realeren Umgebung» leben. Sie stellte sich vor, daß Garps Wien eine «realere Umgebung» gewesen war, obwohl

Garp sie nach Kräften vom Gegenteil zu überzeugen versuchte. Wackelpeter, dachte Garp, hatte ein Spatzenhirn und war so weich und formbar wie eine Banane. Aber er begehrte sie, erkannte er, und er betrachtete sie schlicht als verfügbar – wie die Huren in der Kärntner Straße würde sie bereit sein, wenn er sie fragte. Und sie würde ihn nur ein paar Lügen kosten.

Helen las ihm eine Rezension aus einem bekannten Nachrichtenmagazin vor; darin wurde *Zaudern* als «ein vielschichtiger und bewegender Roman» bezeichnet, als «ein Buch mit starken historischen Anklängen . . . das dramatische Geschehen umspannt die Sehnsüchte und die Qualen der Jugend».

«Ich *scheiße* auf ‹die Sehnsüchte und die Qualen der Jugend›», sagte Garp. Eine dieser jugendlichen Sehnsüchte verwirrte ihn derzeit.

Und was das «dramatische Geschehen» betraf: in den ersten fünf Jahren seiner Ehe mit Helen erlebte T. S. Garp nur ein einziges jener Dramen, wie das Leben sie schrieb, und es hatte nicht einmal sehr viel mit ihm zu tun.

Garp war im Stadtpark gelaufen, als er das Mädchen fand, eine nackte Zehnjährige, die vor ihm auf dem Reitweg lief. Als sie merkte, daß er sie einholte, fiel sie hin und hielt sich die Hände vors Gesicht; dann hielt sie sich die Hände vor die Scham; dann versuchte sie, ihre kaum vorhandenen Brüste zu verbergen. Es war ein kalter Tag im Spätherbst, und Garp sah das Blut an den Schenkeln des Mädchens und ihre verängstigten geschwollenen Augen. Sie schrie und schrie, als er näher kam.

«Was ist denn passiert?» fragte er, obwohl er es genau wußte. Er sah sich um, aber es war niemand da. Sie zog ihre wundgescheuerten Knie an die Brust und schrie. «Ich tue dir doch gar nichts», sagte Garp. «Ich will dir doch nur helfen.» Aber das Kind schrie noch lauter. Mein Gott, natürlich! dachte Garp: der schreckliche Sittenstrolch hatte wahrscheinlich kurz zuvor genau die gleichen Worte zu ihr gesagt. «Wohin ist er?» fragte er das Mädchen. Dann änderte er seinen Tonfall, versuchte sie zu überzeugen, daß er auf ihrer Seite war. «Ich werde ihn für dich töten», sagte er zu ihr. Sie starrte ihn stumm an, ihr Kopf zitterte, und ihre Finger bohrten sich in die feste Haut auf ihren Armen. «Bitte», sagte Garp, «kannst du mir nicht sagen, wo deine Sachen sind?» Außer seinem verschwitzten T-Shirt hatte er nichts, was er ihr zum Anziehen geben konnte. Er hatte seine Turnhose und seine Turnschuhe an. Er zog sich sein T-Shirt über den Kopf und fror sofort; das Mädchen schrie furchtbar laut auf und versteckte sein Gesicht. «Nein, hab keine Angst, es ist für dich, du kannst es anziehen», sagte Garp und ließ das T-Shirt auf sie fallen. Aber sie wand sich darunter hervor und trat danach; dann machte sie den Mund ganz weit auf und biß sich in die Faust.

«Sie war noch nicht alt genug, um ein richtiger Junge oder ein richtiges Mädchen zu sein», schrieb Garp. «Nur das Pummelige um ihre Brustwarzen herum hatte etwas Mädchenhaftes. An ihrer haarlosen Scham war gewiß nichts Geschlechtliches zu sehen, und sie hatte die geschlechtslosen Hände eines Kindes. Vielleicht war an ihrem Mund etwas Sinnliches – ihre Lippen waren schwellend –, aber dafür konnte sie nichts.»

Garp begann zu weinen. Der Himmel war grau, sie waren ringsherum von trockenen Blättern umgeben, und als Garp laut zu jammern begann, nahm das Mädchen sein T-Shirt und bedeckte sich damit. Sie befanden sich in dieser sonderbaren Stellung zueinander – das Mädchen kauerte unter Garps T-Shirt und hockte zu Garps Füßen, während Garp über ihr weinte –, als die berittenen Parkpolizisten, zwei Mann, den Reitweg entlangkamen und den vermeintlichen Kinderschänder mit seinem Opfer entdeckten. Garp schrieb später, daß der eine Polizist das Mädchen und ihn, Garp, trennte, indem er sein Pferd zwischen sie lenkte, «wobei es das Mädchen beinahe zertrampelt hätte». Der andere Polizist ließ seinen Gummiknüppel auf Garps Schlüsselbein niedersausen; die eine Seite seines Körpers, schrieb Garp, war wie gelähmt – «aber die andere nicht». Mit «der anderen» stieß er den Polizisten um und warf ihn aus dem Sattel. «*Ich* bin es nicht gewesen, Sie Scheißkerl», brüllte er. «Ich habe sie hier nur gefunden – eben, vor einer Minute.»

Der Polizist, der in den Blättern lag, zielte konzentriert mit seiner entsicherten Pistole. Der andere Polizist, der auf seinem tänzelnden Pferd saß, rief dem Mädchen etwas zu. «Ist er es gewesen?» brüllte er. Das Mädchen schien Angst vor den Pferden zu haben. Sie starrte auf die Pferde, auf Garp und wieder auf die Pferde. Wahrscheinlich weiß sie nicht genau, was ihr *passiert* ist, dachte Garp, geschweige denn, wer es gewesen ist. Aber das Mädchen schüttelte heftig den Kopf. «Wohin ist er gegangen?» fragte der Polizist auf dem Pferd. Aber das Mädchen sah immer noch Garp an. Sie zupfte sich am Kinn und rieb sich die Wangen – sie versuchte mit den Händen zu ihm zu sprechen. Anscheinend war ihre Sprache fort, oder ihre *Zunge*, dachte er, sich an Ellen James erinnernd.

«Sie meint einen *Bart*», sagte der Polizist in den Blättern. Er war aufgestanden, aber er hatte seine Pistole noch nicht wieder in den Gürtel gesteckt. «Sie will uns sagen, daß er einen Bart hatte.» Garp trug damals einen Bart.

«Es war *irgendwer* mit einem Bart», sagte Garp. «Wie *meiner*?» fragte er das Mädchen und strich über seinen dunklen runden, von Schweißtropfen glänzenden Bart. Aber das Mädchen schüttelte den Kopf und fuhr sich mit den Fingern über die wunde Partie zwischen Nase und Oberlippe.

«Ein Schnurrbart!» rief Garp, und das Mädchen nickte.

Sie zeigte den Weg zurück, den Garp gekommen war, aber Garp erinnerte sich, daß er beim Eingang zum Park niemanden gesehen hatte. Der Polizist duckte sich auf seinem Pferd und sprengte durch das trockene Laub davon. Der andere Polizist beruhigte sein Pferd, war aber noch nicht wieder aufgestiegen. «Decken Sie sie zu, oder suchen Sie ihre Sachen», sagte Garp zu ihm und lief los, hinter dem ersten Polizisten her; er wußte, daß es Dinge gab, die man aus normaler Augenhöhe sehen konnte, aber nicht, wenn man zu Pferd saß. Außerdem war Garp so verrückt mit seinem Laufen, daß er sich einbildete, er sei ausdauernder, wenn nicht schneller als jedes Pferd.

«He, Sie warten besser hier!» rief der Polizist hinter ihm her, aber Garp war bereits auf Touren und dachte offensichtlich nicht daran, stehenzubleiben.

Er folgte den großen Spuren, die das Pferd hinterlassen hatte. Er war den Weg erst ein paar hundert Meter zurückgelaufen, als er die gebückte Gestalt eines Mannes sah, der, vielleicht fünfundzwanzig Meter vom Wege entfernt, fast von den Bäumen verdeckt wurde. Garp rief zu ihm hinüber. Es war ein älterer Herr mit weißem Schnurrbart, und er sah Garp über die Schulter hinweg so überrascht und so beschämt an, daß Garp ganz sicher war, den Kinderschänder gefunden zu haben. Er stürmte durch die Ranken und die kleinen peitschenähnlichen Bäume auf den Mann zu, der gerade gepinkelt hatte und hastig sein Glied in der Hose verstaute. Er sah genauso aus wie ein Mensch, der bei etwas ertappt wird, was er nicht tun darf.

«Ich habe nur . . .» begann der Mann, aber Garp stürzte sich auf ihn und stieß dem Mann seinen borstigen, gestutzten Bart ins Gesicht. Garp beschnüffelte ihn wie ein Jagdhund.

«Wenn Sie es waren, Sie Dreckskerl, kann ich es *riechen*!» sagte Garp. Der Mann zuckte vor dem halbnackten Untier zurück, aber Garp packte die beiden Handgelenke des Mannes und zerrte die Hände des Mannes mit einem Ruck unter seine Nase. Er schnüffelte wieder. Der Mann schrie auf, als fürchtete er, Garp wolle ihn beißen. «Halten Sie still!» sagte Garp. «Haben Sie es getan? Wo sind die Sachen des Mädchens?»

«Bitte!» fiepte der Mann. «Ich mußte nur mal.» Er hatte nicht die Zeit gehabt, um seine Hose wieder zu schließen, und Garp warf einen mißtrauischen Blick auf seinen Schlitz.

«Kein Geruch gleicht dem von Sex», schrieb Garp. «Man kann ihn nicht verbergen. Er ist so voll und unverkennbar wie der Geruch von verschüttetem Bier.»

Deshalb ließ sich Garp mitten im Wald auf die Knie nieder und löste den Gürtel des Mannes und riß ihm die Hose auf und zerrte ihm die Unterhose bis zu den Knöcheln herunter; er starrte auf die verängstigte Ausrüstung des Mannes.

«Hilfe!» schrie der alte Herr. Garp schnüffelte tief ein, und der Mann sank zwischen die jungen Bäume; er schwankte wie eine an den Armen aufgehängte Marionette und taumelte in ein Dickicht aus schlanken Stämmen und Zweigen, das dicht genug war, um ihn am Fallen zu hindern. «Mein *Gott*, Hilfe!» rief er, aber Garp lief bereits zu dem Reitweg zurück – seine Beine droschen durch das Laub, seine Arme prügelten die Luft, und sein getroffenes Schlüsselbein pochte.

Am Eingang zum Park klapperte der berittene Polizist über den Parkplatz, spähte in geparkte Autos, umkreiste das niedrige Backsteinhäuschen, in dem sich die Toiletten befanden. Einige Leute beobachteten ihn, da sie seinen Eifer wahrnahmen. «Keine Schnurrbärte», rief der Polizist Garp zu.

«Wenn er vor Ihnen hier gewesen wäre, hätte er fortfahren können», sagte Garp.

«Sehen Sie in der Männertoilette nach», sagte der Polizist und ritt auf eine Frau mit einem Kinderwagen voller Decken zu.

Jede Männertoilette erinnerte Garp an jedes WC; an der Tür zu dem beißend riechenden Ort kam Garp an einem jungen Mann vorbei, der gerade hinausging. Er war glattrasiert – über der Oberlippe so glatt, das die Partie beinahe glänzte. Er sah aus wie ein Junge vom College. Garp betrat die Männertoilette wie ein Hund mit gesträubten Haaren. Er spähte unter den Klotüren hindurch nach Füßen; er wäre nicht überrascht gewesen, wenn er zwei Hände – oder einen Bären entdeckt hätte. Er schaute nach ihm zugewandten Rücken an dem langen Pissoir – oder nach jemandem an den schmutzigen braunen Waschbecken, der in einen der fleckigen Spiegel starrte. Aber in der Männertoilette war niemand. Garp schnüffelte. Er trug seit langer Zeit einen gestutzten Vollbart und erkannte den Geruch von Rasiercreme nicht sogleich. Er wußte nur, daß er etwas roch, was nicht zu diesem dumpfen Ort gehörte. Dann blickte er in das nächste Waschbecken: er sah die Schaumklümpchen, er sah die Barthaare am Beckenrand.

Der glattrasierte junge Mann, der wie ein Junge vom College aussah, überquerte gerade schnell, aber gelassen den Parkplatz, als Garp zur Tür der Männertoilette herauskam. «*Er* ist es!» brüllte Garp. Der berittene Polizist musterte verdutzt den jungen Sittenstrolch.

«Er hat aber keinen Schnurrbart», sagte der Polizist.

«Er hat ihn gerade eben abrasiert!» rief Garp. Er lief über den Platz auf den Jungen zu, der seinerseits auf das Labyrinth von Wegen zulief, das den Park durchzog. Während er lief, flogen die verschiedensten Sachen unter seiner Jacke hervor: Garp sah die Schere, einen Rasierapparat, eine Tube Rasiercreme, und dann folgten die Kleidungsstücke – des Mädchens natürlich. Ihre Jeans mit einem aufgenähten Marienkäfer an der Hüfte, ein Pulli mit einem strahlenden Froschgesicht auf der Brust. Ein Büstenhalter war natürlich nicht dabei – wozu auch. Garp erwischte ihre Unterhose, die aus schlichter Baumwolle und schlicht blau war: aufgestickt am Bund eine blaue Blume, an der ein blaues Häschen schnupperte.

Der berittene Polizist überritt einfach den davonlaufenden Jungen. Die Brust des Pferdes stieß den Jungen mit dem Gesicht nach unten auf den Aschenweg, und einer der Hinterhufe riß einen U-förmigen Fleischklumpen aus der Wade des Jungen, der sich embryohaft krümmte und sich das Bein hielt. Garp ging mit der blauen Häschenunterhose des Mädchens in der Hand zu ihnen; er gab die Unterhose dem berittenen Polizisten. Andere Leute – die Frau mit dem mit Decken beladenen Kinderwagen, zwei Jungen auf Fahrrädern, ein dünner Mann mit einer Zeitung – kamen herbei. Sie brachten dem Polizisten die anderen Sachen, die der Jüngling hatte fallen lassen. Den Rasierapparat, die restlichen Kleidungsstücke des Mädchens. Niemand sagte etwas. Garp schrieb später, in diesem Augenblick habe er die kurze Geschichte des jungen Kinderschänders zu den Hufen des Pferdes ausgebreitet gesehen: die Schere, die Tube Rasiercreme. Natürlich! Der Junge ließ sich einen Schnurrbart wachsen, vergewaltigte ein Kind und rasierte sich den Schnurrbart (an den die meisten Kinder sich als einziges erinnern würden) ab.

«War es das erste Mal?» fragte Garp den Jungen.

«Sie haben nicht das Recht, ihm Fragen zu stellen», sagte der Polizist.

Aber der Junge grinste Garp dümmlich an. «Es war das erste Mal, daß ich erwischt wurde», sagte er frech. Als er lächelte, sah Garp, daß dem Jungen die oberen Schneidezähne fehlten: das Pferd hatte sie ausgetreten – da war nur noch ein blutendes zerfetztes Zahnfleisch. Garp erkannte, daß dem Jungen wahrscheinlich etwas widerfahren war, so daß er nicht viel *fühlte* – nicht viel Schmerz, nicht viel anderes.

Am Ende des Reitwegs erschien jetzt der zweite Polizist. Er führte sein Pferd am Zügel. Das Mädchen saß, in den Mantel des

Polizisten gehüllt, im Sattel. Das Mädchen hielt Garps T-Shirt in der Hand. Sie schien niemanden zu erkennen. Der Polizist brachte sie dahin, wo der Junge am Boden lag, aber sie sah ihn nicht richtig an. Der erste Polizist stieg vom Pferd, ging zu dem Jungen hin und drehte sein blutendes Gesicht zu dem Mädchen hoch. «Ist er's?» fragte er sie. Sie starrte den jungen Mann mit leeren Augen an. Der Sittenstrolch lachte kurz auf und spie einen Mundvoll Blut aus. Das Mädchen gab keine Antwort. Da legte Garp vorsichtig seinen Finger an den Mund des Jungen und malte ihm mit dem Blut an seinem Finger einen Schnurrbart über die Oberlippe. Das Mädchen begann zu schreien und hörte nicht auf zu schreien. Die Pferde mußten beruhigt werden. Das Mädchen schrie, bis der zweite Polizist den Sittenstrolch abführte. Da hörte sie auf zu schreien und gab Garp sein T-Shirt zurück. Sie tätschelte unablässig den dichten schwarzen Haarkamm auf dem Nacken des Pferdes. Anscheinend hatte sie noch nie auf einem Pferd gesessen.

Garp dachte, es müsse ihr weh getan haben, auf dem Pferderükken zu sitzen, aber plötzlich fragte sie: «Darf ich noch mal reiten?» Garp war froh zu hören, daß sie wenigstens ihre Zunge noch hatte.

In diesem Moment sah Garp den adrett gekleideten älteren Herrn, dessen Schnurrbart unschuldig gewesen war: er kam aus dem Park getrippelt, trat vorsichtig auf den Parkplatz, blickte sich ängstlich nach dem Geisteskranken um, der ihm so ungestüm die Hose heruntergezerrt und ihn wie ein gefährlicher Allesfresser beschnüffelt hatte. Als der Mann Garp vor dem Polizisten stehen sah, schien er erleichtert – er nahm an, Garp sei festgenommen worden –, und er schritt mutiger auf die Gruppe zu. Garp dachte daran fortzulaufen – um den Mißverständnissen und den nötigen Erklärungen aus dem Wege zu gehen –, aber ausgerechnet da sagte der Polizist: «Ich muß wissen, wie Sie heißen. Und was Sie machen. Außer daß Sie im Park rumlaufen.» Er lachte.

«Ich bin Schriftsteller», teilte Garp ihm mit.

Der Polizist entschuldigte sich dafür, daß er noch nichts von Garp gehört habe, aber Garp hatte damals, abgesehen von der «Pension Grillparzer», noch gar nichts veröffentlicht. Es gab also sehr wenig, was der Polizist hätte gelesen haben können. Dieser Tatbestand verwirrte den Polizisten.

«Ein unveröffentlichter Schriftsteller?» fragte er. Garp war ziemlich wütend darüber. «Wovon leben Sie denn?» fragte der Polizist.

«Von meiner Frau und von meiner Mutter», bekannte Garp.

«Ja, dann muß ich Sie fragen, was *sie* machen», sagte der Polizist. «Wir müssen zu Protokoll nehmen, wovon die Beteiligten leben.»

Der belästigte Herr mit dem weißen Schnurrbart, der nur die letzten Worte dieses Verhörs aufgeschnappt hatte, sagte: «Das hätte ich mir denken können! Ein Tagedieb, ein widerlicher Schmarotzer!»

Der Polizist starrte ihn an. In seinen frühen, unveröffentlichten Jahren geriet Garp jedesmal in Zorn, wenn er sagen mußte, wieso er genug zum Leben hatte; in diesem Augenblick verlockte es ihn mehr, Verwirrung zu stiften, als daß es ihn drängte, die Sache aufzuklären.

«Auf jeden Fall bin ich froh, daß Sie ihn erwischt haben», sagte der alte Herr. «Früher war dies ein schöner Park, aber neuerdings treiben sich Leute darin herum – Sie sollten ihn besser beobachten», sagte er zu dem Polizisten, der annahm, daß der alte Herr den Sittenstrolch meinte. Der Polizist wollte die Sache nicht in Gegenwart des kleinen Mädchens besprechen. Er wies mit den Augen zu ihr hoch – sie saß steif im Sattel – und versuchte, dem alten Herrn zu bedeuten, warum er nicht fortfahren solle.

«O nein, mit der *Kleinen* hat er es nicht gemacht!» rief der Mann, als habe er sie gerade erst auf dem Pferd bemerkt oder als habe er gerade erst bemerkt, daß sie nackt war unter dem Mantel des Polizisten und ihre Kleidungsstücke in den Armen hielt. «Wie schändlich!» rief er mit einem wütenden Blick auf Garp. «Wie abstoßend! Sie wollen natürlich wissen, wie ich heiße?» fragte er den Polizisten.

«Wozu?» sagte der Polizist. Garp mußte lächeln.

«Sehen Sie nur, wie schmutzig er grinst!» rief der alte Herr. «Falls Sie mich als *Zeugen* brauchen, natürlich – ich würde vor jedem Gericht des Landes aussagen, wenn ich damit einen solchen Dreckskerl hinter Gitter bringen könnte!»

«Aber was haben Sie denn auszusagen?» sagte der Polizist.

«Wieso, er hat es . . . er hat die Sache . . . auch bei *mir* gemacht!» sagte der Mann.

Der Polizist sah Garp an; Garp verdrehte die Augen. Der Polizist glaubte verständlicherweise immer noch, daß der alte Herr den Sittenstrolch meinte, aber er verstand nicht, warum Garp so beschimpft wurde. «Also gut», sagte der Polizist, um dem alten Mann den Gefallen zu tun. Er notierte seinen Namen und seine Adresse.

Monate später, als Garp gerade eine Packung mit drei Präservativen kaufte, betrat eben jener alte Herr den Drugstore.

«Was?! *Sie* sind es!» rief der alte Mann. «Hat man Sie denn schon wieder freigelassen? Ich dachte, man würde Sie für *Jahre* einsperren!»

Garp brauchte einen Augenblick, bis er den Mann wiedererkannte. Der Ladeninhaber nahm an, daß der alte Kauz verrückt war. Mit seinem gepflegten weißen Schnurrbart schritt der Mann vorsichtig auf Garp zu.

«Was ist aus unseren Gesetzen geworden?» fragte er. «Ich nehme an, man hat Sie wegen guter Führung vorzeitig entlassen? Im Gefängnis gibt es vermutlich keine alten Männer oder kleinen Mädchen zum *Beschnüffeln*! Oder hat sie irgendein Winkeladvokat mit einem faulen Trick rausgeholt? Die arme Kleine hat ein Trauma fürs Leben, und Sie laufen frei herum und können die Parks wieder unsicher machen!»

«Sie haben sich geirrt», sagte Garp zu ihm.

«Ja, das ist Mr. Garp», sagte der Ladeninhaber. Er fügte *nicht* hinzu «der Schriftsteller». Wenn er erwogen hätte, irgend etwas hinzuzufügen, dann hätte er sich, Garp wußte es, für «der Held» entschieden, denn er hatte die idiotischen Schlagzeilen über das Verbrechen und die Festnahme im Park in der Zeitung gelesen:

Garp war deswegen monatelang unfähig zu schreiben, aber der Bericht beeindruckte alle Leute im Ort, die Garp nur vom Supermarkt, von der Turnhalle oder vom Drugstore kannten. Inzwischen war *Zaudern* erschienen – aber fast niemand schien es zu wissen. Wochenlang stellten ihn die Verkäuferinnen anderen Kunden mit den Worten vor: «Das ist Mr. Garp, der den Sittenstrolch im Park geschnappt hat.»

«Welchen Sittenstrolch?»

«Den vom Stadtpark. Den Schnurrbartjüngling. Er hatte es auf kleine Mädchen abgesehen.»

«Kinder?»

«Nun, Mr. Garp ist der, der ihn geschnappt hat.»

«Na, genaugenommen», pflegte Garp dann zu sagen, «war es der Polizist auf dem Pferd.»

«Er hat ihm sogar alle Vorderzähne ausgeschlagen!» sollten sie entzückt krähen – der Mann vom Drugstore und diese und jene Verkäuferin.

«Oh, das war in Wirklichkeit das Pferd», gab Garp bescheiden zu.

Und manchmal fragte jemand: «Was machen Sie eigentlich, Mister Garp?»

Das dann eintretende Schweigen peinigte Garp. Er stand da und dachte, daß es wahrscheinlich das beste war, wenn er sagte, daß er *lief* – und davon lebte. Er streifte in den Parks umher: ein hauptberuflicher Sittenstrolch-Schnapper. Er lungerte an Telefonzellen herum, wie Superman – und wartete auf Katastrophen. All das würde ihnen plausibler vorkommen als das, was er wirklich machte.

«Ich schreibe», bekannte Garp schließlich. Enttäuschung – sogar Mißtrauen – auf den ehemals bewundernden Gesichtern.

Um die Sache noch schlimmer zu machen, ließ Garp die Packung mit den drei Präservativen *fallen*.

«A-*ha*!» rief der alte Mann. «Sieh mal einer an! Was haben wir denn damit vor?»

Was kann man wohl damit vorhaben! dachte Garp.

«Ein Abartiger, der frei herumlaufen darf», versicherte der alte Herr dem Ladeninhaber. «Auf der Jagd nach Unschuldigen, die er schänden und entehren kann!»

Die Selbstgerechtigkeit des alten Tölpels war so entnervend, daß Garp keinerlei Verlangen hatte, das Mißverständnis aufzuklären; er genoß vielmehr die Erinnerung daran, wie er dem alten Vogel im Park die Hose heruntergezogen hatte, und empfand nicht das geringste Bedauern deswegen.

Einige Zeit später wurde Garp bewußt, daß der alte Herr kein Monopol auf Selbstgerechtigkeit hatte. Garp ging mit Duncan zu einem Korbballspiel der Highschool und stellte sehr zu seinem Mißfallen fest, daß der Kartenabreißer niemand anders als der Junge mit dem Schnurrbart war – der wahre Sittenstrolch, der das hilflose Mädchen im Stadtpark überfallen hatte.

«Sie sind *draußen*», sagte Garp verblüfft. Der Junge lächelte Duncan unbekümmert an.

«Ein Erwachsener, ein Kind», sagte er und riß die Karten ab.

«Wie sind Sie denn freigekommen?» fragte Garp. Er bebte vor Zorn.

«Kein Mensch konnte etwas beweisen», sagte der Junge hochmütig. «Die blöde Gans wollte nicht einmal *reden*.» Garp mußte wieder an die elfjährige Ellen James und ihre abgeschnittene Zunge denken.

Er hatte plötzlich Verständnis für die verrückte Wut des alten Mannes, dem er so häßlich die Hose heruntergezogen hatte. Er empfand die Ungerechtigkeit wie einen furchtbaren Stich und konnte sich nun sogar vorstellen, daß eine sehr unglückliche Frau sich vor Verzweiflung die Zunge abschnitt. Ihm war bewußt, daß er den Schnurrbartjungen am liebsten auf der Stelle – vor Duncan – niedergeschlagen hätte. Ich wünschte, dachte er, ich könnte ihn, sozusagen um ihm eine moralische Lektion zu erteilen, zum Krüppel schlagen.

Aber da war eine Menschenmenge, die Karten für das Korbballspiel haben wollte; Garp hielt den Lauf der Dinge auf.

«Gehen Sie weiter, Sie Waldschrat», sagte der Junge zu Garp, und in seinem Gesichtsausdruck meinte Garp die Gehässigkeit der Welt zu erkennen. Über der Oberlippe des Jünglings prangte der widerliche Beweis, daß er sich *abermals* einen Schnurrbart wachsen ließ.

Es dauerte *Jahre*, bis er das Kind wiedersah, das nun längst ein heranwachsendes junges Mädchen war; er erkannte sie nur wieder, weil sie ihn wiedererkannte. Er kam gerade aus dem Kino – es war in einem anderen Ort –, und sie stand in der Schlange der Leute, die hineinwollten. Sie war in Begleitung von ein paar anderen jungen Leuten.

«Hallo, wie geht es Ihnen?» fragte Garp. Er war froh zu sehen, daß sie Freunde hatte. Daraus schloß er, daß sie normal war.

«Ist der Film gut?» fragte das Mädchen.

«Sie sind ja erwachsen geworden!» sagte Garp. Das Mädchen errötete, und ihm wurde klar, wie dumm er dahergeredet hatte. «Ich meine, es ist nun schon so lange Zeit her – lange genug, um es zu vergessen!» fügte er herzlich hinzu. Ihre Freunde betraten das Kino, und das Mädchen sah ihnen kurz nach, um sich zu vergewissern, daß sie wirklich mit Garp allein war.

«Ja, ich habe diesen Monat Abschlußprüfung», sagte sie.

«An der Highschool?» fragte Garp staunend.

«O nein, Junior-Highschool», sagte das Mädchen und lachte nervös.

«Wunderbar!» sagte Garp. Und ohne zu wissen, warum, fügte er hinzu: «Vielleicht komme ich zur Abschlußfeier.»

Aber das Mädchen machte plötzlich ein erschrockenes Gesicht. «Bitte nicht», sagte sie. «Kommen Sie *bitte* nicht.»

Er sah sie nach dieser Begegnung noch mehrere Male, aber sie erkannte ihn nie wieder, weil er sich den Bart abrasiert hatte. «Warum läßt du dir nicht wieder einen Bart wachsen?» fragte Helen ihn gelegentlich. «Oder wenigstens einen Schnurrbart.» Aber jedesmal, wenn Garp das geschändete Mädchen traf und unerkannt entkam, war er überzeugt davon, daß er glattrasiert bleiben wollte.

«Es ist mir unbehaglich», schrieb Garp, «daß ich so oft mit Vergewaltigungen in Berührung gekommen bin.» Offenbar meinte er die Zehnjährige im Stadtpark, die elfjährige Ellen James und ihre schreckliche Gesellschaft – die verwundeten Frauen aus der Umgebung seiner Mutter mit ihrer symbolischen, selbst auferlegten Sprachlosigkeit. Und später sollte er einen Roman schreiben – einen Roman, der ihn eher zu einem «Haushaltsprodukt» machte –, der viel mit Vergewaltigen zu tun hatte. Vielleicht rührte seine aggressive Haltung, wenn es um Vergewaltigung ging, daher, daß es eine Tat war, die ihn Abscheu vor sich selbst empfinden ließ – vor seinen eigenen männlichsten Instinkten, die sonst so unanfechtbar waren. Ihm war nie danach, jemanden zu vergewaltigen; aber jede Vergewaltigung, dachte Garp, flößte Männern stellvertretende Schuldgefühle ein.

Was ihn selbst betraf, so führte er seine Schuldgefühle wegen der Verführung Wackelpeters auf eine vergewaltigungsähnliche Situation zurück. Dabei war es alles andere als eine Vergewaltigung. Allerdings war es beabsichtigt. Er kaufte sogar Wochen im voraus die Kondome, wohl wissend, wofür er sie benutzen würde. Sind nicht die schlimmsten Verbrechen die vorsätzlichen? Es war nicht etwa so, daß Garp einer plötzlichen Leidenschaft für die Babysitterin erlag: er plante und war bereit, als Cindy *ihrer* Leidenschaft für ihn erlag. Er mußte also innerlich zusammengezuckt sein, weil er *wußte*, wofür diese Präservative bestimmt waren, als er sie vor dem alten Herrn aus dem Stadtpark fallen ließ und hörte, wie der alte Mann ihn beschuldigte: «Auf der Jagd nach Unschuldigen, die er schänden und entehren kann!» Wie wahr.

Und dennoch: er pflasterte den Weg seines Verlangens nach dem Mädchen mit Hindernissen; zweimal versteckte er die Präservative – ohne indessen zu vergessen, wo er sie versteckt hatte. Und vor dem letzten Abend, an dem Cindy für sie babysitten würde, ging er am späten Nachmittag verzweifelt mit Helen ins Bett. Als sie sich eigentlich zum Abendessen hätten umziehen oder Duncans Abendbrot herrichten sollen, schloß Garp die Schlafzimmertür ab und zog Helen von ihrem Wandschrank fort.

«Bist du verrückt?» fragte sie ihn. «Wir sind eingeladen.»

«Schreckliche Lust», flehte er. «Schlag es mir nicht ab.»

Sie zog ihn auf. «*Bitte*, Sir, ich mache es prinzipiell nie vor der Vorspeise.»

«*Du* bist die Vorspeise», sagte Garp.

«Oh, *vielen Dank*», sagte Helen.

«He, die Tür ist abgeschlossen», sagte Duncan und klopfte.

«Duncan», rief Garp, «schau doch mal nach und sag uns, was das Wetter macht.»

«Das Wetter?» sagte Duncan und versuchte, die Schlafzimmertür aufzudrücken.

«Ich glaube, im Garten schneit es!» rief Garp. «Schau doch mal nach.»

Helen erstickte ihr Lachen und ihre anderen Töne an seiner festen Schulter; er kam so schnell – es überraschte sie. Duncan kam zur Schlafzimmertür zurückgetrottet und meldete, im Garten und überall sonst sei Frühling. Jetzt, da er fertig war, ließ Garp ihn ins Schlafzimmer.

Aber er war nicht fertig. Er wußte es – als er mit Helen von der Party nach Hause fuhr, wußte er genau, wo die Präservative waren: unter seiner Schreibmaschine, die in den dumpfen Monaten, seit sein Roman *Zaudern* erschienen war, geschwiegen hatte.

«Du siehst müde aus», sagte Helen. «Möchtest du, daß ich Cindy nach Haus bringe?»

«Nein, das geht schon in Ordnung», murmelte er. «Ich mache es.»

Helen lächelte ihn an und drückte die Wange an seinen Mund. «Mein unbändiger Nachmittagsliebhaber», flüsterte sie. «*So* kannst du mich immer zum Essen ausführen, wenn du willst.»

Er saß lange mit Wackelpeter im Auto, draußen vor ihrer dunklen Wohnung. Er hatte den Zeitpunkt gut ausgesucht – das Semester ging zu Ende; Cindy verließ die Stadt. Sie war schon ganz traurig, daß sie sich von ihrem Lieblingsschriftsteller verabschieden mußte; er war immerhin der einzige Schriftsteller, den sie persönlich kennengelernt hatte.

«Ich bin überzeugt, Sie werden nächstes Jahr ein gutes Jahr haben, Cindy», sagte er. «Und wenn Sie wiederkommen, um jemanden zu besuchen, melden Sie sich bitte bei uns. Duncan wird Sie vermissen.» Das Mädchen starrte auf die kalten Lichter des Armaturenbretts und blickte dann unglücklich zu Garp hinüber – Tränen und die ganze hitzige Geschichte im Gesicht.

«Ich werde *Sie* vermissen», schluchzte sie.

«Nein, nein», sagte Garp. «Vermissen Sie mich *nicht*.»

«Ich *liebe* Sie», flüsterte sie und ließ ihr schmales Köpfchen ungeschickt an seine Schulter plumpsen.

«Nein, sagen Sie das nicht», sagte er und berührte sie nicht. Noch nicht.

Die drei Kondome warteten geduldig, wie Schlangen zusammengerollt, in seiner Tasche.

In ihrer staubigen Wohnung benutzte er nur eines davon. Zu seiner Überraschung waren alle ihre Möbel bereits fortgebracht worden; sie stellten ihre großen Koffer zusammen und machten sich ein unbequemes Bett. Er blieb nicht eine Sekunde länger als unbedingt nötig, damit Helen nicht dachte, selbst für einen *literarischen* Abschied dauere es zu lange.

Ein stark angeschwollener Fluß strömte durch das Gelände des Mädchencolleges, ihm vertraute Garp die beiden übriggebliebenen Präservative an. Er warf sie verstohlen aus dem Fenster seines fahrenden Autos – wobei er sich vorstellte, ein aufmerksamer Campus-Wächter habe ihn beobachtet und klettere bereits die Böschung hinab, um das Beweisstück zu bergen: zwei Präservative, dem Strom entrissen! Die entdeckte Waffe, die zu dem Verbrechen zurückführt, für das sie benutzt wurde.

Aber niemand sah ihn, und niemand fand es heraus. Selbst Helen, die schon schlief, hätte den Geruch nach Sex nicht merkwürdig gefunden – schließlich hatte er ihn sich erst vor wenigen Stunden legitim zugelegt. Trotzdem duschte Garp und kroch sauber in sein sicheres Bett; er schmiegte sich an Helen, die etwas Zärtliches murmelte; instinktiv legte sie einen langen Schenkel über seine Hüfte. Als er nicht reagierte, drückte sie ihre Gesäßbacken an ihn. Ihr Vertrauen und seine Liebe zu ihr taten Garp in der Kehle weh. Zärtlich betastete er die leichte Schwellung von Helens Schwangerschaft.

Duncan war ein gesundes, aufgewecktes Kind. Garps erster Roman hatte Garp zumindest zu dem gemacht, was er hatte werden wollen. Die Lust war immer noch ein Unruhefaktor in Garps jungem Leben, aber er hatte das Glück, daß seine Frau immer noch Lust auf ihn hatte und er auf sie. Nun würde ein zweites Kind ihr sorgfältiges, geregeltes Abenteuer bereichern. Gespannt fühlte er Helens Bauch – nach einem Tritt, einem Lebenszeichen. Obwohl er sich mit Helen darüber einig war, daß es schön wäre, ein Mädchen zu bekommen, *hoffte* Garp auf einen zweiten Jungen.

Warum? dachte er. Er erinnerte sich an das Mädchen im Park, an seine Vorstellung von der zungenlosen Ellen James, an die schweren Entscheidungen seiner Mutter. Er schätzte sich glücklich, mit Helen zusammen zu leben; sie hatte selbst Ehrgeiz, und er konnte sie nicht manipulieren. Aber er erinnerte sich an die Huren in der Kärntner Straße und an Cushie Percy (die beim Entbinden eines Kindes sterben sollte). Und jetzt – ihr Geruch war noch an ihm, zumindest in seiner Vorstellung, obwohl er sich gewaschen hatte – an die überlistete Cindy, an Wackelpeter. Cindy hatte unter ihm geweint, den Rücken gegen einen Koffer gekrümmt. An ihrer Schläfe, der durchscheinenden Schläfe eines hellhäutigen Kindes, hatte eine blaue Ader pulsiert. Und obwohl Cindy ihre Zunge noch hatte, war sie *unfähig* gewesen, etwas zu ihm zu sagen, als er sie verließ.

Garp wollte wegen der *Männer* keine Tochter. Wegen der *schlechten* Männer, natürlich; aber auch, dachte er, wegen der Männer, die so sind wie *ich*.

8
Zweite Kinder,
zweite Romane,
zweite Liebe

Es war ein Junge – ihr zweiter Sohn. Duncans Bruder bekam den Namen Walt – auf keinen Fall Walter und nicht der deutsche *Wald*; er war einfach ein *t* am Ende von einem Wall. Walt: wie ein Biberschwanz, der das Wasser peitscht, wie ein gut geworfener Squashball. Er plumpste in ihrer beider Leben, und nun hatten sie zwei Jungen.

Garp versuchte, einen zweiten Roman zu schreiben. Helen nahm ihre zweite Stelle an; sie wurde außerordentliche Professorin für Englische Literatur an der Staatsuniversität im Nachbarort: Garp und seine Jungen hatten eine Jungenturnhalle zum Spielen, und Helen hatte dann und wann einen gescheiten graduierten Studenten, der sie von der Langweiligkeit jüngerer Leute erlöste; sie hatte außerdem mehr – und weniger langweilige – Kollegen.

Einer von ihnen hieß Harrison Fletcher; sein Gebiet war der viktorianische Roman, aber Helen mochte ihn aus anderen Gründen – zum Beispiel war er ebenfalls mit jemandem verheiratet, der schrieb. Sie hieß Alice, und sie arbeitete ebenfalls an ihrem zweiten Roman, hatte ihren ersten allerdings nie beendet. Als die Garps sie kennenlernten, fanden sie, man könne sie leicht für eine Ellen-Jamesianerin halten – sie sagte einfach nichts. Harrison, den Garp Harry nannte, war vorher noch nie Harry genannt worden – aber er mochte Garp, und er schien Gefallen zu haben an seinem neuen Namen, als wäre er ein Geschenk, das Garp ihm gemacht hatte. Helen nannte ihn auch weiterhin Harrison, aber für Garp war er Harry Fletcher. Er war Garps erster Freund, wenn Garp und Harrison auch beide spürten, daß Harrison Helens Gesellschaft vorzog.

Weder Helen noch Garp wußten so recht, was sie von «Quiet Alice», wie sie sie nannten, halten sollten. «Sie muß ein Monster von Buch schreiben», sagte Garp oft. «Es hat alle ihre Worte absorbiert.»

Die Fletchers hatten ein Kind, eine Tochter, die im Alter ungünstig zwischen Duncan und Walt lag. Es galt als selbstverständlich, daß sie noch ein Kind haben wollten, aber das Buch, Alices zweiter Roman, ging vor – danach würden sie ein zweites Kind bekommen, sagten sie.

Die vier aßen gelegentlich miteinander zu Abend, aber die Fletchers waren strikte Außerhausesser – mit anderen Worten, sie kochten beide nicht –, und Garp war in einer Phase, in der er sein eigenes Brot buk und ständig einen Suppentopf auf dem Herd hatte. Helen und Harrison sprachen meist über Bücher, über ihre Arbeit und ihre Kollegen; mittags aßen sie zusammen im Studentenhaus, und abends telefonierten sie – oft lange – miteinander. Und Garp und Harry gingen zu den Footballspielen, Korbballspielen und den Ringkampfturnieren; dreimal in der Woche spielten sie Squash, Harrys Spiel und sein einziger Sport, aber Garp war ihm ebenbürtig, weil er einfach ein besserer Sportler war, besser in Form durch sein Laufen. Und weil diese Spiele ihm Spaß machten, unterdrückte Garp ausnahmsweise seine Abneigung gegen Bälle.

Im zweiten Jahr ihrer Freundschaft erzählte Harry ihm einmal, daß Alice gern ins Kino ging. «*Ich* nicht», gestand Harry. «Aber falls du auch gern hingehst – wie Helen gesagt hat –, nimm doch Alice mal mit?»

Alice Fletcher kicherte bei Filmen, besonders bei ernsten Filmen, und sie schüttelte bei fast allem, was sie sah, ungläubig den Kopf. Es dauerte Monate, bis Garp merkte, daß Alice unter einer Sprachstörung oder einem nervösen Sprachfehler litt – vielleicht war es psychologisch bedingt. Zuerst dachte er, es sei das Popcorn.

«Ich glaube, du hast ein Sprachproblem, Alice», sagte er, als er sie eines Abends nach Hause fuhr.

«Tstimmt», sagte sie und nickte. Oft war es ein einfaches Lispeln; manchmal war es völlig anders. Gelegentlich war es fort. Aufregung schien es zu verschlimmern.

«Was macht das Buch?» fragte er sie.

«Ich kann nicht klagen», sagte sie. Einmal war sie im Kino mitten während der Vorstellung damit herausgeplatzt, daß ihr sein Roman *Zaudern* gefiel.

«Möchtest du, daß ich etwas von deinen Arbeiten lese?» fragte Garp sie.

«Tsicher», sagte sie, und ihr kleiner Kopf hüpfte auf und ab. Sie saß da und knüllte mit ihren kurzen, kräftigen Fingern ihren Rock im Schoß. Ihre Tochter machte es, wie Garp gesehen hatte, genauso – die Kleine rollte ihren Rock manchmal wie ein Rollo bis über den Schlüpfer hoch. (So weit ging Alice allerdings nicht.)

«War es ein Unfall?» fragte Garp sie. «Dein Sprachproblem. Oder ist es angeboren?»

«Angeboren», sagte Alice. Das Auto hielt vor dem Haus der Fletchers, und Alice zupfte Garp am Arm. Sie öffnete den Mund und zeigte hinein, als würde das alles erklären. Garp sah die Reihen kleiner, vollkommener Zähne und eine Zunge, die so schwellend und rosig-frisch war wie die Zunge eines Kindes. Er konnte nichts Außergewöhnliches sehen, aber im Auto war es dunkel, und er hätte sowieso nicht erkannt, was außergewöhnlich war, wenn er es gesehen hätte. Als Alice den Mund wieder schloß, sah er, daß sie weinte – und lächelte, als habe dieser Akt der Selbstentblößung enormen Vertrauens bedurft. Garp nickte, als verstünde er alles.

«Aha», murmelte er. Sie wischte sich mit dem Handrücken die Tränen fort und drückte mit der anderen Hand die seine.

«Harritson hat ein Verhältnits», sagte sie.

Garp wußte, daß Harry kein Verhältnis mit Helen hatte, aber er wußte nicht, was die arme Alice glaubte.

«Nicht mit Helen», sagte Garp.

«Na, na», sagte Alice und schüttelte den Kopf. «Jemand anderts.»

«Wer?» fragte Garp.

«Eine Tstudentin!» jammerte Alice. «Eine dumme kleine Gants!»

Es war schon ein paar Jahre her, seit Garp Wackelpeter geschändet hatte; aber er hatte sich noch mit einer anderen Babysitterin eingelassen – zu seiner Schande hatte er sogar ihren Namen vergessen. Er war ehrlich der Meinung, daß sein Appetit auf Babysitterinnen nun für immer gestillt sei. Trotzdem hatte er Verständnis für Harry – Harry war sein Freund, und er war ein wichtiger Freund für Helen. Er hatte auch Verständnis für Alice. Alice war alarmierend hübsch; eine äußerste Verletzlichkeit war Teil ihres Wesens, und sie trug sie so sichtbar wie einen zu engen Pulli an ihrem stämmigen Körper.

«Das tut mir leid», sagte Garp. «Kann ich etwas tun?»

«Tsag ihm, er tsoll Schluts machen», sagte Alice.

Garp war es nie schwergefallen, Schluß zu machen, aber er war nie Lehrer gewesen – mit «Tstudentinnen» im Kopf oder am Hals. Vielleicht war die Sache, in der Harry steckte, anders. Das einzige, was Garp einfiel, um Alice vielleicht ein bißchen zu trösten, war eine Beichte seiner eigenen Fehltritte.

«So etwas kommt vor, Alice», sagte er.

«Nicht bei dir», sagte Alice.

«Doch, schon zweimal», sagte Garp. Sie sah ihn entsetzt an.

«Tsag die *Wahrheit*», insistierte sie.

«Die Wahrheit ist», sagte er, «daß es bei mir zweimal vorgekommen ist. Beide Male eine Babysitterin.»

«Jetsuts Chritstuts», sagte Alice.

«Aber sie waren nicht weiter wichtig», sagte Garp. «Ich liebe Helen.»

«*Dats* ist wichtig», sagte Alice. «Er hat mich verlet-ts-t. Und ich kann nicht *scheiben*.»

Garp kannte sich aus mit Schriftstellern, die nicht *scheiben* konnten; deshalb liebte er Alice auf der Stelle.

«Der verdammte Harry hat ein Verhältnis», teilte Garp Helen mit.

«Ich weiß», sagte Helen. «Ich habe ihm gesagt, er soll Schluß machen, aber er kommt nicht davon los. Es ist eine sehr begabte Studentin.»

«Was können wir tun?» fragte Garp.

«Die verdammte *Lust*», sagte Helen. «Deine Mutter hatte recht. Es *ist* ein Männerproblem. *Du* mußt mit ihm reden.»

«Alice hat mir von dir und deinen Babysitterinnen erzählt», sagte Harry zu Garp. «Aber das ist nicht das gleiche. Sie ist ein ganz besonderes Mädchen.»

«Eine *Studentin*, Harry», sagte Garp. «Jesus Christus.»

«Eine *besondere* Studentin», sagte Harry. «Ich bin anders als du. Ich bin ehrlich gewesen, ich habe es Alice von Anfang an gesagt. Sie braucht sich nur damit abzufinden. Ich habe ihr gesagt, es stehe ihr frei, das gleiche zu tun.»

«Sie kennt keine Studenten», sagte Garp.

«Sie kennt *dich*», erklärte Harry ihm. «Und sie ist in dich verliebt.»

«Was können wir tun?» fragte Garp Helen. «Er versucht, mich mit Alice zu verkuppeln, damit er sich nicht so schlecht vorkommt.»

«Er ist wenigstens ehrlich zu ihr gewesen», sagte Helen Garp. Dann trat eine jener Pausen ein, in denen eine Familie nachts ihre einzelnen atmenden Teile identifizieren kann. Offene Türen im Flur oben: Duncan atmete träge, ein beinahe Achtjähriger, der das Leben praktisch noch vor sich hatte; Walt atmete tastend kurz und aufgeregt, wie Zweijährige atmen; Helen atmete gleichmäßig und kühl. Garp hielt den Atem an. Er wußte, daß sie über die Babysitterinnen Bescheid wußte.

«Hat Harry es dir erzählt?» fragte er.

«Du hättest es *mir* erzählen sollen, ehe du es Alice erzähltest», sagte Helen. «Wer war die zweite?»

«Ich habe ihren Namen vergessen», gestand Garp.

«Ich finde es schäbig», sagte Helen. «Es ist wahrhaftig unter meiner Würde; es ist unter *deiner* Würde. Ich hoffe, du hast es überwunden.»

«Ja, das habe ich», sagte Garp. Er meinte damit, daß er Babysitterinnen überwunden hatte. Aber die Lust als solche? Ah, nun ja. Jenny Fields hatte den Finger auf ein Problem mitten im Herzen ihres Sohnes gelegt.

«Wir müssen den Fletchers helfen», sagte Helen. «Wir mögen

sie zu sehr – wir müssen etwas dagegen unternehmen.» Helen, staunte Garp, bewegte sich durch ihr gemeinsames Leben, als wäre es ein Essay, den sie gliederte – mit einer Einleitung, einer Darlegung der fundamentalen Prioritäten, dann der These.

«Harry meint, die Studentin sei etwas *Besonderes*», erläuterte Garp.

«Verdammte *Männer*», sagte Helen. «Du kümmerst dich um Alice. *Ich* werde Harrison zeigen, was etwas Besonderes ist.»

Und so sagte Helen eines Abends, nachdem Garp ein prächtiges Paprikahuhn mit Spätzle serviert hatte, zu Garp: «Harrison und ich waschen ab. Du bringst Alice nach Hause.»

«Nach Hause?» fragte Garp. «Jetzt?»

«Zeig ihm deinen Roman», sagte Helen zu Alice. «Zeig ihm *alles*, was du willst. Ich werde deinem Mann zeigen, was für ein Arschloch er ist.»

«He, hör mal», sagte Harry. «Wir sind Freunde, wir wollen doch Freunde *bleiben*, nicht wahr?»

«Du kurzsichtiger Hurensohn», erklärte Helen ihm. «Du bumst eine Studentin und bezeichnest sie als etwas Besonderes – du beleidigst deine Frau. *Ich* werde dir zeigen, was etwas Besonderes ist.»

«Mach es nicht so schlimm, Helen», sagte Garp.

«Mach, daß du fortkommst», sagte Helen. «Und laß Alice ihre Babysitterin selbst nach Haus bringen.»

«He, hört mal!» sagte Harrison Fletcher.

«Halt den Mund, Harritson!» sagte Alice. Sie grabschte Garps Hand und stand vom Tisch auf.

«Verdammte *Männer*», sagte Helen. Garp brachte Alice sprachlos wie eine Ellen-Jamesianerin nach Hause.

«Ich kann die Babysitterin nach Haus bringen, Alice», sagte er.

«Nur wenn du *schnell* zurückkommst», sagte Alice.

«Sehr schnell, Alice», sagte Garp.

Sie bat ihn, ihr das erste Kapitel ihres Romans laut vorzulesen. «Ich möchte es hören», sagte sie. «Und ich kann es nicht tselbtst vorletsen.» Also las Garp es ihr vor; es las sich, wie er zu seiner Erleichterung hörte, wunderbar. Alice schrieb mit einem solchen

Fluß und einer solchen Sorgfalt, daß Garp ihre Sätze in aller Unbefangenheit hätte *singen* können, und sie hätten immer noch schön geklungen.

«Du hast eine herrliche Stimme, Alice», erklärte er ihr, und sie weinte. Und natürlich liebten sie sich, und trotz allem, was jedermann über diese Dinge weiß, *war* es etwas Besonderes.

«Nicht wahr?» fragte Alice.

«Ja, das *stimmt*», gab Garp zu.

O je, dachte er, *jetzt* wird's kompliziert.

«Was können wir tun?» fragte Helen Garp. Sie hatte Harrison seine «besondere» Studentin vergessen lassen, und nun meinte Harrison, daß Helen das Besonderste in seinem Leben sei.

«Du hast es in Gang gebracht», sagte Garp zu ihr. «Also meine ich, wenn du willst, daß Schluß ist, mußt du Schluß machen.»

«Das ist leicht gesagt», sagte Helen. «Ich *mag* Harrison; er ist mein bester Freund, und als Freund möchte ich ihn nicht verlieren. Ich bin einfach nicht sehr daran interessiert, mit ihm zu schlafen.»

«*Er* ist daran interessiert», sagte Garp.

«Mein Gott, ich weiß», sagte Helen.

«Er findet, du seist das Beste, was er je hatte», teilte Garp ihr mit.

«Großartig», sagte Helen. «Das muß herrlich für Alice sein.»

«Alice denkt nicht darüber nach», sagte Garp. Alice dachte über *Garp* nach, das wußte Garp; und Garp fürchtete, die ganze Sache würde aufhören. Es gab Zeiten, da dachte Garp, Alice sei das Beste, was er je gehabt habe.

«Und was ist mit dir?» fragte ihn Helen. («Nichts gleicht dem andern», würde Garp eines Tages schreiben.)

«Ich kann nicht klagen», sagte Garp. «Ich mag Alice, ich mag dich, ich mag Harry.»

«Und Alice?» fragte Helen.

«Alice mag mich», sagte Garp.

«O Mann», sagte Helen. «Also mögen wir uns alle, außer daß mir nicht sonderlich daran liegt, mit Harrison zu *schlafen*.»

«Also ist es vorbei», sagte Garp und versuchte, die Düsternis in seiner Stimme zu verbergen. Alice hatte ihm vorgeweint, es könne

233

nie vorbei sein. («Könnte ets? Könnte ets?» hatte sie geweint. «Ets kann einfach nicht *vorbei* tsein!»)

«Nun, ist es nicht immer noch besser als vorher?» fragte Helen Garp.

«Du hast es geschafft», sagte Garp. «Du hast Harry von seiner verdammten Studentin abgebracht. Jetzt brauchst du ihn nur noch langsam von dir abzubringen.»

«Und was ist mit dir und Alice?» fragte Helen.

«Wenn es für einen von uns vorbei ist, ist es für uns alle vorbei», sagte Garp. «Das ist nur fair.»

«Ich weiß, was *fair* ist», sagte Helen. «Ich weiß aber auch, was *menschlich* ist.»

Die Abschiede von Alice, die Garp sich vorstellte, waren dramatische Szenen mit Alices wirren Worten, die immer in verzweifelten Umarmungen erstickten – noch ein rückgängig gemachter Entschluß, schweißnaß und von üppig fließendem Sex versüßt, o ja.

«Ich glaube, Alice ist ein bißchen meschugge», sagte Helen.

«Alice ist eine ziemlich gute Schriftstellerin», sagte Garp. «Sie hat das, worauf es ankommt.»

«Verdammte *Schriftsteller*», brummte Helen.

«Harry weiß nicht zu würdigen, wie begabt Alice ist», hörte Garp sich sagen.

«O Mann», murmelte Helen. «Das war das letzte Mal, daß ich versucht habe, eine andere Ehe als meine eigene zu kitten.»

Helen brauchte sechs Monate, um Harrison langsam von sich abzubringen, und in dieser Zeit traf sich Garp mit Alice, so oft er konnte, nicht ohne sie schonend darauf vorzubereiten, daß ihr Vierer kurzlebig sein würde. Er versuchte auch sich selbst schonend darauf vorzubereiten, denn er fürchtete sich vor der Gewißheit, daß er Alice würde aufgeben müssen.

«Es ist für jeden von uns vieren anders», erklärte er Alice. «Irgendwann muß Schluß sein, bald.»

«Na und?» sagte Alice. «Noch ist nicht Schluts, nicht wahr?»

«Noch nicht», gab Garp zu. Er las ihr alle Worte, die sie geschrieben hatte, vor, und sie liebten sich so, daß es beim Duschen brannte und er beim Laufen kein Suspensorium tragen konnte.

«Wir mütssen es immer wieder machen», sagte Alice inbrünstig. «Es machen, so lange wir können.»

«Verstehst du, so *kann* das einfach nicht weitergehen», sagte Garp beim Squash zu Harry.

«Ich weiß, ich weiß», sagte Harry, «aber solange es weitergeht, ist es doch großartig, nicht wahr?»

«Nicht wahr?» forderte Alice. Sie wollte wissen, ob Garp Alice liebte? O ja.

«Ja, ja», sagte Garp und nickte mit dem Kopf. Er glaubte es.

Aber Helen, der es am wenigsten Spaß machte, litt am meisten darunter, und als sie schließlich Schluß machte, konnte sie nicht umhin, ihre euphorische Erleichterung zu zeigen. Die drei anderen konnten nicht umhin, ihren Zorn zu zeigen: daß sie sich so aufgekratzt gab, während sie von Depressionen befallen wurden. Ohne offiziellen Beschluß trat ein sechsmonatiges Moratorium in Kraft: keine gegenseitigen Besuche – sie sahen sich höchstens zufällig. Helen und Harrison liefen sich natürlich in der Uni in die Arme. Garp traf Alice im Supermarkt. Einmal schubste sie ihren Einkaufswagen absichtlich gegen seinen: der kleine Walt geriet zwischen Lebensmittel und Saftdosen, und Alices Tochter machte ein ähnlich erschrockenes Gesicht.

«Ich habe dats Bedürfnits nach irgendeinem *Kontakt*», sagte Alice. Und eines Abends rief sie sehr spät die Garps an. Garp und Helen waren schon zu Bett gegangen. Helen nahm ab.

«Ist Harritson da?» fragte sie Helen.

«Nein, Alice», sagte Helen. «Ist etwas nicht in Ordnung?»

«Er its nicht *hier*», sagte Alice. «Ich habe Harritson den ganzen Abend nicht getsehen!»

«Ich könnte kommen und dir Gesellschaft leisten», schlug Helen vor. «Garp könnte inzwischen Harrison suchen.»

«Könnte nicht Garp kommen und mir Getsellschaft leitsten?» fragte Alice. «Und *du* tsuchst Harritson.»

«Nein, *ich* komme und leiste dir Gesellschaft», sagte Helen. «Ich denke, das ist besser. Garp kann Harrison suchen.»

«Ich möchte Garp», sagte Alice.

«Tut mir leid, aber du kannst ihn nicht haben», sagte Helen.

«Entschuldige, Helen», sagte Alice. Sie weinte in den Hörer

und sagte einen Strom von Dingen, die Helen nicht verstand. Helen gab Garp den Hörer.

Garp redete mit Alice und hörte ihr etwa eine Stunde lang zu.

Niemand suchte «Harritson». Helen fand es eine große Leistung, wie sie sich in den sechs Monaten, die sie es hatte weitergehen lassen, zusammengerissen hatte. Sie erwartete von ihnen zumindest, daß sie sich jetzt, wo es vorbei war, einigermaßen beherrschten.

«Wenn Harrison wieder Studentinnen bumst, ist er *wirklich* für mich gestorben», sagte Helen. «Dieses *Arschloch*! Und wenn Alice sich als Schriftstellerin bezeichnet, warum schreibt sie dann nicht? Wenn sie soviel zu *tsagen* hat, warum verschwendet sie dann ihre Zeit, indem sie es am Telefon tsagt?»

Die Zeit, das wußte Garp, würde alles glätten. Die Zeit würde auch beweisen, daß er sich irrte, was Alices Schreiben betraf. Sie mag eine hübsche Stimme gehabt haben, aber sie konnte nichts zu Ende bringen; sie beendete ihren zweiten Roman nie – in all den Jahren nicht, die die Garps mit den Fletchers befreundet waren, und auch nicht in all den Jahren danach. Sie konnte alles wunderbar sagen, aber – wie Garp Helen gegenüber bemerkte, als er von Alice schließlich genug hatte – sie kam nie zum Ende. Sie konnte nicht *Schluts* machen.

Auch Harry sollte seine Karten nicht klug oder gut ausspielen. Die Universität verweigerte ihm einen festen Lehrauftrag – ein bitterer Verlust für Helen, weil sie Harrison *als Freund* wirklich liebte. Aber die Studentin, der Harry für Helen den Laufpaß gegeben hatte, ließ sich nicht so leicht von ihm abbringen; sie tratschte in der englischen Abteilung über ihre Verführung – obwohl es natürlich nur der Laufpaß war, was sie wurmte. Harrys Kollegen zogen die Augenbrauen hoch. Und *Helens* Kampf um einen festen Lehrauftrag für Harrison Fletcher wurde natürlich nicht ernst genommen – *ihre* Beziehung zu Harry war von der tratschenden Studentin ebenfalls an die große Glocke gehängt worden.

Selbst Garps Mutter, Jenny Fields – mit allem, wofür sie für Frauen stand –, war mit Garp der Meinung, daß Helens fester Lehrauftrag, den sie so mühelos erhalten hatte, obwohl sie jünger war als der arme Harry, mehr eine Alibigeste seitens der englischen Abteilung gewesen war. Wahrscheinlich hatte irgend jemand gesagt, man brauche unbedingt eine Frau unter den Professoren, und Helen war zufällig verfügbar gewesen. Helen zweifelte zwar nicht an ihrer Qualifikation, aber sie wußte, daß es nicht ihre Qualitäten waren, was ihr den festen Lehrauftrag eingetragen hatte.

Aber Helen hatte nicht mit irgendwelchen Studenten geschlafen – noch nicht. Harrison Fletcher hatte es unverzeihlicherweise so weit kommen lassen, daß sein Geschlechtsleben wichtiger für ihn geworden war als seine Stelle. Immerhin bekam er eine neue Stelle. Und vielleicht wurde das, was von der Freundschaft zwischen den Garps und den Fletchers blieb, nur deshalb gerettet, weil die Fletchers fortziehen mußten. Auf diese Weise sahen die Paare sich ungefähr zweimal im Jahr; die Entfernung milderte das, woraus sonst Groll hätte werden können. Alice erfreute Garp mit ihrer makellosen Prosa – in Briefen. Die Versuchung, einander zu berühren, wenigstens ihre Einkaufswagen kollidieren zu lassen, wurde von ihnen genommen, und sie entschlossen sich alle, Freunde von der Art zu werden, wie die meisten «alten Freunde» es sind: das heißt, sie waren Freunde, wenn sie voneinander hörten – oder wenn sie gelegentlich zusammenkamen. Und wenn sie keinen Kontakt hatten, dachten sie nicht aneinander.

Garp warf seinen zweiten Roman fort und begann einen *zweiten* zweiten Roman. Im Gegensatz zu Alice war Garp ein richtiger Schriftsteller – nicht weil er wunderbarer schrieb als sie, sondern weil er wußte, was jeder Künstler wissen sollte und was er so ausdrückte: «Man wächst nur, indem man etwas zu Ende bringt und etwas anderes beginnt.» Selbst wenn diese sogenannten Enden und Anfänge Illusionen sind. Garp schrieb nicht schneller als andere und auch nicht *mehr*; nur hatte er beim Arbeiten immer die *Idee* des Abschließens mit im Sinn.

Sein zweites Buch, das wußte er, strotzte von der Energie, die er von Alice zurückbehalten hatte.

Es war ein Buch voller verletzender Dialoge und Liebesspiele, aus denen die Partner mit Schmerzen hervorgingen; außerdem weckte der Sex in den Partnern Schuldgefühle – und gewöhnlich den Wunsch nach *mehr* Sex. Diese Paradoxie wurde von mehreren Rezensenten erwähnt, die das Phänomen abwechselnd als «brillant» oder «blöd» bezeichneten. Ein Kritiker sprach von einem «bitter wahren» Roman, beeilte sich aber hinzuzufügen, daß die Bitterkeit den Roman zum Status «nur eines minderen Klassikers» verurteile. Wäre mehr von der Bitterkeit «sublimiert» worden, theoretisierte der Rezensent, wäre «eine reinere Wahrheit ans Licht gekommen».

Über die «These» des Romans wurde noch mehr Unsinn geschrieben. Ein Kritiker schlug sich mit der Idee herum, der Roman wolle anscheinend sagen, *allein* sexuelle Beziehungen könnten den Menschen ihr tieferes Wesen offenbaren, während doch gerade in ihren sexuellen Beziehungen die Menschen alles einzubüßen schienen, was sie an Tiefe besäßen. Garp sagte, er habe nie eine These gehabt, und einem Rezensenten erklärte er verdrossen, er habe «eine ernste Komödie über die Ehe, aber eine sexuelle Farce» geschrieben. Später schrieb er, daß «die menschliche Sexualität unsere ernsthaftesten Absichten zur Farce macht».

Doch einerlei, was Garp sagte oder was die Rezensenten schrieben – das Buch wurde kein Erfolg. *Der Hahnrei fängt sich*, so hieß der neue Roman, verwirrte nahezu jeden Leser – selbst die Rezensionen waren verwirrend. Es wurden einige Tausend Exemplare weniger als vom *Zaudern* verkauft, und obwohl John Wolf dem Autor versicherte, das sei bei zweiten Romanen oft der Fall, hatte Garp – zum erstenmal in seinem Leben – das Gefühl des Scheiterns.

John Wolf, der ein guter Verleger war, beschützte Garp besonders vor einer Rezension – bis er fürchtete, Garp würde sie zufällig zu Gesicht bekommen. Da schickte er ihm widerstrebend den Ausschnitt aus einer Zeitung der Westküste und heftete die Mitteilung daran, er habe gehört, der Kritiker leide an einem unausgeglichenen Hormonhaushalt. In der Rezension hieß es kurz und bündig, es sei «trostlos und erschütternd, daß T. S. Garp, der talentlose Sohn der berühmten Feministin Jenny Fields, einen sexistischen Roman geschrieben hat, der in Sex schwelgt – und nicht einmal auf instruktive Art». Und so fort.

Das Heranwachsen in der Nähe von Jenny Fields hatte aus Garp nicht den Menschen gemacht, der sich leicht von der Meinung anderer Leute beeinflussen ließ, aber selbst Helen mochte den Roman *Der Hahnrei fängt sich* nicht. Und Alice Fletcher erwähnte in all ihren liebevollen Briefen nicht ein einziges Mal auch nur die Existenz des Buches.

Der Hahnrei fängt sich handelte von zwei Ehepaaren, die ein Verhältnis haben.

«O Mann», sagte Helen, als sie erfuhr, wovon das Buch handelte.

«Es ist kein Buch über *uns*», sagte Garp. «In keiner Weise. Es *nutzt* nur unsere Erfahrungen.»

«Und du erzählst mir dauernd», sagte Helen, «daß die autobiographischen Romane die allerschlimmsten seien.»

«Es ist kein autobiographischer Roman», sagte Garp. «Du wirst es sehen.»

Sie sah es nicht. Der Roman handelte zwar nicht von Helen und Garp und Harry und Alice, aber er *handelte* von vier Menschen, deren letztlich ungleiche und sexuell angespannte Beziehung ein Reinfall ist.

Alle vier sind körperlich gehandikapt. Einer der Männer ist blind. Der andere Mann stottert dermaßen, daß seine Dialogpartien eine quälende Lektüre sind. Jenny verübelte Garp diesen billigen Hieb auf den armen verblichenen Mr. Tinch, aber Schriftsteller, sagte Garp traurig, seien bloß Beobachter – gute und rücksichtslose Nachahmer des menschlichen Verhaltens. Garp hatte Tinch nicht beleidigen wollen; er benutzte nur eine von Tinchs Gewohnheiten.

«Ich weiß nicht, wie du Alice so etwas antun konntest», sagte Helen verzweifelt.

Helen meinte die Handikaps – besonders die Handikaps der Frauen. Die eine hat Muskelkrämpfe im rechten Arm – sie schlägt unvermittelt um sich, trifft Weingläser, Blumentöpfe, Kindergesichter, entmannt einmal beinahe (unabsichtlich) ihren Mann mit einer Gartensichel. Nur ihr Liebhaber, der Mann der anderen Frau, vermag diese schrecklichen, unkontrollierbaren Krämpfe zu beschwichtigen – so daß die Frau zum erstenmal in ihrem Leben

Besitzerin eines makellosen Körpers ist, den sie bei jeder Bewegung absolut in der Gewalt hat und der wirklich von ihr allein beherrscht und gezügelt wird.

Die andere Frau leidet an nicht vorhersehbaren, unaufhaltsamen Blähungen. Die Furzerin ist mit dem Stotterer verheiratet, der Blinde mit dem gefährlichen rechten Arm.

Keiner von den vieren ist, wie man zugeben mußte, Schriftsteller. («Sollen wir dir für das kleine Entgegenkommen dankbar sein?» fragte Helen.) Eines der Paare ist kinderlos und möchte es bleiben. Das andere Paar versucht, ein Kind zu bekommen; die betreffende Frau wird schwanger, aber ihre Hochstimmung wird durch aller Sorge, wer wohl der wahre Vater ist, gedämpft. Wer war es? Die Paare achten auf verräterische Angewohnheiten des Babys. Wird es stottern, furzen, um sich schlagen oder blind sein? (Garp betrachtete dies als seine abschließende Stellungnahme zum Thema *Gene* – um seiner Mutter willen.)

Es ist bis zu einem gewissen Grad ein optimistischer Roman, und sei es nur, weil die Freundschaft zwischen den Paaren sie letzten Endes dazu veranlaßt, ihre Liaison zu beenden. Das kinderlose Paar trennt sich später; die beiden sind voneinander enttäuscht, was aber nicht unbedingt eine Folge des Experiments ist. Das Paar mit dem Kind schafft es, ein Paar zu bleiben; das Kind wächst auf ohne einen sichtlichen Defekt. Die letzte Szene in dem Roman ist die zufällige Begegnung der beiden Frauen: sie fahren zur Weihnachtszeit auf zwei Rolltreppen aneinander vorbei, die Furzerin nach oben, die Frau mit dem gefährlichen rechten Arm nach unten. Beide sind mit Päckchen beladen. In dem Augenblick, als sie aneinander vorbeigleiten, entläßt die Frau mit der unkontrollierbaren Blähsucht einen lauten, durchdringenden Furz, und die Spastische versetzt einem alten Mann vor ihr auf der Rolltreppe einen Hieb mit ihrem zuckenden Arm und stößt ihn die abwärts gleitende Treppe hinab, so daß er eine Woge von Menschen mit sich reißt. Aber es ist Weihnachten. Die Rolltreppen sind brechend voll und laut; niemand wird verletzt, und alles wird, wie es sich vor Weihnachten gehört, vergeben. Die beiden Frauen, die sich auf ihren mechanischen Förderbändern voneinander entfernen, scheinen sich gegenseitig mit heiterer Gelassenheit ihre Bürden einzugestehen; sie lächeln einander grimmig zu.

«Es ist eine Komödie!» rief Garp immer wieder aus. «Niemand hat das kapiert. Es sollte sehr *lustig* sein. Was man für einen Film daraus machen könnte!»

Aber niemand kaufte auch nur die Taschenbuchrechte.

Wie man schon am Schicksal des Mannes sah, der nur auf seinen Händen gehen konnte, hatte Garp eine Schwäche für Rolltreppen.

Helen sagte, niemand von der englischen Abteilung habe mit ihr über *Der Hahnrei fängt sich* gesprochen; beim *Zaudern* hatten sich viele ihrer wohlmeinenden Kollegen wenigstens um eine Diskussion bemüht. Helen sagte, das Buch sei ein Übergriff auf ihre Intimsphäre, und sie hoffe, die ganze Angelegenheit sei eine fixe Idee gewesen, von der Garp bald loskommen werde.

«Jesus, glauben sie etwa, daß *du* es bist?» fragte Garp. «Was zum Teufel ist eigentlich mit deinen schwachsinnigen Kollegen los? Furzt du etwa drüben in den Fluren? Schlägst du etwa bei Sitzungen um dich? Hat der arme Harry bei seinen Vorlesungen gestottert?» schrie Garp. «Bin ich blind?»

«*Ja*, das bist du», sagte Helen. «Du hast deine eigenen Begriffe für Dichtung und Wahrheit, aber bildest du dir etwa ein, daß andere Leute dein System kennen? Es ist alles deine persönliche *Erfahrung* – jedenfalls irgendwie, wieviel du auch erfindest, selbst wenn es nur eine *imaginierte* Erfahrung ist. Die Leute *glauben*, daß ich es bin, sie *glauben*, daß du es bist. Und manchmal glaube ich es auch.»

Der Blinde im Roman ist von Beruf Geologe. «Sehen deine Leute mich jemals mit Felsbrocken herumspielen?» brüllte Garp.

Die blähsüchtige Frau arbeitet unentgeltlich als Hilfsschwester in einem Krankenhaus. «Hat meine Mutter sich etwa beschwert?» fragte Garp. «Schreibt sie mir etwa, daß sie kein einziges Mal im Krankenhaus gefurzt hat – nur zu Haus und nie unkontrolliert?»

Aber Jenny Fields beschwerte sich tatsächlich bei ihrem Sohn über *Der Hahnrei fängt sich*. Sie erklärte ihm, er habe sich für ein enttäuschend begrenztes Thema von geringer Allgemeingültigkeit entschieden. «Sie meint Sex», sagte Garp. «Das ist großartig! Eine Frau, die nie ein sexuelles Verlangen gespürt hat, hält Vorträge darüber, was allgemeingültig ist. Und der Papst, der Keuschheit geschworen hat, entscheidet für Millionen über das Problem der Empfängnisverhütung. Die Welt ist verrückt!» rief Garp.

Jennys neueste Kollegin war einsneunzig groß – eine Transsexuelle namens Roberta Muldoon. Roberta, ehemals Robert Muldoon und Linksaußen bei den Philadelphia Eagles, hatte seit ihrer erfolgreichen Geschlechtsumwandlung 25 Kilo verloren und wog jetzt 80 Kilogramm. Die Östrogendosen hatten ihre früher so eindrucksvolle Kraft und auch ihre Ausdauer geschwächt; Garp vermutete außerdem, daß ihre einst berühmten «schnellen Hände» nicht mehr so schnell waren, aber Roberta Muldoon war eine großartige Gefährtin für Jenny Fields. Roberta betete Garps Mutter an. Jennys Buch *Eine sexuell Verdächtige* hatte Robert Muldoon den Mut gegeben, sich einer Geschlechtsumwandlung zu unterziehen – als er eines Winters in einem Krankenhaus in Philadelphia von einer Knieoperation genas.

Jenny Fields unterstützte jetzt Robertas Feldzug gegen die Fernsehgesellschaften, die sich, wie Roberta behauptete, insgeheim abgesprochen hatten, sie nicht als Reporterin für die Footballsaison einzustellen. Robertas Football*wissen* habe seit all dem Östrogen um keinen Deut abgenommen, argumentierte Jenny; Wellen der Sympathie von Colleges aus dem ganzen Land hatten die einsneunzig große Roberta Muldoon zu einer kontroversen Gestalt gemacht. Roberta war intelligent und wortgewandt, und natürlich wußte sie, was Football ist – im Vergleich zu den üblichen Trotteln, die über das Footballspiel berichteten, wäre sie ein Fortschritt gewesen.

Garp gefiel sie. Die beiden unterhielten sich über Football, und sie spielten Squash. Bei den ersten Partien besiegte Roberta ihn jedesmal – sie war kräftiger als er und eine bessere Sportlerin –, aber ihre Kondition war nicht so gut wie seine, und da sie mit Abstand die größere Spielerin auf dem Platz war, ließ sie bald nach. Roberta sollte auch ihres Feldzugs gegen die Fernsehgesellschaften bald müde werden, aber sie sollte viel Ausdauer für andere, wichtigere Dinge entwickeln.

«Im Vergleich zur Ellen James Society bist du entschieden ein

Fortschritt, Roberta», sagte Garp zu ihr. Er hatte mehr Spaß an den Besuchen seiner Mutter, wenn Jenny mit Roberta kam. Und Roberta spielte stundenlang Football mit Duncan. Roberta versprach, Duncan zu einem Spiel der Eagles mitzunehmen, aber da hatte Garp seine Bedenken. Roberta war eine «Zielperson» – sie hatte einige Leute in größte Wut gebracht. Garp malte sich die verschiedensten Bombendrohungen und Attentate auf Roberta aus – und wie Duncan in dem riesigen, tobenden Footballstadion von Philadelphia verschwand und von einem Kinderschänder mißbraucht wurde.

Diese Bilder hatte der Fanatismus einiger an Roberta gerichteter Drohbriefe in Garp heraufbeschworen, aber als Jenny ihm einige der haßerfüllten Drohbriefe zeigte, die sie selber bekommen hatte, machte Garp sich auch deswegen Sorgen. Diesen Aspekt von Jennys Publizität hatte er nicht berücksichtigt: manche Leute haßten sie wirklich. Sie schrieben Jenny, daß sie ihr Krebs an den Hals wünschten. Sie schrieben Roberta, daß seine oder ihre Eltern hoffentlich das Zeitliche gesegnet hätten. Ein Paar schrieb Jenny Fields, sie würden sie gern künstlich befruchten – mit Elefantensamen, um sie von innen her zu sprengen. Diese Mitteilung war mit «Ein ordentlich verheiratetes Paar» unterschrieben.

Ein Mann schrieb Roberta Muldoon, er sei sein Leben lang ein Fan der Philadelphia Eagles gewesen, und schon seine Großeltern seien in Philadelphia geboren, aber jetzt werde er ein Fan der New York Giants oder der Washington Redskins werden und nach New York oder Washington «oder notfalls sogar nach Baltimore» fahren, weil Roberta den gesamten Sturm der Eagles mit ihrem Tuntengehabe verdorben habe.

Eine Frau schrieb an Roberta Muldoon, sie hoffe, Roberta würde von den Oakland Raiders der Reihe nach vergewaltigt werden. Die Frau fand, daß die Raiders die abscheulichste Footballmannschaft seien; vielleicht würden sie Roberta zeigen, was für ein Spaß es sei, Frau zu sein.

Ein Highschool-Linksaußen aus Wyoming schrieb Roberta Muldoon, er schäme sich ihretwegen, weiterhin als Linksaußen zu spielen, und lasse sich jetzt anders aufstellen – als Verteidiger. Bisher gebe es noch keine transsexuellen Verteidiger.

Ein College-Mittelstürmer aus Michigan schrieb Roberta, wenn sie einmal nach Ypsilanti komme, würde er sie gern ficken, aber sie müsse ihre Schulterschützer dabei anbehalten.

«Das ist noch gar nichts», sagte Roberta zu Garp. «Deine Mutter bekommt weit schlimmere. Viele Leute *hassen* sie.»

«Mom», sagte Garp, «warum tauchst du nicht eine Weile unter? Mach Ferien. Schreib noch ein Buch.» Er hätte nie geglaubt, daß er ihr einen solchen Vorschlag machen würde, aber er sah Jenny plötzlich als potentielles Opfer, das sich stellvertretend für andere Opfer allem Haß und aller Grausamkeit und aller Gewalttätigkeit der Welt aussetzte.

Wenn sie von der Presse gefragt wurde, sagte Jenny immer, ja, sie *schreibe* ein anderes Buch; nur Garp und Helen und John Wolf wußten, daß dies eine Lüge war. Jenny Fields schrieb kein Wort.

«Ich habe alles gemacht, was ich mit *mir* machen wollte», sagte Jenny zu ihrem Sohn. «Jetzt interessiere ich mich für andere Leute. Paß du nur auf dich selber auf», sagte sie feierlich, als halte sie die introvertierte Art ihres Sohnes – sein Phantasieleben – für die gefährlichere Lebensweise.

Helen befürchtete das übrigens auch – besonders wenn Garp nicht schrieb; und länger als ein Jahr nach *Der Hahnrei fängt sich* schrieb Garp nicht eine Zeile. Dann schrieb er ein ganzes Jahr lang und warf alles fort. Er schrieb Briefe an seinen Verleger – schwierigere Briefe hatte John Wolf nie lesen, geschweige denn beantworten müssen. Einige waren zehn, zwölf Seiten lang; in den meisten warf er John Wolf vor, er habe *Der Hahnrei fängt sich* nicht so gefördert, wie er es hätte tun können.

«Alle *haßten* das Buch», erinnerte ihn John Wolf. «Wie hätten wir es da fördern können?»

«Sie haben dem Buch kein bißchen Hilfestellung gegeben», schrieb Garp.

Helen schrieb an John Wolf, er müsse Geduld haben mit Garp, aber John Wolf kannte sich mit Schriftstellern gut aus und war so geduldig und freundlich, wie er konnte.

Schließlich schrieb Garp Briefe an andere Leute. Er beantwortete einige der Haßbriefe an seine Mutter – in den seltenen Fällen, wenn der Absender angegeben war. Er schrieb lange Briefe, in denen er versuchte, diese Leute von ihrem Haß abzubringen. «Du entwickelst dich allmählich zum Sozialarbeiter», meinte Helen. Aber Garp erbot sich sogar, einige der an Roberta Muldoon gerichteten Drohbriefe zu beantworten; Roberta hatte jedoch einen neuen Liebhaber, und der Haß der Briefe perlte an ihr ab wie Wasser.

«Jesus», beschwerte sich Garp bei ihr, «zuerst ein neues Geschlecht, und nun verliebst du dich auch noch. Für einen Linksaußen mit Titten bist du wirklich eine Nervensäge, Roberta.» Sie waren sehr gute Freunde, und immer wenn Roberta und Jenny in die Stadt kamen, spielten sie inbrünstig Squash, aber es war nicht oft genug, um den rastlosen Garp zu beschäftigen. Er spielte stundenlang Spiele mit Duncan – und wartete darauf, daß Walt alt genug wurde, damit er auch mit ihm Spiele spielen konnte. Er braute einen Sturm zusammen.

«Der dritte Roman ist der große Durchbruch», schrieb John Wolf an Helen, weil er spürte, daß sie Garps Rastlosigkeit allmählich leid war und ein paar aufmunternde Worte brauchte. «Lassen Sie ihm Zeit – es wird schon kommen.»

«Wie will er wissen, daß der dritte Roman der große Durchbruch ist?» schäumte Garp. «Mein dritter Roman existiert noch nicht einmal. Und was die Veröffentlichung und Werbung betrifft, ist es genauso, als würde auch mein zweiter Roman nicht existieren. Diese Verleger sind voller Mythen und Beschwörungen! Wenn er soviel über dritte Romane weiß, warum schreibt er nicht selbst einen? Warum schreibt er dann nicht einmal seinen ersten?»

Aber Helen lächelte und gab ihm einen Kuß und fing an, mit ihm ins Kino zu gehen, obwohl sie Filme nicht ausstehen konnte. Sie war zufrieden mit ihrer Arbeit; die Kinder waren zufrieden. Garp war ein guter Vater und ein guter Koch, und wenn er nicht schrieb, liebte er sie kunstvoller, als wenn er hart arbeitete. Laß es kommen, wie es kommt, dachte Helen.

Bei ihrem Vater, dem guten alten Ernie Holm, hatten sich Symptome eines frühen Herzleidens entwickelt, aber ihr Vater war glücklich in Steering. Er und Garp machten jeden Winter eine Reise, um eines der großen Ringturniere in Iowa zu besuchen. Helen war sicher, daß Garps Schreibblockade eine Sache war, mit der man sich recht gut abfinden konnte.

«Es wird schon kommen», sagte Alice Fletcher, als sie mit Garp telefonierte. «Du kannst es nicht *ertswingen*.»

«Ich will gar nichts *erzwingen*», versicherte er ihr. «Es ist einfach nichts da.» Aber er dachte, daß die begehrenswerte Alice, die nie etwas zu Ende brachte – nicht einmal ihre Liebe zu ihm –, ohnehin nie begreifen würde, was er meinte.

Dann erhielt Garp selber einen haßerfüllten Brief: eine Frau, die Anstoß an *Der Hahnrei fängt sich* nahm, beschimpfte ihn wütend. Und es war nicht etwa eine blinde, stotternde, spastische Furzerin – wie man hätte annehmen können. Es war das, was Garp brauchte, um sich aus seiner Krise herauszuhieven.

Sehr geehrter Schmutzfink,
[schrieb die Frau, die Anstoß genommen hatte]
ich habe Ihren Roman gelesen. Sie finden die Probleme anderer Menschen anscheinend sehr lustig. Ich habe Ihr Bild gesehen. Ich nehme an, daß Sie mit Ihrem Wuschelhaar über Leute mit Glatze lachen können. Und in Ihrem grausamen Buch lachen Sie über Leute, die keinen Orgasmus haben können, und über Leute, deren Frauen und Männer fremdgehen. Sie sollten wissen, daß Menschen, die diese Probleme haben, so etwas gar nicht so lustig finden. Betrachten Sie die Welt, Sie Schmutzfink – sie ist ein Meer von Schmerz, die Menschen leiden, und niemand glaubt an Gott oder erzieht seine Kinder richtig. Sie haben keine Probleme, Sie Schmutzfink, deshalb können Sie sich über Leute lustig machen, die welche haben!

Hochachtungsvoll,
(Mrs.) I. B. Poole
Findlay, Ohio

Dieser Brief traf Garp wie ein Schlag – selten hatte er sich so gründlich mißverstanden gefühlt. Warum meinten die Leute immer, wenn man «komisch» sei, könne man nicht auch «ernst» sein? Garp hatte das Gefühl, die meisten Leute verwechselten Gründlichkeit mit Nüchternheit, Ernst mit Tiefe. Anscheinend war man nur dann ernst, wenn es auch so *klang*. Vermutlich konnten andere Tiere nicht über sich selbst lachen, und Garp glaubte, daß Lachen mit Mitgefühl zusammenhing, wovon wir immer mehr brauchten. Er war schließlich ein humorloses Kind – und nie religiös – gewesen, so nahm er vielleicht die Komödie ernster als andere.

Aber es schmerzte Garp, seine Vision so interpretiert zu sehen, als machte er sich über Menschen *lustig*; und die Erkenntnis, daß seine Kunst ihn grausam erscheinen ließ, vermittelte ihm ein bohrendes Gefühl des Scheiterns. Sehr behutsam, als rede er im obersten Stockwerk eines fremden und unvertrauten Hotels auf einen potentiellen Selbstmörder ein, schrieb Garp seiner Leserin in Findlay, Ohio.

> *Liebe Mrs. Poole!*
>
> *Die Welt ist ein Meer von Schmerz, die Menschen leiden schrecklich, wenige von uns glauben an Gott oder erziehen ihre Kinder sehr gut. Es stimmt auch, daß Leute, die Probleme haben, diese Probleme in der Regel nicht «lustig» finden.*
>
> *Horace Walpole hat einmal gesagt, die Welt sei komisch für Menschen, die denken, und tragisch für Menschen, die fühlen. Ich hoffe, Sie werden mir darin zustimmen, daß Horace Walpole die Welt irgendwie simplifiziert, wenn er das sagt. Wir beide denken sicherlich nicht nur, sondern fühlen auch. Was das Komische und das Tragische betrifft, Mrs. Poole, so ist es in der Welt nicht klar getrennt. Aus diesem Grund habe ich nie verstanden, warum «ernst» und «lustig» für Gegensätze gehalten werden. Für mich ist es einfach*

ein echter Widerspruch, daß die Probleme der Menschen oft lustig sind und daß die Menschen oft und trotz allem traurig sind.

Es beschämt mich jedoch, daß Sie denken, ich lachte die Menschen aus oder machte mich über sie lustig. Ich nehme die Menschen sehr ernst. Die Menschen sind sogar alles, was ich ernst nehme. Deshalb habe ich nichts als Mitgefühl dafür, wie die Menschen sich verhalten – und nichts als Lachen, um sie damit zu trösten.

Lachen ist meine Religion, Mrs. Poole. Ich gebe zu, daß mein Lachen insofern den meisten Religionen gleicht, als es ziemlich verzweifelt ist. Ich möchte Ihnen eine kleine Geschichte erzählen, um zu veranschaulichen, was ich meine. Die Geschichte spielt in Bombay, Indien, wo jeden Tag viele Menschen verhungern; aber nicht alle Einwohner von Bombay hungern.

Unter der nicht hungernden Bevölkerung von Bombay gab es eine Hochzeit, und zu Ehren der Braut und des Bräutigams veranstaltete man ein Fest. Einige der Hochzeitsgäste kamen auf Elefanten zum Fest. Es war ihnen nicht wirklich bewußt, daß sie angaben; sie benutzten die Elefanten einfach als Beförderungsmittel. Uns mag das zwar als eine reichlich protzige Art des Reisens erscheinen, aber ich glaube nicht, daß die Hochzeitsgäste es auch so sahen. Wahrscheinlich waren die meisten von ihnen nicht unmittelbar dafür verantwortlich, daß rings um sie herum zahllose Landsleute verhungerten; die meisten von ihnen stellten ihre eigenen Probleme und die Probleme der Welt nur zurück, um mit Freunden eine Hochzeit zu feiern. Aber wenn Sie zu den hungernden Indern gehört hätten und an dieser Hochzeitsgesellschaft vorbeigewankt wären und all die da draußen abgestellten Elefanten gesehen hätten, wären Sie wahrscheinlich irgendwie verstimmt gewesen.

Zu allem Überfluß betranken sich einige der Zecher bei der Hochzeitsfeier und schickten sich an, ihrem Elefanten Bier zu geben. Sie leerten einen Eiskübel und füllten ihn mit Bier, und sie schwankten zum Parkplatz hinaus und tränkten ihren schwitzenden Elefanten mit der Flüssigkeit. Dem Elefanten schmeckte das Bier. Also gaben ihm die Zecher noch ein paar Kübel voll.

Wer weiß schon, wie Bier auf einen Elefanten wirkt? Diese Leute meinten es nicht böse, sie wollten sich nur einen Spaß machen – und alles spricht dafür, daß ihr sonstiges Leben nicht hundertprozentig lustig war. Sie brauchten das Fest wahrscheinlich. Aber diese Leute waren zugleich dumm und verantwortungslos.

Wenn sich einer der vielen hungernden Inder auf den Parkplatz geschleppt und gesehen hätte, wie die betrunkenen Hochzeitsgäste einen Elefanten mit Bier vollpumpten, dann wäre er, da mache ich jede Wette, sehr ärgerlich geworden. Ich hoffe nur, Sie sehen, daß ich mich über niemanden lustig mache.

Als nächstes werden die betrunkenen Zecher aufgefordert, das Fest zu verlassen, da die anderen Hochzeitsgäste die Art, wie sie ihren Elefanten betrunken machen, widerwärtig finden. Niemand kann den anderen Gästen verübeln, daß sie es so empfinden. Einige mögen sogar gedacht haben, sie verhinderten auf diese Weise, daß die Dinge «außer Kontrolle» geraten, obwohl die Menschen das nie so recht haben verhindern können.

Bierselig kletterten die Zecher auf ihren Elefanten und verließen den Parkplatz – sicherlich eine wahre Demonstration des Frohsinns –, wobei sie mit ein paar anderen Elefanten und Dingen kollidierten, weil der Elefant der Zecher, von den vielen Kübeln Bier beschwipst und doppelt sehend, von einer Seite zur anderen schlingerte. Sein Rüssel pendelte wie ein schlecht befestigtes künstliches Glied vor und zurück. Das große Tier schwankte so sehr, daß es einen Masten einer elektrischen Leitung streifte und umstieß. Die elektrischen Leitungen fielen ihm auf seinen gewaltigen Kopf – und töteten ihn und die Hochzeitsgäste, die auf ihm ritten.

Mrs. Poole, bitte glauben Sie mir, ich finde das gar nicht «lustig». Aber nun kommt einer der hungernden Inder des Weges. Er sieht, wie all die Hochzeitsgäste den Tod ihrer Freunde und des Elefanten ihrer Freunde betrauern, wie sie unter Wehklagen ihre schönen Kleider zerreißen und vor Aufregung Speisen und Getränke verschütten. Als erstes nutzt er die Gelegenheit, um sich in den Festsaal zu schleichen und, während die Gäste abgelenkt sind, etwas von den guten Speisen und Getränken für seine hungernde Familie zu stehlen. Als zweites lacht er sich krank über die Art und Weise, wie die Zecher sich und ihren Elefanten ins Jenseits beförderten. Im Vergleich zum Hungertod muß diese Methode des Massensterbens dem unterernährten Inder lustig oder zumindest sehr schnell vorkommen. Aber die Hochzeitsgäste sehen es nicht so. Für sie ist es bereits eine Tragödie; sie sprechen bereits von «diesem tragischen Ereignis», und obwohl sie die Anwesenheit eines «aussätzigen Bettlers» bei ihrem Fest noch hätten verzeihen können – und sogar geduldet hätten, daß er ihre Speisen stiehlt –, können sie ihm nicht verzeihen, daß er über ihre toten Freunde und den Elefanten ihrer toten Freunde lacht.

Die Hochzeitsgäste ertränken den Bettler – au-
ßer sich vor Wut über sein Verhalten (über sein
Lachen, nicht über seinen Diebstahl und nicht
über seine Lumpen) – in einem der Bierkübel,
mit deren Hilfe die verblichenen Zecher ihren
Elefanten tränkten. Sie stellen das als «Akt der
Gerechtigkeit» hin. Wir sehen, daß die Geschich-
te vom Klassenkampf handelt – und letzten En-
des natürlich «ernst» ist. Aber ich möchte sie als
eine Komödie über eine Naturkatastrophe be-
trachten: es sind einfach Menschen, die auf eine
ziemlich verrückte Weise versuchen, eine Situa-
tion, deren Komplexität über ihren Horizont
geht, «in die Hand» zu bekommen – eine Situa-
tion, die aus ewigen und trivialen Teilen besteht.
Bei einer Sache, die so groß ist wie ein Elefant,
hätte es schließlich noch sehr viel schlimmer kom-
men können.

Ich hoffe, Mrs. Poole, daß ich Ihnen deutlicher
gemacht habe, was ich meine. Auf jeden Fall
danke ich Ihnen dafür, daß Sie sich die Zeit nah-
men, mir zu schreiben. Ich freue mich immer,
von meinen Lesern zu hören – auch Kritisches.
                    Mit freundlichen
                    Grüßen,
                    «Schmutzfink»

Garp war ein exzessiver Mensch. Er machte alles barock, er
glaubte an Übertreibungen; seine Art zu schreiben war ebenfalls
extrem. Garp vergaß sein Scheitern bei Mrs. Poole niemals; sie
beunruhigte ihn oft, und ihre Antwort auf seinen bombastischen
Brief muß ihn noch mehr aus der Fassung gebracht haben.

Sehr geehrter Mr. Garp,
[antwortete Mrs. Poole]
       ich hätte nie gedacht, daß Sie sich die Mühe
machen würden, mir einen Brief zu schreiben. Sie

müssen krank sein. Ich sehe an Ihrem Brief, daß
Sie an sich glauben, und ich nehme an, das ist gut
so. Aber die Dinge, die Sie sagen, sind für mich
zum größten Teil Mist und Unsinn, und ich
möchte nicht, daß Sie noch einmal versuchen, mir
irgend etwas zu erklären, weil es langweilig und
eine Beleidigung meiner Intelligenz ist.

Gruß,
Irene Poole

Garp war ein widersprüchlicher Mensch – so widersprüchlich wie seine Überzeugungen. Er war sehr großzügig anderen Leuten gegenüber, aber er war furchtbar ungeduldig. Er beurteilte nach seinen eigenen Maßstäben, wieviel von seiner Zeit und Geduld jemand anders verdiente. Er konnte unendlich freundlich sein, bis er zu dem Schluß kam, er sei freundlich genug gewesen. Dann machte er eine Kehrtwendung und fing an zu brüllen.

Liebe Irene!
[schrieb Garp an Mrs. Poole]
Sie sollten entweder aufhören, Bücher zu lesen,
oder Sie sollten Ihren Kopf dabei anstrengen.

Sehr geehrter Schmutzfink,
[schrieb Irene Poole]
mein Mann sagt, wenn Sie mir noch einmal
schreiben, schlägt er Ihnen den Schädel ein.

Mit vorzüglicher
Hochachtung,
Mrs. Fitz Poole

Lieber Fitzy, liebe Irene!
[schoß Garp sogleich zurück]

Lecken Sie mich am Arsch.

So kam ihm sein Sinn für Humor abhanden, und die Welt ging seines Mitgefühls verlustig.

In der «Pension Grillparzer» hatte Garp irgendwie die Saite der Komödie (einerseits) und des Erbarmens (andererseits) angeschlagen. Die Geschichte setzte die *Menschen* in der Geschichte nicht herab – weder durch erzwungene Effekthascherei noch durch andere Überspitztheiten, die irgend etwas hervorheben sollten. Die Geschichte zeichnete die Menschen auch nicht sentimental, noch schmälerte sie auf andere Weise ihre Trauer.

Aber Garp hatte das Gefühl, die Ausgeglichenheit seiner erzählerischen Kraft verloren zu haben. Sein erster Roman *Zaudern* litt – seiner Meinung nach – unter der prätentiösen Last all der faschistischen Ereignisse, an denen er nicht wirklich teilgenommen hatte. Sein zweiter Roman krankte daran, daß es ihm nicht gelungen war, sich genug *vorzustellen* – das heißt, er hatte das Gefühl, daß seine Vorstellungskraft sich nicht weit genug über seine recht alltägliche Erfahrung hinausgewagt hatte. *Der Hahnrei fängt sich* kam ihm jetzt einigermaßen uninteressant vor – wie eine weitere «reale», aber ziemlich normale Erfahrung.

Tatsächlich hatte Garp inzwischen den Eindruck, daß sein sorgloses Leben (mit Helen und den Kindern) ihn zu sehr ausfüllte. Er spürte, daß er Gefahr lief, sein schriftstellerisches Können auf eine ziemlich übliche Art einzugrenzen: indem er im wesentlichen über sich selbst schrieb. Doch wenn er sehr weit aus sich herausblickte, sah er dort nur die Aufforderung, prätentiös zu sein. Seine Vorstellungskraft ließ ihn im Stich – «seine Wahrnehmung ein schwaches Binsenlicht». Wenn jemand ihn fragte, was das Schreiben mache, brachte er als Antwort nur eine kurze grausame Parodie auf die arme Alice Fletcher zustande. «Ich habe *Schluts* gemacht», sagte Garp.

9

Der ewige Ehemann

Im Branchenteil von Garps Telefonbuch stand *Ehe* ganz nahe bei *Düngemittel*. Nach *Düngemittel* kam *Durchschreibebücher*, *Edelputz*, *Edelstahl*, *Edelsteine* und *EDV*, und dann kam *Ehe- und Familienberatung*. Garp hatte nach *Düngemittel* geschaut, als er über *Ehe* stolperte; er hatte ein paar harmlose Fragen, Rasendünger betreffend, als das Wort *Ehe* seine Augen auf sich zog und interessantere und beunruhigendere Fragen aufwarf. Garp hatte zum Beispiel nie gewußt, daß es mehr Eheberater als Düngemittelhandlungen gab. Aber das hängt sicher davon ab, wo man lebt, dachte er. Ob die Leute auf dem Land nicht doch mehr mit Düngemitteln zu tun hatten?

Garp war fast elf Jahre verheiratet; in dieser Zeit hatte er wenig Bedarf an Düngemitteln und noch weniger an Beratung gehabt. Der Grund, weshalb Garp sich für die lange Namenliste im Branchentelefonbuch interessierte, lag nicht in persönlichen Schwierigkeiten; der Grund war, daß Garp viel Zeit damit verbrachte, sich vorzustellen, wie es wohl sein würde, wenn er eine Arbeit hätte.

Es gab das Christliche Beratungszentrum und den Beratungsdienst der Kirchengemeinde; Garp stellte sich freundliche Geistliche vor, die sich ständig ihre trockenen, fleischigen Hände rieben. Sie sprachen runde, feuchte Sätze, wie Seifenblasen, und sagten Dinge wie: «Wir machen uns keine Illusionen darüber, daß die Kirche bei individuellen Problemen wie dem Ihren eine große Hilfe sein kann. Der einzelne Mensch muß seine individuelle Lösung suchen, er muß seine Individualität behalten. Wir haben jedoch die *Erfahrung* gemacht, daß viele Menschen ihre Individualität erst in der *Kirche* erkannt haben.»

Da saß das enttäuschte Paar, das gehofft hatte, über den gleichzeitigen Orgasmus zu sprechen – Mythos oder Realität?

Garp stellte fest, daß Angehörige des Klerus gern berieten; es gab einen lutherischen Sozialdienst, es gab einen Reverend Dwayne Kuntz (der «anerkannt» war) und eine Louise Nagle, die eine «Allerseelen-Pastorin» war und etwas mit einem US-Büro für Ehe- und Familienberater zu tun hatte (das sie «anerkannt» hatte). Garp nahm einen Bleistift und malte kleine Nullen neben die Namen der Eheberater mit konfessionellen Bindungen. Sie würden alle recht optimistische Ratschläge bieten, glaubte Garp.

Über die Anschauungen der Berater mit einer «wissenschaftlicheren» Ausbildung war er sich weniger sicher; auch über die Ausbildung war er sich weniger sicher. Einer war ein «anerkannter klinischer Psychologe», ein anderer ließ seinem Namen schlicht «Magister Artium, klinisch» folgen; Garp wußte, daß diese Dinge alles mögliche bedeuten konnten und daß sie auch nichts bedeuten konnten. Ein Diplomsoziologe, ein ehemaliger Betriebswirt. Einer war «Bachelor of Science» – vielleicht in Botanik. Einer war Dr. phil. – in Ehe? Einer war «Doktor» – aber Doktor der Medizin oder Doktor der Philosophie? Und wer würde der bessere Eheberater sein? Einer war auf «Gruppentherapie» spezialisiert; ein anderer, vielleicht weniger ehrgeiziger, versprach nur «psychologische Bewertung».

Garp wählte zwei Favoriten aus. Der erste war ein Dr. O. Rothrock – «Selbsteinschätzungsseminar; alle Kreditkarten».

Der zweite war M. Neff – «nur nach vorheriger Anmeldung». Hinter dem Namen von M. Neff stand lediglich eine Telefonnummer. Keine Qualifikationen oder grenzenlose Arroganz? Vielleicht beides. Wenn ich jemanden brauchte, dachte Garp, würde ich es zuerst bei M. Neff probieren. Dr. O. Rothrock mit seinen Kreditkarten und seinem Selbsteinschätzungsseminar war eindeutig ein Scharlatan. Aber M. Neff war seriös; M. Neff hatte eine Vision, das sah Garp förmlich.

Garp wanderte von *Ehe* ein bißchen weiter im Branchentelefonbuch. Er kam zu *Einbauküchen, Endlosdruck* und *Ertüchtigung*.

(Nur ein Eintrag, eine auswärtige Nummer – Steering! Garps Schwiegervater Ernie Holm bot Ertüchtigungskurse an, ein Hobby, mit dem er sein Gehalt ein bißchen aufbesserte. Garp hatte lange nicht mehr an seinen alten Trainer gedacht. Er war über *Ertüchtigung* hinweg zu den *Estrichen* gelangt, ohne Ernies Namen richtig erkannt zu haben.) Es folgten *Etikettiergeräte* und *Export – «s. Im- u. Export»*. Das reichte. Die Welt war zu kompliziert. Garp blätterte zurück zu *Ehe*.

Dann kam Duncan aus der Schule. Garps ältester Sohn war inzwischen zehn Jahre alt, ein hoch aufgeschossener Junge mit Helen Garps schmalem, zartem Gesicht und ihren ovalen, gelbbraunen Augen. Helens Haut war von der Farbe hellen Eichenholzes, und Duncan hatte auch ihre schöne Haut. Von Garp hatte er seine Nervosität, seine Dickköpfigkeit, seine Anflüge düsteren Selbstmitleids.

«Dad?» sagte er. «Darf ich heute nacht bei Ralph schlafen? Es ist sehr wichtig.»

«Was?» sagte Garp. «Nein. Wann?»

«Hast du schon wieder das Telefonbuch gelesen?» fragte Duncan seinen Vater. Wenn man Garp ansprach, während er das Telefonbuch las, war es wie der Versuch, ihn aus seinem Mittagsschlaf zu wecken, das wußte Duncan. Garp las oft das Telefonbuch, auf der Suche nach Namen. Er holte sich die Namen seiner Gestalten aus dem Telefonbuch; wenn er mit dem Schreiben ins Stocken geriet, las er das Telefonbuch nach weiteren Namen durch; er revidierte die Namen seiner Gestalten immer wieder. Und wenn er verreist war, schaute er im Motelzimmer als erstes nach dem Telefonbuch; gewöhnlich stahl er es.

«Dad?» sagte Duncan; er nahm an, sein Vater sei in seiner Telefonbuch-Trance und lebte das Leben seiner erdichteten Leute. Garp hatte tatsächlich vergessen, daß er etwas ganz und gar Undichterisches im Telefonbuch gesucht hatte; er hatte die Düngemittel vergessen und dachte nur noch an die Kühnheit dieses M. Neff und wie es wohl war, Eheberater zu *sein*. «Dad!» sagte Duncan. «Wenn ich Ralph nicht vor dem Abendbrot anrufe, erlaubt seine Mutter nicht, daß ich hinkomme.»

«Ralph?» sagte Garp. «Ralph ist nicht hier.» Duncan kippte

sein zartes Kinn hoch und verdrehte die Augen; es war eine Geste, die Helen auch oft machte, und Duncan hatte ihren schönen Hals.

«Ralph ist bei *sich* zu Haus», sagte Duncan, «und ich bin bei *mir* zu Haus, und ich würde heute gern in Ralphs Haus schlafen – bei Ralph.»

«Das geht nicht, weil morgen Schule ist», sagte Garp.

«Heute ist doch Freitag», sagte Duncan. «Jesus.»

«Du sollst nicht fluchen, Duncan», sagte Garp. «Du kannst deine Mutter fragen, wenn sie von der Arbeit nach Hause kommt.» Er hielt ihn hin – das wußte er; Garp betrachtete Ralph mit Mißtrauen – schlimmer noch, er hatte Angst, Duncan bei Ralph schlafen zu lassen, obwohl es nicht das erste Mal war. Ralph war ein etwas älterer Junge, dem Garp nicht traute; außerdem mochte Garp Ralphs Mutter nicht – sie ging abends aus und ließ die Jungen allein (Duncan hatte es zugegeben). Helen hatte Ralphs Mutter einmal als «schlampig» bezeichnet, ein Wort, das Garp schon immer fasziniert hatte (und ein Aussehen, das ihn bei Frauen reizte). Ralphs Vater lebte in einer anderen Stadt, so daß das «schlampige» Aussehen von Ralphs Mutter durch ihren Status als alleinstehende Frau unterstrichen wurde.

«Ich *kann* aber nicht warten, bis Mom nach Haus kommt», sagte Duncan. «Ralphs Mutter sagt, sie muß es vor dem Abendbrot wissen, oder ich darf nicht kommen.» Für das Abendbrot war Garp zuständig, und der Gedanke daran lenkte ihn ab – wie spät mochte es sein? Duncan schien zu keiner bestimmten Zeit von der Schule zu kommen.

«Warum fragst du Ralph nicht, ob er hier schlafen möchte?» fragte Garp. Ein altes Ablenkungsmanöver. Ralph schlief gewöhnlich bei Duncan und ersparte Garp damit die Angst vor der Nachlässigkeit von *Mrs.* Ralph (er konnte Ralphs Nachnamen nicht behalten).

«Ralph schläft *immer* hier», sagte Duncan. «Ich möchte einmal bei *ihm* schlafen.» Um *was* zu tun? fragte Garp sich. Trinken, haschen, Haustiere quälen, Mrs. Ralph bei ihren losen Liebesspielen beobachten? Aber Garp wußte, daß Duncan zehn Jahre alt und sehr vernünftig war – sehr vorsichtig. Die beiden Jungen genossen es wahrscheinlich, allein in einem Haus zu sein, wo

Garp nicht über sie lächelte und sie fragte, ob sie irgend etwas haben wollten.

«Warum rufst du Mrs. Ralph nicht an und fragst sie, ob du warten kannst, bis deine Mutter nach Haus kommt, bevor du sagst, ob du kommen wirst oder nicht?» fragte Garp.

«Jesus, *Mrs. Ralph*!» stöhnte Duncan. «Mom sagt bestimmt: ‹Von *mir* aus gern. Frag deinen Vater!› Das sagt sie immer.»

Kluges Kind, dachte Garp. Er saß in der Falle. Er wollte nicht von seiner schrecklichen Angst sprechen, daß Mrs. Ralph sie womöglich alle drei mitten in der Nacht verbrannte, wenn die Zigarette, die sie im Bett rauchte, ihre Haare in Brand setzte, und hatte deshalb nichts, was er sagen *konnte*. «Na gut, meinetwegen», sagte er verdrossen. Er wußte nicht einmal, ob Ralphs Mutter überhaupt rauchte. Er mochte sie einfach nicht, äußerlich, und er betrachtete Ralph mit Mißtrauen – nur weil der Junge älter war als Duncan und Duncan, wie Garp sich vorstellte, auf mancherlei schreckliche Art verderben konnte.

Garp betrachtete die meisten Leute, zu denen seine Frau und seine Kinder sich hingezogen fühlten, mit Mißtrauen; er hatte das dringende Bedürfnis, die wenigen Menschen, die er liebte, davor zu bewahren, so zu werden, wie er sich «alle anderen» vorstellte. Die arme Mrs. Ralph war nicht das einzige Opfer seiner womöglich rufschädigenden paranoiden Annahmen. Ich sollte mehr aus dem Haus gehen, dachte Garp. Wenn ich eine Arbeit hätte, dachte er – ein Gedanke, den er jeden Tag dachte und jeden Tag überdachte, seit er nicht mehr schrieb.

Es gab fast keine Arbeit auf der Welt, die Garp reizte, und bestimmt keine, für die er qualifiziert war; er war, das wußte er, für sehr wenig qualifiziert. Er konnte schreiben; *wenn* er schrieb, glaubte er, daß er sehr gut schrieb. Aber ein Grund, weshalb er daran dachte, sich einen Job zu suchen, war, daß er das Gefühl hatte, er müsse mehr über andere Menschen wissen; er wollte seinen Argwohn gegen sie überwinden. Ein Job würde ihn zumindest zwingen, in Kontakt zu kommen – und wenn er nicht gezwungen war, mit anderen Leuten zusammen zu sein, würde Garp zu Hause bleiben.

Anfangs hatte er des Schreibens wegen den Gedanken an einen

Job nie ernst genommen. Jetzt glaubte er des Schreibens wegen, daß er einen Job brauchte. Mir gehen die Leute aus, die ich mir vorstellen kann, dachte er, aber vielleicht war es in Wirklichkeit so, daß es nie viele Leute gegeben hatte, die ihm *gefielen*; und er hatte zu viele Jahre lang nichts mehr geschrieben, was ihm gefiel.

«Ich gehe jetzt!» rief Duncan ihm zu, und Garp hörte auf zu träumen. Der Junge hatte einen orangeroten Rucksack auf dem Rücken; darunter war ein zusammengerollter gelber Schlafsack festgezurrt. Garp hatte beides ausgesucht, wegen der Signalfarben.

«Ich fahre dich hin», sagte Garp, aber Duncan verdrehte wieder die Augen.

«Mom hat doch den Wagen, Dad», sagte er, «und sie ist noch bei der Arbeit.»

Natürlich; Garp lächelte dümmlich. Dann sah er, daß Duncan sein Fahrrad nehmen wollte, und er rief durch die Tür hinter ihm her: «Warum gehst du nicht zu *Fuß*, Duncan?»

«Warum sollte ich?» sagte Duncan gereizt.

Damit du dir nicht die Wirbelsäule brichst, wenn ein verrückt gewordener Teenager oder ein betrunkener Mann mit einem Herzanfall dich zusammenfährt, dachte Garp – und deine schöne, warme Brust gegen den Bordstein knallt, und dein besonderer Schädel aufplatzt, wenn du auf dem Bürgersteig landest, und irgendein Arschloch dich wie einen Hund, den man in der Gosse gefunden hat, in einen alten Vorleger wickelt. Dann kommen die Schwachköpfe aus dem Vorort angelaufen und raten, wem er gehört. («Ich glaube, er wohnt in dem grün-weißen Haus Ecke Elm Street und Dodge Street.») Dann fährt dich jemand heim, läutet an der Tür und sagt zu mir: «Hm, Verzeihung», zeigt auf die Schweinerei auf dem blutigen Rücksitz und fragt: «Ist das Ihrer?» Aber Garp sagte nur: «Also, meinetwegen, Duncan, *nimm* das Fahrrad. Aber sei vorsichtig!»

Er beobachtete, wie Duncan die Straße überquerte, bis zur nächsten Querstraße fuhr und sich sorgfältig umschaute, ehe er abbog. (*Braver Junge! Und das vorsichtige Handzeichen – aber vielleicht ist das nur zu meiner Beruhigung.*) Es war ein sicherer Vorort in einer kleinen, sicheren Stadt; anheimelnde Grünflächen,

Einfamilienhäuser – meist Universitätsfamilien – und dann und wann ein größeres Haus, das man in Apartments für graduierte Studenten aufgeteilt hatte. Ralphs Mutter zum Beispiel schien für immer eine graduierte Studentin zu bleiben, obwohl sie ein ganzes Haus für sich hatte – und obwohl sie älter war als Garp. Ihr früherer Ehemann unterrichtete irgendein naturwissenschaftliches Fach und zahlte ihr vermutlich Unterhaltsgeld. Garp fiel ein, daß Helen gehört hatte, der Mann lebe mit einer Studentin zusammen.

Wahrscheinlich ist Mrs. Ralph ein herzensguter Mensch, dachte Garp; sie hat einen Jungen, und zweifellos liebt sie ihn. Es ist ihr zweifellos ernst damit, daß sie irgend etwas aus ihrem Leben machen möchte. Wenn sie bloß *vorsichtiger* wäre! dachte Garp. Man muß vorsichtig sein; die Leute waren sich nicht darüber klar. Es ist so leicht, alles kaputtzumachen, dachte er.

«Guten Tag!» sagte jemand, oder er *dachte*, jemand habe es gesagt. Er sah sich um, aber wer auch immer ihn angeredet hatte, er war fort – oder war nie da gewesen. Er bemerkte, daß er barfuß war (er fror an den Füßen; es war Frühlingsanfang) und mit einem Telefonbuch in der Hand auf dem Bürgersteig vor seinem Haus stand. Er hätte sich gern weiter M. Neff und die Sache mit der Eheberatung vorgestellt, aber er wußte, daß es spät war – er mußte das Abendessen machen, und er hatte noch nicht einmal eingekauft. Eine Straße weiter hörte er das Summen der Motoren, die die großen Kühlaggregate im Supermarkt antrieben. (Das war der Grund gewesen, weshalb sie in dieses Viertel zogen – damit Garp zu Fuß zum Laden gehen und einkaufen konnte, während Helen mit dem Auto zur Arbeit fuhr. Außerdem waren sie hier nahe bei einem Park, wo er laufen konnte.) An der Rückseite des Supermarkts waren Ventilatoren, und Garp konnte hören, wie sie die verbrauchte Luft aus den Gängen sogen und schwache Lebensmitteldüfte über den Häuserblock bliesen. Garp mochte das. Er hatte das Herz eines Kochs.

Er verbrachte die Tage mit Schreiben (oder dem Versuch zu schreiben), Laufen und Kochen. Er stand früh auf und machte Frühstück für sich und die Kinder; zum Mittagessen kam niemand heim, und Garp selber aß nie zu Mittag. Er machte jeden Abend das Abendessen für seine Familie. Es war ein Ritual, das er liebte, aber sein Ehrgeiz als Koch richtete sich danach, wie gut sein Schreibtag gewesen und wie gut er gelaufen war. Wenn das Schreiben ihm schlecht von der Hand ging, rächte er sich an sich selbst, indem er lange und angestrengt lief; manchmal erschöpfte ihn ein schlechter Schreibtag aber auch so sehr, daß er kaum eine Meile laufen konnte; dann versuchte er, den Tag mit einem großartigen Festmahl zu retten.

Helen konnte an den Dingen, die er kochte, nie erkennen, was für einen Tag Garp gehabt hatte; etwas Besonderes konnte bedeuten, daß er etwas feiern wollte, aber es konnte auch bedeuten, daß das Essen das *einzige* war, was gutgegangen, daß das Kochen die einzige Arbeit war, die Garp vor der Verzweiflung rettete. «Wenn man vorsichtig ist», schrieb Garp, «wenn man gute Zutaten verwendet und nichts ausläßt, dann kann man im allgemeinen etwas sehr Gutes kochen. Manchmal ist das, was man zu essen macht, das einzig Lohnende, was man einem Tag abgewinnen kann. Beim Schreiben kann man, wie ich feststelle, alle richtigen Zutaten haben, sich viel Zeit nehmen und sehr vorsichtig sein, und es kommt trotzdem nichts dabei heraus. Gilt übrigens auch für die Liebe. Deshalb kann das Kochen jemanden, der sich Mühe gibt, vor dem Durchdrehen bewahren.»

Er ging ins Haus und suchte ein Paar Schuhe. Er besaß fast nur Laufschuhe – viele Paare. Sie waren alle verschieden eingelaufen. Garp und seine Kinder trugen saubere, aber zerknitterte Sachen; Helen kleidete sich sehr schick, und Garp wusch zwar alle ihre Sachen, weigerte sich aber, irgend etwas zu bügeln. Helen bügelte für sich und gelegentlich ein Hemd für Garp – das Bügeln war die einzige normale Hausfrauenarbeit, die Garp ablehnte. Das Kochen, die Kinder, die normale Wäsche, das Putzen – das machte er alles. Das Kochen ausgezeichnet; die Kinder ein bißchen verkrampft, aber gewissenhaft; das Putzen ein bißchen gezwungenermaßen. Er fluchte über herumliegende Kleidungsstücke, Bestecke und Spielsachen, aber er ließ nichts liegen; er hatte die Manie, alles aufheben zu müssen. Morgens sauste er manchmal mit dem Staubsauger durch das Haus, bevor er sich zum Schreiben hinsetzte, oder er reinigte den Herd. Das Haus wirkte nie unordentlich, war nie schmutzig, aber seine Sauberkeit hatte immer ein bißchen etwas Hastiges. Garp warf viel fort, und im Haus fehlten immer irgendwelche Dinge. Monatelang ließ er eine Glühbirne nach der anderen kaputtgehen, ohne sie zu ersetzen, bis Helen plötzlich merkte, daß sie in nahezu völliger Dunkelheit lebten und sich um die beiden Lampen drängten, die noch funktionierten. Und wenn er an die Glühbirnen dachte, vergaß er die Seife und die Zahnpasta.

Helen verlieh dem Haus auch einige Farbtupfer, aber dafür fühlte Garp sich nicht verantwortlich. Die Pflanzen, zum Beispiel: entweder dachte Helen an sie, oder sie gingen ein. Wenn Garp sah, daß eine die Blätter hängen ließ oder sich auch nur ein bißchen verfärbte, schaffte er sie eilends aus dem Haus und warf sie in die Mülltonne. Nach ein paar Tagen fragte Helen dann vielleicht: «Wo ist eigentlich der rote Arronzo?»

«Das verfaulte Ding», sagte Garp dann etwa, «hatte irgendeine Krankheit. Ich habe Würmer daran gesehen. Ich habe es dabei erwischt, wie es überall seine kleinen Dornen verstreute.»

So arbeitete Garp als Hausmann.

Im Haus fand Garp seine gelben Laufschuhe und zog sie an. Er legte das Telefonbuch in den Schrank, wo er die schweren Kochutensilien aufbewahrte (er hortete überall im Hause Telefonbücher – und konnte das Unterste zuoberst kehren, um das zu finden, das er gerade brauchte). Er goß etwas Olivenöl in eine Gußeisenpfanne; er schnitt eine Zwiebel, während er darauf wartete, daß das Öl heiß wurde. Er fing zu spät mit dem Abendessen an; er war noch nicht einmal einkaufen gegangen. Eine einfache Tomatensoße, ein bißchen Pasta, ein frischer grüner Salat, ein Laib von seinem guten Brot. Auf diese Weise konnte er zum Supermarkt gehen, wenn er mit der Soße angefangen hatte, und brauchte dann nur noch Gemüse zu kaufen. Er beeilte sich mit dem Schneiden (jetzt ein bißchen frisches Basilikum), aber es kam darauf an, nichts in die Pfanne zu werfen, ehe das Öl genau richtig war – sehr heiß, aber nicht rauchend. Beim Kochen gibt es genau wie beim Schreiben einige Dinge, die man nicht übereilen darf – das wußte Garp, und er übereilte sich nie damit.

Als das Telefon klingelte, wurde er so wütend, daß er eine Handvoll Zwiebeln in die Pfanne warf und sich an dem spritzenden Öl verbrannte. «Scheiße!» schrie er; er trat gegen den Schrank neben dem Herd und traf das kleine Scharnier an der Schranktür; ein Telefonbuch rutschte heraus, und er starrte darauf. Er streute die restlichen Zwiebeln und das frische Basilikum in die Pfanne und stellte die Flamme kleiner. Er hielt seine verbrannte Hand unter kaltes Wasser, streckte die andere aus, verlor beinahe das Gleichgewicht, zuckte vor Schmerzen an der verbrannten Hand zusammen und nahm den Hörer ab.

(Diese Schwindler, dachte Garp. Welche Qualifikationen *konnte* es für Eheberatung geben? Bestimmt, dachte er, gehört das auch zu den Sachen, für die sich diese oberflächlichen Couchheinis als Experten ausgeben.)

«Verdammt, ich bin gerade mitten in einer Sache», bellte er in die Muschel; er beobachtete, wie die Zwiebeln in dem heißen Öl bräunten. Es gab keinen potentiellen Anrufer, bei dem er befürchten mußte, daß er ihn beleidigte: das war einer der Vorteile, wenn man arbeitslos war. Sein Verleger, John Wolf, würde nur zur Kenntnis nehmen, daß Garps Art, Anrufe entgegenzunehmen, ihn in seiner Auffassung von Garps Vulgarität bestätigte. Helen war es gewohnt, und falls es ein Anruf für Helen war – nun, ihre Freunde und Kollegen hatten schon lange den Eindruck, daß Garp etwas reichlich bärbeißig war. Falls es Ernie Holm war, würde Garp eine Sekunde lang Gewissensbisse haben: der Trainer entschuldigte sich immer zu lange, was Garp in Verlegenheit brachte. Und falls es seine Mutter war, würde sie, das wußte Garp, zurückbrüllen: «Schon wieder gelogen! Du bist nie mitten in etwas. Du stehst immer am Rand.» (Garp hoffte, daß es *nicht* Jenny war.) Im Augenblick gab es keine andere Frau, die ihn anrufen würde. Nur falls es das Kindertagesheim war, das Bescheid sagen wollte, daß der kleine Walt einen Unfall gehabt habe, nur falls es Duncan war, der ihm erzählen wollte, daß der Reißverschluß an seinem Schlafsack kaputt sei oder daß er sich das Bein gebrochen habe, nur dann würde Garp seine unbeherrschte Art bereuen. Die eigenen Kinder haben zweifellos das Recht, einen mitten in einer Sache zu stören – sie tun es gewöhnlich auch.

«Mitten in *was*, Liebling?» fragte ihn Helen. «Und mit *wem*? Hoffentlich ist sie nett.»

263

Helens Stimme hatte am Telefon etwas, das ihn irgendwie sexuell erregte; es überraschte ihn immer – wie sie klang –, weil es nicht Helens Art war, sie flirtete nicht einmal gern. Obwohl er sie privat sehr erregend fand, hatte die Art, wie sie sich in der Außenwelt kleidete oder gab, nichts Aufreizendes. Aber am Telefon klang sie für ihn lasziv und hatte schon immer so geklungen.

«Ich hab mich verbrannt», sagte er dramatisch. «Das Öl ist zu heiß, und die Zwiebeln werden schwarz. Was zum Teufel gibt es?»

«Mein armer Mann», sagte sie, und es erregte ihn immer noch. «Du hast keine Nachricht bei Pam hinterlassen.» Pam war die Sekretärin der englischen Abteilung; Garp überlegte verzweifelt, was für eine Nachricht er bei ihr hätte hinterlassen sollen. «Hast du dich schlimm verbrannt?» fragte Helen.

«Nein.» Er schmollte. «*Was* für eine Nachricht?»

«Wegen des Rasendüngers», sagte Helen. *Düngemittel*, erinnerte sich Garp. Er hatte ein paar Düngemittelhandlungen anrufen wollen, um nach dem Preis für Rasendünger zu fragen; Helen sollte ihn auf dem Heimweg von der Universität mitbringen. Er erinnerte sich, wie die *Eheberatung* ihn von den Düngemittelhandlungen abgebracht hatte.

«Ich hab's vergessen», sagte er und dachte, daß Helen einen Alternativplan haben würde: sie hatte es bestimmt gewußt, schon ehe sie anrief.

«Ruf jetzt an», sagte Helen. «Ich rufe dich noch einmal an, ehe ich zum Kindertagesheim fahre. Dann hole ich den Rasendünger mit Walt ab. Er mag Düngemittelhandlungen.» Walt war inzwischen fünf; Garps zweiter Sohn war in seinem Tagesheim oder seiner Vorschule – was immer es sein mochte; der Aura allgemeiner Verantwortungslosigkeit, die das Heim hatte, verdankte Garp seine zermürbendsten Alpträume.

«In Ordnung», sagte Garp. «Ich fange sofort an.» Er machte sich Sorgen wegen seiner Tomatensoße, und er haßte es, bei einem Gespräch mit Helen aufzulegen, wenn er so eindeutig mit anderen Dingen beschäftigt und nicht aufnahmefähig war. «Ich habe einen interessanten Job gefunden», erklärte er ihr und kostete ihr Schweigen aus. Aber sie schwieg nicht lange.

«Du bist Schriftsteller, Liebling», erklärte Helen ihm. «Du *hast* einen interessanten Job.» Manchmal versetzte es ihn in Panik, daß Helen offenbar gern wollte, daß er immer zu Hause blieb und «nur» schrieb – weil das die häusliche Situation am angenehmsten für sie machte. Aber es war auch für ihn angenehm: es war das, was er, wie er glaubte, ebenfalls wollte.

«Ich muß die Zwiebeln umrühren», sagte er, ehe sie weitersprechen konnte. «Und meine verbrannten Hände tun weh», fügte er hinzu.

«Ich werde mir alle Mühe geben, wieder anzurufen, wenn du wieder mitten bei etwas bist», sagte Helen mit kecker, aufreizender Stimme und mit einem unterdrückten vamphaften Lachen; es erregte ihn, und es machte ihn zugleich wütend.

Er rührte die Zwiebeln um und zerdrückte ein halbes Dutzend Tomaten in dem heißen Öl; dann fügte er Pfeffer, Salz, Oregano hinzu. Er rief nur bei der Düngemittelhandlung an, die Walts Kindertagesheim am nächsten gelegen war. Helen war in manchen Dingen einfach zu genau – immer mit ihren Preisvergleichen! Obwohl er sie deswegen bewunderte. Düngemittel sind Düngemittel, argumentierte Garp, man kauft sie am besten dort, wohin es am wenigsten weit war.

Ein *Ehe*berater! dachte Garp wieder, während er einen Eßlöffel Tomatenmark in einer Tasse mit etwas warmem Wasser auflöste und das Ganze unter seine Soße rührte. Warum werden alle ernsten Arbeiten von Quacksalbern gemacht? Was gab es Ernsteres als Eheberatung? Trotzdem stellte er sich vor, daß ein Eheberater auf der Vertrauensskala niedriger rangierte als ein Chiropraktiker. Ob Psychiater über Eheberater die Nase rümpften, so wie viele Ärzte die Chiropraktiker verachteten? Garp rümpfte über niemanden so sehr die Nase wie über Psychiater – diese gefährlichen Vereinfacher, diese Diebe der Komplexität eines Menschen. Für Garp waren die Psychiater die Schlußlichter all derer, die mit ihrem eigenen Durcheinander nicht zu Rande kamen.

Der Psychiater ging an das Durcheinander ohne den Respekt heran, der jedem Durcheinander zukam, dachte Garp. Der Psychiater hatte das Ziel, Ordnung im Kopf zu schaffen; Garp war der

Meinung, daß dies gewöhnlich erreicht wurde (*wenn* es erreicht wurde), indem man alle unordentlichen Dinge fortwarf. Das ist die einfachste Art, Ordnung zu schaffen, wußte Garp. Der Trick besteht darin, das Durcheinander zu *nutzen* – die unordentlichen Dinge für sich einzuspannen. «Ein *Schriftsteller* kann das leicht sagen», hatte Helen gesagt. «Künstler können ein Durcheinander ‹nutzen›; die meisten Leute können es aber nicht, und sie wollen einfach kein Durcheinander. Ich weiß zum Beispiel, daß es *mir* so geht. Du würdest einen schönen Psychiater abgeben! Was würdest du tun, wenn ein armer Mann zu dir käme, der sein Durcheinander nicht brauchen kann und es unbedingt loswerden will? Ich nehme an, du würdest ihm raten, etwas darüber zu *schreiben*?» Garp erinnerte sich an dieses Gespräch über Psychiatrie, und es ärgerte ihn; er wußte, daß er die Dinge, die ihn wütend machten, allzusehr vereinfachte, aber er war überzeugt, daß die Psychiatrie alles allzusehr vereinfachte.

Als das Telefon klingelte, sagte er: «Die Düngemittelhandlung in der Springfield Avenue. Da hast du es am nächsten.»

«Ich weiß, wo sie ist», sagte Helen. «Ist das die einzige, wo du angerufen hast?»

«Düngemittel sind Düngemittel», sagte Garp. «Rasendünger ist Rasendünger. Fahr zur Springfield Avenue – er liegt dort schon bereit.»

«*Was* für einen interessanten Job hast du denn gefunden?» fragte Helen ihn. Er wußte, daß sie darüber nachgedacht hatte.

«Eheberatung», sagte Garp; seine Tomatensoße blubberte – die Küche war voll von ihrem satten Duft. Helen wahrte ein respektvolles Schweigen an ihrem Ende der Leitung. Garp wußte, daß es ihr diesmal schwerfallen würde, ihn zu fragen, was für Qualifikationen er dafür zu haben glaubte.

«Du bist Schriftsteller», sagte sie.

«Die beste Qualifikation, die man sich denken kann», sagte Garp. «Jahrelanges Brüten über den Sumpf der zwischenmenschlichen Beziehungen; stundenlanges Nachdenken über die Gemeinsamkeiten der Menschen. Das Scheitern der Liebe», leierte Garp weiter, «die Vielschichtigkeit des Kompromisses, das Bedürfnis nach Mitgefühl.»

«Dann *schreib* darüber», sagte Helen. «Was willst du mehr?» Sie wußte genau, was als nächstes kommen würde.

«Die Kunst hilft niemandem», sagte Garp. «Die Menschen können sie nicht richtig benutzen: sie können sie nicht essen, sie gibt ihnen weder Obdach noch Kleidung – und wenn sie krank sind, macht sie sie nicht gesund.» Das, Helen wußte es, war Garps Theorie über die fundamentale Nutzlosigkeit der Kunst; er verwarf die Vorstellung, daß die Kunst irgendeinen sozialen Wert habe – daß sie ihn haben könne, daß sie ihn haben solle. Man darf diese zwei Dinge nicht verwechseln, dachte er: hier die Kunst, und dort die Hilfe für den Nächsten. Er stand irgendwo dazwischen und zappelte sich mit beidem ab – letztlich der Sohn seiner Mutter. Doch seiner Theorie getreu betrachtete er Kunst und soziale Verantwortung als zwei getrennte Akte. Das Durcheinander entstand, wenn gewisse Scharlatane versuchten, diese Gebiete zu kombinieren. Garp sollte sich sein Leben lang an seiner Überzeugung reiben, daß Literatur Luxus sei; er hätte gewünscht, sie wäre etwas Grundlegenderes – und doch hätte er sie gehaßt, wenn sie es gewesen wäre.

«Ich hole jetzt den Rasendünger», sagte Helen.

«Und falls die Besonderheiten meiner Kunst nicht Qualifikation genug sein sollten», sagte Garp, «bin ich, wie du weißt, selbst verheiratet.» Er hielt inne. «Ich habe Kinder.» Er hielt wieder inne. «Ich hatte die verschiedensten mit der Ehe zusammenhängenden Erlebnisse – wir hatten sie beide.»

«Springfield Avenue?» sagte Helen. «Dann bin ich gleich zu Hause.»

«Ich bringe mehr als genug Erfahrung für den Job mit», fuhr er beharrlich fort. «Ich habe finanzielle Abhängigkeit erlebt, und ich habe erfahren, was Untreue ist.»

«Schön für dich», sagte Helen. Sie legte auf.

Aber Garp dachte: Vielleicht ist Eheberatung selbst dann Quacksalberei, wenn ein aufrichtiger und qualifizierter Mensch die Ratschläge erteilt. Er legte den Hörer auf die Gabel. Er wußte, daß er im Branchentelefonbuch höchst erfolgreich für sich werben konnte – und sogar ohne zu lügen.

EHEPHILOSOPHIE
UND FAMILIENBERATUNG
T. S. GARP
Verfasser der Bücher *Zaudern* und *Der Hahnrei fängt sich*

Wozu erklären, daß es Romane waren? Garp merkte plötzlich, daß die Titel nach Eheratgebern klangen.

Aber würde er seine armen Patienten zu Hause oder in einer Praxis empfangen?

Garp nahm eine grüne Pfefferschote und legte sie auf den Gasbrenner; er stellte die Flamme größer, und die Schote begann zu brennen. Sobald sie überall schwarz war, würde Garp sie abkühlen lassen und dann die verkohlte Schale abkratzen. Innen würde sehr süßer gerösteter Pfeffer sein, und er würde ihn in Streifen schneiden und in Öl und Essig und ein wenig Majoran marinieren. Das würde seine Soße für den Salat sein. Aber der Hauptgrund, weshalb er gern diese Soße machte, war der wunderbare Geruch, mit dem die geröstete Pfefferschote die ganze Küche erfüllte.

Er drehte die Schote mit einer Zange um. Als sie überall angekohlt war, nahm Garp sie mit der Zange hoch und ließ sie ins Spülbecken fallen. Die Schote zischte ihn an. «Rede, soviel du willst», erklärte Garp ihr. «Deine Zeit ist bald um.»

Er war zerstreut. Gewöhnlich hörte er beim Kochen gern auf, an andere Dinge zu denken – er zwang sich sogar dazu. Aber er durchlitt eine Selbstvertrauenskrise, was die Eheberatung anging.

«Du hast eine Selbstvertrauenskrise, was dein *Schreiben* angeht», sagte Helen, als sie mit noch mehr als ihrer üblichen Autorität in die Küche kam.

Walt sagte: «Daddy hat was verbrannt.»

«Das war eine Pfefferschote, und Daddy hat es mit *Absicht* getan», sagte Garp.

«Jedesmal, wenn du nicht schreiben kannst, stellst du irgendwelche Dummheiten an», sagte Helen. «Obwohl ich gestehe, daß es eine bessere Ablenkung wäre als das letzte Mal.»

Garp hatte damit gerechnet, daß sie schlagfertig sein würde, aber er war überrascht, daß sie *so* schlagfertig war. Mit der letzten

Ablenkung von seiner Schreibblockade meinte sie eine Babysitterin.

Garp tauchte einen hölzernen Kochlöffel tief in seine Tomatensoße. Er zuckte zusammen, als irgendein Idiot mit krachendem
Gang und kreischenden Reifen um die Hausecke fuhr. Es traf ihn
wie der Schrei einer überfahrenen Katze. Er sah sich instinktiv
nach Walt um, der neben ihm stand – in der sicheren Küche.

Helen sagte: «Wo ist Duncan?» Sie ging auf die Tür zu, aber
Garp kam ihr zuvor.

«Duncan ist bei Ralph», sagte er; *dies*mal hatte er keine Angst,
daß das rasende Auto bedeuten könne, Duncan sei angefahren
worden. Aber er hatte die Angewohnheit, Jagd auf rasende Autos
zu machen. Er hatte schon alle schnellen Fahrer der Nachbarschaft zur Schnecke gemacht. Die Straßen in der näheren Umgebung waren an jeder Kreuzung von Halteschildern gesäumt: Garp
konnte die Autos gewöhnlich zu Fuß einholen, sofern die Fahrer
die Halteschilder beachteten.

Er sauste die Straße entlang, dem Geräusch des Autos nach.
Manchmal, wenn das Auto wirklich schnell fuhr, brauchte
Garp drei oder vier Halteschilder, um es einzuholen. Einmal
sprintete er fünf Häuserblocks weit und war so außer Atem,
als er den Missetäter einholte, daß dieser fest davon überzeugt
war, in der Nachbarschaft sei ein Mord begangen worden
und Garp wolle entweder die Polizei holen oder er sei auf der
Flucht vor ihr.

Die meisten Fahrer waren von Garp beeindruckt, und selbst
wenn sie ihn später verfluchten, waren sie in seiner Gegenwart
doch höflich und entschuldigten sich, indem sie ihm versicherten,
sie würden in der Nachbarschaft nicht wieder rasen. Sie sahen,
daß Garp körperlich gut in Form war. Die meisten waren High-
school-Schüler, die sofort in Verlegenheit gerieten – wenn sie dabei ertappt wurden, wie sie mit ihrer Freundin in einem frisierten
Auto herumfuhren oder kleine schwarze Gummispuren vor dem
Haus ihrer Freundin hinterließen. Garp war nicht so töricht, sich
einzubilden, daß sie ihre Gewohnheiten ändern würden. Er wollte
sie nur dazu bringen, woanders zu rasen.

Der jetzige Missetäter erwies sich als Frau (Garp sah ihre Ohrringe funkeln und die Armbänder an ihrem Arm, als er sich ihr von hinten näherte). Sie stand an einem Halteschild und wollte gerade wieder losfahren, als Garp mit dem hölzernen Kochlöffel an ihr Seitenfenster klopfte und sie zu Tode erschreckte. Der Kochlöffel, von dem Tomatensoße tropfte, sah auf den ersten Blick so aus, als sei er in Blut getaucht worden.

Garp wartete, bis sie das Fenster heruntergekurbelt hatte, und entwarf bereits seine einleitenden Bemerkungen. («Es tut mir leid, wenn ich Sie erschreckt habe, aber ich würde Sie gern um einen persönlichen Gefallen bitten . . .») Da erkannte er, daß die Frau Ralphs Mutter war – die berüchtigte Mrs. Ralph. Duncan und Ralph waren nicht bei ihr im Wagen – sie war allein, und es war offensichtlich, daß sie geweint hatte.

«Ja, was ist?» fragte sie. Garp wußte nicht, ob sie ihn als Duncans Vater erkannte oder nicht.

«Es tut mir leid, wenn ich Sie erschreckt habe», begann Garp. Er verstummte. Was konnte er ihr sonst noch sagen? Die arme Frau mit dem tränenverschmierten Gesicht, der man ansah, daß sie gerade Streit gehabt hatte mit ihrem früheren Mann oder mit einem Liebhaber, machte den Eindruck, als setzten ihre nahenden mittleren Jahre ihr zu wie eine Grippe; sie wirkte zerknittert vor Kummer, und ihre Augen waren rot und ausdruckslos. «Es tut mir leid», murmelte Garp und meinte ihr ganzes Leben. Wie konnte er ihr sagen, daß er nur den Wunsch hatte, sie möge das Tempo drosseln?

«Was ist?» fragte sie ihn.

«Ich bin der Vater von Duncan», sagte Garp.

«Ich *weiß*, wer Sie sind», sagte sie. «Ich bin die Mutter von Ralph.»

«Ich weiß», sagte er und lächelte.

«Duncans Vater trifft Ralphs Mutter», sagte er sarkastisch. Da brach sie in Tränen aus. Ihr Gesicht fiel vornüber und traf auf die Hupe. Sie setzte sich gerade auf und berührte plötzlich Garps Hand, die auf ihrem heruntergekurbelten Seitenfenster lag; seine Finger lösten sich, und er ließ den langen Kochlöffel in ihren Schoß fallen. Sie starrten beide darauf; die Tomatensoße machte einen großen Fleck auf ihrem gefältelten beigen Kleid.

... ist ein Mensch, der aus dem Satz, guter Rat sei teuer, einen Beruf gemacht hat.

Es gibt indes eine Sparte der Beratung, die sich für beide Seiten in klingender Münze auszahlen kann: die Anlageberatung. Anlageberater sind jene Menschen, die aus der Anlage zur Sparsamkeit eine Kapitalanlage machen können.

«Sie müssen denken, daß ich eine verdammt schlechte Mutter bin», sagte Mrs. Ralph. Garp langte, gewissenhaft wie immer, über ihre Knie und stellte die Zündung ab. Er beschloß, den Kochlöffel in ihrem Schoß zu lassen. Es war Garps Fluch, daß er seine Gefühle nicht vor anderen, nicht einmal vor Fremden, verbergen konnte: wenn er schlecht von einem dachte, *merkte* man es irgendwie.

«Ich habe keine Ahnung, was für eine Mutter Sie sind», sagte Garp. «Ich finde, daß Ralph ein netter Junge ist.»

«Er kann rotzfrech sein», sagte sie.

«Vielleicht wäre es Ihnen lieber, wenn Duncan heute nicht bei Ihnen schlafen würde?» fragte Garp – *hoffte* Garp. Er hatte das dumpfe Gefühl, sie wisse vielleicht nicht, daß Duncan bei Ralph schlafen wollte. Sie schaute auf den Kochlöffel in ihrem Schoß. «Es ist Tomatensoße», sagte Garp. Zu seiner Überraschung nahm Mrs. Ralph den Kochlöffel hoch und leckte ihn ab.

«Sind Sie Koch?» fragte sie.

«Ja, ich koche gern», sagte Garp.

«Schmeckt sehr gut», sagte Mrs. Ralph und gab ihm seinen Kochlöffel. «Ich hätte einen bekommen sollen wie Sie – einen kleinen Muskelprotz, der gern kocht.»

Garp zählte stumm bis fünf; dann sagte er: «Ich hole die Jungen sehr gern ab. Sie könnten bei uns schlafen, wenn Sie lieber allein wären.»

«Allein!» rief sie. «Ich bin fast *immer* allein. Ich habe die Jungen *gern* bei mir. Und ihnen gefällt es *auch*», sagte sie. «Möchten Sie wissen, warum?» Mrs. Ralph sah ihn mit einem verruchten Blick an.

«Warum?» fragte Garp.

«Sie schauen gern zu, wenn ich bade», sagte sie. «Die Tür hat einen Spalt. Ist es nicht süß, daß Ralph seinen Freunden gern seine alte Mutter vorführt?»

«Ja», sagte Garp.

«Sie haben etwas dagegen, nicht wahr, Mr. Garp?» fragte sie ihn. «Sie haben etwas gegen mich.»

«Es tut mir leid, daß Sie so unglücklich sind», sagte Garp. Auf dem Sitz neben ihr in ihrem unordentlichen Auto lag eine Taschenbuchausgabe von Dostojewskijs *Der ewige Gatte*; Garp fiel ein, daß Mrs. Ralph studierte. «Was ist Ihr Hauptfach?» fragte er sie dümmlich. Er erinnerte sich, daß sie eine ewige Studentin war; ihr Problem war wahrscheinlich eine Doktorarbeit, die nicht kommen wollte.

Mrs. Ralph schüttelte den Kopf. «Sie lassen wahrhaftig nichts an sich herankommen, nicht wahr?» fragte sie. «Wie lange sind Sie schon verheiratet?»

«Fast elf Jahre», sagte Garp. Mrs. Ralph blickte mehr oder weniger gleichgültig; Mrs. Ralph war zwölf Jahre verheiratet gewesen.

«Ihr Junge ist sicher bei mir», sagte sie, als ärgerte sie sich plötzlich über ihn und als könnte sie seine Gedanken fehlerfrei lesen. «Keine Sorge, ich bin ganz harmlos – bei Kindern», fügte sie hinzu. «Und ich rauche nicht im Bett.»

«Ich bin sicher, daß es gut für die Jungen ist, wenn sie Ihnen beim Baden zuschauen», sagte Garp zu ihr und wurde sofort verlegen, weil er es gesagt hatte, obwohl es eines der wenigen Dinge war, die er zu ihr gesagt hatte und die er so meinte.

«Ich weiß nicht», sagte sie. «Meinem Mann scheint es nicht sehr gutgetan zu haben, und *er* hat mir jahrelang zugeschaut.» Sie blickte zu Garp auf, dem der Mund wegen des vielen gezwungenen Lächelns weh tat. Berühr einfach ihre Wange oder streichle ihre Hand, dachte er, *sag* wenigstens etwas. Aber Garp war unbeholfen, wenn er nett sein wollte, und er flirtete nicht.

«Nun, Ehemänner *sind* sonderbar», murmelte er. Garp, der Eheberater, voller guter Ratschläge. «Ich glaube nicht, daß viele von ihnen wissen, was sie wollen.»

Mrs. Ralph lachte bitter. «Mein Mann hat eine neunzehnjährige *Fotze* gefunden», sagte sie. «Er scheint *sie* zu wollen.»

«Es tut mir leid», erklärte Garp ihr. Der Eheberater ist der *Es-tut-mir-leid-Mann*, wie ein vom Pech verfolgter Arzt – derjenige, der all die unheilbaren Fälle zur Diagnose bekommt.

«Sie sind Schriftsteller», sagte Mrs. Ralph anklagend zu ihm; sie wedelte mit ihrer Ausgabe von *Der ewige Gatte* in seine Richtung. «Was halten Sie davon?»

«Es ist eine sehr schöne Geschichte», sagte Garp. Zum Glück

war es ein Buch, an das er sich erinnerte – erfreulich kompliziert, voller perverser und menschlicher Widersprüche.

«Ich finde, es ist eine krankhafte Geschichte», erklärte Mrs. Ralph ihm. «Ich wüßte gern, was eigentlich so besonders an Dostojewskij ist.»

«Nun», sagte Garp, «seine Personen sind so vielschichtig, psychologisch und emotional gesehen; und die Situationen sind so ambivalent.»

«Seine Frauen sind *weniger* als Objekte», sagte Mrs. Ralph, «sie haben nicht einmal irgendeine *Form*. Sie sind nichts als Ideen, über die Männer reden und mit denen Männer spielen.» Sie warf das Buch durch das Fenster auf Garp; es traf seine Brust und fiel neben den Bordstein. Sie ballte die Hände in ihrem Schoß zu Fäusten und starrte auf den Fleck auf ihrem Kleid, der ihre Scham mit einem Bullauge aus Tomatensoße markierte. «Mann, das bin ich leibhaftig», sagte sie und starrte auf die Stelle.

«Es tut mir leid», sagte Garp wieder. «Es könnte für immer einen Fleck hinterlassen.»

«Alles hinterläßt einen Fleck!» rief Mrs. Ralph. Sie lachte so einfältig auf, daß Garp es mit der Angst bekam. Er sagte nichts, und sie sagte zu ihm: «Ich wette, Sie denken, daß ich nur mal anständig *gebumst* werden müßte.»

Um der Gerechtigkeit willen: Garp dachte dies nur von sehr wenigen Menschen, doch als Mrs. Ralph es erwähnte, dachte er *tatsächlich*, in *ihrem* Fall könne diese allzu einfache Lösung helfen.

«Und ich wette, Sie denken, ich ließe Sie es machen», sagte sie und sah ihn mit funkelnden Augen an. Garp dachte es *tatsächlich*.

«Nein, ich denke nicht, daß Sie das tun würden», sagte er.

«Doch, Sie denken, mir wäre nichts *lieber*», sagte Mrs. Ralph.

Garp ließ den Kopf hängen. «Nein», sagte er.

«Nun, in Ihrem Fall», sagte sie, «könnte ich's mir *überlegen*.» Er sah sie an, und sie schenkte ihm ein ruchloses Lächeln. «Vielleicht wären Sie hinterher nicht mehr so blasiert», sagte sie zu ihm.

«Sie kennen mich nicht gut genug, um so mit mir zu reden», sagte Garp.

«Ich weiß, daß Sie *blasiert* sind», sagte Mrs. Ralph. «Sie halten sich für wahnsinnig überlegen.» Garp wußte, daß es zutraf; er *war* überlegen. Er würde einen lausigen Eheberater abgeben, das wußte er jetzt.

«Fahren Sie bitte vorsichtig», sagte Garp; er stieß sich von ihrem Wagen ab. «Wenn ich etwas für Sie tun kann, rufen Sie bitte an.»

«Wenn ich zum Beispiel einen guten *Lover* brauche?» fragte Mrs. Ralph ihn boshaft.

«Nein, das nicht», sagte Garp.

«Warum haben Sie mich angehalten?» fragte sie ihn.

«Weil ich fand, daß Sie zu schnell fuhren», sagte er.

«Ich finde, Sie sind ein aufgeblasener alter Widerling», erklärte sie ihm.

«Ich finde, Sie sind eine verantwortungslose Schlampe», erklärte Garp ihr. Sie schrie auf, wie von einem Messer durchbohrt.

«Hören Sie, es tut mir leid», sagte er (wieder), «aber ich komme gleich vorbei und hole Duncan ab.»

«Nein, *bitte*», sagte sie. «Ich kann auf ihn aufpassen. Ich *möchte* es, wirklich. Es wird ihm nichts passieren – ich werde auf ihn aufpassen, als wäre er mein eigener Sohn!» Das beruhigte Garp nicht unbedingt. «*So* eine Schlampe bin ich nicht bei *Kindern*», fügte sie hinzu; sie brachte ein beunruhigend anziehendes Lächeln zustande.

«Es tut mir leid», sagte Garp – seine Litanei.

«Mir auch», sagte Mrs. Ralph. Als ob die Sache zwischen ihnen geregelt sei, ließ sie den Motor an und fuhr über die Kreuzung, ohne sich umzuschauen. Sie fuhr davon – langsam, aber mehr oder weniger mitten auf der Straße –, und Garp winkte mit seinem hölzernen Kochlöffel hinter ihr her.

Dann hob er *Der ewige Gatte* auf und ging nach Hause.

10
Der Hund im Gang und das Kind im Himmel

«Wir müssen Duncan unbedingt von dieser Verrückten fortholen», sagte Garp zu Helen.

«Das kannst du ja tun», sagte Helen. «Du bist derjenige, der sich Sorgen macht.»

«Du hättest sehen sollen, wie sie fuhr», sagte Garp.

«Oh», meinte Helen, «Duncan wird vermutlich nicht mit ihr rumfahren.»

«Vielleicht fährt sie mit den Jungen zu einer Pizzeria», sagte Garp. «Ich bin fest davon überzeugt, daß sie nicht kochen kann.»

Helen betrachtete *Der ewige Gatte*. Sie sagte: «Merkwürdig für eine Frau, dem Mann einer anderen Frau ausgerechnet dieses Buch zu schenken.»

«Sie hat es mir nicht geschenkt, Helen. Sie hat damit nach mir *geworfen*.»

«Eine sehr schöne Geschichte», sagte Helen.

«Sie hat gesagt, es sei einfach *krankhaft*», sagte Garp verzweifelnd. «Sie fand, es sei ungerecht den Frauen gegenüber.»

Helen machte ein ratloses Gesicht. «Ich würde sagen, das ist völlig irrelevant», sagte sie.

«Natürlich ist es das!» schrie Garp. «Diese Frau ist schwachsinnig! Sie würde meiner Mutter gefallen.»

«Oh, die arme Jenny», sagte Helen. «Laß sie aus dem Spiel.»

«Iß deine Pasta auf, Walt», sagte Garp.

«Steck sie dir in dein Dings», sagte Walt.

«Entzückend», sagte Garp. «Wohin denn?»

«Dahin», sagte Walt.

«Er weiß nicht, was es bedeutet», sagte Helen. «Ich weiß es auch nicht genau.»

«Fünf Jahre alt», sagte Garp. «Es gehört sich nicht, so etwas zu anderen Leuten zu sagen», sagte Garp zu Walt.

«Ich bin fest davon überzeugt, daß er es von Duncan gehört hat», sagte Helen.

«Und Duncan hat es von Ralph», sagte Garp, «der es zweifellos von seiner verdammten Mutter hat!»

«Du solltest lieber aufpassen, was du selber sagst», sagte Helen. «Walt könnte es genausogut von dir haben.»

«Von mir nicht, das ist unmöglich», erklärte Garp. «*Ich* weiß nämlich auch nicht genau, was es bedeutet. Ich sage so etwas nie.»

«Du sagst vieles, das genauso schlimm ist», sagte Helen.

«Walt, iß deine Pasta», sagte Garp.

«Beruhige dich», sagte Helen.

Garp beäugte Walts ungegessene Pasta, als wäre sie eine persönliche Beleidigung. «Wozu rege ich mich überhaupt auf?» sagte er. «Das Kind ißt nichts.»

Sie beendeten schweigend die Mahlzeit. Helen wußte, daß Garp sich eine Geschichte ausdachte, die er Walt nach dem Essen erzählen wollte. Sie wußte, daß Garp das jedesmal tat, um sich zu beruhigen, wenn er sich Sorgen um die Kinder machte – als sei der Akt, sich eine gute Geschichte für Kinder auszudenken, ein Mittel, Kinder für immer zu schützen.

Bei den Kindern war Garp instinktiv großzügig, loyal wie ein Tier, der zärtlichste aller Väter; er begriff Duncan und Walt zutiefst und unabhängig voneinander. Und doch, da war Helen ganz sicher, sah er einfach nicht, daß seine Angst um die Kinder die Kinder ängstlich machte – verkrampft, sogar unreif. Einerseits behandelte er sie wie Erwachsene, aber andererseits war er so fürsorglich zu ihnen, daß er sie nicht erwachsen werden ließ. Er akzeptierte nicht, daß Duncan zehn und Walt fünf war; manchmal schienen die Kinder für ihn mit drei Jahren stehengeblieben zu sein.

Helen lauschte der Geschichte, die Garp für Walt erfand, mit ihrem üblichen Interesse und ihrer üblichen Anteilnahme. Wie so viele der Geschichten, die Garp den Kindern erzählte, begann auch diese wie eine Geschichte für Kinder und endete wie eine Geschichte, die Garp für Garp erfunden zu haben schien. Man hätte meinen können, daß den Kindern eines Schriftstellers mehr Geschichten vorgelesen würden als anderen Kindern, aber Garp zog es vor, daß seine Kinder nur *seinen* Geschichten zuhörten.

«Es war einmal ein Hund», sagte Garp.

«Was für ein Hund?» fragte Walt.

«Ein großer Schäferhund», sagte Garp.

«Wie hieß er?» fragte Walt.

«Er hatte keinen Namen», sagte Garp. «Er lebte in einer Stadt in Deutschland, nach dem Krieg.»

«Nach was für einem Krieg?» sagte Walt.

«Nach dem Zweiten Weltkrieg», sagte Garp.

«Ach so», sagte Walt.

«Der Hund war im Krieg gewesen», sagte Garp. «Er war Wachhund gewesen, er war also sehr wild und sehr schlau.»

«Sehr *böse*», sagte Walt.

«Nein», sagte Garp, «er war nicht böse, und er war nicht lieb, nur manchmal war er beides. Er war so, wie sein Herr ihn abrichtete, weil er darauf abgerichtet war, alles zu tun, was sein Herr ihm befahl.»

«Wie hat er gewußt, wer sein Herr war?» fragte Walt.

«Ich weiß nicht», sagte Garp. «Nach dem Krieg bekam er einen neuen Herrn. Dieser Herr hatte ein Café in der Stadt; man konnte dort Kaffee und Tee und andere Getränke bekommen und Zeitung lesen. Abends ließ der Herr eine Lampe brennen, so daß man in die Fenster schauen und all die abgewischten Tische mit den Stühlen sehen konnte, die mit der Sitzfläche auf die Tischplatten gestellt wurden. Der Fußboden war blankgewienert, und der große Hund lief jeden Abend auf dem blanken Fußboden hin und her. Er war wie ein Löwe in seinem Käfig im Zoo, er stand nie still. Manchmal sahen die Leute ihn dort und klopften ans Fenster, um seine Aufmerksamkeit zu erregen. Der Hund starrte sie nur an – er bellte nicht, er knurrte nicht einmal. Er hörte nur auf zu laufen und starrte den Betreffenden an, bis er wieder fortging. Man hatte das Gefühl, wenn man zu lange bliebe, könnte der Hund einen durchs Fenster anspringen. Aber er tat es nie; er tat übrigens nie etwas, weil nachts nie jemand in das Café einbrach. Es reichte, den Hund dort zu haben – der Hund brauchte nie etwas zu *tun*.»

«Weil der Hund sehr böse *aussah*», sagte Walt.

«Jetzt hast du es erfaßt», sagte Garp. «Für den Hund war jede Nacht gleich, und tagsüber war er immer in einem schmalen Gang neben dem Café angebunden. Er war an einer langen Kette angebunden, die an der Vorderachse eines alten Militärlasters angebunden war, den man rückwärts in den Gang gesetzt und dort hatte stehenlassen – für immer. Der Laster hatte keine Räder mehr.

Du weißt doch, was Abschlußblöcke sind», fuhr Garp fort. «Auf solchen Blöcken war der Laster aufgebockt, damit er keinen Zentimeter auf seinen Achsen weiterrollen konnte. Zwischen dem Laster und der Erde war gerade so viel Platz, daß der Hund unter den Laster kriechen und sich hinlegen konnte, um sich vor Regen und Sonne zu schützen. Die Kette war gerade lang genug, daß der Hund bis ans Ende des Gangs gehen und die Leute auf dem Bürgersteig und die Autos auf der Straße beobachten konnte. Wenn man den Bürgersteig entlangkam, sah man manchmal die Nase des Hundes aus dem Gang hervorlugen – so weit reichte die Kette, und nicht weiter.

Man konnte dem Hund die Hand hinhalten, dann beschnupperte er einen, aber er ließ sich nicht gern anfassen, und er leckte einem nie die Hand, wie manche Hunde es tun. Wenn man versuchte, ihn zu streicheln, duckte er den Kopf und trottete wieder in den Gang. Die Art und Weise, wie er einen anstarrte, gab einem das Gefühl, es sei keine sehr gute Idee, ihm in den Gang hinein zu folgen oder ihn unbedingt streicheln zu wollen.»

«Er würde einen beißen», sagte Walt.

«Nun, da konnte man nicht sicher sein», sagte Garp. «Er biß nämlich nie jemanden, das heißt, falls er je jemanden gebissen hat, ist es mir zumindest nicht zu Ohren gekommen.»

«Du bist dabeigewesen?» sagte Walt.

«Ja», sagte Garp – er wußte, daß der Erzähler der Geschichte immer «dabei»gewesen war.

«Walt!» rief Helen. (Es irritierte Garp, daß sie die Geschichten, die er den Kindern erzählte, mithörte.) «Das bedeutet es, wenn man sagt, ‹ein Hundeleben›», rief Helen.

Doch weder Walt noch sein Vater schätzten ihre Unterbrechung. Walt sagte: «Erzähl weiter. Was ist mit dem Hund passiert?»

Garp stand vor einer schweren Pflicht, jedesmal. Welcher Instinkt läßt die Leute erwarten, daß etwas *passiert*? Wenn man eine Geschichte anfängt, die von einem Menschen oder einem Hund handelt, muß irgend etwas passieren. «Weiter!» rief Walt ungeduldig. Wenn Garp in seine Kunst versenkt war, vergaß er oft sein Publikum.

«Nichts?» fragte Walt enttäuscht – oder besorgt, daß nichts passieren würde.

«Nun, *fast* nichts», gab Garp zu, und Walt richtete sich auf. «*Etwas* störte ihn; nur eine bestimmte Sache. Sie allein konnte den Hund wütend machen. Es war die einzige Sache, die den Hund zum Bellen bringen konnte. Sie machte ihn richtig verrückt.»

«Oh, sicher eine Katze!» rief Walt.

«Eine schreckliche Katze», sagte Garp mit einer Stimme, die Helen beim Wiederlesen von *Der ewige Gatte* innehalten und den Atem anhalten ließ. Der arme Walt, dachte sie.

«Warum war die Katze schrecklich?» fragte Walt.

«Weil sie den Hund ärgerte», sagte Garp. Helen war erleichtert, daß dies alles zu sein schien, was «schrecklich» war.

«Ärgern ist nicht nett», sagte Walt. Er sprach aus Erfahrung – er war Duncans Opfer, was das Ärgern betraf. *Duncan* sollte diese Geschichte hören, dachte Helen. Eine Lektion über das Ärgern verfehlt bei Walt eindeutig ihr Ziel.

«Ärgern ist *schrecklich*», sagte Garp. «Aber diese Katze *war* schrecklich. Es war eine Katze, die herumstreunte, schmutzig und böse.»

«Wie hieß sie?» fragte Walt.

«Sie hatte keinen Namen», sagte Garp. «Sie gehörte niemandem; sie hatte dauernd Hunger, so daß sie Essen stahl. Niemand konnte es ihr verübeln. Und sie kämpfte dauernd mit anderen Katzen, und auch das konnte ihr niemand verübeln, denke ich. Sie hatte nur noch ein Auge; das andere Auge fehlte schon so lange, daß das Loch zugewachsen war und das Fell die Stelle bedeckte, wo das Auge gewesen war. Sie hatte keine Ohren mehr. Sie hatte sicher immerfort kämpfen müssen.»

«Das arme Tier!» rief Helen.

«Niemand konnte der Katze verübeln, wie sie war», sagte Garp, «außer daß sie den Hund ärgerte. Das war falsch; sie brauchte es nicht zu tun. Sie hatte Hunger, so daß sie listig sein mußte, und niemand beschützte sie, so daß sie kämpfen mußte. Aber sie *brauchte* den Hund nicht zu ärgern.»

«Ärgern ist nicht nett», sagte Walt wieder. Ganz entschieden eine Geschichte für Duncan, dachte Helen.

«Jeden Tag», sagte Garp, «spazierte die Katze den Bürgersteig entlang und blieb am Ende des Ganges stehen, um sich zu putzen. Der Hund kam unter dem Laster hervor und lief so schnell, daß die Kette hinter ihm zappelte wie eine Schlange, die gerade auf der Straße überfahren worden ist. Hast du schon mal so eine Schlange gesehen?»

«Na klar», sagte Walt.

«Und wenn der Hund zu weit lief, riß die Kette ihn am Hals zurück, so daß der Hund den Boden unter den Füßen verlor und auf dem Pflaster des Gangs landete – so doll, daß er manchmal keine Luft mehr kriegte oder mit dem Kopf aufschlug. Die Katze rührte sich nie. Die Katze *wußte*, wie lang die Kette war, und sie blieb sitzen und putzte sich und starrte den Hund mit ihrem einen Auge an. Der Hund drehte durch. Er bellte und schnappte und zerrte an seiner Kette, bis der Besitzer des Cafés, sein Herr, herauskam und die Katze fortscheuchte. Dann kroch der Hund wieder unter den Laster.

Manchmal kam die Katze gleich wieder angelaufen, und der Hund blieb so lange unter dem Laster liegen, wie er es aushalten konnte, was nicht sehr lange war. Er pflegte dort unten zu liegen, während sich die Katze auf dem Bürgersteig überall leckte, und bald darauf konnte man hören, wie der Hund anfing, zu winseln und zu jaulen, und die Katze starrte ihn nur an und fuhr fort, sich zu putzen. Und bald darauf fing der Hund an, unter dem Laster zu heulen und sich hin und her zu werfen, als ob er von Bienen bedeckt wäre, aber die Katze fuhr einfach fort, sich zu putzen.

Und dann kam der Hund schließlich unter dem Laster hervorge-sprungen und sauste durch den Gang, wobei er die Kette hinter sich her zog – obwohl er wußte, was geschehen würde. Er wußte, daß die Kette ihn umreißen und würgen und auf das Pflaster wer-fen würde und daß die Katze, wenn er aufstand, immer noch auf demselben Fleck, nur ein paar Zentimeter entfernt, sitzen und sich putzen würde. Und er bellte sich heiser, bis sein Herr oder jemand anders die Katze fortscheuchte.

Der Hund *haßte* die Katze», sagte Garp.

«Ich auch», sagte Walt.

«Ich auch», sagte Garp. Helen spürte, wie sie sich von der Ge-schichte distanzierte. Sie hatte einen so offensichtlichen Schluß. Sie sagte nichts.

«Weiter», sagte Walt. Kindern eine Geschichte zu erzählen, bestand, wie Garp wußte, nicht zuletzt darin, ihnen eine Ge-schichte mit einem plausiblen Schluß zu erzählen (oder so zu tun, als erzählte man ihnen eine Geschichte mit einem plausi-blen Schluß).

«Eines Tages», sagte Garp, «dachten alle, der Hund habe end-gültig den Verstand verloren. Einen ganzen Tag lang kam er unter seinem Laster hervorgerannt und lief bis ans Ende des Ganges, bis die Kette ihn zurückriß; dann tat er es noch einmal. Selbst wenn die Katze nicht da war, sauste der Hund immerfort durch den Gang, warf sich mit seinem ganzen Gewicht gegen die Kette und kippte nach hinten. Das erschreckte einige der Leute, die auf dem Bürgersteig gingen, besonders die Leute, die den Hund auf sich zukommen sahen und nichts von der Kette wußten.

Und an diesem Abend war der Hund so müde, daß er nicht in dem Café hin und her lief; er lag auf dem Fußboden und schlief, als wäre er krank. In dieser Nacht hätte jeder in das Café einbre-chen können; ich glaube nicht, daß der Hund aufgewacht wäre. Und am nächsten Tag tat er das gleiche, obwohl man wußte, daß sein Hals ganz wund war, weil er jedesmal, wenn die Kette ihm den Boden unter den Füßen fortriß, laut aufjaulte. Und in dieser Nacht schlief er in dem Café wie ein toter Hund, der dort ermor-det auf dem Fußboden lag.

Sein Herr ließ einen Tierarzt kommen», sagte Garp, «und der

Tierarzt gab dem Hund ein paar Spritzen – ich nehme an, um ihn zu beruhigen. Zwei Tage lang lag der Hund nachts auf dem Fußboden des Cafés und tagsüber unter dem Laster, und selbst wenn die Katze auf dem Bürgersteig vorbeispazierte oder sich am Ende des Gangs hinsetzte und putzte, rührte der Hund sich nicht. Der arme Hund», fügte Garp hinzu.

«Er war traurig», sagte Walt.

«Glaubst du aber, daß er *schlau* war?» fragte Garp.

Walt war verwirrt, aber er sagte. «Ich *glaube*, ja.»

«Er war schlau», sagte Garp, «denn als er die ganze Zeit gegen die Kette angerannt war, hatte er den Laster, an dem er festgebunden war, nach vorn bewegt – nur ein ganz kleines Stück. Obwohl der Laster dort seit Jahren aufgebockt war, obwohl er an den Blöcken festgerostet war und obwohl die Häuser ringsum hätten einstürzen können, ohne daß der Laster sich von der Stelle gerührt hätte – *trotzdem*», sagte Garp, «*bewegte* der Hund den Laster nach vorn. Nur ein ganz kleines Stück.

Glaubst du, daß der Hund den Laster *genug* nach vorn bewegt hat?» fragte Garp.

«Ich glaube, ja», sagte Walt. Helen glaubte es auch.

«Er brauchte nur ein paar Zentimeter, um die Katze zu erwischen», sagte Garp. Walt nickte. Helen vertiefte sich, des blutrünstigen Ausgangs gewiß, wieder in den *Ewigen Gatten*.

«Eines Tages», sagte Garp langsam, «kam die Katze und setzte sich am Ende des Gangs auf den Bürgersteig und fing an, sich die Pfoten zu lecken. Sie rieb sich mit den Pfoten in den alten Ohrlöchern, wo die Ohren gewesen waren, und sie rieb sich mit den Pfoten das zugewachsene Augenloch, wo früher das andere Auge gewesen war, und sie starrte den Hund unter dem Laster an. Die Katze langweilte sich allmählich, weil der Hund nicht mehr hervorkam, und dann kam der Hund doch hervor.»

«Ich glaube, der Laster hatte sich genug bewegt», sagte Walt.

«Der Hund lief schneller durch den Gang als je zuvor, so daß die Kette hinter ihm über der Erde tanzte, und die Katze rührte sich nicht vom Fleck, obwohl der Hund sie *diesmal* erreichen konnte. Nur», sagte Garp, «daß die Kette nicht ganz ausreichte.» Helen stöhnte. «Der Hund war mit dem Maul über dem Kopf der

Katze, aber die Kette würgte ihn so heftig, daß er das Maul nicht schließen konnte. Der Hund röchelte und wurde zurückgerissen – wie vorher –, und die Katze, die begriff, daß die Lage sich geändert hatte, sprang fort.»

«Gott!» rief Helen.

«O nein», sagte Walt.

«Natürlich konnte man eine Katze nicht zweimal so hereinlegen», sagte Garp. «Der Hund hatte eine Chance gehabt, und er hatte sie vertan. Die Katze würde ihn nie wieder nahe genug herankommen lassen.»

«Was für eine schreckliche Geschichte!» rief Helen.

Walt, der schwieg, sah aus, als sei er der gleichen Meinung.

«Aber es passierte etwas *anderes*», sagte Garp. Walt blickte interessiert auf. Helen hielt wütend wieder den Atem an. «Die Katze hatte einen solchen Schreck bekommen, daß sie auf die Straße lief – ohne sich vorher umzuschauen. Was auch geschehen mag», sagte Garp, «man läuft nicht auf die Straße, ohne sich vorher umzuschauen, nicht wahr, Walt?»

«Nein», sagte Walt.

«Nicht einmal, wenn ein Hund einen beißen will», sagte Garp. «*Niemals*. Man läuft *nie* auf die Straße, ohne sich vorher umzuschauen.»

«O sicher, ich weiß», sagte Walt. «Was ist mit der Katze passiert?»

Garp klatschte so heftig in die Hände, daß der Junge zusammenzuckte. «Sie wurde überfahren!» rief Garp. «Zack! Sie war tot. Man konnte sie nicht wieder zusammenflicken. Sie hätte eine größere Chance gehabt, wenn der Hund sie erwischt hätte.»

«Ein Auto hat sie überfahren?» fragte Walt.

«Ein Laster», sagte Garp, «fuhr genau über ihren Kopf. Ihr Gehirn spritzte aus ihren alten Ohrlöchern heraus, wo früher die Ohren gewesen waren.»

«Sie ist plattgewalzt worden?» fragte Walt.

«Platt wie eine Briefmarke», sagte Garp, und er hielt die Hand waagerecht vor Walts ernstes kleines Gesicht. Jesus, dachte Helen, es war doch eine Geschichte für Walt. *Lauf nicht auf die Straße, ohne dich vorher umzuschauen!*

«Das war das Ende», sagte Garp.

«Gute Nacht», sagte Walt.

«Gute Nacht», sagte Garp zu ihm. Helen hörte, wie sie sich einen Kuß gaben.

«*Warum* hat der Hund keinen Namen gehabt?» fragte Walt.

«Ich weiß nicht», sagte Garp. «Lauf nicht auf die Straße, ohne dich vorher umzuschauen.»

Als Walt einschlief, liebten Garp und Helen sich. Helen hatte, Garps Geschichte betreffend, eine plötzliche Einsicht.

«Der Hund konnte den Laster gar nicht bewegen», sagte sie. «Nicht einen Millimeter.»

«Stimmt», sagte Garp. Helen war sicher, daß Garp tatsächlich dabeigewesen war.

«Wieso hast du ihn dann bewegt?» fragte sie ihn.

«Ich konnte es auch nicht», sagte Garp. «Er rührte sich nicht vom Fleck. Also knipste ich ein Glied aus der Kette des Hundes heraus, nachts, als er im Café Wache hielt, und ging damit in ein Haushaltswarengeschäft. Am nächsten Abend setzte ich ein paar Glieder *ein*, die genau gleich waren – ungefähr fünfzehn Zentimeter.»

«Und die Katze lief gar nicht auf die Straße?» fragte Helen.

«Nein, das war nur für Walt», gab Garp zu.

«Natürlich», sagte Helen.

«Die Kette war lang genug», sagte Garp. «Die Katze konnte nicht entwischen.»

«Der Hund hat die Katze umgebracht?» fragte Helen.

«Er hat sie in zwei Stücke gebissen», sagte Garp.

«In einer Stadt in Deutschland?» sagte Helen.

«Nein, in Österreich», sagte Garp. «Es war in Wien. In Deutschland habe ich nie gelebt.»

«Aber wie kann der Hund im Krieg gewesen sein?» fragte Helen. «Er wäre zwanzig Jahre alt gewesen, als du dorthin kamst.»

«Der Hund ist nicht im Krieg gewesen», sagte Garp. «Er war einfach ein Hund. Sein *Besitzer* war im Krieg gewesen – der Mann, dem das Café gehörte. Deshalb wußte er, wie man Hunde abrichtet. Er richtete ihn darauf ab, jeden zu töten, der in das Café spaziert kam, wenn es draußen dunkel war. Wenn es draußen hell war, konnte jeder hereinkommen; wenn es dunkel war, konnte nicht einmal sein Herr und Meister rein.»

«Entzückend!» sagte Helen. «Und wenn Feuer ausgebrochen wäre? Diese Methode scheint mir doch einige Nachteile zu haben.»

«Es war offenbar eine Kriegsmethode», sagte Garp.

«Jedenfalls», sagte Helen, «ist das eine bessere Geschichte, als wenn der *Hund* im Krieg gewesen wäre.»

«Findest du wirklich?» fragte Garp. Zum erstenmal während ihres Gesprächs, so schien ihr, war er ganz bei der Sache. «Das ist interessant», sagte er, «weil ich es nämlich eben erst erfunden habe.»

«Daß der Besitzer im Krieg war?» fragte Helen.

«Und noch ein bißchen mehr», gab Garp zu.

«Welchen Teil der Geschichte hast du erfunden?» fragte ihn Helen.

«Alles», sagte er.

Sie lagen zusammen im Bett, und Helen lag still da – sie wußte, daß dies einer seiner heiklen Augenblicke war.

«Sozusagen *fast* alles», fügte er hinzu.

Garp wurde dieses Spiels nie müde, während Helen es längst leid war. Er würde darauf warten, daß sie fragte: *Was* davon? Was davon ist wahr, was ist erfunden? Dann würde er ihr sagen, das spielte keine Rolle, sie solle ihm nur sagen, was sie nicht *glaube*. Dann würde er diese Teile ändern. Alle Teile, die sie glaubte, waren wahr; alle Teile, die sie nicht glaubte, mußten überarbeitet werden. Wenn sie alles glaubte, dann war alles wahr. Als Geschichtenerzähler kannte er kein Erbarmen, das wußte Helen. Wenn die Wahrheit der Geschichte förderlich war, gab er sie ohne die geringste Verlegenheit preis, und wenn irgendeine Wahrheit sich in eine Geschichte nicht recht einfügte, veränderte er sie bedenkenlos.

«Wenn du genug Katz und Maus gespielt hast», sagte sie, «würde ich gern noch hören, was *in Wirklichkeit* geschah.»

«Oh, in Wirklichkeit», sagte Garp, «war der Hund ein Beagle.»

«Ein Beagle!»

«Also eigentlich ein Schnauzer. Und er *war* den ganzen Tag in dem Gang angebunden, aber nicht an einem Militärlastwagen.»

«An einem Volkswagen?» rief Helen.

«An einem Müllschlitten», sagte Garp. «Mit dem Schlitten wurden die Mülltonnen im Winter zum Bürgersteig gezogen, aber der Schnauzer war natürlich zu klein und schwach, um ihn zu ziehen – in jeder Jahreszeit.»

«Und der Cafébesitzer?» fragte Helen. «War er *nicht* im Krieg gewesen?»

«*Sie*», sagte Garp. «Eine Besitz*erin*. Sie war Witwe.»

«Eine Kriegerwitwe?» rief Helen.

«Sie war eine *junge* Witwe», sagte Garp. «Ihr Mann fiel, als er über die Straße ging, und wurde überfahren. Sie hing sehr an dem Hund. Ihr Mann hatte ihn ihr zum ersten Hochzeitstag geschenkt. Aber ihre neue Hauswirtin verbot das Halten von Hunden in der Wohnung, so daß die Witwe den Hund jede Nacht im Café herumlaufen ließ.

Es war ein unheimlicher, leerer Raum, und der Hund war dort drinnen immer sehr nervös; er kackte die ganze Nacht. Die Leute blieben stehen und schauten durch das Fenster und lachten über all die Haufen, die der Hund machte. Das Lachen machte den Hund noch nervöser, so daß er noch mehr kackte. Morgens kam die Witwe immer sehr früh – um den Raum zu lüften und die Haufen zu entfernen –, und sie verdrosch den Hund mit einer Zeitung und zerrte ihn hinaus in den Gang, wo er dann den ganzen Tag an dem Müllschlitten angebunden blieb.»

«Und es gab keine Katze?» fragte Helen.

«Oh, es gab haufenweise Katzen», sagte Garp. «Sie kamen wegen der Mülleimer des Cafés in den Gang. Der Hund rührte die Abfälle nie an, weil er Angst hatte vor der Witwe, und vor Katzen hatte der Hund eine *Sterbensangst* – jedesmal wenn eine Katze in dem Gang war und die Mülleimer plünderte, kroch der Hund unter den Müllschlitten und versteckte sich dort, bis die Katze wieder fort war.»

«Mein Gott», sagte Helen. «Dann ärgerte ihn auch niemand?»

«Irgend jemand ärgert einen immer», sagte Garp mit ernster Stimme. «Da war ein kleines Mädchen, das kam oft an dem Gang vorbei, und dann blieb es stehen und lockte den Hund auf den Bürgersteig, nur daß die Kette des Hundes nicht bis zum Bürgersteig reichte. Und der Hund kläffte das kleine Mädchen an: ‹Wau! Wau!› Und das Mädchen stand auf dem Bürgersteig und rief: ‹Komm, komm doch!› Bis jemand ein Fenster öffnete und das Mädchen anschrie, es solle den armen Hund in Frieden lassen.»

«Du bist dabeigewesen?» fragte Helen.

«*Wir* sind dabeigewesen», sagte Garp. «Meine Mutter saß jeden Tag in einem Zimmer und schrieb, und das einzige Fenster dieses Zimmers ging auf den Gang. Das Hundegebell brachte sie zum Wahnsinn.»

«Also hat *Jenny* den Müllschlitten weitergeschoben», sagte Helen, «und der Hund hat das kleine Mädchen *aufgefressen*, und die Eltern des kleinen Mädchens sind zur Polizei gegangen, die den Hund einschläfern ließ. Und *du* warst natürlich ein großer Trost für die trauernde Kriegerwitwe, die damals vielleicht Anfang Vierzig war.»

«Ende Dreißig», sagte Garp. «Aber so ist es nicht gewesen.»

«Wie ist es denn gewesen?» fragte Helen.

«Eines Nachts bekam der Hund im Café einen Schlaganfall», sagte Garp. «Mehrere Leute behaupteten, sie seien es gewesen, sie hätten den Hund zu Tode erschreckt. Es gab in dieser Beziehung einen regelrechten Wettbewerb in dem Viertel. Die Leute schlichen sich an das Café heran und sprangen dann plötzlich gegen die Fenster und Türen und kreischten wie riesige Katzen, so daß der verängstigte Hund wie verrückt kackte.»

«Ich hoffe, der Hund ist an dem Schlaganfall *gestorben*», sagte Helen.

«Nicht ganz», sagte Garp. «Der Schlaganfall lähmte das Hinterteil des Hundes, so daß er nur noch sein Vorderteil bewegen und mit dem Kopf wackeln konnte. Die Witwe klammerte sich jedoch an das Leben des unseligen Hundes, wie sie sich an die Erinnerung an ihren seligen Gatten klammerte, und sie ließ einen Tischler, mit dem sie schlief, eine kleine Karre für das Hinterteil des Hundes bauen. Die Karre hatte zwei Räder, so daß der Hund einfach mit seinen Vorderbeinen ging und sein totes Hinterteil auf der kleinen Karre hinter sich her zog.»

«Mein Gott», sagte Helen.

«Du glaubst nicht, was für ein *Geräusch* diese kleinen Räder machten», sagte Garp.

«Wahrscheinlich nicht», sagte Helen.

«Mutter behauptete, sie hörte es nicht», sagte Garp, «aber das knirschende Rollen war so mitleiderregend – es war schlimmer, als wenn der Hund das blöde kleine Mädchen anbellte. Und natürlich konnte der Hund nicht gut um Ecken laufen, ohne ins Schleudern zu kommen. Er hoppelte und nahm die Kurve, und seine Hinterräder rutschten schneller, als er hoppeln konnte, und er kippte um. Wenn er auf der Seite lag, konnte er nicht allein wieder aufstehen. Ich war anscheinend der einzige, der ihn in dieser mißlichen Lage sah – zumindest war *ich* immer derjenige, der in den Gang lief und ihn wieder aufrichtete. Sobald er wieder auf seinen Rädern war, versuchte er, mich zu beißen», sagte Garp. «Aber es war leicht, ihm davonzulaufen.»

«Eines Tages», sagte Helen, «hast du den Schnauzer also losgebunden, und er lief auf die Straße, ohne sich vorher umzuschauen. Und kein Mensch brauchte sich mehr zu ärgern. Die Witwe und der Tischler heirateten.»

«So nicht», sagte Garp.

«Ich möchte die Wahrheit wissen», sagte Helen schläfrig. «Was ist dem verdammten Schnauzer passiert?»

«Ich weiß es nicht», sagte Garp. «Mutter und ich kehrten in dieses Land zurück, und alles andere weißt du.»

Helen, die dem Schlaf nachgab, wußte, daß nur ihr Schweigen Garp dazu bewegen konnte, die Wahrheit preiszugeben. Sie wußte, daß diese Geschichte ebenso erfunden sein konnte wie die anderen Versionen, oder daß die anderen Versionen weitgehend wahr sein konnten und daß selbst diese hier weitgehend wahr sein konnte. Bei Garp war jede Kombination möglich.

Helen schlief bereits, als Garp sie fragte: «Welche Geschichte gefällt dir besser?» Die Liebe machte Helen schläfrig, und sie fand, daß der Klang von Garps nicht verstummender Stimme sie noch schläfriger machte. So schlief sie am liebsten ein: wenn sie sich geliebt hatten und Garp noch redete.

Das frustrierte Garp. Zur Schlafenszeit war sein Motor fast erlahmt. Aber die Liebe schien ihn wieder auf Touren zu bringen und weckte in ihm den Drang nach Marathongesprächen, Essen, langem Lesen, ziellosem Herumstöbern. Nur selten versuchte er in solchen Augenblicken zu schreiben, aber manchmal schrieb er Mitteilungen an sich selbst über die Dinge, die er später schreiben wollte.

Doch nicht in dieser Nacht. Er schlug vielmehr die Decken zurück und betrachtete Helen beim Schlafen; dann deckte er sie wieder zu. Er ging in Walts Zimmer und betrachtete ihn. Duncan schlief bei Mrs. Ralph; als Garp die Augen schloß, sah er einen Schimmer am Horizont des Vororts, da, wo er sich das gefürchtete Haus von Ralph vorstellte – in Flammen.

Garp betrachtete Walt, und das beruhigte ihn. Garp genoß es, das Kind so genau zu inspizieren; er legte sich neben Walt und roch den frischen Atem des Jungen. Dabei fiel ihm ein, wie sich Duncans Schlafatem in den typischen säuerlichen Atem der Erwachsenen verwandelt hatte. Es war eine traurige Entdeckung für Garp gewesen, kurz nach Duncans sechstem Geburtstag, als er roch, daß Duncans Atem im Schlaf plötzlich abgestanden und leicht faulig roch. Es war, als hätte der Prozeß des Verfalls, des langsamen Sterbens, bereits in ihm begonnen. Damals war sich Garp zum erstenmal der Sterblichkeit seines Sohnes bewußt geworden. Zusammen mit diesem Geruch erschienen die ersten Verfärbungen und Flecken auf Duncans vollkommenen Zähnen. Vielleicht hing es nur damit zusammen, daß Duncan sein erstes Kind war, aber er machte sich mehr Sorgen um Duncan, als er sich Sorgen um Walt machte – obwohl ein Fünfjähriger gefährdeter ist (als ein Zehnjähriger), was die üblichen Kinderunfälle betrifft. Und was sind das für Unfälle? fragte sich Garp. Von Autos überfahren zu werden? An Erdnüssen zu ersticken? Von Unbekannten geraubt zu werden? Krebs war zum Beispiel ein solcher Unbekannter.

Es gab soviel, worüber man sich Sorgen machen konnte, wenn man sich um Kinder Sorgen machte, und Garp machte sich soviel Sorgen über alles; manchmal, besonders wenn er unter diesen Schlafstörungen litt, meinte Garp, er sei psychisch nicht geeignet als Vater. Dann machte er sich auch *darüber* Sorgen und hatte um so mehr Angst um seine Kinder. Wenn sich nun herausstellte, daß *er* ihr größter Feind war?

Kurz darauf schlief er neben Walt ein, aber Garp war ein furchtbarer Träumer; er schlief nicht lange. Bald stöhnte er; seine Achselhöhle schmerzte. Plötzlich fuhr er auf, Walts kleine Faust hatte sich in den Haaren seiner Achselhöhle verfangen. Auch Walt stöhnte. Garp löste sich von dem wimmernden Kind – er hatte das Gefühl, daß der Junge denselben Traum träumte, unter dem Garp gelitten hatte, als hätte sein zitternder Körper dem Jungen Garps Traum übermittelt. Aber Walt hatte seinen eigenen Alptraum.

Garp wäre nicht auf den Gedanken gekommen, daß seine erzieherische Geschichte von dem Kriegshund, der ihn ärgernden Katze und dem unvermeidlichen mörderischen Laster Walt hätte ängstigen können. Aber Walt sah in seinem Traum den gewaltigen brachliegenden Militärlaster: er hatte Größe und Form eines Panzers, war mit Kanonen und rätselhaften Instrumenten und böse aussehenden Anhängseln bestückt, und die Windschutzscheibe war ein Spalt, nicht größer als ein Briefkastenschlitz. Natürlich war er völlig schwarz.

Der an den Laster angebundene Hund war so groß wie ein Pony, wenn auch magerer und sehr viel grausamer. Er trottete im Zeitlupentempo auf das Ende des Ganges zu und zog seine schwach wirkende Kette hinter sich her. Die Kette sah so aus, als sei sie kaum stark genug, um den Hund zurückzuhalten. Am Ende des Gangs taumelte der kleine Walt im Kreis herum, auf Puddingbeinen, über sich selbst stolpernd und unfähig zu fliehen. Er konnte sich nicht einmal dazu bringen, richtig zu *gehen* – um sich von dem schrecklichen Hund zu entfernen. Als die Kette straff gespannt war, machte der gewaltige Laster einen Satz nach vorn, als habe man ihn angelassen, und der Hund war über ihm. Walt griff in das verschwitzte, harte Fell des Hundes (die Achselhöhle seines Vaters), verlor aber irgendwie den Halt. Der Hund war an seiner Kehle, aber Walt lief wieder auf die Straße, wo Laster wie der brachliegende Militärlaster mit dicken, wie Schmalzkringel nebeneinander aufgesteckten Hinterrädern schwerfällig vorbeirumpelten. Und wegen der schmalen Schießschlitze (an Stelle der Windschutzscheiben) konnten die Fahrer natürlich nicht sehen; sie konnten den kleinen Walt nicht sehen.

Dann gab sein Vater ihm einen Kuß, und Walts Traum verflüchtigte sich fürs erste. Er war wieder irgendwo in Sicherheit; er konnte seinen Vater riechen und seines Vaters Hände fühlen, und er hörte seinen Vater sagen: «Es war ja nur ein Traum, Walt.»

Garp träumte, daß er und Duncan in einem Flugzeug saßen. Duncan mußte zur Toilette. Garp deutete den Gang hinunter; dort hinten waren Türen, eine zu einer kleinen Küche, eine zur Pilotenkanzel, eine zum Waschraum. Duncan wollte, daß sein Vater ihn hinbrachte, ihm zeigte, *welche* Tür die richtige war, aber Garp war ärgerlich.

«Du bist zehn Jahre alt, Duncan», sagte Garp. «Du kannst doch lesen. Oder frag die Stewardess.» Duncan schlug die Beine übereinander und maulte. «Sei ein großer Junge», sagte er. «Es ist eine von den Türen dahinten. Geh.»

Mißmutig ging der Junge durch den Mittelgang zu den Türen. Eine Stewardess sah ihn lächelnd an und fuhr ihm mit der Hand durchs Haar, als er an ihr vorbeiging, aber Duncan fragte sie nicht, was wieder einmal typisch für ihn war. Er gelangte an das Ende des Gangs und blickte zurück zu Garp; Garp winkte ihm ungeduldig zu. Duncan zuckte hilflos mit den Schultern. *Welche* Tür?

Garp stand erbittert auf. «*Probier* eine!» rief er Duncan durch den Gang zu, und alle Leute starrten Duncan an. Duncan war verlegen und öffnete sogleich eine Tür – die Tür, die ihm am nächsten war. Er warf seinem Vater einen schnellen, überraschten, aber nicht unmutigen Blick zu, ehe er durch die Tür, die er geöffnet hatte, gezogen zu werden schien. Die Tür schlug hinter Duncan von selbst wieder zu. Die Stewardess schrie. Das Flugzeug verlor ein wenig an Höhe und flog dann wieder ruhig weiter. Alle sahen aus den Fenstern; einige Leute fielen in Ohnmacht, einige erbrachen sich. Garp lief durch den Gang nach vorn, aber der Pilot und ein anderer, offiziell aussehender Mann hinderten Garp daran, die Tür zu öffnen.

«Sie muß immer verriegelt scin, Sie dumme Kuh!» schrie der Pilot die schluchzende Stewardess an.

«Ich dachte, sie *sei* verriegelt!» jammerte sie.

«Wohin führt sie?» rief Garp. «Mein *Gott*, wohin führt sie?» Er sah, daß an den Türen keine Aufschriften waren.

«Tut mir leid, Sir», sagte der Pilot. «Es war nichts mehr zu machen.» Aber Garp drängte sich an ihm vorbei, drückte einen Geheimpolizisten in seinen Sitz, stieß die Stewardess aus dem Gang. Als er die Tür öffnete, sah Garp, daß sie nach draußen führte – in die vorbeibrausende Luft –, und ehe er laut nach Duncan rufen konnte, wurde Garp durch die offene Tür in den Himmel gesogen, wo er hinter seinem Sohn hersauste.

II
Mrs. Ralph

Wenn Garp einen großen und naiven Wunsch hätte äußern dürfen, dann hätte er sich gewünscht, er könne die Welt *sicher* machen. Sicher für Kinder und für Erwachsene. Die Welt kam ihm unnötig gefährlich für beide vor.

Nachdem Garp und Helen sich geliebt hatten und Helen eingeschlafen war und nach den Träumen zog Garp sich an. Als er sich aufs Bett setzte, um sich seine Laufschuhe zuzuschnüren, setzte er sich auf Helens Bein und weckte sie. Sie streckte die Hand nach ihm aus, um ihn zu berühren, und fühlte die Turnhose.

«Wohin willst du?» fragte sie.

«Sehen, was Duncan macht», sagte er. Helen richtete sich auf den Ellbogen auf und sah auf ihre Uhr. Es war nach ein Uhr nachts, und sie wußte, daß Duncan bei Ralph war.

«*Wie* willst du sehen, was Duncan macht?» fragte sie Garp.

«Ich weiß nicht», sagte Garp.

Wie ein Revolvermann, der sein Opfer jagt, wie der Kinderschänder, den die Eltern fürchten, pirscht Garp durch den schlafenden, grünen und dunklen Frühlingsvorort; die Menschen schnarchen und wünschen und träumen, ihre Rasenmäher liegen still; es ist so kühl, daß ihre Klimaanlagen nicht laufen. Ein paar Fenster sind geöffnet, ein paar Kühlschränke summen. Man hört das schwache, gefangene Gezwitscher einiger Fernsehapparate, in denen *The Late Show* läuft, und der blaugraue Schimmer der Bildröhren flimmert aus ein paar Häusern hervor. Auf Garp wirkt dieser

Schimmer wie Krebs, heimtückisch und einlullend, die Welt in Schlaf wiegend. Vielleicht ist das Fernsehen krebs*erregend*, denkt Garp, aber sein eigentlicher Ärger ist der Ärger des *Schriftstellers*: er weiß, überall, wo das Fernsehen flimmert, sitzt jemand, der nicht *liest*.

Garp läuft auf leisen Sohlen durch die Straßen; er möchte niemandem begegnen. Seine Laufschuhe sind locker geschnürt, seine Turnhose flattert; er hat kein Suspensorium angelegt, weil er nicht die Absicht hatte, zu laufen. Trotz der kühlen Frühlingsluft hat er kein Hemd an. In den dunklen Häusern *schnauft* dann und wann ein Hund, wenn Garp vorbeiläuft. Kurz nach der Liebe, stellt Garp sich vor, ist sein Duft so durchdringend wie der Geruch einer zerteilten Erdbeere. Er weiß, daß die Hunde ihn riechen können.

Alle Vororte in der Gegend werden gut von der Polizei überwacht, und einen Moment lang fürchtet Garp, man könnte ihn festnehmen – weil er gegen irgendeine ungeschriebene Bekleidungsvorschrift verstößt, zumindest weil er keinen Ausweis bei sich hat. Er hastet weiter in der Überzeugung, er komme Duncan zu Hilfe, rette seinen Sohn vor der brünstigen Mrs. Ralph.

Eine junge Frau auf einem unbeleuchteten Fahrrad stößt beinahe mit ihm zusammen, ihre Haare wehen hinter ihr her, ihre nackten Knie leuchten, ihr Atem riecht für Garp wie eine verblüffende Mischung aus frisch gemähtem Rasen und Zigaretten. Garp duckt sich – sie schreit auf und reißt ihr Fahrrad herum; sie stellt sich in die Pedale und radelt, ohne sich umzusehen, von ihm fort. Vielleicht denkt sie, er sei ein potentieller Exhibitionist – mit seinem nackten Oberkörper und seinen nackten Beinen, bereit, seine Turnhose fallen zu lassen. Garp denkt, sie komme irgendwoher, wo sie nicht hätte sein dürfen; sie wird noch einmal Schwierigkeiten haben, stellt er sich vor. Aber ihm selber liegt der Gedanke an Duncan und Mrs. Ralph zu dieser Stunde schwer auf der Seele . . .

Als Garp das Haus von Ralph erblickt, findet er, man sollte ihm den Preis für die beste Hausbeleuchtung im Viertel verleihen; alle Fenster sind hell erleuchtet, die Haustür steht offen, das krebserregende Fernsehen ist auf brutale Lautstärke gestellt. Garp hat den

Verdacht, daß Mrs. Ralph eine Party gibt, doch als er näher schleicht – der Rasen ist mit Hundedreck und defekten Sportutensilien verziert –, hat er das Gefühl, das Haus sei menschenleer. Die tödlichen Strahlen des Fernsehers pulsieren durch das mit Schuhen und Kleidungsstücken übersäte Wohnzimmer, und zusammengesunken an dem ramponierten Sofa lehnen die leblosen Gestalten von Duncan und Ralph, die halb in ihren Schlafsäcken stecken und (natürlich) schlafen, aber so aussehen, als habe das Fernsehen sie dahingemordet. In dem kranken Fernsehlicht wirken ihre Gesichter blutleer.

Aber wo ist Mrs. Ralph? Die ganze Nacht außer Haus? Ins Bett gegangen, während alle Lampen brennen und die Tür offensteht und die Jungen vom Fernsehen gebadet werden? Garp fragt sich, ob sie wohl daran gedacht hat, den Herd abzustellen. Überall im Wohnzimmer stehen volle Aschenbecher herum; Garp stellt sich besorgt noch glimmende Zigaretten vor. Er bleibt hinter der Hekke und schleicht, nach Gas schnuppernd, zum Küchenfenster.

Im Spülbecken ein Berg Geschirr, auf dem Küchentisch eine Flasche Gin, in der Luft hängt noch der saure Geruch ausgepreßter Limonen. Die Schnur der Deckenlampe, die wohl einmal zu kurz war, ist mit der einen Hälfte einer in der Mitte durchgeschnittenen Strumpfhose erheblich verlängert worden – der Verbleib der anderen Hälfte unklar. Der Nylonfuß, mit durchscheinenden Fettflecken getüpfelt, baumelt in dem Lufthauch über der Ginflasche. Garp kann nichts Brennendes riechen, es sei denn, es brennt eine kleine Flamme unter der Katze, die akkurat, kunstvoll zwischen die Brenner drapiert, auf der Herdplatte liegt, das Kinn auf den Stiel einer schweren Pfanne stützt und sich den pelzigen Bauch an den Kontrollampen wärmt. Garp und die Katze starren einander an. Die Katze blinzelt.

Aber Garp glaubt, daß Mrs. Ralph nicht die nötige Konzentration aufbringen kann, um sich in eine Katze zu verwandeln. Ihr Haus – ihr *Leben* – ist in heilloser Unordnung, und die Frau scheint das sinkende Schiff verlassen zu haben, oder sie ist vielleicht oben ohnmächtig geworden. Liegt sie im Bett? Oder ertrunken in der Badewanne? Und wo ist die Bestie, deren gefährliche Exkremente aus dem Rasen ein Minenfeld gemacht haben?

In diesem Moment fällt donnernd eine schwere, polternde Gestalt die Hintertreppe herunter, stößt die Tür zur Küche auf, schlägt die Katze in die Flucht und schleudert die fettverschmierte Eisenpfanne zu Boden. Mrs. Ralph sitzt mit nacktem Hintern jammernd auf dem Linoleum – in einem kimonoähnlichen, weit offenen, nur um ihre dicken Hüften notdürftig zusammengezogenen Kleid und mit einem wie durch ein Wunder nicht verschütteten Drink in der Hand. Überrascht betrachtet sie den Drink und nippt daran; ihre großen, nach unten zeigenden Brüste leuchten – sie baumeln an ihrem sommersprossigen Oberkörper, als sie sich auf die Ellbogen zurücklehnt und rülpst. Die Katze miaut sie aus einer Ecke der Küche vorwurfsvoll an.

«Oh, hör auf, Titsy», sagt Mrs. Ralph zu der Katze. Doch als sie ächzend aufzustehen versucht, fällt sie flach auf den Rücken. Ihre Schamhaare sind naß und glitzern Garp entgegen; ihr von Schwangerschaftsstreifen gezeichneter Bauch sieht weiß und blanchiert aus, als sei Mrs. Ralph zu lange unter Wasser gewesen. «Ich schaffe dich raus hier, und wenn es meine letzte Tat ist», erklärt Mrs. Ralph der Küchendecke. Garp nimmt an, daß sie mit der Katze redet. Vielleicht hat sie sich den Knöchel gebrochen und ist zu betrunken, um es zu merken, denkt Garp; vielleicht hat sie sich das Rückgrat gebrochen.

Garp schleicht am Haus entlang zur offenen Haustür. Er ruft hinein. «Ist da jemand?» schreit er. Die Katze saust ihm zwischen den Beinen hindurch und ist draußen. Garp wartet. Er hört ein Grunzen aus der Küche – das eigenartige Geräusch von rutschendem Fleisch.

«Nun, solange ich noch lebe und atme», sagt Mrs. Ralph. Sie kommt in die Türöffnung geschwankt, das verwaschene geblümte Kleid mehr oder weniger zusammengezogen; den Drink hat sie irgendwo abgestellt.

«Ich sah Licht brennen und dachte, es sei vielleicht irgend etwas passiert», murmelt Garp.

«Sie kommen zu spät», teilt Mrs. Ralph ihm mit. «Die Jungen sind beide tot. Ich hätte sie nicht mit der Bombe spielen lassen sollen.» Sie sucht in Garps unverändertem Gesicht nach einem Anzeichen von Humor, aber sie stellt fest, daß er, was dieses Thema betrifft, ziemlich humorlos ist. «In Ordnung, Sie möchten sicher die Leichen sehen?» fragt sie. Sie zieht ihn an dem Gummiband seiner Turnhose zu sich. Garp wird sich bewußt, daß er kein Suspensorium trägt. Er stolpert schnell hinter seiner Hose her und stößt mit Mrs. Ralph zusammen, die ihn mit einem Gummiknall freiläßt und ins Wohnzimmer spaziert. Ihr Duft verwirrt ihn – Vanille auf dem Boden einer tiefen, feuchten Papiertüte.

Mrs. Ralph packt Duncan unter den Armen und hebt ihn samt Schlafsack mit erstaunlicher Kraft auf das gebirgige Sofa; Garp hilft ihr, Ralph hochzuheben, der schwerer ist. Sie arrangieren die Jungen Fuß an Fuß auf dem Sofa, ziehen ihre Schlafsäcke zurecht, schieben ihnen Kissen unter den Kopf. Garp schaltet den Fernsehapparat ab, und Mrs. Ralph stolpert durch das Zimmer, löscht Lampen, sammelt Aschenbecher ein. Sie sind wie ein Ehepaar, das nach einer Party aufräumt. «Eine tolle Nacht!» flüstert Mrs. Ralph dem plötzlich dunklen Wohnzimmer zu, während Garp über ein Fußkissen strauchelt und sich zum Licht in der Küche tastet. «Sie können noch nicht gehen», zischt Mrs. Ralph ihm zu. «Sie müssen mir noch helfen, jemanden rauszuschaffen.» Sie faßt ihn am Arm, läßt einen Aschenbecher fallen; ihr Kimono klafft auseinander. Garp, der sich bückt, um den Aschenbecher aufzuheben, streift mit den Haaren eine ihrer Brüste. «Das Tier hockt oben in meinem Schlafzimmer», erklärt sie Garp, «und will nicht *gehen*. Ich schaffe es nicht allein.»

«Ein Tier?» sagt Garp.

«Ein richtiges Miststück», sagt Mrs. Ralph. «Ein verdammter Freak.»

«Ein Freak?» sagt Garp.

«Ja. Bitte, schaffen Sie ihn fort», fleht sie Garp an. Sie zieht wieder an dem Gummiband seiner Turnhose, und dieses Mal schaut sie ungeniert hinein. «Mein Gott, Sie haben wirklich nicht *sehr viel* an, nicht wahr?» fragt sie ihn. «Frieren Sie denn nicht?» Sie legt eine Hand flach auf seinen nackten Bauch. «Nein, frieren tun Sie nicht», sagt sie achselzuckend.

Garp tritt einen Schritt zurück. «Wer ist es?» Er befürchtet, er solle dafür mißbraucht werden, Mrs. Ralphs früheren *Mann* aus dem Haus zu werfen.

«Kommen Sie, ich zeig's Ihnen», flüstert sie und zieht ihn die Hintertreppe hinauf und durch einen schmalen Kanal zwischen Wäschestapeln und riesigen Beuteln mit Hunde- und Katzenfutter. Kein Wunder, daß sie hier runtergefallen ist, denkt er.

In Mrs. Ralphs Schlafzimmer erblickt Garp sofort den schwarzen Labrador, der auf Mrs. Ralphs wogendem Wasserbett alle viere von sich streckt. Der Hund rollt träge auf die Seite und wedelt mit dem Schwanz. Mrs. Ralph treibt es mit ihrem Hund, denkt Garp, und sie kriegt ihn nicht aus ihrem Bett raus. «Los, alter Junge», sagt Garp. «Runter da.» Der Hund wedelt heftiger mit dem Schwanz und pinkelt ein bißchen.

«Nicht *ihn*», sagt Mrs. Ralph und versetzt Garp einen mächtigen Schubs; er findet das Gleichgewicht erst auf dem Bett wieder, das laut schwappt. Der große Hund leckt sein Gesicht. Mrs. Ralph zeigt auf einen Sessel am Fußende des Bettes, aber Garp sieht den jungen Mann zuerst im Spiegel von Mrs. Ralphs Frisierkommode. Er sitzt nackt im Sessel und kämmt das blonde Ende seines dünnen Pferdeschwanzes aus, den er sich über die Schulter gelegt hat und mit einer von Mrs. Ralphs Ärosoldosen besprüht. Sein Bauch und seine Schenkel sind genauso glänzend und ölig wie Mrs. Ralphs Fleisch und Vlies, und sein junger Penis ist so dünn und gebogen wie der Rücken eines englischen Windhundes.

«Hallo, wie geht's?» sagt der Junge zu Garp.

«Danke, ausgezeichnet», sagt Garp.

«Schaffen Sie ihn raus», sagt Mrs. Ralph.

«Ich hab versucht, sie dahin zu bringen, daß sie einfach *relaxt*, verstehen Sie?» fragt der junge Mann Garp. «Ich versuche sie dahin zu bringen, daß sie irgendwie *mitgeht*, verstehen Sie?»

«Lassen Sie sich bloß nicht in ein Gespräch mit ihm ein», sagt Mrs. Ralph. «Er quatscht Ihnen die Scheiße aus dem Leib.»

«Die Menschen sind alle so verkrampft», sagt der Junge. Er dreht sich auf dem Sessel um, lehnt sich zurück und legt die Füße auf das Wasserbett; der Hund leckt seine langen Zehen. Mrs. Ralph tritt seine Füße vom Bett. «Sehen Sie, was ich meine?» fragt der junge Mann Garp.

«Sie möchte, daß Sie gehen», sagt Garp.

«Sind Sie ihr Mann?» fragt der Junge.

«So ist es», sagt Mrs. Ralph, «und er wird dir deinen jämmerlichen kleinen Schwanz abschneiden, wenn du nicht machst, daß du fortkommst.»

«Sie gehen jetzt besser», erklärt Garp ihm. «Ich werde Ihnen helfen, Ihre Sachen zu suchen.»

Der junge Mann schließt die Augen. Er scheint zu meditieren. «Auf diesen Mist versteht er sich», sagt Mrs. Ralph zu Garp. «Der Kerl kann nur seine verdammten Augen schließen, das ist alles, wozu er taugt.»

«Wo sind Ihre Sachen?» fragt Garp den Jungen. Er ist vielleicht siebzehn oder achtzehn, denkt Garp. Vielleicht gerade alt genug fürs College oder für einen Krieg. Der Junge träumt weiter, und Garp rüttelt ihn sanft an der Schulter.

«Fassen Sie mich nicht an, Mann», sagt der Junge, die Augen immer noch geschlossen. In seiner Stimme ist etwas lächerlich Drohendes, das Garp zurückfahren und Mrs. Ralph ansehen läßt. Sie zuckt die Achseln.

«Das hat er zu mir auch gesagt», sagt sie. Wie ihr Lächeln, bemerkt Garp, ist auch ihr Achselzucken spontan und aufrichtig. Garp nimmt den Pferdeschwanz des Jungen, legt ihn über seine Kehle und reißt ihn in seinen Nacken zurück; er drückt den Kopf des Jungen in seine Armbeuge und klemmt ihn dort ein. Der Junge öffnet die Augen.

«Du ziehst dich jetzt an, verstanden?» sagt Garp.

«Fassen Sie mich nicht an», sagt der Junge wieder.

«Ich *fasse* dich an», sagt Garp.

«Okay, okay», sagt der Junge. Garp läßt ihn aufstehen. Der Junge ist ein paar Zentimeter größer als Garp, wiegt aber gut fünf Kilo weniger. Er sucht seine Sachen, aber Mrs. Ralph hat den langen, purpurroten Kaftan mit der absurd schweren Brokatstickerei bereits gefunden. Der Junge klettert hinein wie in eine Rüstung.

«Es war nett, Sie zu bumsen», sagt er zu Mrs. Ralph, «aber Sie sollten lernen, mehr zu relaxen.» Mrs. Ralph lacht so rauh, daß der Hund aufhört, mit dem Schwanz zu wedeln.

«Und du solltest noch einmal von vorn anfangen», sagt sie zu dem Jungen, «und alles noch einmal lernen.» Sie streckt sich auf dem Wasserbett neben dem Hund aus, der den Kopf auf ihren Bauch legt. «Oh, laß das jetzt, Bill!» fährt sie den Hund an.

«Sie kann überhaupt nicht richtig relaxen», informiert der Jüngling Garp.

«Du hast keinen blassen Schimmer, wie man jemanden zum Relaxen bringt», sagt Mrs. Ralph.

Garp steuert den jungen Mann aus dem Zimmer und die tückische hintere Treppe hinunter, dann durch die Küche und zur offenen Haustür.

«Wissen Sie, sie hat mich hereingebeten», erläutert der Junge. «Es war *ihre* Idee.»

«Sie hat Sie auch gebeten, zu gehen», sagt Garp.

«Sie können anscheinend genausowenig relaxen wie sie», sagt der Junge zu ihm.

«Wußten die Kinder, was los war?» fragt Garp ihn. «Schliefen sie schon, als Sie beide nach oben gingen?»

«Machen Sie sich keine Sorgen um die Kinder», sagt der Junge. «Kinder sind schön, Mann. Und sie wissen viel mehr, als die Erwachsenen denken. Kinder sind einfach vollkommene Menschen, bis die Erwachsenen sie in die Mangel nehmen. Die Kinder waren einfach Klasse. Kinder sind *immer* Klasse.»

«Haben Sie *Kinder*?» brummt Garp. Er hat bis jetzt viel Geduld mit dem jungen Mann gehabt, aber wenn es um Kinder geht, kennt er keine Geduld. Auf diesem Gebiet läßt er keine andere Autorität gelten. «Leben Sie wohl», sagt Garp zu dem Jungen. «Und kommen Sie nie wieder hierher.» Er schiebt ihn, aber nur ganz leicht, zur offenen Tür hinaus.

«Schubsen Sie mich nicht!» ruft der Junge, aber Garp taucht unter dem Fausthieb weg und hat die Arme um die Taille des Jungen gelegt, als er sich wieder aufrichtet; er hat das Gefühl, der junge Mann wiege fünfunddreißig, vielleicht vierzig Kilo, obgleich er natürlich schwerer ist. Er hat den Jungen im Schwitzkasten und preßt ihm die Arme hinter den Rücken; dann trägt er ihn hinaus bis zum Bürgersteig. Als der Junge aufhört zu zappeln, setzt Garp ihn ab.

«Sie wissen, wo es langgeht?» fragt Garp ihn. «Oder soll ich's Ihnen zeigen?» Der Junge holt tief Luft, befühlt sich die Rippen.

«Und erzählen Sie Ihren Freunden nicht, wo sie umsonst was erleben können», sagt Garp. «Wagen Sie nicht, auch nur anzurufen.»

«Ich weiß doch nicht mal, wie sie heißt, Mann», jammert der Junge.

«Und sagen Sie nicht noch mal ‹Mann› zu mir», sagt Garp.

«Okay, Mann», sagt der Jüngling. Garp spürt eine angenehme Trockenheit in der Kehle, die er als Bereitschaft, sich mit jemandem anzulegen, identifiziert, aber er läßt die Regung vorübergehen.

«Hauen Sie jetzt bitte ab», sagt Garp.

Als er einen Block entfernt ist, ruft der Junge: «Auf Wiedersehen, Mann!» Garp weiß, wie schnell er ihn einholen könnte, und malt sich die Komödie mit Genuß aus, aber es wäre eine Enttäuschung, wenn der Junge keine Angst hätte, und Garp hat nicht das dringende Bedürfnis, ihm weh zu tun. Garp winkt auf Wiedersehen. Der Junge streckt den Mittelfinger in die Höhe und geht davon, wobei sein albernes Gewand nachschleift – ein erster Christ, der sich in die Außenbezirke verirrt hat.

Nimm dich in acht vor den Löwen, denkt Garp und wünscht dem jungen Mann alles Gute. In ein paar Jahren, das weiß er, wird Duncan in seinem Alter sein; Garp kann nur hoffen, daß es ihm leichter fallen wird, mit Duncan zu kommunizieren.

Als er wieder ins Haus kommt, weint Mrs. Ralph. Garp hört, wie sie mit dem Hund redet. «O Bill», schluchzt sie. «Entschuldige, daß ich dich ausnutze. Du bist so lieb.»

«Auf Wiedersehen!» ruft Garp die Treppe hoch. «Ihr Freund ist gegangen, und ich gehe jetzt auch.»

«Scheiße!» brüllt Mrs. Ralph. «Wie können Sie mich einfach so allein lassen?» Ihr Gejammer wird lauter; gleich, denkt Garp, fängt der Hund an zu bellen.

«Was kann ich tun?» ruft Garp die Treppe hoch.

«Sie könnten zumindest bleiben und mit mir reden!» schreit Mrs. Ralph. «Sie scheinheiliger Scheißfreak!»

Was *ist* eigentlich ein Freak? fragt sich Garp, während er die Treppe hinaufnavigiert.

«Sie denken wahrscheinlich, ich mache jeden Tag so etwas», sagt Mrs. Ralph. Sie sitzt, völlig zerknittert, mit gekreuzten Beinen auf dem Wasserbett, den Kimono eng um sich gezogen und Bills großen Kopf auf ihrem Schoß.

Garp denkt es *tatsächlich*, aber er schüttelt den Kopf.

«Es macht mir nichts aus, mich zu demütigen, verstehen Sie?» sagt Mrs. Ralph. «Um Gottes willen, setzen Sie sich doch endlich.» Sie zieht Garp auf das schaukelnde Bett. «In dem verdammten Ding ist nicht genug Wasser», erklärt Mrs. Ralph. «Mein Mann hat es dauernd nachgefüllt, weil es leckt.»

«Es tut mir leid», sagt Garp. Der Eheberater.

«Ich hoffe, Sie lassen *Ihre* Frau nie sitzen», ermahnt ihn Mrs. Ralph. Sie nimmt seine Hand und hält sie in ihrem Schoß fest; der Hund leckt ihm die Finger. «Es ist das Beschissenste, was ein Mann tun kann», sagt Mrs. Ralph. «Er hat mir einfach gesagt, er hätte sein Interesse für mich nur vorgetäuscht, ‹jahrelang›! hat er gesagt. Und *dann* hat er gesagt, fast jede Frau, ob alt oder jung, sehe für seinen Geschmack besser aus als ich. Nicht sehr nett, nicht wahr?»

«Nein», stimmt Garp zu.

«Bitte, glauben Sie mir, ich habe nie mit irgendwem rumgemacht, bis er mich verließ.»

«Ich glaube Ihnen», sagt Garp.

«Es ist sehr schwer, als Frau Selbstvertrauen zu haben», sagt Mrs. Ralph. «Warum sollte ich nicht versuchen, mich ein bißchen zu amüsieren?»

«Sie *sollten* es», sagt Garp.

«Aber es gelingt mir so schlecht!» bekennt Mrs. Ralph und schlägt die Hände vors Gesicht. Der Hund versucht ihr das Gesicht zu lecken, aber Garp schiebt ihn weg; der Hund denkt, Garp wolle mit ihm spielen, und macht einen Satz über Mrs. Ralphs Schoß hinweg. Garp boxt den Hund auf die Nase – zu heftig –, und das arme Tier kriecht winselnd davon. «Tun Sie Bill nicht weh!» schreit Mrs. Ralph.

«Ich habe nur versucht, Ihnen zu helfen», sagt Garp.

«Sie helfen mir nicht, wenn Sie *Bill* weh tun», sagt Mrs. Ralph. «*Jesus*, sind denn alle durchgedreht?»

Garp sinkt auf das Wasserbett zurück und macht die Augen fest zu; das Bett wogt wie ein kleiner Ozean, und Garp stöhnt. «Ich weiß nicht, *wie* ich Ihnen helfen soll», gesteht er. «Es tut mir sehr leid, daß Sie diese Schwierigkeiten haben, aber es gibt wirklich nichts, was ich tun könnte, oder? Wenn Sie mir irgend etwas erzählen möchten, schießen Sie bitte los», sagt er, die Augen immer noch fest geschlossen, «aber in dem Zustand, in dem Sie sind, kann Ihnen niemand helfen.»

«Wirklich eine sehr aufmunternde Bemerkung», sagt Mrs. Ralph. Bill atmet in Garps Haare. Er spürt ein zaghaftes Lecken am Ohr. Garp fragt sich: Ist das Bill oder Mrs. Ralph? Dann fühlt er, wie ihre Hand unter seiner Turnhose nach ihm greift, und er denkt kühl: Warum habe ich mich eigentlich auf den Rücken gelegt, wenn ich wirklich nicht wollte, daß sie es tut?

«Tun Sie das bitte nicht», sagt er. Sie kann zweifellos fühlen, daß er kein Interesse hat, und sie läßt ihn los. Sie legt sich neben ihn, rollt dann herum und schmiegt den Rücken an ihn. Das Bett schwappt heftig, als Bill versucht, sich zwischen sie zu zwängen, aber Mrs. Ralph stößt ihn so fest mit dem Ellbogen in die Rippen, daß der Hund hustet und vom Bett auf den Fußboden springt.

«Armer Bill. Es tut mir leid», sagt Mrs. Ralph, leise weinend. Bills harter Schwanz trommelt dumpf auf den Fußboden. Mrs. Ralph furzt, wie um ihrer Selbsterniedrigung die Krone aufzusetzen. Ihr Schluchzen ist stetig wie ein warmer Landregen, von dem Garp weiß, daß er den ganzen Tag dauern kann. Garp, der Eheberater, fragt sich, was der Frau ein bißchen *Selbstvertrauen* geben könnte.

«Mrs. Ralph?» sagt Garp – und beißt sich sofort auf die Zunge.

«Was?» sagt sie. «Was haben Sie da gesagt?» Sie zappelt sich auf die Ellbogen hoch und wendet den Kopf, um ihn finster anzustarren. Sie hat es gehört, er weiß es. «Haben Sie da eben ‹Mrs. Ralph› gesagt?» fragt sie ihn. «Jesus, ‹Mrs. Ralph›!» ruft sie. «Sie wissen nicht mal meinen *Namen*!»

Garp setzt sich am Rand des Bettes auf; er würde sich am liebsten zu Bill auf den Fußboden legen. «Ich finde Sie sehr attraktiv», flüstert er Mrs. Ralph zu, aber er sieht Bill dabei an. «Im Ernst.»

«Dann beweisen Sie es», sagt Mrs. Ralph. «Sie gottverdammter Lügner. Zeigen Sie es mir.»

«Ich kann es Ihnen nicht zeigen», sagt Garp, «aber nicht, weil ich Sie nicht attraktiv finde.»

«Sie haben bei mir nicht mal eine Erektion!» schreit Mrs. Ralph. «Da liege ich hier halbnackt, und Sie liegen neben mir – auf meinem gottverdammten Bett – und kriegen nicht mal einen Ständer.»

«Ich wollte nicht, daß Sie es merken», sagt Garp.

«Das ist Ihnen gut gelungen», sagt Mrs. Ralph. «Wie heiße ich?»

Garp spürt, daß er sich einer seiner schrecklichen Schwächen nie so bewußt gewesen ist: wie sehr er das Bedürfnis hat, die Leute dahin zu bringen, daß sie ihn mögen, wie sehr er den Wunsch hat, geschätzt zu werden. Mit jedem Wort, das weiß er, sitzt er tiefer drin, verstrickt er sich mehr in eine offenkundige Lüge. Jetzt weiß er, was ein Freak ist.

«Ihr Mann muß verrückt sein», sagt Garp. «Für meinen Geschmack sehen Sie besser aus als die meisten anderen Frauen.»

«Oh, hören Sie bitte auf», sagt Mrs. Ralph. «Sie müssen krank sein.»

Das *muß* ich sein, stimmt Garp zu, aber er sagt: «Sie sollten Vertrauen in Ihre Sexualität haben, glauben Sie mir. Und Sie sollten Selbstvertrauen auf anderen Gebieten entwickeln, das ist noch wichtiger.»

«Es hat nie andere Gebiete gegeben», gibt Mrs. Ralph zu. «Ich war immer nur scharf auf Sex, und jetzt bin ich auch beim Sex nicht mehr scharf.»

«Aber Sie studieren», sagt Garp tastend.

«Ich bin sicher, daß ich selbst nicht weiß, *warum* ich es tue», sagt Mrs. Ralph. «Oder meinen Sie etwa *das*, wenn Sie sagen, daß ich Selbstvertrauen auf anderen Gebieten entwickeln soll?» Garp kneift angestrengt die Augen zusammen, wünscht sich Bewußtlosigkeit; als er das Wasserbett branden hört, schwant ihm Böses, und er öffnet die Augen. Mrs. Ralph hat sich ausgezogen, hat sich nackt auf dem Bett ausgestreckt. Die kleinen Wellen klatschen immer noch unter ihrem massigen Körper, der Garp wie ein störrisches, auf kabbeligem Wasser ankerndes Motorboot anschaukelt. «Zeigen Sie mir, daß Sie einen Ständer haben, dann können Sie gehen», sagt sie. «Zeigen Sie mir Ihren Ständer, und ich glaube Ihnen, daß Sie mich mögen.»

Garp versucht, an eine Erektion zu denken. Zu diesem Zweck schließt er die Augen und denkt an jemand anders.

«Sie Schuft!» sagt Mrs. Ralph. Aber Garp stellt fest, daß er schon hart ist; es war nicht halb so schwer, wie er sich vorgestellt hatte. Die Augen öffnend, muß er erkennen, daß Mrs. Ralph nicht ohne Reiz ist. Er zieht seine Turnhose herunter und zeigt sich ihr. Allein die Geste macht ihn noch härter; er stellt fest, daß er ihr feuchtes, lockiges Haar mag. Aber Mrs. Ralph scheint von der Demonstration weder enttäuscht noch beeindruckt. Sie hat sich mit ihrem Schicksal abgefunden. Resigniert zuckt sie mit den Schultern. Sie dreht sich um und wendet Garp ihr großes rundes Gesäß zu.

«Okay, Sie können ihn also wirklich hochkriegen», sagt sie. «Vielen Dank. Sie dürfen jetzt gehen.»

Garp spürt den Wunsch, sie anzufassen. Krank vor Verlegenheit spürt Garp, daß er kommen könnte – er brauchte sie dazu nur anzusehen. Er tappt zur Tür hinaus, die elende Treppe hinunter. Ist die Selbsterniedrigung, die diese Frau mit sich treibt, wenigstens für *heute* nacht zu Ende? fragt er sich. Ist Duncan sicher?

Er erwägt, seine Nachtwache bis zum tröstenden Licht des Morgengrauens auszudehnen. Er tritt auf die hingefallene Pfanne und knallt sie gegen den Herd. Aber von Mrs. Ralph hört man nicht einmal ein Seufzen und von Bill nur ein Stöhnen. Falls die Jungen aufwachen und etwas brauchen, wird Mrs. Ralph sie nicht hören, fürchtet er.

Es ist halb vier in Mrs. Ralphs endlich stillem Haus, als Garp den Entschluß faßt, die Küche aufzuräumen, um die Zeit bis zum Morgengrauen herumzubringen. Mit den Pflichten einer Hausfrau vertraut, läßt Garp das Spülbecken vollaufen und fängt an abzuwaschen.

Als das Telefon klingelte, wußte Garp, daß es Helen war. Plötzlich hatte er alles vor Augen – all die schrecklichen Dinge, die sie sich vorstellen könnte.

«Hallo», sagte Garp.

«Würdest du mir bitte sagen, was los ist?» fragte Helen. Garp wußte, daß sie schon lange wach gelegen hatte. Es war vier Uhr morgens.

«Nichts ist los, Helen», sagte Garp. «Es gab ein paar kleine Schwierigkeiten, und ich wollte Duncan nicht allein lassen.»

«Wo ist diese Person?» fragte Helen.

«Im Bett», gab Garp zu. «Sie ist hinüber.»

«Wovon?» fragte Helen.

«Sie hatte getrunken», sagte Garp. «Sie hatte einen jungen Mann bei sich im Haus, und sie wollte, daß ich ihn fortschaffte.»

«Dann warst du also allein mit ihr?» fragte Helen.

«Nicht lange», sagte Garp. «Sie schlief ein.»

«Ich stelle mir nicht vor, daß es sehr lange dauern würde», sagte Helen, «bei ihr nicht.»

Garp ließ eine Pause eintreten. Er hatte Helens Eifersucht eine ganze Zeit lang nicht mehr erlebt, aber es fiel ihm nicht schwer, sich an ihre erstaunliche Schärfe zu erinnern.

«Da spielt sich nichts ab, Helen», sagte Garp.

«Sag mir genau, was du gerade machst, jetzt in diesem Augenblick», sagte Helen.

«Ich wasche ab», teilte Garp ihr mit. Er hörte, wie sie bewußt tief atmete.

«Ich frage mich, warum du noch dort bist», sagte Helen.

«Ich wollte Duncan nicht allein lassen», sagte Garp.

«Ich denke, du solltest Duncan nach Hause bringen», sagte Helen. «Sofort.»

«Helen», sagte Garp. «Ich bin artig gewesen.» Es wirkte defensiv, sogar auf Garp; außerdem wußte er, daß er nicht artig genug gewesen war. «Es ist nichts passiert», fügte er hinzu und fühlte sich ein bißchen sicherer, was den Wahrheitsgehalt dieser Aussage betraf.

«Ich will nicht fragen, warum du ihr schmutziges Geschirr spülst», sagte Helen.

«Um die Zeit totzuschlagen», sagte Garp.

Aber in Wahrheit hatte er bisher einfach noch nicht genau betrachtet, was er tat, und es kam ihm sinnlos vor – auf das Morgengrauen zu warten, als passierten Unfälle nur bei Dunkelheit. «Ich warte darauf, daß Duncan aufwacht», sagte er, aber während er es sagte, merkte er, daß auch das nicht plausibel war.

«Warum weckst du ihn nicht einfach?» fragte Helen.

«Ich bin ein guter Tellerwäscher», sagte Garp in dem Bemühen um einen etwas leichteren Ton.

«Ich kenne all die Dinge, in denen du gut bist», sagte Helen eine Spur zu bitter, als daß es noch als Scherz hätte durchgehen können.

«Du machst dich selbst krank, wenn du immer so etwas denkst», sagte Garp. «Helen, hör bitte auf damit. Ich habe wirklich nichts Unrechtes getan.» Aber Garp dachte mit puritanischen Selbstvorwürfen an den Ständer, den er bei Mrs. Ralph bekommen hatte.

«Ich bin schon ganz krank», sagte Helen, aber ihre Stimme wurde weicher. «Bitte, komm jetzt nach Hause», sagte sie zu ihm.

«Soll ich Duncan etwa allein lassen?»

«Dann weck ihn um Himmels willen», sagte sie. «Oder *trag* ihn.»

«Ich bin gleich zu Hause», sagte Garp. «Mach dir bitte keine Sorgen, denk nicht, was du denkst. Ich werde dir genau erzählen, was passiert ist. Die Geschichte wird dir wahrscheinlich sehr gefallen.» Aber er wußte, daß er Schwierigkeiten haben würde, wenn er ihr die *ganze* Geschichte erzählte, und daß er sich genau überlegen mußte, welche Teile er besser ausließ.

«Es geht mir schon besser», sagte Helen. «Bis nachher. Wasch bitte nicht einen Teller mehr ab.» Dann legte sie auf, und Garp sah sich prüfend in der Küche um. Viel geleistet hatte er noch nicht, fand er. Mrs. Ralph würde gar nicht bemerken, daß die Arbeiten zur Beseitigung der Trümmer in Angriff genommen worden waren.

Garp suchte Duncans Sachen zwischen den vielen, nicht sehr einladenden Haufen von Kleidungsstücken, die überall im Wohnzimmer lagen. Er kannte Duncans Sachen, aber er konnte sie nirgendwo entdecken; dann fiel ihm ein, daß Duncan seine Sachen wie ein Hamster unten in seinem Schlafsack aufbewahrte und dann zu ihnen ins Nest kroch. Duncan wog ungefähr sechsunddreißig Kilo, zuzüglich Schlafsack, zuzüglich Sachen, aber Garp glaubte, daß er den Jungen nach Hause tragen konnte, und sein Fahrrad konnte Duncan ein andermal abholen. Zumindest, beschloß Garp, würde er Duncan nicht in Ralphs Haus wecken. Es konnte sonst eine Szene geben: Duncan würde vielleicht Ärger machen, wenn er vorzeitig nach Hause mußte. Mrs. Ralph würde womöglich aufwachen.

Dann dachte Garp an Mrs. Ralph. Voll Wut auf sich selbst gestand er sich ein, daß er sie wenigstens noch einmal betrachten wollte; seine sogleich wiederkehrende Erektion erinnerte ihn daran, daß er ihren dicken, derben Körper wiedersehen wollte. Er ging schnell zur Hintertreppe. Er hätte ihr stinkendes Zimmer mit der Nase finden können.

Er betrachtete ohne Umschweife ihre Scham, ihren eigenartig gewundenen Nabel, ihre (für so große Brüste) ziemlich kleinen Brustwarzen. Er hätte zuerst ihre Augen betrachten sollen, dann hätte er wohl gemerkt, daß sie hellwach war und ihn ihrerseits anstarrte.

«Fertig mit dem Abwasch?» fragte Mrs. Ralph. «Schnell noch auf Wiedersehen sagen?»

«Ich wollte nur sehen, ob Ihnen auch nichts fehlt», erklärte er ihr.

«Scheiße», sagte sie. «Sie wollten mich noch mal ansehen.»

«Ja», gestand er und blickte fort. «Es tut mir leid.»

«Warum denn?» sagte sie. «Es hat mir den Tag gerettet.» Garp versuchte zu lächeln.

«Es tut Ihnen zu oft etwas leid», sagte Mrs. Ralph. «Wie sehr Sie *leiden* müssen. Nur nicht wegen Ihrer Frau», sagte Mrs. Ralph. «*Ihr* haben Sie noch kein einziges Mal gesagt, daß es Ihnen leid tut.»

Neben dem Wasserbett stand ein Telefon. Garp hatte das Gefühl, daß er sich noch nie in einem Menschen so verschätzt hatte, wie er sich in Mrs. Ralph verschätzt hatte. Sie war plötzlich nicht betrunkener als Bill – oder sie war auf wunderbare Weise nüchtern geworden, oder sie genoß jene halbe Stunde der Klarheit zwischen Betäubung und Kater – eine halbe Stunde, über die Garp gelesen hatte, die er aber immer für einen Mythos gehalten hatte. Eine weitere Illusion.

«Ich nehme Duncan mit nach Hause», sagte Garp. Sie nickte.

«Wenn ich Sie wäre», sagte sie, «würde ich ihn auch mit nach Hause nehmen.»

Garp wehrte sich gegen ein weiteres «Es tut mir leid» und unterdrückte es nach einem kurzen, aber harten Kampf.

«Tun Sie mir einen Gefallen?» fragte Mrs. Ralph. Garp betrachtete sie; es machte ihr nichts aus. «Erzählen Sie Ihrer Frau nicht *alles* über mich, okay? Stellen Sie mich nicht als ein solches Schwein hin. Vielleicht könnten Sie mich mit ein bißchen Mitgefühl beschreiben.»

«Ich habe ziemlich viel Mitgefühl», murmelte Garp.

«Sie haben da auch einen ziemlich großen *Schwanz*», sagte Mrs. Ralph und starrte auf Garps vorstehende Turnhose. «*Damit* sollten Sie lieber nicht nach Haus gehen.» Garp sagte nichts. Garp der Puritaner hatte das Gefühl, er verdiene ein paar kräftige Hiebe. «Ihre Frau paßt wirklich gut auf Sie auf, nicht wahr?» sagte Mrs. Ralph. «Ich nehme an, Sie sind nicht *immer* artig gewesen. Wissen Sie, was mein Mann von Ihnen gesagt hätte?» fragte sie. «Mein Mann hätte gesagt, daß Ihre Frau Sie gut an der Möse hat.»

«Ihr Mann muß ein ganz schönes Arschloch gewesen sein», sagte Garp. Es war ein gutes Gefühl, einen Hieb zu landen, selbst wenn es ein schwacher Hieb war, aber Garp kam sich wie ein Idiot vor, daß er diese Frau für eine Schlampe gehalten hatte.

Mrs. Ralph erhob sich von ihrem Bett und stellte sich vor Garp hin. Ihre Brüste berührten seine Brust. Garp fürchtete, sein Ständer könne sie anstoßen. «Sie kommen wieder», sagte Mrs. Ralph. «Wollen wir wetten?» Garp verließ sie wortlos.

Er hatte sich noch keine fünfhundert Meter von Mrs. Ralphs Haus entfernt – Duncan steckte tief unten im Schlafsack und zappelte auf seiner Schulter –, als der Streifenwagen an den Bordstein fuhr und das blaue Polizeilicht ihn anblitzte, während er wie *ertappt* dastand. Ein hinterhältiger, halbnackter Kindesentführer, der sich mit seinem hellen Bündel gestohlener Dinge und gestohlener Blicke – und einem gestohlenen Kind – davonschleicht.

«Was haben Sie da, junger Mann?» fragte ihn einer der Polizisten. Sie waren zu zweit in dem Streifenwagen, und hinten auf dem Rücksitz saß eine dritte Gestalt, die kaum zu sehen war.

«Meinen Sohn», sagte Garp. Beide Polizisten stiegen aus dem Auto.

«Wohin wollen Sie mit ihm?» fragte ihn der eine. «Fehlt ihm etwas?» Er leuchtete Duncan mit einer Taschenlampe ins Gesicht. Duncan versuchte immer noch zu schlafen; er blinzelte abwehrend ins Licht.

«Er hat heute nacht bei einem Freund geschlafen», sagte Garp. «Aber es hat nicht richtig geklappt. Ich bringe ihn nach Hause.» Der Polizist leuchtete Garp mit seiner Lampe ab – Garp in seiner Langstreckenlaufkluft. Turnhose, Schuhe mit Rennstreifen, kein Hemd.

«Können Sie sich ausweisen?» fragte der Polizist. Garp legte Duncan und den Schlafsack behutsam auf jemandes Rasen.

«Natürlich nicht», sagte Garp. «Wenn Sie mich nach Hause fahren, werde ich Ihnen etwas zeigen.» Die Polizisten sahen sich an. Sie waren vor Stunden in das Viertel geschickt worden, weil eine junge Frau gemeldet hatte, sie sei von einem Exhibitionisten, mindestens von einem Flitzer belästigt worden. Womöglich handelte es sich um eine versuchte Vergewaltigung. Sie war ihm mit dem Fahrrad entkommen, sagte sie.

«Treiben Sie sich schon lange hier draußen herum?» fragte einer der Polizisten Garp.

Die dritte Gestalt, die auf dem Rücksitz des Polizeiautos saß, beobachtete durch das Fenster, was da draußen vor sich ging. Als sie Garp erblickte, sagte sie: «He, Mann, wie geht's?» Duncan wachte auf.

«Ralph?» sagte Duncan.

Ein Polizist kniete sich neben den Jungen auf die Erde und zeigte mit der Taschenlampe zu Garp hoch. «Ist das dein Vater?» fragte er Duncan. Der Junge war verunsichert; er blickte von seinem Vater zu den Polizisten und dann zu dem blauen Licht, das auf dem Streifenwagen blitzte.

Der andere Polizist ging hinüber zu der Gestalt auf dem Rücksitz des Autos. Es war der Junge mit dem purpurroten Kaftan. Die Polizisten hatten ihn aufgelesen, als sie das Viertel nach dem Exhibitionisten absuchten. Der Junge hatte ihnen nicht mitteilen können, wo er wohnte – weil er nirgendwo richtig wohnte. «Kennen Sie den Mann mit dem Kind da?» fragte der Polizist den Jungen.

«Ja, das ist ein ganz harter Bursche», sagte der junge Mann.

«Alles in Ordnung, Duncan», sagte Garp. «Hab keine Angst. Ich bringe dich nur nach Hause.»

«Sohn?» fragte der Polizist Duncan. «Ist das dein Vater?»

«Sie machen ihm angst», sagte Garp zu dem Polizisten.

«Ich habe keine Angst», sagte Duncan. «Warum bringst du mich nach Hause?» fragte er seinen Vater. Das hätten offenbar alle gern gewußt.

«Ralphs Mutter ging es nicht gut», sagte Garp. Er hoffte, das würde reichen, aber der fortgejagte Liebhaber in dem Streifenwagen fing an zu lachen. Der Polizist mit der Taschenlampe richtete den Lichtstrahl auf den jugendlichen Liebhaber und fragte Garp, ob er ihn kenne. Garp dachte: Hier ist kein Ende in Sicht.

«Mein Name ist Garp», sagte Garp gereizt. «T. S. Garp. Ich bin verheiratet. Ich habe zwei Kinder. Eines davon – der Junge hier, er heißt Duncan, mein Ältester – hat die Nacht bei einem Freund verbracht. Ich hatte das Gefühl, daß die Mutter dieses Freundes vielleicht nicht genügend auf ihn aufpassen würde. Also ging ich zu dem Haus und brachte meinen Sohn nach Haus. Das heißt, ich *versuche* noch, ihn nach Haus zu bringen.

Der junge Mann da drüben», fuhr Garp fort und zeigte auf den Streifenwagen, «war gerade bei der Mutter des Freundes von meinem Sohn zu Besuch, als ich dort hinkam. Die Mutter wollte, daß der Junge ging – *der junge Mann da drüben*», sagte Garp und deutete wieder auf den Jungen in dem Streifenwagen. «Und er ging.»

«Wie heißt diese Mutter?» fragte ein Polizist. Er versuchte, alles in einen riesigen Notizblock zu schreiben. Nach einer höflichen Pause blickte der Polizist zu Garp auf.

«Duncan?» fragte Garp seinen Sohn. «Wie heißt Ralph mit Nachnamen?»

«Er wird gerade geändert», sagte Duncan. «Früher hatte er den Nachnamen seines Vaters, aber seine Mutter will ihn ändern lassen.»

«Ja, aber wie heißt sein *Vater*?» fragte Garp.

«Ralph», sagte Duncan. Garp schloß die Augen.

«Ralph Ralph?» fragte der Polizist mit dem Block.

«Nein. Duncan, denk bitte nach», sagte Garp. «Wie heißt Ralph mit *Nachnamen*?»

«Also, ich glaube, das ist der Name, der gerade geändert wird», sagte Duncan.

«Duncan, von *was* wird er geändert?» fragte Garp.

«Du kannst ja Ralph fragen», schlug Duncan vor. Garp hätte am liebsten geschrien.

«Sagten Sie, Sie heißen Garp?» fragte einer der Polizisten.

«Ja», gestand Garp.

«Und die Anfangsbuchstaben Ihrer Vornamen sind T. S.?» fragte der Polizist. Garp wußte, was als nächstes kommen würde; er war erschöpft.

«Ja, T. S.», sagte er. «Nur T. S.»

«He, *T*riebtäter *S*aftsack!» johlte der Junge im Streifenwagen und ließ sich, vor Lachen erstickend, der Länge nach auf den Rücksitz fallen.

«Wofür steht der erste Anfangsbuchstabe, Mr. Garp?» fragte der Polizist.

«Für nichts», sagte Garp.

«Für nichts?» sagte der Polizist.

«Es sind nur Anfangsbuchstaben», sagte Garp. «Sie sind alles, was meine Mutter mir gegeben hat.»

«Ihr Vorname ist *T*?» fragte der Polizist.

«Die Leute nennen mich Garp», sagte Garp.

«Eine tolle Geschichte, Mann!» rief der Junge im Kaftan, aber der Polizist, der dem Streifenwagen am nächsten stand, klopfte warnend auf das Dach.

«Wenn du noch einmal deine schmutzigen Füße auf den Sitz legst, Sonny», sagte er, «leckst du die Sauerei mit der Zunge ab.»

«Garp?» sagte der Polizist, der Garp vernahm. «Ich weiß, wer Sie sind!» rief er plötzlich. Garp erschrak. «Sie sind der, der den Sittenstrolch im Park erwischt hat!»

«Ja!» sagte Garp. «Das war ich. Aber das war nicht hier, und es ist Jahre her.»

«Ich weiß es noch, als wäre es gestern gewesen», sagte der Polizist.

«Was denn?» fragte der andere Polizist.

«Du bist noch zu jung», sagte der ältere zu ihm. «Das ist der Mann namens Garp, der den Sittenstrolch im Park geschnappt hat – wo war es doch gleich? Den *Kinder*schänder, das war er. Und was waren Sie doch noch?» fragte er Garp neugierig. «Ich meine, das war doch irgend so etwas Komisches, nicht wahr?»

«Komisch?» sagte Garp.

«Wovon *lebten* Sie», sagte der Polizist. «Wovon lebten Sie damals?»

«Vom Schreiben», sagte Garp.

«Ah ja», erinnerte sich der Polizist. «Sind Sie immer noch Schriftsteller?»

«Ja», gestand Garp. Er wußte zumindest, daß er kein Eheberater war.

«Na gut», sagte der Polizist, aber irgend etwas bedrückte ihn noch. Garp sah ihm an, daß irgend etwas nicht in Ordnung war.

«Ich hatte damals einen Bart», sagte er versuchsweise.

«Das ist es!» rief der Polizist. «Und Sie haben ihn abrasiert?»

«Genau», sagte Garp.

Die Polizisten berieten sich im roten Schein der Rücklichter des Streifenwagens. Sie beschlossen, Garp und Duncan nach Hause zu fahren, aber sie sagten, Garp müsse ihnen trotzdem irgendeinen Ausweis zeigen.

«Ich erkenne Sie von den Bildern her einfach nicht wieder – ohne den Bart», sagte der ältere Polizist.

«Es ist ja auch schon Jahre her», sagte Garp traurig, «und es war in einer anderen Stadt.»

Es war Garp unangenehm, daß der junge Mann im Kaftan das Haus sehen würde, in dem die Garps wohnten. Garp malte sich aus, daß der junge Mann eines Tages aufkreuzen und irgend etwas verlangen würde.

«Erinnerst du dich an mich?» fragte der junge Mann Duncan.

«Ich glaube, nicht», sagte Duncan höflich.

«Na, du hast ja auch schon fast geschlafen», meinte der junge Mann. Und zu Garp sagte er: «Sie sind zu verkrampft mit Kindern, Mann. Kinder schaffen es sehr gut. Ist das Ihr einziges Kind?»

«Nein, ich habe noch eins», sagte Garp.

«Mann, Sie sollten noch ein *Dutzend* haben», sagte der Junge. «Dann wären Sie vielleicht nicht so verkrampft mit dem einen hier, verstehen Sie?» Da erinnerte sich Garp an das, was seine Mutter als die Percysche Kindertheorie bezeichnet hatte.

«Nächste links», sagte Garp zu dem Polizisten, der am Steuer saß, «und dann gleich rechts, und dort ist es an der Ecke.» Der andere Polizist gab Duncan einen Lolly.

«Danke», sagte Duncan.

«Und ich?» fragte der Junge in dem Kaftan. «*Ich* mag Lollies.» Der Polizist sah ihn mit funkelnden Augen an. Als er ihnen wieder den Rücken zuwandte, gab Duncan dem Jüngling seinen Lolly. Duncan war kein Freund von Lollies, er war es nie gewesen.

«Danke», flüsterte der junge Mann. «Sehen Sie, Mann?» sagte er zu Garp. «Kinder sind einfach wunderbar.»

Helen auch, dachte Garp – wie sie da in der Tür stand, mit dem Licht hinter sich. Ihr blaues, bodenlanges Morgenkleid hatte einen hohen Rollkragen, und Helen hatte den Kragen hochgerollt, als friere sie. Sie hatte auch ihre Brille auf – woran Garp sah, daß sie schon gewartet hatte.

«Mann», flüsterte der Junge in dem Kaftan und stieß Garp mit dem Ellbogen an, als er aus dem Auto stieg. «Wie sieht diese tolle Biene erst aus, wenn sie die Brille abnimmt?»

«Mom! Sie haben uns verhaftet!» rief Duncan Helen zu.

Die Polizisten im Streifenwagen warteten darauf, daß Garp seinen Ausweis holte.

«Sie haben uns nicht *verhaftet*», sagte Garp. «Sie haben uns nach *Hause* gebracht, Duncan. Alles in *Ordnung*», sagte er zornig zu Helen. Er lief nach oben, um seine Brieftasche zwischen seinen Sachen zu suchen.

«Bist du etwa so nach draußen gegangen?» rief Helen hinter ihm her. «In diesem Aufzug?»

«Die Polizei hat gedacht, er entführt mich», sagte Duncan.

«Sind die Polizisten in das Haus gekommen?» fragte Helen ihn.

«Nein, Dad hat mich nach Hause gebracht», sagte Duncan. «Mann, Dad ist ja vielleicht komisch.»

Garp stolperte die Treppe hinunter und lief zur Tür hinaus. «Eine Personenverwechslung», rief er Helen murmelnd zu. «Sie müssen jemand anders gesucht haben. Reg dich um Himmels willen nicht auf.»

«Ich rege mich gar nicht auf», sagte Helen in scharfem Ton.

Garp zeigte der Polizei seinen Ausweis.

«Gut, in Ordnung», sagte der ältere Polizist. «Es ist *wirklich* nur T. S., nicht wahr? Ich nehme an, so ist es leichter.»

«Manchmal auch nicht», sagte Garp.

Als der Streifenwagen fortfuhr, rief der Junge Garp aus dem Seitenfenster zu: «Sie sind nicht übel, Mann, wenn Sie nur lernen würden, richtig zu *relaxen*!»

Garps Eindruck von Helens Körper – dünn und angespannt, zitternd unter dem blauen Morgenkleid – half ihm nicht gerade dabei, zu relaxen. Duncan war hellwach und schnatterte; außerdem hatte er Hunger. Garp auch. In der langsam hell werdenden Küche sah Helen ihnen kühl beim Essen zu. Duncan erzählte die Handlung seines langen Fernsehfilms; Garp hatte den Verdacht, daß es in Wirklichkeit zwei Filme gewesen waren und daß Duncan beim ersten eingeschlafen und, nachdem der andere schon begonnen hatte, wieder aufgewacht war. Er versuchte sich vorzustellen, wo und wann Mrs. Ralphs Aktivitäten in Duncans Film zu integrieren waren.

Helen stellte keine Fragen. Teilweise weil sie, wie Garp wußte, das, was sie sagen wollte, nicht vor Duncan sagen konnte. Aber teilweise bedachte sie auch sehr genau – wie Garp selbst –, was sie sagen wollte. Sie waren beide dankbar für Duncans Anwesenheit; das lange Warten, bis sie frei und ungehindert miteinander sprechen konnten, würde sie vielleicht freundlicher und vorsichtiger machen.

Als es hell wurde, konnten sie nicht länger warten, und sie fingen an, auf dem Umweg über Duncan miteinander zu sprechen.

«Erzähl Mommy, wie die Küche ausgesehen hat», sagte Garp. «Und erzähl ihr von dem Hund.»

«Bill?»

«Genau!» sagte Garp. «Erzähl ihr etwas von dem alten Bill.»

«Was hatte Ralphs Mutter denn an, als du dort warst?» fragte Helen Duncan. Sie lächelte Garp zu. «Ich hoffe, sie hatte mehr Kleider an als Daddy.»

«Was habt ihr zum Abendbrot gegessen?» fragte Garp Duncan.

«Sind die Schlafzimmer oben oder unten?» fragte Helen. «Oder beides?» Garp versuchte, ihr mit einem Blick zu sagen: Fang nicht wieder damit an. Er fühlte förmlich, wie sie die alten, abgenutzten Waffen in Reichweite legte. Sie hatte eine oder zwei Babysitterinnen, an die sie sich, was ihn betraf, erinnern konnte, und er fühlte, wie sie die Babysitterinnen zurechtschob. Falls sie einen der alten, verletzenden Namen aufs Tapet brachte, hatte Garp keine Namen für den Vergeltungsschlag parat. Helen hatte keine Babysitter, die gegen sie sprachen; noch nicht. Harrison Fletcher zählte für Garp nicht.

«Wie viele Telefone gibt es denn in dem Haus?» fragte Helen Duncan. «Ist in der Küche und im Schlafzimmer ein Telefon? Oder gibt es nur ein einziges Telefon – im Schlafzimmer?»

Als Duncan schließlich in sein Zimmer ging, blieb Helen und Garp nur noch eine knappe halbe Stunde, bis Walt wach werden würde. Aber Helen hatte die Namen ihrer Feindinnen parat. Man hat reichlich Zeit, Schaden anzurichten, wenn man weiß, wo die Kriegsverletzungen sind.

«Ich liebe dich so sehr, und ich kenne dich so gut», begann Helen.

12
Es passiert Helen

Nächtliche Anrufe – jene Alarmsignale des Herzens – sollten Garp sein Leben lang in Schrecken setzen. Wer von meinen Lieben ist es? würde Garps Herz beim ersten Klingeln schreien – wer ist unter einen Lastwagen geraten, wer ist im Bier ertränkt worden oder liegt nach einem Elefantentritt im schrecklichen Dunkel?

Garp fürchtete sich vor solchen Anrufen nach Mitternacht, aber einmal machte er – unabsichtlich – selbst einen. Es war an einem Abend, an dem Jenny bei ihnen zu Besuch war. Seine Mutter hatte erwähnt, daß Cushie Percy bei der Geburt eines Kindes gestorben war. Garp hatte nichts davon gehört, und obwohl er hin und wieder mit Helen über seine alte Leidenschaft für Cushie witzelte – und Helen ihn damit aufzog –, machte die Nachricht von Cushies *Tod* ihn völlig fertig. Cushman Percy war so aktiv gewesen, so voller heißer Lebenslust – es schien unmöglich. Die Nachricht, daß Alice Fletcher etwas zugestoßen sei, hätte ihn weniger durcheinandergebracht; er war eher darauf vorbereitet, daß ihr etwas passierte. So traurig es war, er wußte, daß Quiet Alice *immer* etwas passieren würde.

Garp ging in die Küche, und ohne sich klarzumachen, wie spät es war, oder sich daran zu erinnern, wann er sich noch ein Bier geholt hatte, merkte er plötzlich, daß er die Nummer der Percys gewählt hatte; das Rufzeichen ertönte. Nur langsam konnte Garp sich den langen Weg aus dem Schlaf vorstellen, den Fat Stew zurücklegen mußte, ehe er sich melden konnte.

«Mein Gott, wen rufst du denn da an?» fragte Helen, die gerade in die Küche kam. «Es ist Viertel vor zwei!»

Bevor Garp auflegen konnte, nahm Stewart Percy ab.

«Ja?» fragte Fat Stew beunruhigt, und Garp konnte sich die zarte, hirnlose Midge vorstellen, die sich, nervös wie eine bedrängte Henne, im Bett neben ihm aufsetzte.

«Es tut mir leid, wenn ich Sie geweckt habe», sagte Garp. «Ich war mir nicht bewußt, daß es schon so spät ist.» Helen schüttelte den Kopf und verließ die Küche. Jenny erschien in der Küchentür und sah ihn mit jenem kritischen Ausdruck an, mit dem nur eine Mutter ihren Sohn ansehen kann. Es ist ein Ausdruck, der mehr Enttäuschung beinhaltet als den üblichen Zorn.

«Wer zum Teufel ist da?» fragte Stewart Percy.

«Hier spricht Garp, Sir», sagte Garp, wieder ein kleiner Junge, der sich für seine Gene entschuldigt.

«Heiliges Kanonenrohr», sagte Fat Stew. «Was *wollen* Sie denn?»

Jenny hatte es versäumt, Garp zu erzählen, daß Cushie Percy vor *Monaten* gestorben war; Garp dachte, er spreche sein Beileid zu einem kürzlich geschehenen Unglück aus. Deshalb sprach er stockend.

«Es tut mir leid, sehr leid», sagte Garp.

«Das sagten Sie bereits, das *sagten* Sie bereits», sagte Stewart.

«Ich habe es eben erst gehört», sagte Garp, «und ich wollte Ihnen und Ihrer Gattin gern sagen, wie aufrichtig leid es mir tut. Vielleicht habe ich es *Ihnen* gegenüber nie erkennen lassen, Sir, aber ich empfand eine ehrliche Zuneigung für . . .»

«Sie kleines Dreckschwein!» sagte Stewart Percy. «Sie Mutterschänder, Sie Scheißkerl von einem Japs.» Und damit legte er auf.

Selbst Garp war auf soviel Haß nicht vorbereitet. Aber er mißverstand die Situation. Es sollte Jahre dauern, bis ihm die Umstände seines Anrufs klar wurden. Die arme Pu Percy, die verhuschte Bainbridge, sollte sie eines Tages Jenny erklären. Als Garp anrief, war Cushie schon lange tot, und Stewart begriff gar nicht, daß Garp über den Verlust *Cushies* mit ihm trauerte. Denn als Garp anrief, war die Nacht jenes dunklen Tages angebrochen, an dem die schwarze Bestie Bonkers endlich ihr Leben ausgehaucht hatte.

Stewart Percy dachte, Garps Anruf sei ein grausamer Scherz – geheucheltes Beileid für den Hund, den Garp immer gehaßt hatte.

Und als jetzt das Telefon klingelte, merkte Garp, wie Helen, während sie noch aus dem Schlaf emportauchte, ihn instinktiv umklammerte. Als er abnahm, hielt Helen sein Bein zwischen ihren Knien – als klammerte sie sich an das Leben und die Sicherheit, die sein Körper für sie bedeutete. Garp ging im Geiste alle Möglichkeiten durch. Walt war zu Hause und schlief. Duncan ebenfalls; er war *nicht* bei Ralph.

Helen dachte: Es ist mein Vater; es ist sein Herz. Manchmal dachte sie: Jetzt haben sie endlich meine Mutter gefunden und identifiziert. In einem Leichenschauhaus.

Und Garp dachte: Mom ist umgebracht worden. Oder man hält sie gefangen, um ein Lösegeld zu erpressen – Männer, die nichts weniger als die öffentliche Vergewaltigung von vierzig Jungfrauen fordern, ehe sie die berühmte Feministin unversehrt freilassen. Und sie werden auch das Leben meiner Kinder verlangen und so fort.

Roberta Muldoon war am Telefon, was Garp vollends davon überzeugte, daß Jenny Fields das Opfer sei. Aber das Opfer war Roberta.

«Er hat mich verlassen», sagte Roberta, und ihre gewaltige Stimme war tränenerstickt. «Er hat mir den Laufpaß gegeben. *Mir!* Kannst du das glauben?»

«Jesus, Roberta», sagte Garp.

«Oh, ich habe nie gewußt, was für ein *Dreck* die Männer sind, bis ich eine Frau wurde», sagte Roberta.

«Es ist Roberta», flüsterte Garp Helen zu, um sie zu beruhigen. «Ihr Lover hat Schluß gemacht.» Helen seufzte, ließ Garps Bein los und drehte sich um.

«Es ist dir egal, nicht?» fragte Roberta Garp gereizt.

«Bitte, Roberta», sagte Garp.

«Entschuldige», sagte Roberta. «Aber ich dachte, es sei zu spät, um deine Mutter anzurufen.» Garp fand diese Logik verblüffend; er wußte, daß Jenny länger aufblieb als er. Aber er mochte Roberta, sogar sehr, und sie hatte bestimmt viel durchgemacht.

«Er sagte, ich sei nicht *genug* Frau, ich brächte ihn sexuell durcheinander – *ich* sei sexuell durcheinander!» weinte Roberta. «O Gott, dieser *Scheißkerl*! Er hat es nur gemacht, weil es etwas Neues war. Er wollte nur bei seinen Freunden angeben.»

«Ich wette, du hättest es mit ihm aufnehmen können, Roberta», sagte Garp. «Warum hast du nicht Kleinholz aus ihm gemacht?»

«Du verstehst aber auch nichts», sagte Roberta. «Mir *ist* nicht danach, Kleinholz aus jemandem zu machen, nicht mehr. Ich bin eine *Frau*!»

«Ist Frauen denn nie danach, Kleinholz aus jemandem zu machen?» fragte Garp. Helen langte herüber und zupfte an seinem Glied.

«Ich habe keine Ahnung, *wonach* Frauen ist», jammerte Roberta. «Ich weiß nicht, wonach ihnen sein *sollte*. Ich weiß nur, wonach *mir* ist.»

«Wonach denn?» fragte Garp, weil er wußte, daß sie es ihm unbedingt sagen wollte.

«Mir ist danach, *jetzt* Kleinholz aus ihm zu machen», gestand Roberta, «aber als er mich hier runterputzte, habe ich nur dagesessen und alles über mich ergehen lassen. Ich habe sogar geweint. Ich habe den ganzen Tag geweint!» weinte sie. «Und er hat mich sogar angerufen und mir gesagt, wenn ich *immer* noch weinte, machte ich mir nur selbst etwas vor.»

«Zum Teufel mit ihm», sagte Garp.

«Alles, was er wollte, war ein Loch», sagte Roberta. «Warum sind die Männer so?»

«Na ja», sagte Garp.

«Oh, ich weiß, *du* bist nicht so», sagte Roberta. «Wahrscheinlich findest du mich nicht einmal attraktiv.»

«Natürlich bist du attraktiv, Roberta», sagte Garp.

«Aber nicht für *dich*», sagte Roberta. «Lüg nicht. Ich bin sexuell nicht attraktiv, stimmt's?»

«Für *mich* vielleicht nicht», gestand Garp, «aber für viele *andere* Männer. Natürlich bist du das.»

«Na ja, du bist ein guter Freund, das ist wichtiger», sagte Roberta. «Übrigens finde ich dich sexuell auch nicht sehr attraktiv.»

«Dann ist ja alles klar», sagte Garp.

«Du bist zu klein», sagte Roberta. «Ich mag Männer, die *größer* wirken – ich meine, sexuell. Sei bitte nicht verletzt.»

«Ich bin nicht verletzt», sagte Garp. «Sei du es bitte auch nicht.»

«Natürlich nicht», sagte Roberta.

«Ruf mich doch morgen früh noch mal an», schlug Garp vor. «Dann wird es dir schon bessergehen.»

«Nein», maulte Roberta. «Es wird mir *schlechter* gehen. Und ich werde mich schämen, daß ich dich angerufen habe.»

«Warum sprichst du nicht mit deinem Arzt?» sagte Garp. «Mit dem Urologen. Dem Mann, der dich operiert hat – ihr seid doch befreundet, nicht wahr?»

«Ich glaube, er will mich nur ficken», sagte Roberta ernst. «Ich glaube, er hat *nie* etwas anderes gewollt. Ich glaube, er hat mir nur deshalb zu der ganzen Operation geraten, weil er mich verführen wollte, aber zuerst wollte er eine Frau aus mir machen. Sie sind dafür berüchtigt – das hat mir ein Freund erzählt.»

«Der Freund war *verrückt*, Roberta», sagte Garp. «Wer ist dafür berüchtigt?»

«Urologen», sagte Roberta. «Oh, ich weiß nicht – ist Urologie für dich nicht auch irgendwie unheimlich?» Sie *war* es, aber Garp wollte Roberta nicht noch mehr aus der Fassung bringen.

«Ruf Mom an», hörte er sich sagen. «*Sie* wird dich aufmuntern, ihr fällt bestimmt etwas ein.»

«Ja, sie *ist* wunderbar», schluchzte Roberta. «Ihr fällt *immer* etwas ein, aber ich hab das Gefühl, ich habe sie schon zu sehr ausgenutzt.»

«Sie hilft gern, Roberta», sagte Garp und wußte, daß das zumindest der Wahrheit entsprach. Jenny Fields war voller Mitgefühl und Geduld, und Garp wollte nur noch schlafen. «Eine ordentliche Partie Squash täte dir vielleicht gut», schlug Garp halbherzig vor. «Warum kommst du nicht ein paar Tage zu uns, und wir spielen uns richtig aus?» Helen stieß ihn an, runzelte die Stirn und biß ihn in die Brustwarze. Sie mochte Roberta, aber in der frühen Phase ihrer Geschlechtsumwandlung konnte Roberta nur von sich reden.

«Ich fühle mich so *ausgelaugt*», sagte Roberta. «Keine Energie, nichts. Ich weiß nicht mal, ob ich spielen könnte.»

«Na ja, du solltest es *versuchen*, Roberta», sagte Garp. «Du solltest dich zwingen, etwas zu tun.» Helen rutschte ärgerlich von ihm fort.

Aber Helen war immer sehr lieb zu Garp, wenn er bei solchen nächtlichen Anrufen ans Telefon ging: sie machten ihr angst, sagte sie, und sie wolle nicht gern diejenige sein, die feststellte, worum es bei den Anrufen ging. Deshalb war es seltsam, daß einige Wochen später, als Roberta Muldoon zum zweitenmal anrief, Helen den Hörer abnahm. Es überraschte Garp, weil das Telefon auf seiner Seite vom Bett stand und Helen über ihn hinweglangen mußte, um den Hörer abzunehmen; sie hechtete hinüber und flüsterte nervös in den Hörer: «Ja, was ist?» Als sie hörte, daß es Roberta war, gab sie schnell Garp den Hörer; es war also nicht, als habe sie versucht, ihn schlafen zu lassen.

Und als Roberta zum drittenmal anrief, fühlte Garp, daß etwas nicht da war, als er den Hörer abnahm. Irgend etwas fehlte. «Oh, Roberta, wie geht's?» sagte Garp. Es war die Umklammerung seines Beins: sie war nicht da. *Helen* war nicht da, stellte er fest. Er redete beruhigend auf Roberta ein, fühlte die kalte Seite des ungeteilten Bettes und stellte fest, daß es zwei Uhr war – Robertas Lieblingszeit. Als Roberta endlich auflegte, ging Garp nach unten, um Helen zu suchen, und fand sie allein im Wohnzimmer auf dem Sofa, wo sie mit einem Glas Wein und einem Manuskript auf den Knien saß.

«Ich konnte nicht schlafen», sagte sie, aber in ihrem Gesicht war ein Ausdruck – ein Ausdruck, den Garp nicht sofort einordnen konnte. Er meinte, daß er den Ausdruck kannte, aber er dachte auch, daß er ihn bei Helen noch nie gesehen hatte.

«Liest du schriftliche Arbeiten?» fragte er. Sie nickte, aber vor ihr lag nur ein Manuskript. Garp nahm es.

«Es ist nur von einem Studenten», sagte sie und griff danach. Der Student hieß Michael Milton. Garp las einen Abschnitt des Referats. «Klingt wie eine Erzählung», sagte Garp. «Ich wußte gar nicht, daß du deine Studenten *Fiktion* schreiben läßt.»

«Tue ich auch nicht», sagte Helen, «aber manchmal zeigen sie mir trotzdem, was sie geschrieben haben.»

Garp las noch einen Abschnitt. Er fand den Stil bemüht, gezwungen, aber es waren keine Fehler auf der Seite; der Student konnte zumindest schreiben.

«Es ist einer von meinen graduierten Studenten», sagte Helen. «Er ist sehr gescheit, nur . . .» Sie zuckte mit den Schultern, aber ihre Geste hatte etwas von der gespielten Harmlosigkeit eines verlegenen Kindes.

«Nur was?» sagte Garp. Er lachte – daß Helen zu dieser späten Stunde noch so mädchenhaft aussehen konnte.

Aber Helen nahm die Brille ab und zeigte ihm wieder jenen *anderen* Ausdruck, den Ausdruck, den er zuerst bemerkt hatte und nicht richtig einordnen konnte. Hastig sagte sie: «Oh, ich weiß nicht. Vielleicht *jung*. Er ist einfach sehr jung, verstehst du? Sehr gescheit, aber jung.»

Garp blätterte eine Seite weiter, las noch einen halben Absatz, gab ihr das Manuskript wieder. Er zuckte mit den Schultern. «Scheiße, wenn du mich fragst», sagte er.

«Nein, es ist keine Scheiße», sagte Helen ernst. Oh, Helen, die verständnisvolle Lehrerin, dachte Garp und verkündete, er werde wieder ins Bett gehen. «Ich komme auch gleich», teilte Helen ihm mit.

Dann sah Garp sich oben im Badezimmerspiegel. Und dort identifizierte er endlich den merkwürdig deplacierten Ausdruck, den er in Helens Gesicht gesehen hatte. Es war ein Ausdruck, den er wiedererkannte, weil er ihn schon vorher gesehen hatte – in seinem eigenen Gesicht, dann und wann, aber nie bei Helen. Der Ausdruck, den er wiedererkannte, bedeutete *Schuldbewußtsein*, und das verwirrte ihn. Er lag noch lange wach, aber Helen kam nicht ins Bett. Am Morgen wunderte sich Garp darüber, daß ihm als erstes der Name Michael Milton in den Sinn kam, obwohl er nur einen kurzen Blick in das Manuskript des graduierten Studenten geworfen hatte. Er sah vorsichtig zu Helen hinüber, die jetzt wach neben ihm lag.

«Michael Milton», sagte Garp langsam, nicht zu ihr, aber laut genug, daß sie es hören konnte. Er beobachtete ihr Gesicht, das nicht reagierte. Entweder träumte sie mit offenen Augen und war weit fort, oder sie hatte es einfach nicht gehört. Oder, dachte er, der Name Michael Milton war schon so sehr in ihren Gedanken, daß sie ihn, als Garp ihn aussprach, längst schon selber sagte – zu sich – und gar nicht merkte, daß Garp ihn gesagt hatte.

Michael Milton, ein graduierter Student, der im dritten Jahr vergleichende Literaturwissenschaft studierte, hatte in Yale als Hauptfach Französisch studiert und ein mittelmäßiges Examen gemacht; davor hatte er die Steering School absolviert – aber er spielte seine Internatsjahre gern herunter. Sobald er wußte, daß *man* wußte, daß er in Yale studiert hatte, spielte er auch das herunter. Nur seine beiden Auslandssemester in Frankreich spielte er nie herunter. Wenn man Michael Milton hörte, wäre man nie auf den Gedanken gekommen, daß er nur ein Jahr in Europa gewesen war – er brachte es fertig, den Eindruck zu erwecken, er habe sein ganzes junges Leben in Frankreich gelebt. Er war fünfundzwanzig.

Obwohl er nur so kurz in Europa gelebt hatte, schien es, als hätte er dort gleich die Kleidung für sein ganzes künftiges Leben gekauft: die Tweedsakkos hatten breite Revers, und die Ärmel wurden unten etwas weiter, und sowohl die Sakkos als auch die Hosen waren so geschnitten, daß sie seine Hüften und seine Taille zur Geltung brachten; selbst die Amerikaner zu Garps Zeiten in Steering hätten seine Kleidung als «kontinental» bezeichnet. Die Kragen von Michael Miltons Hemden, die er am Hals immer offen trug (immer mit *zwei* nicht zugeknöpften Knöpfen), waren weich und weit und erinnerten an Gemälde aus der Zeit der Renaissance: ein Stil, der Nonchalance und zugleich äußerste Perfektion verriet.

Er unterschied sich von Garp nicht weniger als ein Vogel Strauß von einer Robbe. Angezogen hatte Michael Milton eine elegante Figur; entkleidet ähnelte er keinem anderen Tier so sehr wie einem Reiher. Er war dünn und groß und hielt sich schlecht, was seine maßgeschneiderten Tweedsakkos kaschierten. Sein Körper war wie ein Kleiderbügel – ideal, um Kleidung daranzuhängen. Ausgezogen hatte er sozusagen überhaupt keinen Körper.

Er war in fast jeder Weise das Gegenteil von Garp, außer daß er ein enormes Selbstvertrauen mit Garp gemeinsam hatte; er teilte mit Garp die Tugend – oder das Laster – der Arroganz. Wie Garp war er auf eine Weise aggressiv, wie nur jemand aggressiv sein kann, der absolut an sich glaubt. Diese Eigenschaften waren das erste gewesen, was Helen zu Garp hingezogen hatte.

Und jetzt begegneten sie ihr wieder neu gewandet. Sie manifestierten sich in einer völlig anderen Form, aber Helen erkannte sie wieder. Gewöhnlich fühlte sie sich nicht zu flotten jungen Männern hingezogen, die sich anzogen und so gaben, als wären sie weltmüde und abgeklärt-melancholisch in Europa aufgewachsen, während sie in Wirklichkeit den größten Teil ihres kurzen Lebens auf den Rücksitzen von Autos in Connecticut zugebracht hatten. Doch in ihrer Jugend hatte Helen sich *gewöhnlich* auch nicht zu Ringern hingezogen gefühlt. Helen mochte selbstsichere Männer, sofern das Selbstvertrauen nicht fehl am Platz oder absurd war.

Was Michael Milton zu Helen hinzog, war das, was viele Männer und wenige Frauen zu ihr hinzog. Sie war – in ihren Dreißigern – eine faszinierende Frau, nicht einfach nur, weil sie schön war, sondern weil sie vollkommen aussah. Es ist wichtig, zu sagen, daß sie nicht nur so aussah, als habe sie gut auf sich achtgegeben, sondern auch so, als habe sie guten Grund gehabt, es zu tun. Dieses einschüchternde, aber einnehmende Aussehen war in Helens Fall nicht irreführend: sie war eine sehr erfolgreiche Frau. Sie sah aus, als habe sie ihr Leben so absolut in der Hand, daß nur Männer mit dem größten Selbstvertrauen es schafften, sie länger anzusehen, wenn sie ihren Blick erwiderte. Selbst an Bushaltestellen wurde sie nur so lange angestarrt, bis sie zurückstarrte.

In den Fluren der englischen Abteilung war Helen es nicht gewohnt, daß man sie überhaupt anstarrte; alle blickten auf, wenn sie konnten, aber die Blicke waren verstohlen. Deshalb war sie nicht vorbereitet auf den langen, ungenierten Blick, den der junge Michael Milton ihr eines Tages zuwarf. Er blieb einfach im Flur stehen und beobachtete sie, während sie auf ihn zukam. Es war übrigens Helen, die den Blick von ihm abwandte; er drehte sich um und beobachtete, wie sie durch den Flur weiterging, sich von ihm entfernte. Er sagte etwas zu einem, der neben ihm stand, und er sagte es laut genug, daß Helen es hören konnte. «Unterrichtet sie hier oder *geht* sie hier? Was *tut* sie hier?» fragte Michael Milton.

Im zweiten Semester dieses Jahres machte Helen ein Seminar über Erzählperspektive. Es war ein Seminar für graduierte Studenten und einige wenige fortgeschrittene Nichtgraduierte. Helen interessierte sich für die Entwicklung und Verfeinerung der Erzähltechnik im modernen Roman, unter besonderer Berücksichtigung der Perspektive. Bei der ersten Zusammenkunft bemerkte sie den älter wirkenden Studenten mit dem dünnen, hellen Schnurrbart und dem hübschen Hemd mit den zwei nicht zugeknöpften Knöpfen; sie wandte die Augen von ihm ab und verteilte einen Fragebogen. Er enthielt unter anderem die Frage, warum die Studenten sich speziell für dieses Seminar zu interessieren glaubten. Ein Student namens Michael Milton schrieb als Antwort: «Weil ich, seit ich Sie das erste Mal sah, Ihr Liebhaber werden wollte.»

Nach dem Seminar, allein in ihrem Büro, las Helen diese Antwort auf ihre Frage. Sie glaubte zu wissen, welcher der Seminarteilnehmer Michael Milton war; wenn sie gewußt hätte, daß es jemand anders war, irgendein Junge, der ihr nicht aufgefallen war, hätte sie Garp den Fragebogen gezeigt. Garp hätte vielleicht gesagt: «Zeig mir den Ficker!» Oder: «Wir wollen ihn mit Roberta Muldoon zusammenbringen.» Und sie hätten beide gelacht, und Garp hätte sie damit aufgezogen, daß sie ihre Studenten aufgeile. Weil sie sich gemeinsam über die Absichten des Jungen klar gewesen wären, hätte nicht die Möglichkeit einer tatsächlichen Beziehung bestanden; das wußte Helen. Als sie Garp den Fragebogen nicht zeigte, fühlte sie sich bereits schuldbewußt – aber sie dachte, wenn Michael Milton der war, für den sie ihn hielt, würde sie dies gern ein bißchen weitergehen lassen. In diesem Augenblick, in ihrem Zimmer, sah Helen wirklich nicht voraus, daß es mehr als ein bißchen weitergehen würde. Was wäre an einem Bißchen Schlimmes gewesen?

Wäre Harrison Fletcher noch ihr Kollege gewesen, hätte sie *ihm* den Fragebogen gezeigt. Sie hätte auf jeden Fall – wer Michael

Milton auch sein mochte, selbst wenn er dieser beunruhigend aussehende Junge war – mit Harrison darüber gesprochen. Harrison und Helen hatten manchmal Geheimnisse dieser Art gehabt, von denen sie Garp und Alice nichts sagten; es waren bleibende, aber harmlose Geheimnisse. Hätte sie Harrison von Michael Miltons Interesse für sie erzählt, wäre das, wie sie wußte, ein anderes Mittel gewesen, jede tatsächliche Beziehung zu verhindern.

Aber sie sagte Garp kein Wort von Michael Milton, und Harrison war fortgegangen, um sich anderswo einen festen Lehrauftrag zu suchen. Die Handschrift auf dem Fragebogen war schwarz, eine altmodische Schönschrift, wie man sie nur mit einer Spezialfeder schnörkeln konnte. Michael Miltons schriftliche Botschaft wirkte beständiger als Gedrucktes, und Helen las sie immer wieder. Sie registrierte die anderen Antworten auf dem Fragebogen: Geburtsdatum, Studienjahre, bisherige Seminare in der englischen Abteilung oder in vergleichender Literaturwissenschaft. Sie prüfte seine Karteikarte; seine Noten waren gut. Sie rief zwei Kollegen an, die Michael Milton im letzten Semester in Seminaren gehabt hatten; sie entnahm den Äußerungen beider, daß Michael Milton ein guter Student war, aggressiv und so stolz, daß es an Eitelkeit grenzte. Sie sagten es nicht wörtlich, aber bei beiden hörte sie heraus, daß Michael begabt und unsympathisch war. Sie dachte an die bewußt nicht zugeknöpften Knöpfe seines Hemdes (jetzt war sie *sicher*, daß er es war), und sie stellte sich vor, wie sie sie zuknöpfte. Sie dachte an den lächerlichen Schnurrbart, eine dünne Spur über seinen Lippen. Garp würde Michael Miltons Schnurrbart später mit den Worten kommentieren, er sei eine Beleidigung für die Welt des Haars und die Welt der Lippen; Garp fand, er sei eine so schwache Imitation eines Schnurrbarts, daß Michael Milton seinem Gesicht nur einen Gefallen tun würde, wenn er ihn abrasierte.

Aber Helen gefiel der merkwürdige kleine Schnurrbart über Michael Miltons Lippen.

«Du magst eben grundsätzlich keine Schnurrbärte», sagte sie zu Garp.

«Ich mag *diesen* Schnurrbart nicht», sagte er. «Ich habe nichts gegen Schnurrbärte an sich», versicherte er, obwohl Helen in

Wahrheit recht hatte: seit seiner Begegnung mit dem Schnurrbart-jüngling haßte Garp alle Schnurrbärte. Der Schnurrbartjüngling hatte Garp für immer gegen Schnurrbärte eingenommen.

Helen mochte auch die Länge von Michael Miltons gelockten, blaßblonden Koteletten; Garps Koteletten reichten nur bis zur Höhe seiner dunklen Augen; sie endeten fast neben seinen Ohren-spitzen; sonst waren seine Haare dick und widerspenstig und auch immer lang genug, um das Ohr zu bedecken, von dem Bonkers ein Stück gefressen hatte.

Helen merkte auch, daß die Verschrobenheiten ihres Mannes ihr auf die Nerven zu gehen begannen. Vielleicht fielen sie ihr jetzt mehr auf, seit er sich in seinem Schreibtief suhlte; vielleicht hätte er, wenn er schrieb, weniger Zeit für seine Verschrobenheiten? Warum auch immer, sie fand sie lästig. Sein Einfahrtstrick zum Beispiel brachte sie in Wut; er war sogar widersprüchlich. Für je-manden, der sich so viele Sorgen um die Sicherheit seiner Kinder machte und deshalb in ständiger Furcht vor rücksichtslosen Fah-rern, ausströmendem Gas und so weiter lebte, hatte Garp eine Art, im Dunkeln die Einfahrt zur Garage hinaufzufahren, die He-len zu Tode erschreckte.

Die steile Einfahrt bog scharf ab von einer langen, abschüssigen Straße. Wenn Garp wußte, daß die Kinder im Bett waren und schliefen, stellte er den Motor *und* die Scheinwerfer ab und rollte die schwarze Einfahrt im Leerlauf hinauf; dazu sammelte er auf der abschüssigen Straße genügend Schwung, um über den Absatz am Ende der Einfahrt zu rumpeln und dann in die dunkle Garage hinunterzurollen. Er behauptete, er tue das, damit der Motor und die Scheinwerfer die Kinder nicht weckten. Aber er mußte den Wagen ohnehin wieder anlassen und wenden, wenn er die Baby-sitterin nach Haus brachte; Helen sagte, sein Trick sei nichts als ein Kitzel, infantil und gefährlich. Er fuhr immer über liegenge-bliebene Spielsachen auf der schwarzen Einfahrt und krachte in Fahrräder, die nicht nahe genug an der Rückwand der Garage ab-gestellt waren.

Einmal hatte sich eine Babysitterin bei Helen beschwert, sie hasse es, mit abgestelltem Motor und nicht eingeschalteten Scheinwerfern die Einfahrt *hinunter*zurollen (noch ein Trick:

er pflegte erst kurz vor Erreichen der Straße die Kupplung zu betätigen und die Scheinwerfer einzuschalten).

Bin ich vielleicht diejenige, die rastlos ist? fragte sich Helen. Sie hatte sich nicht für rastlos gehalten, bis sie an *Garps* Rastlosigkeit dachte. Und wie lange hatte sie sich schon über Garps Angewohnheiten und Ticks geärgert? Sie wußte nur, seit wann sie merkte, daß sie sich darüber ärgerte: seit sie Michael Miltons Fragebogen gelesen hatte.

Helen fuhr gerade zur Universität und überlegte, was sie dem unverschämten und eingebildeten Jungen sagen sollte, als sich der Knauf vom Schalthebel des Volvos löste – und der freiliegende Schaft ihr Handgelenk aufkratzte. Fluchend fuhr sie den Wagen an den Bordstein, um den Schaden an sich und an der Gangschaltung zu untersuchen.

Der Knauf fiel seit ein paar Wochen ab – das Gewinde war ausgeleiert, und Garp hatte mehrmals versucht, den Knauf mit Klebeband auf dem Schaft zu befestigen. Helen hatte sich über diese idiotische Reparaturmethode beschwert, aber Garp behauptete nie, praktisch veranlagt zu sein, und die Instandhaltung des Autos gehörte zu Helens häuslichen Pflichten.

Diese Arbeitsteilung war, obwohl sie sich mehr oder weniger darüber einig waren, manchmal etwas verwirrend. Garp war zwar der Hausmann, aber Helen bügelte («weil», sagte Garp, «*du* Wert darauf legst, daß deine Sachen geplättet sind»), und Helen ließ das Auto warten («weil», sagte Garp, «*du* jeden Tag fährst und du am besten weißt, wenn etwas in Ordnung gebracht werden muß»). Helen war mit dem Bügeln einverstanden, fand aber, daß Garp sich um das Auto kümmern sollte. Sie ließ sich nicht gern in dem schmutzigen Lieferwagen der Werkstatt von irgendeinem jungen Mechaniker, der beim Fahren die gebotene Vorsicht vermissen ließ, zur Uni fahren. In der Werkstatt war man immer sehr freundlich zu Helen, aber sie war nicht gern dort, und die Komödie, *wer* sie zur Arbeit fahren durfte, wenn sie den Volvo hingebracht hatte, war ihr allmählich unerträglich. «Wer hat eben Zeit, Mrs. Garp zur Universität zu fahren?» rief der Meister in das dumpfe, ölige Dunkel der Gruben. Und drei oder vier beflissene, aber beschmutzte junge Männer ließen ihre Schraubenschlüssel und Flachzangen fallen, stemmten sich hoch, kletterten aus den Gruben und kamen um die Wette herbeigeeilt, um einen kurzen, berauschenden Augenblick lang den engen, von Ersatzteilen scheppernden Lieferwagen zu besteigen und die schlanke Frau Professor zur Arbeit zu bringen.

Garp wies Helen darauf hin, daß bei ihm die Freiwilligen nur zögernd erschienen; er mußte oft eine Stunde lang in der Werkstatt warten und schließlich irgendeinen Schnösel fast zwingen, ihn nach Hause zu fahren. Da dann jedesmal sein ganzes Vormittagspensum liegenblieb, hatte er entschieden, Helen müsse sich um den Volvo kümmern.

Sie hatten die Sache mit dem Knauf des Schalthebels beide hinausgezögert. «Du brauchst nur anzurufen und einen neuen zu bestellen», sagte Helen. «Ich fahre dann hin und lasse ihn gleich aufschrauben, während ich warte. Aber ich möchte den Wagen nicht einen ganzen Tag dort lassen, nur damit die dann irgendeinen Pfusch machen und versuchen, *den* hier zu reparieren.» Und sie hatte ihm den Knauf zugeworfen, aber er hatte ihn zum Wagen gebracht und mit Klebestreifen mehr schlecht als recht wieder an dem Schaft befestigt.

Aus irgendeinem Grund, dachte sie, fiel er immer nur dann ab, wenn *sie* fuhr; aber natürlich fuhr sie öfter mit dem Wagen als er.

«Verdammt», sagte sie und fuhr mit dem unbedeckten nackten, häßlichen Schalthebelschaft zur Universität. Er tat ihr jedesmal weh, wenn sie einen anderen Gang einlegen mußte, und von ihrem zerkratzten Handgelenk fielen ein paar Tropfen Blut auf den sauberen Rock ihres Kostüms. Sie stellte das Auto ab und nahm den Schaltknauf mit, als sie über den Parkplatz auf das Gebäude zuging, in dem ihr Zimmer war. Zuerst wollte sie ihn in einen Gully werfen, aber er hatte kleine aufgedruckte Zahlen; von ihrem Büro aus konnte sie die Werkstatt anrufen und die kleinen Zahlen durchgeben. *Dann* konnte sie ihn irgendwo fortwerfen – oder, dachte sie, Garp *mit der Post* schicken.

In dieser Stimmung, von Lappalien in Anspruch genommen, traf Helen den blasierten jungen Mann. Er stand krumm neben der Tür ihres Arbeitszimmers im Flur, die beiden oberen Knöpfe seines hübschen Hemdes nicht zugeknöpft. Die Schultern seines

Tweedsakkos waren, wie sie bemerkte, leicht wattiert; seine Haare waren etwas zu dünn und zu lang, und das eine Ende seines messerdünnen Schnurrbarts hing am Mundwinkel ein bißchen zu weit herunter. Sie war sich nicht sicher, ob sie diesen jungen Mann lieben oder *verschönern* wollte.

«Sie sind früh auf den Beinen», sagte sie und gab ihm den Schalthebelknauf, damit sie die Tür ihres Zimmers aufschließen konnte.

«Haben Sie sich verletzt?» fragte er. «Sie bluten.» Helen dachte später, daß es so war, als hätte er eine Nase für Blut, denn der kleine Kratzer an ihrem Handgelenk hatte fast aufgehört zu bluten.

«Studieren Sie auch Medizin?» fragte sie ihn und ließ ihn ins Zimmer.

«Ich *habe* es getan», sagte er.

«Und was hat Sie davon abgebracht?» fragte sie, immer noch ohne ihn anzusehen. Sie trat hinter den Schreibtisch, wo sie geradelegte, was bereits gerade lag, und die Jalousien, die genauso gestellt waren, wie sie es wollte, richtig stellte. Sie nahm die Brille ab, so daß er, als sie ihn ansah, weich und verschwommen wirkte.

«Die organische Chemie», sagte er. «Ich bin aus dem Kurs ausgestiegen. Außerdem wollte ich in Frankreich leben.»

«Oh, Sie haben in Frankreich gelebt?» fragte Helen. Sie wußte, daß er diese Frage erwartete und daß dies zu den Dingen gehörte, in denen er sich für etwas Besonderes hielt. Er ließ es bei jeder Gelegenheit einfließen und hatte sogar in dem Fragebogen darauf hingewiesen. Er war *sehr* oberflächlich, das merkte sie sofort; sie hoffte, daß er eine Spur Intelligenz besaß, aber sie fühlte sich durch seine Oberflächlichkeit seltsam erleichtert – als ob ihn das weniger gefährlich für sie machte und ihr etwas mehr Spielraum verschaffte.

Sie sprachen über Frankreich, was Helen lustig fand, weil sie ebensogut über Frankreich sprechen konnte wie Michael Milton, obwohl sie nie in Europa gewesen war. Sie erklärte ihm auch, er habe ihrer Meinung nach keinen ausreichenden Grund, an ihrem Seminar teilzunehmen.

«Keinen ausreichenden Grund?» drängte er sie lächelnd.

«Erstens», sagte Helen, «ist es eine völlig unrealistische Erwartung, die Sie damit verknüpfen.»

«Oh, Sie haben bereits einen Liebhaber?» fragte Michael Milton sie immer noch lächelnd.

Irgendwie war er so frivol, daß er sie nicht beleidigte; sie fuhr ihn nicht an, daß es ihr genüge, ihren Mann zu haben, daß es ihn nichts angehe oder daß sie nichts mit ihm zu tun haben wolle. Sie sagte vielmehr, für das, was er vorhabe, hätte er sich zumindest als freier Hörer einschreiben sollen. Er sagte, er sei gern bereit, die Seminare zu wechseln. Sie sagte, sie nehme im zweiten Semester keine neuen freien Hörer.

Sie wußte, daß sie ihn nicht gänzlich entmutigt hatte, aber sie hatte ihn auch nicht unbedingt ermutigt. Michael Milton redete eine Stunde lang ernsthaft mit ihr – über das Thema ihres Erzählseminars. Er sprach sehr eindrucksvoll über *Die Wellen* und *Jakobs Zimmer* von Virginia Woolf, weniger glanzvoll jedoch über *Die Fahrt zum Leuchtturm*, und Helen merkte, daß er nur so tat, als ob er *Mrs. Dalloway* gelesen hätte. Als er ging, mußte sie dem Urteil ihrer beiden Kollegen über Michael Milton zustimmen: er war gewandt, er war blasiert, er war aalglatt und alles, was unsympathisch war; aber er hatte eine gewisse firnishafte Klugheit, so oberflächlich und fadenscheinig sie auch sein mochte – und sie war *auch* irgendwie unsympathisch. Was ihre Kollegen übersehen hatten, war sein kühnes Lächeln und die Art, seine Sachen so zu tragen, als wäre er herausfordernd unbekleidet. Aber Helens Kollegen waren Männer; man konnte von ihnen nicht erwarten, daß sie die genaue Kühnheit von Michael Miltons Lächeln so definierten, wie Helen sie definieren konnte. Für Helen war es ein Lächeln, das ihr sagte: Ich kenne Sie bereits, und ich weiß alles, was Sie gern haben. Es war ein unverschämtes Lächeln, aber es reizte sie; sie wollte es von seinem Gesicht wischen. Ein Mittel, mit dem sie es wegwischen konnte, würde darin bestehen, Michael Milton zu demonstrieren, daß er sie – oder das, was sie wirklich gern hatte – *nicht* kannte.

Sie wußte auch, daß ihr nicht allzu viele Möglichkeiten zur Verfügung standen, es ihm zu demonstrieren.

Als sie auf der Heimfahrt den Volvo zum erstenmal schaltete, bohrte sich die Spitze des unbedeckten Schalthebelschafts tief in ihren Daumenballen. Sie wußte genau, wo Michael Milton den Knauf hingelegt hatte – auf die Fensterbank über dem Papierkorb, wo der Hausmeister ihn finden und wahrscheinlich fortwerfen würde. Es sah so aus, als *sollte* er fortgeworfen werden. Helen fiel ein, daß sie der Autowerkstatt noch nicht die kleinen Zahlen durchgegeben hatte. Das würde bedeuten, daß sie oder Garp bei der Werkstatt anrufen und versuchen mußten, *ohne* die gottverdammten Zahlen einen neuen Knauf zu bestellen – das Baujahr und Modell des Autos angeben und so fort, um dann unweigerlich einen Knauf zu bekommen, der nicht paßte.

Aber sie beschloß, nicht zur Universität zurückzufahren. Und sie hatte schon genug zu bedenken – auch ohne daran zu denken, daß sie den Hausmeister anrufen und ihm sagen mußte, er solle den Knauf nicht fortwerfen. Außerdem war es vielleicht schon zu spät. Und im übrigen, dachte Helen, bin ich nicht allein schuld. Garp ist auch schuld. Oder, dachte sie, im Grunde ist niemand schuld. Es gehört zu diesen Dingen, die einfach passieren.

Aber sie fühlte sich nicht *ganz* schuldlos; noch nicht. Als Michael Milton ihr seine Referate zu lesen gab – seine alten Referate, von seinen anderen Seminaren –, nahm sie sie und las sie, weil das wenigstens einen zulässigen, noch harmlosen Gesprächsstoff bot: seine Arbeit. Als er mutiger wurde und sich mehr an sie anschloß und ihr sogar seine *kreativen* Arbeiten zeigte, seine Kurzgeschichten und pathetischen Poeme über Frankreich, meinte Helen immer noch, ihre langen Gespräche stünden im Zeichen der kritischen, konstruktiven Beziehung zwischen einem Studenten und einem Lehrer.

Es war nichts dabei, mittags zusammen zu essen; sie konnten dabei über seine *Arbeit* sprechen. Vielleicht wußten sie beide, daß die Arbeit nicht so besonders war. Michael Milton war *jedes* Gesprächsthema recht, das sein Zusammensein mit Helen rechtfertigte. Helen hatte immer noch Angst vor dem auf der Hand liegenden Ende – wenn ihm einfach die Arbeit ausging, wenn sie alle Referate, die er hatte schreiben können, besprochen, wenn sie jedes Buch, das sie beide kannten, erwähnt hatten. Sie wußte, dann würden sie ein neues Thema brauchen. Sie wußte auch, daß dies allein *ihr* Problem war – daß Michael Milton bereits wußte, was das unvermeidliche Thema zwischen ihnen war. Sie wußte, er wartete in seiner blasierten, irritierenden Art darauf, daß sie sich entschloß; sie fragte sich gelegentlich, ob er mutig genug sein würde, auf seine ursprüngliche Antwort in ihrem Fragebogen zurückzukommen, aber sie glaubte es nicht. Vielleicht wußten sie beide, daß er es nicht nötig haben würde – daß sie am Zuge war. Er würde ihr zeigen, wie erwachsen er war, indem er Geduld bewies. Helen wollte ihn vor allem anderen überraschen.

Doch unter all diesen Gefühlen, die für sie neu waren, war auch eines, das ihr mißfiel; sie war es absolut nicht gewohnt, sich schuldig zu fühlen – denn Helen Holm hatte immer das Gefühl, daß alles, was sie tat, richtig sei, und sie mußte sich auch in dieser Sache schuldlos fühlen. Sie fühlte, daß sie nahe daran war, diesen inneren Zustand der Schuldlosigkeit zu erreichen, aber sie hatte ihn nicht ganz erreicht; noch nicht.

Es sollte Garp sein, der ihr zu dem notwendigen Gefühl verhalf. Vielleicht spürte er, daß er Konkurrenz hatte; Garp hatte irgendwie aus Konkurrenzbewußtsein als Schriftsteller angefangen, und er überwand sein Schreibtief schließlich aus einem ähnlichen Konkurrenzdrang heraus.

Helen, das wußte er, *las* einen anderen. Garp kam nicht auf die Idee, daß sie vielleicht mehr als Literatur erwog, aber er sah mit der typischen Eifersucht des Schriftstellers, daß die *Worte* eines anderen sie nachts wachhielten. Garp hatte Helen ursprünglich mit der «Pension Grillparzer» umworben. Eine innere Stimme riet ihm, sie erneut zu umwerben.

Wenn das einst ein akzeptables Motiv gewesen war, damit ein junger Schriftsteller mit dem Schreiben *anfing*, so war es jetzt ein zweifelhaftes Motiv für sein Schreiben – besonders nachdem er eine so lange Pause gemacht hatte. Vielleicht war es eine notwendige Phase, die dem Zweck diente, alles zu überdenken, den Brunnen sich füllen zu lassen, mit einer angemessenen Periode des Schweigens ein Buch für die Zukunft vorzubereiten. Irgendwie spiegelte die neue Geschichte, die er für Helen schrieb, die erzwungenen und unnatürlichen Umstände ihrer Zeugung. Die Geschichte entstand weniger aus einer wirklichen Reaktion auf die Innereien des Lebens heraus, sondern wurde vielmehr geschrieben, um die Ängste des Autors zu lindern.

Womöglich war es eine notwendige Übung für einen Schriftsteller, der zu lange nichts mehr geschrieben hatte, aber Helen hatte keinen Sinn für die Eilfertigkeit, mit der Garp ihr die Geschichte zuschob. «Ich habe endlich etwas fertig geschrieben», sagte er. Es war nach dem Abendessen; die Kinder schliefen; Helen wollte mit ihm ins Bett gehen – sie wollte lange und beruhigend lieben, weil sie nun am Ende dessen, was Michael Milton geschrieben hatte, angelangt war; es gab nichts mehr, was sie lesen konnte oder worüber sie reden konnten. Sie wußte, daß sie sich nicht die geringste Enttäuschung über das Manuskript, das Garp ihr gab, anmerken lassen durfte, aber ihre Müdigkeit überwältigte sie, und sie starrte gequält darauf, während sie vor dem schmutzigen Geschirr in sich zusammensank.

«Ich spüle das Geschirr allein», erbot sich Garp, um ihr den Weg zu seiner Geschichte zu bahnen. Ihr sank das Herz; sie hatte zuviel gelesen. *Sex* oder zumindest Zärtlichkeit war das Thema, bei dem sie jetzt angelangt war; entweder schnitt Garp es an, oder Michael Milton würde es tun.

«Ich möchte geliebt werden», sagte Helen. Garp räumte das Geschirr wie ein Kellner ab, der fest mit einem guten Trinkgeld rechnet. Er lachte sie aus.

«Lies erst die Geschichte, Helen», sagte er. «*Dann* wird gebumst.»

Sie hatte etwas gegen *seine* Prioritäten. Man konnte Garps *Schreiben* nicht mit Michael Miltons Studentenarbeiten vergleichen; so begabt Michael Milton unter den Studenten auch war, Helen wußte, daß er, was das Schreiben betraf, sein Leben lang ein Student bleiben würde. Das Problem ist nicht das Schreiben. Das Problem bin ich, dachte Helen; ich möchte, daß mich jemand beachtet. Garps Art, um sie zu werben, empfand sie plötzlich als beleidigend. Der *Gegenstand*, der umworben wurde, war im Grunde Garps Schreiben. Das ist nicht unser Thema, dachte Helen. Wegen Michael Milton war Helen, was die zwischen Menschen angeschnittenen und nicht angeschnittenen Themen betraf, Garp weit voraus. «Wenn die Menschen sich nur sagen würden, was sie beschäftigt», schrieb Jenny Fields – eine naive, aber verzeihliche Illusion; sowohl Garp als auch Jenny wußten, wie schwer es für die Menschen war, das zu tun.

Garp spülte vorsichtig das Geschirr und wartete darauf, daß Helen seine Geschichte las. Helen – die Lehrerin – nahm unwillkürlich ihren Rotstift aus der Tasche und fing an. *So* sollte sie meine Geschichte *nicht* lesen, dachte Garp; ich bin nicht einer ihrer Studenten. Aber er fuhr schweigend fort, das Geschirr zu spülen. Er sah, daß sie nicht aufzuhalten war.

T. S. Garp
WACHEN

Wenn ich meine fünf Meilen am Tag laufe, treffe ich oft autofahrende Klugschwätzer, die ein Stück neben mir herfahren und (von ihrem sicheren Fahrersitz aus) fragen: «Wofür trainieren Sie denn?»

Tiefes und regelmäßiges Atmen ist das Geheimnis; ich bin selten außer Atem; ich keuche oder japse nie, wenn ich antworte. «Ich halte mich in Form, um Jagd auf Autos zu machen», sage ich.

An diesem Punkt unterscheiden sich die Reaktionen der Motorisierten; es gibt Abstufungen der Dummheit, wie es überall sonst Abstufungen gibt. Sie begreifen natürlich nie, daß ich nicht sie meine – ich halte mich nicht in Form, um Jagd auf *ihr* Auto zu machen; wenigstens nicht draußen auf offener Straße. Dort lasse ich sie in Ruhe, obwohl ich manchmal glaube, daß ich sie einholen *könnte*. Und ich laufe nicht auf offener Straße, um Aufmerksamkeit zu erregen, wie manche Motorisierte glauben.

In meiner Nachbarschaft ist kein Platz zum Laufen. Man muß den Vorort verlassen, wenn man auch nur Mittelstrecken laufen will. Da, wo ich wohne, stehen an jeder Kreuzung Halteschilder für alle vier Richtungen; die Straßenzüge sind kurz, und die rechtwinkligen Ecken machen den Fußballen Schwierigkeiten. Außerdem ist man auf Bürgersteigen von Hunden bedroht, stolpert leicht über Kinderspielsachen und wird hier und da von Rasensprengern bespritzt. Und gerade wenn man einmal genug Platz zum Laufen hat, kommt einem ein älterer Mensch entgegen, der den ganzen Bürgersteig beansprucht und unsicher an Krücken oder knarrenden Handstöcken geht. Einem solchen Menschen kann man nicht guten Gewissens «Bahn frei!» zurufen. Selbst wenn ich an älteren Menschen in sicherer Entfernung, aber mit meinem üblichen Tempo vorbeilaufe, scheint sie das zu beunruhigen; und ich habe nicht die Absicht, Herzanfälle auszulösen.

Deshalb trainiere ich draußen auf der Landstraße, aber ich trainiere *für* unseren Vorort. Bei meiner Kondition bin ich einem Auto, das in unserer Gegend rast, mehr als gewachsen. Wenn sie an den Halteschildern auch nur halbherzig anhalten, können sie nicht über achtzig kommen, ehe sie an der nächsten Kreuzung wieder bremsen müssen. Ich hole sie immer ein. Ich kann über Rasenflächen, über Veranden, unter Schaukeln hindurch und durch Kinderplanschbecken laufen; ich kann durch Hecken brechen oder über Zäune hinwegspringen. Und da *mein* Motor leise – und regelmäßig und immer startbereit – ist, kann ich *hören*, wenn andere Autos kommen; *ich* brauche nicht an den Halteschildern anzuhalten.

Am Ende hole ich sie ein und winke sie zu mir herüber; sie halten immer. Zwar bin ich ohne Zweifel in einer eindrucksvollen Kondition für die Autojagd, doch ist es nicht das, was die Raser einschüchtert. Es ist vielmehr fast immer meine *Elternschaft*, weil sie fast immer jung sind. Ja, meine Elternschaft ist es, was sie fast jedesmal ernüchtert. Ich fange ganz einfach an. «Haben Sie dahinten meine Kinder gesehen?» frage ich sie laut und besorgt. Eingefleischte Raser überkommt bei einer solchen Frage die Angst, sie könnten meine Kinder überfahren haben. Sie gehen unverzüglich in die Defensive.

«Ich habe zwei kleine Kinder», erzähle ich ihnen. Und ich spreche mit bewußt dramatischer Stimme – die ich bei diesem Satz ein klein wenig beben lasse. Es ist, als hielte ich Tränen oder unaussprechlichen Zorn oder beides zurück. Vielleicht denken sie, ich jagte einen Kindesentführer oder ich hätte sie in dem Verdacht, daß sie Kinder unsittlich belästigten.

«Was ist denn passiert?» fragen sie unweigerlich.

«Sie haben meine Kinder nicht gesehen, nicht wahr?» frage ich. «Einen kleinen Jungen, der ein kleines Mädchen in einem roten Wagen zieht . . .» Das ist natürlich eine Erfindung. Ich habe zwei Jungen, und so klein sind sie auch nicht mehr; außerdem haben sie keinen Wagen. Sie haben in dem Augenblick vielleicht gerade ferngesehen, oder sie sind im Park Fahrrad gefahren – in Sicherheit, weil es dort keine Autos gibt.

«Nein», sagt der verwirrte Raser. «Ich habe zwar Kinder gesehen, *einige* Kinder. Aber ich glaube nicht, daß ich *die* Kinder gesehen habe. *Warum?*»

«Weil Sie sie beinahe umgebracht haben», sage ich.

«Aber ich habe sie doch gar nicht *gesehen*!» protestiert der Raser.

«Sie sind zu schnell gefahren, um sie zu sehen!» sage ich. Das wird den Rasern ins Gesicht geschleudert, als wäre es ein Beweis für ihre Schuld; ich spreche diesen Satz so aus, als wäre er ein unumstößliches Indiz. Und sie sind nie sicher. So gut habe ich diesen Teil einstudiert. Der Schweiß von meinem schnellen Spurt tropft unterdessen von meinem Schnurrbart und von der Kinnspitze und macht Streifen auf der Tür an der Fahrerseite. Sie wissen, nur ein Vater, der wirklich um seine Kinder fürchtet, würde so, wie ein Verrückter, starren, würde einen so grausamen Schnurrbart tragen.

«Es tut mir leid», sagen sie gewöhnlich.

«Dies ist ein Viertel *voller* Kinder», sage ich dann immer. «Es gibt andere Gegenden, wo Sie schnell fahren können, nicht wahr? Bitte rasen Sie hier nie wieder – um unserer Kinder willen!» Meine Stimme ist dabei nie unangenehm; sie ist immer flehend. Aber sie sehen, daß hinter meinen aufrichtig blickenden, glänzenden Augen ein Fanatiker steckt, der sich nur mühsam beherrscht.

Meistens ist der Raser ein junger Mann. Diese Knaben haben das Bedürfnis, ein bißchen Öl zu vertropfen; sie möchten rasen im hektischen Takt der Musik in ihren Radios. Und ich erwarte nicht, daß ich ihre Gewohnheiten ändern kann. Ich hoffe nur, daß sie es in Zukunft anderswo tun werden. Ich gestehe ihnen zu, daß die Landstraße ihnen gehört; wenn ich dort trainiere, bleibe ich an meinem Platz. Ich laufe in dem Zeug auf dem weichen Bankett, auf dem heißen Sand und Kies, in den Glasscherben von den Bierflaschen – über die plattgewalzten Katzen, die verstümmelten Vögel, die matschigen Präservative. Aber in meinem Viertel ist das Auto nicht König – noch nicht.

Meist lernen sie es.

Nach meinem Fünfmeilenlauf mache ich fünfundfünfzig Liegestütze, dann fünf Hundertmetersprints, dann fünfundfünfzig Kerzen, dann fünfundfünfzig Brücken. Nicht daß ich soviel auf die Zahl fünf gebe; es ist nur so, daß anstrengende geistlose Tätigkeiten leichter sind, wenn man dabei nicht bis zu vielen verschiedenen Zahlen zählen muß. Nach dem Duschen (um fünf Uhr) erlaube ich mir am späten Nachmittag und im Laufe des Abends *fünf* Bier.

Nachts gehe ich nicht auf Autojagd. Kinder sollten nachts nicht draußen spielen, weder in unserem noch in irgendeinem anderen Viertel. Nachts ist das Auto König in der modernen Welt. Auch in den Vororten.

Nachts verlasse ich überhaupt nur selten mein Haus, und sehr selten erlaube ich meiner Familie, sich hinauszuwagen. Aber einmal ging ich hinaus, um nach einem offenkundigen Unfall zu sehen – die Dunkelheit wurde plötzlich von Scheinwerfern durchbohrt, die senkrecht nach oben zeigten und explodierten; die Stille wurde von kreischendem Metall und dem Bersten von Glas zerrissen. Nur ein paar Häuser weiter in unserer dunklen Straße lag ein Landrover mit dem Dach nach unten genau mitten auf meiner dunklen Straße und verblutete: sein Öl und Benzin bildeten eine so tiefe, stille Lache, daß ich den Mond darin sehen konnte. Das einzige Geräusch war das *ping* der Hitze in den heißen Rohren und dem erstorbenen Motor. Der Landrover sah aus wie ein von einer Tellermine umgeworfener Panzer. Große Dellen und Kerben im Straßenbelag zeigten, daß sich der Wagen mehrmals überschlagen hatte, ehe er hier liegengeblieben war.

Die Tür an der Fahrerseite ließ sich nur einen Spaltbreit öffnen, aber genug, daß wie durch ein Wunder die Innenbeleuchtung anging. Dort, auf dem vorderen Sitz, immer noch am Steuer – immer noch mit dem Kopf nach unten und immer noch am Leben – war ein dicker Mann. Er sah unverletzt aus. Seine Schädeldecke ruhte sanft auf der Decke des Wagens, die jetzt natürlich der Boden war, aber der Mann schien sich dieser Änderung seiner Perspektive nur schwach bewußt zu sein. Er wirkte verwirrt, hauptsächlich wegen der großen braunen Bowling-Kugel, die, wie ein zweiter Kopf, neben seinem Kopf lag; er befand sich Wange an Wange mit dieser Bowling-Kugel, deren Berührung er vielleicht so empfand wie den abgetrennten Kopf einer Geliebten, der vorher an seiner Schulter geruht hatte.

«Bist du's, Roger?» fragte der Mann. Ich hätte nicht sagen können, ob er mit mir oder mit der Bowling-Kugel sprach.

«Nein, Roger ist es nicht», sagte ich, für uns beide antwortend.

«Dieser Roger ist ein Trottel», erläuterte der Mann. «Wir haben nämlich unsere Kugeln verwechselt.»

Daß der Dicke ein extravagantes Sexerlebnis meinte, schien mir unwahrscheinlich. Ich nahm an, daß er vom Bowling sprach.

«Das ist *Rogers* Kugel», erklärte er, auf das braune Ding an seiner Wange zeigend. «Ich hätte wissen sollen, daß es nicht meine Kugel ist, weil sie einfach nicht in meinen Sack paßte. *Meine* Kugel würde in *jeden* Sack passen, aber Rogers Kugel ist wirklich seltsam. Ich wollte sie gerade in meine Tasche stecken, als der Landrover von der Brücke abkam.»

Obwohl ich wußte, daß es in meiner Nachbarschaft weit und breit keine Brücke gab, versuchte ich, mir den Hergang vorzustellen. Aber ich wurde abgelenkt von dem Gurgeln auslaufenden Benzins, das eine durstige Männerkehle hinunterzugluckern schien.

«Sie sollten aussteigen», sagte ich zu dem kopfstehenden Kegler.

«Ich warte auf Roger», antwortete er. «Roger kommt bestimmt gleich.»

Und tatsächlich, jetzt näherte sich ein zweiter Landrover, als wären sie ein getrenntes Zweiergespann von einer vorrückenden Armeesäule. Rogers Landrover näherte sich mit ausgeschalteten Scheinwerfern und stoppte nicht rechtzeitig; er bohrte sich in den Landrover des dicken Keglers, und gemeinsam, wie zusammengekoppelte Güterwagen, rumpelten sie noch zehn mühsame Meter die Straße weiter.

Es hatte den Anschein, daß Roger tatsächlich ein Trottel war, aber ich stellte ihm nur die erwartete Frage: «Sind Sie Roger?»

«Ja», sagte der Mann, dessen zitternder Landrover dunkel und knarrend dastand; kleine Fragmente seiner Windschutzscheibe und Scheinwerfer und seines Kühlergrills fielen wie lärmender Konfetti auf die Straße.

«Das konnte *nur* Roger sein!» stöhnte der dicke Kegler, der immer noch mit dem Kopf nach unten – und immer noch am Leben – in seinem erleuchteten Wagen steckte. Ich sah, daß seine Nase leicht blutete; die Bowling-Kugel schien ihn angeschlagen zu haben.

«Roger, du Trottel!» rief er heraus. «Du hast meine *Kugel*!»

«Also, dann muß irgend jemand *meine* Kugel haben», antwortete Roger.

«*Ich* habe deine Kugel, du Trottel», verkündete der dicke Kegler.

«Fein, aber das ist noch nicht alles», sagte Roger. «Du hast auch *meinen* Landrover.» Roger zündete sich in seinem dunklen Wagen eine Zigarette an; er schien nicht daran interessiert, aus dem Wrack zu klettern.

«Sie sollten Warnlichter aufstellen», riet ich ihm, «und der Dicke da sollte aus Ihrem Landrover aussteigen. Es ist

überall Benzin. Ich glaube, Sie sollten lieber nicht rauchen.»
Aber Roger ließ sich nicht beirren und ignorierte mich in der
höhlenhaften Stille des zweiten Landrovers, und der Dicke
rief wieder – als hätte er einen Traum, der von neuem anfing
– heraus: «Bist *du's*, Roger?»

Ich ging in mein Haus und rief die Polizei an. Bei Tage
hätte ich in meiner Nachbarschaft ein solches Gemetzel nie
geduldet, aber Leute, die mit ihren Autos Bowling spielen,
gehören nicht zu den üblichen Vorortrasern, und ich kam zu
dem Schluß, daß sie es nicht besser verdient hatten.

«Hallo, ist dort die Polizei?»

Ich habe studiert, was man von der Polizei erwarten kann
und was nicht. Ich weiß, daß man dort die Idee von Festnahmen durch Bürger nicht wirklich unterstützt. Wenn ich Raser anzeigte, waren die Ergebnisse jedesmal enttäuschend.
Man scheint nicht daran interessiert, Einzelheiten zu erfahren. Man sagt mir, es gebe Leute, an deren Verhaftung die
Polizei interessiert sei, aber ich glaube, daß die Polizei im
Grunde mit Rasern sympathisiert; und sie schätzt keine Bürger, die Festnahmen für sie vornimmt.

Ich meldete die näheren Umstände des Unfalls, und als die
Polizei mich, wie immer, nach meinem Namen fragte, antwortete ich: «Roger.»

Das, ich wußte es, da ich die Polizei kannte, würde interessant werden. Die Polizei ist immer mehr daran interessiert, demjenigen das Leben schwerzumachen, der das Verbrechen anzeigt, als den Verbrechern auf die Finger zu klopfen. Und tatsächlich, als die Polizisten eintrafen, gingen sie
sofort auf Roger los. Ich sah, wie sie sich alle unter den Straßenlaternen zankten, aber ich schnappte nur Brocken ihres
Gesprächs auf.

«*Das* ist Roger», sagte der Dicke immer wieder. «Roger
von Kopf bis Fuß.»

«Ich bin nicht der Roger, der euch Arschlöcher angerufen
hat», erklärte Roger den Polizisten.

«Das stimmt», verkündete der Dicke. «*Dieser* Roger würde nie die Polizei anrufen.»

Und nach einer Weile fingen sie alle an, in unserem dunklen Vorort nach einem anderen Roger zu rufen. «Ist da noch ein Roger?» rief ein Polizist.

«Roger!» schrie der dicke Kegler, aber mein dunkles Haus und die dunklen Häuser meiner Nachbarn verharrten in angemessenem Schweigen. Bei Tageslicht, das wußte ich, würden sie alle wieder verschwunden sein. Nur ihre Ölflecken und ihr zersplittertes Glas würden bleiben.

Erleichtert – und, wie immer, *erfreut* über die Zerstörung motorisierter Fahrzeuge – beobachtete ich sie weiter, fast bis zum Morgengrauen, als die bulligen, zusammengekoppelten Landrover endlich getrennt und abgeschleppt wurden. Sie glichen zwei erschöpften Rhinozerossen, die man im Vorort erwischt hatte. Roger und der dicke Kegler standen da und zankten sich und schwangen ihre Bowling-Kugeln, bis die Straßenlaternen in unserem Straßenzug gelöscht wurden; dann, wie auf ein Signal hin, gaben sich die beiden Kegler die Hand und gingen in entgegengesetzte Richtungen davon – zu Fuß und so, als wüßten sie, wohin sie gingen.

Die Polizisten kamen am Morgen wieder und fragten die Leute – sie waren immer noch auf der Suche nach einem anderen Roger. Aber ich half ihnen nicht weiter, so wie sie mir nicht weiterhelfen, wenn ich einen Raser bei ihnen anzeige. «Also gut, wenn es noch einmal vorkommt», sagen sie mir in solchen Fällen, «lassen Sie es uns bitte sofort wissen.»

Zum Glück habe ich die Polizei selten gebraucht; bei Ersttätern habe ich gewöhnlich Erfolg. Nur einmal mußte ich den*selben* Fahrer ein zweites Mal anhalten – und auch ihn nur zweimal. Es war ein arroganter junger Mann in einem blutroten Klempnerwagen. Giftgelbe Buchstaben an der Tür verkündeten, daß der Installateur mit einem «Roto-Rooter» Verstopfungsnöte beseitigte und Klempnerdienste aller Art verrichtete:

O. FECTEAU, BESITZER & KLEMPNERMEISTER

Bei Zweittätern komme ich schneller zur Sache.

«Ich rufe die Polizei an», sagte ich dem jungen Mann.

«Und ich rufe Ihren Boss an, den alten O. Fecteau; ich hätte ihn schon das letzte Mal anrufen sollen.»

«Ich bin mein eigener Boss», sagte der junge Mann. «Es ist meine Klempnerfirma. Scheren Sie sich zum Teufel.»

Und ich begriff, daß ich O. Fecteau persönlich vor mir hatte – einen flegelhaften, aber erfolgreichen Burschen, den normale Autorität unbeeindruckt ließ.

«In dieser Gegend wohnen viele Kinder», sagte ich. «Zwei davon sind meine.»

«Ja, das erzählten Sie mir bereits», sagte der Klempner; er ließ seinen Motor aufheulen, als räusperte er sich. In seinem Gesichtsausdruck war die Andeutung einer Drohung, ähnlich der Spur eines Pubertätsbarts, den er sich an seinem jungen Kinn wachsen ließ. Ich legte meine Hände auf die Tür – eine auf den Griff, die andere auf das heruntergekurbelte Fenster.

«Rasen Sie hier bitte nicht mehr», sagte ich.

«Ja, ich werd mir Mühe geben», sagte O. Fecteau. Dabei hätte ich es bewenden lassen können, aber der Klempner zündete sich eine Zigarette an und lächelte mir ins Gesicht. Ich glaubte in seinem miesen Gesicht die *Gehässigkeit der Welt* zu sehen.

«Wenn ich Sie dabei erwische, daß Sie wieder so fahren», sagte ich, «schiebe ich Ihnen Ihren Roto-Rooter in den Arsch!»

Wir starrten uns an, O. Fecteau und ich. Dann gab der Installateur Vollgas und betätigte die Kupplung; ich mußte auf den Bürgersteig zurückspringen. Im Rinnstein sah ich einen kleinen Kipplaster aus Metall, ein Kinderspielzeug; die Vorderräder fehlten. Ich ergriff ihn und lief hinter O. Fecteau her. Fünf Straßen weiter war ich nahe genug, um den Kipplaster zu werfen, der das Fahrerhaus des Installateurs traf; er verursachte ein hübsches Geräusch, aber er prallte ab, ohne Schaden angerichtet zu haben. Trotzdem trat O. Fecteau heftig auf die Bremse; ungefähr fünf lange Röhren wurden bei dem Ruck von der Ladefläche des Lieferwagens geschleudert, und einer der Metallschübe sauste heraus und spuckte einen Schraubenzieher und mehrere Rollen dicken Drahts aus. Der Klempner sprang aus dem Wagen und knallte die Tür hinter sich zu; er hatte einen Gelenkhakenschlüssel in der Hand. Man sah, daß er es nicht schätzte, Beulen an seinem blutroten Lieferwagen einzusammeln. Ich griff nach einer der heruntergefallenen Röhren. Sie war ungefähr ein Meter fünfzig lang, und ich schlug schnell damit das linke Rücklicht des Lieferwagens entzwei. Ich scheine nun schon seit einiger Zeit eine natürlich Beziehung zu fünf zu haben. Zum Beispiel beim Umfang meiner Brust (in ausgedehntem Zustand): fünfundfünfzig Zoll.

«Ihr Rücklicht ist kaputt», warnte ich den Installateur. «Sie sollten nicht so herumfahren.»

«Ich werde Ihnen die Polizei auf den Hals hetzen, Sie verrückter Dreckskerl!» sagte O. Fecteau.

«Dies ist eine Bürgerfestnahme», sagte ich. «Sie haben die Höchstgeschwindigkeit übertreten, Sie gefährden das Leben meiner Kinder. Wir werden zusammen zur Polizei gehen.» Und ich schob das Ende der langen Röhre unter das hintere Zulassungsschild des Lieferwagens und faltete das Schild zusammen wie einen Brief.

«Wenn Sie meinem Wagen noch einmal zu nahe kommen», sagte der Klempner, «können Sie was erleben.» Aber die Röhre fühlte sich in meiner Hand so leicht an wie ein Badminton-Schläger; ich holte mühelos damit aus und zerbrach das andere Rücklicht.

«Sie erleben jetzt schon was», warnte ich O. Fecteau. «Wenn Sie noch einmal in diese Gegend kommen, bleiben Sie besser im ersten Gang und betätigen Ihr Blinklicht.» Zuerst, das wußte ich (und schwang die Röhre), würde er sein Blinklicht *reparieren* lassen müssen.

In diesem Augenblick kam eine ältere Frau aus ihrem Haus, um zu sehen, was los war. Sie erkannte mich sofort. Ich hole oft Leute an ihrer Ecke ein. «Oh, ich gratuliere!» rief sie. Ich lächelte sie an, und sie kam auf mich zugetrippelt, blieb stehen und warf einen Blick auf ihren wohlgepflegten Rasen, wo der Spielzeugkipplaster ihre Aufmerksamkeit auf sich zog. Sie nahm ihn mit offensichtlichem Mißfallen und brachte ihn zu mir herüber. Ich legte das Spielzeug und die zerbrochenen Glas- und Kunststoffstücke von den Rück- und Blinklichtern auf die Ladefläche des Lieferwagens. Es ist eine saubere Gegend. Ich verabscheue Unrat. Draußen auf der Landstraße, beim Trainieren, sehe ich nichts als Unrat. Ich legte die anderen Röhren auch wieder auf die Ladefläche, und mit der langen Röhre, die ich noch in der Hand hatte (wie ein Krieger seinen Kampfspeer), stieß ich den Schraubenzieher und die Drahtrollen, die neben den Bordstein gefallen waren, ein Stück nach vorn. O. Fecteau sammelte alles auf und verstaute es wieder in dem Metallschub. Wahrscheinlich ist er ein besserer Klempner als Fahrer, dachte ich; der Gelenkhakenschlüssel schien in seiner Hand zu Haus zu sein.

«Sie sollten sich schämen», sagte die alte Frau zu O. Fecteau. Der Klempner starrte sie finster an.

«Er ist einer von den schlimmsten», erklärte ich ihr.

«Sieh mal einer an!» sagte die alte Frau. «Und Sie sind schon ein so großer Junge», sagte sie zu dem Klempner. «Sie sollten es besser wissen.»

O. Fecteau zog sich zur Fahrerkabine zurück. Er sah so aus, als wollte er mir den Hakenschlüssel an den Kopf schleudern, dann in seinen Lieferwagen springen und im Rückwärtsgang die alte Frau übermangeln.

«Fahren Sie vorsichtig», sagte ich zu ihm. Als er sicher im Wagen saß, schob ich die lange Röhre auf die Ladefläche zurück. Dann nahm ich den Arm der alten Dame und half ihr über den Bürgersteig zu ihrem Haus.

Als der Lieferwagen sich mit jenem Gestank versengten Gummis und einem Geräusch wie von Knochen, die aus ihren Gelenkkapseln gerissen werden, vom Bordstein entfernte, fühlte ich durch die zerbrechliche Ellbogenspitze der alten Frau, wie sie zitterte; etwas von ihrer Angst sprang auf mich über, und mir wurde klar, wie riskant es war, jemanden so zornig zu machen, wie ich O. Fecteau zornig gemacht hatte. Ich hörte förmlich, wie er, vielleicht fünf Straßenzüge weiter, wütend raste, und ich betete für all die Hunde und Katzen und Kinder, die womöglich nahe der Straße waren. Bestimmt, dachte ich, ist das moderne Leben ungefähr fünfmal so schwer, wie das Leben früher war.

Ich sollte diesen Kreuzzug gegen die Raser beenden, dachte ich. Ich gehe zu weit, aber sie machen mich so zornig – mit ihrer Unachtsamkeit, ihrer gefährlichen, schlampigen Art zu leben, die ich als so unmittelbar lebensbedrohend für mich und meine Kinder betrachte. Ich habe Autos schon immer gehaßt, und ich habe die Leute gehaßt, die sie dumm fahren. Ich habe einen furchtbaren Zorn auf Leute, die so leichtfertig das Leben anderer Leute gefährden. Sollen sie ruhig mit ihren Autos rasen – aber in der Wüste! Einen Schießübungsplatz würden wir in unseren Vororten auch nicht dulden! Sollen sie ruhig aus Flugzeugen springen, wenn sie wollen – aber über dem Meer! *Nicht* da, wo meine Kinder leben.

«Was wäre diese Gegend bloß ohne Sie?» sagte die alte Frau. Ich kann mir ihren Namen immer nicht merken. Ohne mich, dachte ich, wäre diese Nachbarschaft wahrscheinlich *friedlich*. Vielleicht tödlicher, aber friedlich. «Sie fahren alle so schnell», sagte die alte Dame. «Manchmal denke ich, wenn Sie nicht wären, würden sie oft direkt in mein Wohnzimmer krachen.» Aber es machte mich verlegen, daß ich solche Ängste mit den Achtzigjährigen teilte, daß meine Befürchtungen mehr ihren nervösen, senilen Sorgen glichen als den normalen Ängsten von Leuten in meinen *jüngeren*, mittleren Jahren.

Was für ein unglaublich langweiliges Leben habe ich! dachte ich, während ich die alte Frau über die Fugen im Bürgersteig hinweg zu ihrer Haustür führte.

Dann kam der Klempner zurück. Ich dachte, die alte Dame würde in meinen Armen den Geist aufgeben. Der Klempner fuhr auf den Bordstein und raste an uns vorbei, über den Rasen der alten Frau hinweg, walzte einen peitschenähnlichen jungen Baum platt und kippte beinahe um, als er scharf wendete, wobei der Lieferwagen mit solcher

347

Wucht herumwirbelte, daß er eine ansehnliche Hecke entwurzelte und Grassoden von der Größe fünfpfündiger Steaks durch die Luft jagte. Dann floh er wieder zum Bürgersteig, der Lieferwagen, und es folgte eine Explosion von Werkzeugen, die in alle Richtungen flogen, als die Hinterräder den Bordstein herunterrumpelten. O. Fecteau war wieder auf der Straße und terrorisierte erneut unsere Nachbarschaft. Ich sah, wie der gewalttätige Klempner an der Ecke Dodge Street – Furlong Street abermals auf den Bordstein sauste und dabei die Rückseite eines parkenden Autos streifte, wodurch der Deckel des Kofferraums aufsprang und auf und ab wippte.

Ich half der alten Dame ins Haus und rief die Polizei an – und meine Frau, um ihr zu sagen, sie solle die Kinder nicht nach draußen lassen. Der Klempner war rasend geworden. So helfe ich der Nachbarschaft, dachte ich: ich mache Verrückte noch verrückter.

Die alte Frau saß, zart und vorsichtig wie eine Pflanze, in einem buntgemusterten Sessel in ihrem vollgestellten Wohnzimmer. Als O. Fecteau zurückkam – diesmal fuhr er mit quäkender Hupe wenige Zentimeter am Blumenfenster des Wohnzimmers vorbei und durch die Kiesbeete für die noch kleinen Bäume –, rührte sich die alte Frau nicht. Ich stand an der Tür und wartete auf den letzten Angriff, aber ich hielt es für klüger, mich nicht zu zeigen. Ich wußte, wenn O. Fecteau mich sah, würde er versuchen, *ins* Haus zu fahren.

Als die Polizei eintraf, hatte der Klempner seinen Lieferwagen bei dem Versuch, an der Kreuzung Cold Hill Street – North Lane einem Stationwagen auszuweichen, umgekippt. Er hatte sich das Schlüsselbein gebrochen und saß aufrecht in der Fahrerkabine, obwohl der Lieferwagen auf der Seite lag; er war nicht imstande, aus der Tür über seinem Kopf zu klettern, oder er hatte es nicht versucht. O. Fecteau machte einen gelassenen Eindruck; er hörte Radio.

Seit damals habe ich versucht, die Fahrer, die gegen die Verkehrsbestimmungen verstoßen, weniger zu provozieren; wenn ich merke, sie nehmen mir übel, daß ich sie anhalte und mir herausnehme, ihre üblen Gewohnheiten zu kritisieren, sage ich einfach nur, ich würde die Polizei benachrichtigen, und gehe dann schnell.

Daß O. Fecteau, wie sich herausstellte, schon früher oft gewalttätig auf soziale Situationen reagiert hatte, war für mich kein Grund, mir selbst zu verzeihen. «Siehst du, es ist nur gut, daß du diesen Klempner von der Straße gebracht hast», sagte meine Frau, die sonst meine Sucht, anderen vorzuschreiben, wie sie sich verhalten sollen, immer kritisiert. Aber ich konnte immer nur denken, daß ich einen Handwerksmeister zur Weißglut gebracht hatte, und *wenn* O. Fecteau *bei* seinem Anfall ein Kind umgebracht hätte, wessen Schuld wäre es gewesen? Zu einem Teil meine, denke ich.

Meiner Meinung nach ist heutzutage entweder alles eine moralische Frage, oder es gibt keine moralischen Fragen mehr. Heutzutage gibt es keine Kompromisse, oder es gibt nur noch Kompromisse. Unbeirrt und unbeirrbar halte ich meine Wache. Es gibt kein Aufhören.

Sag bloß nichts, sagte sich Helen. Geh hin und küß ihn und dräng dich an ihn; zieh ihn so schnell du kannst nach oben und rede später über die verdammte Geschichte. *Viel* später, sagte sie sich. Aber sie wußte, er würde sie nicht davonkommen lassen.

Er hatte das Geschirr fertig gespült und setzte sich ihr gegenüber an den Tisch.

Sie bemühte sich um ihr nettestes Lächeln und sagte: «Ich möchte jetzt ins Bett.»

«Du magst sie nicht?» fragte er.

«Laß uns im Bett darüber reden», sagte sie.

«Verdammt, Helen», sagte er. «Es ist die erste Sache seit langem, die ich fertig geschrieben habe. Ich möchte wissen, was du davon hältst.»

Sie biß sich auf die Lippe und nahm ihre Brille; sie hatte nicht eine einzige Randbemerkung mit ihrem Rotstift gemacht. «Ich liebe dich», sagte sie.

«Ja, ja», sagte er ungeduldig. «Ich liebe dich auch, aber *ficken* können wir jederzeit. Was ist mit der *Geschichte*?» Und sie lockerte sich schließlich; sie hatte das Gefühl, daß er sie irgendwie freigegeben hatte. Ich habe es *versucht*, dachte sie; sie fühlte sich ungeheuer erleichtert.

«Laß mich in Ruhe mit der Geschichte», sagte sie. «Nein, ich mag sie nicht. Und ich möchte auch nicht darüber reden. Dir ist es offenbar egal, was *ich* möchte. Du bist wie ein kleiner Junge bei Tisch – du bedienst zuerst dich selbst.»

«Du magst sie nicht?» sagte Garp.

«Oh, sie ist nicht *schlecht*», sagte sie, «aber sie ist weder Fisch noch Fleisch. Sie ist eine Lappalie, sie ist ein bißchen simpel. Wenn du dich für etwas warmschreiben willst, würde ich gern sehen, was es ist – wenn du soweit bist. Aber das hier ist nichts, das weißt du doch auch. Es ist hingehauen, nicht wahr? So etwas machst du doch mit links, stimmt's?»

«Sie ist *lustig*, nicht wahr?» fragte Garp.

«Oh, lustig ist sie», sagte sie. «Aber sie ist lustig, wie *Witze* lustig sind. Nichts als Einzeiler. Ich meine, was *soll* sie sein? Eine Selbstparodie? Du bist noch nicht alt genug, und du hast noch nicht genug geschrieben, um dich über dich selbst zu mokieren. Das ist Selbstbedienung, Selbstrechtfertigung; und es handelt in Wirklichkeit von nichts anderem als dir selbst. Es ist ganz nett.»

«Scheiße», sagte Garp. *«Ganz nett?»*

«Du redest dauernd von Leuten, die gut schreiben, aber nichts zu sagen haben», sagte Helen. «Schön, und wie nennst du *das*? Es ist nichts wie ‹Die Pension Grillparzer›, bestimmt nicht. Es ist nicht ein Fünftel so gut wie ‹Die Pension Grillparzer›. Es ist nicht ein *Zehntel* so gut wie die ‹Grillparzer›-Geschichte», sagte Helen.

«‹Die Pension Grillparzer› ist die erste große Sache, die ich geschrieben habe», sagte Garp. «Das hier ist etwas völlig anderes; es ist eine ganz andere Art von Erzählung.»

«Ja, bei der einen geht es um etwas, und bei der anderen geht es um nichts», sagte Helen. «Bei der einen geht es um Menschen, und bei der anderen geht es einzig und allein um *dich*. Die eine hat etwas Geheimnisvolles und Präzision, und die andere hat nur

Witz.» Wenn Helens kritische Fähigkeiten erst einmal zupackten, waren sie nur schwer wieder zu stoppen.

«Es ist nicht fair, die beiden Geschichten zu vergleichen», sagte Garp. «Ich weiß, daß diese *kleiner* ist.»

«Dann laß uns nicht mehr darüber reden», sagte Helen.

Garp maulte eine Minute.

«*Der Hahnrei fängt sich* hat dir auch nicht gefallen», sagte er, «und ich nehme an, der nächste wird dir auch nicht gefallen.»

«*Welcher* nächste?» fragte Helen. «Schreibst du wieder an einem Roman?»

Er maulte noch ein bißchen. Sie *haßte* ihn dafür, daß er sie zwang, ihm dies anzutun, aber sie begehrte ihn, und sie wußte, daß sie ihn auch liebte.

«Bitte», sagte sie. «Laß uns ins Bett gehen.»

Aber jetzt sah er seine *Chance* für eine kleine Grausamkeit – und/oder eine kleine Wahrheit –, und seine Augen sahen sie blitzend an.

«Laß uns kein Wort mehr sagen», bettelte sie. «Laß uns ins Bett gehen.»

«Du findest, daß ‹Die Pension Grillparzer› das beste ist, was ich geschrieben habe, nicht wahr?» fragte er sie. Er wußte schon, was sie über den zweiten Roman dachte, und er wußte, daß trotz Helens Vorliebe für *Zaudern* ein erster Roman immer ein erster Roman ist. Ja, sie dachte *wirklich*, daß die ‹Grillparzer›-Geschichte seine beste Arbeit war.

«Bisher ja», sagte sie sanft. «Du bist ein *sehr* guter Schriftsteller, du *weißt*, daß ich das glaube.»

«Ich nehme an, ich bin meinen Fähigkeiten noch nicht gerecht geworden», sagte Garp bissig.

«Das wirst du noch», sagte sie; das Mitgefühl und ihre Liebe zu ihm schwanden aus ihrer Stimme.

Sie starrten einander an; Helen wandte den Blick ab. Er ging langsam nach oben. «Kommst du auch?» fragte er. Sein Rücken war ihr zugekehrt; seine Absichten waren ihr verborgen – und seine Gefühle für sie auch: verborgen vor ihr oder unter seiner infernalischen Arbeit begraben.

«Noch nicht», sagte sie.

Er wartete auf der Treppe. «Mußt du noch etwas *lesen*?» fragte er.

«Nein, vom Lesen hab ich fürs erste genug», sagte sie.

Garp ging nach oben. Als sie zu ihm heraufkam, schlief er schon, was sie verzweifeln ließ. Wenn er überhaupt mit seinen Gedanken bei ihr war, wie *konnte* er dann eingeschlafen sein? Aber er war mit seinen Gedanken bei so vielen Dingen – er war ganz durcheinander gewesen; er war eingeschlafen, weil er verwirrt war. Wenn er imstande gewesen wäre, seine Gefühle auf irgend*eine* Sache zu konzentrieren, wäre er noch wach gewesen, als sie nach oben kam. Sie hätten sich dann unter Umständen vieles erspart.

So saß sie neben ihm auf dem Bett und betrachtete sein Gesicht mit mehr Zärtlichkeit, als sie glaubte aushalten zu können. Sie sah, daß er einen Ständer hatte, so steif, als *hätte* er auf sie gewartet, und sie nahm ihn in den Mund und blies ihn zart, bis er kam.

Er wachte auf, überrascht, und er sah sehr schuldbewußt aus – als er zu merken schien, wo er war und mit wem. Helen jedoch sah nicht im mindesten schuldbewußt aus; sie sah nur traurig aus. Garp dachte später, daß es so war, als hätte Helen *gewußt*, daß er von Mrs. Ralph geträumt hatte.

Als er aus dem Badezimmer zurückkam, schlief sie. Sie war in Schlaf gesunken. Endlich schuldlos, fühlte sie sich befreit, frei, ihre eigenen Träume zu haben. Garp lag wach neben ihr und betrachtete die erstaunliche Unschuld in ihrem Gesicht – bis die Kinder sie weckten.

13
Walt erkältet sich

Wenn Walt sich erkältet hatte, schlief Garp schlecht. Es war dann, als versuchte er, für den Jungen und für sich selbst zu atmen. Und nachts stand er auf, um den Jungen zu küssen und an sich zu drücken. Wer Garp sah, hätte gedacht, Garp könne Walts Erkältung vertreiben, indem er sie sich holte.

«O Gott», sagte Helen. «Es ist doch nur eine Erkältung. Duncan hatte den ganzen Winter hindurch Erkältungen, als er fünf war.» Jetzt, da er bald elf wurde, schien Duncan aus den Erkältungen herausgewachsen zu sein; aber Walt mit seinen fünf Jahren schlitterte von einer Erkältung in die andere – oder es war eine lange Erkältung, die mal verschwand und dann wieder zurückkam. In der Matschzeit im März hatte Garp den Eindruck, Walts Widerstandskraft sei nun am Ende: der Junge hüstelte ständig, und Garp wachte jede Nacht mit einem feuchten, quälenden Husten auf. Garp schlief manchmal ein, während er an Walts Brust horchte, und wachte erschreckt auf, wenn er das Herz des Jungen nicht mehr schlagen hörte – aber der Junge hatte bloß den schweren Kopf seines Vaters von seiner Brust geschoben, damit er sich umdrehen und bequemer schlafen konnte.

Der Arzt wie auch Helen erklärten Garp: «Es ist nur ein leichter Husten.»

Aber die Unvollkommenheit in Walts nächtlichem Atmen schreckte Garp aus dem Schlaf. Deshalb war er meist wach, wenn Roberta anrief; die nächtliche Pein der großen und kräftigen Mrs. Muldoon hatte für Garp nichts Erschreckendes mehr – er war inzwischen darauf gefaßt –, aber Garps verdrießliche Schlaflosigkeit machte Helen nervös.

«Wenn du wieder an einem Buch arbeiten würdest, wärst du abends viel zu müde, um die halbe Nacht wachzuliegen», sagte sie. Was ihn wachhalte, sei seine Phantasie, sagte Helen zu ihm. Eines der Zeichen, daß er nicht genug geschrieben hatte, war, wie Garp wußte, daß er zuviel Phantasie für andere Dinge übrig hatte. Zum Beispiel der Ansturm von Träumen: Garp träumte inzwischen *nur* noch von schrecklichen Dingen, die seinen Kindern zustießen.

In einem Traum geschah etwas Schreckliches: es passierte, während Garp eine Pornozeitschrift las. Er betrachtete immer nur dasselbe Bild wieder und wieder – es war sehr obszön. Die Ringer der Universitätsmannschaft, mit denen Garp gelegentlich trainierte, hatten ein ganz spezielles Vokabular für solche Bilder. Dieses Vokabular hatte sich, wie Garp feststellte, seit seiner Zeit auf der Steering School, als die Ringer aus Garps Mannschaft genauso über solche Bilder redeten, nicht geändert. Was sich geändert hatte, war der leichtere Zugang zu solchen Bildern. Die Ausdrücke waren dieselben geblieben.

Das Bild, das Garp im Traum betrachtete, nahm in der Rangfolge pornographischer Bilder einen der obersten Plätze ein. Bei Bildern von nackten Frauen richteten sich die Ausdrücke danach, wieviel man sehen konnte. Wenn man die Schamhaare sehen konnte, aber nicht die Geschlechtsteile, nannte man es ein Buschbild – oder nur einen Busch. Wenn man die Geschlechtsteile sehen konnte, die manchmal teilweise von den Haaren verdeckt wurden, war das ein Visier; ein Visier war besser als nur ein Busch; ein Visier war erst richtig etwas: die Haare und die Teile. Wenn die Teile *geöffnet* waren, nannte man es ein *offenes* Visier. Und wenn das Ganze *glänzte*, war es das allerbeste, jedenfalls in der Welt der Pornographie: das war dann ein feuchtes, offenes Visier. Die Feuchtigkeit bedeutete, daß die Frau nicht nur nackt und dargeboten und geöffnet war, sondern daß sie auch *bereit* war.

In seinem Traum betrachtete Garp das, was die Ringer ein feuchtes, offenes Visier nannten, als er plötzlich Kinder weinen hörte. Er wußte nicht, wessen Kinder es waren, aber Helen und

Jenny Fields, seine Mutter, waren bei ihnen; sie kamen alle die Treppe herunter und gingen an ihm vorbei, während er krampfhaft vor ihnen zu verstecken versuchte, was er betrachtet hatte. Sie waren oben gewesen, und irgend etwas Furchtbares hatte sie geweckt; sie waren auf dem Weg weiter nach unten – in den Keller, als sei der Keller ein Luftschutzbunker. Und bei diesem Gedanken hörte Garp das dumpfe *Krachen* von Bomben – er bemerkte den bröckelnden Putz, er sah die flackernden Lichter –, und er begriff den Schrecken dessen, was auf sie zukam. Die Kinder gingen jeweils zu zweit wimmernd hinter Helen und Jenny her, die sie so sachlich wie Krankenschwestern zum Luftschutzbunker führten. Wenn sie Garp überhaupt betrachteten, dann sahen sie ihn mit unbestimmter Trauer und Verachtung an, als hätte er sie alle im Stich gelassen und sei machtlos, ihnen jetzt zu helfen.

Vielleicht hatte er das feuchte, offene Visier betrachtet, statt auf feindliche Flugzeuge zu achten? Doch eben, da es ein Traum war, ließ es sich nie klären, *warum* er sich eigentlich so schuldig fühlte und warum sie ihn betrachteten, als seien sie so hintergangen worden.

Am Ende der Schlange von Kindern gingen Walt und Duncan, Hand in Hand; das sogenannte Paarsystem, wie es in Sommerlagern angewandt wird, schien in Garps Traum die natürliche Reaktion auf ein Unglück unter Kindern zu sein. Der kleine Walt weinte, wie Garp ihn nur hatte weinen hören, wenn er von einem Alptraum geplagt wurde und nicht aufwachen konnte. «Ich habe einen bösen Traum», schniefte er. Er sah seinen Vater an und schrie ihm fast zu: «Ich habe einen bösen Traum.»

Aber in Garps Traum konnte Garp den Jungen aus *diesem* Traum nicht wecken. Duncan blickte seinen Vater stoisch über die Schulter hinweg an, mit einem stummen und tapferen schicksalsergebenen Ausdruck in seinem jungen Gesicht. Duncan wirkte neuerdings sehr erwachsen. Duncans Blick war ein Geheimnis zwischen Duncan und Garp: sie wußten beide, daß es *kein* Traum war und daß Walt nicht geholfen werden konnte.

«Weck mich auf!» rief Walt, aber die lange Reihe von Kindern verschwand in dem Luftschutzbunker. Walt versuchte sich Duncans Griff zu entziehen (Walt reichte Duncan ungefähr bis zum

Ellbogen) und blickte zurück zu seinem Vater. «Ich *träume*!» schrie Walt, wie um sich selbst zu überzeugen. Garp konnte nichts tun; er sagte nichts; er machte keinen Versuch, ihnen zu folgen – jene letzten Stufen hinunter. Und der abfallende Putz überzog alles mit einer weißen Schicht. Noch immer fielen Bomben.

«Du träumst!» schrie Garp hinter dem kleinen Walt her. «Es ist nur ein böser Traum!» rief er, obwohl er wußte, daß er log.

Dann trat Helen ihn, und er wachte auf.

Vielleicht fürchtete Helen, Garps amoklaufende Phantasie würde sich von Walt abwenden und ihr zuwenden. Denn wenn Garp ihr nur die Hälfte der Sorge gewidmet hätte, die er aus irgendeinem Zwang Walt zuwandte, hätte Garp vielleicht gemerkt, daß irgend etwas passierte.

Helen meinte, das, was passierte, in der Gewalt zu haben; sie hatte zumindest in der Hand gehabt, wie es anfing (als sie dem krumm dastehenden Michael Milton wie gewöhnlich die Tür ihres Arbeitszimmers geöffnet und ihn hineingebeten hatte). Drinnen schloß sie die Tür hinter ihm und küßte ihn schnell auf den Mund, wobei sie seinen schmalen Hals so festhielt, daß sie ihn nicht einmal bewegen konnte, um Atem zu holen, und ihr Knie zwischen seine Beine schob; er stieß den Papierkorb um und ließ sein Ringbuch fallen.

«Jetzt gibt es nichts mehr zu besprechen», sagte Helen und holte Luft. Sie fuhr sich schnell mit der Zunge über die Oberlippe; Helen versuchte zu entscheiden, ob sie seinen Schnurrbart mochte. Sie entschied, daß sie ihn mochte; oder daß sie ihn zumindest im Augenblick mochte. «Wir fahren in deine Wohnung. Etwas anderes kommt nicht in Frage», sagte sie.

«Sie ist auf der anderen Seite vom Fluß», sagte er.

«Ich weiß, wo sie ist», sagte sie. «Ist sie sauber?»

«Natürlich», sagte er. «Und man hat eine tolle Aussicht auf den Fluß.»

«Die Aussicht ist mir gleich», sagte Helen. «Ich möchte, daß sie sauber ist.»

«Sie ist ziemlich sauber», sagte er. «Ich könnte sie noch sauberer machen.»

«Wir können nur mit deinem Auto fahren», sagte sie.

«Ich hab kein Auto», sagte er.

«Ich weiß, daß du keins hast», sagte Helen. «Du mußt dir eins besorgen.»

Jetzt lächelte er; er war überrascht gewesen, aber jetzt war er sich seiner wieder sicher. «Aber ich brauche mir doch nicht *jetzt* eins zu besorgen, oder?» fragte er und kitzelte sie mit seinem Schnurrbart am Hals; er faßte ihre Brüste an. Helen löste sich aus seiner Umarmung.

«Besorg dir eins, wann du willst», sagte sie. «Wir werden nie mit meinem fahren, und ich will nie mit dir in der Stadt oder im Bus gesehen werden. Wenn *irgend* jemand das hier erfährt, ist es aus. Verstehst du?» Sie setzte sich an ihren Schreibtisch, und er fühlte sich nicht aufgefordert, um ihren Schreibtisch herumzukommen und sie zu berühren; er setzte sich auf den Stuhl, auf dem gewöhnlich ihre Studenten saßen.

«Sicher verstehe ich das», sagte er.

«Ich liebe meinen Mann, und ich werde ihm nie weh tun», sagte Helen. Und Michael Milton hütete sich zu lächeln.

«Ich werde gleich ein Auto besorgen», sagte er.

«Und deine Wohnung saubermachen oder saubermachen *lassen*», sagte sie.

«Natürlich», sagte er. Jetzt wagte er zu lächeln, ein bißchen. «Was für ein Auto soll ich mir besorgen?» fragte er sie.

«Das ist mir gleich», sagte sie. «Besorg nur eins, das fährt; besorg eins, das nicht dauernd in der Werkstatt steht. Und besorg keines mit zwei Vordersitzen. Besorg eins mit einer durchgehenden Sitzbank vorn.» Er sah überraschter und verwirrter aus denn je, deshalb erläuterte sie es ihm: «Ich möchte mich hinlegen können, bequem, über die ganze Sitzbank», sagte sie. «Ich werde den Kopf auf deinen Schoß legen, damit mich niemand neben dir sitzen sieht. Verstehst du?»

«Keine Sorge», sagte er, wieder lächelnd.

«Es ist eine kleine Stadt», sagte Helen. «Niemand darf es erfahren.»

«*So* klein ist die Stadt nun auch wieder nicht», meinte Michael Milton zuversichtlich.

«Jede Stadt ist eine kleine Stadt», sagte Helen, «und diese ist kleiner, als du denkst. Möchtest du es genau wissen?»

«Was?» fragte er sie.

«Du schläfst mit Margie Tallworth», sagte Helen. «Sie ist in meinem Kurs Vergleichende Literaturwissenschaft 205; sie macht nächstes Jahr Examen», sagte Helen. «Und du triffst dich noch mit einer anderen, *sehr* jungen Studentin – sie ist in Dirksons Englisch 150; ich nehme an, sie ist im *ersten* Semester, aber ich weiß nicht, ob du schon mit ihr geschlafen hast», fügte Helen hinzu. «Soweit ich weiß, hast du noch keine von deinen graduierten Kommilitoninnen angefaßt – noch nicht», sagte Helen. «Aber es gibt vermutlich eine, die mir entgangen ist, oder es *hat* eine gegeben.»

Michael Milton war gleichzeitig verdutzt und stolz, und die gewohnte Herrschaft über seine Mimik entglitt ihm so völlig, daß Helen den Ausdruck, den sie in seinem Gesicht sah, nicht mochte und wegsah.

«*So* klein ist diese Stadt, und alle anderen auch», sagte sie. «Wenn du mich hast», erklärte sie ihm, «kannst du keine von diesen anderen haben. Ich weiß, was junge Mädchen sehen, und ich weiß, wieviel sie *erzählen*.»

«Ja», sagte Michael Milton; er sah aus, als sei er drauf und dran mitzuschreiben.

Helen fiel plötzlich etwas ein, und sie sah ihn erschrocken an. «Du *hast* doch einen Führerschein?» fragte sie.

«O ja!» sagte Michael Milton. Sie lachten beide, und Helen beruhigte sich wieder; doch als er um ihren Schreibtisch herumkam, um sie zu küssen, schüttelte sie den Kopf und winkte ihn fort.

«Und du wirst mich hier kein einziges Mal anfassen», sagte sie. «In diesem Zimmer gibt es keine Intimitäten. Ich schließe die Tür nicht ab. Ich mache sie noch nicht einmal gern zu. Mach sie bitte auf», bat sie ihn, und er öffnete die Tür.

Er besorgte ein Auto, einen gewaltigen Buick Roadmaster, den *alten* Stationwagen – mit richtigen Holzleisten an den Seiten. Es war ein Buick Dynaflow Baujahr 1951, schwer und blitzend von Vor-Korea-Chrom und echtem Eichenholz. Er wog fast drei Tonnen. Er faßte knapp sieben Liter Öl und gut fünfundachtzig Liter

Benzin. Sein Neupreis hatte 2850 Dollar betragen, aber Michael Milton bekam ihn für weniger als sechshundert Dollar.

«Ein 8-Zylinder mit Servolenkung und einem Carter-Vergaser», sagte der Verkäufer. «Und noch nicht zu sehr verrostet.»

Er hatte die langweilige, unauffällige Farbe geronnenen Blutes, war beinahe zwei Meter breit und über fünf Meter lang. Die vordere Sitzbank war so lang und tief, daß Helen sich der Länge nach darauf legen konnte, fast ohne die Knie anzuziehen oder ohne den Kopf auf Michael Miltons Schoß legen zu müssen, was sie aber dennoch tat.

Sie legte nicht den Kopf auf seinen Schoß, weil sie es *mußte*; sie mochte diese Perspektive des Armaturenbretts und die Nähe des alten Geruchs, der von dem rotbraunen Leder der großen glatten Bank ausging. Sie legte den Kopf auf seinen Schoß, weil sie gern fühlte, wie Michaels Bein sich versteifte und dann wieder lockerte, wie sein Schenkel sich leicht zwischen der Bremse und dem Gaspedal hin und her schob. Es war ein ruhiger Schoß zum Liegen, da das Auto keine Kupplung hatte: der Fahrer brauchte nur das eine Bein zu bewegen, und auch das nur von Zeit zu Zeit. Michael Milton steckte sein Kleingeld aus Rücksicht immer in die linke Jakkentasche, so daß nur die weichen Rippen seiner Kordhosen da waren, die einen schwachen Abdruck auf der Haut von Helens Wange hinterließen – und manchmal berührte seine wachsende Erektion ihr Ohr oder reichte bis in ihr Haar im Nacken.

Manchmal stellte sie sich vor, wie sie ihn in den Mund nahm, während sie mitten durch die Stadt fuhren, in dem großen Auto mit dem Chromkühlergrill, der einem weit aufgesperrten fressenden Fischmaul glich, und dem Schriftzug *Buick Eight* quer über den Zähnen. Aber das wäre, wie Helen wußte, nicht sicher gewesen.

Das erste Anzeichen, daß die ganze Sache womöglich nicht sicher sei, war, als Margie Tallworth nicht mehr zu Helens Vergl. Lit. 205 kam, ohne auch nur ein Wort darüber zu verlieren, was ihr an dem Seminar mißfallen haben mochte. Helen fürchtete, es sei nicht das Seminar, was Margie mißfallen hatte, und sie bestellte die junge Miss Tallworth in ihr Arbeitszimmer, um sie nach einer Erklärung zu fragen.

Margie Tallworth, die im vorletzten Studienjahr war, kannte sich genügend aus, um zu wissen, daß keine Erklärung nötig war; bis zu einem bestimmten Zeitpunkt in jedem Semester konnte man als Student ohne Erlaubnis des Studienleiters aus allen Kursen wieder aussteigen. «Muß ich einen Grund haben?» fragte das Mädchen mürrisch.

«Nein», sagte Helen. «Aber wenn Sie einen Grund *hatten*, würde ich ihn gern erfahren.»

«Ich brauche keinen Grund zu haben», sagte Margie Tallworth. Sie erwiderte Helens Blick länger, als die meisten Studenten ihn erwidern konnten; dann stand sie auf, um zu gehen. Sie war hübsch und klein und für eine Studentin ziemlich gut angezogen, dachte Helen. Falls zwischen Michael Miltons früherer Freundin und seinem jetzigen Geschmack irgendein Zusammenhang bestand, dann nur der, daß er anscheinend gut angezogene Frauen mochte.

«Also, es tut mir leid, daß Sie nicht mehr dabei sind», sagte Helen, der Wahrheit entsprechend, als Margie ging; sie überlegte immer noch, was das Mädchen *wirklich* wissen mochte.

Sie weiß es, dachte Helen und gab sofort Michael die Schuld.

«Du hast es bereits verdorben», erklärte sie ihm kühl, weil sie kühl mit ihm reden *konnte* – am Telefon. «*Wie* hast du eigentlich mit Margie Tallworth Schluß gemacht?»

«Sehr rücksichtsvoll», sagte Michael Milton blasiert. «Aber Schluß ist Schluß, auf wie verschiedene Art man es auch macht.» Helen schätzte es nicht, wenn er sie zu belehren versuchte – in sexuellen Dingen; darin ließ sie ihn gewähren, und er schien es zu brauchen, darin zu dominieren. Sie empfand das anders, und es störte sie nicht wirklich. Er war manchmal brutal, aber nie gefährlich, dachte sie; und wenn sie sich entschlossen gegen etwas wehrte, ließ er es. Einmal hatte sie ihm sagen müssen: «Nein! Ich mag das nicht, ich möchte das nicht tun.» Aber sie fügte «Bitte!» hinzu, weil sie seiner nicht *so* sicher war. Er hatte es gelassen; er war heftig mit ihr gewesen, aber auf eine andere Art – eine Art, die ihr recht war. Es war erregend, daß sie sich nicht vollständig auf ihn verlassen konnte. Aber daß sie sich nicht auf sein *Schweigen* verlassen konnte, war etwas anderes; wenn sich herausstellte, daß er über sie geredet hatte, würde es aus sein.

«Ich habe ihr nichts gesagt», beharrte Michael. «Ich habe gesagt: ‹Margie, es ist zu Ende! Oder irgendwas dergleichen. Ich habe ihr nicht einmal gesagt, daß es eine andere Frau gibt, und ich habe ihr erst recht nichts von *dir* gesagt.»

«Aber wahrscheinlich hat sie dich *vorher* über mich sprechen hören», sagte Helen. «Ich meine, ehe dies anfing.»

«Sie hat dein Seminar sowieso nie gemocht», sagte Michael. «*Darüber* haben wir einmal gesprochen.»

«Sie hat das Seminar nie gemocht?» fragte Helen. Das überraschte sie ehrlich.

«Na ja, sie ist nicht sehr klug», sagte Michael ungeduldig.

«Es wäre besser, wenn sie es nicht wüßte», sagte Helen. «Im Ernst, du solltest es besser herausfinden.»

Aber er fand nichts heraus. Margie Tallworth weigerte sich, mit ihm zu sprechen. Er versuchte ihr am Telefon einzureden, es sei nur, weil eine alte Freundin zu ihm zurückgekehrt sei – sie sei von außerhalb gekommen; sie habe nicht gewußt, wo sie schlafen solle; da habe das eine das andere ergeben. Aber Margie Tallworth hatte aufgelegt, ehe er die Geschichte polieren konnte.

Helen rauchte ein bißchen mehr. Ein paar Tage beobachtete sie Garp besorgt, und einmal hatte sie richtige Schuldgefühle, als sie mit Garp schlief; sie hatte nicht deshalb mit ihm geschlafen, weil sie es wollte, sondern weil sie ihn beruhigen wollte, *falls* er gedacht hatte, daß irgend etwas nicht stimmte.

Er hatte es nicht gedacht, nicht lange. Oder: er *hatte* es gedacht, aber nur einmal, bei den blauen Malen auf den schmalen, straffen Rückseiten von Helens Schenkeln; Garp war stark, aber bei seinen Kindern und seiner Frau war er ein sehr zärtlicher Mann. Außerdem wußte er, wie Male von Fingern aussehen, weil er Ringer war. Ungefähr einen Tag später bemerkte er die gleichen kleinen blauen Fingermale auf den Rückseiten von Duncans Armen – da, wo Garp ihn festhielt, wenn er mit dem Jungen rang –, und er kam zu dem Schluß, daß er die Menschen, die er liebte, härter anfaßte, als er wollte. Er kam zu dem Schluß, daß Helens Fingermale ebenfalls von ihm stammten.

Er war ein zu eitler Mann, um leicht eifersüchtig zu sein. Und der Name, den er eines Morgens beim Aufwachen auf den Lippen gehabt hatte, war ihm entfallen. Im Haus lagen keine schriftlichen Arbeiten von Michael Milton mehr herum, die Helen nachts wachhielten. Sie ging sogar immer früher zu Bett; sie brauchte den Schlaf.

Helen ihrerseits entwickelte eine Vorliebe für den nackten, schwarzen Schaft des Schalthebels; seine Schärfe fühlte sich abends, wenn sie von der Universität nach Hause fuhr, gut an ihrem Daumenballen an, und oft preßte sie die Hand absichtlich dagegen, bis sie fühlte, daß sie nur noch um Haaresbreite von dem Druck entfernt war, der nötig war, um ihre Haut zu zerreißen. Sie konnte sich auf diese Weise Tränen in die Augen treiben, und es gab ihr das Gefühl, wieder sauber zu sein, wenn sie nach Hause kam – wenn die Jungen ihr von dem Fenster aus, wo der Fernseher stand, zuwinkten und zuriefen und wenn Garp verkündete, was er zum Abendessen für sie alle gekocht habe, wenn sie die Küche betrat.

Margie Tallworths mögliches Wissen hatte Helen geängstigt, weil Helen, obwohl sie Michael – und sich selbst – gesagt hatte, daß es aus sein würde, in dem Moment, in dem irgend jemand davon wüßte, inzwischen wußte, daß es schwerer zu beenden sein würde, als sie sich zuerst vorgestellt hatte. Sie umarmte Garp in seiner Küche und hoffte auf Margie Tallworths Ahnungslosigkeit.

Margie Tallworth *war* ahnungslos, aber sie war nicht ahnungslos, was Michaels Beziehung zu Helen betraf. Sie war ahnungslos in vielen Dingen, aber darüber wußte sie Bescheid. Sie war ahnungslos insofern, als sie glaubte, ihre eigene oberflächliche Leidenschaft für Michael habe «das Sexuelle», wie sie gesagt hätte, «überwunden», während Helen, wie sie annahm, sich mit Michael nur amüsierte. In Wahrheit hatte Margie Tallworth «im Sexuellen», wie sie gesagt hätte, förmlich *geschwelgt*; schwer zu sagen, worum es in ihrer Beziehung zu Michael Milton *sonst* noch gegangen war. Aber sie lag nicht ganz falsch in der Annahme, daß es dies war, worum es in Helens Beziehung zu Michael Milton ebenfalls ging. Margie Tallworth war insofern ahnungslos, als sie zuviel annahm, zuviel im jeweiligen Augenblick; aber in diesem Fall hatte sie das Richtige angenommen.

Als Michael Milton und Helen tatsächlich noch über Michaels «Arbeit» sprachen, schon damals nahm Margie an, daß sie miteinander bumsten. Margie Tallworth glaubte nicht, daß man zu Michael Milton eine andere Beziehung haben konnte. Darin war sie nicht ahnungslos. Sie mag gewußt haben, was für eine Beziehung Helen zu Michael hatte, ehe Helen es selber wußte..

Und durch das nach außen verspiegelte Fenster der Damentoilette im vierten Stock des Gebäudes der Abteilungen Englisch und Literatur konnte Margie Tallworth durch die getönte Windschutzscheibe des Drei-Tonnen-Buick blicken, der wie der Katafalk eines Königs vom Parkplatz glitt. Margie konnte Mrs. Garps schlanke Beine auf der vorderen Sitzbank sehen. Eine merkwürdige Art, Auto zu fahren, wenn man nicht mit seinem besten Freunde fuhr.

Margie kannte die Gewohnheiten der beiden besser, als sie ihre eigenen verstand; sie machte lange Spaziergänge in dem Bemühen, Michael Milton zu vergessen und sich mit der Lage von Helens Haus vertraut zu machen. Sie war auch bald mit den Gewohnheiten von Helens Mann vertraut, weil Garps Gewohnheiten sehr viel beständiger waren als die *irgendeines* Menschen: vormittags wanderte er hin und her, von Zimmer zu Zimmer; vielleicht war er arbeitslos. Das paßte zu dem Bild, das Margie Tallworth sich von dem vermeintlichen Hahnrei machte: ein Mann, der stellungslos war. Mittags kam er in Sprinterkluft aus der Tür gesaust und lief fort; Meilen später kehrte er zurück und las seine Post, die fast immer kam, wenn er fort war. Dann wanderte er wieder durchs Haus; er entkleidete sich Stück für Stück auf dem Weg zur Dusche, und er kleidete sich langsam wieder an, wenn er geduscht hatte. Eine Sache paßte nicht zu ihrem Bild von dem Hahnrei: Garp hatte eine gute Figur. Und warum war er immer so lange in der Küche? Margie Tallworth fragte sich, ob er vielleicht ein arbeitsloser Koch sei.

Dann kamen seine Kinder nach Hause, und sie brachen Margie Tallworths weiches kleines Herz. Er sah richtig nett aus, wenn er mit seinen Kindern spielte, was ebenfalls zu Margies Annahmen paßte, wie ein Hahnrei war: jemand, der gedankenlos mit seinen Kindern herumalberte, während seine Frau sich irgendwo *stopfen* ließ. «Stopfen» war auch ein Wort, das die Ringer, die Garp kannte, benutzten, und sie hatten es auch schon damals in seiner Blut-

und-Blau-Zeit in Steering benutzt. Irgend jemand prahlte immer damit, ein feuchtes, offenes Visier zu stopfen.

Also wartete Margie eines Tages, als Garp in Sprinterkluft aus der Tür gesaust kam, gerade so lange, bis er fortgelaufen war; dann ging sie mit einer parfümierten Mitteilung, die sie in seinen Briefkasten werfen wollte, die Stufen zum Eingang des Hauses hinauf. Sie hatte sich sehr genau überlegt, daß er genug Zeit haben würde, die Mitteilung zu lesen und sich (hoffentlich) davon zu erholen, ehe seine Kinder nach Haus kamen. So wurden solche Nachrichten, wie sie vermutete, aufgenommen: plötzlich! Und dann folgte eine angemessene Zeit, um sich zu erholen, und man riß sich zusammen, um den Kindern entgegenzutreten. Auch hier gab es etwas, worin Margie Tallworth ahnungslos war.

Schon die Mitteilung hatte sie in Bedrängnis gebracht, weil sie nicht geschickt im Umgang mit Worten war. Und die Mitteilung war nicht absichtlich parfümiert, sondern einfach nur deshalb, weil jedes Blatt Papier aus Margie Tallworths Besitz parfümiert war; wenn sie darüber nachgedacht hätte, wäre ihr klargeworden, daß Parfüm nicht zu einer solchen Mitteilung paßte, aber das gehörte auch zu den Dingen, in denen sie ahnungslos war. Selbst ihre Seminararbeiten waren parfümiert; als Helen Margies erste Arbeit für Vergl. Lit. 205 gelesen hatte, war sie bei dem *Duft* zusammengezuckt.

Margies Mitteilung an Garp hatte folgenden Wortlaut:

Ihre Frau «hat etwas» mit Michael Milton.

Margie Tallworth sollte später zu den Menschen gehören, die sagten, jemand sei «dahingegangen» statt gestorben. Sie wollte mit den Worten, Helen «hat etwas» mit Michael Milton, Delikatesse zeigen. Und jetzt hielt sie die süßlich duftende Mitteilung in der Hand und stand damit unsicher vor der Haustür der Garps, als es anfing zu regnen.

Nichts ließ Garp schneller umkehren als Regen. Er haßte es, wenn seine Laufschuhe naß wurden. Er lief bei Kälte und bei Schnee, aber wenn es regnete, lief er fluchend nach Hause und kochte eine Stunde lang in Schlechtwetterstimmung. Dann zog er sich einen Poncho über und fuhr mit dem Bus zur Turnhalle zum Ringtraining. Unterwegs holte er Walt vom Kindertagesheim ab und nahm ihn mit in die Turnhalle; er rief zu Hause an, wenn er in der Turnhalle war, um zu sehen, ob Duncan schon aus der Schule gekommen war. Manchmal gab er Duncan Anweisungen, wenn das Essen noch kochte, aber meistens erteilte er ihm nur Vorsichtsmaßregeln fürs Radfahren und fragte ihn die Notrufnummern ab: Wußte Duncan, welche Nummer er bei Feuer, einer Explosion, einem bewaffneten Raubüberfall, einem Straßentumult wählen mußte?

Dann rang er, und nach dem Training sauste er mit Walt unter die Dusche; wenn er danach wieder zu Haus anrief, war Helen da und konnte ihn und Walt abholen.

Deshalb mochte Garp keinen Regen; er rang zwar gern, aber Regen brachte seine einfachen Pläne durcheinander. Und Margie Tallworth war nicht darauf gefaßt, ihn plötzlich keuchend und wütend hinter sich im Eingang zu erblicken.

«Aaaahhh!» schrie sie, und sie umklammerte ihre duftende Mitteilung so fest, als wäre sie die Hauptschlagader eines Tieres, das sie vor dem Verbluten bewahren wollte.

«Hallo», sagte Garp. Für ihn sah sie wie eine Babysitterin aus. Er hatte sich Babysitterinnen seit einiger Zeit abgewöhnt. Er lächelte sie mit offener Neugier an – das ist alles.

«Aaa», sagte Margie Tallworth; sie konnte nicht sprechen. Garp blickte auf die zerknüllte Mitteilung in ihrer Hand; sie schloß die Augen und hielt ihm die Mitteilung hin, so als hielte sie die Hand in ein Feuer.

Wenn Garp zuerst gedacht hatte, sie sei eine von Helens Studentinnen und habe etwas auf dem Herzen, dachte er jetzt etwas anderes. Er sah, daß sie nicht sprechen konnte, und er sah die äußerste Verlegenheit, mit der sie ihm die Mitteilung hinhielt. Garps Erfahrungen mit sprachlosen Frauen, die verlegen Mitteilungen aushändigten, beschränkten sich auf Ellen-Jamesianerinnen, und er unterdrückte seinen aufwallenden Zorn darüber, daß sich ihm abermals eine unheimliche Ellen-Jamesianerin vorstellte. Oder war sie gekommen, um ihn für irgend etwas zu ködern – ihn, den einsiedlerisch lebenden Sohn der aufregenden Jenny Fields?

Hallo! Ich heiße Margie. Ich bin eine Ellen-Jamesianerin,

würde ihre törichte Mitteilung lauten.

Wissen Sie, was eine Ellen-Jamesianerin ist?

Als nächstes wirst du erfahren, dachte Garp, daß sie wie die religiösen Trottel organisiert sind, die einem diese biederen Broschüren über Jesus ins Haus bringen. Es machte ihn zum Beispiel krank, daß die Ellen-Jamesianerinnen jetzt nicht einmal mehr vor so jungen Mädchen haltmachten. Sie ist zu jung, dachte er, um zu wissen, ob sie im Leben eine Zunge haben will oder nicht. Er schüttelte den Kopf und wies die Mitteilung zurück.

«Ja, ja, ich weiß, ich weiß», sagte Garp. «Na und?»

Darauf war die arme Margie Tallworth nicht gefaßt. Sie war wie ein Racheengel gekommen – ihre schreckliche Pflicht, und wie sie auf ihr lastete! –, um die schlechte Nachricht zu überbringen, die irgendwie bekanntgemacht werden mußte. Aber er *wußte* es bereits! Und er machte sich nicht einmal etwas daraus.

Sie umklammerte die Mitteilung mit beiden Händen und drückte sie so fest an ihre hübschen bebenden Brüste, daß mehr als der Duft von ihr – der Mitteilung oder dem Mädchen – *ausging*, und eine Welle ihres Jungmädchengeruchs umhüllte Garp, der dastand und sie unfreundlich ansah.

«Ich sagte: ‹Na und?›» sagte Garp. «Erwarten Sie tatsächlich, daß ich Respekt vor einer Frau habe, die sich ihre eigene Zunge abschneidet?»

Margie brachte nur ein Wort hervor: «Was?» Sie hatte jetzt Angst. *Jetzt* erriet sie, warum der arme Mann den ganzen Tag ohne Arbeit durch sein Haus wanderte: er war geisteskrank.

Garp hatte das Wort deutlich gehört; es war kein gelalltes «Aaahhh» und nicht nur ein kleines «Aaa» – es war nicht das Wort einer amputierten Zunge. Es war ein vollständiges Wort.

«Was?» sagte er.

«Was?» sagte sie wieder.

Er starrte auf die Mitteilung, die sie an sich drückte.

«Sie können *sprechen*?» fragte er.

«Natürlich», krächzte sie.

«Was ist das?» fragte er und zeigte auf die Mitteilung. Aber jetzt fürchtete sie sich vor ihm – ein geisteskranker Hahnrei. Gott weiß, was er tun konnte. Die Kinder umbringen, oder sie umbringen. Er sah so aus, als wäre er stark genug, um Michael Milton mit einem Arm umzubringen. Und jeder Mann sah böse aus, wenn er einem Fragen stellte. Sie wich vor ihm zurück, die Stufen hinunter.

«Warten Sie!» rief Garp. «Ist das eine Mitteilung an *mich*? Was *ist* das? Ist es etwas für Helen? Wer sind Sie?»

Margie Tallworth schüttelte den Kopf. «Es ist ein Irrtum», flüsterte sie, und als sie sich zur Flucht wandte, prallte sie mit dem nassen Briefträger zusammen, stieß seine Tasche um und sprang zurück gegen Garp. Garp hatte plötzlich Duna, den senilen Bären, vor Augen, wie er einen Briefträger eine Wiener Treppe hinunterstieß – für immer vogelfrei. Aber alles, was Margie Tallworth passierte, war, daß sie hinfiel, sich die Strümpfe zerriß und sich ein Knie aufschrammte.

Der Briefträger, der annahm, daß er in einem ungelegenen Augenblick gekommen sei, fischte unter den verstreut am Boden liegenden Briefen Garps Post heraus, aber Garp interessierte sich jetzt nur noch für die Nachricht, die das weinende Mädchen für ihn hatte. «Was *ist* es?» fragte er sie freundlich; er versuchte ihr aufzuhelfen, aber sie schien da, wo sie saß, bleiben zu wollen. Sie schluchzte.

«Es tut mir leid», sagte Margie Tallworth. Sie hatte die Fassung verloren; sie war eine Minute zu lange in Garps Nähe gewesen, und jetzt, da sie fand, daß sie ihn beinahe *mochte*, fiel es ihr schwer, ihm diese Nachricht zu übergeben.

«Ihr Knie sieht zwar nicht sehr schlimm aus», sagte Garp, «aber ich hole lieber schnell etwas, damit Sie es säubern können.» Er ging ins Haus, um ein Desinfektionsmittel und einen Verband zu holen, aber sie benutzte die Gelegenheit, um davonzuhumpeln. Sie konnte ihm nicht mit dieser Nachricht entgegentreten, aber sie konnte sie ihm auch nicht vorenthalten. Sie ließ ihm ihre Mitteilung da. Der Briefträger beobachtete, wie sie die Straße hinunter zu der Ecke hoppelte, wo die Busse hielten; er fragte sich kurz, was mit den Garps los sein mochte. Sie bekamen im übrigen mehr Post als andere Familien.

Das lag an all den Briefen, die Garp schrieb und die der arme John Wolf, sein Verleger, kaum beantworten konnte. Dann kamen Bücher zum Rezensieren – Garp gab sie Helen, die sie wenigstens las. Und es kamen Helens Zeitschriften – recht viele, wie es Garp schien. Es kamen Garps zwei Zeitschriften, die einzigen, die er abonniert hatte: *Gourmet* und die Zeitschrift der Amateurringer. Natürlich kamen haufenweise Rechnungen. Und ziemlich oft kam ein Brief von Jenny – Briefe waren alles, was sie zur Zeit schrieb. Und dann und wann kam ein kurzer, lieber Brief von Ernie Holm.

Manchmal schrieb Harry Fletcher an sie beide, und Alice schrieb – immer noch ungeheuer flüssig, über nichts – an Garp.

Und nun steckte zwischen dem Üblichen eine Mitteilung, die nach Parfüm roch und tränennaß war. Garp stellte die Flasche mit dem Desinfektionsmittel hin und legte den Verband daneben; er machte sich nicht die Mühe, das Mädchen zu suchen. Er hatte die zerknüllte Mitteilung in der Hand und glaubte mehr oder weniger zu wissen, wie sie lauten würde.

Er fragte sich, wieso er nicht schon früher darauf gekommen war – es gab so viele Dinge, die darauf hinwiesen; jetzt, da er es wußte, meinte er es schon früher gewußt zu haben, nur nicht so bewußt. Das vorsichtige Auseinanderwickeln der Mitteilung – damit sie nicht zerriß – machte knisternde Herbstgeräusche, obwohl rings um ihn herum kalter März war und der harsche Boden zu Matsch taute. Es knackte wie Knochen, als er die Mitteilung auseinanderfaltete. Wegen des entweichenden Parfüms bildete Garp sich ein, er höre immer noch den spitzen kleinen Schrei des Mädchens: «*Was?*»

Er wußte, «was»; was er nicht wußte, war «mit wem» – jenen Namen, der eines Morgens in seinem Kopf herumgeschwirrt, aber dann verschwunden war. Die Mitteilung würde ihm natürlich zu dem Namen verhelfen: Michael Milton. Für Garp klang das wie eine neue Eiskremsorte in dem Café, in das er mit den Jungen ging. Dort gab es Erdbeer-Swirl, Schoko-Schock, Mokka-Riese und Michael Milton. Ein *widerlicher* Name – ein Aroma, das

Garp schmecken konnte –, und er stampfte zum Gully und riß die übelriechende Mitteilung in Fetzen und ließ sie durch das Gitter fallen. Dann ging er ins Haus und las den Namen in einem Telefonbuch, immer wieder.

Es schien ihm jetzt, daß Helen schon lange mit jemandem «etwas hatte», und es schien ihm auch, daß er es schon einige Zeit gewußt hatte. Aber der *Name*! Michael Milton! Garp hatte ihn – Helen gegenüber – auf einer Party klassifiziert, auf der Garp mit ihm bekannt gemacht worden war. Garp hatte Helen erklärt, daß Michael Milton ein «Mickerling» sei; sie hatten über seinen Schnurrbart diskutiert. Michael Milton! Garp las den Namen so viele Male, und er sah immer noch in das Telefonbuch, als Duncan von der Schule nach Haus kam und annahm, sein Vater durchsuche wieder einmal ein Verzeichnis nach Namen für seine fiktiven Personen.

«Hast du Walt noch nicht abgeholt?» fragte Duncan.

Garp hatte es vergessen. Und Walt hat auch noch eine Erkältung, dachte Garp. Der Junge sollte nicht auf mich warten müssen, mit einer *Erkältung*.

«Wir holen ihn zusammen ab», sagte Garp zu Duncan. Zu Duncans Überraschung warf Garp das Telefonbuch in den Mülleimer. Dann gingen sie zur Bushaltestelle.

Garp hatte immer noch seine Sprinterkluft an, und es regnete immer noch; Duncan fand auch das sonderbar, aber er sagte nichts darüber. Er sagte: «Ich habe heute zwei Tore geschossen.» Aus irgendeinem Grund wurde an Duncans Schule nur Fußball gespielt – im Herbst, im Winter und im Frühling spielten sie nichts als Fußball. Es war eine kleine Schule, aber es gab noch einen Grund für all den Fußball; Garp vergaß immer, welcher es war. Er hatte den Grund sowieso nie gemocht. «Zwei Tore», wiederholte Duncan.

«Großartig», sagte Garp.

«Eins war ein Kopfball», sagte Duncan.

«Mit deinem Kopf?» sagte Garp. «Wunderbar.»

«Ralph hat mir eine perfekte Vorlage gegeben», sagte Duncan.

«*Trotzdem* ist es wunderbar», sagte Garp. «Und gut für Ralph.» Er legte den Arm um Duncan, aber er wußte, daß Duncan verlegen sein würde, wenn er versuchte, ihm einen Kuß zu geben; nur Walt läßt gern zu, daß ich ihm einen Kuß gebe, dachte Garp. Dann dachte er daran, Helen zu küssen, und blieb beinahe vor dem Bus stehen.

«Dad!» sagte Duncan. Und im Bus fragte er seinen Vater: «Ist alles in Ordnung?»

«Sicher», sagte Garp.

«Ich dachte, du bist oben im Ringraum», sagte Duncan. «Es *regnet*.»

Von Walts Kindertagesheim konnte man über den Fluß blicken, und Garp versuchte, Michael Miltons Adresse, die er aus dem Telefonbuch auswendig gelernt hatte, genau zu lokalisieren.

«Wo warst du?» beklagte sich Walt. Er hustete; seine Nase lief; er fühlte sich heiß an. Er rechnete fest damit, daß sie jedesmal, wenn es regnete, ringen gingen.

«Warum gehen wir nicht *alle* zum Ringraum, wenn wir schon in der Stadt sind?» fragte Duncan. Er wurde immer logischer, aber Garp sagte nein, er wolle heute nicht ringen. «Warum nicht?» wollte Duncan wissen.

«Weil er sein Laufzeug noch anhat, du Blödian», sagte Walt.

«Oh, halt den Mund, Walt», sagte Garp. Im Bus zankten sie sich mehr oder weniger, bis Garp ihnen erklärte, das gehe nicht. Walt sei krank, argumentierte Garp, und Zanken sei schlecht für seine Erkältung.

«Ich bin nicht krank», sagte Walt.

«Doch, das bist du», sagte Garp.

«Doch, das bist du», ärgerte Duncan ihn.

«Halt den Mund, Duncan», sagte Garp.

«Junge, du hast ja heute eine tolle Laune», sagte Duncan, und Garp hätte ihm gern einen Kuß gegeben, um ihm zu versichern, daß er im Grunde keine schlechte Laune hatte, aber Küsse machten Duncan verlegen, so daß Garp statt dessen Walt einen Kuß gab.

«Dad!» beklagte sich Walt. «Du bist ja ganz naß und verschwitzt.»

«Weil er sein Laufzeug noch anhat, du Blödian», sagte Duncan.

«Er hat Blödian zu mir gesagt», sagte Walt zu Garp.

«Ich hab es gehört», sagte Garp.

«Doch, das bist du», sagte Duncan.

«Haltet den Mund jetzt, ihr zwei», sagte Garp.

«Dad hat heute eine tolle Laune, nicht Walt?» fragte Duncan seinen Bruder.

«Das stimmt», sagte Walt, und sie beschlossen, ihren Vater zu ärgern, statt sich zu zanken, bis der Bus sie, ein paar Straßenzüge vom Haus entfernt, im stärker werdenden Regen ablud. Sie waren ein klitschnasses Trio, als sie immer noch einen Block vom Haus entfernt waren, und ein Auto, das zu schnell gefahren war, plötzlich neben ihnen hielt; das Fenster wurde mühsam heruntergekurbelt, und in dem dampfenden Inneren sah Garp das verlebte, glänzende Gesicht von Mrs. Ralph. Sie grinste sie an.

«Hast du Ralph irgendwo gesehen?» fragte sie Duncan.

«Nee», sagte Duncan.

«Der Tölpel weiß nicht einmal, daß er bei Regen am besten nach Hause kommt», sagte sie. «Ich nehme an, *Sie* auch nicht», sagte sie zuckersüß zu Garp; sie grinste immer noch, und Garp versuchte, ihr Lächeln zu erwidern, aber er wußte nicht, was er sagen sollte. Er mußte seinen Gesichtsausdruck schlecht in der Gewalt haben, vermutete er, weil Mrs. Ralph sich sonst die Gelegenheit, ihn weiter im Regen zu ärgern, sicher nicht hätte entgehen lassen. Doch statt dessen schien sie plötzlich über Garps gequältes Lächeln zu erschrecken; sie kurbelte das Fenster wieder hinauf.

«Bis bald», rief sie und fuhr fort. Langsam.

«Bis bald», murmelte Garp hinter ihr her; er bewunderte die Frau, aber er dachte, daß selbst *dieser* Schrecken irgendwann vorbeigehen könnte: daß er Mrs. Ralph besuchen *würde*.

Im Haus ließ er ein heißes Bad für Walt einlaufen und rutschte mit ihm in die Wanne – ein Vorwand, den er oft benutzte, um mit dem kleinen Körper zu ringen. Duncan war zu groß, er paßte nicht mehr mit ihm in die Wanne.

«Was gibt's zu essen?» rief Duncan oben.

Garp fiel ein, daß er das Abendessen vergessen hatte.

«Ich habe das Abendessen vergessen», rief Garp.

«Du hast das *Abendessen* vergessen?» fragte Walt. Aber Garp steckte Walt in die Wanne und kitzelte ihn, und Walt wehrte sich und vergaß das Abendessen.

«Du hast das *Abendessen* vergessen?» brüllte Duncan von unten.

Garp beschloß, die Wanne nicht zu verlassen. Er ließ immer mehr heißes Wasser zulaufen; der Dampf war gut für Walts Lungen, glaubte er. Er würde versuchen, den Jungen so lange bei sich in der Wanne zu behalten, bis Walt nicht mehr spielen wollte.

Sie waren immer noch zusammen im Bad, als Helen nach Haus kam.

«Dad hat das Abendessen vergessen», teilte Duncan ihr sofort mit.

«Er hat das Abendessen vergessen?» fragte Helen.

«Er hat es völlig vergessen», sagte Duncan.

«Wo *ist* er?» fragte Helen.

«Er badet mit Walt», sagte Duncan. «Sie baden schon seit *Stunden.*»

«Mein Gott», sagte Helen. «Vielleicht sind sie ertrunken.»

«Würde dir *das* nicht gefallen?» brüllte Garp oben aus der Wanne. Duncan lachte.

«Er hat eine tolle Laune heute», erzählte Duncan seiner Mutter.

«Ja, das merke ich», sagte Helen. Sie legte die Hand zärtlich auf Duncans Schulter und gab acht, um ihn nicht merken zu lassen, daß sie in Wirklichkeit Halt bei ihm suchte. Sie hatte plötzlich das Gefühl, sie verliere das Gleichgewicht. Unsicher am Fuß der Treppe stehend, rief sie zu Garp hinauf: «Hast du einen schlechten Tag gehabt?»

Aber Garp rutschte unter Wasser; es war eine Geste der Selbstbeherrschung, weil er einen solchen Haß auf sie empfand und nicht wollte, daß Walt es sah oder hörte.

Es kam keine Antwort, und Helen klammerte sich fester an Duncans Schulter. Bitte, *nicht vor den Kindern*, dachte sie. Die Situation war neu für sie – daß sie sich in einer irgendwie kontroversen Angelegenheit bei Garp verteidigen mußte –, und sie hatte Angst.

«Soll ich raufkommen?» rief sie.

Immer noch keine Antwort; Garp konnte lange die Luft anhalten.

Walt rief zu ihr hinunter: «Dad ist unter Wasser!»

«Dad ist so *komisch*», sagte Duncan.

Garp tauchte gerade auf, um Luft zu holen, als Walt wieder schrie: «Er hält die Luft an!»

Hoffentlich, dachte Helen. Sie wußte nicht, was sie tun sollte, sie konnte sich nicht vom Fleck rühren.

Nach ungefähr einer Minute flüsterte Garp Walt zu: «Sag ihr, ich bin *immer* noch unter Wasser!»

Walt hielt dies offenbar für einen teuflisch raffinierten Trick und brüllte hinunter: «Dad ist *immer* noch unter Wasser!»

«Wow», sagte Duncan. «Wir sollten die Zeit stoppen. Es ist bestimmt ein neuer Rekord.»

Aber jetzt geriet Helen in Panik. Duncan löste sich aus ihrem Griff – er begann die Treppe hinaufzugehen, um diese atemberaubende Leistung zu sehen –, und Helen hatte das Gefühl, ihre Beine seien aus Blei.

«Er ist *immer* noch unter Wasser!» kreischte Walt, obwohl Garp ihn mit einem Handtuch abtrocknete und schon angefangen hatte, das Wasser ablaufen zu lassen; sie standen zusammen nackt auf der Badematte vor dem großen Spiegel. Als Duncan ins Badezimmer kam, legte Garp den Zeigefinger auf seine Lippen und bedeutete ihm, zu schweigen.

«Jetzt ruft es *zusammen*», flüsterte Garp. «Ich zähle bis drei: ‹Er ist immer noch unter Wasser!› Eins, zwei, drei.»

«Er ist *immer* noch unter Wasser!» brüllten Duncan und Walt zusammen, und Helen hatte das Gefühl, ihre eigenen Lungen würden bersten. Sie fühlte, wie sich ihr ein Schrei entrang, aber kein Laut war zu hören, und sie rannte die Treppe hinauf und dachte, nur ihr Mann habe eine solche Schikane ersinnen können, um es ihr heimzuzahlen: sich vor den Augen ihrer Kinder zu ertränken und ihr die Erklärung zu überlassen, warum er es getan hatte.

Sie rannte schreiend ins Badezimmer, erschreckte Duncan und Walt so sehr, daß sie sich fast im selben Augenblick wieder fangen mußte – damit sie es nicht mit der Angst bekamen. Garp stand nackt vor dem Spiegel und trocknete sich langsam zwischen den Zehen ab und beobachtete sie auf eine Art, die Ernie Holm, wie sie sich erinnerte, seinen Ringern beigebracht hatte, um nach einem guten *Anfang* zu sehen.

«Du kommst zu spät», sagte er. «Ich bin bereits tot. Aber es ist rührend und ein bißchen überraschend zu sehen, daß du dir etwas daraus machst.»

«Wir reden später darüber?» bat sie ihn hoffnungsvoll – und lächelnd, als sei es ein guter Witz gewesen.

«Wir haben dich reingelegt!» sagte Walt und knuffte Helen an dem spitzen Knochen über ihrer Hüfte.

«Junge, wenn wir das mit *dir* gemacht hätten», sagte Duncan zu seinem Vater, «wärst du stocksauer auf uns gewesen.»

«Die Kinder haben noch nichts gegessen», sagte Helen.

«Niemand hat etwas gegessen», sagte Garp. «Es sei denn, du hättest es getan.»

«Ich kann warten», sagte sie.

«Ich auch», sagte Garp.

«Ich werde den Kindern etwas machen», erbot sich Helen und schob Walt aus dem Badezimmer. «Es müssen noch Eier da sein und Cornflakes.»

«Zum *Abend*essen?» sagte Duncan. «Das wird ja ein tolles Abendessen», sagte er.

«Ich habe es einfach vergessen, Duncan», erklärte Garp ihm.

«Ich will aber Toast», sagte Walt.

«Du kannst Toast haben», sagte Helen.

«Bist du auch sicher, daß du damit fertig wirst?» fragte Garp Helen.

Sie lächelte ihn nur an.

«Mein Gott, sogar *ich* werde mit *Toast* fertig», sagte Duncan. «Ich glaube, sogar *Duncan* kann Cornflakes zurechtmachen.»

«Eier sind aber schwierig», sagte Helen und versuchte zu lachen.

Garp fuhr fort, sich zwischen den Zehen abzutrocknen. Als die Jungen das Badezimmer verlassen hatten, steckte Helen wieder den Kopf zur Tür herein. «Es tut mir leid, und ich liebe dich», sagte Helen, aber er wollte nicht von seiner gezielten Beschäftigung mit dem Handtuch aufblicken. «Ich wollte dir auf keinen Fall weh tun», fuhr sie fort. «Wie hast du es rausbekommen? Ich habe nicht *einmal* aufgehört, an dich zu denken. War es dieses Mädchen?» flüsterte Helen, aber Garp richtete all seine Aufmerksamkeit auf seine Zehen.

Als sie den Kindern Essen hingestellt hatte (als wären sie *Haustiere!* würde sie später im stillen denken), ging sie wieder zu ihm nach oben. Er war immer noch vor dem Spiegel, saß nackt auf dem Wannenrand.

«Er bedeutet mir nichts; er hat dir nie etwas weggenommen», erklärte sie ihm. «Jetzt ist es aus, wirklich.»

«Seit wann?» fragte er sie.

«Seit jetzt», sagte sie zu Garp. «Ich muß es ihm nur noch sagen.»

«Sag es ihm *nicht*», sagte Garp. «Laß ihn von selbst darauf kommen.»

«Das kann ich nicht», sagte Helen.

«In meinem Ei ist Schale!» brüllte Walt von unten.

«Mein Toast ist verbrannt!» sagte Duncan. Sie hatten sich verbündet, um ihre Eltern voneinander abzulenken – ob sie es nun wußten oder nicht. Kinder, dachte Garp, haben irgendwie das Gespür dafür, ihre Eltern voneinander zu trennen, wenn ihre Eltern voneinander getrennt werden sollten.

«Eßt trotzdem!» rief Helen ihnen zu. «Es wird schon nicht so schlimm sein.»

Sie versuchte, Garp anzufassen, aber er drängte sich an ihr vorbei, aus dem Badezimmer hinaus; er begann sich anzuziehen.

«Eßt auf, und dann gehe ich mit euch ins Kino!» rief er den Jungen zu.

«Warum tust du das?» fragte ihn Helen.

«Ich bleibe nicht mit dir hier», sagte er. «Wir gehen aus. Du rufst dieses mickrige Arschloch an und sagst ihm Lebewohl.»

«Er wird mich sehen wollen», sagte Helen benommen – die Realität, daß sie es jetzt, da Garp darüber Bescheid wußte, hinter sich hatte, wirkte auf sie wie Novocain. Wenn sie zuerst gespürt hatte, wie sehr sie Garp weh getan hatte, dann erstarben ihre Gefühle für ihn nun langsam, und sie fühlte wieder für sich.

«Sag ihm, er soll sich vor Gram verzehren», sagte Garp. «Du

wirst ihn nicht mehr sehen. Kein Abschiedsfick, Helen. Sag ihm einfach Lebewohl. Am Telefon.»

«Kein Mensch hat etwas von ‹Abschiedsfick› gesagt», sagte Helen.

«Mach es am Telefon», sagte Garp. «Ich gehe mit den Jungen aus. Wir sehen uns einen Film an. Sei bitte damit fertig, wenn wir wiederkommen. Du *wirst* ihn nicht mehr sehen.»

«Ich verspreche es», sagte Helen. «Aber ich *sollte* ihn noch sehen, nur ein einziges Mal – um es ihm zu sagen.»

«Du findest wohl noch, du hättest diese Sache weiß Gott wie fair geregelt», sagte Garp.

Helen fand es bis zu einem gewissen Grad *wirklich*; sie sagte aber nichts. Sie fand, sie habe Garp und die Kinder während ihrer Schwäche nie aus den Augen verloren; sie fand es gerechtfertigt, die Sache jetzt auf *ihre* Weise zu regeln.

«Wir sollten später darüber reden», sagte sie zu ihm. «Später werden wir irgendeine Perspektive haben.»

Er hätte sie geschlagen, wenn die Kinder nicht ins Zimmer geplatzt wären.

«Eins, zwei, drei», befahl Duncan Walt.

«Die Cornflakes sind vergammelt!» brüllten Duncan und Walt gemeinsam.

«Bitte, Jungs», sagte Helen. «Euer Vater und ich haben einen kleinen Streit. Geht wieder nach unten.»

Sie starrten sie an.

«Bitte», sagte Garp zu ihnen. Er wandte sich von ihnen ab, damit sie ihn nicht weinen sahen, aber Duncan wußte es wahrscheinlich, und Helen wußte es bestimmt. Walt bekam es wahrscheinlich nicht mit.

«Streit?» sagte Walt.

«Los», sagte Duncan zu ihm; er nahm Walt bei der Hand. Duncan zog Walt aus dem Schlafzimmer hinaus. «*Los*, Walt», sagte Duncan, «sonst können wir nicht mehr ins Kino.»

«Au ja, das Kino!» rief Walt.

Zu seinem Schrecken erkannte Garp die Art ihres Fortgehens wieder – Duncan führte Walt fort, die Treppe hinunter; der kleinere Junge drehte sich um und blickte zurück. Walt winkte, aber

Duncan zog ihn weiter. Sie gingen und verschwanden, im Luftschutzbunker. Garp grub das Gesicht in seine Sachen und weinte.

Als Helen ihn anfaßte, sagte er: «Faß mich nicht an», und fuhr fort zu weinen. Helen machte die Schlafzimmertür zu.

«O *nein*», flehte sie. «*Das* ist er nicht wert; er war *nichts*. Er hat mir nur *Spaß* gemacht», versuchte sie zu erklären, aber Garp schüttelte heftig den Kopf und warf seine Hose nach ihr. Er war immer noch erst halb angezogen – ein Zustand, sagte sich Helen, der für Männer vielleicht der kompromittierendste war: wenn sie weder Fisch noch Fleisch waren. Eine halb angezogene Frau schien eine gewisse Macht auszuüben, aber ein Mann sah einfach nicht so gut aus, wie wenn er nackt war, und nicht so sicher, wie wenn er bekleidet war. «Zieh dich bitte an», flüsterte sie und gab ihm seine Hose zurück. Er nahm sie, er zog sie an und weinte weiter.

«Ich tue alles, was du willst», sagte sie.

«Du wirst ihn nicht mehr sehen?» sagte er zu ihr.

«Nein, nicht ein einziges Mal», sagte sie. «Nie mehr.»

«Walt hat eine Erkältung», sagte Garp. «Eigentlich sollte er gar nicht nach draußen gehen, aber das Kino kann ihm nicht schaden. Und wir kommen nicht spät zurück», fügte er hinzu. «Sieh bitte nach, ob er warm genug angezogen ist.» Sie tat es.

Er öffnete ihre obere Schublade, wo ihre Wäsche lag, und zog die Schublade aus der Kommode heraus; er grub sein Gesicht in die wunderbare Seidigkeit und den Duft ihrer Sachen – wie ein Bär, der einen Trog mit Futter in den Vorderpfoten hält und sich dann darin verliert. Als Helen ins Zimmer zurückkam und ihn dabei ertappte, war es fast, als hätte sie ihn beim Onanieren ertappt. Verlegen nahm er die Schublade auf sein Knie und zerbrach sie; ihre Unterwäsche flog heraus. Er hob die zerbrochene Schublade über den Kopf und schleuderte sie auf den Kommodenrand hinunter und hatte das Gefühl, das Rückgrat eines Tieres zu zerschmettern, das etwa so groß war wie die Schublade. Helen rannte aus dem Zimmer, und er zog sich fertig an.

Er sah, daß Duncan einigermaßen aufgegessen hatte, und er sah Walts nicht aufgegessenes Essen auf Walts Teller und auf verschiedenen Stellen des Tisches und des Fußbodens. «Wenn du nicht ordentlich ißt, Walt», sagte Garp, «bist du später, wenn du groß wirst, ein *Mickerling*.»

«Ich werde aber nicht groß», sagte Walt.

Das ließ Garp so erschauern, daß er Walt anfuhr und den Jungen erschreckte.

«Sag das *nie* wieder», sagte Garp.

«Ich *will* nicht groß werden», sagte Walt.

«Oh, ich verstehe», sagte Garp besänftigend. «Du meinst, du bist *gern* ein kleiner Junge?»

«Ja», sagte Walt.

«Walt ist *so* komisch», sagt Duncan.

«Nein!» rief Walt.

«Doch», sagte Duncan.

«Geht schon zum Auto und steigt ein», sagte Garp. «Und hört auf, euch zu streiten.»

«*Ihr* habt euch gestritten», sagte Duncan vorsichtig; niemand reagierte, und Duncan zerrte Walt aus der Küche. «Los», sagte er.

«Ja, ins *Kino*!» sagte Walt. Sie verließen die Küche.

Garp sagte zu Helen: «Er darf nicht hierherkommen, unter keinen Umständen. Wenn du ihn in dieses Haus läßt, wird er nicht lebend wieder hinauskommen. Und du gehst nicht aus dem Haus», sagte er. «Unter keinen Umständen. Bitte», fügte er hinzu, und er mußte sich von ihr abwenden.

«O Liebling», sagte Helen.

«Er ist so ein *Arschloch*!» stöhnte Garp.

«Es konnte niemand sein, der so ist wie du, verstehst du nicht?» sagte Helen. «Es konnte *nur* jemand sein, der völlig anders ist als du.»

Er dachte an die Babysitterinnen und an Alice Fletcher und daran, wie er sich auf unerklärliche Weise von Mrs. Ralph angezogen fühlte, und er wußte natürlich, was sie meinte; er ging zur Küchentür hinaus. Draußen regnete es, und es war schon dunkel; vielleicht würde der Regen gefrieren. Der Matsch in der Einfahrt war feucht, aber fest. Er wendete das Auto; dann fuhr er aus Gewohnheit langsam zum Rand der Einfahrt und stellte den Motor und die Scheinwerfer ab. Der Volvo rollte hinunter, aber er kannte die dunkle Krümmung der Einfahrt auswendig. Die Jungen fanden das Geräusch von dem Kies und dem schmatzenden Matsch in der zunehmenden Schwärze aufregend, und als er am unteren Ende der Einfahrt die Kupplung betätigte und die Scheinwerfer einschaltete, jubelten sie beide.

«In welchen Film gehen wir?» fragte Duncan.

«In welchen ihr wollt», sagte Garp. Sie fuhren in die Stadt, um sich die Plakate anzuschauen.

Es war kalt und feucht im Auto, und Walt hustete; die Windschutzscheibe beschlug fortwährend, so daß man kaum erkennen konnte, was in den Kinos gespielt wurde. Walt und Duncan stritten sich wieder darüber, wer in der Lücke zwischen den Kübelsitzen stehen durfte; aus irgendeinem Grund war das für sie seit eh und je der bevorzugte Platz hinten im Auto, und sie hatten sich schon immer gestritten, wer dort stehen oder knien durfte – wobei sie sich gegenseitig schubsten und gegen Garps Ellbogen stießen, wenn er den Schalthebel betätigte.

«Raus da, alle beide», sagte Garp.

«Es ist der einzige Platz, wo man etwas sehen kann», sagte Duncan.

«*Ich* bin der einzige, der etwas sehen muß», sagte Garp. «Und dieser Entfroster ist ein solcher *Mist*», fügte er hinzu, «daß sowieso *niemand* etwas durch die Windschutzscheibe sehen kann.»

«Warum schreibst du den Leuten bei Volvo nicht?» schlug Duncan vor.

Garp versuchte, sich einen Brief über die Unzulänglichkeiten des Entfrostersystems nach Schweden vorzustellen, aber er konnte sich nicht sehr lange mit der Vorstellung beschäftigen. Hinten, auf dem Boden, kniete Duncan sich auf Walts Fuß und schubste ihn aus der Lücke zwischen den Sitzen; jetzt weinte *und* hustete Walt.

«Ich bin zuerst hier gewesen», sagte Duncan.

Garp schaltete ruckartig zurück, und die unbedeckte Spitze des nackten Schalthebels bohrte sich in seine Handfläche.

«Siehst du das, Duncan?» fragte Garp zornig. «Siehst du diesen Schalthebel? Er ist wie ein *Speer*. Möchtest du vielleicht darauf fallen, wenn ich plötzlich halten muß?»

«Warum läßt du ihn nicht reparieren?» fragte Duncan.

«Mach, daß du aus dieser verdammten Lücke rauskommst, Duncan!» sagte Garp.

«Der Schalthebel ist schon seit Monaten so», sagte Duncan.

«Seit *Wochen* vielleicht», sagte Garp.

«Wenn es gefährlich ist, solltest du ihn reparieren lassen», sagte Duncan.

«Das ist die Aufgabe deiner Mutter», sagte Garp.

«Sie sagt, es ist *deine* Aufgabe, Dad», sagte Walt.

«Was macht dein Husten, Walt?» fragte Garp.

Walt hustete. Das feuchte Rasseln in seiner kleinen Brust schien eine Nummer zu groß für den Jungen.

«Jesus», sagte Duncan.

«Sehr schön, Walt», sagte Garp.

«Es ist nicht meine Schuld», beklagte Walt sich.

«Natürlich nicht», sagte Garp.

«Doch», sagte Duncan. «Walt planscht dauernd in *Pfützen* rum.»

«Das stimmt nicht!» sagte Walt.

«Sieh dich jetzt nach einem Film um, der interessant aussieht, Duncan», sagte Garp.

«Ich kann aber nichts sehen, wenn ich nicht zwischen den Sitzen knie», sagte Duncan.

Sie fuhren herum. Die Kinos waren alle in demselben Häuserblock, aber sie mußten einige Male an ihnen vorbeifahren, um sich für einen Film zu entscheiden, und dann mußten sie noch einige Male an ihnen vorbeifahren, um einen Parkplatz zu finden.

Die Kinder beschlossen, in das einzige Kino zu gehen, vor dem die Leute Schlange standen – vom Vordach des Kinos aus ein weites Stück den Bürgersteig hinunter, der sich jetzt mit gefrierendem Regen überzog. Garp legte Walt seine Jacke über den Kopf, so daß Walt schnell einem schlecht gekleideten Straßenbettler glich – einem klammen Zwerg, der bei schlechtem Wetter um Mitgefühl bettelt. Er trat prompt in eine Pfütze und machte sich die Füße naß, worauf Garp ihn hochhob und seine Brust abhorchte. Es war fast, als dachte Garp, das Wasser in Walts nassen Schuhen tropfte unmittelbar in seine kleinen Lungen.

«Du bist so *komisch*, Dad», sagte Duncan.

Walt sah ein sonderbares Auto und zeigte darauf. Das Auto fuhr schnell die klitschnasse Straße hinunter; durch die grellen Pfützen platschend, warf es das reflektierte Neonlicht auf sich – ein großes Auto von der Farbe geronnenen Blutes; es hatte Holzleisten an den Seiten, und das gelbe Holz glänzte im hellen Schein der Straßenlaternen. Die Leisten sahen aus wie die Gräten eines langen, beleuchteten Gerippes von einem Fisch, der durch den Mondschein glitt. «Sieh mal, das Auto!» rief Walt.

«Wow, ein *Leichenwagen*», sagte Duncan.

«Nein, Duncan», sagte Garp. «Das ist ein alter Buick. Noch vor deiner Zeit.»

Der Buick, den Duncan für einen Leichenwagen hielt, war auf dem Weg zu Garps Haus, obwohl Helen alles getan hatte, um Michael Milton davon abzubringen, zu ihr zu kommen.

«Wir können uns nicht mehr sehen», sagte sie zu ihm, als sie anrief. «Es ist einfach so. Es ist aus, genau wie ich sagte, es würde aus sein, wenn er je dahinterkäme. Ich werde ihm nicht noch mehr weh tun, als ich ihm schon weh getan habe.»

«Und was ist mit mir?» fragte Michael Milton.

«Es tut mir leid», erklärte Helen ihm. «Aber du hast es *gewußt*. Wir haben es beide gewußt.»

«Ich möchte dich *sehen*», sagte er. «Wie wär's mit morgen?»

Aber sie sagte ihm, daß Garp einzig und allein deshalb mit den Jungen ins Kino gegangen sei, damit sie heute abend Schluß mache.

«Ich komme zu dir», sagte er.

«Nicht hierher, nein», sagte sie.

«Wir fahren spazieren», sagte er zu ihr.

«Ich kann auch nicht aus dem Haus», sagte sie.

«Ich komme», sagte Michael Milton und legte auf.

Helen überschlug, wieviel Zeit ihr blieb. Es würde gehen, nahm sie an, wenn sie es schaffte, ihn schnell loszuwerden. Filme dauerten mindestens anderthalb Stunden. Sie beschloß, ihn nicht ins Haus zu lassen – unter keinen Umständen. Sie paßte auf, bis die Scheinwerfer die Einfahrt heraufkamen, und als der Buick – genau vor der Garage, wie ein großer Dampfer, der an einem dunklen Kai anlegt – hielt, lief sie aus dem Haus und stellte sich vor die Tür an der Fahrerseite, ehe Michael Milton sie aufmachen konnte.

Der Regen verwandelte sich zu ihren Füßen in Matsch. Und die eisigen Tropfen wurden im Fallen härter – sie piecksten irgendwie, wenn sie ihren bloßen Nacken trafen, während sie sich nach vorn beugte, um durch das heruntergekurbelte Fenster mit ihm zu sprechen.

Er küßte sie sofort. Sie versuchte, ihm ein Küßchen auf die Wange zu geben, aber er drehte ihren Kopf herum und steckte ihr gewaltsam die Zunge in den Mund. Sie hatte gleich wieder das banale Schlafzimmer seiner Wohnung vor Augen: den postergroßen Druck über seinem Bett – Paul Klees *Sindbad der Seefahrer*. Sie nahm an, so sah er sich selbst: ein schillernder Abenteurer, aber empfänglich für die Schönheit Europas.

Helen machte sich von ihm los und fühlte, wie der kalte Regen ihre Bluse durchnäßte.

«Wir können nicht einfach *aufhören*», sagte er jämmerlich. Helen konnte nicht erkennen, ob es Regentropfen, die durch das geöffnete Fenster hineinwehten, oder Tränen waren, die ihm das Gesicht herunterliefen. Zu ihrer Überraschung hatte er sich den Schnurrbart abrasiert, und seine Oberlippe sah ein bißchen so aus wie die runzlige unausgebildete Lippe eines Kindes – wie Walts kleine Lippe, die bei Walt süß aussah, dachte Helen: aber sie entsprach nicht ihren Vorstellungen von der Lippe eines Geliebten.

«Was hast du denn mit deinem Schnurrbart gemacht?» fragte sie.

«Ich dachte, er gefalle dir nicht», sagte er. «Ich habe es für dich gemacht.»

«Aber er *gefiel* mir», sagte sie und zitterte in dem Eisregen.

«Bitte, steig ein», sagte er.

Sie schüttelte den Kopf; ihre Bluse klebte an ihrer kalten Haut, und ihr langer Kordrock fühlte sich schwer wie ein Kettenhemd an; ihre hohen Stiefel glitten in dem härter werdenden Eismatsch aus.

«Ich fahre nirgendwo mit dir hin», versprach er. «Wir bleiben

einfach hier im Auto sitzen. Wir können nicht einfach *aufhören*»,
sagte er wieder.

«Wir wußten, daß es eines Tages so kommen würde», sagte Helen. «Wir wußten, daß es nur für kurze Zeit war.»

Michael Milton ließ den Kopf auf den blitzenden Hupring sinken; aber es kam kein Ton, der große Buick war abgestellt. Der Regen haftete an den Fenstern – das Auto überzog sich langsam mit Eis.

«Steig bitte *ein*», stöhnte Michael Milton. «Ich fahre nicht», fügte er scharf hinzu. «Ich habe keine Angst vor ihm. Ich muß nicht tun, was er sagt.»

«*Ich* sage es aber auch», sagte Helen. «Du mußt fahren.»

«Ich fahre nicht», sagte Michael Milton. «Ich weiß Bescheid über deinen Mann. Ich weiß alles über ihn.»

Sie hatten nie über Garp gesprochen; Helen hatte es nicht zugelassen. Sie wußte nicht, was Michael Milton meinte.

«Er ist ein zweitrangiger Schriftsteller», sagte Michael kühn. Helen sah überrascht aus; ihres Wissens hatte Michael Milton nie etwas von Garp gelesen. Er hatte ihr einmal erklärt, er lese nie lebende Schriftsteller; er behauptete, er lege Wert auf die Perspektive, die man nach seinen Worten nur gewinnen könne, wenn ein Schriftsteller schon einige Zeit tot sei. Zum Glück wußte Garp *das* nicht über ihn – es hätte seine Verachtung für den jungen Mann noch vergrößert. Jetzt vergrößerte es Helens Enttäuschung über den armen Michael.

«Mein Mann ist ein sehr guter Schriftsteller», sagte sie freundlich, und ein Schauder ließ sie so zusammenzucken, daß sie ihre verschränkten Arme voneinander lösen und sie sie wieder vor der Brust verschränken mußte.

«Er ist aber kein *erstrangiger* Schriftsteller», erklärte Michael bestimmt. «Higgins hat es gesagt. Du mußt doch wissen, welche Meinung man an der Universität von deinem Mann hat.»

Higgins, das wußte Helen, war ein einmalig exzentrischer und unangenehmer Kollege, der es gleichzeitig fertigbrachte, zum Einschlafen langweilig und töricht zu sein. Helen fand nicht gerade, daß Higgins die Universität verkörperte – außer daß Higgins wie viele ihrer weniger sicheren Kollegen die Angewohnheit hatte, bei den graduierten Studenten über die anderen Lehrer zu tratschen; Higgins meinte vielleicht, daß er auf diese verzweifelte Art das Vertrauen der Studenten gewann.

«Ich habe nicht gewußt, daß man an der Universität *überhaupt* eine Meinung über Garp hat», sagte Helen kühl. «Die meisten der Kollegen lesen nichts Modernes.»

«Diejenigen, die es tun, sagen jedenfalls, er sei zweitrangig», sagte Michael Milton.

Dieser klägliche Konkurrenzneid trug nicht dazu bei, Helens Herz für den Jungen zu erwärmen, und sie wandte sich ab, um ins Haus zurückzugehen.

«Ich fahre nicht!» schrie Michael Milton. «Ich werde ihm *alles* von uns erzählen! Sobald er kommt. Er kann uns nicht sagen, was wir zu tun haben.»

«*Ich* sage es dir, Michael», erklärte Helen.

Er ließ wieder den Kopf auf die Hupe plumpsen und begann zu weinen. Sie ging wieder zu ihm und berührte ihn durch das Fenster an der Schulter.

«Ich setze mich eine Minute zu dir», sagte Helen. «Aber du *mußt* mir versprechen, daß du dann sofort fährst. Ich will auf keinen Fall, daß er oder die Kinder uns hier sehen.»

Er versprach es.

«Gib mir den Schlüssel», sagte Helen. Sein verletzter, trauriger Blick – daß sie immer noch den Verdacht hatte, er würde mit ihr davonfahren – rührte Helen wieder zutiefst. Sie steckte den Schlüssel in die tiefe Tasche ihres langen Rocks und ging zur Beifahrerseite und stieg ein. Er kurbelte sein Fenster herauf, und sie saßen da, ohne sich zu berühren, während die Fenster ringsum beschlugen und das Auto unter einer Eishülle knisterte.

Dann brach er völlig zusammen und erklärte ihr, sie habe mehr für ihn bedeutet als Frankreich und das alles – und sie hielt ihn dann und stand Todesängste aus, wieviel *Zeit* dort in dem gefrorenen Auto vergangen war oder verging. Selbst wenn es kein langer Film war, mußten sie noch eine gute halbe oder eine dreiviertel Stunde haben; aber Michael Milton war nicht im entferntesten so weit, daß er fahren konnte. Sie küßte ihn vehement, in der Hoffnung, das würde etwas nützen, aber er fing nur an, ihre nassen, kalten Brüste zu streicheln. Sie fühlte sich ihm gegenüber genauso erstarrt, wie sie sich draußen in dem härter werdenden Eismatsch gefühlt hatte. Aber sie ließ zu, daß er sie anfaßte.

«Lieber Michael», sagte sie und dachte die ganze Zeit krampfhaft nach.

«Wie können wir aufhören?» war alles, was er sagte.

Aber Helen hatte bereits aufgehört; sie dachte nur noch darüber nach, wie sie *ihn* dazu bringen konnte, daß er aufhörte. Sie schob ihn in die richtige Stellung auf dem Fahrersitz und streckte sich auf der langen Sitzbank aus, strich ihren Rock glatt, damit er die Knie bedeckte, und legte den Kopf auf seinen Schoß.

«*Erinnere* dich bitte», sagte sie. «Versuch es bitte. Das war für mich das Schönste – als ich mich einfach von dir fahren ließ und wußte, wohin wir fuhren. Kannst du nicht glücklich sein – kannst du dich nicht einfach daran erinnern und es dabei bewenden lassen?»

Er saß stocksteif am Steuer und zwang sich, mit beiden Händen das Lenkrad zu umklammern, verkrampfte beide Schenkel unter ihrem Kopf, und seine Erektion drückte gegen ihr Ohr.

«Versuch doch bitte, es dabei bewenden zu lassen, Michael», sagte sie freundlich. Und sie verharrten einen Augenblick so und stellten sich vor, der alte Buick brächte sie wieder zu Michaels Wohnung. Aber Michael Milton konnte sich nicht mit Vorstellungen zufriedengeben. Er ließ eine Hand an Helens Nacken sinken und packte ihn sehr fest; mit der anderen Hand machte er seinen Hosenschlitz auf.

«Michael!» sagte sie scharf.

«Das wolltest du doch schon immer gern tun», erinnerte er sie.

«Es ist *aus*, Michael.»

«Nein, noch nicht», sagte er. Sein Penis streifte ihre Stirn, bog ihre Wimpern, und sie erkannte, daß dies der alte Michael war – der Michael der Wohnung, der sie manchmal gern mit einer gewissen *Brutalität* behandelte. Jetzt gefiel es ihr nicht. Aber wenn ich mich wehre, dachte sie, gibt es eine Szene. Sie brauchte sich nur Garp als Teilnehmer der Szene vorzustellen, um zu dem Schluß zu kommen, daß sie *jede* Szene vermeiden mußte, um jeden Preis.

«Sei kein Schuft, sei kein Schwein, Michael», sagte sie. «Mach es nicht kaputt.»

«Das wolltest du schon immer gern tun», sagte er. «Aber es war dir nicht sicher genug. Gut, jetzt ist es sicher. Das Auto bewegt sich nicht einmal. Jetzt kann es keinen Unfall geben», sagte er.

Seltsamerweise, begriff sie, hatte er es ihr plötzlich leichter gemacht. Es ging ihr nicht mehr darum, ihm schonend den Laufpaß zu geben; sie war ihm dankbar, daß er ihr so nachdrücklich geholfen hatte, ihre Prioritäten zu erkennen. Ihre Prioritäten, erkannte sie mit ungeheurer Erleichterung, waren Garp und ihre Kinder. Walt sollte bei diesem Wetter nicht draußen sein, dachte sie zitternd. Und Garp, das wußte sie, war für sie *erstrangiger* als alle ihre zweitrangigen Kollegen und graduierten Studenten zusammen.

Michael Milton hatte zugelassen, daß sie eine Vulgarität an ihm entdeckte, die Helen irgendwie notwendig schien. *Blas ihm einen*, dachte sie sachlich und nahm ihn in den Mund, *dann* wird er endlich fahren. Sie dachte bitter, daß Männer, wenn sie einmal ejakuliert hatten, ziemlich schnell von ihren Forderungen abgingen. Und von ihrer kurzen Erfahrung in Michael Miltons Wohnung her wußte Helen, daß es nicht lange dauern würde.

Auch die Zeit spielte bei ihrem Entschluß eine Rolle; selbst wenn sie in den kürzesten Film gegangen waren, blieben ihr noch mindestens zwanzig Minuten. Sie nahm es sich vor, als wäre es das letzte, was sie noch tun mußte, um eine unangenehme Sache hinter sich zu bringen, die ein besseres, aber auch ein schlimmeres Ende hätte nehmen können. Sie war ein bißchen stolz: sie hatte zumindest sich selber bewiesen, daß ihre Familie ihre erste Priorität *war*. Sogar Garp wüßte das vielleicht zu schätzen, dachte sie; aber erst eines Tages, nicht gleich.

Sie war so entschlossen, daß sie kaum merkte, wie Michael Miltons Griff um ihren Nacken sich löste; er faßte mit beiden Händen wieder nach dem Steuer, als sei er es, der diese Erfahrung lenkte. Laß ihn denken, was er will, dachte sie. Sie dachte an ihre Familie, und sie merkte nicht, daß der Schneeregen jetzt beinahe so hart war wie Hagel; er klapperte auf den alten Buick wie zahllose Hämmer, die winzige Nägel einklopften. Und sie nahm nicht wahr, daß das alte Auto in seinem dicker werdenden Eisgrab ächzte und stöhnte.

Und sie hörte das Telefon nicht, das in ihrem warmen Haus klingelte. Es gab zuviel schlechtes Wetter und andere Störungen zwischen ihrem Haus und der Stelle, wo sie lag.

Es war ein idiotischer Film. Typisch für den Filmgeschmack der Kinder, dachte Garp; typisch für den Geschmack in einer Universitätsstadt. Typisch für das ganze Land. Typisch für die *Welt*! zürnte Garp in seinem Herzen und schenkte Walts mühsamen Atemzügen – den dicken Schnodderbächen aus seiner winzigen Nase – mehr Beachtung.

«Paß auf, daß du nicht an deinem Popcorn erstickst», flüsterte er Walt zu.

«Ich ersticke nicht», sagte Walt, ohne die Augen von der riesigen Leinwand zu wenden.

«Aber du kannst so nicht gut *atmen*», beharrte Garp, «steck also nicht zuviel auf einmal in den Mund. Es könnte in die Luftröhre kommen. Und deine Nase ist schon verstopft, soviel steht fest.» Und er wischte dem Jungen erneut die Nase ab. «Schneuz dich», flüsterte er. Walt schneuzte sich.

«Ist das nicht irre?» flüsterte Duncan. Garp fühlte, wie heiß Walts Schnodder war; der Junge muß fast 39 Fieber haben! dachte er. Garp verdrehte die Augen zu Duncan.

«Ja, irre, Duncan», sagte Garp. Duncan hatte den Film gemeint.

«Du sollst relaxen, Dad», schlug Duncan kopfschüttelnd vor. Ja, das *sollte* ich, wußte Garp; aber er konnte es nicht. Er dachte an Walt und was für einen vollkommen kleinen Hintern er hatte, was für kräftige kleine Beine, und wie süß sein Schweiß roch, wenn er gelaufen war und seine Haare hinter den Ohren feucht waren. Ein so vollkommener Körper sollte nicht krank sein, dachte er. Ich hätte *Helen* an diesem scheußlichen Abend aus dem Haus gehen lassen sollen; ich hätte sie bitten sollen, diesen Kretin von ihrem Büro aus anzurufen – um ihm zu sagen, er solle ihn sich ins Ohr stecken, dachte Garp. Oder in eine Steckdose. Und dann den Saft anschalten! Ich hätte diesen Arschkeks selbst anrufen sollen, dachte Garp.

Ich hätte ihn mitten in der Nacht überfallen sollen. Als Garp durch den Mittelgang ging, um zu sehen, ob es im Foyer ein Telefon gab, hörte er Walt immer noch husten.

Falls sie ihn nicht schon erreicht hat, dachte Garp, werde ich ihr sagen, sie solle es *nicht* mehr versuchen; ich werde ihr sagen, daß *ich* an der Reihe bin. Er war in seinen Gefühlen zu Helen an jenem Punkt angelangt, wo er sich betrogen, aber gleichzeitig ernstlich geliebt und wichtig für sie fühlte; er hatte nicht genug Zeit gehabt, um darüber nachzudenken, wie sehr er sich betrogen fühlte – oder wie sehr sie wirklich versucht hatte, innerlich bei ihm zu bleiben. Es war ein delikater Punkt zwischen schrecklichem Haß und schrecklicher Liebe zu ihr – und er war nicht ohne Verständnis für alles, was sie gewollt haben mochte; schließlich, das wußte er, saß er selbst im Glashaus (und zwar in einem viel zerbrechlicheren). Es kam Garp sogar unfair vor, daß Helen, die es immer gut gemeint hatte, auf diese Weise ertappt worden war; sie war eine gute Frau, und sie hätte entschieden mehr Glück verdient. Doch als Helen nicht abnahm, verflüchtigte sich dieser delikate Punkt in Garps Gefühlen zu ihr plötzlich. Er empfand nur noch Wut, fühlte sich nur noch betrogen.

Luder! dachte er. Das Telefon klingelte und klingelte.

Sie ist aus dem Haus gegangen, um ihn zu treffen. Oder sie machen es sogar in unserem Haus! dachte er – er hörte, wie sie sagten: «Nur noch ein letztes Mal.» Dieser lächerliche Angeber mit seinen prätentiösen Kurzgeschichten über fragile Beziehungen, die sich in schlecht beleuchteten europäischen Restaurants *beinahe* entwickelten. (Vielleicht hatte jemand den falschen Handschuh an, und der richtige Augenblick war für immer verpaßt; es gab eine, in der eine Frau beschloß, es *nicht* zu tun, weil dem Mann das Hemd am Hals zu eng saß.)

Wie konnte Helen diesen Mist gelesen haben! Und wie *konnte* sie diese lächerliche Figur angefaßt haben?

«Aber der Film ist doch noch nicht halb vorbei», protestierte Duncan. «Es kommt noch ein Duell.»

«Ich möchte das Duell sehen», sagte Walt. «Was ist ein Duell?»

«Wir gehen jetzt», sagte Garp.

«Nein!» zischte Duncan.

«Walt ist krank», murmelte Garp. «Er dürfte gar nicht hier sein.»

«Ich bin nicht krank», sagte Walt.

«Er ist nicht *so* krank», sagte Duncan.

«Steht sofort auf», sagte Garp. Er mußte Duncan vorn am Hemd packen, was Walt bewog, aufzustehen und in den Mittelgang zu stolpern. Duncan kam nörgelnd hinter ihm hergeschlurft.

«Was ist ein *Duell*?» fragte Walt Duncan.

«Etwas ganz Tolles», sagte Duncan. «Jetzt kannst du es nie mehr sehen.»

«Laß das, Duncan», sagte Garp. «Sei nicht so gemein.»

«*Du* bist gemein», sagte Duncan.

«Ja, Dad», sagte Walt.

Der Volvo war in Eis gehüllt, die Windschutzscheibe völlig zugefroren; irgendwo im Kofferraum lagen verschiedene Schaber und Schneefeger und dergleichen, nahm Garp an. Aber es war März, und der Winter hatte viel von den Sachen verbraucht, oder die Kinder hatten damit gespielt und sie verloren. Außerdem wollte er sich auch nicht die Zeit nehmen, die Windschutzscheibe freizukratzen.

«Wie kannst du denn sehen?» fragte Duncan.

«Ich lebe hier», sagte Garp. «Ich brauche nicht zu sehen.»

Aber er mußte das Fenster auf der Fahrerseite herunterkurbeln und den Kopf in den hagelharten Eisregen hinausstecken; so fuhr er nach Haus.

«Es ist kalt», sagte Walt mit klappernden Zähnen. «Mach das Fenster zu!»

«Es muß offenbleiben, damit ich sehen kann», sagte Garp.

«Ich friere so!» rief Walt. Er hustete dramatisch.

Aber all das war, so wie Garp es sah, Helens Schuld. Sie war verantwortlich dafür, wie Walt unter seiner Erkältung litt, oder dafür, daß sie schlimmer wurde: es war ihre Schuld. Und für Duncans Enttäuschung über seinen Vater, wegen der unverzeihlichen Art, wie Garp den Jungen im Kino genommen und vom Sitz gezogen hatte: *Helen* war verantwortlich. Das Luder mit ihrem unterentwickelten Lover!

Aber in diesem Moment tränten seine Augen in dem kalten

Wind und dem Eisregen, und er dachte im stillen, wie sehr er Helen liebte und daß er ihr nie wieder untreu sein würde – ihr nie wieder so weh tun würde, das würde er ihr versprechen.

In demselben Augenblick bekam Helen ein gutes Gewissen. Ihre Liebe zu Garp war ganz rein. Und sie merkte, daß Michael Milton kurz vor dem Kommen war; er zeigte die vertrauten Anzeichen. Der Winkel, in dem er sich in der Taille bog, und die merkwürdige Art, wie er die Lippen spitzte; die Anspannung des sonst wenig gebrauchten Muskels an der Innenseite der Schenkel. Es ist beinahe aus, dachte Helen. Ihre Nase berührte das kalte Messing seiner Gürtelschnalle, und ihr Schädel prallte von unten gegen das Steuer, das Michael Milton umklammert hielt, als rechnete er damit, daß der Drei-Tonnen-Buick abheben würde.

Garp erreichte den Anfang seiner Einfahrt mit ungefähr sechzig Stundenkilometern. Er kam im dritten Gang die abschüssige Straße heruntergefahren und gab beim Abbiegen noch kurz Gas; er prüfte mit einem flüchtigen Blick, wie weit die Einfahrt mit gefrorenem Matsch überzogen war, und sorgte sich kurz, der Volvo könnte in der kurzen, aufwärtsführenden Kurve ins Rutschen kommen. Er ließ den Gang drinnen, bis er fühlte, daß er Halt auf der Straße hatte; es reichte, und er schob den spitzen Schalthebel in Leerlaufstellung – eine Sekunde ehe er den Motor abstellte und die Scheinwerfer ausschaltete.

Sie rollten in den schwarzen Regen hinauf. Es war wie der Augenblick, wenn man fühlt, wie das Flugzeug von der Piste abhebt; die Jungen schrien auf vor Begeisterung. Garp konnte die Jungen, die sich um ihren Lieblingsplatz zwischen den Sitzen balgten, an seinem Ellbogen spüren.

«Wie kannst du *jetzt* sehen?» fragte Duncan.

«Er braucht nicht zu sehen», sagte Walt. In Walts Stimme war ein schriller Ton, der Garp vermuten ließ, daß Walt sich selbst beruhigen wollte.

«Ich kenne das hier wie meine Westentasche», beruhigte Garp die beiden.

«Es ist wie unter Wasser!» rief Duncan; er hielt den Atem an.

«Es ist wie ein Traum!» sagte Walt; er griff nach der Hand seines Bruders.

14
Mark Aurel
und wie er die Welt sah

So kam es, daß Jenny Fields wieder Krankenschwester wurde; nach all den Jahren, in denen sie in ihrer weißen Tracht die Frauenbewegung gepflegt hatte, war Jenny jetzt für ihre Rolle richtig gekleidet. Auf ihren Vorschlag zogen die Garps auf den Fieldsschen Besitz in Dog's Head Harbor. Da waren die vielen Räume, in denen Jenny sie umsorgen konnte, und da war das heilende Geräusch des Meeres, das heranbrandete und sich wieder entfernte und alles reinwusch.

Sein Leben lang sollte Duncan Garp das Geräusch des Meeres mit seiner Genesung assoziieren. Seine Großmutter würde den Verband abnehmen; das Loch, wo Duncans rechtes Auge gewesen war, wurde gewissermaßen einer Gezeitenspülung unterzogen. Sein Vater und seine Mutter konnten den Anblick jenes leeren Lochs nicht ertragen, aber Jenny hatte Erfahrung darin, Wunden anzustarren, bis sie verschwanden. Bei Jenny Fields, seiner Großmutter, sah Duncan sein erstes Glasauge. «Siehst du?» sagte Jenny. «Es ist groß und braun; es ist nicht ganz so hübsch wie dein linkes, aber du brauchst nur aufzupassen, daß die Mädchen zuerst dein linkes sehen.» Das war keine sehr feministische Bemerkung, nahm sie an, aber Jenny sagte immer, daß sie zuerst und vor allem anderen Krankenschwester war.

Duncans Auge war ausgestochen worden, als er zwischen den Kübelsitzen nach vorn sauste; der unbedeckte Schaft des Schalthebels war das erste, was seinen Fall aufhielt. Garps rechter Arm, der in die Lücke zwischen den Sitzen fuhr, kam zu spät; Duncan glitt darunter hinweg, wobei er sein rechtes Auge einbüßte und sich drei Finger der rechten Hand brach, die gegen den Auslösemechanismus des Sicherheitsgurts gerammt wurde.

Der Volvo war auf keinen Fall schneller als vierzig – maximal fünfzig – Kilometer in der Stunde gefahren, aber die Kollision war phänomenal. Der Drei-Tonnen-Buick gab Garps rollendem Auto kaum einen Zentimeter nach. Die Kinder in dem Volvo waren in dem Moment des Aufpralls wie Eier ohne Eierbehälter – lose in der Einkaufstasche. Auch in dem Buick hatte der Stoß eine überraschende Wucht.

Helens Kopf wurde nach vorn geschleudert, verfehlte knapp die Steuersäule, die sie im Nacken traf. Viele Ringerkinder haben robuste Nacken: der von Helen brach jedenfalls nicht – auch wenn sie fast sechs Wochen lang einen Stützverband trug und den Rest ihres Lebens Schwierigkeiten mit dem Rücken haben würde. Ihr rechtes Schlüsselbein brach, vielleicht unter dem Aufwärtshaken von Michael Miltons Knie, und ihre Nase wurde, sicherlich von Michael Miltons Gürtelschnalle, quer über dem Nasenrücken aufgerissen – was neun Stiche erforderte. Helens Mund wurde mit solcher Wucht zugedrückt, daß sie zwei Zähne einbüßte und zwei Stiche in der Zunge brauchte.

Zuerst dachte sie, sie hätte sich die Zunge abgebissen, weil sie fühlen konnte, wie sie in ihrem Mund, der voller Blut war, umherschwamm; aber ihr Kopf schmerzte so sehr, daß sie den Mund nicht zu öffnen wagte, bis sie Luft holen mußte, und sie konnte den rechten Arm nicht bewegen. Sie spie das, was sie für ihre Zunge hielt, in ihre linke Handfläche. Es war natürlich nicht ihre Zunge. Es war das, was drei Viertel von Michael Miltons Penis ausmachte.

Der warme Blutstrom in ihrem Gesicht kam Helen vor wie Benzin; sie fing an zu schreien – nicht aus Angst um sich, sondern um Garp und die Kinder. Sie wußte, was den Buick getroffen hatte. Sie zappelte, um aus Michael Miltons Schoß herauszukommen; sie mußte sehen, was ihrer Familie passiert war. Sie ließ das, was sie für ihre Zunge hielt, auf den Boden des Wagens fallen, und *boxte* Michael Milton, dessen Schoß sie an die Steuersäule preßte, mit ihrem unversehrten linken Arm. Erst da hörte sie andere

Schreie als die ihren. Michael Milton schrie natürlich, aber Helen hörte weiter – bis zum Volvo. Das war *Duncan*, der da schrie, sie war sich ganz sicher, und Helen kämpfte sich mit ihrem linken Arm über Michael Miltons blutenden Schoß zum Türgriff durch. Als die Tür aufging, stieß sie Michael aus dem Buick hinaus; sie fühlte sich unglaublich stark. Michael änderte seine doppelt gekrümmte Sitzhaltung nicht im geringsten; er lag seitwärts in dem gefrierenden Matsch, als säße er noch am Steuer, doch er brüllte und blutete wie ein Stier.

Als die Türbeleuchtung in dem riesigen Buick aufleuchtete, sah Garp undeutlich das Blut in dem Volvo – Duncans Gesicht war blutüberströmt, bis auf den schreienden Mund. Auch Garp fing an zu brüllen, aber sein Brüllen kam nicht lauter hervor als ein Wimmern; seine eigenen, seltsamen Geräusche erschreckten ihn so sehr, daß er versuchte, beruhigend auf Duncan einzureden. Da merkte Garp, daß er gar nicht reden konnte.

Als Garp den Arm ausgestreckt hatte, um Duncans Fall aufzuhalten, hatte er sich auf dem Fahrersitz fast seitlich gedreht, und sein Gesicht war so hart auf das Steuerrad aufgeschlagen, daß er sich den Kiefer brach und sich die Zunge zerbiß (zwölf Stiche). In den langen Wochen seiner Genesung in Dog's Head Harbor konnte Jenny von Glück sagen, daß sie soviel Erfahrung mit Ellen-Jamesianerinnen besaß, da Garps Mund zugeklammert wurde und seine Botschaften an seine Mutter schriftlich waren. Manchmal schrieb er mit der Schreibmaschine Seiten um Seiten, die Jenny anschließend Duncan vorlas – weil Duncan, obwohl er lesen konnte, Anweisung hatte, das ihm gebliebene Auge nicht mehr als unbedingt nötig anzustrengen. Mit der Zeit würde sich das Auge an den Verlust des anderen Auges gewöhnen, aber Garp hatte viel zu sagen, was nicht warten konnte – und was er nicht zu sagen wußte. Wenn er merkte, daß seine Mutter seine Mitteilungen – an Duncan und an Helen (der er ebenfalls Seiten um Seiten schrieb) – redigierte, grunzte er seinen Protest durch die Klammern, wobei er seine wunde Zunge möglichst stillhielt. Und Jenny Fields verlegte ihn klugerweise in ein Einzelzimmer, denn sie war eine gute Krankenschwester.

«Dies ist das Dog's Head Harbor Hospital», sagte Helen einmal zu Jenny. Helen konnte zwar reden, aber sie sagte wenig; sie hatte nicht Seiten um Seiten zu sagen. Sie verbrachte den größten Teil ihrer Genesung in Duncans Zimmer und las dem Jungen vor, denn Helen war eine bessere Vorleserin als Jenny, und Helens Zunge hatte nur zwei Stiche. In der Zeit der Genesung kam Jenny Fields besser mit Garp zurecht, als Helen mit ihm zurechtkommen konnte.

Helen und Duncan saßen oft Seite an Seite in Duncans Zimmer. Duncan hatte einen schönen, einäugigen Blick auf das Meer, das er den ganzen Tag lang beobachtete, als wäre er eine Kamera. Sich daran zu gewöhnen, nur ein Auge zu haben, ist fast so, wie wenn man sich daran gewöhnt, die Welt durch eine Kamera zu sehen; es gibt Entsprechungen im Blickfeld und in den Problemen der Tiefenschärfe. Als Duncan bereit schien, das zu entdecken, kaufte Helen ihm eine Kamera – eine einlinsige Spiegelreflexkamera; für Duncan war dies das vernünftigste Modell.

In dieser Zeit, sollte Duncan Garp sich später erinnern, kam ihm zum erstenmal der Gedanke, Künstler, Maler oder Fotograf zu werden; er war fast elf. Obwohl er sportlich gewesen war, bewirkte sein eines Auge, daß er (wie sein Vater) allen Ballsport scheel ansah. Selbst beim Laufen, sagte er, störte ihn der Mangel an peripherem Sehen; Duncan behauptete, es mache ihn tolpatschig. Schließlich wurde Garps Kummer noch dadurch vergrößert, daß Duncan sich auch nichts aus Ringen machte. Duncan sah die Sache aus dem Blickwinkel der Kamera, und er erklärte seinem Vater, eines seiner Probleme mit der Tiefenschärfe liege darin, daß er nicht wisse, wie weit die Matte entfernt sei. «Wenn ich ringe», erklärte er Garp, «habe ich das Gefühl, ich falle im Dunkeln nach unten; ich weiß erst dann, ob ich unten bin, wenn ich es *fühle*.» Garp schloß daraus natürlich, daß der Unfall Duncan allem Sport gegenüber unsicher gemacht hatte, aber Helen wies ihn darauf hin, daß Duncan schon immer eine gewisse Scheu, eine gewisse Zurückhaltung bewiesen habe. Obwohl er bei Mannschaftsspielen gut abschnitt und zweifellos sehr gelenkig war, hatte er immer dazu geneigt, nicht mitzumachen. Jedenfalls nicht so begeistert wie Walt, der unerschrocken war, sich optimistisch und anmutig und tollkühn in jede neue Situation stürzte. Walt, sagte Helen, war der eigentliche Sportler der Familie. Nach einer Weile nahm Garp an, sie habe recht.

«Weißt du, Helen hat *oft* recht», erklärte Jenny ihm eines Abends in Dog's Head Harbor. Der Kontext dieser Bemerkung hätte irgendeiner sein können, aber sie fiel irgendwann bald nach dem Unfall, weil Duncan ein Zimmer für sich hatte und Helen ein Zimmer für sich hatte und Garp ein Zimmer für *sich* hatte, und so fort.

Helen hatte oft recht, hatte seine Mutter ihm gesagt, aber Garp machte ein wütendes Gesicht und schrieb Jenny eine Mitteilung.

Diesmal aber nicht, Mom,

lautete die Mitteilung. Er meinte damit – vielleicht – Michael Milton. Er meinte damit: die ganze Sache.

Michael Milton war nicht der ausdrückliche Grund dafür, daß Helen kündigte. Jennys großes Krankenhaus am Meer, wie später beide, sowohl Garp als auch Helen, es sehen sollten, war eine Möglichkeit, die unerwünschte familiäre Enge ihres Hauses und der Einfahrt aufzugeben.

Im Moralkodex der Universität ist «sittenloses Verhalten» zwar einer der Gründe für die Auflösung eines festen Lehrauftrags – aber so etwas wurde nie auch nur erwogen; Beischlaf mit Studenten wurde im allgemeinen nicht sehr streng geahndet. Es war vielleicht hin und wieder ein ungenannter Grund dafür, daß ein Dozent keinen festen Lehrauftrag erhielt, doch kaum ein Grund dafür, daß der feste Lehrauftrag eines Dozenten widerrufen wurde. Helen mag geglaubt haben, daß es auf der Skala des vorstellbaren Mißbrauchs von Studenten schon ziemlich weit oben rangierte, wenn man drei Viertel des Penis eines Studenten abbiß. Beischlaf mit ihnen – das passierte einfach, auch wenn es nicht gefördert wurde; es gab viele schlimmere Arten, Studenten zu bewerten und für ihr Leben zu kategorisieren. Aber die Amputation ihrer Genitalien war zweifellos eine ernste Sache, selbst wenn es schlechte Studenten waren, und Helen muß das Bedürfnis empfunden haben, sich selbst zu bestrafen. Deshalb beraubte sie sich des Vergnügens, die Arbeit fortzusetzen, auf die sie sich so gut vorbereitet hatte, und sie verzichtete auf die Anregung, die Bücher und das Gespräch darüber ihr immer bedeutet hatten. In ihrem späteren Leben sollte Helen sich erheblichen Kummer ersparen, indem sie sich weigerte, sich schuldig zu fühlen; in ihrem späteren Leben sollte die ganze Geschichte mit Michael Milton sie sehr viel häufiger wütend als traurig machen – weil sie stark genug war, um zu glauben, daß sie eine gute Frau war, die für eine lächerliche Unbesonnenheit unverhältnismäßig büßen mußte.

Aber wenigstens eine Zeitlang sollte Helen sich und ihre Familie kurieren. Da sie nie eine Mutter gehabt und kaum je die Möglichkeit gehabt hatte, Jenny Fields auf diese Weise in Anspruch zu nehmen, fügte sie sich der Krankenhausperiode in Dog's Head Harbor. Sie beruhigte sich, indem sie Duncan umsorgte, und sie hoffte, daß Jenny Garp umsorgen konnte.

Die Krankenhausatmosphäre war nichts Neues für Garp, der seine frühesten Erfahrungen – mit Angst, mit Träumen, mit Sex – allesamt in der Umgebung des Krankenreviers der Steering School gemacht hatte. Er paßte sich an. Es half ihm, daß er aufschreiben mußte, was er sagen wollte, weil es ihn vorsichtig werden ließ; es veranlaßte ihn, viele der Dinge, von denen er dachte, er wollte sie sagen, noch einmal zu überdenken. Wenn er sie geschrieben sah – diese unfertigen Gedanken –, wurde er sich bewußt, daß er sie nicht sagen konnte oder sollte; wenn er daranging, sie zu überarbeiten, besann er sich eines Besseren und warf sie fort. Einer war für Helen bestimmt und lautete:

Drei Viertel ist nicht genug.

Er warf ihn fort.
Dann schrieb er einen für Helen, den er ihr auch *gab*:

Ich gebe Dir keine Schuld.

Später schrieb er noch einen.

Ich gebe mir *auch keine Schuld,*

lautete diese Mitteilung.

Nur so können wir wieder «ganz» sein,

schrieb Garp an seine Mutter.

Und Jenny Fields wanderte weiß durch das salzig-feuchte Haus, von einem Zimmer ins andere, mit ihren Handreichungen und mit Garps Mitteilungen. Sie waren alles, was er schreiben konnte.

Natürlich war das Haus in Dog's Head Harbor an Genesende gewöhnt. Jennys verletzte Frauen hatten dort wieder zu sich gefunden; die nach Meer duftenden Zimmer hatten traurige Geschichten überdauert. Unter anderem die Traurigkeit Roberta Muldoons, die dort mit Jenny die schwierigsten Phasen ihrer Geschlechtsumwandlung durchgemacht hatte. Roberta hatte es nicht geschafft, allein zu leben – und mit einer Reihe von Männern zu leben –, und sie lebte wieder bei Jenny in Dog's Head Harbor, als die Garps einzogen.

Als der Frühling wärmer wurde und das Loch, das Duncans rechtes Auge gewesen war, langsam verheilte und nicht mehr so empfindlich auf Sandkörner reagierte, nahm Roberta Duncan mit zum Strand hinunter. Am Strand entdeckte Duncan, wie sein Tiefenschärfeproblem sich in Verbindung mit einem geworfenen Ball verhielt, denn Roberta Muldoon versuchte, mit Duncan Fangen zu spielen, und traf ihn sehr bald mit dem Fußball im Gesicht. Sie gaben den Ball auf, und Roberta beschäftigte Duncan damit, daß sie im Sand graphische Darstellungen sämtlicher Spiele entwarf, die sie bei den Philadelphia Eagles als Linksaußen mitgemacht hatte; sie konzentrierte sich auf den Teil des Eagle-Sturms, an dem sie mitgewirkt hatte, als sie noch Robert Muldoon, Nr. 90, gewesen war, und sie vergegenwärtigte sich für Duncan ihre gelegentlichen Touchdowns, ihre verlorenen Bälle, ihre Verwarnungen wegen Abseitsstellung, ihre gemeinsten Rempeleien. «Es war gegen die Cowboys», erzählte sie Duncan. «Wir spielten in Dallas, als diese hinterlistige Klapperschlange – alle nannten ihn Eight Ball – plötzlich auf mich losging, und zwar von der Seite, wo ich nichts sehen konnte . . .» Und Roberta betrachtete den stillen Jungen, der sein

Leben lang eine Seite haben würde, auf der er nichts sehen konnte, und wechselte geschickt das Thema.

Für Garp war Robertas Thema das kitzlige Detail ihrer Geschlechtsumwandlung, denn Garp schien interessiert daran, und Roberta wußte, daß Garp wahrscheinlich gern etwas über ein Problem hörte, das so weit von seinem eigenen entfernt war.

«Ich habe immer gewußt, daß ich eigentlich ein Mädchen hätte sein sollen», erzählte sie Garp. «Ich träumte davon, geliebt zu werden, von einem Mann, aber in meinen Träumen war ich immer eine Frau; ich war *nie* ein Mann, der sich von einem anderen Mann lieben ließ.» In Robertas Anspielungen auf Homosexualität war mehr als eine Spur von Widerwillen, und Garp fand es eigenartig, daß Menschen, die dabei sind, eine Entscheidung zu treffen, die sie fest und für immer in eine Minderheit verpflanzt, andere Minderheiten vermutlich weniger tolerieren, als wir uns vorstellen. Roberta hatte sogar etwas Bösartiges, wenn sie sich über die anderen unglücklichen Frauen beschwerte, die nach Dog's Head Harbor kamen, um sich bei Jenny Fields zu erholen. «Diese verdammten Lesben», sagte Roberta zu Garp. «Sie versuchen, aus deiner Mutter etwas zu machen, was sie nicht ist.»

«Manchmal glaube ich, daß Mom genau dazu da ist», zog Garp Roberta auf. «Sie macht Menschen glücklich, indem sie sie denken läßt, sie sei etwas, das sie nicht ist.»

«Aber sie haben versucht, mich durcheinanderzubringen», sagte Roberta. «Als ich mich auf meine Operation vorbereitete, versuchten sie dauernd, mich davon abzubringen. ‹Sei doch einfach schwul›, sagten sie. ‹Wenn du Männer haben willst, nimm sie so, wie du bist. Wenn du eine Frau wirst, wird man dich nur ausnutzen›, sagten sie zu mir. Sie waren allesamt Feiglinge», schloß Roberta, obwohl Garp zu seinem Kummer wußte, daß Roberta ausgenutzt worden *war*, immer wieder.

Robertas Ungestüm war keine Ausnahme; Garp sann darüber nach, daß jene anderen Frauen im Haus seiner Mutter und in ihrer Obhut *alle* Opfer der Intoleranz gewesen waren – und trotzdem schienen die meisten von denen, die er kennengelernt hatte, besonders intolerant zueinander zu sein. Es war eine Art Nahkampf, der Garp sinnlos vorkam, und er staunte über seine Mutter, die sie alle sortierte und dafür sorgte, daß sie glücklich waren und sich nicht in die Haare gerieten. *Robert* Muldoon, das wußte Garp, hatte vor seiner eigentlichen Operation mehrere Monate lang Fummel getragen. Er pflegte morgens als Robert Muldoon gekleidet loszugehen; er ging Frauensachen einkaufen, und fast kein Mensch wußte, daß er sein neues Geschlecht mit den Banketthonoraren bezahlte, die er für seine Reden in Jungenvereinen und Männervereinen bekam. Abends, in Dog's Head Harbor, führte Robert Muldoon Jenny und den kritischen Frauen, die ihr Haus teilten, seine neuen Sachen vor. Als die Östrogenhormone seine Brüste zu vergrößern begannen und die Figur des ehemaligen Linksaußen rundeten, gab Robert die Bankette auf und verließ das Haus in Dog's Head Harbor mit maskulinen Damenkostümen und ziemlich konservativen Perücken; lange vor seinem Eingriff versuchte er, Roberta zu *sein*. Klinisch hatte Roberta jetzt die gleichen Genitalien und die gleichen urologischen Merkmale wie die meisten anderen Frauen.

«Aber ich kann natürlich nicht empfangen», erklärte sie Garp. «Ich habe keinen Eisprung und keine Menstruation.» Das haben Millionen andere Frauen auch nicht, hatte Jenny Fields sie beruhigt. «Als ich aus dem Krankenhaus nach Hause kam», sagte Roberta zu Garp, «weißt du, was deine Mutter da *noch* zu mir gesagt hat?»

Garp schüttelte den Kopf; «nach Hause», Garp wußte das, bedeutete für Roberta das Haus in Dog's Head Harbor.

«Sie hat zu mir gesagt, ich sei sexuell nicht so ambivalent wie die meisten Leute, die sie kenne», sagte Roberta. «Das tat mir gut», sagte sie, «weil ich die ganze Zeit diesen scheußlichen Dehnapparat benutzen mußte, damit meine Vagina sich nicht wieder schloß; ich kam mir vor wie eine *Maschine*.»

Gute alte Mom,

kritzelte Garp.

«In dem, was du *schreibst*, ist soviel Mitgefühl für die Menschen», erklärte Roberta ihm unvermittelt. «Aber in dir selbst, in deinem wirklichen Leben, sehe ich nicht soviel Mitgefühl», sagte sie. Es war dasselbe, was Jenny ihm immer vorgeworfen hatte.

Aber jetzt, das fühlte er, hatte er mehr. Mit seinem verklammerten Mund, mit seiner Frau, die ihren Arm den ganzen Tag in einer Schlinge hatte, und mit Duncan, bei dem nur noch das halbe Gesicht unversehrt war, hatte Garp mehr Verständnis für die anderen Wracks, die nach Dog's Head Harbor gepilgert kamen.

Es war ein Sommerort. Außerhalb der Saison war das ausgeblichene, schindelgedeckte Haus mit seinen Veranden und Mansarden der einzige bewohnte Besitz in den graugrünen Dünen und dem weißen Strand am Ende der Ocean Lane. Gelegentlich schnüffelte sich ein Hund durch das knochenfarbene Treibholz, und Rentner, die ein paar Kilometer landeinwärts in ihren ehemaligen Sommerhäusern wohnten, spazierten von Zeit zu Zeit an der Wasserkante entlang und begutachteten die Muscheln. Im Sommer liefen überall am Strand viele Hunde und Kinder und Kindermädchen herum, und im Hafen lagen immer ein oder zwei bunte Boote. Doch als die Garps zu Jenny zogen, wirkte die Küste verlassen. Der Strand war zwar übersät mit den Dingen, die die Springfluten des Winters angeschwemmt hatten, aber menschenleer. Der Atlantik hatte den ganzen April und Mai hindurch die bläulich-bleierne Farbe einer Prellung – die Farbe von Helens Nasenrücken.

Besucher, die außerhalb der Saison in den Ort kamen, wurden schnell als verlorene Frauen auf der Suche nach Jenny Fields, der berühmten Krankenschwester, identifiziert. Im Sommer brauchten diese Frauen oft einen ganzen Tag lang, bis sie jemanden fanden, der wußte, wo Jenny wohnte. Aber die ständigen Bewohner von Dog's Head Harbor wußten es alle: «Das letzte Haus am Ende der Ocean Lane», erklärten sie den beschädigten Mädchen und Frauen, die nach dem Weg fragten. «Es ist so groß wie ein Hotel, Honey. Sie können es nicht verfehlen.»

Manchmal trotteten diese Suchenden zuerst den Strand hinunter und betrachteten das Haus lange, ehe sie den Mut faßten, zu kommen und nachzuschauen, ob Jenny zu Hause war; manchmal sah Garp sie, wie sie einzeln oder zu zweit und zu dritt auf den windigen Dünen hockten und das Haus beobachteten, als versuchten sie, den Grad an Mitgefühl, der darin herrschte, abzulesen. Wenn es mehr als eine war, beratschlagten sie sich am Strand; eine wurde dazu auserwählt, an die Tür zu klopfen, während die anderen wie Hunde, denen man «Platz!» befohlen hatte, auf den Dünen kauerten, bis sie gerufen wurden.

Helen kaufte Duncan ein Teleskop, und von seinem Zimmer mit dem Meerblick spähte Duncan die ängstlichen Besucherinnen aus und verkündete ihre Anwesenheit oft Stunden vor dem Klopfen an der Tür. «Da ist eine für Grandma», sagte er etwa. Scharf einstellen, immer scharf einstellen. «Sie ist ungefähr vierundzwanzig. Oder vielleicht vierzehn. Sie hat einen blauen Rucksack. Sie hat eine Apfelsine mit, aber ich glaube nicht, daß sie sie essen will. Es ist noch eine andere bei ihr, aber ich kann ihr Gesicht nicht sehen. Sie liegt; nein, ihr ist übel. Nein, sie trägt eine Art Maske. Vielleicht ist sie die Mutter von der anderen – nein, ihre Schwester. Oder nur eine Freundin.»

«Jetzt ißt sie die Apfelsine. Es sieht nicht sehr schön aus», meldete Duncan dann. Und Roberta pflegte ebenfalls hinzuschauen; Helen manchmal auch. Oft war Garp derjenige, der die Tür öffnete.

«Ja, sie ist meine Mutter», sagte er dann, «aber sie ist gerade einkaufen gegangen. Kommen Sie bitte herein, wenn Sie warten möchten.» Und er lächelte, auch wenn er die Person die ganze Zeit so sorgfältig begutachtete, wie die Rentner am Strand ihre Muscheln betrachteten. Und ehe sein Kiefer verheilt und seine zerbissene Zunge wieder zusammengewachsen war, pflegte Garp die Tür mit einem Satz vorgefertigter Mitteilungen zu öffnen. Viele Besucherinnen waren nicht im geringsten überrascht, Mitteilungen gereicht zu bekommen, weil dies auch die einzige Art war, wie sie kommunizierten.

Hallo, mein Name ist Beth. Ich bin eine Ellen-Jamesianerin.

Und Garp reichte ihr seine:

Hallo, mein Name ist Garp. Ich habe mir den Kiefer gebrochen.

Und er lächelte sie an und gab ihnen, je nachdem, eine zweite Mitteilung. Die eine lautete:

> *Im Ofen in der Küche brennt ein hübsches kleines Feuer.*
> *Gehen Sie bitte links.*

Und eine andere lautete:

> *Keine Sorge, meine Mutter kommt gleich zurück. Es sind*
> *noch andere Frauen da. Möchten Sie sie sehen?*

In dieser Zeit gewöhnte sich Garp wieder an, ein Sportjackett zu tragen, nicht aus Nostalgie nach seinen Tagen in Steering oder Wien – und bestimmt nicht, weil irgendeine Notwendigkeit bestand, sich in Dog's Head Harbor, wo Roberta die einzige Frau zu sein schien, die Wert auf Kleidung legte, gut anzuziehen –, sondern nur, weil er Taschen brauchte; er hatte immer so viele Mitteilungen bei sich.

Er versuchte, am Strand zu laufen, aber er mußte es aufgeben; das Laufen ließ seinen Kiefer vibrieren und drückte seine Zunge gegen die Zähne. Aber er ging meilenweit im Sand spazieren. Er kehrte gerade von einem Spaziergang zurück, als ein Streifenwagen den jungen Mann zu Jennys Haus brachte; die Polizisten hatten ihn an den Armen genommen und halfen ihm zu der großen vorderen Veranda hinauf.

«Mr. Garp?» fragte einer der Polizisten.

Garp zog für seine Spaziergänge die Laufkluft an; er hatte keine Mitteilungen bei sich, aber er nickte: Ja, er war Mr. Garp.

«Kennen Sie den Jungen hier?» fragte der Polizist.

«Natürlich kennt er mich», sagte der junge Mann. «Ihr Bullen glaubt doch keinem Menschen. Ihr versteht es nicht, zu *relaxen*.»

Es war der junge Mann im roten Kaftan, der Junge, den Garp aus Mrs. Ralphs Schlafzimmer hinausbefördert hatte – es kam Garp so vor, als sei das Jahre her. Garp erwog einen Moment lang, ihn nicht wiederzuerkennen, aber er nickte.

«Der Junge hat kein Geld», erläuterte der Polizist. «Er wohnt nicht hier in der Gegend, und er hat keine Arbeit. Er studiert nirgends, und als wir seine Leute anriefen, sagten sie, sie wüßten nicht einmal, wo er *ist* – und sie schienen nicht sehr daran interessiert, es zu erfahren. Aber er sagt, er wohnt bei Ihnen – und Sie würden für ihn gutsagen.»

Garp konnte natürlich nichts sagen. Er zeigte auf seine Verklammerung und machte eine Bewegung, als schriebe er etwas auf seine Handfläche.

«Wann haben Sie denn die Klammern bekommen?» fragte der Jüngling. «Die meisten Leute haben sie, wenn sie jünger sind. Das sind die komischsten Klammern, die ich je gesehen habe.»

Garp schrieb eine Mitteilung auf die Rückseite eines Strafzettels, den der Polizist ihm gab.

Ja, ich übernehme die Verantwortung für ihn. Aber ich kann nicht für ihn gutsagen, weil ich mir den Kiefer gebrochen habe.

Der Junge sah dem Polizisten über die Schulter und las die Mitteilung.

«Wow», sagte er grinsend. «Was ist mit dem *anderen* Kerl passiert?»

Er hat drei Viertel seines Schwanzes eingebüßt, dachte Garp, aber er schrieb es nicht auf einen Strafzettel oder irgend etwas anderes. Nie.

Wie sich herausstellte, hatte der Junge Garps Romane gelesen, als er im Gefängnis saß.

«Wenn ich gewußt hätte, daß Sie diese Bücher geschrieben haben», sagte der Jüngling, «wäre ich nie so respektlos gewesen.» Er hieß Randy, und er war ein glühender Garp-Fan geworden. Garp war überzeugt, daß der Hauptstrom seiner Verehrer aus Freaks, einsamen Kindern, retardierten Erwachsenen, Spinnern und nur wenigen Mitgliedern der Gesellschaft bestand, die nicht an einem pervertierten Geschmack litten. Aber Randy war zu Garp gekommen, als sei Garp nun der einzige Guru, dem er folgte. Im Geist des Hauses seiner Mutter in Dog's Head Harbor konnte Garp den Jungen nicht gut abweisen.

Roberta Muldoon übernahm die Aufgabe, Randy über den

Unfall zu informieren, der Garp und seiner Familie zugestoßen war.

«Wer ist denn die umwerfende große Biene?» fragte Randy Garp in ehrfürchtigem Flüsterton.

Erkennen Sie sie nicht?

schrieb Garp.

Sie war vorher Linksaußen bei den Philadelphia Eagles.

Aber auch Garps Säuerlichkeit konnte Randys liebenswerte Begeisterung nicht mindern. Der Junge beschäftigte sich stundenlang mit Duncan.

Gott weiß, was er ihm alles beibringt,

beklagte sich Garp bei Helen.

Wahrscheinlich erzählt er Duncan von all seinen Drogenerfahrungen.

«Der Junge ist nicht süchtig», versicherte Helen Garp. «Deine Mutter hat ihn gefragt.»

Dann weiht er Duncan in seine bewegte kriminelle Vergangenheit ein,

schrieb Garp.

«Randy will Schriftsteller werden», sagte Helen.

Alle wollen Schriftsteller werden!

schrieb Garp. Aber das stimmte nicht. *Er* wollte nicht Schriftsteller werden – nicht mehr. Wenn er zu schreiben versuchte, richtete sich nur das tödlichste Thema vor ihm auf, um ihn zu begrüßen.

Er wußte, daß er es vergessen mußte – es nicht mit seiner Erinnerung hätscheln oder den Schrecken mit seiner Kunst überhöhen durfte. Das war Wahnsinn, aber jedesmal, wenn er ans Schreiben dachte, begrüßte ihn sein einziges Thema mit seinen tückischen Blicken, seinen nackten Innereien und seinem Todesgestank. Und deshalb schrieb er nicht; er versuchte es nicht einmal.

Endlich ging Randy. Duncan ließ ihn zwar nur bedauernd ziehen, aber Garp war erleichtert; er zeigte niemandem die Mitteilung, die Randy für ihn dagelassen hatte.

> *Ich werde nie so gut sein wie Sie – bei nichts. Aber selbst wenn das so ist, brauchten Sie es einem nicht so unter die Nase zu reiben.*

Ich bin also nicht nett, dachte Garp. Das ist nicht neu. Er warf Randys Mitteilung fort.

Als die Klammern abgenommen wurden und seine Zunge sich nicht mehr wund anfühlte, lief Garp wieder. Als das Wetter wärmer wurde, schwamm Helen. Man sagte ihr, das sei gut zur Kräftigung ihrer Muskeln und zur Stärkung ihres Schlüsselbeins, das ihr jedoch immer noch weh tat – besonders beim Brustschwimmen. Sie schwamm kilometerweit, kam es Garp vor, ins Meer hinaus und dann parallel zur Küste. Sie sagte, sie schwimme so weit hinaus, weil das Wasser dort ruhiger sei; näher am Ufer störten sie die Wellen. Aber Garp sorgte sich. Er und Duncan benutzten manchmal das Teleskop, um sie zu beobachten. Was soll ich tun, wenn etwas passiert? fragte sich Garp. Er war ein schlechter Schwimmer.

«Mom ist eine gute Schwimmerin», versicherte ihm Duncan. Duncan entwickelte sich ebenfalls zu einem guten Schwimmer.

«Sie schwimmt zu weit hinaus», sagte Garp.

Als die Sommergäste kamen, trainierten die Garps etwas unauffälliger; sie spielten nur frühmorgens am Strand oder im Meer. Tagsüber, wenn besonders viele Menschen am Strand waren, und am frühen Abend betrachteten sie die Welt von den schattigen Veranden von Jenny Fields' Besitz aus; sie zogen sich in das große kühle Haus zurück.

Garp ging es etwas besser. Er begann zu schreiben – zuerst vorsichtig: lange Handlungsentwürfe und Spekulationen über seine Gestalten. Die Hauptgestalten mied er; zumindest glaubte er, daß sie die Hauptgestalten seien – ein Mann, eine Frau, ein Kind. Er konzentrierte sich statt dessen auf einen Kriminalbeamten, einen Außenseiter, was die Familie betraf. Garp wußte, welcher Schrecken im Herzen seines Buches lauern würde, und näherte sich ihm vielleicht deshalb durch eine Gestalt, die von seiner persönlichen Angst so weit entfernt war wie der Polizeiinspektor von dem Verbrechen. Wie komme *ich* dazu, über einen Polizeiinspektor zu schreiben? fragte er sich und machte deshalb den Inspektor zu jemandem, den sogar Garp verstehen konnte. Dann stand Garp selbst am Rand des Grauens. Der Verband wurde von Duncans Augenloch abgenommen, und der Junge trug eine schwarze Augenklappe, die sich auf der sommerlichen Bräune seines Gesichts beinahe hübsch ausnahm. Garp holte tief Luft und begann einen Roman.

Es war im Spätsommer von Garps Genesung, als *Bensenhaver und wie er die Welt sah* begonnen wurde. Ungefähr um die gleiche Zeit wurde Michael Milton aus einem Krankenhaus entlassen: er ging postoperativ gebückt und mit einem vergrämten Gesicht. Wegen einer Infektion, Folge einer unsachgemäßen Katheterisierung – und verschlimmert durch ein allgemeines urologisches Leiden –, hatte er sich den restlichen Teil seines Penis operativ entfernen lassen müssen. Garp erfuhr es nie; und in diesem Stadium hätte es ihn womöglich nicht einmal aufgeheitert.

Helen wußte, daß Garp wieder schrieb.

«Ich will es nicht lesen», teilte sie ihm mit. «Kein Wort davon. Ich weiß, daß du es schreiben mußt, aber ich will es nie sehen. Ich möchte dir nicht weh tun, aber du mußt mich verstehen. *Ich* muß es vergessen; wenn *du* darüber schreiben mußt, dann helfe dir Gott. Jeder begräbt solche Dinge auf seine Weise.»

«Im Grunde ist es nicht *darüber*», erklärte er ihr. «Ich schreibe keinen autobiographischen Roman.»

«Auch das weiß ich», sagte sie. «Aber ich will es trotzdem nicht lesen.»

«Natürlich, ich verstehe», sagte er.

Schreiben, das hatte er immer gewußt, war ein einsames Geschäft. Bei einer so einsamen Sache konnte man sich kaum einsamer fühlen. Jenny, das wußte er, würde es lesen; sie war hart wie Nägel. Jenny sah sie alle genesen; sie sah neue Patienten kommen und gehen.

Eine war ein häßliches junges Mädchen namens Laurel, das den Fehler beging, sich eines Morgens beim Frühstück über Duncan zu beschweren. «Könnte ich vielleicht in einem anderen Teil des Hauses schlafen?» fragte sie Jenny. «Es ist wegen dieses unheimlichen Jungen – mit dem Fernrohr, mit der Kamera und der Augenklappe. Er ist wie ein verdammter Pirat, er spioniert mir nach. Sogar kleine Jungen ziehen einen mit den Augen aus – sogar mit nur *einem* Auge.»

Garp war beim Laufen im ersten morgendlichen Dämmerlicht am Strand gestürzt; er hatte sich den Kiefer wieder verletzt und war – wieder – verklammert. Er hatte keine alten Mitteilungen für das parat, was er diesem Mädchen sagen wollte, aber er kritzelte sehr hastig etwas auf eine Serviette.

Verfick Dich,

kritzelte er und warf dem überraschten Mädchen die Serviette zu.

«Sehen Sie», sagte das Mädchen zu Jenny, «das ist genau das, wovon ich loskommen muß. Dauernd drangsaliert mich irgendein verdammter Idiot, dauernd bedroht mich irgendein Dummkopf mit seiner großschwänzigen Gewalttätigkeit. Wer hat das nötig? Ich meine, besonders *hier* – wer hat das nötig? Bin ich hergekommen, um davon noch mehr zu erleben?»

Verfick Dich, bis Du platzt,

lautete Garps nächste Mitteilung, aber Jenny brachte Laurel hinaus und erzählte ihr die Geschichte von Duncans Augenklappe und seinem Fernrohr und seiner Kamera, und Laurel gab sich alle Mühe, Garp in den letzten Tagen ihres Aufenthalts aus dem Weg zu gehen.

Ihr Aufenthalt dauerte nur wenige Tage, und dann war jemand da, um sie abzuholen: ein Minisportwagen mit New Yorker Nummernschild und ein Mann, der *aussah* wie ein Idiot – jemand, der die arme Laurel tatsächlich dauernd mit «großschwänziger Gewalttätigkeit» bedroht hatte.

«He, ihr Dildos!» rief er Garp und Roberta zu, die wie altmodische Verliebte auf der großen Verandaschaukel saßen. «Ist das hier das Bordell, wo ihr Laurel festhaltet?»

«‹Festhalten› tun wir sie eigentlich nicht», sagte Roberta.

«Halt's Maul, du aufgetakelte Kuh!» sagte der New Yorker; er kam auf die Veranda herauf. Er hatte den Motor seines Sportwagens laufen lassen, und der Leerlauf bollerte und beruhigte sich – bollerte und beruhigte sich und bollerte wieder. Der Mann hatte Cowboystiefel und ausgestellte grüne Wildlederhosen an. Er war groß und breit, allerdings nicht ganz so groß und breit wie Roberta Muldoon.

«Ich bin keine aufgetakelte Kuh», sagte Roberta.

«Aber eine vestalische Jungfrau bist du auch nicht gerade», sagte der Mann. «Wo zum Teufel ist Laurel?» Er hatte ein orangefarbenes T-Shirt mit giftgrünen Buchstaben zwischen den Brustwarzen an.

FIT BLEIBEN!

stand da.

Garp suchte in seinen Taschen nach einem Bleistift, um eine Mitteilung zu schreiben, aber er fand nur seine alten Mitteilungen: all die alten Schablonen, die nicht auf diesen unverschämten Menschen zu passen schienen.

«Erwartet Laurel Sie?» fragte Roberta Muldoon den Mann, und Garp wußte, daß Roberta wieder ein Problem mit ihrer sexuellen Identität hatte; sie reizte den Idioten in der Hoffnung, sie könnte sich dann gerechtfertigt fühlen, wenn sie ihn zusammenschlug. Aber für Garp sah der Mann so aus, als sei er ein ebenbürtiger Gegner für Roberta. All das Östrogen hatte mehr geändert als Robertas Figur, dachte Garp – es hatte den ehemaligen Robert Muldoon in einem Maße entmuskelt, das Roberta zu vergessen geneigt schien.

«Hört mal, ihr Süßen», sagte der Mann zu beiden, Garp und Roberta. «Wenn Laurel nicht sofort ihren Arsch rausschiebt, räume ich drinnen mal auf. Was für ein Schwulentreff ist das überhaupt? Jeder hat schon davon gehört. Ich habe sofort rausgefunden, wohin sie gegangen ist. Jede verfickte Ziege in New York kennt dieses Mösenasyl.»

Roberta lächelte. Sie fing an, mit der großen Verandaschaukel auf eine Weise zu schaukeln, bei der sich Garp der Magen drehte. Garp stöberte hektisch in seinen Taschen herum, überflog eine wertlose Mitteilung nach der anderen.

«Hört mal, ihr Clowns», sagte der Mann. «Ich *weiß*, was für Pißbienen sich hier rumtreiben. Es ist eine große lesbische Szene, wie?» Er gab der großen Verandaschaukel einen Tritt mit seinem Cowboystiefel und versetzte die Schaukel in eigenartige Schwingungen. «Und wer bist *du*?» fragte er Garp. «Der *Herr* des Hauses? Oder der Hofeunuch?»

Garp reichte dem Mann eine Mitteilung.

Im Ofen in der Küche brennt ein hübsches kleines Feuer. Gehen Sie bitte links.

Aber es war August; das war die falsche Mitteilung.

«Was soll der Quatsch?» sagte der Mann. Und Garp gab ihm eine andere Mitteilung, die erste, die ihm in die Hände kam.

Keine Sorge, meine Mutter kommt gleich zurück. Es sind noch andere Frauen da. Möchten Sie sie sehen?

«*Fick* deine Mutter!» sagte der Mann. Er ging auf die große Fliegentür zu. «Laurel!» schrie er. «Bist du da drin? Du Nutte!»

Aber es war Jenny Fields, die ihn in der Haustür begrüßte.

«Guten Tag», sagte sie.

«Wer *Sie* sind, weiß ich», sagte er. «Ich sehe es an Ihrer idiotischen Uniform. Meine Laurel ist nicht dein Typ, Süße; sie *fickt* gern.»

«Vielleicht nicht mit Ihnen», sagte Jenny Fields.

Welche Beschimpfung der Mann in dem «Fit bleiben»-Hemd Jenny Fields auch zugedacht haben mochte – sie blieb ungesagt. Roberta Muldoon machte einen Hechtsprung nach dem überraschten Mann, um ihre Mannschaft vor Schmach zu bewahren, und traf ihn seitlich hinten an den Kniekehlen. Es war ein böses

Foul, das Roberta bei den Philadelphia Eagles umgehend einen Fünfzehnmeter-Strafstoß eingebracht hätte. Der Mann knallte mit solcher Wucht auf die grauen Bretter des Verandabodens, daß die hängenden Blumentöpfe anfingen zu tanzen. Er versuchte aufzustehen, schaffte es aber nicht. Er schien sich eine Knieverletzung zugezogen zu haben, die beim Footballsport sehr verbreitet ist – übrigens genau der Grund, weshalb solche Fouls mit Fünfzehnmeter-Strafstößen geahndet werden. Der Mann hatte nicht den Mumm, auf dem Rücken liegend irgend jemandem weitere Beschimpfungen entgegenzuschleudern; er lag mit einem friedlichen Mondgesicht da, das vor Schmerz ein bißchen weißer wurde.

«Das war zu *hart*, Roberta», sagte Jenny.

«Ich hole Laurel», sagte Roberta verzagt und ging ins Haus. Im Innern ihres Herzens, das wußten Garp und Jenny, war Roberta femininer als irgend jemand; aber im Innern ihres Körpers war sie ein hochtrainierter Fighter.

Garp hatte eine andere Mitteilung gefunden, und er ließ sie auf die Brust des New Yorkers fallen, genau dahin, wo FIT BLEIBEN! stand. Es war eine Mitteilung, die Garp in mehreren Ausfertigungen besaß.

Hallo, mein Name ist Garp. Ich habe mir den Kiefer gebrochen.

«Mein Name ist Harold», sagte der Mann. «Tut mir leid mit Ihrem Kiefer.»

Garp fand einen Bleistift und schrieb eine neue Mitteilung.

Tut mir leid mit Ihrem Knie, Harold.

Laurel wurde gebracht.

«Oh, Baby», sagte sie. «Du hast mich *gefunden*!»

«Ich glaube nicht, daß ich das verdammte Auto fahren kann», sagte Harold. Draußen auf der Ocean Lane hechelte der Sportwagen des Mannes immer noch wie ein Tier, das Sand fressen möchte.

«*Ich* kann doch fahren, Baby», sagte Laurel. «Du *läßt* mich nur nie.»

«Jetzt lasse ich dich», stöhnte Harold. «Glaub mir.»

«Oh, Baby», sagte Laurel.

Roberta und Garp trugen den Mann zum Auto. «Ich glaube, ich brauche Laurel wirklich», vertraute der Mann ihnen an. «Verdammte Kübelsitze», schimpfte der Mann, als sie ihn behutsam hineinbugsiert hatten. Harold war groß für sein Auto. Es war das erste Mal seit Jahren, wie es Garp schien, daß er einem Automobil so nahe gewesen war. Roberta legte die Hand auf Garps Schulter, aber Garp wandte sich ab.

«Ich nehme an, Harold braucht mich», sagte Laurel zu Jenny Fields und zuckte leicht mit den Schultern.

«Aber *sie*, warum braucht sie *ihn*?» sagte Jenny Fields vor sich hin, als das kleine Auto davonfuhr. Garp war fortgegangen. Roberta strafte sich für ihren kurzen Rückfall aus der Weiblichkeit, indem sie Duncan suchte, um ihn zu bemuttern.

Helen telefonierte gerade mit den Fletchers, Harrison und Alice, die zu Besuch kommen wollten. Das könnte uns helfen, dachte Helen. Sie hatte recht, und es muß Helens Selbstvertrauen gestärkt haben – daß sie wieder mit etwas recht hatte.

Die Fletchers blieben eine Woche. Endlich war ein Kind da, mit dem Duncan spielen konnte, wenn es auch nicht in seinem Alter und obendrein ein Mädchen war; es war zumindest ein Kind, das über sein Auge Bescheid wußte, und Duncan verlor den größten Teil seiner Hemmungen wegen der Augenklappe. Als die Fletchers abfuhren, war er eher gewillt, allein an den Strand zu gehen, auch zu den Tageszeiten, wenn er anderen Kindern begegnen konnte – die ihn fragen oder, natürlich, ärgern konnten.

Harrison war für Helen ein Vertrauter, wie er es schon früher für sie gewesen war; sie konnte Harrison Sachen über Michael Milton erzählen, die einfach zu brutal waren, als daß sie sie Garp hätte erzählen können, die sie aber loswerden mußte. Sie mußte jetzt auch über ihre Befürchtungen, was ihre Ehe betraf, sprechen; und wie sie so ganz anders mit dem Unfall fertig zu werden versuchte als Garp. Harrison schlug noch ein Kind vor. Werde schwanger, riet er. Helen vertraute ihm an, daß sie die Pille nicht mehr nahm, aber sie erzählte Harrison nicht, daß Garp nicht mehr mit ihr geschlafen hatte – seit es passiert war. Sie mußte es Harrison nicht eigens sagen; Harrison bemerkte die getrennten Schlafzimmer.

Alice ermutigte Garp, mit den albernen Mitteilungen aufzuhören. Er könne sprechen, wenn er es versuche, wenn er sich nicht so mit der Aussprache anstelle. Wenn *sie* reden könne, könne er die Worte bestimmt hinausspeien, argumentierte Alice – trotz zusammengeklammerter Zähne, empfindlicher Zunge und allem; er könne es wenigstens versuchen.

«Alisch», sagte Garp.

«Ja», sagte Alice. «Tso heitse ich. Und du?»

«Arp», brachte Garp hervor.

Jenny Fields, die weiß zu einem anderen Zimmer durchging, erschauerte wie ein Geist und eilte weiter.

«Er fehlt mir scho», gestand Garp Alice.

«Er fehlt dir, natürlich tut er dats», sagte Alice und hielt ihn, während er weinte.

Eine ganze Weile nachdem die Fletchers abgefahren waren, kam Helen eines Nachts in Garps Zimmer. Sie war nicht überrascht, ihn wach im Bett zu finden, weil er auf das horchte, was sie ebenfalls gehört hatte. Es war der Grund, weshalb sie nicht schlafen konnte.

Jemand, einer von Jennys Neuzugängen – ein neuer Gast –, badete gerade. Zuerst hatten die Garps gehört, wie die Wanne volllief, dann hatten sie den Plumps ins Wasser gehört – jetzt das Planschen und seifige Geräusche. Es wurde sogar leise gesungen, oder die Person summte.

Sie erinnerten sich natürlich an die Jahre, in denen Walt in ihrer Hörweite gebadet hatte – wie sie jedesmal auf verräterische rutschende Geräusche horchten oder auf das schrecklichste Geräusch überhaupt: kein Geräusch. Und dann pflegten sie zu rufen: «Walt?» Und Walt sagte: «Was?» Und sie sagten: «Okay, wir wollten bloß wissen, ob du noch da bist!» Ob er nicht in die volle Wanne gerutscht und ertrunken war.

Walt lag gern mit den Ohren unter Wasser und horchte auf das

Geräusch, das seine Finger machten, wenn sie die Seiten der Wanne hochkletterten, und oft hörte er nicht, wenn Garp oder Helen ihn rief. Dann war er überrascht, wenn er plötzlich ihre ängstlichen Gesichter über sich sah, wie sie über den Rand der Wanne spähten. «Es ist nichts passiert», sagte er und setzte sich auf.

«Um Himmels willen, *antworte* doch wenigstens, Walt», sagte Garp dann zu ihm. «Wenn wir dich rufen, antworte wenigstens.»

«Ich habe euch nicht gehört», sagte Walt.

«Dann laß den Kopf aus dem Wasser», sagte Helen.

«Aber wie soll ich mir die Haare waschen?» fragte Walt.

«Das ist eine lausige Art und Weise, sich die Haare zu waschen, Walt», sagte Garp. «Ruf mich. *Ich* werde dir die Haare waschen.»

«Okay», sagte Walt. Und wenn sie ihn allein ließen, steckte er wieder den Kopf unter Wasser und horchte so auf die Welt.

Helen und Garp lagen nebeneinander auf Garps schmalem Bett in einem der Gästezimmer in einer der Mansarden in Dog's Head Harbor. Das Haus hatte so viele Badezimmer – sie wußten nicht einmal, auf welches Badezimmer sie horchten, aber sie horchten.

«Ich glaube, es ist eine Frau», sagte Helen.

«Hier?» sagte Garp. «*Natürlich* ist es eine Frau.»

«Zuerst habe ich gedacht, es sei ein Kind», sagte Helen.

«Ich weiß», sagte Garp.

«Das Summen, nehme ich an», sagte Helen. «Weißt du noch, wie er immer mit sich selbst geredet hat?»

«Ich weiß», sagte Garp.

Sie hielten einander im Arm, in dem Bett, das immer ein bißchen klamm war, da es so nahe am Meer war und da es so viele Fenster gab, die den ganzen Tag offenstanden, und da die Fliegengittertüren dauernd aufgingen und zuschlugen.

«Ich möchte noch ein Kind haben», sagte Helen.

«Okay», sagte Garp.

«So bald wie möglich», sagte Helen.

«Sofort», sagte Garp. «Natürlich.»

«Wenn es ein Mädchen wird», sagte Helen, «werden wir es Jenny nennen, nach deiner Mutter.»

«Schön», sagte Garp.

«Wenn es ein Junge wird, weiß ich nicht», sagte Helen.

«Nicht Walt», sagte Garp.

«Okay», sagte Helen.

«*Auf keinen Fall* wieder Walt», sagte Garp. «Obwohl ich weiß, daß manche Leute das tun.»

«Ich würde es nicht wollen», sagte Helen.

«Irgendeinen anderen Namen, wenn es ein Junge wird», sagte Garp.

«Ich hoffe, es wird ein Mädchen», sagte Helen.

«Mir ist es gleich», sagte Garp.

«Natürlich. Mir im Grunde auch», sagte Helen.

«Es tut mir sehr leid», sagte Garp; er umarmte sie.

«Nein, es tut *mir* sehr leid», sagte sie.

«Nein, es tut *mir* sehr leid», sagte Garp.

«*Mir*», sagte Helen.

«*Mir*», sagte Garp.

Sie liebten sich sehr behutsam. Helen stellte sich vor, sie wäre Roberta Muldoon kurz nach der Operation und probierte eine ganz neue Vagina aus. Garp versuchte, sich nichts vorzustellen.

Sobald Garp sich etwas vorzustellen begann, sah er nur den blutigen Volvo. Da waren Duncans Schreie, und draußen konnte er Helen schreien hören; und noch jemanden. Er zwängte sich hinter dem Steuer hervor und kniete auf dem Fahrersitz; er hielt Duncans Gesicht in den Händen, aber das Blut wollte nicht aufhören, und Garp konnte nicht alles sehen, was nicht in Ordnung war.

«Es ist okay», flüsterte er Duncan zu. «Psst, bald ist alles wieder gut.» Aber wegen seiner Zunge kamen keine Worte – nur ein leichtes Sprühen.

Duncan schrie weiter, und Helen auch, und jemand anders stöhnte weiter – so wie ein Hund, der im Schlaf träumt. Aber was hörte Garp, das ihn so ängstigte? Was *sonst* noch?

«Es ist alles in Ordnung, Duncan, glaub mir», flüsterte er unverständlich. «Bald ist alles wieder gut.» Er wischte mit der Hand das Blut von der Kehle des Jungen; an der Kehle des Jungen konnte er keinen Schnitt entdecken. Er wischte das Blut von den Schläfen des Jungen und sah, daß sie nicht eingeschlagen waren. Er trat die Tür auf der Fahrerseite auf, um sich zu vergewissern; die automatische Beleuchtung ging an, und er konnte sehen, daß eins von

Duncans Augen blickte. Das Auge suchte Hilfe, aber Garp konnte sehen, daß das Auge sehen konnte. Er wischte mit der Hand mehr Blut fort, aber er konnte Duncans anderes Auge nicht finden. «Es ist okay», flüsterte er Duncan zu, aber Duncan schrie noch lauter.

Über die Schulter seines Vaters hinweg hatte Duncan seine Mutter an der offenen Tür des Volvos gesehen. Blut strömte aus ihrer aufgeplatzten Nase und ihrer aufgerissenen Zunge, und sie hielt den rechten Arm, als wäre er irgendwo bei der Schulter abgebrochen. Aber es war die *Angst* in ihrem Gesicht, die Duncan ängstigte. Garp drehte sich um und erblickte sie. Etwas anderes ängstigte ihn.

Es war nicht Helens Schreien, es war nicht Duncans Schreien. Und Garp wußte, daß Michael Milton, der grunzte, sich zu Tode grunzen konnte – es war ihm egal. Es war etwas anderes. Ein Geräusch war es nicht. Es war *kein* Geräusch. Es war das Fehlen eines Geräuschs.

«Wo ist Walt?» sagte Helen und versuchte, in den Volvo zu blicken. Sie hörte auf zu schreien.

«Walt!» rief Garp. Er hielt den Atem an. Duncan hörte auf zu weinen.

Sie hörten nichts. Und Garp wußte, daß Walt eine Erkältung hatte, die man ein Zimmer weiter hören konnte – selbst zwei Zimmer weiter konnte man das feuchte Rasseln in der Brust des Jungen hören.

«Walt!» schrien sie.

Beide, Helen und Garp, sollten sich später zuflüstern, daß sie sich in jenem Augenblick Walt mit den Ohren unter Wasser vorstellten, wie er andächtig dem Spiel seiner Finger in der Badewanne lauschte.

«Ich sehe ihn immer noch», flüsterte Helen später.

«Die ganze Zeit», sagte Garp. «Ich weiß.»

«Ich mache nur die Augen zu», sagte Helen.

«Richtig», sagte Garp. «Ich weiß.»

Aber Duncan sagte es am besten. Duncan sagte, manchmal sei es so, als wäre sein fehlendes rechtes Auge nicht ganz fort. «Es ist, als ob ich noch damit sehen kann, manchmal», sagte Duncan.

«Aber es ist wie eine Erinnerung, es ist nicht wirklich – was ich sehe.»

«Vielleicht ist es das Auge geworden, mit dem du deine Träume siehst», sagte Garp zu ihm.

«So ungefähr», sagte Duncan. «Aber es ist so wirklich.»

«Es ist dein *imaginäres* Auge», sagte Garp. «Das kann sehr wirklich sein.»

«Es ist das Auge, mit dem ich Walt noch sehen kann», sagte Duncan. «Verstehst du?»

«Ich weiß», sagte Garp.

Viele Ringerkinder haben robuste Nacken, aber nicht alle Kinder von Ringern haben Nacken, die robust genug sind.

Für Duncan und Helen schien Garp jetzt ein unerschöpfliches Reservoir an Güte zu haben; ein Jahr lang sprach er leise mit ihnen; ein Jahr lang war er nie ungeduldig mit ihnen. *Sie* wurden sicher ungeduldig wegen soviel Feingefühls. Jenny Fields stellte fest, daß die drei ein Jahr lang brauchten, um einander zu kurieren.

Was taten sie, fragte sich Jenny, in jenem Jahr bloß mit den *anderen* Gefühlen, die menschliche Wesen haben? Helen verbarg sie; Helen war sehr stark. Duncan sah sie nur mit seinem fehlenden Auge. Und Garp? Er war stark, aber nicht so stark. Er schrieb einen Roman mit dem Titel *Bensenhaver und wie er die Welt sah*, in den alle seine anderen Gefühle flohen.

Als Garps Verleger, John Wolf, das erste Kapitel von *Bensenhaver und wie er die Welt sah* gelesen hatte, schrieb er an Jenny Fields. «Was zum Teufel geht da draußen vor?» schrieb Wolf Jenny. «Es ist, als hätte Garps Kummer sein Herz pervers gemacht.»

Aber T. S. Garp fühlte sich geleitet von einem Impuls, so alt wie Mark Aurel, der die Weisheit und Eindringlichkeit besessen hatte, zu bemerken: «Im Leben eines Menschen ist seine Zeit nur ein Augenblick . . . seine Wahrnehmung ein schwaches Binsenlicht.»

15

Bensenhaver
und wie er die Welt sah

Hope Standish war mit ihrem Sohn Nicky zu Haus, als Oren Rath in die Küche kam. Sie trocknete das Geschirr ab, und sie sah sofort das lange, schmale Fischermesser mit der glatten Schneide und der Spezialsägekante, das auch Schuppenmesser genannt wird. Nicky war noch nicht ganz drei; er saß beim Essen immer noch auf einem hohen Kinderstuhl, und er aß gerade sein Frühstück, als Oren Rath hinter ihn trat und dem Jungen die Sägezähne des Fischermessers an die Kehle setzte.

«Stell die Teller hin», befahl er Hope. Mrs. Standish tat, wie ihr befohlen wurde. Nicky gurgelte den Fremden an; das Messer war nur ein Kitzeln unter seinem Kinn.

«Was wollen Sie?» fragte Hope. «Ich gebe Ihnen alles, was Sie haben wollen.»

«Es wird Ihnen auch nichts anderes übrigbleiben», sagte Oren Rath. «Wie heißen Sie?»

«Hope.»

«Ich heiße Oren.»

«Das ist ein hübscher Name», sagte Hope zu ihm.

Nicky konnte sich nicht umdrehen auf dem hohen Kinderstuhl, um den Fremden, der ihn an der Kehle kitzelte, anzusehen. Er hatte aufgeweichte Cornflakes an den Fingern, und als er nach Oren Raths Hand griff, trat Rath neben den Kinderstuhl und legte die glatte Schlitzkante des Messers an die fleischige Rundung der Wange des Jungen.

Dort machte er einen blitzschnellen Schnitt, als wollte er den Wangenknochen des Kindes markieren. Dann trat er zurück, um Nickys überraschtes Gesicht zu beobachten, seinen einfachen Schrei; eine fadendünne Blutlinie, wie die Naht einer Tasche, erschien auf der Wange des Jungen. Es war, als hätte das Kind plötzlich eine Kieme entwickelt.

«Ich meine es ernst», sagte Oren Rath. Hope ging auf Nicky zu, aber Rath winkte sie zurück. «Er braucht Sie nicht. Er macht sich nur nichts aus seinen Cornflakes. Er möchte ein Plätzchen haben.» Nicky brüllte.

«Er wird daran ersticken, wenn er weint», sagte Hope.

«Wollen Sie mit mir streiten?» sagte Oren Rath. «Wollen Sie von Ersticken reden? Ich schneide ihm den Schwanz ab und stopfe ihn ihm in die Kehle – wenn Sie von Ersticken reden wollen.»

Hope gab Nicky einen Zwieback, und er hörte auf zu weinen.

«Sehen Sie?» sagte Oren Rath. Er nahm den Kinderstuhl mit Nicky hoch und drückte ihn an seine Brust. «Wir gehen jetzt ins Schlafzimmer», sagte er; er nickte Hope zu. «Sie gehen vor.»

Sie gingen zusammen durch den Flur. Die Familie Standish wohnte damals in einem Ranchhaus; als ein neues Kind geboren wurde, waren sie zu dem Schluß gekommen, Ranchhäuser seien sicherer, falls es einmal brennen sollte. Hope ging ins Schlafzimmer, und Oren Rath stellte den Kinderstuhl mit Nicky genau draußen vor die Schlafzimmertür. Nicky hatte fast aufgehört zu bluten; es war nur ein bißchen Blut auf seiner Wange; Oren Rath wischte es mit der Hand ab, dann wischte er seine Hand an seiner Hose ab. Dann ging er hinter Hope ins Schlafzimmer. Als er die Tür zumachte, fing Nicky an zu weinen.

«Bitte», sagte Hope. «Er könnte wirklich ersticken, und er kann aus dem Kinderstuhl klettern – oder der Stuhl könnte umfallen. Er mag nicht allein sein.»

Oren Rath ging zum Nachttisch und durchtrennte die Telefonschnur mit seinem Fischermesser so mühelos wie ein

Mann, der eine sehr reife Birne halbiert. «Sie wollen doch nicht mit mir streiten», sagte er. Hope setzte sich auf das Bett. Nicky weinte, aber nicht verzweifelt; es klang eher so, als würde er vielleicht aufhören. Hope fing auch an zu weinen.

«Ziehen Sie Ihre Sachen aus», sagte Oren. Er half ihr beim Entkleiden. Er war groß und rotblond, seine Haare waren so dünn und saßen so dicht an seinem Kopf, daß sie aussahen wie hohes, von einer Überschwemmung flachgedrücktes Gras. Er roch wie Silofutter, und Hope erinnerte sich an den türkisgrünen Lieferwagen, den sie in der Einfahrt bemerkt hatte, kurz bevor er in ihrer Küche erschienen war. «Sie haben sogar einen Teppich im Schlafzimmer», sagte er zu ihr. Er war dünn, aber muskulös; seine Hände waren breit und ungeschickt, wie die Pfoten eines Hündchens, das zu einem großen Hund heranwachsen wird. Sein Körper schien fast unbehaart, aber er war so bleich, so hellblond, daß seine Haare kaum auf seiner Haut zu sehen waren.

«Kennen Sie meinen Mann?» fragte Hope ihn.

«Ich weiß, wann er zu Hause ist und wann nicht», sagte Rath. «Moment!» sagte er plötzlich, und Hope hielt den Atem an. «Hören Sie? Das Kind macht sich nichts draus.» Nicky murmelte draußen vor der Schlafzimmertür feucht glucksend mit seinem Zwieback. Hope weinte heftiger. Als Oren Rath sie anfaßte, verlegen und schnell, glaubte sie, sie sei so trocken, daß sie nicht einmal groß genug für seinen scheußlichen Finger werden würde.

«Noch nicht, bitte», sagte sie.

«Streiten Sie nicht mit mir.»

«Nein, ich meine, ich könnte Ihnen helfen», sagte sie. Sie wollte, daß er so schnell wie möglich in sie eindrang und sie wieder verließ; sie dachte an Nicky in dem Kinderstuhl im Flur. «Ich meine, ich könnte es so machen, daß es besser geht», sagte sie, aber es klang nicht überzeugend; sie wußte nicht, wie sie sagen sollte, was sie sagte. Oren Rath grabschte nach einer ihrer Brüste. Da wußte sie, daß er noch nie zuvor eine Brust angefaßt hatte; seine Hand war so kalt, sie zuckte zusammen. In seiner Ungeschicklichkeit stieß er mit der Schädeldecke gegen ihren Mund.

«Keinen Streit», grunzte er.

«Hope!» rief jemand. Sie hörten es beide und erstarrten. Oren Rath starrte auf die durchgeschnittene Telefonschnur.

«Hope?»

Es war Margot, eine Nachbarin und Freundin. Oren Rath setzte die kühle, flache Klinge seines Messers an Hopes Brustwarze.

«Sie wird gleich hier reinkommen», flüsterte Hope. «Es ist eine Freundin von mir.»

«Mein Gott, Nicky», hörten sie Margot sagen, «du verstreust ja dein Essen im ganzen Haus. Zieht deine Mutter sich gerade an?»

«Dann muß ich euch beide ficken und alle umbringen», flüsterte Oren Rath.

Hope nahm seine Taille mit ihren kräftigen Beinen in die Zange und drückte ihn mitsamt seinem Messer und allem an ihre Brust. «Margot!» schrie sie. «Nimm Nicky und lauf! *Bitte*!» schrie sie. «Hier ist ein Wahnsinniger, der uns alle umbringen wird! Nimm Nicky, nimm Nicky!»

Oren Rath lag steif auf ihr, als wäre es das erste Mal, daß man ihn an sich drückte. Er wehrte sich nicht, er benutzte nicht sein Messer. Sie lagen beide starr da und horchten, wie Margot Nicky durch den Flur und zur Küchentür hinaus schleifte. Ein Bein des Kinderstuhls schlug gegen den Kühlschrank und brach ab, aber Margot blieb erst stehen und zog Nicky erst aus dem Stuhl, als sie die Straße hinuntergelaufen war und ihre Tür auftrat.

«Töten Sie mich nicht», flüsterte Hope. «Gehen Sie schnell, dann wird man Sie nicht erwischen. Sie ruft gleich die Polizei an.»

«Ziehen Sie sich an», sagte Oren Rath. «Ich habe Sie noch nicht gehabt, und ich will Sie haben.» Da wo er sie mit seiner ovalen Schädeldecke getroffen hatte, war ihre Lippe an den Zähnen aufgerissen, so daß sie blutete. «Ich meine es ernst», sagte er wieder, aber mit unsicherer Stimme. Er war grobknochig und tolpatschig wie ein junger Stier. Er zwang sie, ihr Kleid anzuziehen, ohne Unterwäsche, und dann stieß er sie barfuß durch den Flur; seine Stiefel trug er unter dem Arm. Erst als sie neben ihm in dem Lieferwagen saß, merkte Hope, daß er eines von den Flanellhemden ihres Mannes angezogen hatte.

«Margot hat sich wahrscheinlich die Nummer dieses Wagens aufgeschrieben», sagte sie zu ihm. Sie drehte den Rückspiegel so, daß sie sich sehen konnte, und tupfte sich ihre aufgerissene Lippe mit dem breiten, weichen Kragen ihres Kleides ab. Oren Rath stieß ihr den Ellbogen ins Ohr, so daß sie mit der anderen Seite des Kopfes gegen die Wagentür schlug.

«Ich brauche den Spiegel zum Sehen», sagte er. «Machen Sie keine Dummheiten, sonst tue ich Ihnen richtig weh.» Er hatte ihren Büstenhalter mitgenommen, und er benutzte ihn jetzt, um ihre Handgelenke an die dicken, rostigen Scharniere der Klappe des offenen, sie angähnenden Handschuhfachs zu fesseln.

Er fuhr, als habe er keine besondere Eile, aus der Stadt hinauszukommen. Er wirkte nicht ungeduldig, als er bei der langen Rotphase an der Universität warten mußte. Er beobachtete die vielen Fußgänger, die die Straße überquerten; er schüttelte den Kopf und machte Ts, Ts, als er sah, wie einige der Studenten angezogen waren. Hope konnte von ihrem Platz aus das Fenster des Arbeitszimmers ihres Mannes sehen, aber sie wußte nicht, ob er in seinem Zimmer war oder gerade einen Kurs hielt.

Er war übrigens in seinem Zimmer – im vierten Stock. Dorsey Standish blickte aus seinem Fenster und sah, wie die Ampel umsprang; der Verkehr konnte wieder fließen, die Horden zu Fuß gehender Studenten wurden an den Übergängen aufgehalten. Dorsey Standish beobachtete gern den Verkehr. In einer Universitätsstadt gibt es viele fremde und auffallende Autos, aber hier kontrastierten diese Autos mit den Fahrzeugen der Einheimischen: Laster von Farmern, Viehtransportwagen mit Lattengittern, merkwürdige Erntemaschinen, über und über mit dem Staub von den Farmen und Landstraßen bedeckt. Standish verstand nichts von Farmen, aber er war fasziniert von den Tieren und den Maschinen – besonders von den gefährlichen, verwirrenden Fahrzeugen. Da fuhr gerade eines vorbei, mit einer Rutsche – wofür? – und einem Gewirr von Tauen, die etwas Schweres zogen oder trugen. Standish stellte sich gern vor, wie alles funktionierte.

Unter ihm bewegte sich jetzt ein scheußlicher türkisgrüner Lieferwagen mit dem Verkehrsstrom weiter; seine Kotflügel waren angerostet, sein Kühlergrill eingedellt und schwarz von zermatschten Fliegen und – so stellte Standish sich vor – den Köpfen steckengebliebener Vögel. Vorn neben dem Fahrer glaubte Dorsey Standish eine hübsche Frau zu sehen – etwas an ihren Haaren und an ihrem Profil erinnerte ihn an Hope, und ihr kurz aufleuchtendes Kleid hatte eine Farbe, die seine Frau gern trug. Aber er war vier Stockwerke hoch; der Lieferwagen war schon vorbei, und das Rückfenster der Fahrerkabine war so verschmutzt, daß er nichts mehr von ihr sehen konnte. Außerdem war es Zeit für seinen Halbneun-Kurs. Und war es nicht unwahrscheinlich, dachte er, daß eine Frau, die in einem so häßlichen Vehikel fuhr, hübsch war?

«Ich wette, Ihr Mann vögelt dauernd mit seinen Studentinnen herum», sagte Oren Rath. Seine große Hand, mit dem Messer, lag auf Hopes Schoß.

«Nein, das glaube ich nicht», sagte Hope.

«Scheiße, Sie wissen *gar* nichts», sagte er. «Ich werde Sie so gut ficken, daß Sie sich wünschen, es hört nie auf.»

«Es ist mir egal, was Sie machen», erklärte Hope ihm. «Jetzt können Sie meinem Kind nicht mehr weh tun.»

«Aber mit Ihnen kann ich etwas machen», sagte Oren Rath. «Sogar eine ganze Menge.»

«Ja. Sie meinen es ernst», sagte Hope ironisch.

Sie gelangten jetzt in das ländliche Gebiet. Rath sagte eine Weile nichts. Dann sagte er: «Ich bin nicht so verrückt, wie Sie glauben.»

«Ich glaube überhaupt nicht, daß Sie verrückt sind», log Hope. «Ich glaube nur, daß sie ein dummer, geiler Junge sind, der noch nie richtig gebumst hat.»

Oren Rath muß in diesem Augenblick gespürt haben, daß sein Überrumpelungsvorteil ihm schnell entglitt. Hope suchte *jeden* Vorteil, den sie finden konnte, aber sie wußte nicht, ob Oren Rath so normal war, daß man ihn demütigen konnte.

Sie bogen von der Landstraße ab und fuhren einen langen unbefestigten Weg zu einem Farmhaus hinauf. Die Fenster waren mit Plastikfolie isoliert und wirkten halb blind; der struppige Rasen war mit Traktorteilen und anderem Schrott übersät. Auf dem Briefkasten stand: R., R., W., E. & O. RATH.

Diese Raths waren nicht mit den berühmten Wurst-Raths verwandt, aber anscheinend waren sie Schweinefarmer. Hope erblickte eine Reihe grauer Nebengebäude mit rostigen Satteldächern. Auf der Rampe vor der braunen Scheune lag eine ausgewachsene Sau keuchend auf der Seite; neben dem Schwein standen zwei Männer, die für Hope wie Mutanten derselben Mutation aussahen, die Oren Rath hervorgebracht hatte.

«Ich brauche den schwarzen Wagen, jetzt gleich», sagte Oren zu ihnen. «Dieser wird gesucht.» Mit einem selbstverständlichen Messerhieb durchschnitt er den Büstenhalter, der Hopes Handgelenke an das Handschuhfach fesselte.

«Scheiße», sagte einer der Männer.

Der andere Mann zuckte mit den Schultern; er hatte einen roten Fleck im Gesicht – eine Art Muttermal, so rot und rubbelig wie eine Himbeere. Seine Familie hatte ihm danach seinen Spitznamen gegeben: Raspberry. Raspberry Rath. Zum Glück wußte Hope das nicht.

Sie hatten Oren oder Hope nicht angesehen. Die keuchende Sau brach die Stille im Hof mit einem prustenden Furz. «Scheiße, jetzt geht's wieder los», sagte der Mann ohne Muttermal; bis auf seine Augen war *sein* Gesicht mehr oder weniger normal. Er hieß Weldon.

Raspberry Rath las das Etikett einer braunen Flasche, die er der Sau wie einen Drink hinhielt: «‹Kann exzessive Gase und Flatulenz hervorrufen›, steht drauf.»

«Wie kann man bloß *so* ein Schwein züchten», sagte Weldon.

«Ich brauche den schwarzen Wagen», sagte Oren.

«Gut, Oren, der Schlüssel steckt», sagte Weldon Rath. «Wenn du meinst, du schaffst es allein . . .»

Oren Rath schubste Hope zu dem schwarzen Lieferwagen. Raspberry hatte die Flasche mit Schweinemedizin in der Hand und starrte Hope an, als sie zu ihm sagte: «Er hat mich entführt. Er will mich vergewaltigen. Die Polizei sucht ihn bereits.»

Raspberry Rath starrte Hope weiter an, aber Weldon wandte sich Oren zu: «Ich hoffe, du machst keinen Blödsinn», sagte er.

«Nein, nein», sagte Oren. Dann wandten die beiden Männer ihre ganze Aufmerksamkeit dem Schwein zu.

«Ich warte jetzt eine Stunde und mache ihr dann noch einen Einlauf», sagte Raspberry. «Der verdammte Tierarzt ist diese Woche schon oft genug dagewesen.» Er kratzte den schmutzstarrenden Nacken der Sau mit seiner Stiefelspitze; die Sau furzte.

Oren führte Hope hinter die Scheune, wo der Mais aus dem Silo quoll. Ein paar Ferkel, kaum größer als junge Katzen, spielten darin. Sie stoben davon, als Oren den schwarzen Lieferwagen anließ. Hope fing an zu weinen.

«Lassen Sie mich dann gehen?» fragte sie Oren.

«Ich habe Sie noch nicht gehabt», sagte er.

Hopes bloße Füße waren kalt und mit schwarzem Frühjahrsschlamm bedeckt. «Meine Füße tun mir weh», sagte sie. «Wohin fahren wir?»

Sie hatte hinten in dem Lieferwagen eine alte, verfilzte Wolldecke voller Häcksel gesehen. *Dahin*, stellte sie sich vor, würde er sie fahren: auf die Maisfelder. Er würde sie auf den aufgeweichten Frühjahrsboden werfen – und wenn es vorbei war und er ihr die Kehle mit dem Fischermesser durchgeschnitten und ihr den Bauch aufgeschlitzt hatte, würde er sie in die Wolldecke wickeln, die steif und klumpig auf dem Boden des Lieferwagens lag, als bedecke sie irgendein totgeborenes Tier.

«Ich muß einen guten Platz finden, wo ich Sie *haben* kann», sagte Oren Rath. «Ich hätte es lieber zu Hause gemacht, aber dann hätte ich Sie teilen müssen.»

Hope Standish versuchte sich die fremdartige Maschinerie Oren Raths vorzustellen. Er *funktionierte* nicht wie die menschlichen Wesen, die sie gewohnt war.

«Was Sie tun, ist nicht richtig», sagte sie.

«Nein, ist es nicht», sagte er. «Isses nicht.»

«Sie wollen mich vergewaltigen», sagte Hope. «Das ist nicht richtig.»

«Ich will Sie einfach *haben*», sagte er. Er hatte sich nicht die Mühe gemacht, sie wieder an das Handschuhfach zu fesseln. Sie konnte nirgendwohin laufen. Sie fuhren nur auf den eine Meile langen Landstraßenabschnitten, fuhren langsam, in kleinen Quadraten, nach Westen, wie ein Springer auf einem Schachbrett vorrückt, ein Feld vorwärts, zwei zur Seite, eines zur Seite, zwei vorwärts. Es kam Hope ziellos vor, aber dann fragte sie sich, ob er die Straßen vielleicht so gut kannte, daß er eine größere Strecke zurücklegen konnte, ohne je durch eine Ortschaft zu fahren. Sie sahen nur die Wegweiser zu Ortschaften, und obwohl sie sich nicht mehr als fünfzig Kilometer von der Universität entfernt haben konnten, erkannte sie keinen der Namen wieder: Coldwater, Hills, Fields, Plainview. Vielleicht sind es *keine* Ortschaften, dachte sie, sondern nur primitive Bezeichnungen für die Einheimischen, die hier lebten, zur Identifizierung der Landschaft – als wüßten sie nicht die einfachen Worte für die Dinge, die sie jeden Tag sahen.

«Sie haben kein Recht, das mit mir zu machen», sagte Hope.

«Scheiße», sagte er. Er trat voll auf die Bremse und schleuderte sie gegen das harte Armaturenbrett des Lieferwagens. Ihre Stirn prallte von der Windschutzscheibe ab, ihr

Handrücken flog gegen ihre Nase. Sie fühlte in ihrer Brust irgend etwas reißen, einen kleinen Muskel oder einen sehr dünnen Knochen. Dann gab er Vollgas und warf sie in den Sitz zurück. «Ich hasse Streit», sagte er.

Ihre Nase blutete; sie saß mit hängendem, in die Hände gestütztem Kopf da, und das Blut tropfte auf ihre Schenkel. Sie schniefte ein wenig; das Blut lief über ihre Oberlippe und überzog ihre Zähne mit einem Film. Sie neigte den Kopf nach hinten, so daß sie es schmecken konnte. Aus irgendeinem Grund beruhigte es sie – es half ihr nachzudenken. Sie wußte, daß auf ihrer Stirn eine schnell blau werdende Beule war, die unter ihrer glatten Haut anschwoll. Als sie sich mit der Hand ans Gesicht fuhr und den Höcker betastete, sah Oren Rath sie an und lachte. Sie spuckte ihn an – mit dünnem, blutdurchzogenem Schleim. Er traf seine Wange und lief zu dem Kragen des Flanellhemds ihres Mannes hinunter. Seine Hand, flach und breit wie eine Stiefelsohle, griff nach ihren Haaren. Sie packte mit beiden Händen seinen Unterarm, sie riß sein Handgelenk an ihren Mund und biß in die weiche Stelle, wo nicht immer Haare wachsen und die blauen Adern das Blut befördern.

Sie wollte ihn auf diese unmögliche Weise töten, aber sie hatte kaum die Zeit, seine Haut aufzubeißen. Sein Arm war so kräftig, daß er sie mit einem Ruck zu sich zerrte und schräg über seine Knie zog. Er stieß ihren Nacken gegen das Steuer – die Hupe dröhnte durch ihren Schädel – und brach ihr mit dem linken Daumenballen das Nasenbein. Dann legte er diese Hand wieder ans Steuer. Er hatte ihren Kopf jetzt in der rechten Hand und drückte ihr Gesicht an seinen Bauch; als er merkte, daß sie sich nicht wehrte, legte er ihren Kopf auf seinen Oberschenkel. Seine Hand ruhte auf ihrem Ohr, als wollte er den Klang der Hupe in ihr festhalten. Sie hielt die Augen gegen die Schmerzen in der Nase geschlossen.

Er bog mehrere Male links ab, dann ein paarmal rechts. Jedes Abbiegen, das wußte sie, bedeutete, daß sie wieder eine Meile zurückgelegt hatten. Seine Hand lag jetzt auf ihrem

Nacken. Sie konnte wieder hören, und sie fühlte, wie seine Finger sich in ihr Haar wühlten. Ihr Gesicht fühlte sich taub an.

«Ich möchte Sie gar nicht töten», sagte er.

«Dann *lassen* Sie es doch», sagte Hope.

«Ich *muß* es aber», erklärte er ihr. «Wenn wir es gemacht haben, *muß* ich es tun.»

Das traf sie wie der Geschmack ihres eigenen Blutes. Sie wußte, daß er nicht mit sich reden ließ. Sie sah, daß sie eine Runde verloren hatte: ihre Vergewaltigung. Er würde es mit ihr machen. Sie mußte berücksichtigen, daß es geschehen würde. Worauf es jetzt ankam, war, daß sie *lebte*; sie wußte, das bedeutete, daß sie ihn überleben mußte. Das bedeutete, daß er erwischt oder getötet werden mußte oder daß sie ihn töten mußte.

An ihrer Wange fühlte sie das Kleingeld in seiner Tasche; seine Bluejeans waren weich und klebrig von Farmdreck und Schmieröl. Seine Gürtelschnalle grub sich in ihre Stirn; ihre Lippen berührten das ölige Leder seines Gürtels. Das Fischermesser, sie wußte es, steckte in einer Scheide. Aber wo war die Scheide? Sie konnte sie nicht sehen; sie wagte nicht mit den Händen danach zu tasten. Plötzlich fühlte sie an ihrem Auge seinen Penis steif werden. Da fühlte sie sich – zum erstenmal – wie gelähmt, so geängstigt, daß sie sich nicht mehr zu helfen wußte, nicht mehr fähig, die Prioritäten zu sortieren. Wieder half ihr Oren Rath.

«Betrachten Sie es einmal so», sagte er. «Ihr Junge ist davongekommen. Ich wollte den Jungen nämlich auch töten, wissen Sie.»

Die Logik seiner besonderen Art des gesunden Menschenverstands schärfte Hopes Sinne; sie hörte die anderen Autos. Es waren nicht viele, aber alle paar Minuten überholte sie ein Auto. Sie wünschte, sie könnte nach draußen sehen, aber sie wußte, daß sie nicht mehr so isoliert waren, wie sie gewesen waren. *Jetzt*, dachte sie, ehe er dorthin gelangt, wohin wir fahren – falls er wirklich weiß, wohin wir fahren. Sie nahm an, daß er es wußte. Jedenfalls ehe er von dieser Straße abbiegt – ehe ich wieder irgendwo bin, wo keine Menschen sind.

Oren Rath rückte auf dem Sitz hin und her. Seine Erektion machte ihm zu schaffen. Hopes warmes Gesicht in seinem Schoß, seine Hand in ihren Haaren, all das drang jetzt zu ihm durch. *Jetzt*, dachte Hope. Sie rutschte mit der Wange an seinen Schenkel, kaum merklich; er hielt sie nicht auf. Sie bewegte das Gesicht in seinem Schoß, als wollte sie sich bequemer hinlegen, auf ein Kissen – auf seinen *Schwanz*, wie sie wußte. Sie bewegte sich, bis die Wölbung unter seiner stinkenden Hose größer wurde, ohne von ihrem Gesicht berührt zu werden. Aber sie konnte sie mit ihrem Atem erreichen; sie stand dicht neben ihrem Mund aus seinem Schoß vor. Sie begann, sie anzuatmen. Es tat zu sehr weh, durch die Nase auszuatmen. Sie formte die Lippen zu einem runden Kußmund, sie konzentrierte ihren Atem, und sie blies ganz leicht.

Oh, Nicky, dachte sie. Und Dorsey, ihr Mann. Sie würde sie wiedersehen, hoffte sie. Oren Rath schenkte sie ihren warmen, behutsamen Atem. Auf ihn konzentrierte sie ihren einzigen, kalten Gedanken: Ich werde dich *kriegen*, du Hurensohn.

Es war offenkundig, daß zu Oren Raths sexuellen Erfahrungen keine solchen Subtilitäten zählten wie Hopes gezielter Atem. Er versuchte, ihren Kopf in seinem Schoß so zu bewegen, daß er wieder Kontakt mit ihrem heißen Gesicht hatte, aber gleichzeitig wollte er ihren schmeichelnden Atem nicht behindern. Was sie tat, regte in ihm das Verlangen nach *mehr* Kontakt, aber es war eine quälende Vorstellung, den erregenden Kontakt, den er jetzt hatte, einzubüßen. Er wand sich. Hope beeilte sich nicht. Es war seine Bewegung, die die Wölbung seiner übelriechenden Jeans schließlich an ihre Lippen brachte. Sie schloß die Lippen, bewegte aber nicht den Mund. Oren Rath fühlte einen heißen Wind durch das grobe Gewebe seiner Kleidung strömen; er stöhnte. Ein Auto näherte sich, überholte ihn; er riß das Steuer herum.

Er merkte, daß er drauf und dran war, über den Mittelstreifen der Fahrbahn zu kommen.

«Was machen Sie da?» fragte er Hope. Sie legte die Zähne ganz leicht an seine gewölbte Hose. Er hob das Knie, trat auf die Bremse, stieß gegen ihren Kopf, tat ihrer Nase weh. Er zwängte seine Hand zwischen ihr Gesicht und seinen Schoß. Sie dachte, er würde ihr wirklich weh tun, aber er mühte sich mit seinem Reißverschluß ab. «Ich habe das schon mal im Kino gesehen», erklärte er ihr.

«Lassen Sie», sagte sie. Sie mußte sich ein klein wenig aufsetzen, um seinen Schlitz zu öffnen. Sie wollte kurz sehen, wo sie waren; sie waren natürlich noch draußen auf dem Land, aber da waren gemalte Linien auf der Straße. Sie nahm ihn aus der Hose und in den Mund, ohne ihn anzusehen.

«Scheiße», sagte er. Sie dachte, sie würde würgen; sie fürchtete, ihr würde übel werden. Dann brachte sie ihn hinten an die Wange, wo sie sich, wie sie glaubte, eine Menge Zeit lassen konnte. Er saß so steif, aber zitternd da, daß sie selbst seine imaginären Erfahrungen schon weit übertroffen haben mußte. Das beruhigte Hope; es gab ihr Zuversicht und ein Gefühl für die Zeit. Sie machte sehr langsam weiter und horchte auf andere Autos. Sie merkte, daß er langsamer geworden war. Beim ersten Anzeichen, daß er von dieser Straße abbog, würde sie ihre Pläne ändern müssen. Ob ich das verdammte Ding abbeißen könnte? fragte sie sich. Aber sie dachte, daß sie es wahrscheinlich nicht konnte – jedenfalls nicht schnell genug.

Dann fuhren zwei Lastwagen an ihnen vorbei, dicht hintereinander; in der Ferne meinte sie die Hupe eines anderen Autos zu hören. Sie begann schneller zu arbeiten – er hob den Schoß an. Sie glaubte, daß er die Geschwindigkeit des Wagens beschleunigt hatte. Ein Auto überholte sie – furchtbar dicht, dachte sie – mit plärrender Hupe. «Scheißkerl!» schrie Oren Rath hinter ihm her; er fing an, auf seinem Sitz auf und ab zu rucken und tat Hopes Nase weh. Sie mußte jetzt aufpassen, daß sie ihm nicht weh tat; sie hatte den

Wunsch, ihm sehr weh zu tun. Mach einfach, daß er den Kopf verliert, spornte sie sich an.

Plötzlich ertönte das Geräusch von Schotter, der gegen die Unterseite des Lieferwagens prasselte. Sie schloß fest den Mund um ihn. Aber sie hatten weder einen Zusammenstoß noch bogen sie von der Straße ab; er fuhr unvermittelt an den Straßenrand und bremste. Der Wagen kam zum Stehen. Er nahm ihr Gesicht zwischen seine Hände; seine Schenkel spannten sich und schlugen gegen ihr Kinn. Ich werde daran ersticken, dachte sie, aber er hob ihr Gesicht hoch, zog es von seinem Schoß. «Nein! Nein!» schrie er. Ein Laster fuhr, winzige Steine schleudernd, an ihnen vorbei und unterbrach seine Worte. «Ich hab das *Ding* nicht übergezogen», sagte er. «Wenn Sie irgendwelche Bazillen haben, dringen sie in mich ein.»

Hope hockte mit heißen, wunden Lippen und pochender Nase auf den Knien. Er wollte sich ein Präservativ überstreifen, doch als er es aus der kleinen Folienhülle gerissen hatte, starrte er darauf, als wäre es alles andere als das, was er erwartet hatte – als hätte er gedacht, sie seien knallgrün! Als wüßte er nicht, wie er es überstreifen sollte. «Ziehen Sie Ihr Kleid aus», sagte er; es war ihm peinlich, daß sie ihn musterte. Sie konnte die Maisfelder zu beiden Seiten der Straße sehen und, nur wenige Meter von ihnen entfernt, die Rückseite einer Reklametafel. Aber es waren keine Häuser, keine Wegweiser, keine Kreuzungen da. Es kamen keine Autos und Lastwagen. Sie glaubte, ihr Herz würde einfach stehenbleiben.

Oren Rath riß sich das Hemd ihres Mannes vom Leib; er warf es aus dem Fenster; Hope sah es auf die Straße segeln. Er nahm seine Stiefel vom Bremspedal und stieß sich die schmalen blonden Knie am Steuer. «Rutschen Sie mal!» sagte er. Sie drängte sich an die Tür auf der Beifahrerseite. Sie wußte, daß sie – falls sie überhaupt zur Tür hinauskam – nicht schneller laufen konnte als er. Sie hatten keine Schuhe an – und seine Füße schienen so harte Sohlen zu haben wie Hundepfoten.

Er hatte Schwierigkeiten mit seiner Hose; er hielt das aufgerollte Präservativ zwischen den Zähnen. Dann war er nackt – er hatte seine Hose irgendwohin geschleudert –, und er schob sich das Präservativ über, als wäre sein Penis nicht empfindlicher als der ledrige Schwanz einer Schildkröte. Sie versuchte ihr Kleid aufzuknöpfen, und wieder kamen ihr die Tränen, obwohl sie sich dagegen wehrte, als er plötzlich das Kleid packte und es ihr über den Kopf zerrte; es blieb an ihren Armen hängen. Er riß ihre Ellbogen nach hinten.

Er war zu groß, um der Länge nach in die Fahrerkabine zu passen. Eine Tür mußte aufgemacht werden. Sie streckte die Hand aus nach dem Griff über ihrem Kopf, aber er biß sie in den Hals. «Nein!» brüllte er. Er warf die Füße herum – sie sah, daß sein Schienbein blutete; er hatte es sich am Hupenring aufgeschrammt –, und seine harten Fersen schlugen auf den Türgriff auf der Fahrerseite. Mit beiden Füßen stieß er die Tür auf. Sie sah über seine Schulter hinweg den grauen Schmierbelag der Straße – seine langen Knöchel standen bis über die Fahrbahn vor –, aber es kamen jetzt keine Autos mehr. Ihr Kopf tat weh; sie wurde gegen die Tür gezwängt. Sie mußte sich auf dem Sitz zurückschieben, weiter unter ihn, und bei dieser Bewegung brüllte er irgend etwas Unverständliches. Sie fühlte seinen mit Gummi überzogenen Schwanz über ihren Bauch gleiten. Dann verkrampfte sich sein ganzer Körper, und er biß sie heftig in die Schulter. Er war gekommen!

«Scheiße!» rief er. «Ich bin schon fertig!»

«Nein», sagte sie und drückte ihn fest an sich. «Nein, Sie können noch mal.» Sie wußte, wenn er dachte, daß er mit ihr fertig sei, würde er sie töten.

«Noch viel mehr», sagte sie ihm in sein nach Staub riechendes Ohr. Sie mußte ihre Finger anfeuchten, um sich anzufeuchten. Mein Gott, ich werde ihn nie in mich reinkriegen, dachte sie, aber als sie ihn mit der Hand fand, merkte sie, daß es ein Präservativ von der befeuchteten Art war.

«Oh», sagte er. Und er lag regungslos auf ihr; er schien

überrascht, wohin sie ihn getan hatte, als wüßte er nicht richtig, was wo war. «Oh», sagte er noch einmal.

Oh, und was nun? fragte sich Hope. Sie hielt den Atem an. Ein Auto, ein roter Blitz, zischte an der offenen Tür vorbei – ein gellendes Hupen und ein paar halb erstickte, verächtliche Rufe verhallten in der Ferne. Klar, dachte sie, wir sehen aus wie zwei vom Land, die es am Straßenrand treiben; das passiert wahrscheinlich dauernd. Niemand wird anhalten, dachte sie, höchstens die Polizei. Sie stellte sich einen mehlgesichtigen Streifenpolizisten vor, wie er über Raths schlingernder Schulter erschien und einen Strafzettel ausschrieb. «Nicht auf der Straße, Kumpel», würde er sagen. Und wenn sie ihm entgegenschrie: «Vergewaltigung! Er *vergewaltigt* mich», würde der Streifenpolizist Oren Rath zuzwinkern.

Der verwirrte Rath schien ziemlich vorsichtig nach etwas in ihr zu tasten. Wenn er eben gekommen ist, fragte sich Hope, wieviel Zeit habe ich dann, bis er wieder kommt? Aber er kam ihr mehr wie ein Ziegenbock als wie ein menschliches Wesen vor, und das babyhafte Gurgeln in seiner Kehle, die heiß an ihrem Ohr lag, war so ungefähr das letzte Geräusch, das sie zu hören gedacht hätte.

Sie musterte alles, was sie sehen konnte. Die Schlüssel, die am Zündschloß baumelten, waren zu weit entfernt, um danach zu greifen – und was hätte sie mit einem Schlüsselbund anfangen sollen? Ihr Rücken tat weh, und sie stemmte die Hand gegen das Armaturenbrett und versuchte, sein Gewicht auf ihr zu verlagern; das erregte ihn so sehr, daß er sie angrunzte. «Nicht bewegen», sagte er; sie versuchte zu tun, was er sagte. «Oh», sagte er zustimmend. «Das ist sehr gut. Ich werde Sie schnell töten. Sie werden es nicht mal merken. Sie machen dasselbe wie jetzt, und ich gebe Ihnen den Rest.»

Ihre Hand streifte einen glatten und runden Metallknopf; ihre Finger faßten ihn an, und sie brauchte nicht einmal das Gesicht von ihm abzuwenden und ihn zu betrachten, um zu wissen, was es war. Er öffnete das Handschuhfach, und sie drückte auf ihn. Die Klappe mit dem Federmechanismus lag plötzlich schwer in ihrer Hand. Sie sagte ein langes und lautes «Aaahhh!», um das Geräusch der im Handschuhfach klappernden Dinge zu übertönen. Ihre Hand berührte Stoff, ihre Finger fühlten groben Sand. Sie fand eine Rolle Draht, etwas Spitzes, aber zu Kleines – Sachen wie Schrauben und Nägel, ein Bolzen, vielleicht ein Scharnier für etwas anderes. Nichts, was sie gebrauchen konnte. Das Herumtasten tat ihrem Arm weh; sie ließ die Hand auf den Boden des Fahrerhauses wandern. Als ein anderer Lieferwagen sie überholte – lautes Pfeifen und schrille Töne des Signalhorns, und nicht einmal ein Anzeichen, daß der Fahrer langsamer wurde, um besser sehen zu können –, fing sie an zu weinen.

«Ich *muß* Sie töten», ächzte Rath.

«Haben Sie das schon mal gemacht?» fragte sie ihn.

«Sicher», sagte er, und er stieß in sie hinein – roh, als könnten seine brutalen Stöße sie beeindrucken.

«Und haben Sie die anderen auch getötet?» fragte Hope. Ihre Hand, die jetzt kein Ziel mehr hatte, spielte mit etwas – irgend etwas aus Stoff –, das auf dem Boden lag.

«Es waren Tiere», gab Rath zu. «Aber ich mußte sie auch töten.» Hope wurde übel, ihre Finger umklammerten den Stoff auf dem Boden – eine alte Jacke oder etwas Ähnliches.

«Schweine?» fragte sie ihn.

«Schweine!» rief er. «Scheiße, kein Mensch fickt Schweine», erklärte er ihr. Hope dachte, irgend jemand mache es bestimmt. «Es waren Schafe», sagte Rath. «Und ein Kalb.» Aber das war hoffnungslos, sie wußte es. Sie fühlte, wie er in ihr zusammenschrumpfte; sie lenkte ihn ab. Sie erstickte ein Schluchzen, das sich anfühlte, als würde es ihren Kopf sprengen, falls es ihr je entwich.

«*Versuchen* Sie bitte, nett zu mir zu sein», sagte Hope.

«Nicht reden», sagte er. «Bewegen Sie sich wie eben.»

Sie bewegte sich, aber offenbar nicht richtig. «Nein!» schrie er. Seine Finger gruben sich in ihren Rücken. Sie versuchte, sich anders zu bewegen. «Ja», sagte er. Er bewegte sich jetzt entschlossen und zielstrebig – mechanisch und stumpfsinnig.

O Gott, dachte Hope. O Nicky. Und Dorsey. Dann
merkte sie, was sie in der Hand hatte: seine Hose. Und ihre
Finger, plötzlich so sensibel wie die eines Braillelesers, loka-
lisierten den Reißverschluß und bewegten sich weiter; ihre
Finger fuhren über das Kleingeld in der Tasche, sie glitten
um den weiten Gürtel herum.

«Ja, ja, ja», sagte Oren Rath.

Schafe, dachte sie, und ein Kalb. «Oh, bitte *konzentrier*
dich!» rief sie sich laut selbst zu.

«Nicht reden!» sagte Oren Rath.

Aber jetzt hatte sie sie in der Hand: die lange, harte, leder-
ne Scheide. Das ist der kleine Haken, teilten ihre Finger ihr
mit, und das ist die kleine Öse aus Metall. Und das – oh, ja!
– ist der obere Teil, der beinerne Griff des Fischermessers,
mit dem er ihren Sohn geschnitten hatte.

Nickys Schnitt war nicht schlimm. Alle versuchten übrigens, sich vorzustellen, wie er ihn bekommen hatte. Nicky
redete noch nicht. Er genoß es, den schmalen, halbmondför-
migen Schlitz, der sich schon wieder geschlossen hatte, im
Spiegel zu betrachten.

«Es muß etwas sehr Scharfes gewesen sein», sagte der
Arzt zu den Polizisten. Margot, die Nachbarin, hatte gedacht, daß sie besser auch einen Arzt rief: sie hatte am Lätzchen des Kindes Blut gefunden. Die Polizisten hatten weiteres Blut im Schlafzimmer gefunden: einen einzigen Tropfen
auf der cremefarbenen Tagesdecke. Sie konnten sich keinen
Reim darauf machen; sie fanden keinen anderen Hinweis auf
Gewalt, und Margot hatte Mrs. Standish das Haus verlassen
sehen. Sie war offenbar unverletzt gewesen. Das Blut war
von Hopes aufgeplatzter Lippe – wo Oren Rath sie gestoßen
hatte –, aber das konnte niemand von ihnen wissen. Margot
dachte, daß womöglich Sex im Spiel gewesen war, aber sie
sagte es nicht. Dorsey Standish war zu entsetzt, um zu denken. Die Polizisten meinten, für Sex habe die Zeit nicht gereicht. Der Arzt wußte, daß Nickys Schnitt nicht von einem
Schlag kam, wahrscheinlich auch nicht von einem Sturz.

«Eine Rasierklinge?» mutmaßte er. «Oder ein sehr scharfes Messer?»

Der Polizeiinspektor, ein rundlicher und rosiger Mann, ein Jahr vor seiner Pensionierung, fand die durchgeschnittene Telefonschnur im Schlafzimmer. «Ein Messer», sagte er. «Ein scharfes Messer, mit einem gewissen Gewicht.» Er hieß Arden Bensenhaver, und er war früher einmal Polizeichef von Toledo gewesen, aber man hatte seine Methoden als unorthodox empfunden.

Er zeigte auf Nickys Wange. «Ein leichter, kurzer Schnitt», sagte er. Er demonstrierte die entsprechende Bewegung des Handgelenks. «Aber hier in der Gegend gibt es nicht viele Schnappmesser», erklärte Bensenhaver ihnen. «Es ist eine Wunde wie von einem Schnappmesser, aber es war wahrscheinlich ein Jagd- oder Fischermesser.»

Margot hatte Oren Rath als einen jungen Farmer in einem Farmerlieferwagen beschrieben, nur daß die Farbe des Lieferwagens den unnatürlichen Einfluß der Stadt und der Universität auf die Farmer offenbarte: türkisgrün. Dorsey Standish assoziierte dies nicht einmal mit dem türkisgrünen Wagen, den er gesehen hatte, oder mit der Frau in der Fahrerkabine, die ihn irgendwie an Hope erinnert hatte. Er verstand immer noch nichts.

«Haben sie eine Mitteilung hinterlassen?» fragte er. Arden Bensenhaver starrte ihn an. Der Arzt blickte zu Boden. «Wegen eines *Lösegelds,* verstehen Sie?» sagte Standish. Er war ein Mann des Wortes und suchte nach einem verbalen Halt. Irgend jemand, dachte er, hatte «entführt» gesagt; war eine Entführung nicht mit Lösegeld verbunden?

«Es ist keine Mitteilung da, Mr. Standish», erklärte Bensenhaver ihm. «Nach so etwas sieht es nicht aus.»

«Als ich Nicky vor der Tür fand, waren sie im Schlafzimmer», sagte Margot. «Aber sie war unverletzt, als sie ging, Dorsey. Ich habe sie gesehen.»

Sie hatten Standish nichts von Hopes Slip gesagt, der auf dem Fußboden des Schlafzimmers gelegen hatte; sie hatten den dazugehörenden Büstenhalter nicht finden können.

Margot hatte Arden Bensenhaver berichtet, daß Mrs. Standish eine Frau war, die gewöhnlich einen Büstenhalter trug. Sie war mit bloßen Füßen gegangen; das wußten sie auch. Und Margot hatte Dorseys Hemd an dem Farmerburschen erkannt. Sie hatte das Zulassungsschild nur teilweise entziffert; danach war es ein für gewerbliche Zwecke zugelassener Wagen; die ersten beiden Ziffern wiesen darauf hin, daß der Besitzer in der Gegend wohnhaft war, aber Margot hatte nicht alle Ziffern mitbekommen. Das hintere Schild war mit Schmutz bespritzt gewesen, das vordere Schild hatte gefehlt.

«Wir werden sie finden», sagte Arden Bensenhaver. «Hier in der Gegend gibt es nicht viele türkisgrüne Lieferwagen. Die Jungen vom County-Sheriff kennen ihn sicher.»

«Nicky, was ist passiert?» fragte Dorsey Standish den Jungen. Er nahm ihn auf den Schoß. «Was ist mit Mami passiert?» Das Kind zeigte aus dem Fenster. «Er wollte sie also *vergewaltigen*?» fragte Dorsey Standish sie alle.

Margot sagte: «Dorsey, wir warten am besten, bis wir es wissen.»

«Warten?» sagte Standish.

«Sie müssen entschuldigen, wenn ich Sie frage», sagte Arden Bensenhaver, «aber Ihre Frau hatte doch kein Verhältnis? Sie verstehen schon.»

Standish beantwortete die Frage mit Schweigen, aber es hatte den Anschein, als erwöge er es ernsthaft. «Nein», sagte Margot zu Bensenhaver. «Ganz bestimmt nicht.»

«Ich muß Mr. Standish fragen», sagte Bensenhaver.

«Gott!» sagte Margot.

«Nein, ich glaube, nicht», sagte Standish zu dem Inspektor.

«Natürlich nicht, Dorsey», sagte Margot. «Komm, wir machen einen kleinen Spaziergang mit Nicky», sagte sie zu ihm. Sie war eine tatkräftige, praktische Frau, und Hope mochte sie sehr. Sie ging fünfmal am Tag aus dem Haus; sie war immer gerade dabei, irgend etwas zu beenden. Zweimal im Jahr meldete sie ihr Telefon ab und meldete es wieder an; es war so, wie für manche Leute der Versuch ist, das Rauchen aufzugeben. Margot hatte selbst Kinder, aber sie waren schon älter – sie waren den ganzen Tag in der Schule –, und sie paßte oft auf Nicky auf, damit Hope allein etwas unternehmen konnte. Dorsey Standish betrachtete Margot als etwas Selbstverständliches; er wußte zwar, daß sie ein freundlicher und großherziger Mensch war, aber das waren keine Eigenschaften, die seine Aufmerksamkeit sonderlich fesselten. Margot, das wurde ihm jetzt bewußt, war auch nicht sonderlich attraktiv. Sie war *sexuell* nicht attraktiv, dachte er, und ein Gefühl der Bitterkeit stieg in Standish auf. Er dachte, daß niemand je versuchen würde, Margot zu vergewaltigen – während Hope eine schöne Frau war, das sah jeder. Jeder würde sie begehren.

Dorsey Standish irrte sich gründlich; er wußte nicht, daß bei Vergewaltigungen das Opfer kaum je eine Rolle spielt. Irgendwann haben Menschen schon nahezu allen erdenklichen Wesen Sex aufzuzwingen versucht. Ganz kleinen Kindern, sehr alten Menschen, sogar toten Menschen; auch Tieren.

Inspektor Arden Bensenhaver, der eine Menge über Vergewaltigungen wußte, verkündete, daß er mit seiner Arbeit fortfahren mußte.

Bensenhaver fühlte sich wohler, wenn viel freier Raum um ihn herum war. Seine erste Anstellung war die Nachtschicht in einem Streifenwagen gewesen, der auf der alten Route 2 zwischen Sandusky und Toledo kreuzte. Im Sommer war es eine Straße mit vielen Kneipen und kleinen, selbstgemalten Schildern, die alles versprachen: BOWLING! POOL-BILLARD! RÄUCHERFISCH! und LEBENDE KÖDER! Und Arden Bensenhaver pflegte langsam über Sandusky Bay und am Erie-See entlang noch Toledo zu fahren und wartete darauf, daß ihm die betrunkenen Wagenladungen von Teenagern und Fischern auf der unbeleuchteten, zweispurigen Straße entgegenkamen und Mutprobe spielten. Später, als er Polizeichef von Toledo war, wurde Bensenhaver tagsüber diese harmlose Strecke entlanggefahren. Die Köderläden und Bierkneipen und Schnellrestaurants sahen bei Tageslicht so exponiert aus. Es war, als schaute man zu, wie sich ein einst gefürchtetes Großmaul zum Kampf entkleidete; man sah den dicken Hals, die feiste Brust, die Arme ohne Handgelenke – und dann, wenn das letzte Hemd ausgezogen war, sah man den jämmerlichen, hilflosen Wanst.

Arden Bensenhaver haßte die Nacht. Bensenhavers großes Anliegen bei der Stadtverwaltung von Toledo war eine bessere Straßenbeleuchtung samstags nachts. Toledo war eine Arbeiterstadt, und Bensenhaver war der Meinung, wenn die Stadt es sich leisten könnte, sich samstags nachts hell zu beleuchten, würde die Hälfte der Messerstechereien und Schlägereien – der allgemeinen physischen Gewalt – aufhören. Aber in Toledo hatte man den Vorschlag nicht sehr helle gefunden. In Toledo fand man Arden Bensenhavers Vorschläge so schwach, wie man seine Methoden zweifelhaft fand.

Jetzt lockerte sich Bensenhaver in der Weite dieser Landschaft. Er hatte eine Perspektive der gefährlichen Welt, wie er sie sich immer gewünscht hatte: er kreiste in einem Hubschrauber über dem flachen, freien Land – hoch oben, der distanzierte Beobachter, der sein überschaubares, gutbeleuchtetes Königreich beobachtet. Der County-Deputy sagte zu ihm: «In der ganzen Gegend hier gibt es nur einen Wagen, der *türkisgrün* ist. Er gehört den verdammten Raths.»

«Raths?» fragte Bensenhaver.

«Es ist eine ganze Sippe», sagte der Deputy. «Ich hasse es, dort rauszufahren.»

«Warum?» fragte Bensenhaver; er beobachtete, wie der Schatten des Hubschraubers unter ihm einen Bach überquerte, eine Straße überquerte, an einem Maisfeld und einem Sojabohnenfeld entlangglitt.

«Sie sind alle komisch», sagte der Deputy. Bensenhaver sah ihn an – ein junger Mann, pausbäckig und mit Schweinsäuglein, aber nett; seine langen Haare hingen in einem Schopf unter seinem engen Hut hervor und reichten ihm fast bis auf die Schultern. Bensenhaver dachte an all die Footballspieler, denen die Haare unter ihren Helmen hervorquollen.

Sie könnten sie *flechten*, wenigstens manche von ihnen, dachte er. Jetzt sahen sogar Männer des Gesetzes so aus. Er war froh, daß er bald in Pension gehen würde; er konnte nicht begreifen, weshalb so viele Leute so aussehen *wollten*, wie sie aussahen.

«‹Komisch›?» fragte Bensenhaver. Sogar ihre Sprache war die gleiche, dachte er. Sie benutzen nur vier oder fünf Worte für fast alles.

«Ich bekam gerade letzte Woche eine Anzeige wegen des jüngsten», sagte der Deputy. Bensenhaver registrierte den selbstverständlichen Gebrauch des Wortes «Ich» – «Ich bekam eine Anzeige» –, wo er doch wußte, daß die Anzeige in Wirklichkeit an den Sheriff oder seine Dienststelle ergangen war und daß der Sheriff sie wahrscheinlich für harmlos genug gehalten hatte, um diesen jungen Deputy darauf anzusetzen. Aber warum haben sie mir für *diese* Sache einen so jungen mitgegeben? fragte sich Bensenhaver.

«Der jüngste Bruder heißt Oren», sagte der Deputy. «Sie heißen auch alle so komisch.»

«Was für eine Anzeige war es?» fragte Bensenhaver; sein Blick folgte einem langen unbefestigten Weg zu einer wahllos wirkenden Ansammlung von Scheunen und Nebengebäuden, von denen jedoch eines das eigentliche Farmhaus sein mußte, in dem die Leute wohnten. Aber Arden Bensenhaver konnte nicht sagen, welches es sein mochte. Ihm kamen alle Gebäude irgendwie ungeeignet für Tiere vor.

«Tja», sagte der Deputy, «dieser Oren hat mit dem Hund von irgendwelchen Leuten rumgemacht.»

«Rumgemacht?» fragte Bensenhaver geduldig. Das konnte alles bedeuten.

«Ja», sagte der Deputy. «Die Leute, denen der Hund gehört, dachten, daß Oren versucht hat, ihn zu ficken.»

«Und hat er das?» fragte Bensenhaver.

«Wahrscheinlich», sagte der Deputy, «aber ich konnte nichts feststellen. Als ich hinkam, war Oren nicht da – und der Hund sah ganz normal aus. Ich meine, wie sollte ich sagen, ob er den Hund gefickt hatte?»

«Sie hätten ihn *fragen* sollen!» sagte der Hubschrauberpilot – ein Junge, wie Bensenhaver bemerkte, noch jünger als der Deputy. Selbst der Deputy musterte ihn mit Verachtung.

«Einer von diesen Halbidioten, die die Nationalgarde uns gibt», flüsterte er Bensenhaver zu, aber Bensenhaver hatte den türkisgrünen Lieferwagen entdeckt. Er stand draußen im Freien, neben einem niedrigen Schuppen. Man hatte nicht versucht, ihn zu verstecken.

In einem langen Gehege wogte eine Flut von Schweinen hin und her, weil der über ihnen schwebende Hubschrauber sie verrückt machte. Zwei hagere Männer in Overalls beugten sich über ein Schwein, das am Fuß einer Rampe vor einer Scheune alle viere von sich streckte. Sie blickten zu dem Hubschrauber herauf und hielten sich wegen des stechenden Staubes schützend die Hand vors Gesicht.

«Nicht so nahe. Landen Sie auf dem Rasen», sagte Bensenhaver zu dem Piloten. «Sie erschrecken die Tiere.»

«Ich sehe Oren nicht, und den Alten auch nicht», sagte der Deputy. «Es sind mehr als nur diese beiden.»

«Sie fragen diese beiden, wo Oren ist», sagte Bensenhaver. «Ich möchte mir den Lieferwagen ansehen.»

Die Männer kannten den Deputy offensichtlich; sie beachteten ihn kaum, als er sich ihnen näherte. Aber sie beachteten Bensenhaver, wie er in seinem langweiligen graubraunen Anzug mit Krawatte über den Hof auf den türkisgrünen Lieferwagen zuging. Arden Bensenhaver sah nicht zu ihnen hin, aber er konnte sie trotzdem sehen. Das sind *Idioten*, dachte er. Bensenhaver hatte in Toledo alle möglichen üblen Männer gesehen – gemeine, jähzornige Männer, gefährliche Männer, feige und tollkühne Diebe, Männer, die für Geld mordeten, und Männer, die für Sex mordeten. Aber Bensenhaver hatte noch nie eine so arglose Verderbtheit gesehen, wie er sie in den Gesichtern von Weldon und Raspberry Rath zu sehen meinte. Es machte ihn frösteln. Er tat gut daran, dachte er, Mrs. Standish so schnell wie möglich zu finden.

Er wußte nicht, was er suchte, als er die Tür des türkisgrünen Lieferwagens aufmachte, aber Arden Bensenhaver wußte, wie man etwas Unbekanntes sucht. Er sah es sofort – es war leicht: den zerschnittenen Büstenhalter, von dem noch ein Stück am Scharnier der Klappe des Handschuhfachs hing; die beiden anderen Stücke lagen auf dem Boden. Blut war nicht da; der Büstenhalter war von einem hellen, natürlichen Beige; sehr schick, dachte Arden Bensenhaver. Er selbst hatte keinen Stil, aber er hatte alle möglichen Toten gesehen, und er konnte etwas von dem Stil eines Menschen an der Kleidung ablesen. Er nahm die Stücke des seidigen Büstenhalters in die eine Hand; dann schob er beide Hände in die weiten, ausgebeulten Taschen seiner Anzugjacke und ging über den Hof zu dem Deputy, der mit den Brüdern Rath sprach.

«Sie haben den Burschen den ganzen Tag nicht gesehen», sagte der Deputy zu Bensenhaver. «Sie sagen, Oren bleibt manchmal über Nacht fort.»

«Fragen Sie sie, wer den Wagen da zuletzt gefahren hat», sagte Bensenhaver zu dem Deputy; er wollte die Raths nicht ansehen; er behandelte sie, als könnten sie ihn möglicherweise nicht verstehen.

«Das habe ich sie schon gefragt», sagte der Deputy. «Sie sagen, sie wissen es nicht mehr.»

«Fragen Sie sie, wann zuletzt eine hübsche junge Frau in dem Wagen gefahren ist», sagte Bensenhaver, aber der Deputy hatte keine Zeit mehr dazu; Weldon Rath lachte. Bensenhaver war dankbar, daß der andere, der mit dem roten Fleck im Gesicht, still geblieben war.

«Scheiße», sagte Weldon. «Hier gibt's keine ‹hübsche junge Frau›, in die Karre hat noch nie eine hübsche junge Frau ihren Arsch gesetzt.»

«Sagen Sie ihm», erklärte Bensenhaver dem Deputy, «daß er ein Lügner ist.»

«Du bist ein Lügner, Weldon», sagte der Deputy.

Raspberry Rath sagte zu dem Deputy: «Scheiße, wer ist das überhaupt? Kommt einfach daher und sagt uns, was wir tun sollen!»

Arden Bensenhaver holte die drei Stücke des Büstenhalters aus der Tasche. Er sah auf die Sau, die neben den Männern lag; sie hatte ein erschrecktes Auge, das sie alle gleichzeitig anzublicken schien, und es war schwer zu erkennen, wohin ihr anderes Auge blickte.

«Ist das ein männliches Schwein oder ein weibliches Schwein?» fragte Bensenhaver.

Die Raths lachten. «Es ist eine Sau, das sieht doch jeder», sagte Raspberry.

«Schneidet ihr den männlichen Schweinen auch mal die Eier ab?» fragte Bensenhaver. «Macht ihr das selbst oder laßt ihr es andere für euch machen?»

«Wir kastrieren sie selbst», sagte Weldon. Er sah selbst ein bißchen aus wie ein Eber, mit struppigen Haarbüscheln, die ihm aus den Ohren in die Höhe sprossen. «Wir verstehen uns aufs Kastrieren. Es geht ruckzuck.»

«Sehr gut», sagte Bensenhaver und hielt ihnen und dem Deputy den Büstenhalter hin. «Sehr gut, genau das sieht das neue Gesetz vor – im Falle solcher Sexualverbrechen.» Weder der Deputy noch die Raths sagten etwas. «*Jedes* Sexualverbrechen», sagte Bensenhaver, «kann von jetzt an mit Kastrieren bestraft werden. Wenn ihr jemanden gegen seinen Willen fickt», sagte Bensenhaver, «oder wenn ihr Beihilfe leistet, daß jemand gegen seinen Willen gefickt wird – indem ihr uns nicht helft, es zu verhindern –, dann können wir euch kastrieren.»

Weldon Rath sah seinen Bruder Raspberry an, der ein bißchen perplex aussah. Aber Weldon sah Bensenhaver scheel an und sagte: «Machen Sie es selbst, oder lassen Sie es andere für Sie machen?» Er stieß seinen Bruder an. Raspberry versuchte zu grinsen und verzog dabei sein Muttermal, das wie verschütteter Wein aussah.

Aber Bensenhaver verzog keine Miene und drehte den Büstenhalter immer wieder in seinen Händen. «Natürlich machen *wir* es nicht», sagte er. «Es gibt jetzt ganz neue Instrumente dafür. Die Nationalgarde macht es. Deshalb haben wir den Hubschrauber von der Nationalgarde. Wir fliegen euch einfach zum Krankenhaus der Nationalgarde und fliegen euch einfach wieder zurück. Es geht ruckzuck», sagte er. «Aber das wißt ihr ja.»

«Wir sind eine große Familie», sagte Raspberry Rath. «Wir sind viele Brüder. Wir können einen Tag später nicht mehr wissen, wer in welchem Wagen rumgefahren ist.»

«Sie haben *noch* einen Wagen?» fragte Bensenhaver den Deputy. «Sie haben mir nicht gesagt, daß sie noch einen Wagen haben.»

«Ja, einen schwarzen, ich hab's ganz vergessen», sagte der Deputy. «Sie haben auch einen schwarzen.» Die Raths nickten.

«Wo ist er?» fragte Bensenhaver. Er war beherrscht, aber angespannt.

Die Brüder sahen einander an. Weldon sagte: «Ich habe ihn seit einiger Zeit nicht mehr gesehen.»

«Kann sein, daß Oren ihn hat», sagte Raspberry.

«Kann sein, unser Vater ist damit unterwegs», sagte Weldon.

«Wir haben keine Zeit für diesen Scheiß», erklärte Bensenhaver dem Deputy scharf. «Wir stellen jetzt fest, was sie wiegen – dann sehen wir, ob der Pilot sie mitnehmen kann.» Der Deputy, dachte Bensenhaver, ist fast genauso ein Idiot wie die Brüder. «Los!» sagte Bensenhaver zu dem Deputy. Dann wandte er sich voller Ungeduld an Weldon Rath. «Vorname?» fragte er.

«Weldon», sagte Weldon.

«Gewicht?» fragte Bensenhaver.

«Gewicht?» sagte Weldon.

«Was Sie wiegen?» fragte Bensenhaver ihn. «Wenn wir euch in den Hubschrauber verfrachten, müssen wir wissen, was ihr wiegt.»

«Gut achtzig», sagte Weldon.

«Und Sie?» fragte Bensenhaver den jüngeren.

«Gut fünfundachtzig», sagte er. «Mein Name ist Raspberry.» Bensenhaver schloß die Augen.

«Macht rund hundertfünfundsechzig», sagte Bensenhaver

zu dem Deputy. «Fragen Sie den Piloten, ob wir das schaffen.»

«Sie bringen uns doch nicht jetzt irgendwohin, oder?» fragte Weldon.

«Wir bringen euch nur zum Krankenhaus der National-garde», sagte Bensenhaver. «Wenn wir dann die Frau finden und ihr nichts fehlt, bringen wir euch wieder nach Haus.»

«Aber wenn ihr etwas fehlt, bekommen wir einen Anwalt, oder?» fragte Raspberry Bensenhaver. «Einen von diesen Leuten bei Gericht, oder?»

«Wenn *wem* was fehlt?» fragte Bensenhaver ihn.

«Na, dieser Frau, hinter der Sie her sind», sagte Raspberry.

«Na, wenn ihr was fehlt», sagte Bensenhaver, «dann haben wir euch ja schon im Krankenhaus und können euch gleich kastrieren und noch heute zurückschicken. Ihr beide kennt euch damit ja besser aus als ich», gab er zu. «Ich habe nie zugeschaut, wie es gemacht wird, aber es dauert nicht sehr lange, nicht wahr? Und es blutet nicht sehr, nicht wahr?»

«Aber es gibt Gerichte, und einen Anwalt!» sagte Raspberry.

«Natürlich gibt es die», sagte Weldon. «Halt den Mund.»

«Nein, damit geben die Gerichte sich nicht mehr ab – nicht seit dem neuen Gesetz», sagte Bensenhaver. «Sexual-verbrechen sind etwas Besonderes, und mit den neuen In-strumenten ist es so leicht, jemanden zu kastrieren, daß es das Vernünftigste ist.»

«Ja!» brüllte der Deputy vom Hubschrauber her. «Mit dem Gewicht – das geht in Ordnung. Wir können sie mit-nehmen.»

«Scheiße!» sagte Raspberry.

«Halt den Mund», sagte Weldon.

«Mir schneiden sie nicht die Eier ab», brüllte Raspberry ihn an. «Ich habe sie nicht mal gehabt!» Weldon boxte Rasp-berry so heftig in den Magen, daß der jüngere Mann zur Sei-te kippte und auf dem hingestreckten Schwein landete. Es quiekte, seine kurzen Beine zuckten krampfhaft, und es *entleerte* sich plötzlich – und schrecklich –, aber sonst rührte es sich nicht. Raspberry lag keuchend neben dem stinkenden Kot der Sau, und Arden Bensenhaver versuchte, Weldon Rath das Knie in die Eier zu rammen. Weldon war jedoch zu schnell; er erwischte Bensenhavers Bein am Knie und warf den alten Herrn hintenüber, auf Raspberry und das arme Schwein.

«Verdammte Scheiße», sagte Bensenhaver.

Der Deputy zog seine Pistole und feuerte einen Schuß in die Luft. Weldon ging in die Knie und hielt sich die Ohren zu. «Alles in Ordnung, Inspektor?» fragte der Deputy.

«Ja, natürlich», sagte Bensenhaver. Er saß neben dem Schwein und Raspberry. Er wurde sich ohne den leisesten Anflug von Scham bewußt, daß für ihn zwischen beiden kaum ein Unterschied bestand. «Raspberry», sagte er (schon bei dem Namen mußte Bensenhaver die Augen schließen), «wenn Sie Ihre Eier behalten wollen, sagen Sie uns, wo die Frau ist.» Das Muttermal des Kerls blitzte Bensenhaver an wie ein Neonschild.

«Du sagst nichts, Raspberry», sagte Weldon.

Und Bensenhaver erklärte dem Deputy: «Wenn er wieder das Maul aufmacht, *schießen* Sie ihm die Eier ab, auf der Stelle. Das spart uns den Weg.» Dann hoffte er bei Gott, daß der Deputy nicht so dumm war und tatsächlich schießen würde.

«Oren hat sie», sagte Raspberry zu Bensenhaver. «Er hat den schwarzen Wagen genommen.»

«Wohin hat er sie gebracht?» fragte Bensenhaver.

«Keine Ahnung», sagte Raspberry. «Er ist einfach mit ihr losgefahren.»

«Fehlte ihr etwas, als sie hier abfuhren?» fragte Bensenhaver.

«Nein, ich schätze, sie war in Ordnung», sagte Raspberry. «Ich meine, ich glaube, Oren hatte ihr noch nichts getan. Ich glaube, er hatte sie noch nicht mal *gehabt*.»

«Warum nicht?»

«Na, wenn er sie schon gehabt hätte», sagte Raspberry, «warum wollte er sie dann behalten?» Bensenhaver schloß wieder die Augen. Er stand auf.

«Stellen Sie fest, wann das war», sagte er zu dem Deputy. «Und dann machen Sie was mit dem türkisgrünen Wagen, daß sie nicht damit fahren können. Und dann kommen Sie schleunigst wieder zum Hubschrauber.»

«Soll ich sie denn hierlassen?» fragte der Deputy.

«Sicher», sagte Bensenhaver. «Wir haben noch mehr als genug Zeit, ihnen die Eier abzuschneiden.»

Arden Bensenhaver ließ den Piloten die Nachricht durchgeben, daß der Entführer Oren Rath hieß und daß er einen schwarzen, keinen türkisgrünen, Lieferwagen fuhr. Diese Nachricht paßte auf interessante Weise zu einer anderen: ein Streifenpolizist hatte eine Meldung bekommen, nach der ein Mann, der allein in einem schwarzen Lieferwagen saß, gemeingefährlich gefahren und immer wieder von der richtigen Fahrbahn abgekommen sei. Er habe so ausgesehen, «als wäre er betrunken oder high oder so». Der Streifenpolizist war der Sache nicht nachgegangen, weil er dachte, er solle mehr auf einen *türkisgrünen* Lieferwagen achten. Arden Bensenhaver konnte natürlich nicht wissen, daß der Mann in dem schwarzen Lieferwagen in Wirklichkeit nicht allein gewesen war – daß Hope Standish in Wirklichkeit mit dem Kopf auf seinem Schoß gelegen hatte. Die Nachricht bewirkte nur, daß Bensenhaver erneut fröstelte. Wenn Rath allein war, hatte er bereits etwas mit der Frau gemacht. Bensenhaver schrie dem Deputy zu, er solle sofort zum Hubschrauber zurückkommen – daß sie einen schwarzen Lieferwagen suchten, der zuletzt auf der Umgehungsstraße gesehen worden war, die das Landstraßennetz bei der Ortschaft Sweet Wells schneidet.

«Kennen Sie die?» fragte Bensenhaver.

«O ja», sagte der Deputy.

Sie waren wieder in der Luft, und die Schweine unter ihnen waren erneut in Panik geraten. Das arme vollgepumpte Schwein, auf das zwei Männer gefallen waren, lag so regungslos da wie bei ihrer Ankunft. Aber die Brüder Rath prügelten sich – allem Anschein nach ziemlich heftig –, und je höher und weiter sich der Hubschrauber von ihnen entfernte, um so mehr kehrte die Welt in die Ebene des gesunden Menschenverstandes zurück, mit der Arden Bensenhaver einverstanden war. Bis die winzigen prügelnden Gestalten unten im Osten nur noch Miniaturen für ihn waren und er ihr Blut und ihre Angst so weit hinter sich gelassen hatte, daß Bensenhaver, als der Deputy sagte, er glaube, Raspberry könne seinen Bruder Weldon auspeitschen, wenn ihm nur nicht immer gleich das Herz in die Hose rutsche, sein trokkenes Toledo-Lachen lachte.

«Sie sind *Tiere*», sagte er zu dem Deputy, der bei aller jugendlichen Grausamkeit und allem Zynismus etwas entsetzt schien. «Und wenn sie sich gegenseitig umbrächten!» sagte Bensenhaver. «Stellen Sie sich nur mal das viele Essen vor, das sie sonst bis zu ihrem Tod gegessen hätten und das nun andere menschliche Wesen essen könnten.» Der Deputy begriff, daß Bensenhavers Lüge über das neue Gesetz – über die Sofortkastration bei Sexualverbrechen – mehr als eine hergeholte Geschichte war: für Bensenhaver war es, obwohl er wußte, daß es natürlich *nicht* Gesetz war, eindeutig das ideale Gesetz. Es war eine von Arden Bensenhavers Toledo-Methoden.

«Die arme Frau», sagte Bensenhaver; seine Hände hielten die Stücke ihres Büstenhalters umklammert. «Wie alt ist dieser *Oren*?» fragte er den Deputy.

«Sechzehn, vielleicht siebzehn», sagte der Deputy. «Ein Kind.» Der Deputy war schon mindestens vierundzwanzig.

«Wenn er alt genug ist, um einen Ständer zu bekommen», sagte Arden Bensenhaver, «ist er auch alt genug, daß man ihn abschneiden kann.»

Aber *was* soll ich schneiden? Oh, *wo* kann ich ihn schneiden? fragte sich Hope – das lange, schmale Fischermesser lag jetzt gut in ihrer Hand. Ihr Puls pochte in ihrem Handteller, aber Hope kam es so vor, als hätte das Messer selbst ein

Herz, das klopfte. Sie hob die Hand sehr langsam an die
Hüfte, über den Rand der wippenden Sitzbank, wo sie die
Klinge sehen konnte. Soll ich die Sägekante nehmen oder
die, die so scharf aussieht? dachte sie. Wie tötet man einen
Menschen mit so einem Messer? Neben dem schwitzenden
Hintern von Oren Rath war das Messer in ihrer Hand ein
kühles, fernes Wunder. Soll ich ihn schneiden oder stechen?
Sie wünschte, sie wüßte es. Seine beiden heißen Hände waren unter ihren Gesäßbacken, hoben sie ruckartig hoch. Sein
Kinn grub sich wie ein schwerer Stein in die Höhlung hinter
ihrem Schlüsselbein. Dann fühlte sie, wie er eine Hand unter
ihr fortzog, und seine Finger, die nach dem Boden griffen,
streiften ihre Hand, die das Messer hielt.

«Bewegen!» grunzte er. «Bewegen Sie sich jetzt.» Sie versuchte, den Rücken hochzuwölben, aber sie konnte es nicht.
Sie fühlte, wie er seinen besonderen Rhythmus suchte, sich
bemühte, den endgültigen Takt zu finden, der ihn kommen
lassen würde. Seine Hand – die etwas höher geglitten war –
spreizte sich unter ihrem Kreuz; seine andere Hand krallte
nach dem Boden.

Da wußte sie: er suchte das Messer, und wenn seine Finger die leere Scheide fanden, würde es zu spät sein.

«Aaahhh!» rief er.

Schnell! dachte sie. Zwischen die Rippen? In die Seite –
und das Messer nach oben ziehen – oder so heftig sie konnte
senkrecht nach unten stoßen, zwischen die Schulterblätter,
und ganz durch die Lungen, bis sie die Spitze an ihrer eigenen zermalmten Brust fühlte? Sie schwenkte den Arm über
seinem gekrümmten Rücken durch die Luft. Sie sah die ölige
Klinge blitzen – und *seine* Hand, die plötzlich in die Höhe
fuhr, schleuderte die leere Hose nach hinten ans Steuer.

Er versuchte, sich aus ihr herauszustemmen, aber seine
untere Hälfte konnte sich nicht von dem lange gesuchten
Rhythmus lösen; seine Hüften zuckten in kleinen Spasmen,
die er offenbar nicht steuern konnte, während seine Brust
sich hob, von ihrer Brust entfernte, und seine Hände ihre
Schultern mit aller Gewalt nach unten preßten. Seine Dau-

men rutschten auf ihre Kehle zu. «Mein Messer?» fragte er. Sein Kopf sauste vor und zurück; er schaute hinter sich, er schaute über sich. Seine Daumen drückten ihr Kinn hoch; sie versuchte, ihren Adamsapfel zu verstecken.

Dann schlitzte sie seinen weißen Arsch auf. Er konnte nicht aufhören, ihn auf und ab zu bewegen, obwohl sein Gehirn wissen mußte, daß es plötzlich eine andere Priorität gab. «Mein Messer?» sagte er. Und sie langte über seine Schulter, und sie schnitt (schneller, als sie sehen konnte, was passierte) mit der glatten Seite der Klinge tief in seine Kehle. Eine Sekunde lang sah sie keine Wunde. Sie wußte nur, daß er sie würgte. Dann löste sich eine seiner Hände von ihrer Kehle und suchte seine eigene. Er verdeckte die Fontäne, die sie zu sehen erwartete. Aber schließlich sah sie das dunkle Blut zwischen seinen geschlossenen Fingern hervorschießen. Er nahm die Hand fort – er suchte *ihre* Hand, diejenige, die das Messer hielt –, und aus seiner aufgeschlitzten Kehle ergoß sich ein blasiger Schwall auf sie. Sie hörte ein Geräusch, wie wenn jemand den letzten Rest eines Getränks mit einem verstopften Strohhalm aufsaugen will. Sie konnte wieder atmen. Wo sind seine Hände? fragte sie sich. Sie schienen gleichzeitig neben ihr auf dem Sitz zu sein und wie verschreckte Vögel hin und her zu huschen.

Sie stieß die lange Klinge in ihn hinein, dicht über seiner Taille, und dachte, dort sei vielleicht eine Niere, weil die Klinge so leicht hineinfuhr und so leicht wieder herausfuhr. Oren Rath legte die Wange wie ein Kind an ihre Wange. Er hätte jetzt natürlich geschrien, aber ihr erster Schnitt hatte seine Luftröhre und seine Stimmbänder durchtrennt.

Nun setzte Hope das Messer höher an, traf jedoch auf eine Rippe oder etwas Hartes; sie mußte sondieren und zog das Messer unbefriedigt schon nach wenigen Zentimetern wieder heraus. Er zappelte jetzt auf ihr, als wollte er von ihr fortkommen. Sein Körper sandte Notsignale an sich selbst, aber die Signale kamen nicht ganz durch. Er hob sich gegen die Rücklehne der Sitzbank, aber sein Kopf wollte nicht oben bleiben, und sein Penis, der sich immer noch bewegte, verband ihn immer noch mit Hope. Sie nutzte diese Gelegenheit, um das Messer wieder einzuführen. Es glitt seitlich in seinen Bauch und rutschte immer weiter, bis es ein paar Zentimeter vor seinem Nabel einem größeren Hindernis begegnete – und sein Körper klatschte wieder auf sie hinunter und blockierte ihr Handgelenk. Aber das war nicht schwierig: sie drehte die Hand, und das glitschige Messer kam frei. Es mußte irgendwie mit seinen entspannten Innereien zusammenhängen. Hope schwamm in seiner Nässe und seinem Geruch. Sie ließ das Messer auf den Boden fallen.

Oren Rath leerte sich – literweise. Er fühlte sich sogar plötzlich leichter auf ihr an. Ihre Körper waren so glitschig, daß sie mühelos unter ihm hervorrutschte. Sie drehte ihn dabei auf den Rücken und hockte sich dann neben ihn auf den Boden des Wagens, der aus lauter kleinen Pfützen bestand. Hopes Haare waren blutgetränkt – seine Kehle war über ihr ausgelaufen. Als sie blinzelte, blieben ihre Wimpern an ihren Wangen haften. Eine seiner Hände zuckte, und sie schlug darauf. «Aufhören», sagte sie. Sein Knie hob sich, sackte wieder nach unten. «Aufhören, hör jetzt auf», sagte Hope. Sie meinte sein Herz, sein Leben.

Sie wollte nicht sein Gesicht betrachten. Inmitten des dunklen Schleims, der seinen Körper überzog, umhüllte das weiße, durchscheinende Kondom seinen Schwanz wie eine gefrorene Flüssigkeit, die den menschlichen Substanzen Blut und Kot merkwürdig fremd war. Hope mußte an einen Zoobesuch denken, an einen Fladen Kamelspucke auf ihrem tiefroten Pullover.

Seine Eier zogen sich zusammen. Das machte sie wütend. «Aufhören», zischte sie. Die Eier waren klein und rund und fest; dann erschlaffte der Hodensack. «Hör *bitte* auf», flüsterte sie. «Stirb bitte.» Ein winziger Seufzer ertönte, als habe jemand so leicht ausgeatmet, daß es sich nicht lohne, wieder einzuatmen. Aber Hope kauerte noch eine Weile neben ihm und fühlte ihr Herz dröhnen und verwechselte ihren Puls mit seinem. Er war ziemlich schnell gestorben, aber das wurde ihr erst später klar.

Seine sauberen weißen Füße, seine blutleeren Zehen zeigten aus der offenen Tür nach oben in die Sonne. Drinnen, in der glutheißen Fahrerkabine, gerann das Blut. Alles verklumpte. Hope Standish fühlte, wie die winzigen Haare an ihren Armen steif wurden und ziepten, als ihre Haut trocknete. Alles, was glitschig war, wurde klebrig.

Ich sollte mich anziehen, dachte Hope. Aber irgend etwas schien mit dem Wetter nicht zu stimmen.

Durch die Fenster des Wagens sah Hope das Sonnenlicht flackern, wie eine Lampe, die durch die Flügel eines schnellen Ventilators scheint. Und der Schotter am Straßenrand wurde in kleinen Wirbeln hochgesogen, und trockene Hülsen und Stoppeln vom vorjährigen Mais wurden über den flachen, nackten Boden gefegt, als wehte ein starker Wind – aber nicht aus den üblichen Richtungen: *dieser* Wind schien senkrecht nach unten zu wehen. Und der Krach! Es war wie im Sog eines dahindonnernden Lastwagens, aber auf der Straße kamen immer noch keine Autos.

Ein Tornado! dachte Hope. Sie haßte den Mittleren Westen mit seinem sonderbaren Wetter; sie war aus dem Osten und konnte einen Hurrikan verstehen. Aber Tornados! Sie hatte noch nie einen erlebt, aber die Wetterberichte waren immer voll von «Tornadowarnungen». Worauf soll man achten? hatte sie sich gefragt. Darauf, vermutete sie und meinte all das Gewirbel um sie her. Diese fliegenden Erdklumpen. Die Sonne wurde braun.

Sie war so wütend, sie schlug auf Oren Raths kühlen, klebrigen Oberschenkel. Nachdem sie *das* überstanden hatte, kam jetzt auch noch ein verdammter Tornado! Der Krach war wie von einem Zug, der über den sturmgepeitschten Wagen hinwegdonnerte. Hope malte sich den Sturmrüssel aus, der nach ihr griff und schon andere Lieferwagen und Autos hochgesogen hatte. Ihre Motoren, das konnte sie hören, liefen noch. Sand flog durch die offene Tür und blieb an ihrem klebrigen Körper hängen; sie tastete nach ihrem Kleid – entdeckte die leeren Armlöcher, wo die Ärmel gewesen waren; es mußte reichen.

Aber sie mußte aussteigen, um es anzuziehen. Neben Rath und seinem jetzt mit Böschungssand gesprenkelten geronnenen Blut hatte sie nicht genug Bewegungsfreiheit. Und draußen, daran zweifelte sie nicht, würde ihr das Kleid aus den Händen gerissen werden, und sie würde nackt in den Himmel gesogen werden. «Es tut mir nicht leid», flüsterte sie. «Es tut mir *nicht* leid!» schrie sie und schlug wieder auf Raths Körper.

Dann ließ eine Stimme, eine furchtbare Stimme – laut wie der lauteste Lautsprecher – sie zusammenfahren. «KOMMEN SIE SOFORT RAUS, WENN SIE DORT DRIN SIND! NEHMEN SIE DIE HÄNDE ÜBER DEN KOPF. KOMMEN SIE RAUS! KLETTERN SIE AUF DIE LADEFLÄCHE UND LEGEN SIE SICH FLACH HIN!»

Ich bin tatsächlich tot, dachte Hope. Ich *bin* schon im Himmel, und es ist die Stimme Gottes. Sie war nicht gläubig, und es kam ihr ganz passend vor: Wenn es einen Gott gab, *würde* Gott eine erschreckende Lautsprecherstimme haben.

«KOMMEN SIE SOFORT RAUS», sagte Gott. «SOFORT.»

Oh, warum eigentlich nicht? dachte sie. Du Scheißkerl. Was kannst du mir noch anhaben? Vergewaltigung war eine Gewalttat, die selbst Gott nicht begreifen konnte.

In dem Hubschrauber, der über dem schwarzen Lieferwagen vibrierte, brüllte Arden Bensenhaver ins Megaphon. Er war überzeugt, daß Mrs. Standish tot war. Er konnte an den Füßen, die aus der offenen Tür hervorstanden, nicht erkennen, ob sie einem Mann oder einer Frau gehörten, aber die Füße hatten sich beim Sinkflug des Hubschraubers nicht bewegt, und sie wirkten im Sonnenlicht so nackt und jeder Farbe entleert, daß Bensenhaver sicher war, es seien *tote* Füße. Daß Oren Rath tot sein könnte, kam dem Deputy oder Bensenhaver gar nicht in den Sinn.

Aber sie sahen keinen Grund, warum Rath den Wagen stehengelassen haben sollte, nachdem er seine schmutzigen Taten vollbracht hatte, und deshalb hatte Bensenhaver dem Piloten gesagt, er solle den Hubschrauber unmittelbar über dem Lieferwagen in der Luft halten. «Wenn er noch mit ihr drin ist», sagte Bensenhaver zu dem Deputy, «können wir dem Schuft vielleicht einen Schrecken einjagen.»

Als Hope Standish die steifen Füße streifte und sich seitwärts an den Wagen drückte, bemüht, ihre Augen vor dem fliegenden Sand zu schützen, merkte Arden Bensenhaver, wie sein Finger am Megaphonhebel schlaff wurde. Hope versuchte, ihr Gesicht in das flatternde Kleid zu hüllen, aber es schlug um sie herum wie ein zerrissenes Segel; sie tastete sich an dem Wagen entlang zur Ladeklappe und duckte sich vor den stechenden Schottersteinchen, die an den Stellen ihres Körpers, wo das Blut noch nicht ganz getrocknet war, haftenblieben.

«Es ist die Frau», sagte der Deputy.

«Höher!» befahl Bensenhaver dem Piloten.

«Jesus, was ist ihr passiert?» fragte der Deputy erschrocken. Bensenhaver drückte ihm unsanft das Megaphon in die Hand.

«*Weg* hier», sagte er zu dem Piloten. «Setzen Sie das Ding auf der anderen Seite der Straße ins Gras.»

Hope fühlte, wie der Wind die Richtung änderte, und der Lärm im Rüssel des Tornados schien über sie hinwegzustreichen. Sie kniete sich am Straßenrand hin. Ihr wildgewordenes Kleid beruhigte sich in ihren Händen. Sie hielt es sich an den Mund, weil der Staub sie erstickte.

Ein Auto näherte sich, aber Hope merkte es nicht. Der Fahrer fuhr auf der richtigen Spur – der schwarze Lieferwagen stand rechts von ihm an der Straße, der Hubschrauber landete links von ihm an der Straße. Die blutige, betende Frau, nackt und mit Schotter bedeckt, beachtete ihn nicht, als er an ihr vorbeifuhr. Der Fahrer meinte einen Engel nach der Rückkehr aus der Hölle zu sehen. Die Reaktion des Autofahrers kam *so* verspätet, daß er alles, was er vorher gesehen hatte, schon hundert Meter hinter sich hatte, ehe er überraschend versuchte, auf der Straße zu wenden. Ohne Gas wegzunehmen. Seine Vorderräder gerieten auf die weiche Böschung und ließen ihn über den Straßengraben in die weiche Frühlingserde eines gepflügten Bohnenfeldes schlittern, wo sein Auto bis zur Stoßstange einsank, so daß er die Tür nicht mehr öffnen konnte. Er kurbelte sein Fenster herunter und spähte über den Schlamm hinweg zur Straße – wie ein Mann, der friedlich auf einem Anleger gesessen hatte, als sich der Anleger vom Ufer löste, so daß nun er ins Meer hinaustrieb.

«Hilfe!» rief er. Der Anblick der Frau hatte ihn so entsetzt, daß er fürchtete, es könnten noch mehr wie sie in der Nähe sein, oder der, der sie so zugerichtet hatte, könnte sich ein neues Opfer suchen.

«Jesus Christus», sagte Arden Bensenhaver zu dem Piloten, «Sie werden nachsehen müssen, ob bei dem Idioten etwas nicht stimmt. Warum läßt man auch jeden ans Steuer?» Bensenhaver und der Deputy sprangen aus dem Hubschrauber in den gleichen Matschboden, der den Fahrer erwischt hatte. «Verdammte Scheiße», sagte Bensenhaver.

«Mutter», sagte der Deputy.

Auf der anderen Straßenseite blickte Hope Standish zum erstenmal zu ihnen auf. Zwei fluchende Männer kamen aus einem morastigen Feld auf sie zugestapft. Die Rotorblätter des Hubschraubers wurden langsamer. Sie sah auch einen Mann, der dümmlich aus dem Fenster seines Wagens glotzte, aber das schien weit weg zu sein. Hope stieg in ihr Kleid. Ein Armloch, wo ein Ärmel gewesen war, war aufgerissen, und Hope mußte sich mit dem Ellbogen eine Stoffecke an die Seite drücken oder ihre Brust entblößt lassen. Erst jetzt bemerkte sie, wie wund ihre Schultern und ihr Hals waren.

Arden Bensenhaver stand plötzlich außer Atem und bis zu den Knien mit Schlamm bedeckt vor ihr. Der Schlamm bewirkte, daß seine Hose an seinen Beinen klebte, so daß er für Hope wie ein alter Mann in Knickerbockern aussah. «Mrs. Standish?» fragte er. Sie drehte ihm den Rücken zu, um ihr Gesicht zu verbergen, und nickte. «So viel Blut», sagte er hilflos. «Es tut mir leid, daß wir so lange gebraucht haben. Sind Sie verletzt?»

Sie drehte sich um und starrte ihn an. Er sah die Schwellung um beide Augen und ihre gebrochene Nase – und die blaue Beule auf der Stirn. «Das meiste Blut ist von *ihm*», sagte sie. «Aber ich bin vergewaltigt worden. Von ihm», erklärte sie Bensenhaver.

Bensenhaver holte sein Taschentuch heraus; er schien drauf und dran, ihr das Gesicht abzutupfen, wie man einem Kind den Mund abwischen würde, aber dann verzweifelte er an der Größe der Aufgabe, sie zu säubern, und steckte das Taschentuch wieder ein. «Es tut mir leid», sagte er. «Es tut mir so leid. Wir sind so schnell gekommen, wie wir konnten. Wir haben Ihren Jungen gesehen, und es geht ihm gut», sagte Bensenhaver.

«Ich mußte ihn in meinen Mund nehmen», sagte Hope zu ihm. Bensenhaver schloß die Augen. «Und dann hat er mich gefickt und gefickt», sagte sie. «Danach wollte er mich töten – er sagte mir, er würde es tun. Ich *mußte* ihn töten. Und es tut mir nicht leid.»

«*Natürlich* nicht», sagte Bensenhaver. «Und es braucht Ihnen auch nicht leid zu tun, Mrs. Standish. Ich bin sicher, daß Sie das einzig Richtige getan haben.» Sie nickte mit dem Kopf in seine Richtung, dann starrte sie auf ihre Füße hinunter. Sie streckte eine Hand nach Bensenhavers Schulter aus, und er ließ sie sich an ihn lehnen, obwohl sie ein wenig größer war als er und sich klein machen mußte, um den Kopf an ihn legen zu können.

Dann nahm Bensenhaver den Deputy wahr; er war zu der Fahrerkabine gegangen, um nach Oren Rath zu sehen, und hatte sich über den vorderen Kotflügel erbrochen, im Blickfeld des Piloten, der den entsetzten Fahrer des steckengebliebenen Autos über die Straße führte. Der Deputy, dessen Gesicht die blutleere Farbe von Oren Raths sonnenbeschienenen Füßen hatte, flehte Bensenhaver an, er solle kommen und es sich ansehen. Aber Bensenhaver wollte, daß Mrs. Standish sich so sehr wie möglich bestärkt und beruhigt fühlte.

«Sie haben ihn also getötet, nachdem er sie vergewaltigt hatte, als er sich entspannte und nicht aufpaßte?» fragte er sie.

«Nein, *mittendrin*», flüsterte sie an seinem Hals. Der schreckliche Geruch, der von ihr ausging, gab Bensenhaver fast den Rest, aber er ließ sein Gesicht ganz nahe an ihr, wo er sie hören konnte.

«Sie meinen, während er Sie vergewaltigte, Mrs. Standish?»

«Ja», flüsterte sie. «Er war noch in mir, als ich sein Messer fand. Es war in seiner Hose, auf dem Boden, und er wollte es benutzen, gegen mich, wenn er fertig war, also *mußte* ich es tun», sagte sie.

«Natürlich mußten Sie das», sagte Bensenhaver. «Es spielt keine Rolle.» Er meinte, daß sie ihn auf jeden Fall hätte töten sollen – selbst wenn er nicht vorgehabt hätte, sie zu töten. Für Arden Bensenhaver war kein Verbrechen so schwerwiegend wie Vergewaltigung – nicht einmal Mord, außer vielleicht der Mord an einem Kind. Aber davon verstand er nicht soviel; er hatte keine eigenen Kinder.

Er war sieben Monate verheiratet gewesen, als seine schwangere Frau in einem Waschsalon vergewaltigt worden war, während er draußen im Wagen auf sie wartete. Drei Jungen hatten es getan. Sie hatten einen von den großen Wäschetrocknern mit den gefederten Klapptüren geöffnet und sie auf die offene Tür gesetzt und ihren Kopf in den warmen Trockner gestoßen, wo sie nur in die heißen, zerknüllten Laken und Kopfkissenbezüge schreien und ihre eigene Stimme in der großen Metalltrommel tönen und hallen hören konnte. Ihre Arme steckten mit ihrem Kopf in dem Trockner, so daß sie hilflos war. Ihre Füße konnten nicht einmal den Boden erreichen. Die gefederte Klapptür hatte sie unter den dreien auf und ab wippen lassen, obwohl sie wahrscheinlich versuchte, sich nicht zu bewegen. Die Jungen hatten natürlich keine Ahnung, daß sie die Frau des Polizeichefs vergewaltigten. Und selbst die hellste Straßenbeleuchtung samstags nachts im Stadtzentrum von Toledo hätte ihr nicht geholfen.

Sie waren Frühaufsteher, die Bensenhavers. Sie waren noch jung, und sie brachten ihre Wäsche jeden Montagmorgen vor dem Frühstück gemeinsam zum Waschsalon; sie lasen während des Waschgangs die Zeitungen. Dann taten sie ihre Wäsche in den Trockner und fuhren nach Haus und frühstückten. Mrs. Bensenhaver holte die Wäsche ab, wenn sie Mr. Bensenhaver zum Präsidium in die Stadt fuhr. Er pflegte im Auto zu warten, während sie hineinging, um sie zu holen; manchmal war sie von irgend jemandem aus dem Trockner genommen worden, während sie frühstückten, und Mrs. Bensenhaver mußte sie ein paar Minuten lang zusammensuchen. Dann wartete Bensenhaver. Aber sie mochten den frühen Morgen, weil nur selten jemand anders im Waschsalon war.

Erst als Bensenhaver die drei Jünglinge gehen sah, fing er an, sich darüber Sorgen zu machen, wie lange seine Frau brauchte, um die getrocknete Wäsche zu holen. Aber es dauert nicht sehr lange, jemanden zu vergewaltigen – auch dreimal. Bensenhaver ging in den Waschsalon, wo er die Beine seiner Frau aus dem Trockner hervorstehen sah; ihre Schuhe waren heruntergefallen. Es waren nicht die ersten toten Füße, die Bensenhaver gesehen hatte, aber es waren sehr wichtige Füße für ihn.

Sie war in ihrer eigenen sauberen Wäsche erstickt – oder sie hatte sich übergeben und war daran erstickt –, aber sie hatten sie nicht töten wollen. Dieser Teil war ein Unfall gewesen, und beim Prozeß hatte man immer wieder hervorgehoben, daß Mrs. Bensenhavers Tod nicht geplant gewesen war. Der Anwalt der Jungen hatte gesagt, daß sie geplant hatten, «sie *nur* zu vergewaltigen – nicht sie auch zu töten». Und die übliche Redewendung «*nur* vergewaltigen» – zum Beispiel: «Sie wurde zum Glück *nur* vergewaltigt, ein Wunder, daß sie nicht getötet wurde!» – widerte Arden Bensenhaver an.

«Es ist *gut*, daß Sie ihn getötet haben», flüsterte Bensenhaver Hope Standish zu. «Wir hätten ihn nicht halbwegs angemessen bestrafen können», vertraute er ihr an. «Nicht wie er es verdient hätte. Gut für Sie», flüsterte er. «Gut für Sie.»

Hope hatte andere Erfahrungen mit der Polizei erwartet, eine peinlichere Untersuchung – zumindest einen mißtrauischeren Polizisten und bestimmt einen ganz anderen Mann als Arden Bensenhaver. Sie war zunächst einmal unendlich dankbar, daß Bensenhaver ein *alter* Mann war, eindeutig in den Sechzigern war – wie ein Onkel oder sexuell sogar noch weiter entfernt: ein Großvater. Sie sagte, sie fühle sich schon besser, ihr fehle nichts; als sie sich aufrichtete und einen Schritt zurücktrat, sah sie, daß sie seinen Hemdkragen und seine Wange mit Blut beschmiert hatte, aber Bensenhaver hatte es nicht bemerkt oder machte sich nichts daraus.

«Okay, zeigen Sie's mir», sagte Bensenhaver zu dem Deputy, aber er lächelte Mrs. Standish wieder freundlich zu. Der Deputy führte ihn zu der offenen Fahrerkabine.

«O mein Gott», sagte der Fahrer des steckengebliebenen Wagens gerade. «Jesus Christus, sehen Sie sich das an, und was ist *das*? Christus, ich glaube, das ist seine *Leber*. Sieht so nicht eine Leber aus?» Der Pilot glotzte stumm vor sich hin, und Bensenhaver packte beide Männer bei den Schultern und steuerte sie grob fort. Sie wollten zur Rückseite des Wagens gehen, wo Hope sich faßte, aber Bensenhaver zischte ihnen zu: «Bleiben Sie weg von Mrs. Standish. Bleiben Sie weg von dem Wagen. Sie geben sofort unseren Standort durch», befahl er dem Piloten. «Die werden hier einen Ambulanzwagen oder dergleichen brauchen. Mrs. Standish kommt mit uns.»

«Für *ihn* werden sie einen Plastikbeutel brauchen», sagte der Deputy und zeigte auf Oren Rath. «Er ist völlig zerstückelt.»

«Ich habe selbst Augen im Kopf», sagte Arden Bensenhaver. Er blickte in die Fahrerkabine und pfiff bewundernd vor sich hin.

Der Deputy begann zu fragen: «War er gerade dabei, als . . .»

«Genau», sagte Bensenhaver. Er steckte die Hand in eine scheußliche Masse neben dem Gaspedal, aber es schien ihm nichts auszumachen. Er griff nach dem Messer auf dem Boden an der Beifahrerseite. Er nahm es mit seinem Taschentuch hoch; er betrachtete es sehr genau, wickelte es in das Taschentuch und steckte es in die Tasche.

«Hören Sie», flüsterte der Deputy in verschwörerischem Ton. «Haben Sie schon mal gehört, daß man beim *Vergewaltigen* ein Präservativ trägt?»

«Es ist nicht üblich», sagte Bensenhaver. «Aber es kommt vor.»

«Ich finde es komisch», sagte der Deputy. Er riß die Augen auf, als Bensenhaver das Kondom unterhalb der Ausbuchtung zwischen zwei Finger nahm; Bensenhaver zog das Präservativ mit einem Ruck ab und hielt es, ohne einen Tropfen zu verschütten, ins Licht. Der Beutel war so groß wie ein Tennisball. Er hatte nicht geleckt. Er war voller Blut.

Bensenhaver machte ein befriedigtes Gesicht; er schlug einen Knoten in das Kondom, so wie man einen Luftballon zuknotet, und er warf es so weit in das Bohnenfeld, daß es nicht mehr zu sehen war.

«Ich möchte nicht, daß jemand andeutet, es sei vielleicht *keine* Vergewaltigung gewesen», sagte Bensenhaver leise zu dem Deputy. «Kapiert?»

Er wartete nicht ab, bis der Deputy antwortete; Bensenhaver ging zur Rückseite des Wagens, um bei Mrs. Standish zu sein.

«Wie alt war er – der Junge?» fragte Hope Bensenhaver.

«Alt genug», sagte Bensenhaver. «Etwa fünfundzwanzig oder sechsundzwanzig», fügte er hinzu. Er wollte nicht, daß ihr Überleben durch irgend etwas herabgemindert wurde – vor allem nicht in ihren eigenen Augen. Er winkte dem Piloten zu, der Mrs. Standish in den Hubschrauber helfen sollte. Dann ging er, um dem Deputy Anweisungen zu geben. «Sie bleiben hier bei der Leiche und dem schlechten Autofahrer», sagte er zu ihm.

«Ich bin kein schlechter Autofahrer», jammerte der Fahrer. «Christus, wenn Sie die Dame da gesehen hätten – auf der Straße . . .»

«Und bleiben Sie von dem Wagen weg», sagte Bensenhaver.

Auf der Straße lag das Hemd, das Mrs. Standishs Mann

gehörte; Bensenhaver hob es auf und trabte in seinem merkwürdigen, übergewichtigen Laufschritt zu dem Hubschrauber. Die beiden Männer beobachteten, wie Bensenhaver in den Hubschrauber kletterte und von ihnen fortschwebte. Die schwache Frühlingssonne schien mit dem Hubschrauber zu entschwinden, und sie froren plötzlich und wußten nicht, wohin sie gehen sollten. Bestimmt nicht in den Lieferwagen, und um sich in den Wagen des Fahrers zu setzen, hätten sie erst über das schlammige Feld gehen müssen. Sie gingen zu dem Lieferwagen, ließen die Ladeklappe herunter und setzten sich darauf.

«Ob er einen Abschleppwagen für mein Auto herschickt?» fragte der Autofahrer.

«Er wird es wahrscheinlich vergessen», sagte der Deputy. Er dachte über Bensenhaver nach; er bewunderte ihn, aber er hatte Angst vor ihm, und er dachte auch, daß man Bensenhaver nicht ganz trauen konnte. Es gab Fragen der Orthodoxie – wenn es das war –, die der Deputy nie bedacht hatte. Vor allem hatte der Deputy einfach zu viele Dinge gleichzeitig zu bedenken.

Der Autofahrer ging auf der Ladefläche auf und ab, was den Deputy ärgerte, weil es ihn auf der Ladeklappe rüttelte. Der Fahrer mied die eklige, wie ein Bündel daliegende Wolldecke in der Ecke an der Fahrerkabine; er wischte sich ein Guckloch in dem staubigen, verdreckten Rückfenster, so daß er von Zeit zu Zeit einen Blick in die Fahrerkabine auf den starren, aufgeschlitzten Körper von Oren Rath werfen konnte. Das Blut war nun ganz getrocknet, und durch das schmutzige Rückfenster erinnerte der Körper den Autofahrer, was Farbe und Glanz betraf, an eine Aubergine. Er ging wieder zurück und setzte sich auf die Ladeklappe, neben den Deputy, der aufstand, nach vorn ging und durch das Fenster auf die klaffende Leiche schaute.

«Wissen Sie was?» sagte der Autofahrer. «Obwohl sie überall verschmiert war, konnte man doch sehen, was für eine gutaussehende Frau sie war.»

«Ja, das konnte man», stimmte der Deputy zu. Der Autofahrer ging nun zusammen mit ihm auf der Ladefläche des Lieferwagens auf und ab, so daß der Deputy zur Ladeklappe zurückging und sich setzte.

«Seien Sie nicht sauer», sagte der Autofahrer.

«Ich bin nicht sauer», sagte der Deputy.

«Ich meine nicht, daß ich Verständnis für jemanden haben könnte, der sie *vergewaltigen* will, verstehen Sie?» sagte der Autofahrer.

«Ich weiß, was Sie nicht meinen», sagte der Deputy.

Der Deputy wußte, daß solche Dinge eine Nummer zu groß für ihn waren, aber die Naivität des Autofahrers zwang den Deputy, die geringschätzige Haltung einzunehmen, die er für Bensenhavers Haltung *ihm* gegenüber hielt.

«Sie sehen so was wohl oft, nicht?» fragte der Autofahrer. «Sie wissen schon: Vergewaltigung und Mord.»

«Es reicht», sagte der Deputy verlegen und ernst. Er hatte vorher noch nie eine Vergewaltigung oder einen Mord gesehen, und ihm wurde bewußt, daß er es eigentlich auch diesmal nicht mit eigenen Augen gesehen hatte, sondern mit den Augen Arden Bensenhavers an das Ereignis herangeführt worden war. Er hatte Vergewaltigung und Mord so, wie Bensenhaver sie sah, gesehen, dachte er. Der Deputy war sehr verwirrt; er suchte nach einem eigenen Standpunkt.

«Na ja», sagte der Autofahrer, der wieder durch das Rückfenster spähte, «ich habe beim Militär einiges gesehen, aber so etwas denn doch nicht.»

Der Deputy konnte nichts erwidern.

«Das hier ist wie Krieg, nehme ich an», sagte der Autofahrer. «Oder wie ein schlechtes Krankenhaus.»

Der Deputy fragte sich, ob er den Trottel Raths Leiche betrachten lassen sollte. Ob es etwas ausmachte oder nicht. Und wem? Rath konnte es bestimmt nichts ausmachen. Aber seiner unheimlichen Familie? Dem Deputy? *Er* wußte es nicht. Und ob Bensenhaver etwas dagegen hätte?

«He, erlauben Sie, daß ich Sie etwas Persönliches frage», sagte der Autofahrer. «Aber seien Sie nicht sauer, okay?»

«Okay», sagte der Deputy.

«Also», sagte der Fahrer. «Was ist mit dem Präservativ passiert?»

«Mit *welchem* Präservativ?» fragte der Deputy; er mochte ein paar Fragen haben, die Bensenhavers gesunden Menschenverstand betrafen, aber er hatte keinen Zweifel daran, daß Bensenhaver in diesem Fall recht gehabt hatte. In der Welt, wie Bensenhaver sie sah, durfte kein nebensächliches Detail den Greuel einer Vergewaltigung mindern.

Hope Standish fühlte sich in diesem Augenblick endlich sicher in Bensenhavers Welt. Sie schwebte und wippte neben ihm über die Felder und gab sich Mühe, daß ihr nicht übel wurde. Sie begann, wieder Einzelheiten an ihrem Körper wahrzunehmen – sie roch den Geruch, der von ihr ausging und fühlte jede wunde Stelle. Sie empfand einen solchen Ekel, aber da war dieser gutgelaunte Polizist, der neben ihr saß und sie bewunderte – und ganz ergriffen war von ihrem gewalttätigen Erfolg.

«Sind Sie verheiratet, Mr. Bensenhaver?» fragte sie ihn.

«Ja, Mrs. Standish», sagte er. «Das bin ich.»

«Sie sind furchtbar nett zu mir gewesen», sagte Hope zu ihm, «aber ich glaube, mir wird gleich übel.»

«Oh, klar», sagte Bensenhaver; er griff nach einer Wachspapiertüte zu seinen Füßen. Es war die Lunchtüte des Piloten; auf dem Boden der Tüte lagen ein paar ungegessene Pommes frites, und das Fett hatte das gewachste Papier durchscheinend gemacht. Bensenhaver konnte seine Hand zwischen den Pommes frites und durch den Tütenboden sehen. «Da», sagte er. «Tun Sie sich keinen Zwang an.»

Sie würgte bereits; sie nahm die Tüte und wandte den Kopf ab. Die Tüte kam ihr nicht groß genug vor, um all das an Schlechtigkeit aufzunehmen, was sie in sich zu haben glaubte. Sie fühlte Bensenhavers harte, schwere Hand auf ihrem Rücken. Mit der anderen Hand hielt er ihr eine Strähne ihres wirren Haars aus dem Weg. «So ist es gut», redete er ihr zu, «lassen Sie es kommen, geben Sie alles von sich, gleich wird es Ihnen viel besser gehen.»

Hope erinnerte sich, daß sie Nicky jedesmal, wenn ihm übel war, genau das gleiche sagte. Sie staunte darüber, daß Bensenhaver sogar ihr Erbrechen in einen Sieg ummünzen konnte, aber es *ging* ihr viel besser – das rhythmische schwere Atmen war ebenso beruhigend wie seine ruhigen, trockenen Hände, die ihren Kopf hielten und ihr auf den Rücken klopften. Als die Tüte platzte und ihr Inhalt sich über den Boden ergoß, sagte Bensenhaver: «Gut, daß Sie es los sind, Mrs. Standish! Sie brauchen die Tüte nicht. Das hier ist ein Hubschrauber der Nationalgarde. Wir werden ihn von der Nationalgarde saubermachen lassen! Wozu ist die Nationalgarde schließlich da?»

Der Pilot flog grimmig, mit eherner Miene weiter.

«Was für ein Tag das für Sie gewesen ist, Mrs. Standish!» fuhr Bensenhaver fort. «Ihr Mann wird sehr stolz auf Sie sein.» Aber Bensenhaver dachte, daß er besser persönlich dafür sorgte. Arden Bensenhaver hatte die Erfahrung gemacht, daß Ehemänner und andere Leute eine Vergewaltigung nicht immer richtig aufnahmen.

16
Der erste Mörder

« Was soll das heißen: ‹Dies ist das erste Kapitel›?» schrieb ihm sein Verleger, John Wolf. «Wie kann *das* noch weitergehen? Es ist so schon mehr als genug! Wie können Sie damit weitermachen?»

«Es geht weiter», schrieb Garp zurück. «Sie werden sehen.»

«Ich *möchte* es aber nicht sehen», sagte John Wolf am Telefon zu Garp. «Lassen Sie es fallen, bitte. Legen Sie es wenigstens beiseite. Warum machen Sie nicht eine Reise? Es würde Ihnen guttun – und Helen auch, da bin ich sicher. Und Duncan kann jetzt doch auch reisen, nicht wahr?»

Aber Garp beharrte nicht nur darauf, daß *Bensenhaver und wie er die Welt sah* ein Roman werden würde; er beharrte auch darauf, daß John Wolf versuchte, das erste Kapitel an eine Zeitschrift zu verkaufen. Garp hatte nie einen Agenten gehabt; John Wolf war der erste Mensch, der sich um das, was Garp schrieb, kümmerte, und er managte alles für ihn, genau wie er alles für Jenny Fields managte.

«*Verkaufen*?» sagte John Wolf.

«Ja, verkaufen», sagte Garp. «Ein Vorabdruck als Werbung für den Roman.»

So war es mit Garps ersten beiden Büchern geschehen; Auszüge waren an Zeitschriften verkauft worden. Aber John Wolf versuchte Garp klarzumachen, daß *dieses* Kapitel 1. nicht druckfähig und 2. die schlechteste Werbung sei, die man sich vorstellen könne – falls überhaupt jemand so töricht wäre, es abzudrucken. Er sagte, daß Garp einen «gewissen, aber seriösen» Ruf als Schriftsteller genieße, daß seine ersten beiden Romane recht ordentlich rezensiert worden seien – und ihm achtbare Anhänger und ein «gewisses, aber seriöses» Publikum eingebracht hätten. Garp sagte, auf einen «gewissen, aber seriösen» Ruf pfeife er, auch wenn er sehe, daß John Wolf Gefallen daran finde.

«Ich wäre lieber reich und über das hinaus, was die Idioten ‹seriös› nennen», erklärte er John Wolf. Aber wer ist je darüber hinaus?

Garp meinte tatsächlich, daß er sich so etwas wie Isolation von der realen und schrecklichen Welt kaufen könne. Er stellte sich eine Art Festung vor, wo er und Duncan und Helen (und ein neues Kind) unbelästigt, ja unberührt von dem leben konnten, was er «das übrige Leben» nannte.

«Wovon *sprechen* Sie eigentlich?» fragte John Wolf ihn.

Helen fragte ihn ebenfalls. Und Jenny auch. Aber Jenny Fields *gefiel* das erste Kapitel von *Bensenhaver und wie er die Welt sah*. Sie fand, daß die Prioritäten darin die richtige Reihenfolge hatten, es verrate das Wissen darum, wen es in solch einer Situation zu heroisieren gelte, es drücke den nötigen Zorn aus, es stelle die Schlechtigkeit der *Lust* angemessen grotesk dar. Jennys Gefallen am ersten Kapitel beunruhigte Garp allerdings mehr als John Wolfs Kritik. Garp mißtraute dem literarischen Urteil seiner Mutter mehr als allem anderen.

«Mein Gott, sieh dir *ihr* Buch an», sagte er immer wieder zu Helen, aber Helen wollte sich, wie sie geschworen hatte, nicht mit hineinziehen lassen; sie wollte Garps neuen Roman nicht lesen, nicht ein einziges Wort davon.

«Warum will er auf einmal *reich* werden?» fragte John Wolf Helen. «Was soll das Ganze?»

«Ich weiß es nicht», sagte Helen. «Ich glaube, er denkt, es würde ihn und uns alle beschützen.»

«Wovor?» fragte John Wolf. «Vor wem?»

«Sie müssen warten, bis Sie das ganze Buch lesen können», sagte Garp zu seinem Verleger. «Jedes Geschäft ist ein beschissenes Geschäft. Ich versuche, dieses Buch wie ein Geschäft zu behandeln, und ich möchte, daß Sie es auch so behandeln. Es ist mir gleich, ob Sie es *mögen*; ich möchte, daß Sie es *verkaufen*.»

«Ich bin kein Schundverleger», sagte John Wolf. «Und Sie sind kein Schundschreiber. Tut mir leid, wenn ich Sie daran erinnern muß.» John Wolf war verletzt, und er war wütend auf Garp, weil er sich anmaßte, über ein Geschäft zu reden, von dem John Wolf weit mehr verstand als Garp. Aber er wußte, Garp hatte eine schlimme Zeit hinter sich, er wußte, Garp war ein guter Schriftsteller, der noch mehr und (wie er glaubte) bessere Bücher schreiben würde, und er wollte ihn auch weiterhin verlegen.

«Jedes Geschäft ist ein beschissenes Geschäft», wiederholte Garp. «Wenn Sie glauben, das Buch sei Schund, dürften Sie *keinerlei* Schwierigkeiten haben, es zu verkaufen.»

«So einfach ist das leider nicht», sagte Wolf bekümmert. «Kein Mensch weiß, was Bücher zu Erfolgen macht.»

«Das habe ich schon einmal gehört», sagte Garp.

«Sie haben keinen Grund, so mit mir zu reden», sagte John Wolf. «Ich bin Ihr Freund.» Garp wußte, daß das stimmte, und deshalb legte er auf und beantwortete keine Briefe mehr und beendete *Bensenhaver und wie er die Welt sah* zwei Wochen, ehe Helen, nur mit Hilfe von Jenny, ihr drittes Kind entband – eine Tochter, was Helen und Garp die Mühe ersparte, sich auf einen Jungennamen einigen zu müssen, der dem Namen Walt in keiner Weise ähnelte. Die Tochter erhielt den Namen Jenny Garp – den Namen, den Jenny Fields erhalten hätte, wenn sie das Geschäft, ein Kind – Garp – zu kriegen, auf konventionellere Weise betrieben hätte.

Jenny war begeistert, daß sie jemanden hatte, der wenigstens teilweise nach ihr hieß. «Aber es wird einige Verwirrung geben», warnte sie, «wenn es nun zwei von uns gibt.»

«Ich habe immer ‹Mom› zu dir gesagt», erinnerte Garp sie. Er erinnerte seine Mutter nicht daran, daß ein Modedesigner bereits ein Kleid nach ihr genannt hatte. Es war in New York ungefähr ein Jahr lang ein großer Knüller: ein weißes Schwesternkleid mit einem feuerroten Herzen auf der linken Brust. ORIGINAL JENNY FIELDS stand auf dem Herzen.

Als Jenny Garp geboren wurde, sagte Helen nichts. Helen war dankbar; zum erstenmal seit dem Unfall hatte sie das Gefühl, erlöst zu sein von dem Wahnsinn des Kummers, der sie seit Walts Tod zermalmt hatte.

Das Manuskript *Bensenhaver und wie er die Welt sah*, das Garps Erlösung von demselben Wahnsinn war, lag in New York, wo John Wolf es immer wieder las. Er hatte das erste Kapitel von einem so abscheulich vulgären Pornomagazin veröffentlichen lassen, daß er fest glaubte, selbst Garp würde vom Untergang des Buches überzeugt sein. Das Magazin hieß *Scharfe Schnappschüsse*, und genau davon strotzte es – von den feuchten, offenen Visieren aus Garps Kindheit, zwischen den Seiten seiner Geschichte, die von Vergewaltigung und Rache handelte. Zuerst beschuldigte Garp John Wolf, er habe das Kapitel absichtlich dort untergebracht, er habe es gar nicht erst bei besseren Zeitschriften versucht. Aber Wolf versicherte Garp, daß er es bei allen versucht hätte, daß dies die unterste Zeile auf der Liste gewesen sei – und genau *so* wurde Garps Geschichte interpretiert. Schmutzige, sensationsgeile Brutalität und Sex, völlig unmotiviert.

«Darum geht es gar nicht», sagte Garp. «Sie werden sehen.»

Aber Garp dachte oft an das erste Kapitel von *Bensenhaver und wie er die Welt sah*, das in *Scharfe Schnappschüsse* abgedruckt worden war. Ob irgend jemand es gelesen hatte? Ob die Leute, die diese Magazine kauften, je einen der Texte lasen?

«Vielleicht lesen sie die eine oder andere Geschichte, wenn sie bei den Bildern onaniert haben», schrieb Garp John Wolf. Er fragte sich, ob das eine gute Verfassung zum Lesen sei: nach dem Onanieren war der Leser zumindest entspannt, vermutlich einsam («ein gutes Stadium fürs Lesen», sagte Garp zu John Wolf). Aber vielleicht fühlte sich der Leser auch schuldig; und gedemütigt und allzu verantwortlich (das war *keine* sehr gute Voraussetzung fürs Lesen, dachte Garp). Übrigens war es, wie er wußte, auch keine gute Voraussetzung fürs *Schreiben*.

Bensenhaver und wie er die Welt sah handelt von dem unmöglichen Verlangen des Ehemanns Dorsey Standish, seine Frau und sein Kind vor der grausamen Welt zu beschützen; deshalb wird

Arden Bensenhaver (der wegen seiner unorthodoxen Methoden bei der Verbrechensbekämpfung vorzeitig aus dem Polizeidienst ausscheiden muß) von ihm eingestellt, damit er sozusagen als bewaffneter Onkel bei den Standishs wohnt – er wird der liebenswerte Familienleibwächter, den Hope schließlich zurückweisen muß. Obwohl Hope die schlimmsten Aspekte der realen Welt erfahren hat, ist ihr Mann derjenige, der die Welt am meisten *fürchtet*. Auch nachdem Hope darauf bestanden hat, daß Bensenhaver nicht mehr bei ihnen wohnt, fährt Standish fort, den alten Polizisten als Schutzengel zu beschäftigen. Bensenhaver wird dafür bezahlt, dem Jungen, Nicky, wie ein Schatten zu folgen, aber Bensenhaver ist ein uninteressierter und sonderbarer Wachhund, der von seinen eigenen schrecklichen Erinnerungen verfolgt wird; nach und nach kommt er den Standishs immer mehr wie eine Bedrohung als wie ein Beschützer vor. Er wird beschrieben als «ein Lauernder am fernsten Rand des Lichts – ein pensionierter Vollstrecker, der am Rande des Dunkels vegetiert».

Hope begegnet der Angst ihres Mannes, indem sie auf einem zweiten Kind besteht. Das Kind wird geboren, aber Standish scheint dazu verurteilt, ein wahrhaftes Monster nach dem anderen zu erschaffen; jetzt, da er sich nicht mehr so sehr vor möglichen Überfällen auf seine Frau und seine Kinder ängstigt, kommt ihm der Verdacht, Hope habe ein Verhältnis. Langsam wird ihm bewußt, daß ihn das mehr verletzen würde, als wenn sie (erneut) vergewaltigt werden würde. Deshalb zweifelt er an seiner Liebe zu ihr, und er zweifelt an sich selbst; schuldbewußt fleht er Bensenhaver an, Hope nachzuspionieren und herauszufinden, ob sie ihm treu ist. Aber Arden Bensenhaver will Dorsey nicht länger die Bewältigung seiner Ängste abnehmen. Der alte Polizist argumentiert, daß er eingestellt wurde, um Standishs Familie vor der Außenwelt zu beschützen – nicht um seine Schützlinge in ihrer Freiheit, so zu leben, wie sie möchten, einzuschränken. Ohne Bensenhavers Hilfe gerät Dorsey Standish in Panik. Eines Abends läßt er das Haus (und die Kinder) ungeschützt zurück, um seiner Frau nachzuspionieren. Während Dorsey fort ist, erstickt das jüngere Kind an einem Kaugummi von Nicky.

Schuld im Überfluß. Garps Bücher sind voller Schuld. Auch

Hope wird von Schuldgefühlen heimgesucht – denn sie war tatsächlich bei jemandem. (Obwohl – wer könnte es ihr übelnehmen?) Bensenhaver, krank vor Verantwortungsgefühl, hat einen Schlaganfall. Teilweise gelähmt zieht er wieder zu den Standishs; Dorsey fühlt sich für ihn verantwortlich. Hope besteht darauf, daß sie *noch* ein Kind bekommen, aber die Ereignisse haben Dorsey für immer unfruchtbar gemacht. Er ist damit einverstanden, daß Hope ihren Liebhaber ermutigt – aber nur, damit er sie «besamt», wie er es ausdrückt. (Ironischerweise war das der *einzige* Teil des Buches, den Jenny Fields «weit hergeholt» nannte.)

Abermals sucht Dorsey Standish «eine Kontrollsituation – mehr wie ein Laborexperiment über das Leben als das Leben selbst», schrieb Garp. Hope kann sich einem solchen klinischen Arrangement nicht anpassen; entweder hat sie, emotional, einen Liebhaber oder nicht. Dorsey besteht darauf, daß die Liebenden sich einzig und allein zum Zweck der «Besamung» treffen, und versucht, die näheren Umstände zu kontrollieren, die Zahl und Dauer ihrer Begegnungen. Da Standish den Verdacht hat, daß Hope ihren Liebhaber nicht nur plangemäß, sondern auch heimlich trifft, macht er den senilen Bensenhaver auf einen Herumtreiber, einen potentiellen Kindesentführer und Vergewaltiger, aufmerksam, dessen Anwesenheit bereits in der Nachbarschaft bemerkt worden ist.

Immer noch nicht zufrieden, gewöhnt Dorsey Standish sich an, unvermittelt und unangemeldet in seinem eigenen Haus zu erscheinen (zu Zeiten, in denen er zu Hause am wenigsten erwartet wird); er erwischt Hope nie bei etwas, aber der bewaffnete und tödlich senile Bensenhaver erwischt Dorsey. Arden Bensenhaver, der schlaue Invalide, ist überraschend beweglich und leise in seinem Rollstuhl; außerdem ist er unorthodox in seinen Methoden, Verbrecher dingfest zu machen: Bensenhaver schießt Dorsey Standish aus gut anderthalb Meter Entfernung mit einer Pistole nieder. Dorsey hatte sich oben im Wandschrank versteckt, wo er über die Schuhe seiner Frau stolperte und darauf wartete, daß sie im Schlafzimmer ein Telefongespräch führte, das er – im Wandschrank – mithören konnte. Er verdient es natürlich, niedergeschossen zu werden.

Die Schußwunde ist tödlich. Der völlig durchgedrehte Arden Bensenhaver wird abtransportiert. Hope ist schwanger mit dem Kind von ihrem Liebhaber. Als das Kind geboren wird, fühlt sich Nicky – der inzwischen zwölf ist – von der Bürde der nachlassenden Spannung in der Familie befreit. Die schreckliche Angst Dorsey Standishs, die ihrer aller Leben beeinträchtigt hat, ist endlich von ihnen genommen. Hope und ihre Kinder leben weiter und lassen sich auch nicht von den wüsten Geschichten des alten Bensenhaver stören, der zu zäh zum Sterben ist und nicht einmal in seinem Rollstuhl in einem Altersheim für gemeingefährliche Geisteskranke mit seinen Versionen von der alptraumhaften Welt aufhört. Endlich ist er dort, wo er hingehört. Hope und ihre Kinder besuchen ihn oft, nicht nur aus Freundlichkeit – denn sie sind freundlich –, sondern auch um sich selbst an ihre kostbare Normalität zu erinnern. Hopes Ausdauer und das Überleben ihrer beiden Kinder machen ihr die Schwafeleien des Alten erträglich, und am Ende findet sie sie sogar komisch.

Das sonderbare Altersheim für gemeingefährliche Geisteskranke hat übrigens verblüffende Ähnlichkeiten mit Jenny Fields' Krankenhaus für geschundene Frauen in Dog's Head Harbor.

Es geht nicht so sehr darum, daß die Welt, wie Bensenhaver sie sieht, falsch oder auch nur verzerrt gesehen ist; vielmehr steht sie in keinem Verhältnis zu dem Bedürfnis der Welt nach sinnlicher Freude und zu dem Bedürfnis der Welt nach Wärme – und zu ihrer Fähigkeit, Wärme zu geben. Auch Dorsey Standish ist nicht «weltgerecht»: er ist zu verwundbar in seiner heiklen Liebe zu seiner Frau und seinen Kindern; es zeigt sich, daß er und Bensenhaver «nicht gut geeignet sind für das Leben auf diesem Planeten». Wo Immunsein zählt.

Hope – und ihre Kinder, hofft der Leser – mögen bessere Chancen haben. Der Roman vermittelt den Eindruck, daß Frauen besser als Männer dafür gerüstet sind, Angst und Brutalität zu ertragen und das erschreckende Gefühl zu meistern, wie sehr uns die Menschen, die wir lieben, verletzen können. Hope wird als starke Überlebende der Welt eines schwachen Mannes gezeigt.

John Wolf saß in New York und hoffte, daß die innere Realität von Garps Sprache und die Intensität seiner Gestalten das Buch gerade noch vor der Schnulze bewahrten. Aber, dachte er, man könnte das Ding genausogut *Lebensängste* nennen, und es würde eine phantastische Fernsehserie fürs Nachmittagsprogramm abgeben, wenn man es für Invalide, Senioren und Vorschulkinder ein wenig entschärfte. John Wolf kam zu dem Ergebnis, daß *Bensenhaver und wie er die Welt sah* trotz der «inneren Realität von Garps Sprache» und so fort eine Schnulze «nicht für Jugendliche unter 18 Jahren» war.

Sehr viel später sollte natürlich auch Garp ihm zustimmen; es war sein schwächstes Buch. «Aber die Scheißwelt hat mir die beiden ersten nie gedankt», schrieb er an John Wolf. «Deshalb war ich es ihr schuldig.» So, fand Garp, ging es meistens.

John Wolf hatte grundlegendere Sorgen; das heißt, er fragte sich, ob er die Veröffentlichung des Buches rechtfertigen könne. Bei Büchern, die ihm nicht unbedingt lagen, hatte John Wolf ein System, das ihn selten im Stich ließ. In seinem Verlag beneidete man ihn um seinen Rekord an richtigen Voraussagen über jene Bücher, die dazu bestimmt waren, Knüller zu werden. Wenn er voraussagte, ein Buch werde ein Knüller – nicht zu verwechseln damit, ob es gut oder sympathisch war oder nicht –, hatte er fast immer recht. Es gab natürlich viele Bücher, die Knüller wurden, ohne daß er es vorausgesagt hätte, aber kein Buch, bei dem er vorausgesagt hatte, es *werde* ein Knüller, war je ein Flop gewesen.

Niemand wußte, wie er es machte.

Er machte es das erste Mal bei Jenny Fields – und hatte es seither alle ein oder zwei Jahre bei bestimmten, überraschenden Büchern gemacht.

In dem Verlag arbeitete eine Angestellte, die John Wolf einmal erklärte, es komme nie vor, daß sie ein Buch lese, das nicht den Wunsch in ihr wecke, es beiseite zu legen und zu schlafen. Sie war eine Herausforderung für John Wolf, der Bücher liebte, und er gab dieser Frau über viele Jahre hin gute Bücher und schlechte Bücher zu lesen; die Bücher glichen sich insofern, als sie die Frau zum Schlafen brachten. Sie las einfach nicht gern, sagte sie zu John Wolf; aber er gab keine Ruhe. Niemand anders im Verlag bat die

Frau jemals, irgend etwas zu lesen; man bat sie im übrigen nie, ihre Meinung über *irgend* etwas zu sagen. Die Frau arbeitete zwischen all den Büchern, die im Verlag herumlagen, als wären diese Bücher Aschenbecher und als wäre sie Nichtraucherin. Sie war Putzfrau. Jeden Tag leerte sie die Papierkörbe; sie putzte die Zimmer aller Leute, wenn sie abends nach Haus gefahren waren. Sie saugte jeden Montag die Läufer in den Fluren, sie wischte jeden Dienstag die Glasvitrinen ab und jeden Mittwoch die Schreibtische der Sekretärinnen; sie scheuerte jeden Donnerstag die Toiletten und besprühte jeden Freitag alles mit Luftreiniger – damit, wie sie John Wolf erklärte, der gesamte Verlag das ganze Wochenende über Zeit hatte, für die nächste Woche guten Geruch zu tanken. John Wolf hatte sie jahrelang beobachtet, und er hatte nie gesehen, daß sie auch nur einen Blick an ein Buch verschwendete.

Als er sie nach Büchern fragte und sie ihm sagte, wie unsympathisch sie ihr seien, zog er sie immer wieder heran, um Bücher zu testen, deren er sich nicht sicher war – und auch die Bücher, deren er sich *sehr* sicher zu sein glaubte. Sie blieb konsequent in ihrer Abneigung gegen Bücher, und John Wolf wollte sie schon fast in Ruhe lassen, als er ihr doch noch das Manuskript *Eine sexuell Verdächtige*, die Autobiographie von Jenny Fields, zu lesen gab.

Die Putzfrau las es über Nacht und fragte John Wolf, ob sie ein Exemplar für sich haben könne, das sie dann – viele Male – las, als das Buch erschienen war.

Danach bat John Wolf sie immer um ihre Meinung. Sie enttäuschte ihn nicht. Die meisten Sachen mochte sie nicht, aber wenn sie etwas mochte, bedeutete es für John Wolf, daß fast alle anderen Leute zumindest mit Sicherheit imstande sein würden, es zu lesen.

John Wolf gab der Putzfrau *Bensenhaver und wie er die Welt sah*, ohne zu überlegen. Dann fuhr er nach Haus ins Wochenende und dachte darüber nach; er wollte sie anrufen und ihr sagen, sie solle gar nicht erst versuchen, es zu lesen. Er erinnerte sich an das erste Kapitel, und er wollte die Frau nicht beleidigen, die Großmutter und (natürlich) auch Mutter war – und schließlich hatte sie nicht die geringste Ahnung, daß sie dafür *bezahlt* wurde, all das Zeug zu lesen, das John Wolf ihr zu lesen gab. Daß sie ein für eine

Putzfrau ziemlich horrendes Gehalt bekam, wußte nur John Wolf. Die Frau dachte, *alle* guten Putzfrauen würden gut bezahlt und *sollten* gut bezahlt werden.

Sie hieß Jillsy Sloper, und John Wolf stellte verwundert fest, daß es im New Yorker Telefonbuch keinen einzigen Sloper gab, bei dem auch nur der erste Vorname mit einem J anfing. Anscheinend machte sich Jillsy ebensowenig aus Telefongesprächen wie aus Büchern. John Wolf machte sich eine Notiz: er wollte sich am Montagmorgen als erstes bei Jillsy entschuldigen. Den Rest des freudlosen Wochenendes versuchte er, sich genau zu überlegen, wie er T. S. Garp erklären würde, daß es seiner festen Überzeugung nach in seinem, Garps, Interesse und ganz gewiß im Interesse des Verlags war, *Bensenhaver und wie er die Welt sah* NICHT zu veröffentlichen.

Es war ein schweres Wochenende für ihn, denn John Wolf mochte Garp, und er glaubte an Garp, und außerdem wußte er, daß Garp keine Freunde hatte, die ihn davon abhalten konnten, sich das Leben schwerzumachen – was zu den wichtigen Dingen gehört, für die Freunde da sind. Er hatte nur Alice Fletcher, die Garp so sehr anbetete, daß sie wahllos alles anbeten würde, was Garp von sich gab – oder sie würde einfach stumm bleiben. Und er hatte Roberta Muldoon, bei deren literarischem Urteil Wolf den Verdacht hatte, es sei (sofern überhaupt vorhanden) noch unausgegorener und unerprobter als ihr neues Geschlecht. Und Helen wollte es nicht lesen. Und Jenny Fields, das wußte John Wolf, war ihrem Sohn gegenüber nicht auf die Weise voreingenommen, wie Mütter normalerweise voreingenommen sind: sie hatte den dubiosen Geschmack bewiesen, einige der besseren Sachen, die ihr Sohn geschrieben hatte, *nicht* zu mögen. Das Problem bei Jenny, das wußte John Wolf, war thematischer Natur. Ein Buch über ein wichtiges Thema war für Jenny Fields ein wichtiges Buch. Und Jenny Fields glaubte, daß Garps neues Buch ausschließlich von den albernen Ängsten der Männer handelte, die die Frauen hinnehmen und ertragen mußten. *Wie* ein Buch geschrieben war, spielte für Jenny keine Rolle.

Das war ein Aspekt, der John Wolf in bezug auf die Veröffentlichung des Buches interessierte. Wenn Jenny Fields *Bensenhaver und wie er die Welt sah* mochte, war es zumindest ein potentiell umstrittenes Buch. Aber John Wolf wußte genau wie Garp, daß Jennys Status als Persönlichkeit des politischen Lebens großenteils auf einem allgemeinen, nebulosen Mißverständnis beruhte.

Wolf dachte und dachte das ganze Wochenende darüber nach, und er vergaß völlig, sich am Montagmorgen als erstes bei Jillsy Sloper zu entschuldigen. Plötzlich stand Jillsy, rotäugig und zukkend wie ein Eichhörnchen da, die mitgenommenen Manuskriptseiten in ihren schwieligen braunen Händen.

«Gott», sagte Jillsy. Sie verdrehte die Augen, sie schüttelte das Manuskript in den Händen.

«Oh, Jillsy», sagte John Wolf. «Es tut mir so leid.»

«Gott!» krächzte Jillsy. «So ein schreckliches Wochenende hatte ich noch nie. Ich habe *nicht* geschlafen, ich habe *nicht* gegessen, ich bin *nicht* zum Friedhof gegangen, um meine Familie und meine Freundinnen zu besuchen.»

Jillsy Slopers Wochenendprogramm kam John Wolf eigenartig vor, aber er sagte nichts; er hörte ihr einfach zu, wie er ihr über ein Dutzend Jahre zugehört hatte.

«Dieser Mann ist *verrückt*», sagte Jillsy. «Kein normaler Mensch würde je so ein Buch schreiben.»

«Ich hätte es Ihnen nicht geben sollen, Jillsy», sagte John Wolf. «Ich hätte an das erste Kapitel denken sollen.»

«Das *erste* ist gar nicht so schlimm», sagte Jillsy. «Das erste Kapitel ist *gar* nichts. Es ist das *neunzehnte* Kapitel – das hat mich umgehauen», sagte Jillsy. «Gott, Gott!» krächzte sie.

«Sie haben neunzehn Kapitel gelesen?» fragte John Wolf.

«Sie haben mir nicht mehr als neunzehn Kapitel gegeben», sagte Jillsy. «Jesus, Gott, gibt es *noch* ein Kapitel? Muß ich noch *mehr* lesen?»

«Nein, nein», sagte John Wolf. «Das ist alles. Das ist alles, was da ist.»

«Das will ich hoffen», sagte Jillsy. «Es gibt auch nichts mehr, womit es weitergehen *kann*. Der verrückte alte Bulle ist da, wo er hingehört – endlich –, und der verrückte Ehemann hat eine Kugel in den Schädel gekriegt. Das ist das *einzig* Richtige für den Schädel von diesem Kerl, wenn Sie mich fragen: eine Kugel.»

«Sie haben es *gelesen*?» sagte John Wolf.

«Gott!» kreischte Jillsy. «Man sollte meinen, *er* wäre vergewaltigt worden, so wie er sich aufführt. Wenn Sie mich fragen», sagte Jillsy, «das ist typisch Mann: erst vergewaltigen sie einen halb zu Tode, und in der nächsten Minute regen sie sich furchtbar auf, weil man es mit einem anderen macht – aus freien Stücken. Dabei ist es doch nicht ihre Sache, so oder so, oder?» fragte Jillsy.

«Ich weiß nicht recht», sagte John Wolf, der verwirrt an seinem Schreibtisch saß. «Warum haben Sie es gelesen?»

«Gott», sagte Jillsy, als täte es ihr leid um John Wolf – daß er so hoffnungslos dumm war. «Manchmal frage ich mich, ob Sie überhaupt was von all den Büchern verstehen, die Sie da machen», sagte sie und schüttelte den Kopf. «Manchmal frage ich mich, warum *Sie* derjenige sind, der die Bücher macht, und *ich* diejenige, die die Klos schrubbt. Nur daß es mir lieber ist, Klos zu schrubben, als sie zu lesen, jedenfalls die meisten», sagte Jillsy. «Gott, Gott.»

«Wenn Sie es nicht ausstehen konnten, warum haben Sie es dann gelesen, Jillsy?» fragte John Wolf sie.

«Aus demselben Grund, aus dem ich immer lese», sagte Jillsy. «Um herauszufinden, was *passiert*.»

John Wolf starrte sie an.

«Bei den meisten Büchern *weiß* man, daß nichts passiert», sagte Jillsy. «Gott, das müßten *Sie* doch auch wissen. Bei anderen Büchern», sagte sie, «weiß man einfach, *was* passiert, man braucht sie also auch nicht zu lesen. Aber *dieses* Buch», sagte Jillsy, «dieses Buch ist so krank, daß man weiß, es passiert was, aber man kann sich nicht vorstellen, *was*. Man muß selbst krank sein, um sich vorstellen zu können, was in diesem Buch passiert», sagte Jillsy.

«Sie haben es also gelesen, um das herauszufinden?» sagte John Wolf.

«Es gibt doch wohl keinen anderen Grund, um ein Buch zu lesen, oder?» sagte Jillsy Sloper. Sie legte das Manuskript schwer (denn es war dick) auf John Wolfs Schreibtisch nieder und nahm das Ende der langen Verlängerungsschnur (für den Staubsauger) hoch, die sie montags wie einen Gürtel um ihre breiten Hüften trug. «Wenn es erst mal ein Buch ist», sagte sie, auf das Manuskript zeigend, «würde ich gern ein Exemplar haben. Wenn es geht», fügte sie hinzu.

«Sie möchten ein Exemplar haben?» fragte John Wolf.

«Wenn es keine Umstände macht», sagte Jillsy.

«Aber jetzt, wo Sie wissen, was passiert», sagte John Wolf, «wozu wollen Sie es dann *noch* einmal lesen?

«Na ja», sagte Jillsy. Sie sah ihn perplex an – John Wolf hatte Jillsy Sloper noch nie perplex erlebt, nur müde. «Na ja, ich könnte es *verleihen*», sagte sie. «Vielleicht gibt es in meinem Bekanntenkreis Leute, die daran erinnert werden müssen, wie die Männer sind», sagte sie.

«Würden Sie es je noch einmal lesen?» fragte John Wolf.

«Na ja», sagte Jillsy. «Nicht *alles*, glaube ich. Jedenfalls nicht alles auf einmal, oder gleich.» Wieder sah sie ihn perplex an. «Na ja», sagte sie hilflos, «ich glaube, ich meine, es sind *Stellen* drin, die ich ganz gern noch einmal lesen würde.»

«Warum?» fragte John Wolf.

«Gott», sagte Jillsy erschöpft, als verlöre sie nun wirklich die Geduld mit ihm. «Es fühlt sich so *wahr* an», sagte sie klagend und ließ das Wort *wahr* wie den Schrei eines Seetauchers über einem nächtlichen Gewässer klingen.

«Es fühlt sich so wahr an», wiederholte John Wolf.

«Gott, wissen Sie denn nicht, daß es das tut?» fragte Jillsy ihn. «Wenn Sie nicht wissen, wann ein Buch *wahr* ist», hämmerte Jillsy ihm ein, «dann sollten wir *wirklich* die Berufe tauschen.» Jetzt lachte sie und hielt den großen dreidornigen Stecker für die Staubsaugerschnur wie einen Pistolenknauf umklammert. «Ich frage mich wirklich, Mr. Wolf», sagte sie freundlich, «ob Sie sehen würden, wann ein *Klo* sauber ist.» Sie näherte sich und spähte in seinen Papierkorb. «Oder wann ein Papierkorb leer ist», sagte sie. «Ein Buch fühlt sich wahr an, wenn man sagen kann: ‹Ja! Genauso ist es, so geht es in dieser verdammten Welt zu!› *Dann* weiß man, daß es wahr ist», sagte Jillsy.

Sie beugte sich über den Papierkorb und nahm den einen Papierfetzen, der einsam auf dem Grund des Korbs lag; sie stopfte ihn in ihre Schürzentasche. Es war die zusammengeknüllte erste Seite des Briefes, den John Wolf an Garp aufzusetzen versucht hatte.

Monate später, als *Bensenhaver und wie er die Welt sah* in Druck ging, klagte Garp bei John Wolf, es gebe niemanden, dem er das Buch widmen könne. Er wollte es nicht *zum Gedenken an* Walt erscheinen lassen, weil Garp so etwas haßte: «Dieses billige Kapitalschlagen aus autobiographischen Unglücksfällen», wie er sich ausdrückte, «um den Leser glauben zu machen, man sei ein ernsthafterer Schriftsteller, als man ist.» Und er wollte seiner Mutter kein Buch widmen, weil er keine Lust hatte, «den Leuten mit dem Namen Jenny Fields einen Freifahrschein zu geben», wie er sich ausdrückte. Helen kam selbstverständlich nicht in Frage, und Garp empfand eine gewisse Scham darüber, daß er es nicht fertigbrachte, Duncan ein Buch zu widmen, wenn es ein Buch war, daß er Duncan nicht zu lesen geben würde. Der Junge war noch nicht alt genug. Als Vater empfand er einen gewissen Widerwillen, etwas geschrieben zu haben, das er seinen eigenen Kindern zu lesen verbieten würde.

Den Fletchers, das wußte er, würde bei einem Buch, das ihnen als Paar gewidmet war, unbehaglich sein; und ein Buch Alice allein zu widmen, konnte Harry kränken.

«Nicht *mir*», sagte John Wolf. «Dieses nicht.»

«An Sie habe ich gar nicht gedacht», log Garp.

«Wie wäre es mit Roberta Muldoon?» fragte John Wolf.

«Das Buch hat absolut nichts mit Roberta zu *tun*», sagte Garp. Obwohl er wußte, daß Roberta wenigstens nichts gegen die Widmung einzuwenden hätte. Wie sonderbar, ein Buch zu schreiben, daß sich kein Mensch richtig gern widmen lassen würde!

«Vielleicht werde ich es den Ellen-Jamesianerinnen widmen», sagte Garp bitter.

«Bringen Sie sich nicht selbst in Schwierigkeiten», sagte John Wolf. «Das wäre einfach dumm.»

Garp maulte.

Für Mrs. Ralph?

dachte er. Aber er wußte immer noch nicht ihren richtigen Namen. Da war noch Helens Vater – sein guter alter Ringtrainer, Ernie Holm –, aber Ernie würde die Geste nicht verstehen; es war kaum ein Buch, das Ernie gefallen würde. Garp hoffte sogar, daß Ernie es nicht lesen würde. Wie sonderbar, ein Buch zu schreiben, von dem man hoffte, daß irgend jemand es nicht las!

Für Fat Stew

dachte er.

Für Michael Milton
Zum Gedenken an Bonkers

Er wußte nicht mehr weiter. Ihm fiel niemand ein.

«Ich kenne da jemanden», sagte John Wolf. «Ich könnte sie fragen, ob sie etwas dagegen hätte.»

«Sehr komisch», sagte Garp.

Aber John Wolf dachte an Jillsy Sloper, die Person, die dafür verantwortlich war, daß dieses Buch von Garp überhaupt veröffentlicht wurde.

«Sie ist eine ganz besondere Frau, die das Buch *liebt*», erzählte er Garp. «Sie sagte, es sei so ‹wahr›.»

Garp erwärmte sich für die Idee.

«Ich gab ihr das Manuskript über ein Wochenende mit», sagte John Wolf, «und sie konnte es nicht aus der Hand legen.»

«Warum haben Sie ihr das Manuskript gegeben?» fragte Garp.

«Sie schien genau die *Richtige* dafür zu sein», sagte John Wolf. Ein guter Verleger möchte seine Geheimnisse nicht mit jedermann teilen.

«Also gut», sagte Garp. «Es wirkt so *nackt*, wenn man niemanden hat. Sagen Sie ihr, ich würde mich freuen. Sie ist eine *nahe* Freundin von Ihnen?» fragte Garp. Sein Verleger zwinkerte ihm zu, und Garp nickte.

«Was bedeutet das überhaupt?» fragte Jillsy Sloper John Wolf mißtrauisch. «Was heißt das, er möchte mir dieses schreckliche Buch ‹widmen›?»

«Es heißt, daß Ihre Reaktion wertvoll für ihn war», sagte John Wolf. «Er findet, das Buch sei fast im Hinblick auf Sie geschrieben worden.»

«Gott», sagte Jillsy. «Im Hinblick auf mich? Was heißt *das* nun wieder?»

«Ich habe ihm erzählt, wie Sie auf sein Buch reagiert haben», sagte John Wolf, «und er findet, Sie seien das perfekte Publikum, nehme ich an.»

«Das perfekte Publikum?» fragte Jillsy. «Gott, er ist *tatsächlich* verrückt, nicht?»

«Er hat sonst niemanden, dem er es widmen kann», gab John Wolf zu.

«So ungefähr, wie wenn man sich einen Trauzeugen von der Straße holt?» fragte Jillsy Sloper.

«So ungefähr», vermutete John Wolf.

«Es heißt nicht, daß ich das Buch *billige*?» fragte Jillsy.

«Gott, nein», sagte John Wolf.

«Gott, nein, hm?» sagte Jillsy.

«Niemand wird Ihnen für irgend etwas in dem Buch die Schuld geben, wenn es das ist, was Sie meinen», sagte John Wolf.

«Na gut», sagte Jillsy.

John Wolf zeigte Jillsy, wo die Widmung stehen würde; er zeigte ihr andere Widmungen in anderen Büchern. Jillsy Sloper fand sie alle ganz hübsch, und sie nickte mit dem Kopf, nun doch ganz angetan von der Idee.

«Noch etwas», sagte sie. «Ich muß ihn doch nicht *kennenlernen* oder so, nicht?»

«Gott, nein», sagte John Wolf, und so willigte Jillsy ein.

Es bedurfte nur noch eines weiteren Geniestreichs, um *Bensenhaver und wie er die Welt sah* in das schillernde Zwielicht zu schicken, in dem gelegentlich ein «seriöses» Buch auch, wenigstens eine Zeitlang, als «Knüller» aufblitzt. John Wolf war ein tüchtiger und zynischer Mann. Er verstand sich auf die billigen autobiographischen Assoziationen, die die fanatischen Klatschkonsumenten von Zeit zu Zeit für schöne Literatur erwärmen.

Jahre später sollte Helen bemerken, daß der Erfolg von *Bensenhaver und wie er die Welt sah* ganz auf dem Klappentext beruhte. John Wolf ließ Garp die Klappentexte auf seinen Büchern immer selbst schreiben, aber Garps Charakterisierung des Buches war so schwerfällig, daß John Wolf die Sache selbst in die Hand nahm; er kam sofort zum Kern der Sache.

«*Bensenhaver und wie er die Welt sah*», lautete der Klappentext, «ist die Geschichte eines Mannes, der eine solche Angst hat vor schlimmen Dingen, die seinen Lieben zustoßen könnten, daß er eine Atmosphäre der Spannung schafft, die all die schlimmen Dinge praktisch heraufbeschwört. Und sie lassen nicht auf sich warten.

T. S. Garp», hieß es weiter in dem Klappentext, «ist das einzige Kind der bekannten Feministin Jenny Fields.» John Wolf fröstelte leicht, als er diesen Satz gedruckt vor sich sah, denn obwohl er ihn geschrieben hatte und obwohl er sehr genau wußte, *warum* er ihn geschrieben hatte, wußte er auch, daß es eine Information war, die Garp nie in Zusammenhang mit seinen eigenen Werken zu sehen wünschte. «T. S. Garp ist selber Vater», fuhr der Klappentext fort. Und John Wolf schüttelte voll Scham über die Schmonzette, die er da geschrieben hatte, den Kopf. «Er ist ein Vater, der kürzlich unter tragischen Umständen einen fünfjährigen Sohn verlor. Aus der Pein, die ein Vater nach einem solchen Unglücksfall durchmacht, ging dieser tragische Roman hervor . . .» Und so fort.

Es war nach Garps Meinung der billigste Grund zum Lesen, den es überhaupt gab. Garp sagte immer, von allen Fragen nach seinen Büchern hasse er am meisten diese, wieviel von seinem Werk «wahr» sei – wieviel davon auf «persönlicher Erfahrung» beruhe. *Wahr* – nicht in dem guten Sinn, in dem Jillsy Sloper es meinte, sondern wahr wie im «wirklichen Leben». Gewöhnlich pflegte er dann mit großer Geduld und Selbstbeherrschung zu sagen, daß die autobiographische Grundlage – sofern es überhaupt eine gebe – der uninteressanteste Aspekt sei, unter dem man einen Roman lesen könne. Er sagte immer, daß die Kunst der Dichtung der Akt des wahrhaftigen Imaginierens sei – daß sie, wie jede Kunst, ein selektiver Prozeß sei. Erinnerungen und private Geschichten – «all die gesammelten Traumata unseres undenkwürdigen Lebens» – seien verdächtige Vorbilder für Fiktion, pflegte Garp zu sagen. «Literatur muß besser gemacht sein als das Leben», schrieb Garp. Und er hatte einen nicht nachlassenden Widerwillen gegen «die Scheinleistung persönlicher Not», wie er sich ausdrückte – gegen Schriftsteller, deren Bücher «bedeutend» waren, weil in ihrem Leben irgend etwas Bedeutendes passiert war. Er schrieb, der schlechteste Grund, etwas in einen Roman aufzunehmen, sei der, daß es sich wirklich ereignet habe. «*Alles* ist irgendwann einmal wirklich passiert!» schäumte er. «Der einzige Grund, etwas in einem Roman passieren zu lassen, ist der, daß es in dem betreffenden Augenblick genau das ist, was passieren muß.»

«Erzählen Sie mir *irgend* etwas, das Ihnen irgendwann passiert ist», sagte Garp einmal zu einer Interviewerin, «und ich kann die Geschichte verbessern; ich kann die Einzelheiten besser machen, als sie waren.» Die Interviewerin, eine junge Frau mit vier kleinen Kindern, von denen eines mit Krebs im Sterben lag, blickte ihn mit dem Ausdruck äußerster Skepsis an. Garp sah ihr unabänderliches Leid und seine schreckliche Bedeutung für sie, und er sagte sanft zu ihr: «Wenn es traurig ist – selbst wenn es *sehr* traurig ist –, kann ich eine Geschichte daraus machen, die noch trauriger ist.» Aber er sah an ihrem Gesicht, daß sie ihm nie glauben würde; sie schrieb es nicht einmal auf. Es würde nicht einmal in ihrem Interview erscheinen.

Und John Wolf wußte dies: was die meisten Leser vor allem anderen wissen möchten, ist alles, was sich über das *Leben* eines Schriftstellers in Erfahrung bringen läßt. John Wolf schrieb an Garp: «Für die meisten Leute mit begrenzter Phantasie ist der Gedanke, die Wirklichkeit zu verbessern, reiner Humbug.» Im Klappentext zu *Bensenhaver und wie er die Welt sah* weckte John Wolf falsche Vorstellungen von Garps Bedeutung («das einzige Kind der bekannten Feministin Jenny Fields») und ein sentimentales Mitgefühl, das Garps persönlicher Erfahrung galt («unter tragischen Umständen einen fünfjährigen Sohn verlor»). Daß beide Informationen für die *Kunst* von Garps Roman im Grunde belanglos waren, ließ John Wolf ziemlich kalt. Garp hatte John Wolf sauer gemacht mit seinem Gerede darüber, daß er lieber reich als seriös sein wolle.

«Es ist nicht Ihr bestes Buch», schrieb John Wolf Garp, als er Garp die Fahnen zum Korrekturlesen schickte. «Eines Tages werden Sie das auch wissen. Aber es wird Ihr *größtes* Buch werden: warten Sie nur ab. Sie können sich noch nicht vorstellen, wie sehr

Sie viele der Gründe für Ihren Erfolg hassen werden, deshalb rate ich Ihnen, das Land für einige Monate zu verlassen. Ich rate Ihnen, nur die Rezensionen zu lesen, die *ich* Ihnen schicke. Und wenn der Sturm sich gelegt hat – wie jeder Sturm sich einmal legt –, können Sie wieder nach Hause kommen und sich Ihre Riesenüberraschung bei der Bank abholen. Und Sie können hoffen, daß *Bensenhaver* ein solcher Knüller wird, daß er die Leute bewegt, Ihre beiden ersten Romane zu lesen – für die Sie es *verdienten*, bekannter zu sein.

Sagen Sie Helen, es tue mir *leid*, Garp, aber ich glaube, Sie sollten eines wissen: mir haben immer Ihre Interessen am Herzen gelegen. Wenn Sie dieses Buch *verkaufen* möchten, werden wir es verkaufen. ‹Jedes Geschäft ist ein beschissenes Geschäft›, Garp. Ich zitiere *Sie*.»

Garp war über den Brief sehr verwirrt; John Wolf hatte ihm den Klappentext natürlich nicht gezeigt.

«Wieso tut es Ihnen *leid*?» schrieb Garp zurück. «Weinen Sie nicht; verkaufen Sie es einfach.»

«Jedes Geschäft ist ein beschissenes Geschäft», wiederholte John Wolf.

«Ich weiß, ich *weiß*», sagte Garp.

«Nehmen Sie meinen Rat an», sagte Wolf.

«Ich lese die Rezensionen *gern*», protestierte Garp.

«Nicht diese, das garantiere ich Ihnen», sagte John Wolf. «Machen Sie eine Reise. Bitte.» Dann schickte John Wolf einen Abzug des Klappentexts an Jenny Fields. Er bat sie um ihre Verschwiegenheit und um ihre Hilfe, Garp zum Verlassen des Landes zu bewegen.

«Verlaß das Land», sagte Jenny zu ihrem Sohn. «Es ist das beste, was du für dich und deine Familie tun kannst.» Helen war ganz begeistert von der Idee; sie war noch nie im Ausland gewesen. Duncan hatte die erste Geschichte seines Vaters, «Die Pension Grillparzer», gelesen, und er wollte nach Wien fahren.

«Wien ist nicht *wirklich* so», erklärte Garp Duncan, aber es rührte Garp sehr, daß der Junge die alte Geschichte mochte. Garp mochte sie auch. Manchmal wünschte er sich, er würde alles andere, was er geschrieben hatte, jedenfalls halb so sehr mögen.

«Warum nach Europa fahren, mit einem neuen Kind?» murrte Garp. «Ich weiß nicht. Es ist so kompliziert. Die Reisepässe – und das Kind braucht einen Haufen Spritzen oder so.»

«Du brauchst selbst ein paar Spritzen», sagte Jenny Fields. «Um das Kind brauchst du keine Angst zu haben.»

«Möchtest du Wien nicht wiedersehen?» fragte Helen Garp.

«Ah, stellen Sie sich doch mal vor, der Schauplatz Ihrer alten Missetaten!» sagte John Wolf in herzlichem Ton.

«Alte Missetaten?» brummte Garp. «Ich weiß nicht.»

«Bitte, Dad», sagte Duncan. Garp wurde sofort weich, wenn Duncan etwas wollte; er willigte ein.

Helen faßte Mut und warf sogar einen Blick auf die Korrekturfahnen von *Bensenhaver und wie er die Welt sah*, wenn es auch ein schneller nervöser Blick war und sie nicht die Absicht hatte, richtig darin zu lesen. Als erstes sah sie die Widmung.

Für Jillsy Sloper

«Wer um Gottes willen ist Jillsy Sloper?» fragte sie Garp.

«Ich weiß es nicht, ehrlich», sagte Garp; Helen sah ihn stirnrunzelnd an. «Nein, *ehrlich*», sagte er. «Es ist eine Freundin von John; er sagte, sie habe das Buch gut gefunden – und sie habe es nicht aus der Hand legen können. Für Wolf war es, glaube ich, eine Art Omen. Es war jedenfalls *seine* Idee», sagte Garp. «Und ich fand sie hübsch.»

«Hm», sagte Helen; sie legte die Fahnen beiseite.

Schweigend stellten sie sich beide John Wolfs Freundin vor. John Wolf war geschieden worden, ehe sie ihn kennenlernten; die Garps hatten später zwar einige seiner erwachsenen Kinder kennengelernt, aber nie seine erste und einzige Frau. Es hatte eine mäßige Zahl von Freundinnen gegeben, alles kluge und gepflegt-attraktive Frauen – alle jünger als John Wolf. Ein paar Mädchen aus der Verlagsbranche, aber meist junge Frauen, die selber geschieden und gutsituiert waren – immer gutsituiert oder gutsituiert aussehend. An die meisten erinnerte sich Garp, weil er sich an ihren angenehmen Geruch, den Geschmack ihres Lippenstifts und die teure fühlbare Qualität ihrer Kleider erinnerte.

Weder Garp noch Helen hätten sich vorstellen können, wie Jillsy Sloper aussah, die Tochter einer Weißen und eines Quarteronen – was Jillsy zu einer Octavonin oder Achtelnegerin machte. Ihre Haut war fahlbraun wie ein leicht gebeiztes Kiefernbrett. Ihr Haar war glatt und kurz und tiefschwarz und begann in dem grob gestutzten Pony über ihrer glänzenden, runzligen Stirn zu ergrauen. Sie war klein und langarmig, und an ihrer linken Hand fehlte der Ringfinger. Angesichts der tiefen Narbe an ihrer rechten Wange konnte man sich vorstellen, daß der Ringfinger bei derselben Auseinandersetzung, mit derselben Waffe abgehackt worden war – vielleicht in einer schlechten Ehe, denn sie hatte bestimmt eine schlechte Ehe hinter sich. Von der sie nie sprach.

Sie war etwa fünfundvierzig und sah aus wie sechzig. Sie hatte den Rumpf einer hochträchtigen Labrador-Hündin, und sie schlurfte, wann und wo sie ging, weil ihre Füße sie umbrachten. In ein paar Jahren würde sie den Knoten, den sie in ihrer Brust fühlte und den niemand anders je fühlte, so lange ignorieren, daß sie unnötigerweise an Krebs sterben würde.

Sie hatte (wie John Wolf herausfand) eine Geheimnummer, weil ihr früherer Mann alle paar Monate drohte, sie umzubringen, und weil sie keine Lust mehr hatte, daß er von sich hören ließ; der Grund, weshalb sie überhaupt ein Telefon hatte, war, daß ihre Kinder eine Nummer brauchten, um R-Gespräche anzumelden, damit sie sie bitten konnten, ihnen Geld zu schicken.

Doch als Helen und Garp sich Jillsy Sloper vorstellten, sahen sie niemanden, der auch nur von ferne dieser gezeichneten, schwer arbeitenden Octavonin glich.

«John Wolf scheint alles für dieses Buch zu tun, außer daß er es schreibt», sagte Helen.

«Ich wünschte, er *hätte* es geschrieben», sagte Garp unvermittelt. Garp hatte das Buch wieder gelesen und war voller Zweifel. In der «Pension Grillparzer», dachte Garp, herrschte eine gewisse Sicherheit darüber, wie die Welt aussah. Bei *Bensenhaver und wie er die Welt sah* hatte Garp sich weniger sicher gefühlt – ein Zeichen, natürlich, daß er älter wurde; aber Künstler, das wußte er, sollten auch besser werden.

Mit der kleinen Jenny und dem einäugigen Duncan fuhren Garp und Helen in einem kühlen neuenglischen August nach Europa ab; die meisten Transatlantikreisenden strebten in die entgegengesetzte Richtung.

«Warum wartet ihr nicht bis nach Thanksgiving?» fragte Ernie Holm. Aber *Bensenhaver und wie er die Welt sah* würde im Oktober erscheinen. John Wolf hatte verschiedene Antworten auf die Fahnenabzüge erhalten, die er den Sommer über zirkulieren ließ, lauter leidenschaftliche Reaktionen – leidenschaftliches Lob oder leidenschaftliche Ablehnung.

Es war ihm schwergefallen, Garp weder die Vorausexemplare des eigentlichen Buches noch den Schutzumschlag zu zeigen. Aber Garps Begeisterung für das Buch war so sporadisch und im allgemeinen so gedämpft, daß John Wolf es geschafft hatte, ihn hinzuhalten.

Jetzt hatte Garp Reisefieber, und er sprach von anderen Büchern, die er schreiben würde. («Ein gutes Zeichen», sagte John Wolf zu Helen.)

Jenny und Roberta brachten die Garps nach Boston, wo sie ein Flugzeug nach New York nahmen. «Keine Sorge wegen des Flugzeugs», sagte Jenny. «Es wird schon nicht abstürzen.»

«Jesus, Mom», sagte Garp. «Was verstehst du von Flugzeugen? Es stürzen dauernd welche ab.»

«Du mußt deine Arme dauernd bewegen, wie Flügel», sagte Roberta zu Duncan.

«Mach ihm keine Angst, Roberta», sagte Helen.

«Ich habe keine Angst», sagte Duncan.

«Wenn dein Vater dauernd *redet*, könnt ihr nicht abstürzen», sagte Jenny.

«Wenn er dauernd redet», sagte Helen, «werden wir nie *landen*.»

Sie konnten sehen, daß Garp gekränkt war.

«Ich werde den ganzen Flug *furzen*, wenn ihr mich nicht in Ruhe laßt», sagte Garp, «und dann explodieren wir alle mit einem gewaltigen Bums.»

«Am besten, du schreibst oft», sagte Jenny.

In Erinnerung an den guten alten Tinch und an seine letzte Reise nach Europa sagte Garp zu seiner Mutter: «Diesmal werde ich nur eine Menge a-a-a-*aufnehmen*, Mom. Ich werde kein einziges W-W-W-Wort schreiben.» Darüber lachten sie beide, und Jenny Fields weinte sogar ein bißchen, aber das merkte nur Garp. Er küßte seine Mutter zum Abschied. Roberta, deren Geschlechtsumwandlung sie zu einer Dynamitküsserin gemacht hatte, küßte alle mehrere Male.

«Jesus, Roberta», sagte Garp.

«Ich passe auf die alte Dame auf, während du fort bist», sagte Roberta, und ihr gewaltiger Arm machte Jenny, die neben ihr unendlich klein und plötzlich sehr grau wirkte, zu einer Liliputanerin.

«Ich brauche niemanden, der auf mich aufpaßt», sagte Jenny Fields.

«Mom pflegt auf alle anderen aufzupassen», sagte Garp.

Helen umarmte Jenny, weil sie wußte, wie wahr das war. Vom Flugzeug aus konnten Garp und Duncan sehen, wie Jenny und Roberta von der Aussichtsterrasse aus winkten. Mehrere Passagiere hatten die Plätze getauscht, weil Duncan einen Fensterplatz an der linken Seite des Flugzeugs haben wollte. «Die rechte Seite ist doch genauso schön», sagte eine Stewardess.

«Aber nicht, wenn man kein rechtes Auge hat», erklärte Duncan ihr freundlich, und Garp bewunderte die selbstverständliche Art des Jungen.

Helen und das Baby saßen auf der anderen Seite des Mittelgangs. «Kannst du Grandma sehen?» fragte Helen Duncan.

«Ja», sagte Duncan.

Zwar wurde die Aussichtsterrasse plötzlich von Leuten gestürmt, die den Start sehen wollten, aber Jenny Fields fiel – wie immer – in ihrer weißen Tracht sofort ins Auge, so klein sie auch war. «Warum sieht Nana so groß aus?» fragte Duncan Garp, und es stimmte: Jenny Fields überragte die Menge um mehr als Haupteslänge. Garp erkannte, daß Roberta seine Mutter hochhob, als wäre seine Mutter ein kleines Kind. «Oh, *Roberta* hält sie!» rief Duncan. Garp blickte hinaus zu seiner Mutter, die von den festen Armen des ehemaligen Linksaußen in die Luft gestemmt wurde, damit sie ihm zum Abschied winken konnte; Jennys schüchternes, zuversichtliches Lächeln rührte ihn, und er winkte ihr hinter dem Fenster zu, obwohl er wußte, daß Jenny nicht in das Flugzeug sehen konnte. Zum erstenmal fand er, daß seine Mutter alt aussah; er blickte fort – über den Gang, zu Helen mit ihrem neuen Kind.

«Jetzt ist es soweit», sagte Helen. Helen und Garp hielten einander über den Gang hinweg die Hand, als das Flugzeug abhob, denn Helen, das wußte Garp, hatte schreckliche Angst vorm Fliegen.

In New York brachte John Wolf sie in seiner Wohnung unter; er gab Garp und Helen und der kleinen Jenny sein eigenes Schlafzimmer und teilte großmütig das Gästezimmer mit Duncan.

Die Erwachsenen aßen spät zu Abend und tranken zuviel Cognac. Garp erzählte John Wolf von den drei nächsten Romanen, die er schreiben wollte.

«Der erste heißt *Meines Vaters Illusionen*», sagte Garp. «Er handelt von einem idealistischen Vater, der viele Kinder hat. Er baut dauernd kleine Utopias, in denen seine Kinder groß werden sollen, und als seine Kinder groß geworden sind, gründet er kleine Colleges. Aber sie scheitern alle – die Colleges und die Kinder. Der Vater versucht immer wieder, eine Rede vor der UNO zu halten, aber man setzt ihn immer wieder vor die Tür; es ist immer dieselbe Rede – er arbeitet sie immer wieder um. Dann versucht er, ein kostenloses Krankenhaus zu leiten; es ist ein Desaster. Dann versucht er, ein kostenloses, über ganz Amerika ausgedehntes Beförderungssystem zu begründen. Unterdessen läßt seine Frau sich von ihm scheiden, und seine Kinder werden immer älter und sind unglücklich oder kaputt – oder einfach völlig normal, ihr wißt schon. Das einzige, was die Kinder gemeinsam haben, sind die furchtbaren Erinnerungen an die Utopias, in denen ihr Vater sie groß werden lassen wollte. Schließlich wird der Vater Gouverneur von Vermont.»

«Vermont?» fragte John Wolf.

«Ja, Vermont», sagte Garp. «Er wird Gouverneur von Vermont, aber in Wirklichkeit hält er sich für einen König. Noch ein Utopia, wie ihr seht.»

«*Der König von Vermont*!» sagte John Wolf. «Das ist ein besserer Titel.»

«Nein, nein», sagte Garp. «Das ist ein anderes Buch. Kein Zusammenhang. Das zweite Buch, nach *Meines Vaters Illusionen*, soll *Der Tod Vermonts* heißen.»

«Dieselbe Besetzung?» fragte Helen.

«Nein, nein», sagte Garp. «Eine andere Geschichte. Es handelt vom Tod Vermonts.»

«Ich mag lieber Sachen, die das sind, wie ihr Name sagt», meinte John Wolf.

«Eines Jahres kommt der Frühling nicht», sagte Garp.

«Der Frühling kommt sowieso nie nach Vermont», sagte Helen.

«Nein, nein», sagte Garp stirnrunzelnd. «In *dem* Jahr kommt auch der Sommer nicht. Der Winter hört nicht auf. Eines Tages wird es wärmer, und die Knospen kommen. Vielleicht im Mai. Eines Tages im Mai sind Knospen an den Bäumen, am nächsten Tag Blätter, und am übernächsten Tag haben sich die Blätter alle verfärbt. Es ist bereits Herbst. Die Blätter fallen von den Bäumen.»

«Welch schnelle Entblätterung», sagte Helen.

«Sehr witzig», sagte Garp. «Aber genau das passiert. Es ist wieder Winter; es wird für immer Winter sein.»

«Und die Menschen sterben?» fragte John Wolf.

«Über die Menschen bin ich mir noch nicht im klaren», sagte Garp. «Manche verlassen natürlich Vermont.»

«Keine schlechte Idee», sagte Helen.

«Manche bleiben, manche sterben. Vielleicht sterben alle», sagte Garp.

«Was bedeutet es?» fragte John Wolf.

«Ich werde es wissen, wenn ich soweit bin», sagte Garp. Helen lachte.

«Und danach kommt ein *dritter* Roman?» fragte John Wolf.

«Er heißt *Das Komplott gegen den Riesen*», sagte Garp.

«Das ist ein Gedicht von Wallace Stevens», sagte Helen.

«Ja, natürlich», sagte Garp, und er sagte für die anderen das Gedicht auf.

Das Komplott gegen den Riesen

Erstes Mädchen

Wenn dieser Tölpel faselnd kommt
Sein Hackebeilchen wetzend
Dann lauf vor ihm her
Mit den zivilsten Düften von
Geranien, von nie gerochenen Blumen.
Das wird ihn stoppen.

Zweites Mädchen

Ich laufe vor ihm her
Und schwinge Tücher voller bunter Tupfen
So klein wie Rogen.
Die Fäden
Werden ihn verwirren.

Drittes Mädchen

Oh, la . . . le pauvre!
Ich laufe vor ihm her
Und werde seltsam blasen.
Er wird sein Ohr mir leihen.
Und dann flüstre ich
Ihm himmlische Labiale in einer Welt der Gutturale.
Das wird ihn ruinieren.

«Was für ein hübsches Gedicht», sagte Helen.

«Der Roman hat drei Teile», sagte Garp.

«Erstes Mädchen, Zweites Mädchen, Drittes Mädchen?» fragte John Wolf.

«Und *wird* der Riese ruiniert?» fragte Helen.

«Wird er das je?» sagte Garp.

«Ist es ein richtiger Riese, in dem Roman?» fragte John Wolf.

«Ich weiß es noch nicht», sagte Garp.

«Bist *du* es?» fragte Helen.

«Ich hoffe nicht», sagte Garp.

«Ich hoffe auch, daß du es nicht bist», sagte Helen.

«Schreiben Sie den zuerst», sagte John Wolf.

«Nein, schreib ihn zuletzt», sagte Helen.

«*Der Tod Vermonts* scheint mir der logische Abschluß zu sein», sagte John Wolf.

«Nein, ich sehe *Das Komplott gegen den Riesen* als letzten», sagte Garp.

«Warte und schreib ihn erst, wenn ich tot bin», sagte Helen.

Alle lachten.

«Aber das sind nur drei», sagte John Wolf. «Was dann? Was passiert nach den dreien?»

«Dann sterbe ich», sagte Garp. «Das macht zusammen sechs Romane, und das reicht.»

Wieder lachten alle.

«Und wissen Sie auch schon, *wie* Sie sterben?» fragte ihn John Wolf.

«Laßt uns damit aufhören», sagte Helen. Und zu Garp sagte sie: «Wenn du jetzt sagst: ‹In einem Flugzeug›, werde ich dir nie verzeihen.»

Hinter dem beschwipsten Humor in ihrer Stimme entdeckte John Wolf einen tiefen Ernst; was ihn veranlaßte, die Beine von sich zu strecken.

«Ihr beide geht jetzt besser ins Bett», sagte er. «Und ruht euch aus für eure Reise.»

«Möchtet ihr nicht wissen, wie ich sterbe?» fragte Garp. Sie sagten nichts.

«Ich bringe mich selbst um», sagte Garp fröhlich. «Um voll etabliert zu sein, ist das anscheinend fast notwendig. Ich meine es ernst, *wirklich*», sagte Garp. «Ihr werdet mir doch zustimmen, daß es nach gegenwärtiger Mode eine Möglichkeit ist, die Ernsthaftigkeit eines Schriftstellers zu erkennen? Da die *Kunst* des Schreibens die Ernsthaftigkeit des Schriftstellers nicht immer augenscheinlich macht, ist es zuweilen notwendig, die Tiefe seiner persönlichen Pein mit anderen Mitteln zu offenbaren. Sich umzubringen – das scheint zu bedeuten, daß man es letzten Endes doch ernst meinte. Es ist *wahr*», sagte Garp, aber sein Sarkasmus war beißend, und

Helen seufzte; John Wolf reckte sich wieder. «Und danach», sagte Garp, «wird plötzlich viel Ernsthaftigkeit in seinem Werk entdeckt – wo sie vorher nicht wahrgenommen wurde.»

Garp hatte oft gereizt bemerkt, dies werde seine letzte Pflicht als Vater und Ernährer sein – und er wies gern auf einige der mittelmäßigen Schriftsteller hin, die *wegen* ihres Selbstmords jetzt verehrt und begierig gelesen wurden. Bei diesen Schriftsteller-Selbstmorden, die auch er – in manchen Fällen – ehrlich bewunderte, hoffte Garp nur, daß sich wenigstens einige dieser Leute im Augenblick der Tat des gewinnbringenden Aspekts ihrer unglücklichen Entscheidung bewußt gewesen waren. Er wußte sehr wohl, daß Leute, die sich wirklich umbrachten, den Selbstmord nicht im geringsten verherrlichten; *sie* hatten keinen Respekt vor der «Ernsthaftigkeit», die die Tat ihrem Werk angeblich verlieh – ein ekelerregendes Phänomen in der Welt des Buches, fand Garp. Bei Lesern *und* Rezensenten.

Garp wußte auch, daß *er* kein Selbstmörder war; kurz nach Walts Unfall wußte er es nicht mehr ganz so genau, aber er wußte es. Selbstmord lag ihm ebenso fern wie Vergewaltigung; er konnte sich nicht vorstellen, daß er es wirklich tat. Aber er stellte sich gern den selbstmörderischen Schriftsteller vor, wie er über sein erfolgreiches Unglück grinste, während er noch einmal die letzte Mitteilung, die er hinterlassen würde, las und revidierte – eine verzweiflungsvolle und angemessen humorlose Mitteilung. Voller Bitterkeit stellte sich Garp gern jenen Augenblick vor: wenn die Selbstmordmitteilung fertig war, schritt der Schriftsteller zur Pistole, zum Gift, zum Sprung – mit einem gräßlichen Lachen und voll des Wissens, daß er den Lesern und Rezensenten endlich ein Schnippchen schlagen würde. Eine der Mitteilungen, die er sich vorstellte, lautete:

«Ich bin das letzte Mal von Euch Idioten mißverstanden worden.»

«Was für eine krankhafte Vorstellung», sagte Helen.

«Der vollkommene Schriftstellertod», sagte Garp.

«Es ist spät», sagte John Wolf. «Denkt an euren Flug.»

Im Gästezimmer, wo John Wolf auf der Stelle in Schlaf sinken wollte, fand er Duncan Garp noch hellwach.

«Na, Duncan, Reisefieber?» fragte er den Jungen.

«Mein Vater ist schon mal in Europa gewesen», sagte Duncan. «Aber *ich* noch nicht.»

«Ich weiß», sagte John Wolf.

«Wird mein Vater viel Geld verdienen?» fragte Duncan.

«Ich hoffe es», sagte John Wolf.

«Wir brauchen es eigentlich gar nicht, weil meine Großmutter soviel hat», sagte Duncan.

«Aber es ist schön, wenn ihr euer eigenes habt», sagte John Wolf.

«Warum?» fragte Duncan.

«Na ja, es ist schön, wenn man berühmt ist», sagte John Wolf.

«Glauben Sie, daß mein Vater berühmt wird?» fragte Duncan.

«Ich *glaube* es», sagte John Wolf.

«Meine Großmutter ist schon berühmt», sagte Duncan.

«Ich weiß», sagte John Wolf.

«Ich glaube nicht, daß es ihr gefällt», sagte Duncan.

«Warum nicht?» fragte John Wolf.

«Es sind immer zu viele Fremde da», sagte Duncan. «Das sagt Nana auch, ich habe es selbst gehört: ‹Zu viele Fremde in meinem Haus.›»

«Na, dein Dad wird wahrscheinlich nicht ganz auf die gleiche Art berühmt, wie es deine Großmutter ist», sagte John Wolf.

«Wie viele verschiedene Arten gibt es, berühmt zu sein?» fragte Duncan.

John Wolf atmete lange und beherrscht aus. Dann fing er an, Duncan Garp von den Unterschieden zwischen Knüllern und nur erfolgreichen Büchern zu erzählen. Er sprach über politische Bücher und umstrittene Bücher und Werke der schönen Literatur. Er sprach von den feineren Gesichtspunkten des Bücherverlegens; er gab Duncan sogar einen tieferen Einblick in seine persönlichen Ansichten über das Bücherverlegen, als er Garp jemals gewährt hatte. Garp interessierte sich nicht wirklich dafür. Duncan auch nicht. Duncan würde sich nicht an *einen* der feineren Gesichtspunkte erinnern; er schlief ziemlich bald ein, nachdem John Wolf zu erklären begonnen hatte.

Es war einfach John Wolfs Tonfall, den Duncan mochte. Die

lange Geschichte, die langsame Erklärung. Es war die Stimme von Roberta Muldoon – von Jenny Fields, von seiner Mutter, von Garp –, die ihm abends in dem Haus in Dog's Head Harbor Geschichten erzählte und ihn so tief einschlafen ließ, daß er keine Alpträume haben würde. Duncan hatte sich an diesen Tonfall gewöhnt, und er hatte in New York nicht ohne ihn einschlafen können.

Am Morgen amüsierten sich Garp und Helen über John Wolfs Wandschrank. Es hing ein hübsches Nachthemd darin, das zweifellos einer von John Wolfs neueren gepflegten Freundinnen gehörte – einer, die *nicht* aufgefordert worden war, über Nacht zu bleiben. Es hingen ungefähr dreißig dunkle Anzüge darin, alle mit Nadelstreifen, alle ziemlich elegant und alle mit ungefähr acht Zentimeter zu langen Hosenbeinen, um Garp zu passen. Garp trug einen, der ihm gefiel, beim Frühstück mit aufgekrempelten Hosen.

«Jesus, haben Sie viele Anzüge», sagte er zu John Wolf.

«Nehmen Sie sich einen», sagte John Wolf. «Nehmen Sie sich zwei oder drei. Nehmen Sie sich den, den Sie anhaben.»

«Er ist zu lang», sagte Garp und hielt den einen Fuß hoch.

«Lassen Sie ihn sich kürzer machen», sagte John Wolf.

«Du hast *überhaupt* keine Anzüge», sagte Helen zu Garp.

Garp gefiel der Anzug so sehr, daß er ihn zum Flughafen tragen wollte, mit hochgesteckten Hosenbeinen.

«Jesus», sagte Helen.

«Es ist mir ein bißchen peinlich, mit Ihnen gesehen zu werden», gestand John Wolf, aber er fuhr sie zum Flughafen. Er wollte sich vergewissern, daß die Garps das Land verließen.

«Oh, Ihr Buch», sagte er im Auto zu Garp. «Ich vergesse dauernd, Ihnen ein Exemplar zu geben.»

«Das habe ich gemerkt», sagte Garp.

«Ich werde Ihnen eines schicken», sagte John Wolf.

«Ich habe nicht einmal gesehen, was auf den Schutzumschlag kommt», sagte Garp.

«Auf der Rückseite ist ein Foto von Ihnen», sagte John Wolf. «Es ist ein älteres – Sie kennen es bestimmt.»

«Was ist auf der Vorderseite?» sagte Garp.

«Na ja, der Titel», sagte John Wolf.

«Ach, wirklich?» sagte Garp. «Ich dachte schon, Sie hätten vielleicht beschlossen, den Titel wegzulassen.»

«Nur der Titel», sagte John Wolf. «Über einer Art Foto.»

«‹Einer Art Foto›», sagte Garp. «Über was für einer Art Foto?»

«Vielleicht hab ich einen in meiner Aktentasche», sagte Wolf. «Ich schaue gleich nach, auf dem Flughafen.»

Wolf war vorsichtig; er hatte bereits herausgelassen, daß *Bensenhaver und wie er die Welt sah* in seinen Augen eine «für Jugendliche verbotene Schnulze» war. Es hatte Garp anscheinend nichts ausgemacht. «Verstehen Sie mich recht, es ist enorm gut *geschrieben*», hatte Wolf gesagt, «aber irgendwie ist es trotzdem eine Schnulze; es ist irgendwie *zuviel*.» Garp hatte geseufzt. «Das *Leben*», hatte Garp gesagt, «ist irgendwie zuviel. Das Leben ist eine ‹für Jugendliche verbotene Schnulze›, John», hatte Garp gesagt.

In John Wolfs Aktentasche lag die vordere Schutzumschlagseite von *Bensenhaver und wie er die Welt sah* – ein Ausschnitt ohne die hintere Seite mit dem Foto von Garp und natürlich ohne die Umschlagklappen. John Wolf hatte vor, Garp diesen Ausschnitt wenige Augenblicke vor dem Abschied zu geben. Er hatte ihn in einem verschlossenen Briefumschlag, der in einem zweiten verschlossenen Umschlag steckte. John Wolf war sich ziemlich sicher, daß Garp nicht in der Lage sein würde, das Ding auszupacken und anzuschauen, ehe er im Flugzeug saß.

Wenn Garp in Europa war, würde John Wolf ihm den Rest des Schutzumschlags von *Bensenhaver und wie er die Welt sah* schicken. Wolf war sich ganz sicher, daß Garp nicht wütend genug sein würde, um nach Hause zu fliegen.

«Das hier ist größer als das andere Flugzeug», sagte Duncan, der an einem Fenster auf der linken Seite saß, ein kleines Stück vor der Tragfläche.

«Es muß größer sein, weil es quer über den ganzen Atlantik fliegt», sagte Garp, der neben ihm saß.

«Erwähn das bitte nicht wieder», sagte Helen. Jenseits des Mittelgangs knüpfte eine Stewardess eine interessante Schlinge für die kleine Jenny, die wie ein fremdes Baby oder ein Indianerkind an der Rücklehne des Sitzes vor Helen baumelte.

«John Wolf hat gesagt, daß du reich und berühmt wirst», sagte Duncan zu seinem Vater.

«Hm», sagte Garp. Er war mitten dabei, die Briefumschläge zu öffnen, die John Wolf ihm mitgegeben hatte; es war eine höllische Mühe.

«Stimmt das?» fragte Duncan.

«Ich *hoffe* es», sagte Garp. Schließlich blickte er auf die vordere Umschlagseite von *Bensenhaver und wie er die Welt sah*. Er konnte nicht sagen, ob es die plötzliche scheinbare Schwerelosigkeit des großen, abhebenden Flugzeugs war, was ihn so erschauern ließ – oder ob es das Foto war.

Es war eine Schwarzweiß-Vergrößerung, ein körniges Bild, wie in dichtem Schneetreiben aufgenommen, von einem Krankenwagen, der vor einem Krankenhaus entladen wurde. Die dumpfe Resignation in den grauen Gesichtern der Pfleger drückte die Tatsache aus, daß kein Grund zur Eile bestand. Die Gestalt unter dem Laken war klein und ganz zugedeckt. Das Foto hatte etwas von der hektischen schrecklichen Atmosphäre der Notaufnahme eines beliebigen Krankenhauses. Es *war* irgendein Krankenhaus und irgendein Krankenwagen – und irgendein kleiner Körper, der zu spät kam.

Eine Art feucht glänzender Schicht überzog das Foto und machte es – neben seinem körnigen Aussehen und dem Umstand, daß dieser Unfall anscheinend an einem regnerischen Abend passiert war – zu einem Bild aus *irgendeiner* billigen Zeitung; es war irgendein Unglück. Es war irgendein kleiner Tod, irgendwo, irgendwann. Aber es erinnerte Garp natürlich nur an die graue Verzweiflung in all ihren Gesichtern beim Anblick des zerschmettert daliegenden Walt.

Der Umschlag von *Bensenhaver und wie er die Welt sah* schrie eine grausame Warnung hinaus: Dies ist ein Katastrophenbericht. Der Umschlag zielte auf billige, aber unmittelbare Aufmerksamkeit ab; er erregte sie. Der Umschlag versprach jähes, quälendes Leid; Garp wußte, daß das Buch es liefern würde.

Hätte er in diesem Augenblick lesen können, was im Klappentext über seinen Roman und sein Leben stand, wäre es gut möglich gewesen, daß er gleich nach der Landung in Europa das nächste Flugzeug nach New York zurück genommen hätte. Aber er würde Zeit haben, sich mit dieser Art Werbung abzufinden – genau wie John Wolf es geplant hatte. Wenn Garp den Klappentext las, würde er das scheußliche Titelfoto schon verdaut haben.

Helen würde es nie verdauen, und sie verzieh es John Wolf auch nie. Sie würde ihm auch nie das Foto von Garp auf der Rückseite verzeihen. Es war ein mehrere Jahre vor dem Unglück aufgenommenes Bild von Garp mit Duncan und Walt. Helen hatte das Bild gemacht, und Garp hatte es John Wolf an Stelle einer Weihnachtskarte geschickt. Garp hockte auf einem Anleger in Maine. Er hatte nichts als eine Badehose an, und er sah aus, als sei er körperlich hervorragend in Form. Er war es. Duncan stand hinter ihm, den mageren Arm auf der Schulter seines Vaters; Duncan hatte auch eine Badehose an, er war sehr braun gebrannt und trug eine weiße Matrosenmütze keck auf dem Kopf. Er grinste in die Kamera, starrte sie mit seinen schönen Augen in Grund und Boden.

Walt saß auf Garps Schoß. Er war gerade erst aus dem Wasser gekommen, so daß er glitschig war wie ein junger Seehund; Garp versuchte, ihn fürsorglich in ein Badetuch zu wickeln, und Walt zappelte. Sein verschmitztes rundes Gesicht strahlte unbändig vor Glück die Kamera an – seine Mutter, die das Bild aufnahm.

Als Garp dieses Bild betrachtete, fühlte er, wie Walts kühler, nasser Körper an seinem warm und trocken wurde.

Die Unterschrift unter dem Foto appellierte an einen der unedelsten Instinkte menschlicher Wesen.

T. S. GARP MIT SEINEN KINDERN (VOR DEM UNGLÜCK)

Das deutete indirekt darauf hin, daß man beim Lesen des Buches herausfinden würde, um *was für ein* Unglück es sich handelte. Man würde es natürlich nicht herausfinden. In *Bensenhaver und wie er die Welt sah* wurde nichts über dieses Unglück gesagt – auch wenn man um der Gerechtigkeit willen zugeben mußte, daß Unglücksfälle eine große Rolle in dem Roman spielen. Das einzige, was man über das Unglück, auf das unter dem Foto angespielt wurde, erfuhr, stand in der Schmonzette, die John Wolf für die Schutzumschlagklappen verfaßt hatte. Trotzdem hatte das Foto –

von einem Vater mit seinen bedrohten Kindern – etwas, das einen *köderte*.

Die Leute kauften das Buch von dem traurigen Sohn der Jenny Fields in Massen.

Im Flugzeug nach Europa hatte Garp nur das Bild von dem Krankenwagen, um seine Vorstellungskraft zu beschäftigen. Selbst in jener Höhe konnte er sich vorstellen, daß die Leute das Buch in Massen kauften. Er saß da und empfand Abscheu vor den Leuten, die er sich beim Kauf des Buches vorstellte; außerdem empfand er Abscheu vor sich selbst, wenn er daran dachte, daß er eines der Bücher geschrieben hatte, die Leute in Massen anziehen konnten.

«Massen» waren T. S. Garp nie geheuer, am wenigsten Massen von Leuten. Er saß im Flugzeug und wünschte sich mehr Isolation und Privatsphäre – für sich und seine Familie –, als er je wieder haben würde.

«Was wollen wir mit all dem Geld machen?» fragte Duncan ihn unvermittelt.

«All dem Geld?» sagte Garp.

«Wenn du reich und berühmt bist», sagte Duncan. «Was wollen wir dann machen?»

«Wir werden eine Menge Spaß haben», erklärte Garp ihm, aber das eine Auge seines hübschen Sohnes fixierte ihn zweifelnd.

«Wir erreichen jetzt unsere Flughöhe von zehntausendfünfhundert Metern», sagte der Pilot.

«Wow», sagte Duncan. Und Garp wollte nach der Hand seiner Frau jenseits des Gangs greifen. Ein dicker Mann kam auf dem Weg zur Toilette durch den Gang; Garp und Helen konnten sich nur ansehen und mit den Augen eine Art Hand-in Hand-Kontakt signalisieren.

Vor seinem geistigen Auge sah Garp seine Mutter, Jenny Fields, ganz in Weiß, von der riesigen Roberta Muldoon in den Himmel gehoben. Er wußte nicht, was es bedeutete, aber seine Vision von Jenny Fields über einer Menschenmenge ließ ihn ebenso erschauern wie der Krankenwagen auf dem Umschlag von *Bensenhaver und wie er die Welt sah*.

Er begann mit Duncan zu reden, über nichts.

Duncan begann, über Walt und den Sog zu reden – eine berühmte Familiengeschichte. Denn so weit Duncan sich zurückerinnern konnte, waren die Garps jeden Sommer nach Dog's Head Harbor, New Hampshire, gefahren, wo der meilenlange Strand vor Jenny Fields' Besitz von einem tückischen Sog unsicher gemacht wurde. Als Walt alt genug war, um sich bis ans Wasser vorzuwagen, sagte Duncan zu ihm – wie Helen und Garp jahrelang zu Duncan gesagt hatten –: «Paß auf den Sog auf.» Walt trat respektvoll den Rückzug an. Und Walt wurde drei Sommer lang vor dem Sog gewarnt. Duncan erinnerte sich an all die Warnungen.

«Der Sog ist heute schlimm.»

«Der Sog ist heute stark.»

«Der Sog ist heute ganz böse.» *Böse* war ein beliebtes Wort in New Hampshire – nicht nur für den Sog.

Und Walt paßte jahrelang darauf auf. Als er zuerst gefragt hatte, was *er* mit einem machen könne, hatte man ihm nur erklärt, er könne einen ins Meer hinausziehen. Er könne einen unter Wasser saugen und ertränken und fortzerren.

Es war Walts vierter Sommer in Dog's Head Harbor, das wußte Duncan noch, als Garp und Helen und Duncan eines Tages zusahen, wie Walt das Meer beobachtete. Er stand bis zu den Knöcheln im Schaum der Brandung und spähte in die Wellen, ohne einen Schritt zu tun, endlos lange. Die Familie ging zum Rand des Wassers hinunter, um ein Wörtchen mit ihm zu reden.

«Was machst du denn da, Walt?» fragte Helen.

«Was suchst du denn da, du Blödian?» fragte Duncan ihn.

«Ich versuche, den Sog zu sehen», sagte Walt.

«Den was?» fragte Garp.

«Den Sog», sagte Walt. «Ich versuche, ihn zu *sehen*. Wie *groß* ist er?»

Und Garp und Helen und Duncan hielten den Atem an; sie wurden sich bewußt, daß Walt sich all die Jahre vor einem riesigen Ungeheuer gefürchtet hatte, das vor der Küste in den Wellen lauerte und darauf wartete, ihn unter Wasser zu saugen und ins Meer hinauszuziehen. Der schreckliche Sog.

Garp versuchte ihn sich mit Walt vorzustellen. Würde er je auftauchen? Schwamm er jemals oben? Oder war er immer unter

Wasser, schleimig und aufgebläht und nach Knöcheln gierend, die seine klebende Zunge umstricken konnte? Der gemeine Sog.

Für Helen und Garp wurde «der Sog» ein Kodewort für Angst. Noch lange, nachdem Walt erklärt worden war, was es mit dem Monster auf sich hatte («Der Sog ist doch kein *Tier*, du Blödian. Es ist die Strömung!» hatte Duncan geschrien), beschworen Garp und Helen die Bestie, wenn sie von ihren eigenen Ängsten vor Gefahren sprachen. Wenn der Verkehr dicht war, wenn die Straße vereist war – wenn über Nacht die Depression gekommen war –, sagten sie zueinander: «Der Sog ist heute stark.»

«Weißt du noch», fragte Duncan im Flugzeug, «wie Walt gefragt hat, ob er grün oder braun ist?»

Garp und Duncan lachten. Aber er war weder grün noch braun, dachte Garp. Er war ich. Er war Helen. Er war schlechtwetterfarben. Er war so groß wie ein Auto.

In Wien, fühlte Garp, war der Sog stark. Helen schien ihn nicht zu fühlen, und Duncan wanderte wie ein Elfjähriger von einem Gefühl zum nächsten. Die Rückkehr in diese Stadt war für Garp wie eine Rückkehr an die Steering School. Die Straßen, die Gebäude, sogar die Gemälde in den Museen waren wie seine alten Lehrer, nur älter geworden; er erkannte sie kaum wieder, und sie kannten ihn überhaupt nicht mehr. Helen und Duncan schauten sich alles an. Garp war zufrieden, wenn er mit der kleinen Jenny spazierenging; er schob sie in einem Kinderwagen, so barock wie die Stadt selbst, durch den langen warmen Herbst – er lächelte und nickte all den zungenschnalzenden älteren Leuten zu, die in den Kinderwagen spähten und beifällig sein neues Baby betrachteten. Die Wiener schienen wohlgenährt und von einem Luxus umgeben, der Garp neu vorkam; die Stadt war Jahre entfernt von der russischen Besatzung, der Erinnerung an den Krieg, den Mahnungen der Ruinen. Wenn Wien damals, als er mit seiner Mutter dort war, im Sterben gelegen hatte oder schon tot gewesen war, so hatte Garp nun das Gefühl, daß an der Stelle der alten Stadt etwas Neues, aber Gewöhnliches gewachsen war.

Dennoch machte es Garp Spaß, Duncan und Helen herumzuführen. Er genoß die Rundgänge durch seine eigene Geschichte, mit Abstechern in die Reiseführergeschichte Wiens. «Und hier hat Hitler gestanden, als er zum erstenmal zu den Wienern sprach. Und hier habe ich immer samstags morgens eingekauft.

Das hier ist der vierte Bezirk, er gehörte zum russischen Sektor; hier ist die berühmte Karlskirche, und das Obere und Untere Belvedere. Und zwischen der Prinz-Eugen-Straße, dort links, und der Argentinierstraße liegt die winzige Straße, wo Mom und ich . . .»

Sie nahmen Zimmer in einer netten Pension im vierten Bezirk. Sie sprachen davon, Duncan bei einer englischen Schule anzumelden, aber es war ein weiter Weg oder eine lange Fahrt mit der Straßenbahn früh am Morgen, und sie hatten nicht wirklich die Absicht, auch nur das halbe Jahr zu bleiben. Sie dachten vage daran, Weihnachten mit Jenny und Roberta und Ernie Holm in Dog's Head Harbor zu verbringen.

John Wolf schickte endlich das Buch, mit dem vollständigen Schutzumschlag, und der Sog, den Garp spürte, war ein paar Tage lang unerträglich, dann zog er tiefer, unter die Oberfläche. Er schien verschwunden. Garp brachte einen maßvollen Brief an seinen Verleger zustande; er drückte sein Gefühl des Verletztseins aus, sein Verständnis, daß all dies in der besten Absicht geschehen sei, aus geschäftlichen Erwägungen. Aber . . . und so fort. Wie zornig konnte er denn wirklich sein – auf Wolf? Garp hatte das Produkt geliefert; Wolf hatte es nur vermarktet.

Garp hörte von seiner Mutter, daß die ersten Besprechungen «nicht nett» seien, aber Jenny legte ihrem Brief – auf John Wolfs Anraten – keine Besprechungen bei. John Wolf suchte aus den wichtigen New Yorker Rezensionen die erste Lobeshymne aus: «Endlich hat die Frauenbewegung einen nachweislichen bedeutsamen Einfluß auf einen männlichen Schriftsteller ausgeübt», schrieb die Rezensentin, die irgendwo außerordentliche Professorin für Frauenfragen war. Sie sagte weiter, *Bensenhaver und wie er die Welt sah* sei «die erste Tiefenstudie eines Mannes über den spezifisch *männlichen* neurotischen Druck, dem viele Frauen unterworfen werden». Und so fort.

«Christus», sagte Garp, «es klingt, als hätte ich eine Doktorarbeit geschrieben. Es ist ein Scheiß*roman*, es ist eine *Geschichte*, und ich habe sie erfunden!»

«Nun, es klingt, als hätte sie ihr *gefallen*», sagte Helen.

«Nicht *sie* hat ihr gefallen», sagte Garp. «Ihr hat etwas anderes gefallen.»

Aber die Rezension trug zu dem Gerücht bei, daß *Bensenhaver und wie er die Welt sah* «ein feministischer Roman» sei.

«Genau wie ich», schrieb Jenny Fields an ihren Sohn, «scheinst nun auch du von einem der vielen verbreiteten Mißverständnisse unserer Zeit zu profitieren.»

Andere Besprechungen nannten das Buch «paranoid, hirnrissig und strotzend von grundloser Brutalität und grundlosem Sex». Garp bekam die meisten dieser Rezensionen nicht zu Gesicht, aber sie taten dem Verkauf wahrscheinlich auch keinen Abbruch.

Ein Rezensent räumte ein, daß Garp ein seriöser Schriftsteller sei, dessen «Neigungen zu barocker Übertreibung Amok gelaufen sind». John Wolf konnte der Versuchung nicht widerstehen, Garp diese Rezension zu schicken – wahrscheinlich weil John Wolf ihr zustimmte.

Jenny schrieb, daß sie immer mehr in die Landespolitik von New Hampshire «hineingezogen» werde.

«Die Gouverneurswahl von New Hampshire nimmt unsere ganze Zeit in Anspruch», schrieb Roberta Muldoon.

«Wie kann irgend jemand einem Gouverneur von New Hampshire seine ganze Zeit widmen?» schrieb Garp zurück.

Es ging da offenbar um ein feministisches Anliegen und andererseits um Idiotien und Verbrechen, auf die der gegenwärtige Gouverneur sogar noch stolz war. Die Administration rühmte sich, einer vergewaltigten Vierzehnjährigen die Abtreibung verweigert zu haben und damit der Woge des Verfalls entgegengetreten zu sein. Der Gouverneur war wahrhaftig ein aufgeblasener, reaktionärer Trottel. Er schien unter anderem der Meinung zu sein, daß der Bundesstaat oder die Bundesregierung den armen Leuten nicht helfen sollten, da die Lage der Armen dem Gouverneur von New Hampshire eine verdiente Strafe zu sein schien – das gerechte und moralische Urteil eines Höheren Wesens. Der gegenwärtige Gouverneur war heimtückisch und verschlagen; so erzeugte er zum Beispiel mit Erfolg das Gefühl der *Angst*, daß New Hampshire Gefahr lief, von *Banden* geschiedener New Yorkerinnen zersetzt zu werden.

Die geschiedenen Frauen aus New York kamen angeblich in Massen nach New Hampshire. Ihre Absichten gingen dahin, die Frauen von New Hampshire zu Lesbierinnen zu machen oder sie zumindest zur Untreue gegenüber ihren Ehemännern zu ermutigen; zu ihren Absichten gehörte auch die Verführung der Ehemänner von New Hampshire und der Oberschüler von New Hampshire. Die geschiedenen New Yorkerinnen vertraten anscheinend allgemeine Promiskuität, Sozialismus, Unterhaltszahlungen und etwas, das man in der Presse von New Hampshire bedeutungsvoll als «Weibliches Gruppenleben» bezeichnete.

Eines der Zentren dieses angeblichen «Weiblichen Gruppenlebens» war natürlich Dog's Head Harbor, «die Höhle der radikalen Feministin Jenny Fields».

Auch die Geschlechtskrankheiten – «ein bekanntes Problem unter Liberationistinnen dieser Sorte» – hätten eine allgemeine Zunahme erfahren, sagte der Gouverneur. Er war ein furchtbarer Lügner. Als Gegenkandidat gegen diesen beliebten Wahnsinnigen bewarb sich offenbar eine Frau um das Amt des Gouverneurs. Jenny und Roberta und (wie Jenny schrieb) «Banden geschiedener New Yorkerinnen» führten ihren Wahlkampf.

Irgendwie kam es dazu, daß Garps «degenerierter» Roman in der einzigen überregionalen Zeitung von New Hampshire als «die neue Feministinnenbibel» bezeichnet wurde.

«Eine brutale Hymne auf die moralischen Verirrungen und sexuellen Gefahren unserer Epoche», schrieb ein Rezensent von der Westküste.

«Ein qualvoller Protest gegen die Gewalttätigkeit und den Geschlechterkampf unseres suchenden Zeitalters», hieß es in einer anderen Zeitung, die irgendwo anders erschien.

Ob er gefiel oder nicht, der Roman wurde weithin als ein *Ereignis* betrachtet. Ein Weg, wie Romane erfolgreich werden, besteht darin, daß die erfundene Handlung irgend jemandes Version von dem Ereignis gleicht. Das passierte mit *Bensenhaver und wie er die Welt sah*: wie der dumme Gouverneur von New Hampshire wurde Garps Buch ein Ereignis.

«New Hampshire ist ein hinterwäldlerischer Staat mit korrupten politischen Methoden», schrieb Garp an seine Mutter. «Um Himmels willen, laß dich da nicht hineinziehen.»

«Das sagst du immer», schrieb Jenny. «Wenn du nach Hause kommst, wirst du berühmt sein. Dann möchte ich mal sehen, wie *du* versuchst, dich in nichts hineinziehen zu lassen.»

«Paß einfach auf mich auf», schrieb Garp ihr. «Nichts leichter als das.»

Die Beschäftigung mit transatlantischer Post hatte Garp vorübergehend von dem Gefühl des schrecklichen, tödlichen Sogs abgelenkt, aber jetzt sagte Helen, daß auch sie die Anwesenheit der Bestie spüre.

«Laß uns nach Hause fahren», sagte sie. «Wir haben eine schöne Zeit gehabt.»

Sie bekamen ein Telegramm von John Wolf. «Bleibt, wo Ihr seid», lautete es. «Die Leute kaufen das Buch in Massen.»

Roberta schickte Garp ein T-Shirt.

GESCHIEDENE NEW YORKERINNEN
SIND GUT FÜR NEW HAMPSHIRE

stand auf dem T-Shirt.

«Mein Gott», sagte Garp zu Helen. «Wenn wir nach Hause wollen, laß uns wenigstens bis nach dieser schwachsinnigen Wahl warten.»

So verpaßte er zum Glück die «dissidente feministische Meinung» über *Bensenhaver und wie er die Welt sah*, die von einer großen frivolen Zeitschrift veröffentlicht wurde. Der Roman, schrieb der Rezensent, «vertritt steif und fest die sexistische Vorstellung, daß Frauen in der Hauptsache eine Ansammlung von Löchern und die willkommene Beute männlicher Raubtiere sind ... T. S. Garp setzt den erbitternden männlichen Mythos fort: der gute Mann ist der Leibwächter seiner Familie, die gute Frau läßt niemals freiwillig einen anderen Mann zu ihrer buchstäblichen oder übertragenen Tür herein.»

Selbst Jenny Fields wurde beschwatzt, den Roman ihres Sohns zu «rezensieren», und zu seinem Glück bekam Garp auch diese

Kritik nie zu Gesicht. Jenny schrieb, zwar sei es der beste Roman ihres Sohnes – weil es sein ernsthaftestes Thema sei –, aber es sei ein Roman, «der dauernd durch männliche Obsessionen beeinträchtigt wird, die weibliche Leser ermüden könnten». Aber, sagte Jenny, ihr Sohn sei ein guter Schriftsteller, er sei noch jung und könne nur besser werden. «Er hat», fügte sie hinzu, «das Herz am rechten Fleck.»

Wenn Garp das gelesen hätte, wäre er vielleicht noch sehr viel länger in Wien geblieben. Aber sie trafen Vorbereitungen zur Abreise. Wie üblich wurden die Vorbereitungen der Garps durch Ängste beschleunigt. Eines Abends war Duncan bei Einbruch der Dunkelheit noch nicht aus dem Park zurück, und Garp, der loslief, um ihn zu suchen, rief Helen noch zu, dies sei das letzte Signal: sie würden so bald wie möglich abreisen. Das Stadtleben ganz allgemein machte Garp zu besorgt um Duncan.

Garp lief die Prinz-Eugen-Straße hinunter zum russischen Gefallenen-Denkmal am Schwarzenbergplatz. Dort in der Nähe war eine Konditorei, und Duncan aß gern Kuchen, obwohl Garp den Jungen wiederholt gewarnt hatte, das würde ihm den Appetit aufs Abendessen verderben. «Duncan!» rief er im Laufen, und seine Rufe prallten von den teilnahmslosen Häusermauern zu ihm zurück wie das froschige Gurgeln des Sogs, der abscheulichen, warzigen Bestie, deren klebrige Nähe er wie Atem fühlte.

Aber Duncan mampfte vergnügt ein Stück Grillparzertorte in der Konditorei.

«Es wird immer früher dunkel», beklagte er sich. «*So* sehr habe ich mich auch nicht verspätet.»

Garp mußte es zugeben. Sie gingen zusammen heim. Der Sog verzog sich in eine schmale, dunkle Gasse – oder er ist nicht an Duncan interessiert, dachte Garp. Er bildete sich ein, das Ziehen der Gezeiten an seinen Knöcheln zu fühlen, aber es war ein vorübergehendes Gefühl.

Das Telefon, dieser alte Notruf – ein Krieger, der beim Wachgang erdolcht wird und sein Entsetzen hinausschreit –, schreckte die alte Pension, in der sie wohnten, auf und trieb die zitternde Wirtin wie ein Gespenst in ihre Zimmer.

«*Bitte, bitte*», flehte sie. Bebend vor Aufregung teilte sie mit, daß es ein Anruf aus den Vereinigten Staaten sei.

Es war gegen zwei Uhr nachts, die Heizung war abgestellt, und Garp folgte der alten Frau fröstelnd durch den Flur der Pension.

«Der Flurläufer war zerschlissen», erinnerte sich Garp, «und ausgeblichen.» Das hatte er vor Jahren geschrieben. Und er hielt Ausschau nach der übrigen Besetzung: dem ungarischen Sänger, dem Mann, der nur auf seinen Händen gehen konnte, dem verlorenen Bären und all den Mitgliedern des traurigen Todeszirkus, den er sich ausgedacht hatte.

Aber sie waren fort; nur die hagere, sehr aufrecht gehende alte Frau führte ihn – ihre aufrechte Haltung wirkte unnatürlich korrekt, als kompensiere sie einen Haltungsfehler. Es hingen keine Fotos von Eisschnelläufermannschaften an den Wänden, es stand kein Einrad neben der WC-Tür. Nun ging es eine Treppe hinunter und in ein Zimmer mit greller Deckenbeleuchtung, wie ein hastig improvisierter Operationssaal in einer belagerten Stadt, und Garp hatte das Gefühl, dem Engel des Todes zu folgen – der Geburtshelferin des Sogs, dessen morastigen Gestank er an der Sprechmuschel des Telefons roch.

«Ja?» flüsterte er.

Und einen Moment lang war er erleichtert, Roberta Muldoon zu hören – wieder eine sexuelle Abweisung; vielleicht war das alles. Oder vielleicht der neueste Stand des Wahlkampfs um das Amt des Gouverneurs von New Hampshire. Garp sah in das alte, fragende Gesicht der Wirtin und bemerkte, daß sie sich nicht die Zeit genommen hatte, sich ihr Gebiß einzusetzen; ihre Wangen wurden in die Mundhöhle gesogen, das lockere Fleisch hing am Kinn herunter – ihr ganzes Gesicht war schlaff wie das eines Skeletts. Das Zimmer stank nach der Bestie.

«Ich wollte nicht, daß du es im Fernsehen siehst», sagte Roberta jetzt. «Falls es da drüben im Fernsehen kommt – ich wußte es nicht genau. Oder auch in der Zeitung. Ich wollte nicht, daß du es so erfährst.»

«Wer hat gewonnen?» fragte Garp leichthin, obwohl er wußte, daß der Anruf wenig mit dem neuen oder alten Gouverneur von New Hampshire zu tun hatte.

«Sie ist *erschossen* worden – deine Mutter», sagte Roberta. «Sie haben sie getötet, Garp. Ein dreckiger Kerl hat sie mit einer Bockbüchse erschossen.»

«Wer?» flüsterte Garp.

«Ein *Mann*!» wimmerte Roberta. Es war das schlimmste Wort, das sie gebrauchen konnte: ein *Mann*. «Ein Mann, der Frauen haßte», sagte Roberta. «Er war Jäger», schluchzte Roberta. «Die Jagd war freigegeben, oder sie war so gut wie freigegeben, und kein Mensch kam auf den Gedanken, bei einem Mann mit einer Büchse stimme etwas nicht. Er hat sie erschossen.»

«War sie gleich tot?» sagte Garp.

«Ich habe sie aufgefangen, als sie fiel», weinte Roberta. «Sie ist nicht hingefallen, Garp. Sie hat nichts mehr gesagt. Sie hat nicht gewußt, was geschah, Garp. Ich weiß es.»

«Hat man den Mann erwischt?» fragte Garp.

«Jemand hat ihn erschossen, oder er hat sich selbst erschossen», sagte Roberta.

«War er gleich tot?» fragte Garp.

«Ja», sagte Roberta. «Er war auch gleich tot.»

«Bist du allein, Roberta?» fragte Garp.

«Nein», heulte Roberta. «Hier sind viele von uns. Wir sind bei *euch*.» Und Garp konnte sie sich alle vorstellen, die jammernden Frauen in Dog's Head Harbor – bei ihrer ermordeten Anführerin.

«Sie wollte, daß ihre Leiche in eine Universitätsklinik kommt», sagte Garp. «Roberta?»

«Ich höre dich», sagte Roberta. «Es ist so schrecklich.»

«Sie hat es so gewünscht», sagte Garp.

«Ich weiß», sagte Roberta. «Du mußt nach Hause kommen.»

«Sofort», sagte Garp.

«Wir wissen nicht, was wir *tun* sollen», sagte Roberta.

«Was *gibt* es zu tun?» fragte Garp. «Es gibt nichts zu tun.»

«Es sollte irgend etwas geben», sagte Roberta. «Aber sie hat immer gesagt, sie wollte keine Begräbnisfeier.»

«Auf keinen Fall», sagte Garp. «Sie wollte, daß ihre Leiche in eine Universitätsklinik kommt. Du wirst dafür sorgen, Roberta: so hätte Mom es sich gewünscht.»

«Aber es müßte *irgend* etwas geben», protestierte Roberta. «Vielleicht keine *religiöse* Trauerfeier, aber irgend etwas.»

«Laß dich nicht in etwas hineinziehen, ehe ich da bin», sagte Garp.

«Es wird viel geredet», sagte Roberta. «Die Leute wollen eine Versammlung oder so etwas machen.»

«Ich bin ihr einziger Angehöriger, Roberta», sagte Garp. «Sag ihnen das.»

«Weißt du, sie hat *vielen* von uns viel bedeutet», sagte Roberta scharf.

Ja, und das hat sie umgebracht! dachte Garp, aber er sagte nichts.

«Ich habe versucht, auf sie aufzupassen!» weinte Roberta. «Ich habe ihr gesagt, sie sollte nicht auf diesen Parkplatz gehen!»

«Niemand hat schuld, Roberta», sagte Garp sanft.

«*Du* denkst aber, daß jemand schuld hat, Garp», sagte Roberta. «Das tust du immer.»

«Bitte, Roberta», sagte Garp. «Du bist meine beste Freundin.»

«*Ich* will dir sagen, wer schuld hat», sagte Roberta. «Es sind die *Männer*, Garp. Es ist dein schmutziges, mörderisches Geschlecht! Wenn ihr uns nicht so *ficken* könnt, wie ihr gern möchtet, bringt ihr uns auf hundert verschiedene Arten um!»

«*Ich* nicht, Roberta, bitte», sagte Garp.

«Doch, du auch», flüsterte Roberta. «Kein Mann ist der Freund einer Frau.»

«Ich bin *dein* Freund, Roberta», sagte Garp, und Roberta weinte eine Weile – ein Geräusch, das für Garp so willkommen war wie Regen, der auf einen tiefen See fällt.

«Es tut mir entsetzlich leid», flüsterte Roberta. «Wenn ich den Mann mit der Büchse gesehen hätte – nur eine Sekunde früher –, hätte ich mich vor sie werfen können. Ich *hätte* es getan, bestimmt.»

«Ich weiß, daß du es getan hättest, Roberta», sagte Garp; er fragte sich, ob *er* es getan hätte. Er liebte seine Mutter, sicher, und empfand jetzt einen schmerzhaften Verlust. Aber hatte er je eine solche Ergebenheit gegenüber Jenny Fields empfunden wie ihre Anhängerinnen, die Frauen waren wie sie?

Er entschuldigte sich bei der Wirtin für den nächtlichen Anruf. Als er ihr sagte, daß seine Mutter gestorben sei, bekreuzigte sich die alte Frau – ihre eingefallenen Wangen und ihr leerer Gaumen waren stumme, aber eindeutige Anzeichen für die Todesfälle in der Familie, die sie selbst erlebt hatte.

Helen weinte am längsten; sie wollte Jennys Namensschwester, die kleine Jenny Garp, nicht von ihren Armen lassen. Duncan und Garp sahen die Zeitungen durch, aber es würde einen Tag dauern, bis die Nachricht nach Österreich gelangte – nur nicht beim Wunder des Fernsehens.

Garp sah den Mord an seiner Mutter bei seiner Wirtin im Fernsehen.

Es war bei irgendeiner unsinnigen Wahlveranstaltung in einem Einkaufszentrum in New Hampshire. Die Landschaft hatte eine gewisse Küstenatmosphäre, und Garp erkannte die Stelle wieder; sie war ein paar Kilometer von Dog's Head Harbor entfernt.

Der gegenwärtige Gouverneur war für all die alten, schmutzigen, dummen Sachen. Die Frau, die gegen ihn kandidierte, schien gebildet und idealistisch und freundlich zu sein; außerdem schien sie kaum imstande, ihren Zorn auf die alten, schmutzigen und dummen Sachen zu zügeln, die der Gouverneur vertrat.

Der Parkplatz des Einkaufszentrums war von Lieferwagen eingekreist. Die Lieferwagen waren voller Männer mit Jagdmänteln und Jägermützen; offenbar vertraten sie lokale Interessen von New Hampshire – im Gegensatz zu dem Interesse, das die geschiedenen New Yorkerinnen an New Hampshire nahmen.

Die freundliche Frau, die gegen den Gouverneur kandidierte, war auch so etwas wie eine geschiedene New Yorkerin. Daß sie fünfzehn Jahre lang in New Hampshire gelebt hatte und ihre Kinder dort zur Schule gegangen waren, war eine Tatsache, die der gegenwärtige Gouverneur und seine Anhänger, die den Parkplatz mit ihren Lieferwagen eingekreist hatten, mehr oder weniger ignorierten.

Es waren viele Transparente da; es wurde ununterbrochen gejohlt.

Es war auch eine Highschool-Footballmannschaft da, im Mannschaftsdress – ihre Schuhnägel klapperten auf dem Parkplatz. Einer der Söhne der weiblichen Kandidatin, der zu der Mannschaft gehörte, hatte seine Kameraden auf dem Parkplatz versammelt, um New Hampshire zu demonstrieren, daß es absolut männlich war, für seine Mutter zu stimmen.

Die Jäger in ihren Lieferwagen waren der Meinung, jede Stimme für diese Frau sei eine Stimme für die Schwulen, für die Lesbierinnen, für Sozialismus, für Unterhaltszahlungen, für New York. Und so fort. Garp hatte bei der Fernsehsendung das Gefühl, daß diese Dinge in New Hampshire nicht geduldet waren.

Garp und Helen und Duncan und die kleine Jenny saßen in der Wiener Pension und würden gleich den Mord an Jenny Fields sehen. Ihre verwirrte alte Wirtin servierte ihnen Kaffee und Gebäck; nur Duncan aß etwas.

Dann sollte Jenny Fields zu den Leuten sprechen, die sich auf dem Parkplatz versammelt hatten. Sie sprach von der Ladefläche eines Lieferwagens aus – Roberta Muldoon hob sie hinauf und rückte ihr das Mikrofon zurecht. Garps Mutter wirkte auf dem Lieferwagen sehr klein, besonders neben Roberta, aber Jennys Schwesternkleid war so weiß, daß sie strahlend und hell ins Auge fiel.

«Ich bin Jenny Fields», sagte sie – zu einigen Hochs und einigen Pfiffen und einigen Buhs. Von den Lieferwagen her, die den Parkplatz eingekreist hatten, ertönte Hupenlärm. Polizisten wiesen die Fahrer der Lieferwagen an, weiterzufahren; sie fuhren weiter und kamen zurück und fuhren wieder weiter. «Die meisten von Ihnen wissen, wer ich bin», sagte Jenny Fields. Wieder ertönten Buhs, weitere Hochrufe, weitere Hupen – und ein einzelner, peitschender Schuß, so endgültig wie eine Welle, die sich am Strand bricht.

Niemand sah, woher er kam. Roberta Muldoon hielt Garps Mutter unter den Armen, Jennys weiße Tracht schien von einem dunklen Spritzer getroffen zu sein. Dann sprang Roberta mit Jenny in den Armen von der Ladefläche und bahnte sich einen Weg durch die Menge wie ein alter Linksaußen, der den Ball im Alleingang vors Tor trägt. Die Menge teilte sich; Jennys weiße Tracht wurde fast von Robertas Armen verdeckt. Ein Polizeiauto kam, um Roberta abzufangen; als sie sich einander genähert hatten, streckte Roberta die Leiche von Jenny Fields dem Streifenwagen entgegen. Einen Augenblick lang sah Garp, wie die reglose weiße Tracht seiner Mutter über die Menge hinweg in die Arme eines Polizisten gehoben wurde, der ihr und Roberta in den Wagen half.

Der Wagen raste, wie es immer heißt, davon. Die Kamera wurde von einer Schießerei abgelenkt, die zwischen den einkreisenden Lieferwagen und mehreren anderen Polizeiautos stattfand. Später lag der bewegungslose Körper eines Mannes, der einen Jagdmantel trug, in einer dunklen Lache, die wie Öl aussah. Noch später kam eine Nahaufnahme von einem Gegenstand, den die Reporter nur als «eine Bockbüchse» identifizierten.

Man wies darauf hin, daß die Rotwildjagd noch nicht offiziell freigegeben war.

Abgesehen davon, daß es keine Nuditäten in der Fernsehsendung gegeben hatte, war das Ereignis von Anfang bis zum Ende eine für Jugendliche verbotene Schnulze gewesen.

Garp dankte der Wirtin dafür, daß sie ihnen erlaubt hatte, die Sendung zu sehen. Innerhalb von zwei Stunden waren sie in Frankfurt, wo sie das Flugzeug nach New York nahmen. Der Sog war nicht mit ihnen im Flugzeug – nicht einmal für Helen, die solche Angst vor Flugzeugen hatte. Eine Weile lang, das wußten sie, war der Sog woanders.

Alles, was Garp über dem Atlantik denken konnte, war, daß seine Mutter ein paar angemessene «letzte Worte» gesprochen hatte. Jenny Fields' Leben hatte damit geendet, daß sie sagte: «Die meisten von Ihnen wissen, wer ich bin.» Im Flugzeug probierte Garp den Satz aus.

«Die meisten von Ihnen wissen, wer ich bin», flüsterte er. Duncan schlief, aber Helen hörte es; sie griff über den Mittelgang hinüber und hielt Garps Hand.

Tausende von Metern über dem Meeresspiegel weinte T. S. Garp in dem Flugzeug, das ihn nach Haus brachte, in sein gewalttätiges Land, wo er berühmt sein würde.

17
Die erste feministische Beerdigung
und andere Beerdigungen

«Seit Walts Tod», schrieb T. S. Garp, «habe ich den Eindruck, mein Leben sei ein Epilog.»

Als Jenny Fields starb, muß Garp den Eindruck gehabt haben, seine Verwirrung – jenes Gefühl, die Zeit eile nach einem Plan dahin – steigere sich noch. Was für ein Plan war das aber?

Garp saß in John Wolfs New Yorker Büro und versuchte, die Fülle von Plänen zu fassen, die mit dem Tod seiner Mutter zusammenhingen.

«Ich habe aber keine Beerdigung erlaubt», sagte Garp. «Wie kann es eine Beerdigung geben? Wo ist die Leiche, Roberta?»

Roberta Muldoon sagte geduldig, die Leiche sei dort, wo sie nach Jennys Wunsch habe hinkommen sollen. Das Wichtige sei nicht die Leiche, sagte Roberta. Es solle einfach so etwas wie eine Gedenkfeier geben; man solle sie sich besser nicht als «Beerdigung» vorstellen.

Die Zeitungen hatten erklärt, es solle die erste feministische Beerdigung in New York werden.

Die Polizei hatte erklärt, man müsse mit Gewalttätigkeiten rechnen.

«Die erste feministische Beerdigung?» sagte Garp.

«Sie hat so vielen Frauen so viel bedeutet», sagte Roberta. «Sei nicht böse. Sie hat dir nicht *gehört*, verstehst du?»

John Wolf verdrehte die Augen.

Duncan Garp sah aus dem Fenster von John Wolfs Büro, vierzig Stockwerke über Manhattan. Duncan kam es wahrscheinlich ein bißchen so vor, als säße er noch in dem Flugzeug, das er gerade verlassen hatte.

Helen telefonierte in einem anderen Zimmer. Sie versuchte, ihren Vater in dem guten alten Städtchen Steering zu erreichen; sie wollte, daß Ernie sie alle in Boston vom Flugplatz abholte.

«Na schön», sagte Garp langsam; er hatte das Baby, die kleine Jenny Garp, auf den Knien. «Na schön. Du weißt, daß ich nicht damit einverstanden bin, Roberta, aber ich werde kommen.»

«Sie werden *kommen*?» sagte John Wolf.

«Nein!» sagte Roberta. «Ich meine, du *brauchst* nicht zu kommen», sagte sie.

«Ich weiß», sagte Garp. «Aber du hast recht. Wahrscheinlich hätte ihr so etwas gefallen, also werde ich kommen. Was steht denn alles auf dem Programm?»

«Eine Menge Reden», sagte Roberta. «In Wirklichkeit möchtest du doch gar nicht kommen.»

«Und man wird aus ihrem Buch lesen», sagte John Wolf. «Wir haben ein paar Exemplare gestiftet.»

«Aber in Wirklichkeit *möchtest* du doch gar nicht kommen, Garp», sagte Roberta nervös. «Komm bitte nicht.»

«Ich möchte kommen», sagte Garp. «Ich verspreche euch, daß ich nicht zische oder buhe – was die Idioten auch über sie sagen. Ich habe da etwas von ihr, das ich vielleicht selbst vorlese, wenn es jemanden interessiert», sagte er. «Habt ihr jemals gelesen, was sie dazu sagte, daß man sie als Feministin bezeichnete?» Roberta und John Wolf sahen sich an; sie sahen grau und niedergeschlagen aus. «Sie sagte: ‹Ich hasse es, daß man mich so nennt, weil es ein Etikett ist, das ich mir nicht selbst ausgesucht habe, um meine Gefühle über Männer oder die Art, wie ich schreibe, zu charakterisieren.›»

«Ich möchte nicht mit dir streiten, Garp», sagte Roberta. «Nicht jetzt. Du weißt genau, daß sie auch andere Dinge gesagt hat. Sie *war* eine Feministin, ob ihr das Etikett nun paßte oder nicht. Sie war einfach ein Mensch, der auf all das Unrecht hinwies, das den Frauen angetan wird; sie war einfach dafür, daß man den Frauen erlaubte, ihr eigenes Leben zu leben und ihre Entscheidungen selbst zu treffen.»

«Ach?» sagte Garp. «Glaubte sie vielleicht, *alles*, was den Frauen passierte, passiere ihnen, *weil* sie Frauen seien?»

«Du müßtest dumm sein, wenn du das glaubst, Garp», sagte Roberta. «Du stellst uns alle hin, als wären wir Ellen-Jamesianerinnen.»

«Hört jetzt bitte auf, alle beide», sagte John Wolf.

Jenny Garp quäkte kurz und patschte auf Garps Knie; er sah sie überrascht an – als hätte er vergessen, daß er ein lebendes Wesen auf dem Schoß hatte.

«Was ist denn?» fragte er sie. Aber das Baby war wieder still und studierte ein Motiv in John Wolfs Bürolandschaft, das den anderen verborgen war.

«Um wieviel Uhr ist dieses Affentheater?» fragte Garp Roberta.

«Um fünf Uhr nachmittags», sagte Roberta.

«Ich glaube, man hat diese Zeit ausgesucht», sagte John Wolf, «damit jede zweite New Yorker Sekretärin ihren Arbeitsplatz eine Stunde früher verläßt.»

«In New York arbeiten nicht nur Sekretärinnen», sagte Roberta.

«Die Sekretärinnen», sagte John Wolf, «sind aber die einzigen, die man zwischen vier und fünf *vermissen* wird.»

«O Mann», sagte Garp.

Helen kam herein und teilte mit, sie könne ihren Vater nicht erreichen.

«Er ist beim Ringtraining», sagte Garp.

«Die Ringsaison hat noch nicht angefangen», sagte Helen.

Garp sah auf den Kalender, auf seine Uhr, die den Vereinigten Staaten einige Stunden voraus war; er hatte sie zuletzt in Wien gestellt. Aber Garp wußte, daß das Ringen in Steering offiziell erst nach Thanksgiving anfing. Helen hatte recht.

«Als ich in seinem Büro in der Turnhalle anrief, sagte man mir, er sei zu Haus», berichtete Helen Garp. «Und als ich zu Haus anrief, nahm niemand ab.»

«Wir mieten am Flughafen einen Wagen», sagte Garp. «Wir können sowieso erst heute abend fliegen. Ich muß zu dieser verdammten Beerdigung.»

«Nein, du *mußt* nicht», insistierte Roberta.

«Nicht nur das», sagte Helen, «du *kannst* gar nicht.»

Roberta und John Wolf sahen wieder grau und niedergeschlagen aus; Garp sah völlig ratlos aus.

«Was soll das heißen, ich *kann* nicht?» fragte er.

«Es ist eine feministische Beerdigung», sagte Helen. «Hast du die Zeitung *gelesen*, oder hast du bei den Schlagzeilen Schluß gemacht?»

«Du kannst nicht kommen, Garp», gestand Roberta. «Es stimmt. Ich habe es dir nicht gesagt, weil ich glaubte, es würde dich anekeln. Ich habe aber nicht geglaubt, daß du kommen *möchtest*.»

«Ich *darf* es nicht?» sagte Garp.

«Es ist eine Beerdigung für Frauen», sagte Roberta. «*Frauen* haben sie geliebt, Frauen werden um sie trauern. So haben wir es gewollt.»

Garp starrte Roberta Muldoon zornig an. «*Ich* habe sie geliebt», sagte er. «Ich bin ihr einziges Kind. Soll das heißen, ich kann nicht zu diesem Affentheater gehen, weil ich ein *Mann* bin?»

«Ich wünschte, du würdest es nicht als Affentheater bezeichnen», sagte Roberta.

«Was ist ein Affentheater?» fragte Duncan.

Jenny Garp quäkte wieder, aber Garp achtete nicht auf sie. Helen nahm sie ihm ab.

«Soll das heißen, daß an der Beerdigung meiner Mutter keine Männer teilnehmen dürfen?» fragte Garp Roberta.

«Wie ich dir schon sagte, es ist keine richtige Beerdigung», sagte Roberta. «Es ist eher eine Versammlung – es ist eine Art Treuekundgebung.»

«Ich werde kommen, Roberta», sagte Garp. «Wie du es *nennst*, ist mir egal.»

«O Mann», sagte Helen. Sie ging mit der kleinen Jenny zur Tür. «Ich versuche, ob ich meinen Vater jetzt erreichen kann», sagte sie.

«Ich sehe einen Mann mit *einem* Arm», sagte Duncan.

«Komm bitte nicht, Garp», sagte Roberta flehend.

«Sie hat recht», sagte John Wolf. «Ich wollte zuerst auch hingehen. Ich war immerhin ihr Verleger. Sie sollen es so machen, wie sie möchten, Garp. Ich glaube, Jenny hätte die Idee gefallen.»

«Es ist mir egal, was ihr gefallen hätte», sagte Garp.

«Das stimmt wahrscheinlich», sagte Roberta. «Das ist noch ein Grund, weshalb du nicht dabeisein solltest.»

«Sie wissen nicht, wie einige Leute von der Frauenbewegung auf Ihr *Buch* reagiert haben, Garp», sagte John Wolf.

Roberta Muldoon verdrehte die Augen. Der Vorwurf, daß Garp Kapital aus dem Ansehen seiner Mutter und aus der Frauenbewegung schlug, war schon vorher erhoben worden. Roberta hatte die Anzeige für *Bensenhaver und wie er die Welt sah* gesehen, die John Wolf unmittelbar nach Jennys Ermordung genehmigt hatte. Garps Buch schien auch aus jener Tragödie Kapital zu schlagen – die Anzeige zeichnete auf eine widerwärtige, unterschwellige Weise das Bild eines bedauernswerten Autors, der einen Sohn verloren hatte, «und jetzt auch noch die Mutter».

Zum Glück bekam Garp diese Anzeige nie zu Gesicht; selbst John Wolf bereute sie.

Bensenhaver und wie er die Welt sah ging und ging und ging. Das Buch würde noch jahrelang umstritten sein; es würde in Colleges als Lehrstoff dienen. Glücklicherweise würden auch Garps andere Bücher dann und wann in Colleges als Lehrstoff dienen. In einem Seminar diente Jennys Autobiographie zusammen mit Garps drei Romanen und Stewart Percys *Eine Geschichte der Akademie Everett Steerings* als Lehrstoff. Der Zweck dieses Seminars bestand natürlich darin, alles über Garps *Leben* herauszufinden, indem man die Bücher nach Dingen durchforstete, die *wahr* zu sein schienen.

Zum Glück erfuhr Garp auch nie etwas über jenes Seminar.

«Ich sehe einen Mann mit *einem* Bein», verkündete Duncan, der die Straßen und Fenster von Manhattan nach all den Verkrüppelten und Verqueren absuchte – eine Aufgabe, die Jahre dauern konnte.

«Hör bitte auf damit, Duncan», sagte Garp zu ihm.

«Wenn du wirklich kommen willst, Garp», flüsterte Roberta Muldoon ihm zu, «mußt du im Fummel kommen.»

«Wenn es für einen Mann tatsächlich so schwer ist, hineinzukommen», fuhr Garp Roberta an, «solltest du lieber darum beten, daß sie am Eingang keinen Chromosomentest machen.» Es tat ihm sofort leid, daß er es gesagt hatte; er sah, wie Roberta zusammenzuckte, als hätte er sie geschlagen, und er nahm ihre beiden großen Hände in seine und hielt sie, bis er fühlte, daß sie den Druck erwiderte. «Entschuldige», flüsterte er. «Wenn ich im Fummel gehen muß, ist es gut, daß du hier bist, um mir beim Verkleiden zu helfen. Ich meine, du verstehst etwas davon, ja?»

«Ja», sagte Roberta.

«Das ist lächerlich», sagte John Wolf.

«Wenn einige von den Frauen dich erkennen», teilte Roberta Garp mit, «werden sie dich buchstäblich in Stücke reißen. Sie werden dich zumindest nicht hineinlassen.»

Helen kam mit der quäkenden Jenny Garp an der Hüfte in das Büro zurück.

«Ich habe Dekan Bodger angerufen», teilte sie Garp mit. «Ich habe ihn gebeten, er möchte versuchen, Daddy zu erreichen. Es sieht ihm gar nicht ähnlich, daß er nirgends zu finden ist.»

Garp schüttelte den Kopf.

«Wir sollten jetzt zum Flugplatz fahren», sagte Helen. «In Boston mieten wir einen Wagen und fahren dann nach Steering. Die Kinder brauchen Ruhe», sagte sie. «Wenn du dann wieder nach New York willst, um irgendeinen Kreuzzug anzufangen, kannst du ja fahren.»

«*Ihr* fahrt», sagte Garp. «Ich nehme eine spätere Maschine und miete mir dann auch einen Wagen.»

«Das ist albern», sagte Helen.

«Und eine unnötige Ausgabe», sagte Roberta.

«Ich habe jetzt eine Menge Geld», sagte Garp; er lächelte John Wolf gequält zu, aber das Lächeln wurde nicht erwidert.

John Wolf erbot sich, Helen und die Kinder zum Flughafen zu bringen.

«Ein Mann mit *einem* Arm, ein Mann mit *einem* Bein, zwei Leute, die humpelten», sagte Duncan, «und jemand, der überhaupt keine Nase hatte.»

«Warte noch ein bißchen und sieh dir dann deinen Daddy an», sagte Roberta Muldoon.

Garp dachte bei sich: ein trauernder Exringer im Fummel bei der Gedenkfeier für seine Mutter. Er küßte Helen und die Kinder, und sogar John Wolf. «Mach dir keine Sorgen um deinen Vater», sagte Garp zu Helen.

«Und mach dir keine Sorgen um Garp», sagte Roberta zu Helen. «Ich werde ihn so verkleiden, daß ihn alle in Ruhe lassen.»

«Ich wünschte, *du* würdest versuchen, alle in Ruhe zu lassen», sagte Helen zu Garp.

Plötzlich stand noch eine Frau in John Wolfs überfülltem Büro; niemand hatte sie bemerkt, aber sie hatte versucht, John Wolfs Aufmerksamkeit auf sich zu lenken. Sie begann in einem kurzen, klaren Augenblick des Schweigens zu sprechen, und alle sahen sie an.

«Mr. Wolf?» sagte die Frau. Sie war alt und braun-schwarzgrau, und ihre Füße schienen sie umzubringen; sie hatte eine Verlängerungsschnur bei sich, die zweimal um ihre breiten Hüften geschlungen war.

«Ja, Jillsy?» sagte John Wolf, und Garp starrte die Frau an. Es war natürlich Jillsy Sloper; John Wolf hätte wissen sollen, daß Schriftsteller ein gutes Namengedächtnis besaßen.

«Ich wollte nur mal fragen», sagte Jillsy, «ob ich heute nachmittag etwas eher gehen kann – ob Sie ein Wort für mich einlegen würden, weil ich zu der Beerdigung möchte.» Sie redete mit gesenktem Kinn, ein undeutliches Nuscheln gekauter Worte – möglichst wenige. Sie machte den Mund nicht gern auf, wenn Fremde dabei waren; außerdem erkannte sie Garp, und sie wollte ihm nicht vorgestellt werden – niemals.

«Ja, selbstverständlich», sagte John Wolf schnell. Er wollte Jillsy Sloper Garp ebensowenig vorstellen, wie *sie* es wollte.

«Einen Moment», sagte Garp. Jillsy Sloper und John Wolf erstarrten. «Sind Sie Jillsy Sloper?» fragte Garp sie.

«Nein!» entfuhr es John Wolf. Garp sah ihn wütend an.

«Sehr angenehm», sagte Jillsy zu Garp; sie wollte ihn nicht ansehen.

«Ganz meinerseits», sagte Garp. Er konnte auf einen Blick sehen, daß diese vom Schicksal gezeichnete Frau sein Buch im Gegensatz zu John Wolfs Behauptung *nicht* geliebt hatte.

«Das mit Ihrer Mutter tut mir sehr leid», sagte Jillsy.

«Vielen Dank», sagte Garp, aber er konnte sehen – sie konnten es *alle* sehen! –, daß Jillsy Sloper irgend etwas loswerden mußte.

«Sie war mehr wert als zwei oder drei von *Ihrer* Sorte!» schrie Jillsy Garp plötzlich an. In ihren schlammig-braunen Augen standen Tränen. «Sie war mehr wert als vier oder fünf von Ihren schrecklichen Büchern!» krähte sie. «Gott», nuschelte sie und kehrte ihnen in John Wolfs Arbeitszimmer den Rücken. «Gott, Gott!»

Noch jemand, der humpelt, dachte Duncan Garp, aber er konnte sehen, daß sein Vater nichts von seiner Opferstatistik hören wollte.

Bei der ersten feministischen Beerdigung in New York City schienen die Trauergäste nicht recht zu wissen, wie sie sich verhalten sollten. Das lag vielleicht daran, daß die Zusammenkunft nicht in einer Kirche, sondern in einem der geheimnisvollen Gebäude des städtischen Universitätssystems stattfand – einem Hörsaal, alt vom Echo der Reden, denen niemand zugehört hatte. Der riesige Raum wirkte irgendwie entweiht vom verklungenen Beifall – für Rockbands und bekannte Dichter, die gelegentlich hier auftraten. Aber zugleich wirkte er ernst und würdevoll, da er an die großen Vorlesungen gemahnte, die gehalten worden waren; es war ein Saal, in dem sich Hunderte von Menschen Notizen gemacht hatten.

Der Raum hieß Auditorium der Schwesternschule – er schien also genau der richtige Ort für einen Tribut an Jenny Fields zu sein. Es war schwer zu sagen, was die Trauergäste in ihren *Jenny Fields Originals* mit dem kleinen roten Herzen auf der Brust von den richtigen Krankenschwestern unterschied, die, auf immer weiß und altmodisch, andere Gründe hatten, sich in der Nähe der Schwesternschule aufzuhalten, aber trotzdem einen Blick auf die Feier werfen wollten – aus Neugier oder echter Anteilnahme oder beidem.

Unter den zahlreichen, wimmelnden, leise murmelnden Menschen waren viele in weißen Schwesternkleidern, und Garp verwünschte Roberta. «Ich *sagte* dir doch, ich könnte mich als Krankenschwester verkleiden», zischte Garp. «Dann wäre ich nicht ganz so sehr aufgefallen.»

«Ich dachte, du würdest als Krankenschwester auffallen», sagte Roberta. «Ich wußte nicht, daß so viele dasein würden.»

«Es wird bald *die* große Scheißmode sein», brummte Garp. «Warte nur ab», sagte er, aber dann sagte er nichts mehr; er machte sich, aufgetakelt wie er war, neben Roberta klein und hatte das Gefühl, alle starrten ihn an und spürten irgendwie seine Männlichkeit – oder zumindest, wie Roberta ihn gewarnt hatte, seine Feindseligkeit.

Sie saßen an der exponiertesten Stelle des riesigen Hörsaals, nur drei Reihen von dem Podium und dem Rednerpult entfernt; ein Meer von Frauen war hereingebrandet und hatte sich hinter sie gesetzt – in vielen, vielen Reihen –, und ganz hinten, an der weit geöffneten Rückseite der Halle (wo es keine Sitze gab), zogen die Frauen, die weniger Interesse daran hatten, für die gesamte Dauer der Beerdigung Platz zu nehmen, aber gekommen waren, um ihr Beileid zu bezeugen, langsam zu einer der Türen herein und zur anderen hinaus. Der größere, sitzende Teil des Publikums war gleichsam der offene Sarg von Jenny Fields, den die langsam vorbeidefilierenden Frauen betrachten wollten.

Garp hatte natürlich das Gefühl, daß *er* ein offener Sarg sei und daß all die Frauen ihn betrachteten – seine Blässe, seine Farbe, seine absurde Verkleidung.

Das hatte er Roberta zu verdanken, die sich vielleicht dafür revanchieren wollte, daß er sie so lange getriezt hatte, bis sie ihn mitnahm – oder für seine grausame Stichelei wegen ihrer Chromosomen. Roberta hatte Garp in einen billigen türkisgrünen Damenoverall gesteckt, genauso türkisgrün wie Oren Raths Lieferwagen. Der Damenoverall hatte einen goldenen Reißverschluß, der von Garps Schritt bis zu Garps Kehle lief. Garp füllte die Hüften des Overalls nicht ganz aus, aber seine Brüste – oder vielmehr die Attrappen, die Roberta für ihn gebastelt hatte – spannten die Druckknopftaschen und zogen den empfindlichen Reißverschluß schief.

«Ein tolles Fahrgestell hast du!» hatte Roberta ihm erklärt.

«Roberta, du bist ein Tier», hatte Garp sie angezischt.

Die Träger des riesigen, scheußlichen Büstenhalters schnitten in sein Fleisch. Aber jedesmal, wenn Garp das Gefühl hatte, daß ihn eine Frau musterte und womöglich an seinem Geschlecht zweifelte, drehte er sich einfach zur Seite und zeigte ihr die kalte Schulter. Und beseitigte so jeden eventuellen Zweifel, hoffte er.

Bei der Perücke war er sich nicht so sicher. Ein wuscheliger, honigblonder Nuttenkopf, unter dem seine eigene Kopfhaut juckte.

Ein hübsches grünes Seidentuch verbarg seinen Hals.

Sein braunes Gesicht war fahlgrau gepudert, aber das verdeckte, sagte Roberta, seine Bartstoppeln. Seine ziemlich dünnen Lippen waren kirschfarben, aber er leckte dauernd daran und hatte den Lippenstift an einem Mundwinkel verschmiert.

«Du siehst aus, als seist du eben geküßt worden», beruhigte Roberta ihn.

Obwohl Garp fror, hatte Roberta ihm nicht erlaubt, seinen Skiparka anzuziehen – er machte seine Schultern zu breit. Und Garps Füße steckten in martialischen, kniehohen Stiefeln – aus kirschrotem Plastik, das, sagte Roberta, sehr gut zum Lippenstift paßte. Garp hatte sein Spiegelbild in einem Schaufenster gesehen, und er hatte Roberta erklärt, er finde, er sehe aus wie eine minderjährige Prostituierte.

«Wie eine *alternde* minderjährige Prostituierte», hatte Roberta ihn korrigiert.

«Wie ein schwuler Fallschirmspringer», hatte Garp gesagt.

«Nein, Garp, du siehst aus wie eine Frau», hatte Roberta ihn beruhigt. «Nicht gerade wie eine Frau, die viel Geschmack hat, aber wie eine Frau.»

So saß Garp nervös im Auditorium der Schwesternschule. Er drehte an den juckenden Flechtkordeln seiner lächerlichen Handtasche, eines schäbigen Jutedings mit orientalischem Muster, kaum groß genug für seine Brieftasche. Roberta Muldoon hatte seine anderen Sachen – seine andere Identität – in ihrer großen, prallgefüllten Umhängetasche versteckt.

«Das ist Manda Horton-Jones», flüsterte Roberta und zeigte auf eine magere, hakennasige Frau, die nasal und mit gesenktem Spitzmauskopf sprach; sie verlas eine trockene Rede.

Garp wußte nicht, wer Manda Horton-Jones war; er zuckte die

Achseln und ertrug sie. Die Reden hatten von schrillen, politischen Aufrufen zur Einigkeit bis zu stockenden, gequälten, persönlichen Erinnerungen an Jenny Fields gereicht. Das Publikum wußte nicht, ob es applaudieren oder beten sollte – ob es Zustimmung äußern oder grimmig nicken sollte. Es herrschte eine Atmosphäre der Trauer und untrennbaren Zusammengehörigkeit zugleich – mit einem ausgeprägten Element der Militanz. Als Garp darüber nachdachte, fand er es ganz natürlich und passend, sowohl für seine Mutter als auch für seine vagen Vorstellungen von dem, was die Frauenbewegung war.

«Das ist Sally Devlin», flüsterte Roberta. Die Frau, die jetzt aufs Rednerpult kletterte, wirkte sympathisch und klug und irgendwie vertraut. Garp hatte sofort das Bedürfnis, sich gegen sie zu verteidigen. Er meinte es nicht so, und nur um Roberta zu ärgern, flüsterte er: «Sie hat schöne Beine.»

«Jedenfalls schönere als du», sagte Roberta und kniff ihn mit ihrem starken Daumen und ihrem langen, paßgeübten Zeigefinger – einem der Finger, die, nahm Garp an, bei Robertas Zwischenspiel als Philadelphia Eagle so viele Male gebrochen waren – so heftig in den Oberschenkel, daß es weh tat.

Sally Devlin blickte mit ihren gütigen, traurigen Augen zu ihnen herab, als tadelte sie stumm eine Klasse von Kindern, die nicht aufpaßten – nicht einmal still saßen.

«Der sinnlose Mord verdient all dies im Grunde gar nicht», sagte sie gelassen. «Aber Jenny Fields half einfach so vielen *einzelnen*, sie war einfach so geduldig und großherzig gegenüber Frauen, die etwas Schlimmes durchgemacht hatten. Jede, der jemals von einer anderen geholfen wurde, sollte bei dem, was ihr passiert ist, ein schreckliches Gefühl haben.»

Garp hatte in diesem Augenblick wirklich ein schreckliches Gefühl; er hörte ein vereintes Seufzen und Schluchzen von Hunderten von Frauen. Neben ihm zuckte Robertas breite Schulter gegen seine. Er fühlte, wie eine Hand, vielleicht die von der Frau unmittelbar hinter ihm, nach seiner Schulter griff und sich in den schrecklichen türkisgrünen Damenoverall krampfte. Er fragte sich, ob man ihn gleich für seinen beleidigenden, unpassenden Aufzug ohrfeigen würde, aber die Hand hielt sich nur an seiner

Schulter fest. Vielleicht brauchte die Frau einen Halt. In diesem Augenblick, das wußte Garp, fühlten sie sich alle als Schwestern, nicht wahr?

Er blickte auf, um zu sehen, was Sally Devlin sagte; aber seine Augen waren ebenfalls naß, und er konnte Mrs. Devlin nicht klar sehen. Er konnte sie jedoch *hören*: sie weinte. Heftiges, bebendes, aus der Tiefe kommendes Schluchzen! Sie versuchte, mit ihrer Rede fortzufahren, aber ihre Augen fanden nicht die richtige Stelle auf der Seite; die Seite knatterte gegen das Mikrofon. Eine sehr kräftig wirkende Frau, die Garp bekannt vorkam – eine von jenen Gorillatypen, die er oft bei seiner Mutter gesehen hatte –, versuchte, Sally Devlin vom Rednerpult zu helfen, aber Mrs. Devlin wollte nicht abtreten.

«Das war nicht meine Absicht», sagte sie, immer noch weinend – sie meinte ihr Schluchzen, den Verlust ihrer Selbstbeherrschung. «Ich hatte noch mehr zu sagen», protestierte sie, aber sie konnte ihre Stimme nicht unter Kontrolle bekommen. «Verdammter Mist», sagte sie mit einer Würde, die Garp tief bewegte.

Die große, robust wirkende Frau stand plötzlich allein am Mikrofon. Das Publikum wartete stumm. Garp fühlte ein Beben, vielleicht auch ein Zupfen, von der Hand auf seiner Schulter. Er blickte auf Robertas große Hände, die gefaltet in ihrem Schoß lagen, und wußte, daß die Hand auf seiner Schulter sehr klein sein mußte.

Die große, robust wirkende Frau wollte etwas sagen, und das Publikum wartete. Aber es würde ewig warten müssen, wenn es ein Wort von ihr hören wollte. Roberta kannte sie. Roberta stand neben Garp auf und begann das Schweigen der großen robust wirkenden Frau zu beklatschen – ihre entnervende Stille am Mikrofon. Andere Leute fielen in Robertas Beifall ein – sogar Garp, obwohl er keine Ahnung hatte, warum er klatschte.

«Sie ist eine Ellen-Jamesianerin», flüsterte Roberta ihm zu. «Sie *kann* nichts sagen.» Aber die Frau rührte das Publikum mit ihrem gequälten, kummervollen Gesicht. Sie öffnete den Mund, als sänge sie, doch kein Ton kam heraus. Garp meinte, den Stumpf ihrer abgetrennten Zunge sehen zu können. Er erinnerte sich daran, wie seine Mutter sie unterstützt hatte – diese Verrückten; Jenny war wunderbar zu jeder von ihnen, die zu ihr kam. Aber Jenny hatte zuletzt – vielleicht nur Garp gegenüber – zugegeben, daß sie das, was sie getan hatten, nicht billigte. «Sie machen sich zu Opfern», hatte Jenny gesagt, «und das ist genau das, was ihren Vorwürfen nach die Männer ihnen antun. Warum legen sie nicht einfach ein Schweigegelübde ab oder sprechen nie in Gegenwart eines Mannes?» sagte Jenny. «Es ist nicht logisch: sich für ein Anliegen zum Krüppel zu machen.»

Aber Garp, der jetzt von der verrückten Frau vor ihm gerührt wurde, spürte auf einmal die ganze Geschichte der Selbstverstümmelung unserer Welt – trotz ihrer Brutalität und Unlogik drückte sie, vielleicht besser als alles andere, eine schreckliche Verletzung aus. «Man hat mir wirklich *weh* getan», sagte das riesige Gesicht der Frau, das sich vor ihm, in seinen eigenen Tränen, auflöste.

Dann tat die kleine Hand auf seiner Schulter *ihm* weh; er dachte wieder an sich selbst – ein Mann bei einem Frauenritual – und wandte den Kopf, um die abgespannt aussehende Frau hinter ihm zu sehen. Ihr Gesicht wirkte vertraut, aber er erkannte sie nicht wieder.

Roberta hatte ihn gewarnt, er solle auf keinen Fall den Mund aufmachen, nicht einmal *versuchen* zu reden. Er hatte sich auf das Problem eingestellt. Er zog einen Notizblock, der von seiner gewaltigen falschen Brust eingedellt worden war, aus der Druckknopftasche, und er holte einen Bleistift aus seiner absurden Handtasche. Die spitzen, klauenhaften Finger der Frau gruben sich in seine Schulter, als wollten sie ihn am Davonlaufen hindern.

Hallo! Ich bin eine Ellen-Jamesianerin,

kritzelte Garp auf den Block, riß den Zettel ab und gab ihn der jungen Frau; sie nahm ihn nicht.

«Ein Scheiß bist du», sagte sie. «Du bist T. S. Garp.»

Das Wort *Garp* hallte wie der Rülpser eines unbekannten Tieres durch die Stille des leidenden Publikums, die immer noch von der stummen Ellen-Jamesianerin auf dem Podium dirigiert wurde. Roberta Muldoon drehte sich in panischem Entsetzen um; diese junge Frau hatte sie noch nie gesehen.

«Ich weiß nicht, wer Ihre große Spielgefährtin ist», erklärte die junge Frau Garp, «aber Sie sind T. S. Garp. Ich weiß nicht, wo Sie diese idiotische Perücke und diese dicken Titten herhaben, aber ich würde Sie überall erkennen. Sie haben sich kein bißchen geändert, seit Sie meine Schwester gefickt haben – zu *Tode* gefickt haben», sagte die junge Frau. Da wußte Garp, wer seine Feindin war: die letzte und jüngste der Percy-Sippe. Bainbridge! Die kleine Pu Percy, die noch in der Grundschule Windeln getragen hatte und, soweit Garp wußte, womöglich immer noch welche trug.

Garp sah sie an; Garp hatte größere Titten als sie. Pu war völlig unerotisch gekleidet, sie hatte einen typischen Unisex-Haarschnitt, ihre Gesichtszüge waren weder fein noch grob. Pu trug ein Hemd der US-Army mit Sergeantenstreifen und mit einem Wahlkampf-Button für die Frau, die Gouverneurin des Bundesstaates New Hampshire werden wollte. Garp wurde es mit Schrecken bewußt, daß die Frau, die für das Gouverneursamt kandidierte, Sally Devlin war. Er fragte sich, ob sie gewonnen hatte!

«Hallo, Pu», sagte Garp und sah, wie sie zusammenzuckte – offensichtlich ein Kosename, den sie *haßte* und der nicht mehr benutzt wurde. «Bainbridge», murmelte Garp, aber es war zu spät, um Freundschaft zu schließen. Es war *Jahre* zu spät. Es war zu spät seit jener Nacht, in der Garp Bonkers' Ohr abgebissen und Cushie im Krankenrevier der Steering School geschändet, aber nie richtig geliebt hatte und weder zu ihrer Hochzeit noch zu ihrer Beerdigung gekommen war.

Weshalb sie Garp auch grollte, oder weshalb sie Männer im allgemeinen verabscheute, Pu Percy hatte *ihren* Feind in der Gewalt – endlich.

Robertas große, warme Hand war an Garps Kreuz, und ihre volle Stimme drängte ihn: «Los, raus hier, schnell, sag nichts.»

«Es ist ein *Mann* hier!» kreischte Bainbridge Percy in die trauernde Stille des Auditoriums der Schwesternschule. Das entlockte sogar der verstörten Ellen-Jamesianerin auf der Bühne einen leisen Ton – vielleicht ein Grunzen. «Es ist ein Mann hier!» kreischte Pu. «Und es ist T. S. Garp. *Garp* ist hier!» schrie sie.

Roberta versuchte, ihn zum Gang zu führen. Ein Linksaußen

muß in erster Linie gut durchkommen und zweitens Pässe weitergeben, doch selbst der ehemalige Robert Muldoon konnte all diese Frauen nicht so recht austricksen.

«Bitte», sagte Roberta. «Entschuldigen Sie bitte. Sie war seine *Mutter* – das müssen Sie doch wissen. Ihr einziges Kind.»

Meine einzige *Mutter*! dachte Garp und drängte sich an Robertas Rücken; er fühlte, wie Pu Percys nadelspitze Klauen durch sein Gesicht harkten. Sie riß ihm die Perücke vom Kopf; er riß sie zurück und drückte sie an seinen großen Busen, als ob er sie unbedingt behalten wollte.

«Er hat meine Schwester zu Tode gefickt!» jammerte Pu Percy. Wie sich *diese* fixe Idee in ihr festgesetzt hatte, würde Garp nie erfahren – aber festgesetzt hatte sie sich zweifellos in Pu. Pu kletterte über den Sitz, den er soeben geräumt hatte, und folgte ihm und Roberta – die endlich durchkam und den Gang erreichte.

«Sie war meine Mutter», sagte Garp zu einer Frau, an der er vorbeiging, einer Frau, die selbst wie eine potentielle Mutter aussah. Sie war schwanger. In dem bitterbösen Gesicht der Frau las Garp auch Vernunft und Freundlichkeit; außerdem las er Selbstbeherrschung und Verachtung.

«Laßt ihn vorbei», murmelte die schwangere Frau, aber ohne viel Gefühl.

Andere schienen mitfühlender zu sein. Eine rief, er habe ein Recht hierzusein – aber man schrie auch andere Dinge, die ohne jedes Mitgefühl waren.

Weiter oben im Gang fühlte er, wie seine Attrappen geboxt wurden; er streckte die Hand nach Roberta aus und merkte, daß Roberta (wie man beim Football sagt) nicht mehr im Spiel war. Sie lag am Boden. Einige junge Frauen in marineblauen Blazern schienen auf ihr zu sitzen. Garp fiel ein, sie dächten vielleicht, Roberta wäre *ebenfalls* ein Mann im Fummel; die Entdeckung, daß Roberta echt war, konnte schmerzhaft werden.

«Hau ab, Garp!» rief Roberta.

«Ja, *lauf*, du kleiner Ficker!» zischte eine Frau in einem Blazer. Er lief.

Er hatte die defilierenden Frauen hinten im Saal fast erreicht, als ein Schlag dort landete, wo er landen sollte. Er war seit seinem

Ringtraining – vor vielen Jahren – nicht mehr in die Eier getroffen worden und wurde sich bewußt, daß er die daraus resultierende totale Kampfunfähigkeit vergessen hatte. Er schützte sich und lag mit angezogenen Knien auf der Seite. Sie versuchten immer wieder, ihm die Perücke aus den Händen zu reißen. Und die winzige Handtasche. Er hielt beides fest wie bei einem Raubüberfall. Er fühlte einige Schuhe, einige Schläge und dann den Pfefferminzatem einer älteren Frau, die ihm ins Gesicht atmete.

«Versuchen Sie aufzustehen», sagte sie freundlich. Er sah, daß es eine Krankenschwester war. Eine richtige Schwester. Sie hatte kein modisches Herz auf der Brust; sie hatte nur das kleine Namensschild aus Messing mit blauen Buchstaben – sie war Schwester Sowieso, staatl. gepr.

«Ich heiße Dotty», sagte die Schwester zu ihm; sie war wenigstens sechzig.

«Hallo», sagte Garp. «Vielen Dank, Dotty.»

Sie nahm seinen Arm und führte ihn mit schnellen Schritten durch die restliche Menge. Jetzt, wo er bei ihr war, schien ihm niemand mehr etwas tun zu wollen. Man ließ ihn gehen.

«Haben Sie genug Geld für ein Taxi?» fragte ihn die Krankenschwester, die Dotty hieß, als sie vor dem Auditorium der Schwesternschule waren.

«Ich glaube, ja», sagte Garp. Er blickte in seine scheußliche Handtasche; seine Brieftasche war noch darin. Und die – noch wuscheligere – Perücke war unter seinen Arm geklemmt. Roberta hatte Garps richtige Sachen, und Garp hielt vergebens Ausschau, ob Roberta die erste feministische Beerdigung heil überstanden hatte.

«Setzen Sie die Perücke auf», riet Dotty ihm, «sonst wird man Sie noch für einen von diesen Transvestiten halten.» Er mühte sich ab, sie aufzusetzen; sie half ihm. «Die Leute sind so gemein zu Transvestiten», fügte Dotty hinzu. Sie zog einige Haarklemmen aus ihren grauen Haaren und steckte Garps Perücke fest, damit sie richtig saß.

Die Schramme auf seiner Wange, erklärte sie ihm, würde bald aufhören zu bluten.

Auf den Eingangsstufen des Auditoriums der Schwesternschule

drohte eine große schwarze Frau, die wie ein ebenbürtiger Partner für Roberta aussah, Garp mit der Faust, sagte aber kein Wort. Vielleicht war sie auch eine Ellen-Jamesianerin. Einige andere Frauen sammelten sich in ihrer Nähe, und Garp fürchtete, sie überlegten sich womöglich, ob ein offener Angriff ratsam sei. Am Rand dieser Gruppe, doch irgendwie getrennt von ihr, stand ein Mädchen oder kaum erwachsenes Kind, das einer Erscheinung glich; es war ein schmuddeliges, blondes Mädchen mit bohrenden Augen von der Farbe einer kaffeebesudelten Untertasse – wie die Augen eines Süchtigen oder eines Menschen, der Tränen kennt. Garp erstarrte unter ihrem Blick und hatte Angst vor ihr – als wäre sie *wirklich* verrückt, so etwas wie ein minderjähriger Hitman der Frauenbewegung, mit einer Pistole in der überdimensionalen Handtasche. Er umklammerte seine eigene abgegriffene Handtasche und dachte daran, daß seine Brieftasche zumindest voller Kreditkarten war; er hatte genug Bargeld für ein Taxi zum Flughafen, und mit den Kreditkarten konnte er nach Boston fliegen und, wie man so sagt, in den Schoß seiner Restfamilie flüchten. Er wünschte, er könnte sich seiner ostentativen Brüste entledigen, aber sie hafteten an ihm, als wäre er mit ihnen zur Welt gekommen – und ebenso in diesem abwechselnd engen und unausgefüllten Overall. Es war alles, was er hatte, und es mußte reichen. Dem Getöse, das aus dem Auditorium der Schwesternschule drang, entnahm Garp, daß Roberta in leidenschaftliche Diskussionen – wenn nicht Tätlichkeiten – verstrickt war. Jemand, der in Ohnmacht gefallen oder verprügelt worden war, wurde herausgetragen; weitere Polizisten gingen hinein.

«Ihre Mutter war eine erstklassige Krankenschwester und eine Frau, die alle anderen Frauen stolz machte», erklärte ihm die Schwester, die Dotty hieß. «Ich möchte wetten, daß sie auch eine gute Mutter war.»

«Das war sie bestimmt», sagte Garp.

Die Schwester besorgte ihm ein Taxi; als letztes sah er von ihr, wie sie sich vom Bordstein entfernte und wieder zum Auditorium der Schwesternschule ging. Die anderen Frauen, die, auf den Eingangsstufen zum Gebäude, so bedrohlich gewirkt hatten, schienen kein Interesse daran zu haben, ihr zu nahe zu treten. Weitere Polizisten trafen ein; Garp schaute nach dem merkwürdigen Mädchen mit den Untertassenaugen, aber sie war nicht bei den anderen Frauen.

Er fragte den Taxifahrer, wer der neue Gouverneur von New Hampshire sei. Garp versuchte, die Tiefe seiner Stimme zu kaschieren, aber der Taxifahrer schien sich, durch seine Arbeit mit allem Ungewöhnlichen vertraut, weder über Garps Stimme noch über sein Äußeres zu wundern.

«Ich war im Ausland», sagte Garp.

«Sie haben nichts versäumt, Schätzchen», erklärte ihm der Taxifahrer. «Die Nutte ist aus den Latschen gekippt.»

«Sally Devlin?» sagte Garp.

«Sie ist ausgeflippt, genau vor der Fernsehkamera», sagte der Taxifahrer. «Sie war so fertig wegen des Mordes, sie konnte sich nicht beherrschen. Sie wollte eine Rede halten, aber sie konnte sie nicht zu Ende bringen, verstehen Sie?

Sie kam mir vor wie eine dumme alte Ziege», sagte der Taxifahrer. «Wie konnte sie Gouverneur sein, wenn sie sich nicht besser beherrschen konnte?»

Und vor Garp zeichnete sich die Ursache für die Niederlage der Frau ab. Vielleicht hatte der hinterhältige gegenwärtige Amtsinhaber bemerkt, daß Mrs. Devlins Unfähigkeit, ihre Emotionen zu beherrschen, «typisch Frau» sei. Durch die Demonstration ihrer Gefühle für Jenny Fields disqualifiziert, wurde Sally Devlin für all das als inkompetent befunden, was das Gouverneursamt an dubiosen Machenschaften beinhaltete.

Garp schämte sich. Er schämte sich für andere Leute.

«Meiner Meinung nach», sagte der Taxifahrer, «war diese Schießerei irgendwie nötig, damit die Leute merkten, daß die Frau nicht mit dem Job fertig werden würde, verstehen Sie?»

«Halten Sie den Mund und fahren Sie», sagte Garp.

«Hör mal, Honey», sagte der Taxifahrer. «Ich habe es nicht nötig, mich *beschimpfen* zu lassen.»

«Sie sind ein Arschloch und ein Idiot», erklärte Garp ihm, «und wenn Sie mich jetzt nicht sofort zum Flughafen bringen und den Mund halten, sage ich einem Bullen, Sie hätten versucht, mich unzüchtig zu berühren.»

Der Taxifahrer trat das Gaspedal durch und fuhr eine Weile in wütendem Schweigen und in der Hoffnung, das Tempo und sein rücksichtsloses Fahren würden dem Fahrgast angst machen.

«Wenn Sie nicht sofort langsamer fahren», sagte Garp, «sage ich einem Bullen, Sie hätten versucht, mich zu *vergewaltigen*.»

«Verdammte Tunte», sagte der Taxifahrer, aber er fuhr langsamer, und er fuhr zum Flughafen, ohne ein weiteres Wort zu sagen. Garp legte das Trinkgeld auf die Motorhaube des Taxis, und eine der Münzen rollte in den Spalt zwischen Motorhaube und Kotflügel. «Verdammte *Weiber*», sagte der Taxifahrer.

«Verdammte *Kerle*», sagte Garp und hatte – mit gemischten Gefühlen – das Gefühl, daß er das seine getan hatte, um den Krieg der Geschlechter in Gang zu halten.

Auf dem Flughafen stellte man Garps American Express-Karte in Frage und bat ihn, sich zusätzlich auszuweisen. Man fragte ihn natürlich nach den Initialen T. S. Die Frau am Schalter hatte offensichtlich keinen Kontakt zur Welt der Literatur – nicht zu wissen, wer T. S. Garp war!

Er erklärte der Frau am Schalter, daß T. für Tillie und S. für Sarah stand.

«Tillie Sarah Garp?» sagte die Frau am Schalter. Sie war eine junge Frau und mißbilligte Garps sonderbar einnehmenden, aber nuttenhaften Aufzug offensichtlich. «Kein Gepäck abzugeben, und kein Handgepäck?» wurde Garp gefragt.

«Nein, nichts», sagte er.

«Haben Sie einen Mantel?» fragte die Stewardess ihn und musterte ihn ebenfalls herablassend.

«Nein», sagte Garp. Die Stewardess zuckte bei der Tiefe seiner Stimme zusammen. «Keine Taschen und nichts aufzuhängen», sagte er lächelnd. Er hatte das Gefühl, alles, was er habe, seien *Brüste* – dieser gewaltige Vorbau, den Roberta ihm verpaßt hatte –, und er ging gebeugt und mit hochgezogenen Schultern, damit sie nicht so vorstanden. Aber es gab kein Mittel, sie am Vorstehen zu hindern.

Sobald er sich für einen Sitz entschieden hatte, entschied sich ein Mann für den Sitz neben ihm. Garp sah aus dem Fenster. Immer noch kamen Passagiere zum Flugzeug geeilt. Unter ihnen sah er ein schmuddeliges blondes Mädchen, das einer Erscheinung glich. Sie hatte auch keinen Mantel und kein Handgepäck. Nur jene überdimensionale Handtasche – groß genug für eine Bombe. Garp spürte deutlich den Sog – ein Zappeln an seiner Hüfte. Er schaute zum Gang, damit er sehen konnte, für welchen Sitz sich das Mädchen entschied, aber er blickte in das lauernde Gesicht des Mannes, der den Nebensitz am Gang eingenommen hatte.

«Wenn wir erst mal oben sind», sagte der Mann mit wissendem Blick, «kann ich Ihnen dann einen kleinen Drink spendieren?» Seine kleinen, dicht beieinander stehenden Augen hingen an dem schiefen Reißverschluß von Garps ziependem türkisgrünen Damenoverall.

Garp fühlte, wie sich eine eigenartige Bosheit seiner bemächtigte. Er hatte nicht darum gebeten, eine solche Anatomie zu bekommen. Er wünschte, er hätte einen angenehmen Flug haben und sich mit dieser klugen und sympathisch wirkenden Frau, Sally Devlin, der gescheiterten Kandidatin für das Gouverneursamt von New Hampshire, unterhalten können. Er hätte ihr gesagt, daß sie zu gut für den korrupten Job sei.

«Ein tolles *Kleid* haben Sie da an», sagte Garps lauernder Beisitzer.

«Stecken Sie sich ihn sonstwohin», sagte Garp. Er war immerhin der Sohn einer Frau, die in einem Bostoner Kino einen Schürzenjäger aufgeschlitzt hatte – vor Jahren, vor langer Zeit.

Der Mann bemühte sich aufzustehen, aber er schaffte es nicht; sein Sicherheitsgurt wollte ihn nicht freigeben. Er sah Garp hilflos an. Garp beugte sich über den gefangenen Schoß des Mannes; Garp würgte an der Wolke seines Parfüms, mit dem Roberta ihn, wie ihm wieder einfiel, besprüht hatte. Es gelang ihm, den Auslösemechanismus des Sicherheitsgurts richtig zu betätigen, und der Mann wurde mit einem lauten Klicken befreit. Dann knurrte Garp dem Mann leise etwas Drohendes ins hochrote Ohr. «Wenn wir erst mal oben sind», flüsterte er dem verängstigten Burschen zu, «können Sie sich auf dem Klo selbst einen blasen.»

Aber als der Mann auf Garps Gesellschaft verzichtet hatte, war der Sitz am Gang frei und lud jemand anders ein. Garp starrte herausfordernd auf den leeren Sitz und schreckte den nächsten Mann ab, der ihn einnehmen wollte. Die Person, die sich Garp näherte, erschütterte sein momentanes Selbstvertrauen. Sie war sehr dünn, ihre mädchenhaften Hände waren knochig und umklammerten ihre überdimensionale Handtasche. Sie fragte nicht; sie setzte sich einfach hin. Der Sog ist heute ein blutjunges Mädchen, dachte Garp. Als sie in ihre Handtasche griff, packte Garp sie am Handgelenk und zog die Hand aus der Tasche heraus auf ihren Schoß. Sie war nicht kräftig, und in ihrer Hand war keine Pistole; nicht einmal ein Messer. Garp sah nur einen Notizblock und einen Bleistift, dessen Radiergummi bis auf einen winzigen Rest abgekaut war.

«Es tut mir leid», flüsterte er. Wenn sie keine Mörder waren, glaubte er zu wissen, wer oder was sie war. «Warum ist mein Leben so voll von Sprachbehinderten?» schrieb er einmal. «Oder fallen mir all die kaputten Stimmen ringsum nur deshalb auf, weil ich Schriftsteller bin?»

Die nicht-gewalttätige Erscheinung neben ihm im Flugzeug schrieb hastig und reichte ihm eine Mitteilung.

«Ja, ja», sagte er müde. «Sie sind eine Ellen-Jamesianerin.» Aber das Mädchen biß sich auf die Lippe und schüttelte heftig den Kopf. Sie schob ihm die Mitteilung in die Hand.

Ich bin Ellen James,

informierte die Mitteilung Garp.

Ich bin keine *Ellen-Jamesianerin.*

«Sie sind *die* Ellen James?» fragte er, obgleich es überflüssig war und er es wußte – er hätte es schon vom Sehen wissen müssen. Sie hatte das richtige Alter; vor gar nicht langer Zeit war sie jenes elfjährige Kind gewesen, dem man Gewalt antat und die Zunge abschnitt. Die schmuddeligen Untertassenaugen waren aus der Nähe gar nicht schmuddelig; sie waren einfach blutunterlaufen, vielleicht schlaflos. Ihre Unterlippe war zerbissen; sie sah aus wie der Bleistiftradiergummi – abgekaut.

Ich bin aus Illinois gekommen. Meine Eltern kamen
kürzlich bei einem Autounfall ums Leben. Ich bin in
den Osten gekommen, um Ihre Mutter kennenzuler-
nen. Ich schrieb ihr einen Brief, und sie hat mir tatsäch-
lich geantwortet! Sie hat mir einen wunderschönen
Antwortbrief geschrieben. Sie lud mich zu sich ein. Au-
ßerdem schrieb sie mir, ich solle alle Ihre Bücher lesen.

Garp blätterte die winzigen Notizblockseiten um; er fuhr fort
zu nicken; er fuhr fort zu lächeln.

Aber Ihre Mutter ist umgebracht worden!

Ellen James zog ein riesiges braunes Taschentuch aus der großen
Handtasche, in das sie sich schneuzte.

Ich wollte zu einer Frauengruppe nach New York zie-
hen. Aber ich kannte schon zu viele Ellen-Jamesiane-
rinnen. Andere Leute kenne ich gar nicht; ich bekom-
me Hunderte von Weihnachtskarten,

schrieb sie. Sie hielt inne, damit Garp diesen Zettel lesen konnte.
«Ja, ja, das glaube ich Ihnen», ermutigte er sie.

Ich ging natürlich zu der Beerdigung. Ich ging hin,
weil ich wußte, daß Sie dasein würden. Ich wußte, daß
Sie kommen würden,

schrieb sie; jetzt machte sie eine Pause, um ihn anzulächeln. Dann
versteckte sie das Gesicht in ihrem schmuddeligen braunen Taschentuch.
«Sie wollten *mich* sehen?» sagte Garp.
Sie nickte heftig. Sie zog ein zerlesenes Exemplar von *Bensenha-*
ver und wie er die Welt sah aus der großen Tasche.

Die beste Vergewaltigungsgeschichte, die ich je gelesen
habe,

schrieb Ellen James. Garp zuckte zusammen.

Wissen Sie, wie oft ich dieses Buch gelesen habe?

schrieb sie. Er sah in ihre tränennassen, bewundernden Augen. Er schüttelte, stumm wie eine Ellen-Jamesianerin, den Kopf. Sie berührte sein Gesicht; ihre Hände waren von einer kindlichen Ungeschicklichkeit. Sie hielt ihre Finger hoch, damit er zählte. Alle Finger einer kleinen Hand und die meisten der anderen. Sie hatte sein furchtbares Buch achtmal gelesen.

«Achtmal», murmelte Garp.

Sie nickte und lächelte ihn an. Jetzt lehnte sie sich in ihrem Flugzeugsitz zurück, als wäre ihr Leben vollendet, jetzt, wo sie neben ihm saß, auf dem Flug nach Boston – wenn schon nicht mit der Frau, die sie den ganzen Weg von Illinois her bewundert hatte, dann wenigstens mit dem einzigen Sohn der Frau, der nun genügen mußte.

«Waren Sie auf dem College?» fragte Garp sie.

Ellen James hielt einen schmuddeligen Finger hoch; sie machte ein bekümmertes Gesicht.

«Ein Jahr?» übersetzte Garp. «Aber es hat Ihnen nicht gefallen. Es hat nicht geklappt?»

Sie nickte eifrig.

«Und was wollen Sie werden?» fragte er sie und hatte Mühe, nicht hinzuzufügen: *Wenn Sie erwachsen sind.*

Sie zeigte auf ihn und errötete. Sie berührte dabei seine fetten Brüste.

«Schriftstellerin?» riet Garp. Sie sah ihn gelöst an und lächelte; er verstand sie so mühelos, schien ihr Gesicht zu sagen. Garp fühlte, wie seine Kehle sich zuschnürte. Sie kam ihm plötzlich wie eines jener gezeichneten Kinder vor, von denen er gelesen hatte: Kinder ohne Antikörper, die keine natürliche Immunität gegen Krankheiten entwickeln. Wenn sie ihr Leben nicht in großen Plastikbeuteln verbringen, sterben sie an der ersten kleinen Erkältung. Hier war Ellen James aus Illinois, aus ihrem Beutel geschlüpft.

«Ihre Eltern sind *beide* ums Leben gekommen?» fragte Garp.

Sie nickte und biß sich wieder in die zerkaute Lippe. «Und Sie haben sonst keine Familie mehr?» fragte er sie. Sie schüttelte den Kopf.

Er wußte, was seine Mutter getan hätte. Er wußte, Helen würde nichts dagegen haben, und Roberta würde natürlich jederzeit helfen. Und all die Frauen, die geschunden worden und die jetzt auf ihre Weise genesen waren.

«Also, von *jetzt* an haben Sie wieder eine Familie», sagte Garp zu Ellen James; er hielt ihre Hand und zuckte zusammen, als er sich dieses Angebot machen hörte. Er hörte das Echo der Stimme seiner Mutter, ihre alte Schmierenrolle: die Abenteuer der guten Krankenschwester.

Ellen James schloß die Augen, als wäre sie vor Freude ohnmächtig geworden. Als die Stewardess sie bat, sich anzuschnallen, hörte Ellen James nicht; Garp schnallte sie an. Den ganzen kurzen Flug nach Boston schrieb sich das Mädchen das Herz vom Leibe.

Ich hasse *die Ellen-Jamesianerinnen,*

schrieb sie.

Ich würde das nie *bei mir machen lassen.*

Sie öffnete den Mund und zeigte auf die klaffende Leere darin. Garp krümmte sich.

Ich möchte *sprechen; ich möchte* alles *sagen,*

schrieb Ellen James. Garp bemerkte, daß der knotige Daumen und Zeigefinger ihrer Schreibhand gut doppelt so groß waren wie die unbenutzten Finger ihrer anderen Hand; sie hatte einen Schreibmuskel, wie er ihn noch nie erlebt hatte. Kein Schriftstellerkrampf bei Ellen James, dachte er.

Die Worte kommen und kommen,

schrieb sie. Sie wartete auf seine Zustimmung, Zettel um Zettel. Er nickte dann; und sie schrieb weiter. Sie schrieb ihm ihr ganzes Leben auf. Ihr Englischlehrer von der Highschool, der einzige, der zählte. Das Ekzem ihrer Mutter. Der Ford Mustang, den ihr Vater zu schnell fuhr.

Ich habe einfach alles gelesen,

schrieb sie. Garp erzählte ihr, daß Helen auch eine große Leserin sei; er glaubte, Helen würde ihr gefallen. Das Mädchen machte ein hoffnungsvolles Gesicht.

Wer war Ihr Lieblingsschriftsteller, als Sie ein Junge waren?

«Joseph Conrad», sagte Garp. Sie seufzte ihre Zustimmung.

Meine Lieblingsschriftstellerin war Jane Austen.

«Sehr gut», sagte Garp zu ihr.

Auf dem Logan-Airport schlief sie beinahe im Stehen; Garp steuerte sie durch die Gänge und lehnte sie an den Schalter, während er die nötigen Formulare für den Mietwagen ausfüllte.

«T. S.?» fragte das Mietwagenmädchen. Eine der Attrappen Garps rutschte zur Seite, und das Mietwagenmädchen schien zu befürchten, sein ganzer türkisgrüner Körper könnte auseinanderfallen.

Während der Autofahrt nach Norden, auf der dunklen Straße nach Steering, schlief Ellen James wie ein Kätzchen zusammengerollt im Fond. Im Rückspiegel stellte Garp fest, daß ihr Knie aufgeschrammt war und daß das Mädchen im Schlaf am Daumen lutschte.

Es war also doch eine angemessene Beerdigung für Jenny Fields gewesen; eine grundlegende Botschaft war von der Mutter auf den Sohn gekommen. Da saß er nun und spielte Krankenschwester für jemanden. Noch grundlegender war, daß Garp endlich begriff, worin das Talent seiner Mutter bestanden hatte; sie hatte die richtigen Instinkte – *Jenny Fields machte immer das richtige*. Eines Tages, hoffte Garp, würde er die Verbindung zwischen dieser Lektion und seinem Schreiben sehen, aber das war ein persönliches Ziel – es würde, wie andere Ziele, ein bißchen Zeit kosten. Wichtig war, daß T. S. Garp auf der Autofahrt nach Norden, nach Steering, mit der wirklichen Ellen James, die in seiner Obhut schlief, beschloß, er wolle versuchen, mehr so zu *sein* wie seine Mutter, Jenny Fields.

Ein Vorsatz, dachte er, der seiner Mutter über die Maßen gefallen hätte, wenn er ihn nur gefaßt hätte, solange sie noch lebte.

«Der Tod», schrieb Garp, «wartet offenbar nicht, bis wir für ihn bereit sind. Der Tod ist großzügig und hat einen Hang zum Dramatischen, den er auskosten möchte.»

So betrat Garp mit entschärften Abwehrmechanismen und – zumindest seit seiner Ankunft in Boston – ohne das Gefühl des Sogs das Haus von Ernie Holm, seinem Schwiegervater, mit der schlafenden Ellen James auf den Armen. Sie mochte neunzehn sein, aber sie war leichter zu tragen als Duncan.

Garp war nicht auf das graue Gesicht von Dekan Bodger vorbereitet, der allein in Ernies schummrigem Wohnzimmer saß und fernsah. Der alte Dekan, der bald in den Ruhestand treten würde, schien zu akzeptieren, daß Garp wie eine Hure gekleidet war, aber er starrte die schlafende Ellen James voll Schrecken an.

«Ist sie . . .»

«Sie schläft», sagte Garp. «Wo sind die anderen?» Und während er diese Frage stellte, hörte Garp das kalte Ziehen des Sogs unter den kalten Dielen des schweigenden Hauses.

«Ich habe versucht, Sie zu erreichen», erklärte Dekan Bodger ihm. «Ernie . . .»

«Sein Herz», riet Garp.

«Ja», sagte Bodger. «Sie haben Helen etwas gegeben, damit sie schläft. Sie ist oben. Und ich dachte, ich bleibe besser hier, bis Sie kämen – Sie verstehen: damit die Kinder sie nicht stören, falls sie aufwachten und etwas brauchten. Es tut mir leid, Garp. Die Dinge kommen manchmal alle zusammen, oder es scheint wenigstens so.»

Garp wußte, wie sehr auch Bodger seine Mutter gemocht hatte. Er legte die schlafende Ellen James auf das Wohnzimmersofa und stellte den scheußlichen Fernseher ab, der das Gesicht des Mädchens bläulich färbte.

«Im Schlaf?» fragte Garp Bodger und zog sich die Perücke vom Kopf. «Haben Sie Ernie hier gefunden?»

Jetzt wurde der arme Dekan nervös. «Er war oben im Bett», sagte Bodger. «Ich habe die Treppe hinaufgerufen, aber ich wußte, daß ich hinaufgehen mußte, um ihn zu finden. Ich habe ihn ein bißchen hergerichtet, ehe ich jemanden anrief.»

«Hergerichtet?» sagte Garp. Er zog den Reißverschluß des schrecklichen türkisgrünen Damenoveralls auf und riß sich die Brüste vom Leib. Der alte Dekan dachte vielleicht, dies sei eine normale Reiseverkleidung des inzwischen berühmten Schriftstellers.

«Erzählen Sie es Helen bitte nie», sagte Bodger.

«Was denn?» fragte Garp.

Bodger holte das Magazin hervor – unter seiner schwellenden Weste. Es war die Nummer von *Scharfe Schnappschüsse*, in der das erste Kapitel von *Bensenhaver und wie er die Welt sah* erschienen war. Das Magazin sah zerfleddert und abgenutzt aus.

«Ernie hatte es angeschaut, Sie verstehen schon», sagte Bodger. «Als sein Herz stehenblieb.»

Garp nahm das Magazin von Bodger entgegen und stellte sich die Sterbeszene vor. Ernie Holm hatte gerade bei den Bildern von den offenen Visieren masturbiert, als sein Herz Schluß machte. In Garps Zeit in Steering hatte man sich oft den Witz erzählt, dies sei die beste Art zu «gehen». Ernie war also auf diese Art gegangen, und der gute Bodger hatte die Hose des Trainers hochgezogen und das Magazin vor der Tochter des Trainers versteckt.

«Ich mußte es dem Arzt sagen, der die Todesursache feststellte, Sie verstehen schon», sagte Bodger.

Eine böse Metapher aus der Vergangenheit seiner Mutter kam Garp plötzlich hoch wie Übelkeit, aber er verschwieg sie dem alten Dekan. Die Lust hat wieder einen guten Mann umgelegt! Ernies einsames Leben deprimierte Garp.

«Und Ihre Mutter», seufzte Bodger, den Kopf im kalten Verandalicht schüttelnd, das auf den schwarzen Campus von Steering hinausstrahlte. «Ihre Mutter war etwas Besonderes», sagte der alte Herr. «Sie war eine Kämpfernatur», sagte der streitbare Bodger stolz. «Ich habe immer noch Durchschriften von den Mitteilungen, die sie Stewart Percy schrieb.»

«Sie waren immer nett zu ihr», erinnerte ihn Garp.

«Sie war hundert Stewart Percys wert, verstehen Sie, Garp», sagte Bodger.

«Das war sie bestimmt», sagte Garp.

«Wissen Sie, daß er auch gestorben ist?» sagte Bodger.

«Fat Stew?» sagte Garp.

«Gestern», sagte Bodger. «Nach langem Leiden – Sie wissen, was das gewöhnlich bedeutet, ja?»

«Nein», sagte Garp. Er hatte nie darüber nachgedacht.

«Es bedeutet Krebs», sagte Bodger ernst. «Er hatte ihn schon lange.»

«Nun, es tut mir leid», sagte Garp. Er dachte an Pu und natürlich an Cushie. Und an seinen alten Feind Bonkers, dessen Ohr er im Traum immer noch schmecken konnte.

«In der Kapelle von Steering ist morgen Hochbetrieb», erläuterte Bodger. «Helen kann es Ihnen erklären. Sie weiß Bescheid. Am Vormittag ist die Trauerfeier für Stewart; Ernie kommt später an die Reihe. Und Sie sind natürlich über die Sache mit Jenny informiert?»

«Welche Sache?» fragte Garp.

«Die Feier?»

«Großer Gott, nein», sagte Garp. «Eine Feier, *hier*?»

«Sie wissen doch, hier sind jetzt auch Mädchen», sagte Bodger. «Ich müßte wohl sagen *Frauen*», fügte er kopfschüttelnd hinzu. «Ich weiß nicht; sie sind schrecklich jung. Für mich sind es Mädchen.»

«Schülerinnen?» sagte Garp.

«Ja, Schülerinnen», sagte Bodger. «Die Schülerinnen haben dafür gestimmt, das Krankenrevier nach ihr zu benennen.»

«Das Krankenrevier?» sagte Garp.

«Ja, das Gebäude hatte doch nie einen Namen, verstehen Sie», sagte Bodger. «Die meisten von unseren Gebäuden haben Namen.»

«Das Jenny Fields-Krankenrevier», sagte Garp tonlos.

«Irgendwie nett, nicht wahr?» fragte Bodger; er war sich nicht ganz sicher, ob Garp auch so denken würde, aber Garp war es gleich.

In der langen Nacht wachte die kleine Jenny einmal auf; als Garp sich von Helens warmem, fest schlafendem Körper gelöst hatte, sah er, daß Ellen James das schreiende Baby bereits gefunden hatte und eine Flasche warm machte. Merkwürdige gurrende und grunzende Töne, wie sie zu Babies passen, kamen leise aus dem zungenlosen Mund von Ellen James. Sie hatte in Illinois in einem Kinderhort gearbeitet, hatte sie Garp im Flugzeug aufgeschrieben. Sie kannte sich mit Babies aus und konnte sogar Töne wie sie machen.

Garp lächelte ihr zu und ging wieder ins Bett.

Am Morgen erzählte er Helen von Ellen James, und sie sprachen von Ernie.

«Es ist gut, daß er im Schlaf gestorben ist», sagte Helen. «Wenn ich an deine Mutter denke.»

«Ja, ja», antwortete Garp.

Duncan wurde mit Ellen James bekannt gemacht. Einäugig und zungenlos, dachte Garp, wird meine Familie zusammenhalten.

Als Roberta anrief, um ihre Festnahme zu schildern, berichtete Duncan – der munterste redende Mensch im Haus – ihr von Ernies Herzanfall.

Helen fand den türkisgrünen Damenoverall und den riesigen, ausgestopften Büstenhalter im Abfalleimer in der Küche; der Anblick heiterte sie ein wenig auf. Die kirschroten Plastikstiefel paßten ihr übrigens besser, als sie Garp gepaßt hatten, aber sie warf sie trotzdem fort. Ellen James wollte das grüne Tuch haben, und Helen fuhr mit dem Mädchen in die Stadt, um noch ein paar Sachen einzukaufen. Duncan wollte und bekam die Perücke, die er – sehr zu Garps Ärger – fast den ganzen Morgen trug.

Dekan Bodger kam, um zu fragen, ob er etwas tun könne.

Ein Mann, der jetzt die Liegenschaftsverwaltung der Steering School leitete, klingelte und wollte Garp unter vier Augen sprechen. Der Liegenschaftsverwalter erläuterte, daß Ernie in einem Haus der Schule gewohnt habe, und sobald es Helen passe, möchte sie es bitte räumen. Garp hatte gehört, daß das ehemalige Haus der Familie Steering, Midge Steering-Percys Haus, vor einigen Jahren der Schule zurückgegeben worden war – ein Geschenk von Midge und Fat Stew, aus dessen Anlaß eine Feier veranstaltet worden war. Garp teilte dem Liegenschaftsverwalter mit, er hoffe, Helen werde ebensoviel Zeit zum Räumen haben, wie man Midge geben werde.

«Oh, den alten Kasten werden wir *verkaufen*», vertraute der Mann Garp an. «Es ist ein Klotz am Bein, verstehen Sie?»

Das Haus der Familie Steering war, soweit Garp sich erinnerte, kein Klotz am Bein.

«Aber der historische Wert», sagte Garp. «Ich hätte gedacht, Sie wollten es haben – und es war immerhin ein Geschenk.»

«Die Installation ist desolat», sagte der Mann. Er implizierte, daß Midge und Fat Stew das Haus mit fortschreitender Senilität hatten verkommen lassen. «Es mag ja ein schönes altes Haus sein, und all das», sagte der junge Mann, «aber die Schule muß in die Zukunft blicken. Wir haben hier genug historische Werte. Wir können unsere Mittel nicht für historische Werte ausgeben. Wir brauchen mehr Gebäude, die die Schule *benutzen* kann. Was man auch mit dem alten Kasten anstellt, es ist und bleibt nur ein Wohnhaus.»

Als Garp Helen erzählte, das Haus der Steering-Percys solle verkauft werden, brach Helen in Tränen aus. In Wahrheit weinte sie natürlich um ihren Vater und um alles, aber die Vorstellung, daß die Steering School das prächtigste Haus ihrer Kinderjahre nicht einmal haben *wollte*, deprimierte beide, Garp und Helen.

Dann mußte Garp mit dem Organisten der Kapelle von Steering sprechen, damit er für Ernie nicht dasselbe Stück spielte, das er am Vormittag für Fat Stew spielen würde. Helen legte Wert darauf; sie war ganz durcheinander, so daß Garp sie nicht auf die, wie er fand, Sinnlosigkeit des Auftrags hinwies.

Die Kapelle von Steering war der flache Abklatsch eines Tudor-Bauwerks; die Kirche war so sehr in Efeu gehüllt, daß man den Eindruck hatte, sie habe sich selbst aus dem Boden erhoben und zappele sich nun ab, das Astgeflecht zu durchbrechen. Die Hosenbeine von John Wolfs dunklem Nadelstreifenanzug blieben unter Garps Absätzen hängen, als er in die modrige Kapelle spähte – er hatte den Anzug nie zu einem richtigen Schneider gebracht, sondern versucht, die Hose selbst kürzer zu machen. Die erste Welle fahler Orgelmusik trieb wie Rauch über Garp hin. Er dachte, er käme rechtzeitig vorher, aber zu seinem Schrecken sah er, daß Fat Stews Beerdigung schon angefangen hatte. Das Publikum war alt und kaum zu erkennen – jene Ehemaligen der Steering School, die *jeder*manns Tod betrauern würden, als nähmen sie in doppeltem Mitgefühl ihren eigenen vorweg. *Dieser* Tod, dachte Garp, wurde vor allem deshalb betrauert, weil Midge eine Steering war; Stewart Percy hatte sich kaum Freunde geschaffen. Die Bänke waren dünn mit Witwen besetzt; ihre kleinen schwarzen Schleierhüte glichen dunklen Spinnennetzen, die auf die Köpfe dieser alten Frauen gefallen waren.

«Ich bin froh, daß du da bist, Kumpel», sagte ein Mann in Schwarz zu Garp. Garp war fast unbemerkt in eine der hinteren Bankreihen geschlüpft; er wollte die Sache durchstehen und anschließend mit dem Organisten reden. «Wir brauchen noch einen Mann für den Sarg», sagte der Mann, und Garp erkannte ihn – es war der Leichenwagenfahrer von der Leichenhalle.

«Ich bin kein Sargträger», flüsterte Garp.

«*Heute* aber», sagte der Fahrer, «oder wir werden ihn nicht hinausbekommen. Er ist eine *große* Leiche.»

Der Leichenwagenfahrer roch nach Zigarren, aber Garp brauchte nur einen Blick auf die sonnengefleckten Bänke der Kapelle von Steering zu werfen, um zu sehen, daß der Mann recht hatte. Weiße Haare und Glatzen blitzten ihn von den wenigen männlichen Köpfen an; an den Bänken hingen bestimmt dreizehn oder vierzehn Gehstöcke. Es waren zwei Rollstühle da.

Garp ließ sich von dem Fahrer am Arm nehmen.

«Sie haben gesagt, es würden mehr *Männer* dasein», beschwerte sich der Fahrer, «aber es ist kein gesunder aufgekreuzt.»

Garp wurde zur vordersten Reihe, unmittelbar gegenüber der Familienbank, geführt. Zu seinem Entsetzen lag ein alter Herr auf der Bank, auf der Garp Platz nehmen sollte, und Garp wurde statt dessen auf die Bank der Percys gewinkt, wo er sich neben Midge setzen mußte. Garp fragte sich kurz, ob der alte Herr auf der Bank eine andere Leiche war, die darauf wartete, an die Reihe zu kommen.

«Das ist Onkel Harris Stanfull», flüsterte Midge Garp zu und nickte zu dem Schlafenden hin, der von hier aus wie ein Toter aussah.

«Onkel *Horace Salter*, Mutter», sagte der Mann auf der anderen Seite von Midge. Garp erkannte Stewie Zwei, vor Fettleibigkeit rotgesichtig – das älteste Kind der Percys und der einzige noch lebende Sohn. Er hatte irgend etwas mit Aluminium in Pittsburgh zu tun. Stewie Zwei hatte Garp nicht mehr gesehen, seit Garp fünf war; nichts an ihm ließ darauf schließen, daß er Garp erkannte. Midge schien *überhaupt* niemanden mehr zu erkennen. Runzlig und weiß, mit braunen Flecken im Gesicht, die in Form und Größe an ungeschälte Erdnüsse erinnerten, saß sie auf der Bank und ruckte mit dem Kopf wie ein Huhn, das sich nicht recht entscheiden kann, wonach es als nächstes picken soll.

Garp sah auf einen Blick, daß der Sarg von Stewie Zwei, dem Leichenwagenfahrer und ihm selbst getragen werden mußte. Er bezweifelte, daß sie es schafften. Wie furchtbar, so ungeliebt zu sein, dachte er, das graue Schiff betrachtend, das Stewart Percys Sarg war – zum Glück geschlossen.

«Verzeihung, junger Mann», flüsterte Midge Garp zu; ihre behandschuhte Hand ruhte so leicht auf Garps Arm wie einer der Langschwanzpapageien der Familie Percy. «Ich weiß Ihren *Namen* leider nicht mehr», sagte sie, huldvoll bis zur Senilität.

«Hm», sagte Garp. Und irgendwie zwischen den Namen «Smith» und «Jones» stolperte Garp über ein Wort, das ihm entfuhr. «Smoans», sagte er, Midge und sich selbst überraschend. Stewie Zwei schien keine Notiz zu nehmen.

«Mr. Smoans?» sagte Midge.

«Ja, Smoans», sagte Garp. «Smoans, Examensklasse 1961. Ich hatte Mr. Percy in Geschichte.» Mein Teil vom Pazifik.

«Ach ja, Mr. Smoans! Wie aufmerksam, daß Sie gekommen sind», sagte Midge.

«Es tat mir so leid, als ich es hörte», sagte Mr. Smoans.

«Ja, es tat uns *allen* leid», sagte Midge mit einem vorsichtigen Blick in die halbleere Kapelle. Irgendein Krampf ließ ihr ganzes

Gesicht erbeben, und die schlaffe Haut auf ihren Wangen machte ein leise klatschendes Geräusch.

«Mutter», warnte Stewie Zwei sie.

«Ja, ja, Stewart», sagte sie. Und zu Mr. Smoans gewandt: «Es ist jammerschade, daß nicht alle unsere Kinder an diesem Tag hier sein können.»

Garp wußte natürlich, daß Dopeys strapaziertes Herz bereits versagt hatte, daß William in einem Krieg ums Leben gekommen war, daß Cushie der Fortpflanzung zum Opfer gefallen war. Garp glaubte irgendwie zu wissen, wo die arme Pu war. Zu seiner Erleichterung saß Bainbridge Percy *nicht* auf der Familienbank.

Dort auf der Bank der übriggebliebenen Percys mußte Garp an einen lange vergangenen Tag denken.

«Wohin kommen wir eigentlich, wenn wir tot sind?» hatte Cushie Percy ihre Mutter einmal gefragt. Fat Stew rülpste und verließ die Küche. Alle Kinder der Percys waren versammelt: William, auf den ein Krieg wartete; Dopey, dessen Herz Fett speicherte; Cushie, die keine Kinder gebären konnte, deren Lebensschläuche sich verwirren würden; Stewie Zwei, der sich dem Aluminium zuwandte. Und nur Gott weiß, was mit Pu passierte. Der kleine Garp war auch da – in der prunkvollen ländlichen Küche des großen vornehmen Hauses der Steerings.

«Oh, wenn wir tot sind», erklärte Midge Steering-Percy den Kindern – auch dem kleinen Garp –, «kommen wir alle in ein großes *Haus*, so ungefähr wie dieses.»

«Aber *größer*», sagte Stewie Zwei ernsthaft.

«Hoffentlich», sagte William besorgt.

Dopey bekam nicht mit, was gemeint war. Pu war nicht groß genug zum Reden. Cushie sagte, sie glaube es nicht – nur Gott weiß, wohin *sie* kam.

Garp dachte an das große vornehme Haus der Steerings – das jetzt zum Verkauf stand. Ihm wurde bewußt, daß er es kaufen wollte.

«Mr. Smoans?» Midge puffte ihn in die Seite.

«Hm», sagte Garp.

«Der Sarg, Kumpel», flüsterte der Leichenwagenfahrer. Stewie

Zwei, der jetzt neben ihm hervorquoll, blickte ernsthaft auf den gewaltigen Sarg, der nun die Überreste seines Vaters barg.

«Wir brauchen vier», sagte der Fahrer. «Mindestens vier.»

«Nein, ich werde allein mit einer Seite fertig», sagte Garp.

«Mr. Smoans sieht sehr stark aus», sagte Midge. «Nicht sehr *groß*, aber stark.»

«Mutter», sagte Stewie Zwei.

«Ja, ja, Stewart», sagte sie.

«Wir brauchen vier. Anders geht es nicht», sagte der Fahrer.

Garp glaubte ihm nicht. *Er* konnte ihn heben.

«Ihr beide nehmt die andere Seite», sagte er, «und ab geht die Post.»

Ein schwaches Murmeln drang an seine Ohren. Es kam von den Trauergästen, denen es grauste wegen des anscheinend unbeweglichen Sargs. Aber Garp glaubte an sich. Dort drinnen lag nur der Tod; natürlich würde er schwer sein – so schwer wie Mutter, Jenny Fields, wie Ernie Holm und wie der kleine Walt (der am schwersten von allen wog). Gott weiß, was sie alle zusammen wogen, aber Garp pflanzte sich an einer Seite von Fat Stews grauem Kanonenboot von Sarg auf. Er war bereit.

Dekan Bodger erbot sich, den nötigen vierten Mann abzugeben.

«Ich hätte nie gedacht, daß *Sie* hier sein würden», flüsterte er Garp zu.

«Kennen Sie Mr. Smoans?» fragte Midge den Dekan.

«Smoans, Examensklasse 1961», sagte Garp.

«Ach ja, natürlich, *Smoans*», sagte Bodger. Und der Taubenfänger, der säbelbeinige Sheriff der Steering School teilte sich die Last des Sarges mit Garp und den anderen. So beförderten sie Fat Stew in ein anderes Leben. Oder in ein anderes, hoffentlich größeres Haus.

Bodger und Garp trödelten hinter den versprengten Gestalten her, die zu den Autos, die sie zum Friedhof von Steering bringen würden, humpelten und schlurften. Als die betagten Trauergäste sich entfernt hatten, nahm Bodger Garp mit zu Buster's Snack and Grill, wo sie zusammen Kaffee tranken. Bodger schien sich damit abzufinden, daß Garp die Gewohnheit hatte, am Abend sein Geschlecht zu ändern und am Tag einen anderen Namen anzunehmen.

«Ach, Smoans», sagte Bodger. «Vielleicht werden Sie jetzt zur Ruhe kommen und Ihr Leben in Glück und Wohlstand beschließen.»

«Zumindest in Wohlstand», sagte Garp.

Garp hatte ganz vergessen, den Organisten darum zu bitten, daß er Fat Stews Trauermusik bei Ernie Holm nicht wiederholen solle. Garp hatte gar keine Notiz von der Musik genommen; und würde sie deshalb auch nicht wiedererkennen, falls sie wiederholt würde. Und Helen war nicht dagewesen; sie würde keinen Unterschied merken. Und Ernie, das wußte Garp, auch nicht.

«Warum bleiben Sie nicht eine Weile bei uns?» fragte Bodger. Und mit seiner kräftigen, gedrungenen Hand wischte er das trübe Fenster von Buster's Snack and Grill ab und zeigte auf den Campus der Steering School. «Gar nicht so schlecht hier bei uns, wirklich», sagte er.

«Nirgendwo kenne ich mich so aus wie hier bei Ihnen», sagte Garp unverbindlich.

Garp wußte, daß seine Mutter sich einst für die Steering School als einen Ort entschieden hatte, wo man zumindest Kinder großziehen konnte. Und Jenny Fields, das wußte Garp, hatte das richtige Gespür. Er trank seinen Kaffee aus und schüttelte Dekan Bodger herzlich die Hand. Garp mußte noch eine Beerdigung hinter sich bringen. Dann würde er, zusammen mit Helen, über die Zukunft nachdenken.

18
Gewohnheiten der Bestie

Obwohl sie einen sehr herzlichen Ruf von der englischen Abteilung bekam, war Helen sich nicht sicher, ob sie an der Steering School unterrichten sollte.

«Ich möchte, daß du wieder unterrichtest», sagte Garp, aber Helen würde noch eine Weile warten, ehe sie eine Stelle an der Schule annahm, die keine Mädchen zugelassen hatte, als sie noch ein Mädchen gewesen war.

«Vielleicht wenn Jenny groß genug ist, um hinzugehen», sagte Helen. «Bis dahin bin ich froh, wenn ich lesen kann, nur lesen.» Als Schriftsteller war Garp sowohl neidisch als auch mißtrauisch auf Leute, die so viel lasen wie Helen.

Und sie entwickelten beide eine Besorgnis, die sie beunruhigte; hier saßen sie nun und erwogen alle Eventualitäten des Lebens, als wären sie richtig alte Leute. Gewiß, Garp hatte schon immer diese Obsession gehabt, wenn es um den Schutz seiner Kinder ging; jetzt sah er endlich, daß Jenny Fields' alter Wunsch, immer mit ihrem Sohn zusammen zu leben, doch nicht so unnormal war.

Die Garps würden in Steering bleiben. Sie hatten mehr Geld, als sie je brauchen würden; Helen *mußte* nichts tun, wenn sie nicht wollte. Aber Garp mußte etwas tun.

«Du wirst schreiben», sagte Helen müde.

«Eine Weile nicht», sagte Garp. «Vielleicht nie wieder. Zumindest eine Weile nicht.»

Das kam Helen wirklich wie ein Symptom ziemlich vorzeitigen Alterns vor, aber sie teilte inzwischen seine Besorgnis – sein Verlangen, das, was er hatte, auch seinen gesunden Menschenverstand, zu bewahren –, und sie wußte, daß er mit ihr die Verwundbarkeit ehelicher Liebe teilte.

Sie sagte nichts zu ihm, als er zur Sportabteilung von Steering ging und sich als Ernie Holms Nachfolger anbot. «Sie brauchen mir kein Geld zu zahlen», erklärte er. «Geld spielt für mich keine Rolle; ich möchte nur Ringtrainer werden.» Man müßte natürlich einräumen, daß er den Anforderungen entsprach. Die großartige Mannschaft würde ohne einen Nachfolger für Ernie Holm die Talfahrt antreten.

«Sie wollen kein Geld haben?» fragte ihn der Leiter der Sportabteilung.

«Ich *brauche* kein Geld», erklärte Garp ihm. «Was ich brauche, ist eine Aufgabe – etwas, das nichts mit Schreiben zu tun hat.» Außer Helen wußte niemand, daß es auf dieser Welt nur zwei Dinge gab, die T. S. Garp jemals gelernt hatte: er konnte schreiben, und er konnte ringen.

Helen war vielleicht der einzige Mensch, der wußte, warum er (wenigstens im Moment) nicht schreiben konnte. Ihre Theorie sollte später von dem Kritiker A. J. Harms formuliert werden, der die Behauptung aufstellte, Garps Schaffen werde durch die immer engeren Parallelen zu seiner eigenen Geschichte in zunehmendem Maße in Mitleidenschaft gezogen. «Je autobiographischer er wurde, um so enger wurde das, was er schrieb; außerdem wurde er immer befangener. Es war, als wüßte er, daß die Arbeit – dieses Ausschlachten von Erinnerungen – ihn nicht nur *persönlich* mehr mitnahm, sondern ihn auch in jeder Hinsicht schwächer und phantasieloser machte», schrieb Harms. Garp hatte die Freiheit eingebüßt, sich das Leben wahr *vorzustellen*, eine Freiheit, die er sich und uns mit der Brillanz der «Pension Grillparzer» versprochen hatte. Nach Harms konnte Garp jetzt nur noch durch *Erinnern* wahrhaftig sein, und diese Methode war – im Gegensatz zum Imaginieren – nicht nur psychologisch schädlich für ihn, sondern auch weit weniger ergiebig.

Aber Harms' Einsicht drängte sich auf; Helen wußte seit dem Tag, an dem er die Stelle als Ringtrainer der Steering School annahm, daß dies Garps Problem war. Er würde in keiner Weise an

Ernie Holm heranreichen, das wußten sie beide, aber er würde eine passable Mannschaft haben, und Garps Ringer würden mehr gewinnen als verlieren.

«Versuch es doch mit Märchen», schlug Helen vor; sie dachte öfter an sein Schreiben als *er*. «Versuch, etwas zu erfinden, von Anfang bis Ende – richtig zu erfinden.» Sie sagte nie: «Wie ‹Die Pension Grillparzer›»; sie erwähnte sie nie, obwohl sie wußte, daß er jetzt ihre Meinung teilte: sie war das beste, was er bisher geschrieben hatte. Leider war sie auch das erste gewesen.

Jedesmal wenn Garp versuchte zu schreiben, sah er nur die stumpfen, unentwickelten Tatsachen seines eigenen Lebens: den grauen Parkplatz in New Hampshire, die Stille von Walts kleinem Körper, die glänzenden Mäntel und roten Mützen der Jäger – und den geschlechtslosen, selbstgerechten Fanatismus der armen Pu Percy. Diese Bilder führten nirgendwohin. Er verbrachte viel Zeit damit, in seinem neuen Haus herumzupusseln.

Midge Percy erfuhr nie, wer ihren Familiensitz und ihr Geschenk an die Steering School gekauft hatte. Wenn Stewie Zwei es jemals herausfand, war er zumindest klug genug, es nie seiner Mutter zu erzählen, deren Erinnerung an Garp von ihrer frischeren Erinnerung an den netten Mr. Smoans getrübt war. Midge Steering-Percy starb in einem Pflegeheim in Pittsburgh – da Stewie Zwei mit Aluminium zu tun hatte, hatte er seine Mutter in einem Pflegeheim nicht weit von der Stelle untergebracht, wo all das Metall gemacht wurde.

Gott weiß, was mit Pu passierte.

Helen und Garp richteten das alte Steeringsche Herrenhaus, wie es von vielen Leuten an der Schule genannt wurde, her. Der Name Percy verblaßte schnell; in den Erinnerungen der meisten war Midge nun nur noch Midge *Steering*. Garps neues Heim war das stilvollste Haus auf dem Campus und in der Umgebung von Steering, und wenn die Schüler von Steering Eltern und künftigen Schülern den Campus zeigten, sagten sie selten: «Und das ist das Haus von T. S. Garp, dem Schriftsteller. Es war ursprünglich das Haus der Steerings und wurde 1781 erbaut.» Die Schüler hatten mehr Sinn für Humor; gewöhnlich sagten sie: «Und das ist das Haus von unserem Ringtrainer.» Und die Eltern pflegten einander vielsagend anzusehen, und der künftige Schüler pflegte zu fragen: «Ist Ringen ein *großer* Sport an der Steering School?»

Ganz bald schon, dachte Garp, würde auch Duncan ein Steering-Schüler sein; es war eine ungetrübte Freude, die Garp kaum abwarten konnte. Er vermißte Duncan im Ringraum, aber er war froh, daß der Junge seinen Platz gefunden hatte: den Swimmingpool – was entweder seiner Natur oder seinem Sehvermögen, oder beidem, adäquat war. Duncan besuchte den Ringraum manchmal in Handtücher gehüllt und vom Wasser zitternd; er setzte sich auf eine der Matten unter den Heizlüftern und wärmte sich auf.

«Wie geht's?» fragte Garp ihn dann. «Du bist doch nicht naß, oder? Tropf mir nicht die Matte voll, verstanden?»

«Nein», sagte Duncan dann. «Mir geht's sehr gut.»

Helen besuchte den Ringraum häufiger. Sie las alles wieder, und sie kam manchmal in den Ringraum, um zu lesen – «wie wenn man in einer Sauna liest», sagte sie oft –, und dann und wann, wenn ein ungewöhnlich lautes Klatschen oder ein Schmerzensschrei ertönte, blickte sie von ihrer Lektüre auf. Das einzige, was Helen beim Lesen in einem Ringraum störte, war, daß ihre Brillengläser dauernd beschlugen.

«Sind wir eigentlich schon im mittleren Alter?» fragte Helen Garp eines Abends in ihrem wunderschönen Haus. Vom vorderen Wohnzimmer aus konnten sie an klaren Abenden die erleuchteten Fenster des Jenny Fields-Krankenreviers sehen und über den grünschwarzen Rasen hinweg zu der einsamen Nachtlampe über dem Eingang des Nebengebäudes hinüberblicken, wo Garp als Kind gewohnt hatte.

«Jesus», sagte Garp. «Im mittleren Alter? Wir sind schon im *Ruhestand* – das sind wir. Wir haben das mittlere Alter überschlagen und sind direkt in die Welt der *Älteren* gezogen.»

«Deprimiert dich das?» fragte Helen ihn vorsichtig.

«Noch nicht», sagte Garp. «Wenn es anfängt, mich zu deprimieren, werde ich etwas anderes machen. Oder ich werde sowieso *irgend* etwas machen. Ich nehme an, wir haben allen anderen gegenüber eine Vorgabe, Helen. Wir können uns eine lange Unterbrechung leisten.»

Helen bekam Garps Ringerterminologie langsam satt, aber sie

war schließlich damit aufgewachsen; es perlte an ihr ab wie Wasser an einer Ente. Und obwohl Garp nicht schrieb, kam er Helen ganz glücklich vor. Helen las abends, und Garp sah fern.

Garps Werk stand jetzt in einem eigenartigen Ruf, der ihm selbst nicht ganz unangenehm war, noch seltsamer, als John Wolf es sich vorgestellt hatte. Obwohl es Garp und John Wolf verlegen machte zu sehen, wie *Bensenhaver und wie er die Welt sah* aus politischen Motiven sowohl bewundert als auch verachtet wurde, hatte der Ruf des Buches die Leser dazu veranlaßt, sich Garps früheren Arbeiten zuzuwenden, und sei es aus den falschen Gründen. Garp lehnte Einladungen, in Colleges zu reden und die eine oder andere Seite sogenannter Frauenfragen zu vertreten, höflich ab; er wollte auch nicht über seine Beziehung zu seiner Mutter und über die «Geschlechterrollen» sprechen, die er verschiedenen Gestalten seiner Bücher gab. «Die Zerstörung der Kunst durch Soziologie und Psychologie», nannte er es. Aber er wurde fast genausooft gebeten, aus seinen Werken zu lesen; dann und wann nahm er die eine oder andere dieser Ladungen an – besonders wenn es irgendwo war, wo Helen gern hinwollte.

Garp war glücklich mit Helen. Er war ihr nicht untreu, nicht mehr; dieser Gedanke kam ihm nur noch selten. Vielleicht war es sein Kontakt mit Ellen James, der ihn endlich davon heilte, junge Mädchen mit solchen Augen zu betrachten. Was andere Frauen – in Helens Alter und älter – betraf, so verschanzte er sich hinter einer Willenskraft, die ihn keine besondere Mühe kostete. Sein Leben war genug von der Lust beeinflußt worden.

Ellen James, die elf war, als man sie vergewaltigt und der Sprache beraubt hatte, war neunzehn, als sie zu den Garps zog. Sie war für Duncan sofort eine ältere Schwester und eine Mitangehörige der verstümmelten Gesellschaft, der Duncan sich schüchtern zugehörig fühlte. Sie waren einander sehr nahe. Ellen James half Duncan bei den Schulaufgaben, weil sie in Lesen und Schreiben sehr gut war. Duncan brachte Ellen James zum Schwimmen und zum Fotografieren. Garp richtete ihnen eine Dunkelkammer im Steeringschen Herrenhaus ein, und sie verbrachten Stunden im Dunkeln, entwickelten und entwickelten – Duncans unaufhörliches Geplapper über Blenden und Belichtung, und die wortlosen *Ooohs* und *Aaahs* von Ellen James.

Helen kaufte ihnen eine Schmalfilmkamera, und Ellen und Duncan schrieben zusammen ein Drehbuch und traten in ihrem eigenen Film auf – der Geschichte von einem blinden Prinzen, dessen Augenlicht teilweise wiederhergestellt wird, als er eine junge Putzfrau küßt. Nur das eine Auge des Prinzen wird geheilt, weil die Putzfrau dem Prinzen nur erlaubt, sie auf die Wange zu küssen. Es ist ihr peinlich, sich von irgend jemandem auf die Lippen küssen zu lassen, weil sie keine Zunge mehr hat. Trotz aller Handikaps und seiner Behinderungen heiratet das junge Paar. Die Handlung wird pantomimisch und mit Untertiteln erzählt, die Ellen schrieb. Das Beste an dem Film, sollte Duncan später sagen, ist, daß er nur sieben Minuten dauert.

Ellen James war Helen auch bei der kleinen Jenny eine große Hilfe. Ellen und Duncan waren erfahrene Babysitter bei dem Kind, das Garp sonntags nachmittags in den Ringraum mitnahm; dort, behauptete er, würde es gehen und laufen und fallen lernen, ohne sich weh zu tun, obwohl Helen behauptete, die Matte würde das Kind zu der trügerischen Vorstellung verleiten, die Welt unter seinen Füßen sei wie ein Schwamm ohne große Festigkeit.

«Aber so *fühlt* die Welt sich doch an», sagte Garp.

Seit er aufgehört hatte zu schreiben, erwuchs die einzige andauernde Reibung in seinem Leben aus seiner Beziehung zu seiner besten Freundin, Roberta Muldoon. Aber Roberta war nicht die *Ursache* der Reibung. Nach Jenny Fields' Tod stellte Garp fest, daß ihr Nachlaß gewaltig war und daß Jenny, wie um ihren Sohn zu ärgern, *ihn* dazu bestimmt hatte, ihre letzten Wünsche hinsichtlich ihres märchenhaften Vermögens und des Hauses für geschundene Frauen in Dog's Head Harbor zu vollstrecken.

«Warum gerade *mich*?» hatte Garp gejault. «Warum nicht *dich*?» brüllte er Roberta an. Aber Roberta Muldoon war ziemlich verletzt, daß sie es *nicht* gewesen war.

«Keine Ahnung. Ja, warum gerade dich?» gab Roberta zu. «Ausgerechnet dich.»

«Mom wollte mir eins auswischen», meinte Garp.

«Oder sie wollte dich zum *Nachdenken* bringen», sagte Roberta. «Was für eine gute Mutter sie war!»

«O Mann», sagte Garp.

Wochenlang grübelte er über den einzigen Satz nach, mit dem Jenny letztwillig verfügt hatte, was mit ihrem Geld und ihrem riesigen Haus am Meer geschehen sollte.

> *Ich möchte einen Platz hinterlassen, wo Frauen, die es verdienen, hingehen können, um wieder zu sich zu finden und einfach sie selbst zu sein, allein und ungestört.*

«O Mann», sagte Garp.

«Eine Art Stiftung?» rief Roberta.

«Die Fields Foundation», schlug Garp vor.

«Toll, irre!» sagte Roberta. «Ja, *Stipendien* für Frauen – und ein Ort, wo sie hingehen können.»

«Um *was* zu tun?» sagte Garp. «Und Stipendien *wofür*?»

«Um sich zu erholen, wenn sie es nötig haben, oder um ungestört zu sein, wenn es das ist, was sie brauchen», sagte Roberta. «Und um zu schreiben, wenn sie das möchten – oder um zu malen.»

«Oder ein Heim für ledige Mütter?» sagte Garp. «Ein ‹Erholungsstipendium›? O Mann.»

«Mach dich nicht darüber lustig», sagte Roberta. «Es ist wichtig. Verstehst du das nicht? Sie wollte, daß *du* die Notwendigkeit einsiehst, sie wollte, daß du die Probleme anpackst.»

«Und wer entscheidet, ob eine Frau ‹es verdient›?» fragte Garp. «O Mann, Mom!» rief er aus. «Für diesen Scheiß könnte ich dir den Hals umdrehen!»

«*Du* entscheidest», sagte Roberta. «*Das* wird dich zum Nachdenken bringen.»

«Wie wäre es mit *dir*?» fragte Garp. «Das ist genau das richtige für dich, Roberta.»

Roberta war sichtlich hin- und hergerissen. Sie teilte mit Jenny Fields das Verlangen, Garp und andere Männer über die Legitimität und Komplexität weiblicher Bedürfnisse aufzuklären. Außerdem glaubte sie, Garp würde dabei Schiffbruch erleiden, und sie wußte, daß sie es sehr gut machen würde.

«Wir machen es zusammen», sagte Roberta. «Das heißt, du bist verantwortlich, aber ich werde dich beraten. Ich werde dir sagen, wenn ich glaube, daß du einen Fehler machst.»

«Roberta», sagte Garp, «du sagst mir doch *dauernd*, daß ich einen Fehler mache.»

Roberta küßte ihn flirtend und gelöst auf den Mund und haute ihn auf die Schulter – beides so heftig, daß er zusammenzuckte.

«Jesus», sagte Garp.

«Die Fields Foundation!» rief Roberta. «Das wird wunderbar.»

So blieb *Reibung* im Leben von T. S. Garp, der ohne Reibung wahrscheinlich die Orientierung und seinen Standort in der Welt verloren hätte. Es war Reibung, was Garp am Leben hielt, wenn er nicht schrieb; Roberta Muldoon und die Fields Foundation würden ihm zumindest Reibung verschaffen.

Roberta wurde die Verwalterin der Fields Foundation in Dog's Head Harbor, wo sie auch wohnte; das Haus wurde gleichzeitig eine Schriftstellerinnenkolonie, ein Erholungsheim und eine Geburtenberatungsklinik – und die wenigen Mansardenzimmer, die hell genug waren, schenkten Malerinnen Licht und Ruhe. Sobald sich unter den Frauen herumsprach, daß es eine Fields Foundation *gab*, gab es viele Frauen, die sich fragten, wer für Hilfe qualifiziert sei. Garp fragte es sich auch. Alle Bewerberinnen schrieben an Roberta, die einen kleinen Stab von Frauen um sich versammelte, die Garp abwechselnd schätzten und ablehnten – die aber immer mit ihm stritten. Zweimal im Monat kamen Roberta und ihr Beirat in Anwesenheit eines verdrossenen Garp zusammen und trafen die Auswahl unter den Bewerberinnen.

Bei gutem Wetter saßen sie in dem duftenden Wintergarten des Besitzes von Dog's Head Harbor, obwohl Garp sich immer öfter weigerte, dorthin zu fahren. «All diese überkandidelten Weiber im Haus», erklärte Garp Roberta. «Sie erinnern mich an früher.» Also tagten sie in Steering, im alten Steeringschen Herrenhaus, dem Wohnsitz des Ringtrainers, wo Garp sich in der Gesellschaft dieser kämpferischen Frauen etwas wohler fühlte.

Er hätte sich zweifellos *noch* wohler gefühlt, wenn sie im Ringraum getagt hätten. Obwohl der ehemalige Robert Muldoon, das wußte Garp, ihn selbst dort gezwungen hätte, für jeden einzelnen seiner Standpunkte zu kämpfen.

Bewerber Nr. 1048 hieß Charlie Pulaski.

«Ich dachte, es müßten *Frauen* sein», sagte Garp. «Ich dachte, es gäbe wenigstens *ein* festes Kriterium.»

«Charlie Pulaski *ist* eine Frau», teilte Roberta ihm mit. «Sie ist einfach nur immer Charlie genannt worden.»

«Ich würde sagen, das genügt, um sie zu disqualifizieren», sagte jemand. Es war Marcia Fox – eine magere, verschlossene Dichterin, mit der Garp oft die Klinge kreuzte, obwohl er ihre Gedichte bewunderte. Er hätte nie so ökonomisch sein können.

«Was *will* Charlie Pulaski?» fragte Garp wie gewöhnlich. Manche der Bewerberinnen wollten nur Geld; manche wollten eine Weile in Dog's Head Harbor wohnen. Und manche wollten eine Menge Geld *und* ein Zimmer in Dog's Head Harbor – auf Lebenszeit.

«Sie will nur Geld», sagte Roberta.

«Um ihren Namen zu ändern?» fragte Marcia Fox.

«Sie möchte ihre Stellung aufgeben und ein Buch schreiben», sagte Roberta.

«O Mann», sagte Garp.

«Schreib ihr, sie soll ihre Stellung behalten», sagte Marcia Fox; sie gehörte zu den Schriftstellern, die etwas gegen andere Schriftsteller und Möchtegern-Schriftsteller haben.

«Marcia hat sogar etwas gegen *tote* Schriftsteller», sagte Roberta zu Garp.

Aber Marcia und Garp lasen beide ein Manuskript, das Mrs. Charlie Pulaski eingeschickt hatte, und sie stimmten darin überein, daß sie sich an jede Stellung, die sie haben konnte, klammern sollte.

Bewerberin Nr. 1073, eine außerplanmäßige Professorin der Mikrobiologie, wollte ihre Stellung nur vorübergehend aufgeben, ebenfalls, um ein Buch zu schreiben.

«Einen Roman?» fragte Garp.

«Untersuchungen in Molekularvirologie», sagte Dr. Joan Axe; sie hatte unbezahlten Urlaub von der Duke University, um an einem eigenen Forschungsvorhaben zu arbeiten. Als Garp sie fragte, worum es gehe, erklärte sie ihm geheimnisvoll, daß sie sich für «die unerforschten Krankheiten des Blutstroms» interessiere.

Bewerberin Nr. 1081 war Ehefrau eines nichtversicherten Mannes, der bei einem Flugzeugabsturz ums Leben gekommen war. Sie hatte drei Kinder unter fünf Jahren, und sie brauchte nur noch vier Scheine, um ihren Magister in Französisch zu machen. Sie wollte wieder aufs College, ihren Magister machen und sich eine ordentliche Stelle suchen; dafür wollte sie Geld haben – und Zimmer für ihre Kinder und eine Babysitterin in Dog's Head Harbor.

Der Beirat beschloß einstimmig, der Frau genügend Geld zu bewilligen, damit sie ihren Magister machen und eine Babysitterin bezahlen konnte, die auch nachts blieb; aber die Kinder, die Babysitterin *und* die Frau würden dort wohnen müssen, wo die Frau ihr Studium abzuschließen gedachte. Dog's Head Harbor war *nicht* für Kinder und Babysitterinnen bestimmt. Es gab dort Frauen, die schon beim Anblick oder Geräusch eines einzigen Kindes verrückt wurden. Es gab dort Frauen, die von Babysitterinnen ins Unglück gestürzt worden waren.

Über diesen Antrag war leicht zu entscheiden.

Nr. 1088 bereitete einige Probleme. Sie war die geschiedene Frau des Mannes, der Jenny Fields umgebracht hatte. Sie hatte drei Kinder, von denen eines in einer Erziehungsanstalt für Kinder unter zehn war, und die Unterhaltszahlungen für ihre Kinder hatten aufgehört, als ihr Mann, Jennys Mörder, im Sperrfeuer der Staatspolizei von New Hampshire und einiger anderer bewaffneter Jäger, die den Parkplatz eingekreist hatten, ums Leben gekommen war.

Der Verblichene, Kenny Truckenmiller, war vor weniger als einem Jahr geschieden worden. Er hatte Freunden erklärt, daß die Unterhaltszahlungen für die Kinder ihn ruinierten; er sagte, die Frauenbewegung habe seine Frau so aufgehetzt, daß sie sich von ihm scheiden ließ. Der Rechtsbeistand, der die Sache zugunsten von Mrs. Truckenmiller erledigte, war eine geschiedene New Yorkerin. Kenny Truckenmiller hatte seine Frau fast dreizehn Jahre lang mindestens zweimal in der Woche verprügelt, und er hatte jedes seiner drei Kinder bei mehreren Gelegenheiten körperlich und seelisch mißhandelt. Aber Mrs. Truckenmiller hatte nicht genug über sich selbst oder über ihre Rechte gewußt, bis sie *Eine sexuell Verdächtige*, die Autobiographie von Jenny Fields, las. Das brachte sie auf den Gedanken, daß die Schläge, die sie allwöchentlich bezog, und die Mißhandlungen ihrer Kinder vielleicht in Wahrheit Kenny Truckenmillers Schuld seien; dreizehn Jahre lang hatte sie geglaubt, sie seien *ihr* Problem und ihr «Lebenslos».

Kenny Truckenmiller hatte die Frauenbewegung für die Selbsterziehung seiner Frau verantwortlich gemacht. Mrs. Truckenmiller hatte immer freiberuflich gearbeitet, als «Hair Stylistin» in der kleinen Stadt North Mountain, New Hampshire. Sie machte als Hair Stylistin weiter, als Kenny durch Gerichtsbeschluß gezwungen wurde, aus ihrem Haus auszuziehen. Aber jetzt, seit Kenny keinen Lastwagen mehr für die Stadt fuhr, fiel es Mrs. Truckenmiller schwer, ihre Familie allein mit dem Stylen von Haaren über die Runden zu bringen. Sie schrieb in einem beinahe unleserlichen Antrag, daß sie gezwungen gewesen sei, «sich zu entehren», weil sie «es sonst nicht schaffte», und daß sie sich notfalls auch in Zukunft entehren werde.

Mrs. Truckenmiller, die offenbar vergessen hatte, daß sie einen Vornamen besaß, war sich darüber im klaren, daß der Abscheu gegen ihren Mann groß genug war, um den Beirat gegen sie einzunehmen. Sie würde Verständnis dafür haben, schrieb sie, wenn man beschlösse, sie zu ignorieren.

John Wolf, der (gegen seinen Willen) ein Ehrenmitglied des Beirats – und wegen seines finanziellen Sachverstands hochgeschätzt – war, sagte sofort, es sei die beste und werbewirksamste Reklame, die es für die Field Foundation geben könne, wenn man dem Antrag «dieser unglücklichen Angehörigen von Jennys Mörder» stattgeben würde. Es werde Schlagzeilen machen; es werde die unpolitischen Ziele der Stiftung demonstrieren; es werde sich, schloß John Wolf, insofern bezahlt machen, als es der Stiftung mit Sicherheit Schenkungen in ungeahnter Höhe einbringen werde.

«Wir bekommen schon genug Schenkungen», giftete Garp.

«Und wenn sie nun eine Hure ist?» fragte Roberta in Gedanken an die unglückliche Mrs. Truckenmiller; die anderen starrten sie an. Roberta war ihnen gegenüber in einer Beziehung im Vorteil: sie konnte wie eine Frau *und* wie ein Philadelphia Eagle denken. «Überlegt doch mal», sagte Roberta. «Wenn sie nun ein Flittchen ist, eine, die sich dauernd ‹entehrt›, die es schon immer getan hat – und sich nichts dabei denkt? Dann wird man uns plötzlich *auslachen*; dann sind wir die Dummen.»

«Wir brauchen also ein Persönlichkeitsgutachten», sagte Marcia Fox.

«Jemand muß die Frau besuchen, mit ihr reden», schlug Garp vor. «Feststellen, ob sie anständig ist, ob sie *wirklich* versucht, allein zurechtzukommen.»

Die anderen starrten ihn an.

«Na ja», sagte Roberta, «*ich* werde nicht herausfinden, ob sie eine Hure ist oder nicht.»

«O nein», sagte Garp. «*Ich* auch nicht.»

«Wo ist eigentlich North Mountain, New Hampshire?» fragte Marcia Fox.

«*Ich* auch nicht», sagte John Wolf. «Ich bin sowieso schon viel zuviel unterwegs.»

«O Mann», sagte Garp. «Wenn sie mich nun erkennt? Wie ihr wißt, kommt das *vor*.»

«Ich bezweifle, daß *sie* Sie erkennen wird», sagte Hilma Bloch, eine psychiatrisch ausgebildete Sozialarbeiterin, die Garp verabscheute. «Die Leute mit der größten Motivation, Autobiographien zu lesen wie das Buch Ihrer Mutter, lesen nur selten Belletristik – oder nur tangential. Das heißt, falls sie *Bensenhaver und wie er die Welt sah* gelesen hat, dann nur, weil Sie der Sohn Ihrer Mutter sind. Und das wäre nicht Grund genug gewesen, um das Buch zu Ende zu lesen; aller Wahrscheinlichkeit nach – und in Anbetracht der Tatsache, daß sie schließlich nur Hair Stylistin ist – hätte sie eine Blockade entwickelt und es *beiseite* gelegt. Und würde sich auch nicht mehr an Ihr Bild auf dem Umschlag erinnern, nur an Ihr Gesicht, und auch das nur vage (Sie *waren* natürlich ein Gesicht, das Schlagzeilen machte, aber im Grunde nur kurz nach Jennys Ermordung). Sicher war Jennys Gesicht damals das einzige, das man behielt. Eine solche Frau sieht viel fern; sie ist kein Büchermensch. Ich bezweifle sehr, daß eine solche Frau auch nur eine ungefähre Vorstellung davon hat, wie Sie aussehen.»

John Wolf verdrehte die Augen und wandte sich von Hilma Bloch ab. Selbst Roberta verdrehte die Augen.

«Vielen Dank, Hilma», sagte Garp gelassen. Man kam überein, daß Garp Mrs. Truckenmiller besuchen sollte, «um etwas Konkreteres über ihren Charakter herauszufinden».

«Stellen Sie wenigstens ihren Vornamen fest», sagte Marcia Fox.

«Ich wette, sie heißt Charlie», sagte Roberta.

Sie kamen zu den laufenden Angelegenheiten: Wer momentan in Dog's Head Harbor wohnte; wessen Wohnrecht auslief; wer demnächst einziehen würde. Und was für Probleme es sonst gab.

In dem Haus wohnten zwei Malerinnen – eine in der Südmansarde, die andere in der Nordmansarde. Die Malerin von der Südmansarde neidete der Malerin von der Nordmansarde ihr *Licht*, und zwei Wochen lang kamen sie nicht miteinander aus; kein Wort zueinander beim Frühstück und Beschuldigungen wegen verlorengegangener Briefe. Und so fort. Dann fingen sie offenbar ein Verhältnis miteinander an. Jetzt malte nur noch die Malerin von der Nordmansarde – Aktstudien von der Malerin von der Südmansarde, die den ganzen Tag bei dem guten Licht Modell saß. Ihre Nacktheit im obersten Stock des Hauses störte mindestens eine der Schriftstellerinnen, eine ausgesprochen antilesbische Dramatikerin aus Cleveland, die wegen des Wellengeräusches, wie sie sagte, Schwierigkeiten beim Schlafen hatte. Wahrscheinlich war es die Liebe der Malerinnen, was sie störte; sie wurde jedenfalls als «zickig» eingestuft, aber ihre Beschwerden hörten auf, sobald die andere Schriftstellerin im Haus vorschlug, alle Gäste von Dog's Head Harbor sollten die Rollen des Stückes, an dem die Dramatikerin gerade arbeitete, laut lesen. Das zahlte sich für alle aus, und in den oberen Stockwerken des Hauses war jetzt wieder Frieden eingezogen.

Die «andere Schriftstellerin», eine gute Kurzgeschichtenautorin, die Garp vor einem Jahr leidenschaftlich empfohlen hatte, würde jedoch demnächst ausziehen; ihre Zeit war abgelaufen. Wer würde in ihr Zimmer ziehen?

Die Frau, deren Schwiegermutter soeben, nach dem Selbstmord ihres Mannes, das Sorgerecht für ihre Kinder bekommen hatte?

«Ich habe euch gesagt, ihr solltet sie nicht nehmen», sagte Garp.

Die beiden Ellen-Jamesianerinnen, die eines Tages einfach aufgekreuzt waren?

«Moment mal», sagte Garp. «Was ist das schon wieder? Ellen-Jamesianerinnen? Aufgekreuzt? Das ist nicht gestattet.»

«Jenny hat sie immer aufgenommen», sagte Roberta.

«Das war *früher*, Roberta», sagte Garp.

Die anderen Mitglieder des Beirats waren mehr oder weniger seiner Meinung; Ellen-Jamesianerinnen wurden nicht sehr bewundert – sie waren nie sehr bewundert worden, und ihr Radikalismus wirkte (jetzt) überholt und pathetisch.

«Es ist aber beinahe eine Tradition», sagte Roberta. Sie beschrieb zwei «alte» Ellen-Jamesianerinnen, die in Kalifornien Schlimmes durchgemacht hatten. Vor Jahren hatten sie schon einmal in Dog's Head Harbor gewohnt; die Rückkehr dorthin, argumentierte Roberta, sei für sie eine Art sentimentaler Rekonvaleszenz.

«Jesus, Roberta», sagte Garp. «Schaff sie uns vom Hals.»

«Deine Mutter hat sich immer um diese Menschen gekümmert», sagte Roberta.

«Sie werden zumindest *still* sein», sagte Marcia Fox, deren verbale Ökonomie Garp *wirklich* bewunderte. Aber nur Garp lachte.

«Ich denke, du solltest dafür sorgen, daß sie gehen, Roberta», sagte Dr. Joan Axe.

«Sie haben nämlich etwas gegen die *Gesellschaft* insgesamt», sagte Hilma Bloch. «Das könnte ansteckend sein. Andererseits verkörpern sie beinahe den *Geist* des Hauses.»

John Wolf verdrehte die Augen.

«Und die Ärztin, die den Zusammenhang zwischen Krebs und Abtreibungen untersucht», sagte Joan Axe. «Was ist mit ihr?»

«Ja, steckt *sie* in den zweiten Stock», sagte Garp. «Ich habe sie *kennengelernt*. Sie wird jeden das Fürchten lehren, der versucht, nach oben zu kommen.» Roberta runzelte die Stirn.

Das Erdgeschoß des Hauses in Dog's Head Harbor war am weitläufigsten und enthielt zwei Küchen und vier komplette Badezimmer; bis zu zwölf Personen konnten, völlig allein und ungestört, im Erdgeschoß schlafen, und außerdem gab es dort noch die verschiedenen Besprechungszimmer, wie Roberta sie jetzt nannte – zu Jenny Fields' Zeiten waren es Empfangszimmer und riesige, gemütliche Wohnzimmer gewesen. Und ein großes Speisezimmer, wo man aß, sich seine Briefe holte und Tag und Nacht Gesellschaft fand.

Es war die geselligste Etage in Dog's Head Harbor und eignete sich normalerweise nicht für die Schriftstellerinnen und Malerinnen. Es war das beste Geschoß für die potentiellen Selbstmörderinnen, hatte Garp dem Beirat erklärt, «weil sie gezwungen sein werden, sich im Meer zu ertränken, statt aus dem Fenster zu springen».

Aber Roberta führte das Haus entschlossen, mütterlich, nach Art eines Linksaußen; sie konnte fast allen alles ausreden, und wenn sie es nicht konnte, war sie immer noch stärker als alle. Sie hatte es besser geschafft, die Polizei im Ort zu ihrem Verbündeten zu machen, als Jenny es je geschafft hatte. Gelegentlich las die Polizei Bekümmerte auf, die weit unten am Strand standen oder auf den Plankenwegen jammerten; sie wurden jedesmal, mit Samthandschuhen, zu Roberta zurückgeschafft. Die Polizisten von Dog's Head Harbor waren alle Football-Fans, voller Respekt für das ungestüme Linienspiel und die bösartigen Abblockmanöver des ehemaligen Robert Muldoon.

«Ich würde gern den Antrag stellen, daß Ellen-Jamesianerinnen nicht mehr als Empfängerinnen von Geld oder Trost der Fields Foundation in Frage kommen», sagte Garp.

«Ich bin dafür», sagte Marcia Fox.

«Das erfordert eine Aussprache», sagte Roberta, an alle gewandt. «Ich sehe keine Notwendigkeit, eine solche Regel zu haben. Es geht nicht darum, daß wir eine Sache unterstützen, die wir alle für eine mehr oder weniger unsinnige Form der politischen Willensäußerung halten, aber das bedeutet nicht, daß eine dieser zungenlosen Frauen nicht wirklich Hilfe brauchen könnte – ich würde sogar sagen, daß sie bereits ein entschiedenes Bedürfnis gezeigt haben, sich selbst zu finden, und wir können damit rechnen, daß wir auch weiterhin von ihnen hören werden. Sie brauchen wirklich Hilfe.»

«Sie sind geisteskrank», sagte Garp.

«Das ist zu allgemein», sagte Hilma Bloch.

«Es gibt genug produktive Frauen», sagte Marcia Fox, «die *nicht* auf ihre Stimme verzichtet haben – sie kämpfen sogar darum, ihre Stimme zu *benutzen* –, und ich bin nicht dafür, daß Dummheit und selbstauferlegtes Schweigen noch belohnt werden.»

«Das Schweigen hat seine Verdienste», argumentierte Roberta.

«Jesus, Roberta», sagte Garp. Und dann sah er ein Licht in diesem dunklen Thema. Die Ellen-Jamesianerinnen machten ihn sogar noch zorniger als sein Bild der Kenny Truckenmillers dieser Welt; und obwohl er sah, daß die Ellen-Jamesianerinnen aus der Mode kamen, konnten sie ihm nicht schnell genug aus der Mode kommen. Er wollte, daß sie verschwanden; er wollte, daß sie mehr als verschwanden; er wollte, daß sie in Ungnade fielen. Helen hatte ihm bereits erklärt, daß sein Haß auf sie in keinem Verhältnis zu ihrer Bedeutung stand.

«Es ist einfach verrückt und naiv – was sie getan haben», sagte Helen. «Warum kannst du sie nicht ignorieren und in Ruhe lassen?»

Aber Garp sagte: «Wir wollen Ellen James fragen. Das ist doch fair, oder? Wir wollen Ellen James nach *ihrer* Meinung über die Ellen-Jamesianerinnen fragen. Jesus, ich würde ihre Meinung über sie gern *veröffentlichen*. Wißt ihr, wie *sie* sich ihretwegen vorkommt?»

«Das ist eine zu persönliche Angelegenheit», sagte Hilma Bloch. Sie alle hatten Ellen James kennengelernt; sie wußten alle, daß Ellen James es *haßte*, zungenlos zu sein, und daß sie die Ellen-Jamesianerinnen haßte.

«Wir sollten die Sache ein wenig ruhen lassen», sagte John Wolf. «Ich beantrage, daß wir den Antrag vertagen.»

«Verdammt», sagte Garp.

«Also gut, Garp», sagte Roberta. «Stimmen wir sofort darüber ab.» Sie wußten alle, daß sie ihn ablehnen würden. Dann wäre die Sache erledigt.

«Ich ziehe den Antrag zurück», sagte Garp giftig. «Lang leben die Ellen-Jamesianerinnen.»

Aber *er* zog sich nicht zurück.

Es war Wahnsinn, was seine Mutter getötet hatte. Es war Extremismus. Es war selbstgerechtes, fanatisches und monströses Selbstmitleid. Kenny Truckenmiller war nur eine besondere Art von Idiot: ein wahrer Gläubiger, der gleichzeitig ein Meuchelmörder war. Er war ein Mann, der sich so blind bemitleidete, daß er Menschen, die nur die Ideen zu seinem Verderben beitrugen, zu absoluten Feinden machen konnte.

Und inwiefern war eine Ellen-Jamesianerin anders? War ihre Geste nicht ebenso verzweifelt, nicht ebenso bar jeden Verständnisses für die Vielschichtigkeit des Menschen?

«*Hören* Sie», sagte John Wolf. «Sie haben nie jemanden *umgebracht*.»

«Noch nicht», sagte Garp. «Sie erfüllen aber alle Voraussetzungen. Sie sind imstande, sinnlose Entscheidungen zu treffen, und sie sind so sehr davon überzeugt, daß sie *recht* haben.»

«Das reicht noch lange nicht, um jemanden zu töten», sagte Roberta. Sie brachten Garp in Wut. Was blieb ihnen anderes übrig? Es gehörte nicht zu Garps starken Seiten, Toleranz gegenüber Intoleranten zu üben. Verrückte Leute machten ihn verrückt. Es war, als nehme er ihnen persönlich übel, daß sie dem Wahnsinn nachgaben – teilweise weil er sich so oft Mühe gab, normal zu reagieren. Wenn manche Leute sich nicht mehr um gesunden Menschenverstand bemühten oder dabei versagten, hatte Garp den Verdacht, sie strengten sich nicht genug an.

«Toleranz gegenüber den Intoleranten ist schwer, aber es ist ein Gebot der Stunde», sagte Helen. Obwohl Garp wußte, daß Helen intelligent war und oft weitsichtiger als er, war er, was die Ellen-Jamesianerinnen betraf, ziemlich blind.

Sie waren natürlich auch ziemlich blind, was ihn betraf.

Die radikalste Kritik an Garp – über seine Beziehung zu seiner Mutter *und* über seine Bücher – war von verschiedenen Ellen-Jamesianerinnen gekommen. Von ihnen geschlagen, schlug er sie ebenfalls. Es war schwer zu sehen, warum es überhaupt hatte anfangen müssen oder *ob* es hätte anfangen müssen, aber Garp war großenteils deshalb eine Streitfrage unter Feministinnen geworden, weil Ellen-Jamesianerinnen ihn gereizt hatten – und weil Garp sic gereizt hatte. Aus genau *denselben* Gründen war Garp bei vielen Feministinnen beliebt und bei ebenso vielen anderen unbeliebt.

Was die Ellen-Jamesianerinnen betraf, so waren sie in ihren Gefühlen gegenüber Garp nicht vielschichtiger, als sie in ihrer Symbolik vielschichtig waren: für die abgeschnittene Zunge von Ellen James ließen sie sich die Zunge abschneiden.

Ironischerweise sollte ausgerechnet Ellen James diesen langwierigen Kalten Krieg eskalieren.

Sie hatte sich angewöhnt, Garp alles zu zeigen, was sie geschrieben hatte – ihre vielen Geschichten, ihre Erinnerungen an ihre Eltern, an Illinois; ihre Gedichte; ihre schmerzvollen Gleichnisse für Sprachlosigkeit; ihre Würdigungen der schönen Künste und des Schwimmens. Sie schrieb klug und makellos und technisch einwandfrei und mit bohrender Energie.

«Sie hat das, worauf es ankommt», sagte Garp immer wieder zu Helen. «Sie hat das Talent, aber sie hat auch die Leidenschaft. Und ich glaube, daß sie die Ausdauer haben wird.»

Besagte «Ausdauer» war ein Wort, das Helen überging, weil sie für Garp fürchtete, er habe die seine verloren. Er hatte gewiß das Talent und die Leidenschaft; aber sie fand, er habe auch einen Nebenpfad eingeschlagen – er sei fehlgeleitet worden –, und nur Ausdauer könne ihn wieder auf all die anderen Wege zurückbringen.

Es betrübte sie. Im Augenblick, dachte Helen immer wieder, würde sie sich mit allem zufriedengeben, was Garps Leidenschaft weckte – das Ringen, sogar die Ellen-Jamesianerinnen. Weil, glaubte Helen, Energie neue Energie erzeugt – und früher oder später, dachte sie, würde er wieder schreiben.

Deshalb widersprach Helen nicht allzu heftig, als Garp sich an dem Essay berauschte, den Ellen James ihm zeigte. Der Essay hieß «Warum ich keine Ellen-Jamesianerin bin», von Ellen James. Er war kraftvoll und bewegend, und er rührte Garp zu Tränen. Er berichtete von ihrer Vergewaltigung, den Schwierigkeiten, die sie damit hatte, den Schwierigkeiten, die ihre Eltern damit hatten; er ließ das, was die Ellen-Jamesianerinnen taten, wie eine seichte, ausschließlich politische Imitation eines sehr persönlichen Traumas erscheinen. Ellen James sagte, daß die Ellen-Jamesianerinnen ihre Pein nur verlängert hätten; sie hätten sie zu einem sehr öffentlichen Opfer gemacht. Natürlich neigte Garp dazu, sich von öffentlichen Opfern rühren zu lassen.

Und um gerecht zu sein, hatten die besseren Ellen-Jamesianerinnen das allgemeine Grauen, das Frauen und Mädchen so brutal bedrohte, offenkundig machen *wollen*. Für viele Ellen-Jamesianerinnen war die Imitation des schrecklichen Zungenabschneidens nicht «ausschließlich politisch» gewesen. In einigen Fällen waren die Ellen-Jamesianerinnen natürlich Frauen, die ebenfalls vergewaltigt worden waren; sie wollten sagen, daß sie das *Gefühl* hatten, sie hätten keine Zunge mehr. In einer Welt der Männer hatten sie das Gefühl, sie wären für immer zum Schweigen gebracht worden.

Daß die Organisation voller Verrückter war, hätte niemand geleugnet. Auch etliche Ellen-Jamesianerinnen hätten das nicht geleugnet. Man konnte allgemein sagen, daß sie eine leicht entzündbare politische Gruppe feministischer Extremisten waren, die den extremen Ernst anderer Frauen und anderer Feministinnen ihrer Umgebung oft schmälerten. Aber Ellen James' Angriff auf sie mißachtete die gelegentlichen Individuen unter den Ellen-Jamesianerinnen ebenso, wie die Handlungsweise der Gruppe Ellen James mißachtet hatte – ohne jede Rücksicht darauf, daß ein elfjähriges Mädchen es vorgezogen hätte, ihren Schrecken ungestörter zu verarbeiten.

Jedermann in Amerika wußte, daß Ellen James ihre Zunge verloren hatte, mit Ausnahme der jungen Generation, die jetzt groß wurde und Ellen oft mit den Ellen-Jamesianerinnen verwechselte; das war für Ellen eine äußerst schmerzhafte Verwechslung, weil sie bedeutete, daß man sie im Verdacht hatte, sie hätte es sich selbst angetan.

«Diese Wut war sehr wichtig für sie», sagte Helen zu Garp, über Ellens Essay. «Ich bin sicher, sie mußte ihn schreiben, und es hat ihr unendlich gutgetan, all das zu sagen. Das habe ich ihr auch gesagt.»

«*Ich* habe ihr gesagt, sie solle ihn veröffentlichen», sagte Garp.

«Nein», sagte Helen. «Das finde ich nicht. Was soll das nützen?»

«Nützen?» fragte Garp. «Nun, es ist die *Wahrheit*. Und es wird Ellen nützen.»

«Und *dir*?» fragte Helen, denn sie wußte, daß er den Ellen-Jamesianerinnen so etwas wie eine öffentliche Demütigung wünschte.

«Okay», sagte er, «okay, okay. Aber sie hat *recht*, verdammt noch mal. Diese Irren sollten es aus der authentischen Quelle hören.»

«Aber warum?» sagte Helen. «Wem soll das nützen?»

«Nützen, nützen», brummte Garp, obgleich er in seinem tiefsten Innern gewußt haben muß, daß Helen recht hatte. Er erklärte Ellen, sie solle ihren Essay zu den Akten legen. Eine Woche lang wollte Ellen weder mit Garp noch mit Helen kommunizieren.

Erst als John Wolf Garp anrief, begriffen Garp und Helen, daß Ellen den Essay an John Wolf geschickt hatte.

«Was soll ich damit machen?» fragte er.

«Gott, schicken Sie ihn zurück», sagte Helen.

«Nein, verdammt», sagte Garp. «Fragen Sie *Ellen*, was Sie damit machen sollen.»

«Der alte Pontius Pilatus, der sich die Hände wäscht», sagte Helen zu Garp.

«Was wollen Sie damit machen?» fragte Garp John Wolf.

«*Ich?*» sagte John Wolf. «Es bedeutet mir nichts. Aber ich bin sicher, daß man es veröffentlichen könnte. Ich meine, es ist sehr gut geschrieben.»

«Das ist nicht der Grund, weshalb man es veröffentlichen könnte», sagte Garp, «und Sie wissen es genau.»

«Nein, stimmt», sagte John Wolf. «Aber es ist *erfreulich*, daß es gut gesagt ist.»

Ellen erklärte John Wolf, sie möchte, daß es veröffentlicht werde. Helen versuchte, sie davon abzubringen. Garp lehnte es ab, sich hineinziehen zu lassen.

«Du *bist* schon drin», erklärte Helen ihm, «und indem du nichts sagst, weißt du, daß du das bekommst, was du willst: daß dieser bittere Angriff veröffentlicht wird. Das ist das, was du willst.»

Also sprach Garp mit Ellen James. Er versuchte, sie mit seinen Argumenten zu überzeugen – warum sie all diese Sachen nicht öffentlich sagen solle. Diese Frauen seien krank, traurig, durcheinander, gepeinigt, von anderen mißbraucht, und jetzt mißbrauchten sie sich auch noch selbst – aber was für einen Zweck es habe, sie zu kritisieren? Jedermann werde sie in fünf Jahren vergessen haben. Sie würden ihre Mitteilungen verteilen, und die Leute würden sagen: «Was ist das, eine Ellen-Jamesianerin? Sie meinen, Sie können nicht reden? Sie haben keine Zunge?»

Ellen machte ein trotziges und entschlossenes Gesicht.

Ich werde sie nicht vergessen!

schrieb sie Garp.

Ich werde sie nie vergessen, weder in 5 Jahren noch in 50 Jahren; ich werde mich genauso an sie erinnern, wie ich mich an meine Zunge erinnere.

Garp war voll Bewunderung dafür, wie das Mädchen das gute alte Semikolon gebrauchte. Er sagte sanft: «Ich glaube, es ist besser, ihn nicht zu veröffentlichen, Ellen.»

Wirst Du zornig auf mich sein, wenn ich es tue?

fragte sie.

Er gab zu, daß er nicht zornig sein würde.

Und Helen?

«Helen wird nur auf *mich* zornig sein», sagte Garp.

«Du bringst die Leute zu sehr in Zorn», erklärte Helen ihm im Bett. «Du hetzt sie auf. Du *infizierst*. Du solltest abschalten. Du solltest selbst arbeiten. Deine eigene Arbeit tun. Du hast früher immer gesagt, Politik sei dumm, und sie bedeute dir nichts. Du hattest recht. Sie *ist* dumm und sie bedeutet nichts. Du machst das alles nur, weil es *leichter* ist, als sich hinzusetzen und etwas Eigenes zu erfinden, aus dem Nichts heraus. Das weißt du selbst. Du bastelst im ganzen Haus Bücherregale und bearbeitest die Fußböden und pusselst im *Garten* herum, um Himmels willen.

Habe ich denn ein Faktotum geheiratet? Habe ich je von dir erwartet, daß du Kreuzzüge führst?

Du solltest derjenige sein, der die Bücher schreibt, und solltest die Regale von anderen machen lassen. Du weißt genau, daß ich recht habe, Garp.»

«Du hast recht», sagte er.

Er versuchte sich daran zu erinnern, was ihn dazu befähigt hatte, sich den ersten Satz der «Pension Grillparzer» auszudenken.

«Mein Vater war für das Österreichische Fremdenverkehrsamt tätig.»

Woher war er gekommen? Er versuchte, sich ähnliche Sätze auszudenken. Was er zustande brachte, war ein Satz wie dieser: «Der Junge war fünf Jahre alt; er hatte einen Husten, der seine kleine, knochige Brust zu sprengen schien.» Was er zustande brachte, waren Erinnerungen, und das war Mist. Er hatte keine reine Phantasie mehr.

Im Ringraum verausgabte er sich drei Tage hintereinander mit dem Schwergewicht. Um sich selbst zu strafen?

«Du pusselst sozusagen weiter im Garten herum», sagte Helen.

Dann verkündete er, er habe einen Auftrag, eine Reise, die er für die Fields Foundation machen müsse. Nach North Mountain, New Hampshire. Um festzustellen, ob ein Stipendium der Fields Foundation für eine Frau namens Truckenmiller hinausgeworfenes Geld sein würde.

«Du pusselst weiter im Garten herum», sagte Helen. «Noch mehr Regale. Noch mehr Politik. Noch mehr Kreuzzüge. So etwas machen Leute, die nicht schreiben *können*.»

Aber er war schon fort; er war schon aus dem Haus, als John Wolf anrief, um zu sagen, daß eine sehr vielgelesene und bekannte Zeitschrift «Warum ich keine Ellen-Jamesianerin bin» von Ellen James veröffentlichen werde.

John Wolfs Stimme hatte am Telefon den kalten, unheimlichen schnellen Zungenschlag des alten Ihr-wißt-schon – der Sog, das ist es, dachte Helen. Aber sie wußte nicht warum; noch nicht.

Sie berichtete Ellen James die Neuigkeit. Helen verzieh Ellen sofort und gestattete sich sogar, zusammen mit ihr aufgeregt zu sein. Sie fuhren mit Duncan und der kleinen Jenny an den Strand.

Sie kauften Hummer – Ellens Lieblingsessen – und reichlich Muscheln für Garp, der nicht scharf auf Hummer war.

Champagner!

schrieb Ellen im Auto.

Paßt Champagner zu Hummer und Muscheln?

«Natürlich», sagte Helen. *«Manchmal.»* Sie kauften Champagner. Sie fuhren in Dog's Head Harbor vor, um Roberta zum Essen einzuladen.

«Wann kommt Dad zurück?» fragte Duncan.

«Ich weiß nicht, wo North Mountain, New Hampshire, *ist*», sagte Helen, «aber er hat *gesagt*, er würde rechtzeitig zum Essen zurückkommen.»

Das hat er mir auch gesagt,

schrieb Ellen James.

NANETTES SCHÖNHEITSSALON in North Mountain, New Hampshire, war in Wirklichkeit die Küche von Mrs. Kenny Truckenmiller, die mit Vornamen Harriet hieß.

«Sind Sie Nanette?» fragte Garp sie schüchtern von den Eingangsstufen aus, die mit glitzerndem Salz bestreut und mit tauendem Schneematsch bedeckt waren.

«Es gibt keine Nanette», erklärte sie ihm. «Ich bin Harriet Truckenmiller.» Hinter ihr, in der dunklen Küche, lauerte knurrend ein großer Hund; Mrs. Truckenmiller hinderte den Hund daran, Garp anzuspringen, indem sie ihre lange Hüfte nach hinten gegen die sprungbereite Bestie stemmte. Ihr bleicher, narbiger Knöchel keilte die Küchentür auf. Ihre Hausschuhe waren blau; in dem langen Morgenmantel ging ihre Figur unter, aber Garp konnte sehen, daß sie groß gewachsen war – und daß sie gerade gebadet hatte.

«Oh, schneiden Sie auch Männern die Haare?» fragte er sie.

«Nein», sagte sie.

«Aber *würden* Sie es tun?» fragte Garp sie. «Ich habe kein Vertrauen zu Friseuren.»

Harriet Truckenmiller warf einen mißtrauischen Blick auf Garps schwarze gestrickte Skimütze, die über die Ohren hintergezogen war und mit Ausnahme der dichten Büschel, die ihm in seinem kurzen Nacken bis an die Schultern reichten, sein ganzes Haar bedeckte.

«Ich kann Ihre Haare nicht sehen», sagte sie. Er zog sich die Zipfelmütze vom Kopf, und seine Haare sträubten sich vor statischer Elektrizität und wurden vom kalten Wind zersaust.

«Ich möchte sie nicht bloß schneiden lassen», sagte Garp tonlos und musterte das traurige, abgespannte Gesicht der Frau und die schwachen Krähenfüße unter ihren grauen Augen. Sie hatte Lokkenwickler in ihren Haaren, die von einem ausgewaschenen Blond waren.

«Sie sind aber nicht angemeldet», sagte Harriet Truckenmiller.

Die Frau war keine Hure, das konnte er sehen. Sie war erschöpft und hatte Angst vor ihm.

«Wie wollen Sie Ihr Haar denn haben?» fragte sie ihn.

«Kürzer», murmelte Garp, «aber irgendwie mit einer Welle.»

«Mit einer Welle?» sagte Harriet Truckenmiller und versuchte, sich Garps glatte Haarmähne so vorzustellen. «Sie meinen, wie eine Dauerwelle?» fragte sie.

«Na ja», sagte er und fuhr sich einfältig mit der Hand durch die zerzausten Strähnen. «Wie Sie es machen, überlasse ich ganz Ihnen, verstehen Sie?»

Harriet Truckenmiller zuckte die Achseln. «Ich muß mich erst anziehen», sagte sie. Der Hund zwängte, listig und kraftvoll, seinen massigen Rumpf zwischen ihre Beine und steckte sein breites, verzerrtes Gesicht in die Öffnung zwischen Windfang und Haustür. Garp ging in Verteidigungsstellung, aber Harriet Truckenmiller riß ihr großes Knie jäh hoch und brachte das Tier mit einem Schlag auf die Schnauze aus dem Gleichgewicht. Sie griff in das lose Fell auf seinem Nacken; der Hund jaulte und verzog sich hinter ihr in die Küche.

Der gefrorene Hof, sah Garp, war ein Mosaik der großen, zu Eis erstarrten Haufen des Hundes. Außerdem standen dort drei

Autos; Garp bezweifelte, daß eines von ihnen noch fuhr. Da war ein Holzhaufen, aber niemand hatte ihn gestapelt. Da war eine Fernsehantenne, die vielleicht einmal auf dem Dach befestigt gewesen war; jetzt lehnte sie an der beigen Aluminiumverkleidung des Hauses, und ihre Drähte kamen spinnwebartig aus einer geborstenen Fensterscheibe.

Mrs. Truckenmiller trat zurück und öffnete Garp die Tür. In der Küche fühlte er, wie seine Augen von der Hitze des Holzofens austrockneten; der Raum roch nach Keksbacken und gespülten Haaren – die Küche schien übrigens zwischen den Funktionen einer Küche und dem Drum und Dran von Harriets Gewerbe aufgeteilt zu sein. Ein rosa Waschbecken mit einer Shampootube; Dosen mit gedünsteten Tomaten; ein dreiteiliger Spiegel, gerahmt von Neonröhren; ein Holzregal mit Kräutern und Fleischgewürzen; ein Stahlsessel, über dem eine Trockenhaube an einer stählernen Stange hing – wie der Originalentwurf eines elektrischen Stuhls.

Der Hund war fort, und Harriet Truckenmiller ebenfalls; sie war hinausgeschlurft, um sich anzuziehen, und ihr unfreundlicher Begleiter schien mit ihr gegangen zu sein. Garp kämmte sich; er sah in den Spiegel, als versuchte er, sich an sich selbst zu erinnern. Er würde gleich verändert und für alle unkenntlich gemacht werden, stellte er sich vor.

Dann ging die Tür nach draußen auf, und ein großer Mann mit einem Jagdmantel und einer roten Jägermütze kam herein; er hatte eine riesige Ladung Holz auf den Armen und brachte sie zu der Holzkiste neben dem Ofen. Der Hund, der die ganze Zeit unter dem Waschbecken gehockt hatte – nur Zentimeter von Garps bebenden Knien entfernt –, regte sich sofort, um den Mann abzufangen. Aber dann kuschte er und knurrte nicht einmal; der Mann war hier bekannt.

«Platz, du dummes Biest», sagte er, und der Hund tat, wie ihm geheißen wurde.

«Bist du's, Dickie?» rief Harriet Truckenmiller aus irgendeinem anderen Teil des Hauses.

«Wer soll's denn sonst sein?» rief er; dann drehte er sich um und sah Garp vor dem Spiegel.

«Hallo», sagte Garp. Der große Mann, der Dickie hieß, starrte ihn an. Er war etwa fünfzig; sein riesiges Gesicht wirkte wie von Eis abgeschabt, und da Garp mit Duncans Mimik vertraut war, erkannte er sofort, daß der Mann ein Glasauge hatte.

«'lo», sagte Dickie.

«Ich habe einen Kunden!» rief Harriet.

«Das seh ich», sagte Dickie. Garp faßte nervös nach seinen Haaren, als könnte er Dickie klarmachen, wie wichtig seine Haare für ihn seien – daß er für etwas, das Dickie wie das simple Bedürfnis nach einem Haarschnitt vorkommen mußte, den ganzen Weg nach North Mountain, New Hampshire, zu NANETTES SCHÖNHEITSSALON auf sich genommen hatte.

«Er will eine *Welle*!» rief Harriet. Dickie behielt seine rote Mütze auf, doch konnte Garp deutlich sehen, daß der Mann eine Glatze hatte.

«Ich weiß nicht, was Sie *wirklich* wollen, Mann», flüsterte Dickie Garp zu, «aber mehr als eine Welle kriegen Sie nicht. Haben Sie gehört?»

«Ich habe kein Vertrauen zu Friseuren», sagte Garp.

«Ich habe kein Vertrauen zu *Ihnen*», sagte Dickie.

«Dickie, er hat nichts gemacht», sagte Harriet Truckenmiller. Sie trug eine enge türkisgrüne Hose, die Garp an seinen abgelegten Damenoverall erinnerte, und eine Bluse, die mit Blumen bedruckt war, wie sie nie in New Hampshire wachsen. Ihre Haare waren mit einem Tuch voller nicht dazu passender Pflanzen nach hinten gebunden, und sie hatte sich das Gesicht zurechtgemacht, aber nicht zu grell; sie sah «nett» aus, wie irgendeine Mutter, die bemüht war, auf sich zu achten. Sie war, vermutete Garp, wenige Jahre jünger als Dickie, aber nur wenige.

«Er will keine *Welle*, Harriet», sagte Dickie. «Er will bestimmt nur, daß jemand in seinen Haaren fummelt, huh?»

«Er hat kein Vertrauen zu Friseuren», sagte Harriet Truckenmiller. Einen kurzen Augenblick lang fragte Garp sich, ob Dickie ein Friseur war; er glaubte es nicht.

«Ich möchte wirklich nicht aufdringlich sein», sagte Garp. Er hatte alles gesehen, was er sehen mußte; er wollte nur noch fahren und die Fields Foundation anweisen, Harriet Truckenmiller alles Geld zu geben, was sie brauchte. «Wenn ich irgendwie störe», sagte Garp, «lassen wir es eben sein.» Er langte nach seinem Parka, den er auf einen freien Stuhl gelegt hatte, aber der große Hund bewachte den Parka auf dem Fußboden.

«Bitte, Sie können bleiben», sagte Mrs. Truckenmiller. «Dickie paßt nur ein bißchen auf mich auf.»

Dickie sah aus, als schämte er sich; er stand mit dem einen riesigen Stiefel auf der Spitze des anderen da. «Ich hab dir etwas trokkenes Holz gebracht», sagte er zu Harriet. «Ich glaube, ich hätte *klopfen* sollen.» Er stand am Ofen und schmollte.

«Bitte *nicht*, Dickie», sagte Harriet zu ihm, und sie küßte ihn freundschaftlich auf seine große rosige Wange.

Er verließ die Küche mit einem letzten finsteren Blick auf Garp.

«Ich hoffe, Sie kriegen einen guten Haarschnitt», sagte Dickie.

«Danke», sagte Garp. Als er sprach, schüttelte der Hund seinen Parka.

«Aus!» befahl Harriet dem Hund; sie legte Garps Parka auf den Stuhl zurück. «Sie können gehen, wenn Sie wollen», sagte Harriet, «aber Dickie wird Sie nicht belästigen. Er paßt nur ein bißchen auf mich auf.»

«Ihr Mann?» fragte Garp, obwohl er daran zweifelte.

«Mein Mann war Kenny Truckenmiller», sagte Harriet. «Das wissen alle, und wer Sie auch sein mögen, Sie wissen bestimmt, wer Kenny Truckenmiller war.»

«Ja», sagte Garp.

«Dickie ist mein Bruder. Er macht sich nur Sorgen um mich», sagte Harriet. «Seit Kenny nicht mehr ist, haben sich hier ein paar Kerle rumgetrieben.» Sie setzte sich an den hellbeleuchteten, dreiteiligen Spiegel, neben Garp, und stützte ihre langen, geäderten Hände auf ihre türkisgrünen Schenkel. Sie seufzte. Sie sah Garp nicht an, als sie sprach. «Ich weiß nicht, was Sie alles gehört haben, und es ist mir auch egal», sagte sie. «Ich mache *Haare* – nur Haare. Wenn Sie wirklich wollen, daß Ihre Haare gemacht werden, mache ich sie. Aber das ist alles, was ich mache», sagte Harriet. «Ganz gleich, was man Ihnen erzählt hat, ich treibe mich nicht rum. Nur Haare.»

«Nur Haare», sagte Garp. «Ich will nur, daß meine Haare gemacht werden, mehr nicht.»

«Das ist gut», sagte sie, noch immer, ohne ihn anzusehen.

Hinter den Spiegelleisten steckten kleine Fotografien. Eine war ein Hochzeitsbild von der jungen Harriet Truckenmiller und ihrem grienenden Ehemann Kenny. Sie säbelten ungeschickt an einer Torte herum.

Eine andere Fotografie zeigte eine schwangere Harriet mit einem sehr kleinen Kind auf dem Arm; ein anderes Kind, das vielleicht in Walts Alter war, lehnte die Wange an ihre Hüfte. Harriet sah müde aus, aber nicht entmutigt. Und es gab eine Fotografie von Dickie; er stand neben Kenny Truckenmiller, und sie standen beide neben einem ausgenommenen Reh, das mit dem Kopf nach unten am Ast eines Baumes hing. Der Baum stand im Vorgarten von NANETTES SCHÖNHEITSSALON. Garp erkannte die Fotografie schnell wieder; er hatte sie nach Jennys Ermordung in einer überregionalen Illustrierten gesehen. Die Fotografie demonstrierte einfachen Gemütern offenbar, daß Kenny Truckenmiller ein geborener und erzogener Killer war: außer Jenny Fields hatte er einmal ein Reh erschossen.

«Warum gerade *Nanette*?» fragte Garp Harriet später, als er es wagte, nur auf ihre geduldigen Finger und nicht in ihr unglückliches Gesicht zu sehen – und nicht auf seine Haare.

«Ich dachte, es klingt irgendwie französisch», sagte Harriet, aber sie wußte, daß er von irgendwo in der Außenwelt – jenseits von North Mountain, New Hampshire – war, und sie lachte über sich.

«Nun ja, das *tut* es», sagte Garp, mit ihr lachend. «Irgendwie», fügte er hinzu, und sie lachten beide auf eine freundliche Weise.

Als er fertig war, wischte sie den Geifer des Hundes mit einem Schwamm von seinem Parka ab. «Wollen Sie es sich nicht mal ansehen?» fragte sie ihn. Sie meinte die Frisur; er holte Luft und stellte sich seinem Bild in dem dreiteiligen Spiegel. Sein Haar, dachte er, war großartig! Es war dasselbe alte Haar, dieselbe Farbe, sogar dieselbe Länge, aber es schien zum erstenmal in seinem Leben genau zu seinem Kopf zu passen. Sein Haar folgte der Linie seines Schädels, aber es war trotzdem duftig und locker; eine leichte Welle machte seine gebrochene Nase und seinen gedrungenen Nacken unauffälliger. Garp fand, es passe auf eine Weise zu seinem eigenen Gesicht, die er nie für möglich gehalten hätte. Es war natürlich der erste Schönheitssalon, in dem er je gewesen war. Bis er Helen heiratete, hatte Jenny ihm die Haare geschnitten, und danach hatte Helen ihm die Haare geschnitten: er war noch nie bei einem Friseur gewesen.

«Es ist fabelhaft», sagte er; sein fehlendes Ohr blieb kunstvoll verdeckt.

«Oh, hören Sie», sagte Harriet und knuffte ihn freundschaftlich – aber, würde er der Fields Foundation erklären, keineswegs auffordernd, nein, ganz und gar nicht – in die Seite. Da wollte er ihr erzählen, daß er Jenny Fields' Sohn war, aber er wußte, daß sein Motiv dafür rein egoistisch gewesen wäre – persönlich für die Emotionen eines anderen verantwortlich zu sein.

«Es ist unfair, die emotionale Verwundbarkeit eines Menschen auszunutzen», schrieb die polemische Jenny Fields. Daher Garps neues Credo: Du sollst kein Kapital aus den Emotionen anderer schlagen. «Vielen Dank und auf Wiedersehen», sagte er zu Mrs. Truckenmiller.

Draußen ließ Dickie eine Axt auf den Holzstapel niedersausen. Er machte es sehr gut. Er hörte auf zu spalten, als Garp erschien. «Auf Wiedersehen», rief Garp ihm zu, aber Dickie kam zu Garp herüber – mit der Axt.

«Mal sehen, wie die neue Frisur aussieht», sagte Dickie.

Garp stand still, während Dickie ihn begutachtete.

«Sie waren ein Freund von Kenny Truckenmiller?» fragte Garp.

«Ja», sagte Dickie. «Ich war sein *einziger* Freund. Ich habe ihn Harriet vorgestellt», sagte Dickie. Garp nickte. Dickie musterte die neue Frisur.

«Es ist tragisch», sagte Garp; er meinte alles, was passiert war.

«Es ist nicht übel», sagte Dickie; er meinte Garps Haare.

«Jenny Fields war meine Mutter», sagte Garp, weil er es irgend jemandem sagen wollte, und er war sicher, daß er Dickie nicht emotional ausnutzte.

«Das haben Sie *ihr* doch nicht etwa auch gesagt, oder?» sagte Dickie, mit seiner langen Axt auf das Haus und auf Harriet zeigend.

«Nein, nein», sagte Garp.

«Das ist gut», sagte Dickie. «Sie will nämlich nichts davon hören.»

«Das habe ich mir gedacht», sagte Garp, und Dickie nickte zustimmend. «Ihre Schwester ist eine sehr nette Frau», fügte Garp hinzu.

«Das *ist* sie, das ist sie», sagte Dickie heftig nickend.

«Also, dann auf Wiedersehen», sagte Garp. Aber Dickie berührte ihn leicht mit dem Stiel der Axt.

«Ich war einer von denen, die ihn erschossen haben», sagte Dickie. «Wußten Sie das?»

«Sie haben Kenny erschossen?» sagte Garp.

«Ich war *einer* von denen, die es getan haben», sagte Dickie. «Kenny war verrückt. Irgend jemand mußte ihn erschießen.»

«Es tut mir sehr leid», sagte Garp. Dickie zuckte die Achseln.

«Ich mochte den Burschen», sagte Dickie. «Aber er wurde verrückt wegen Harriet, und er wurde verrückt wegen Ihrer Mutter. Es wäre nie wieder besser geworden, verstehen Sie», sagte Dickie. «Die Frauen machten ihn einfach wild. Er wurde wild aufs Essen. Man konnte sehen, daß er nie darüber weggekommen wäre.»

«Eine schreckliche Sache», sagte Garp.

«Auf Wiedersehen», sagte Dickie; er wandte sich wieder seinem Holzstapel zu. Garp ging zu seinem Auto, über die gefrorenen Haufen, mit denen der Hof getupft war. «Ihr Haar sieht sehr gut aus!» rief Dickie ihm nach. Die Bemerkung klang aufrichtig. Dickie spaltete wieder Blöcke, als Garp ihm vom Fahrersitz seines Autos zuwinkte. Hinter dem Fenster von NANETTES SCHÖNHEITSSALON winkte Harriet Truckenmiller Garp zu: es war kein aufforderndes, kesses Winken, nichts dergleichen, da war er sich ziemlich sicher. Er fuhr durch das Dorf North Mountain zurück – er trank eine Tasse Kaffee in dem einzigen Schnellrestaurant, tankte an der einzigen Tankstelle. Jedermann schaute auf sein hübsches Haar. In jedem Spiegel schaute *Garp* auf sein hübsches Haar! Dann fuhr er heim und kam rechtzeitig zur Feier an: Ellens erste Veröffentlichung!

Wenn ihm bei der Neuigkeit so unbehaglich zumute war wie Helen, so gab er es zumindest nicht zu. Er überstand den Hummer, die Muscheln und den Champagner und wartete die ganze

Zeit darauf, daß Helen oder Duncan etwas zu seinen Haaren sagten. Erst als er abwusch, gab Ellen ihm eine durchnäßte Mitteilung.

Bist Du beim Friseur gewesen?

Er nickte gereizt.

«Ich mag es nicht», erklärte Helen ihm im Bett.

«Ich finde es irre», sagte Garp.

«Es paßt nicht zu dir», sagte Helen; sie bemühte sich nach Kräften, es zu zerwühlen. «Es sieht aus wie die Haare einer Leiche», sagte sie im Dunkeln.

«Einer Leiche!» sagte Garp. «Jesus.»

«Ein Leichnam, der im Beerdigungsinstitut hergerichtet worden ist», sagte Helen und fuhr ihm mit beiden Händen wild durchs Haar. «Jedes kleine Haar liegt genau richtig», sagte sie. «Es ist zu perfekt. Du siehst aus, als lebtest du gar nicht!» sagte sie. Dann weinte sie und weinte, und Garp hielt sie und flüsterte mit ihr – versuchte herauszufinden, was los war.

Garp spürte nicht mit ihr den Sog – diesmal nicht –, und er redete und redete mit ihr, und er liebte sie. Endlich schlief sie ein.

Ellen James' Essay «Warum ich keine Ellen-Jamesianerin bin» schien kein unmittelbares Aufsehen zu erregen. Bei den meisten Leserbriefen dauert es eine Weile, bis sie gedruckt werden.

Es kamen die erwarteten persönlichen Briefe an Ellen James: Beileidsschreiben von Idioten, Anträge von kranken Männern – den häßlichen, antifeministischen Tyrannen und Frauenschindern, die, wie Garp Ellen gewarnt hatte, sich auf *ihrer* Seite sahen.

«Die Leute werden immer Partei ergreifen», sagte Garp, «. . . bei allem.»

Es kam kein einziges Wort von einer Ellen-Jamesianerin.

Garps erste Ringermannschaft hatte bereits ein Saisonergebnis von 8 zu 2 erzielt, als das abschließende Turnier gegen ihren Erzrivalen, die bösen Buben von Bath, näherrückte. Natürlich beruhte die Stärke der Mannschaft auf einigen sehr gut trainierten Ringern, die Ernie Holm in den letzten zwei oder drei Jahren aufgebaut hatte, aber Garp hatte sie in Form gehalten. Er versuchte gerade, die Siege und Niederlagen bei dem bevorstehenden Kampf gegen Bath Gewichtsklasse für Gewichtsklasse vorauszuberechnen – während er in dem weitläufigen Haus, das jetzt nur noch an die ersten Steerings erinnerte, am Küchentisch saß –, als Ellen James ihn, unter Tränen, mit der neuen Ausgabe der Zeitschrift, die vor einem Monat ihren Essay veröffentlicht hatte, überfiel.

Garp fand, er hätte Ellen auch vor Zeitschriften warnen sollen. Man hatte natürlich einen langen, als Brief abgefaßten Sermon veröffentlicht, den eine Reihe von Ellen-Jamesianerinnen als Antwort auf Ellens mutige Mitteilung geschrieben hatten, sie fühle sich von ihnen benutzt und möge sie nicht. Es war genau die Art Kontroverse, wie Zeitschriften sie lieben. Ellen fühlte sich besonders von dem Chefredakteur der Zeitschrift verraten, der den Ellen-Jamesianerinnen offenbar mitgeteilt hatte, daß Ellen James jetzt bei dem berüchtigten T. S. Garp lebte.

Also zögerten die Ellen-Jamesianerinnen nicht, sich *darin* zu verbeißen: Ellen James, das arme Kind, war von dem männlichen Schurken Garp durch Gehirnwäsche zu ihrer antifeministischen Haltung gebracht worden. Der Verräter seiner Mutter! Der mit einem schmutzigen Grinsen Kapital aus der Politik der Frauenbewegung schlug! In den einzelnen Briefen wurde Garps Beziehung zu Ellen James als «erotisch gefärbt», «schleimig» und «klammheimlich» bezeichnet.

Es tut mir leid!

schrieb Ellen.

«Schon gut, schon gut. Es ist nicht deine Schuld», beruhigte Garp sie.

Ich bin keine Antifemistin!

«Natürlich bist du das nicht», erklärte Garp ihr.

Sie betreiben eine solche Schwarzweiß-Malerei.

«Natürlich tun sie das», sagte Garp.

Deshalb hasse ich sie. Sie zwingen einen, so zu sein wie sie – oder man ist ihr Feind.

«Ja, ja», sagte Garp.

Ich wollte, ich könnte reden.

Und dann löste sie sich auf, weinte an seiner Schulter, und ihr wortloses, zorniges Keuchen schreckte Helen aus dem weit entfernten Lesezimmer des großen Hauses, trieb Duncan aus der Dunkelkammer und weckte die kleine Jenny aus ihrem Verdauungsschlaf.

So beschloß Garp törichterweise, sich mit ihnen anzulegen, mit diesen erwachsenen Verrückten, diesen inbrünstigen Fanatikerinnen, die – selbst wenn ihr erwähltes Symbol sie ablehnte – darauf bestanden, mehr über Ellen James zu wissen, als Ellen James über sich wußte.

«Ellen James ist *kein* Symbol», schrieb Garp. «Sie ist ein Vergewaltigungsopfer, das vergewaltigt und verstümmelt wurde, ehe es alt genug war, sich eine eigene Meinung über Sexualität und Männer zu bilden.» So fing er an – und so ging es immer weiter. Und man veröffentlichte es natürlich – wie man jedes Öl in jedes Feuer gießt. Außerdem war es seit dem berühmten Roman *Bensenhaver und wie er die Welt sah* die erste Sache von Garp, die *überhaupt* veröffentlicht wurde.

In Wirklichkeit war es die zweite. In einer kleinen Zeitschrift veröffentlichte Garp kurz nach Jennys Tod sein erstes und einziges Gedicht. Es war ein sonderbares Gedicht; es handelte von Präservativen.

Garp fand, sein Leben sei von Präservativen – dem Mittel des Mannes, sich und anderen die Konsequenzen seiner Lust zu ersparen – ruiniert worden. Unser Leben lang, fand Garp, werden wir von Präservativen verfolgt – Präservative frühmorgens auf dem Parkplatz, Präservative, die von spielenden Kindern am Strand entdeckt werden, Präservative, die als Botschaften benutzt werden (eines an seine Mutter, über den Türknauf ihrer winzigen Wohnung im Seitenflügel des Nebengebäudes des Krankenreviers gezogen). Präservative, die in den Schlafsaaltoiletten der Steering School hinuntergespült wurden. Präservative, die glitschig und frech in öffentlichen Pissoirs lagen. Einmal ein Präservativ, das mit der Sonntagszeitung kam. Einmal ein Präservativ im Briefkasten am Ende der Einfahrt. Und einmal ein Präservativ auf dem Schalthebel des Volvos; irgend jemand hatte das Auto über Nacht benutzt, aber nicht zum Fahren.

Präservative fand Garp, wie Ameisen Zucker fanden. Er reiste meilenweit, er wechselte die Kontinente, und da – im Bidet des sonst makellos sauberen, aber unvertrauten Hotelzimmers . . . da – auf dem Rücksitz des Taxis, wie das herausgenommene Auge eines großen Fisches... da – ihn von der Schuhsohle anglotzend, mit der er es irgendwo aufgelesen hatte. Von *überall her* kamen Präservative zu ihm und bereiteten ihm böse Überraschungen.

Präservative und Garp – eine lange gemeinsame Geschichte. Sie waren irgendwie am Anfang miteinander verkoppelt worden. Wie oft erinnerte er sich an seinen ersten Präservativschock, die Präservative im Kanonenrohr!

Es war ein ganz ordentliches Gedicht, aber fast niemand las es, weil es vulgär war. Weit mehr Leute lasen seinen Essay über Ellen James gegen die Ellen-Jamesianerinnen. Das war ein Ereignis; das war Gegenwartsgeschichte. Leider, das wußte Garp, ist so etwas interessanter als Kunst.

Helen flehte ihn an, sich nicht reizen zu lassen, sich nicht hineinziehen zu lassen. Selbst Ellen James erklärte ihm, es sei *ihr* Kampf; sie bat ihn nicht um seinen Beistand.

«Du pusselst weiter im Garten herum», warnte Helen. «Noch mehr Bücherregale.»

Aber er schrieb zornig und gut; er sagte nachdrücklicher, was Ellen James gemeint hatte. Er sprach mit großer Beredsamkeit für jene ernsthaften Frauen, die stellvertretend unter der «radikalen Selbstdemontage» der Ellen-Jamesianerinnen litten – «unter der Art Mist, der den Feminismus in Verruf bringt». Er konnte der Versuchung nicht widerstehen, sie herunterzuputzen, und obwohl er es gut machte, fragte Helen mit Recht: «Für *wen*? Welcher ernsthafte Mensch *wüßte* nicht schon, daß die Ellen-Jamesianerinnen verrückt sind? Nein, Garp, du hast es für *sie* getan – und nicht einmal für Ellen James. Du hast es für die verdammten Ellen-Jamesianerinnen getan! Du hast es getan, um an sie *ranzukommen*. Und warum? Jesus, in einem Jahr hätte sich kein Mensch mehr an sie erinnert – oder daran, warum sie das getan haben, was sie getan haben. Sie waren eine *Mode*, eine idiotische Mode, aber du konntest sie nicht einfach vorbeigehen lassen. *Warum?*»

Aber er reagierte mürrisch darauf, mit der voraussehbaren Haltung eines Menschen, der *recht* gehabt hat – um jeden Preis. Und sich deshalb fragt, ob er unrecht gehabt hat. Es war ein Gefühl, das ihn von allen – selbst von Ellen – isolierte. Ellen war bereit, damit aufzuhören, ihr tat es leid, daß sie damit angefangen hatte.

«Aber *sie* haben angefangen», insistierte Garp.

> *In Wirklichkeit nicht. Der erste Mann, der eine Frau*
> *vergewaltigte und versuchte, ihr weh zu tun, damit sie*
> *es nicht weitersagen konnte – er hat angefangen,*

schrieb Ellen James.

«Okay», sagte Garp. «Okay, okay.» Die traurige Wahrheit des Mädchens tat ihm weh. Hatte er sie nicht nur verteidigen wollen?

Die Ringermannschaft von Steering seifte die Bath Academy im abschließenden Turnier der Saison ein und erzielte so ein Gesamtergebnis von 9 zu 2, kam im Mannschaftswettbewerb von Neuengland auf den zweiten Platz und stellte einen Einzelmeister, einen 75-Kilo-Mann, mit dem Garp persönlich am meisten gearbeitet hatte. Aber die Saison war vorbei; Garp, der Schriftsteller im Ruhestand, hatte wieder einmal zuviel Zeit.

Er sah Roberta viel. Sie spielten endlose Partien Squash; dabei brachen in drei Monaten vier Schläger und der kleine Finger von Garps linker Hand. Garp hatte einen rücksichtslosen Backswing, der Robertas Nasenrücken neun Stiche einbrachte; Roberta hatte seit ihrer Zeit als Eagle keine Stiche mehr bekommen, und sie beklagte sich bitterlich darüber. Bei einem Sprung in den anderen Teil des Spielfelds fügte Robertas langes Knie Garp eine Leistenverletzung zu, so daß er eine Woche lang humpeln mußte.

«Ehrlich, ihr beide», erklärte Helen ihnen. «Warum brennt ihr

nicht einfach miteinander durch und habt eine feurige Affäre? Das
wäre *sicherer*.»

Aber sie waren die besten Freunde, und wenn sich jemals – entweder bei Garp oder bei Roberta – ein anderes Verlangen regte, machten sie sich schnell darüber lustig. Außerdem war Robertas Liebesle-
ben inzwischen kühl geplant; wie eine geborene Frau legte sie Wert
auf ihre Intimsphäre. Und sie genoß die Leitung der Fields Foundation in Dog's Head Harbor. Roberta reservierte ihr sexuelles Ich für
nicht seltene, aber nie ausschweifende Zwischenspiele in New York
City, wo sie eine beunruhigende Zahl von Liebhabern für ihre plötzlichen Besuche und Techtelmechtel parat hatte. «Es ist die einzige
Art, wie ich es schaffen kann», erklärte sie Garp.

«Es ist eine sehr angemessene Art, Roberta», sagte Garp.
«Nicht jeder hat das Glück – seine Kraft so aufspalten zu
können.»

Und so spielten sie weiter Squash, und als das Wetter wärmer
wurde, liefen sie auf den kurvenreichen Straßen von Steering zum
Meer. Auf der einen Straße war Dog's Head Harbor zehn Kilometer von Steering entfernt; sie liefen oft von einem Haus zum andern. Wenn Roberta ihren Unternehmungen in New York nachging, lief Garp allein.

Er war allein und näherte sich der Mitte des Weges nach Dog's
Head Harbor – wo er umkehren und nach Steering zurücklaufen
wollte –, als der schmutzige Saab ihn überholte, langsamer zu
werden schien, dann vor ihm Gas gab und entschwand. Das war
das einzig Seltsame daran. Garp lief auf der linken Straßenseite, so
daß er die Autos sehen konnte, die besonders dicht an ihm vorbei-
kamen; der Saab hatte ihn rechts, auf der korrekten Fahrspur,
überholt – ganz normal.

Garp dachte gerade über eine Lesung in Dog's Head Harbor
nach, die er zugesagt hatte. Roberta hatte ihn zu einer Lesung vor
den Stipendiatinnen der Fields Foundation und ihren persönlichen
Gästen überredet; er war schließlich der Vorsitzende des Beirats –
und Roberta veranstaltete oft kleine Konzerte und Dichterlesungen und so fort –, aber Garp war voller Argwohn. Er hatte etwas
gegen Lesungen – und besonders jetzt, vor Frauen; sein Ausfall

gegen die Ellen-Jamesianerinnen hatte so viele Frauen getroffen. Die meisten ernsthaften Frauen waren natürlich einer Meinung mit ihm, aber die meisten von ihnen waren gleichzeitig intelligent genug, um in seinen Kritiken an den Ellen-Jamesianerinnen, die eher lautstark als logisch waren, eine gewisse persönliche Rachsucht zu erkennen. Sie spürten eine Art Killerinstinkt in ihm – von Grund auf männlich und von Grund auf intolerant. Er war, wie Helen gesagt hatte, zu intolerant gegenüber den Intoleranten. Die meisten Frauen fanden sicher, Garp habe die Wahrheit über die Ellen-Jamesianerinnen geschrieben, aber war es nötig, so grob zu sein? Um es in seiner Ringer-terminologie zu sagen: Garp hatte sich vielleicht eine unnötige Rempelei zuschulden kommen lassen. Es war seine Grobheit, der viele Frauen mißtrauten, und wenn er jetzt las, selbst vor gemischten Hörern – vor allem in Colleges, wo Grobheit momentan aus der Mode zu sein schien –, bemerkte er, wie er auf stumme Abneigung stieß. Er war ein Mann, der öffentlich die Beherrschung verloren hatte; er hatte demonstriert, daß er grausam sein konnte.

Und Roberta hatte ihm geraten, keine Sex-Szene zu lesen; nicht daß die Stipendiatinnen besonders feindselig wären, aber sie *waren* auf der Hut, sagte Roberta. «Du hast eine Menge anderer Szenen vorzulesen», sagte Roberta, «außer Sex.» Keiner von ihnen erwähnte die Möglichkeit, daß er vielleicht etwas *Neues* zu lesen hätte. Und es war vor allem aus diesem Grund – weil er nichts Neues zu lesen hatte –, daß Garp immer weniger Lust hatte, überhaupt noch irgendwo zu lesen.

Garp lief über die Anhöhe bei einer Angus-Farm – der einzige Hügel zwischen Steering und dem Meer – und passierte die Drei-kilometermarke seiner Strecke. Er sah die blauschwarzen Mäuler der Tiere, die wie doppelläufige Flinten über einer niedrigen Stein-mauer auf ihn zeigten. Garp redete immer mit den Rindern; er muhte ihnen zu.

Der schmutzigweiße Saab kam ihm jetzt entgegen, und Garp wich auf das staubige, unbefestigte Bankett aus. Eines der schwarzen Angus-Rinder muhte zurück; zwei flüchteten von der Stein-mauer. Garp folgte ihnen mit den Augen. Der Saab fuhr nicht sehr schnell – wirkte nicht rücksichtslos. Es schien keinen Grund zu geben, ein Auge auf ihn zu haben.

Es war einzig und allein sein Gedächtnis, was ihn rettete. Schriftsteller haben ein sehr selektives Gedächtnis, und zu seinem Glück hatte er beschlossen, im Gedächtnis zu behalten, wie der schmutzigweiße Saab langsamer geworden war – als er ihn überholt hatte, in der entgegengesetzten Richtung – und wie der Kopf der Fahrerin ihn im Rückspiegel ins Visier zu nehmen schien.

Garp wandte den Blick von den Angus-Rindern und sah den stummen Saab, der mit abgestelltem Motor auf dem unbefestigten Bankett genau auf ihn zusauste und hinter seinen stillen weißen Konturen und über dem gespannten, eingezogenen Kopf der Fahrerin eine Staubfahne aufwirbelte. Die Fahrerin, die den Saab auf Garp zielte, war die genaueste bildliche Vorstellung, die Garp jemals davon haben würde, wie ein unterer Turmschütze bei der Arbeit *aussah*.

Garp machte zwei Sätze zu der Steinmauer hin und hechtete darüber hinweg, ohne den elektrischen Draht über der Mauer zu sehen. Er fühlte das Kitzeln in seinem Oberschenkel, als er den Draht streifte, aber er schaffte den Draht und die Mauer und landete in den nassen grünen Grasstoppeln der Wiese, die von der Angus-Herde abgekaut und gesprenkelt worden war.

Er lag da und umarmte den nassen Boden, er hörte das heisere Gurgeln des übelschmeckenden Sogs in seiner trockenen Kehle – er hörte die Explosion von Hufen, als die Angus-Rinder von ihm fortdonnerten. Er hörte das felsig-metallene Zusammentreffen des schmutzigweißen Saabs mit der Steinmauer. Zwei Felsbrocken, so groß wie sein Kopf, hüpften träge neben ihm ins Gras. Ein glutäugiger Angus-Stier wich nicht vom Fleck, aber die Hupe des Saabs klemmte; vielleicht hielt das ununterbrochene Quäken den Stier vom Angriff ab.

Garp wußte, daß er lebte; das Blut in seinem Mund kam nur daher, daß er sich auf die Lippe gebissen hatte. Er ging an der Mauer entlang zum Punkt des Aufpralls, wo der zertrümmerte Saab im Sande steckte. Die Fahrerin hatte mehr als ihre Zunge verloren.

Sie war in den Vierzigern. Der Motor des Saabs hatte ihre Knie nach oben getrieben, um die zusammengedrückte Steuersäule herum. Sie hatte keine Ringe an den Händen, die kurzfingrig und von dem harten Winter oder den harten Wintern, die sie durchgemacht hatte, gerötet waren. Der Türrahmen auf der Fahrerseite des Saabs oder aber der Rahmen der Windschutzscheibe hatte ihr Gesicht getroffen und eine Schläfe und eine Wange eingedrückt. Das machte ihr Gesicht ein bißchen schief. Ihr braunes, blutstumpfes Haar wurde vom warmen Sommerwind zerzaust, der durch das Loch blies, wo die Windschutzscheibe gewesen war.

Garp wußte, daß sie tot war, weil er ihr in die Augen sah. Er wußte, daß sie eine Ellen-Jamesianerin war, weil er ihr in den Mund sah. Er sah auch in ihre Handtasche. Sie enthielt nichts anderes als den erwarteten Notizblock und einen Bleistift. Und eine Menge Mitteilungen. Eine von ihnen lautete:

Hallo! Mein Name ist . . .

und so fort. Eine andere lautete:

Sie haben es nicht anders gewollt.

Garp stellte sich vor, daß dies die Mitteilung war, die sie ihm unter den blutigen Gummizug seiner Laufhose hatte stecken wollen, wenn sie ihn tot und zermalmt an der Straßenseite zurückließ.

Eine andere Mitteilung war beinahe lyrisch; es war diejenige, die von den Zeitungen gern benutzt und wieder benutzt werden würde.

Ich bin nie vergewaltigt worden, und ich habe es mir nie gewünscht. Ich bin nie mit einem Mann zusammen gewesen, und ich habe mir auch das nie gewünscht. Der Sinn meines ganzen Lebens hat darin bestanden, das Leid von Ellen James zu teilen.

O Mann, dachte Garp, aber er ließ diese Mitteilung da, damit sie zusammen mit ihren anderen Sachen gefunden wurde. Er gehörte nicht zu den Schriftstellern oder zu den Männern, die wichtige Botschaften unterschlugen – selbst wenn die Botschaften verrückt waren.

Seine alte Leistenverletzung hatte sich durch den Hechtsprung über die Steinmauer und den Draht wieder verschlimmert, aber er konnte noch laufen und lief zurück in Richtung der Stadt, bis ein Joghurt-Lieferwagen ihn auflas; Garp und der Joghurtfahrer gingen gemeinsam zur Polizei.

Als der Joghurtfahrer an dem Unfallort vorbeifuhr, kurz bevor er Garp fand, waren die schwarzen Angus-Rinder durch die Bresche in der Mauer entwischt und umkreisten den schmutzigweißen Saab wie große, animalische Trauergäste, die diesen zerbrechlichen, in einem ausländischen Auto ums Leben gekommenen Engel umgaben.

Vielleicht war *das* der Sog, den ich gefühlt habe, dachte Helen, als sie wach neben dem fest schlafenden Garp lag. Sie umarmte seinen warmen Körper, sie kuschelte sich in den Geruch ihrer eigenen üppigen Sexualität, der ihn umhüllte. Vielleicht war die tote Ellen-Jamesianerin der Sog, und jetzt ist er fort, dachte Helen; sie drückte Garp so heftig, daß er aufwachte.

«Was ist?» fragte er. Doch wortlos wie eine Ellen-Jamesianerin umarmte Helen seine Hüften; ihre Zähne klapperten an seiner Brust, und er umarmte sie, bis sie aufhörte zu zittern.

Eine «Sprecherin» der Ellen-Jamesianerinnen bemerkte, dies sei ein isolierter Akt der Gewalt, der von der Gesellschaft der Ellen-Jamesianerinnen nicht gebilligt, aber eindeutig von der «typisch männlichen, aggressiven Vergewaltigungsnatur T. S. Garps» provoziert worden sei. Sie übernähmen keine Verantwortung für diesen «isolierten Akt», ließen die Ellen-Jamesianerinnen wissen, aber sie seien darüber auch nicht überrascht oder besonders betroffen.

Roberta erklärte Garp, daß sie unter diesen Umständen Verständnis habe, wenn ihm nicht danach sei, vor einer Gruppe von Frauen zu lesen. Aber Garp las vor den Stipendiatinnen der Fields Foundation und ihren verschiedenen Gästen in Dog's Head Harbor – einer Versammlung von knapp hundert Personen, die im Sonnenzimmer von Jennys großem Besitz gemütlich beisammen saßen. Er las ihnen «Die Pension Grillparzer» vor und sagte zur Einführung: «Dies ist die erste und beste Geschichte, die ich jemals geschrieben habe, und ich weiß nicht einmal, wie ich darauf gekommen bin. Ich glaube, sie handelt vom Tod, was ich nicht einmal genau wußte, als ich sie schrieb. Heute weiß ich mehr über den Tod, und ich schreibe kein Wort mehr. In dieser Geschichte gibt es elf wichtige Gestalten, und sieben von ihnen sterben; eine von ihnen verliert den Verstand; eine von ihnen brennt mit einer anderen Frau durch. Ich werde nicht verraten, was mit den beiden anderen Personen passiert, aber Sie sehen, daß die Chancen, diese Geschichte zu überleben, nicht groß sind.»

Dann las er sie ihnen vor. Einige von ihnen lachten; vier von ihnen weinten; man hörte viel Schneuzen und Husten, vielleicht wegen der Feuchtigkeit vom Meer; niemand ging vorzeitig, und alle klatschten. Eine ältere Frau hinten, neben dem Flügel, schlief während der ganzen Geschichte fest, aber selbst sie klatschte am Ende: sie wachte bei dem Klatschen auf und beteiligte sich fröhlich.

Das Ereignis schien Garp förmlich aufzuladen. Duncan war bei der Lesung gewesen – es war das Werk seines Vaters, das er am meisten liebte (übrigens eine der wenigen Sachen seines Vaters, die Duncan hatte lesen dürfen). Duncan war ein begabter junger Künstler, und er hatte von den Gestalten und Situationen der Geschichte seines Vaters schon über fünfzig Zeichnungen gemacht, die er Garp zeigte, nachdem Garp mit ihm nach Hause gefahren war. Einige der Zeichnungen waren frisch und unprätentiös; alle waren für Garp aufregend. Die schlaffen Flanken des alten Bären, die über das verrückte Einrad hingen; die Streichholzknöchel der Großmutter, die zart und zerbrechlich unter der WC-Tür schimmerten. Das böse Unheil in den flammenden Augen des Traummanns! Die nuttenhafte Schönheit von Herrn Theobalds Schwester («... als wären ihr Leben und ihre Gefährten *ihr* niemals exotisch vorgekommen – als hätte sie immer nur eine absurde und von Anfang an zum Scheitern verurteilte Bemühung um Neuklassifizierung in Szene gesetzt»). Und der tapfere Optimismus des Mannes, der nur auf seinen Händen gehen konnte.

«Seit wann machst du das schon?» fragte Garp Duncan; er hätte weinen können, so stolz war er.

Es lud ihn ungeheuer auf. Er schlug John Wolf vor, eine besondere Ausgabe herauszubringen, eine *Buch*ausgabe der «Pension

Grillparzer», mit Illustrationen von Duncan. «Die Geschichte ist gut genug, um in Buchform zu bestehen», schrieb er an John Wolf. «Und ich bin bestimmt bekannt genug, daß sie auch verkauft wird. Außer in einer kleinen Zeitschrift und ein oder zwei Anthologien ist sie bisher nie richtig veröffentlicht worden. Außerdem sind die Zeichnungen entzückend! Und die Geschichte trägt wirklich.

Ich hasse es, wenn ein Schriftsteller anfängt, seinen Ruf zu Geld zu machen – indem er jeden Mist aus seinen Schubladen veröffentlicht und jeden alten Mist, der am besten vergessen werden sollte, *wieder* veröffentlicht. Aber hier handelt es sich nicht um einen solchen Fall, John; Sie wissen es.»

John Wolf wußte es. Er fand, daß Duncans Zeichnungen frisch und unprätentiös *waren*, aber nicht wirklich sehr gut; der Junge war noch nicht dreizehn – einerlei wie begabt er war. Aber John Wolf wußte auch, was eine gute verlegerische Idee war, wenn er eine sah. Um sicherzugehen, unterzog er das Buch natürlich dem Jillsy Sloper-Geheimtest; Garps Geschichte und besonders Duncans Zeichnungen bestanden Jillsys Prüfung mit dem höchsten Lob. Ihre einzigen Vorbehalte gingen dahin, daß Garp zu viele Wörter benutzte, die sie nicht kannte.

Ein Vater-und-Sohn-Buch, dachte John Wolf, das würde ein hübsches Weihnachtsgeschenk sein. Und die traurige Zartheit der Geschichte, ihr tiefes Mitleid und ihre sanfte Gewalttätigkeit würden vielleicht die kriegerische Spannung zwischen Garp und den Ellen-Jamesianerinnen mildern.

Die Leistenverletzung heilte, und Garp lief den ganzen Sommer lang die Straße von Steering zum Meer, nie ohne den nachdenklichen Angus-Rindern zuzunicken; sie hatten jetzt die Sicherheit jener segensreichen Steinmauer gemeinsam, und Garp fühlte sich auf immer solidarisch mit diesen großen, glücklichen Tieren. Frohgemut weidend und frohgemut heranwachsend. Und, eines Tages, ein schnelles, blutiges Ende. Garp dachte nicht an ihr blutiges Ende. Auch nicht an seines. Er nahm sich vor Autos in acht, aber nicht nervös.

«Ein isolierter Akt», sagte er zu Helen und Roberta und Ellen James. Sie nickten, aber Roberta lief mit ihm, sooft sie konnte.

Helen dachte, ihr würde wohler werden, wenn es draußen wieder kalt wurde und Garp auf der Hallenbahn im Miles Seabrook-Sporthaus lief. Oder wenn er wieder anfing zu ringen und überhaupt nur noch selten nach draußen ging. Die warmen Matten und der ausgepolsterte Raum waren ein Sicherheitssymbol für Helen Holm, die in einem solchen Brutkasten herangewachsen war.

Auch Garp freute sich auf die nächste Ringsaison. Und auf die Vater-und-Sohn-Veröffentlichung: «Die Pension Grillparzer. Eine Erzählung von T. S. Garp mit Illustrationen von Duncan Garp.» Endlich ein Garp-Buch für Kinder *und* Erwachsene! Es war natürlich auch wie ein Neubeginn. Zum Anfang zurückgehen und noch einmal aufbrechen. Was für eine Welt von Illusionen mit der Vorstellung von einem «Neubeginn» erblüht.

Plötzlich fing Garp wieder an zu schreiben.

Er fing an, indem er einen Brief an die Zeitschrift schrieb, die seinen Angriff auf die Ellen-Jamesianerinnen veröffentlicht hatte. In dem Brief entschuldigte er sich für die Heftigkeit und Selbstgerechtigkeit seiner Bemerkungen. «Ich glaube zwar wirklich, daß Ellen James von diesen Frauen, die kaum an die Ellen James des wirklichen Lebens dachten, benutzt wurde, aber ich sehe ein, daß ihr *Bedürfnis*, Ellen James zu benutzen, in gewisser Beziehung echt und groß war. Ich fühle mich natürlich wenigstens teilweise verantwortlich für den Tod jener sehr bedürftigen und gewalttätigen Frau, die sich so provoziert fühlte, daß sie versuchte, mich zu töten. Es tut mir leid.»

Natürlich haben wahre Gläubige – oder Leute, die an das *reine* Gute oder das reine Böse glauben – nur selten ein Ohr für Entschuldigungen. Die Ellen-Jamesianerinnen, die schwarz auf weiß antworteten, sagten alle, daß Garp offenbar Angst um sein eigenes Leben habe; sie sagten, er fürchte offenbar, daß die Ellen-Jamesianerinnen eine endlose Reihe von Hitmen (vielmehr «Hitpersonen»), auf ihn ansetzten, bis sie ihn erwischten. Sie sagten, T. S. Garp sei nicht nur ein männliches Schwein und ein Frauenschinder, sondern eindeutig auch ein «mieser Scheißfeigling ohne Eier».

Falls Garp diese Antworten zu Gesicht bekam, schien er sich nichts daraus zu machen; wahrscheinlich las er sie aber nie. Er entschuldigte sich vor allem wegen seines *Schreibens*; es war ein Akt, mit dem er Ordnung auf seinem Schreibtisch, nicht in seinem Gewissen, schaffen wollte; er wollte seinen Geist befreien von all den Banalitäten, dem Gärtnern und Basteln von Bücherregalen, die seine Zeit ausgefüllt hatten, während er darauf wartete, wieder ernsthaft zu schreiben. Er dachte, er würde Frieden mit den Ellen-Jamesianerinnen schließen und sie dann vergessen, obwohl Helen sie *nicht* vergessen konnte. Ellen James konnte sie sicher auch nicht vergessen, und selbst Roberta war jedesmal, wenn sie mit Garp draußen war, wachsam und sprungbereit.

Ungefähr anderthalb Kilometer hinter der Rinderfarm, an einem herrlichen Tag, als sie zum Meer liefen, war Roberta plötzlich überzeugt, daß der näherkommende Volkswagen den nächsten potentiellen Meuchelmörder barg; sie machte einen großartigen Hechtsprung nach Garp, um einen Treffer zu verhüten, und warf ihn von dem unbefestigten Bankett eine vier Meter hohe Böschung hinunter in einen schlammigen Graben. Garp verstauchte sich einen Knöchel und brüllte Roberta aus dem Wasser an. Roberta nahm einen großen Stein und bedrohte damit den Volkswagen, der voller verängstigter Teenager war, die von einer Party am Strand zurückkehrten; Roberta überredete sie, Platz für Garp zu machen, und sie fuhren ihn zum Jenny Fields-Krankenrevier.

«Du bist *gemeingefährlich*!» erklärte Garp Roberta, aber Helen war äußerst dankbar für Robertas Anwesenheit – wegen ihres Linksaußeninstinkts für Manöver aus dem Hinterhalt und üble Tricks.

Der verstauchte Knöchel hielt Garp zwei Wochen von der Straße fern und kam seinem Schreiben zugute. Er arbeitete an einer Sache, die er sein «Vaterbuch» oder «das Buch der Väter» nannte; es war das erste von den drei Projekten, die er John Wolf am Vorabend seiner Reise nach Europa so unbeschwert geschildert hatte – dies war der Roman, der *Meines Vaters Illusionen* heißen sollte. Da er sich einen Vater ausdachte, spürte Garp wieder mehr die Nähe der reinen Phantasie, die seiner Meinung nach «Die Pension Grillparzer» gezeugt hatte. Ein langer Weg, von dem er in die Irre gegangen war. Er war zu sehr von dem beeindruckt gewesen, was er jetzt die «bloßen Unglücksfälle und Katastrophen des täglichen

Lebens und die daraus resultierenden verständlichen Traumata»
nannte. Er fühlte sich wieder putzmunter, als könnte er alles erfinden.

«Mein Vater wollte, daß wir alle ein besseres Leben hätten», begann Garp, «aber besser als *was* – da war er sich nicht so sicher.
Ich glaube nicht, daß er wußte, was das Leben war; nur daß es
besser sein sollte.»

Wie in der «Pension Grillparzer» erfand er wieder eine Familie;
er gab sich Brüder und Schwestern und Tanten – einen verschro-
benen und einen bösen Onkel –, und er fühlte, daß er wieder Romancier war. Zu seinem Vergnügen verdichtete sich eine Handlung.

Abends las er Ellen James und Helen laut vor; manchmal blieb
Duncan auf und hörte zu, und manchmal blieb Roberta zum
Abendessen, und er las auch ihr vor. Er wurde plötzlich großzügig in allem, was die Fields Foundation betraf. Die anderen Mitglieder des Beirats ärgerten sich sogar über ihn: Garp wollte jeder
Bewerberin etwas geben. «Es klingt so ehrlich», sagte er immer
wieder. «Ihr seht doch, sie hat ein schweres Leben gehabt», erklärte er ihnen. «Ist denn nicht Geld genug da?»

«Nicht wenn wir es so zum Fenster rauswerfen», sagte Marcia
Fox.

«Wenn wir keine strengere Auswahl treffen, als Sie da vorschla-
gen», sagte Hilma Bloch, «sind wir verloren.»

«Verloren?» sagte Garp. «Wie können *wir* verloren sein?»
Garp war, diesen Eindruck hatten sie alle (außer Roberta), über
Nacht ein liberaler Schlappschwanz geworden: er wollte keine
Maßstäbe mehr anlegen. Aber er war vollauf damit beschäftigt,
sich die ganzen traurigen Geschichten seiner fiktiven Familie
vorzustellen, und daher so voller Mitgefühl; er war ein Hauch
Güte in der realen Welt.

Der Jahrestag von Jennys Ermordung und der plötzlichen Beerdigung von Ernie Holm und Stewart Percy ging für Garp bei dieser erneuerten schöpferischen Energie schnell vorbei. Dann nahm
ihn wieder die Ringsaison in Anspruch; Helen hatte ihn noch nie
so ausgefüllt, so uneingeschränkt konzentriert und unerbittlich erlebt. Er wurde wieder der entschlossene junge Garp, in den sie

sich hatte verlieben müssen, und sie fühlte sich so sehr zu ihm hingezogen, daß sie oft weinte, wenn sie allein war – ohne zu wissen
warum. Sie war zuviel allein; jetzt, wo Garp wieder eine Menge
um die Ohren hatte, erkannte Helen, daß sie zu lange untätig gewesen war. Sie ließ sich von der Steering School einstellen, um
wieder unterrichten und ihren Verstand für ihre eigenen Ideen benutzen zu können.

Außerdem gab sie Ellen James Unterricht im Autofahren, und
Ellen fuhr zweimal in der Woche zur Staatsuniversität, wo sie an
einem Kurs in kreativem Schreiben teilnahm. «Diese Familie ist
für zwei Schriftsteller nicht groß genug», zog Garp sie auf. Wie sie
sich alle über seine gute Laune freuten! Und jetzt, wo Helen wieder arbeitete, war sie längst nicht mehr so besorgt.

In der Welt, so wie Garp sie sah, konnte ein Abend heiter sein,
und der nächste Morgen konnte mörderisch sein.

Später sollten sie (einschließlich Roberta) oft sagen, wie gut es
war, daß Garp die erste Buchausgabe der *Pension Grillparzer* –
illustriert von Duncan Garp, und rechtzeitig zu Weihnachten herausgebracht – noch zu Gesicht bekam, ehe er den Sog erblickte.

19
Das Leben nach Garps Tod

Er liebte Epiloge, wie er uns in der *Pension Grillparzer* gezeigt hat.

«Ein Epilog», schrieb Garp, «ist mehr als eine Opferstatistik. Ein Epilog ist, als Abrechnung mit der Vergangenheit verkleidet, in Wirklichkeit eine Methode, uns vor der Zukunft zu warnen.»

An jenem Februartag hörte Helen, wie er Ellen James und Duncan beim Frühstück Witze erzählte; es klang ganz so, als hätte er ein gutes Gefühl, was die Zukunft betraf. Helen badete die kleine Jenny und puderte sie und rieb ihr die Kopfhaut mit Öl ein und schnitt ihr die winzigen Fingernägel und zog ihr den gelben Spielanzug an, den einst Walt getragen hatte. Sie roch den Kaffee, den Garp gemacht hatte, und sie hörte, wie er Duncan antrieb, sich auf den Schulweg zu machen.

«Um Himmels willen, doch nicht *die* Mütze, Duncan», sagte Garp. «Die Mütze könnte nicht mal einen Vogel warmhalten. Es sind fünfzehn Grad minus.»

«Es sind *fünf* Grad minus, Dad», sagte Duncan.

«Das ist akademisch», sagte Garp. «Auf jeden Fall ist es sehr kalt.»

In diesem Augenblick mußte Ellen James durch die Garagentür hereingekommen sein und eine Mitteilung geschrieben haben, denn Helen hörte, wie Garp sagte, er würde ihr sofort helfen; offenbar konnte Ellen das Auto nicht in Gang bringen.

Dann war es in dem großen Haus eine Weile still; wie von ferne hörte Helen nur das Knirschen von Stiefeln im Schnee und das langsame Knattern des kalten Wagenmotors. «Mach's gut!» hörte sie Garp hinter Duncan herrufen, der gerade die lange Einfahrt hinuntertraben mußte – zur Schule.

«Ja!» rief Duncan. «Du auch!»

Das Auto sprang an; Ellen James würde jetzt zur Universität losfahren. «Fahr vorsichtig!» rief Garp hinter ihr her.

Helen trank ihren Kaffee allein. Die unartikulierten Selbstgespräche der kleinen Jenny erinnerten sie manchmal an die Ellen-Jamesianerinnen – oder an Ellen, wenn sie außer Fassung war –, aber nicht diesen Morgen. Das Baby spielte friedlich mit irgendwelchen Plastiksachen. Helen konnte Garps Schreibmaschine hören – das war alles.

Er schrieb drei Stunden. Die Schreibmaschine ratterte drei oder vier Seiten herunter und verstummte dann so lange, daß Helen schon meinte, Garp hätte aufgehört zu atmen; dann, wenn sie es schon vergessen hatte und in ihre Lektüre oder irgendeine Arbeit mit Jenny vertieft war, begann die Schreibmaschine wieder loszurattern.

Um halb zwölf hörte Helen, wie er Roberta Muldoon anrief. Garp wollte vor dem Ringtraining eine Partie Squash mit ihr spielen, ob Roberta sich von ihren «Girls», wie Garp die Stipendiatinnen der Fields Foundation nannte, loseisen könne.

«Wie geht's den Girls heute, Roberta?» fragte Garp.

Aber Roberta konnte nicht spielen. Helen hörte die Enttäuschung in Garps Stimme.

Später sollte die arme Roberta immer wieder sagen, sie hätte spielen *sollen*; wenn sie doch nur gespielt hätte, fuhr sie fort, sie hätte es vielleicht kommen sehen – vielleicht wäre sie in der Nähe gewesen, wachsam und sprungbereit, und hätte die Spur der realen Welt entdeckt, die Pfotenabdrücke, die Garp immer übersehen oder ignoriert hatte. Aber Roberta Muldoon konnte an diesem Tag nicht Squash spielen.

Garp schrieb noch eine halbe Stunde. Helen wußte, daß er einen Brief schrieb; irgendwie erkannte sie den Unterschied am Geräusch der Schreibmaschine. Er schrieb wegen *Meines Vaters Illusionen* an John Wolf; er freute sich darüber, welche Fortschritte das Buch machte. Er klagte darüber, daß Roberta ihre Arbeit zu

ernst nehme und sich nicht darum kümmere, daß ihre Form flöten-
gehe; keine *Verwaltungs*arbeit sei so viel Zeit wert, wie Roberta
sie für die Fields Foundation opferte. Garp schrieb, daß die niedrigen Verkaufszahlen der *Pension Grillparzer* in etwa seinen Erwartungen entsprächen; Hauptsache sei, daß es ein «zauberhaftes
Buch» sei – er schaue es sich gern an, und er verschenke es gern,
und die Wiedergeburt jener Erzählung sei eine Wiedergeburt für
ihn gewesen. Er schrieb, er rechne mit einer besseren Ringsaison
als letztes Jahr, obgleich er sein erstes Schwergewicht an eine
Knieoperation und seinen einzigen neuenglischen Meister an die
Reifeprüfung verloren habe. Er schrieb, das Zusammenleben mit
jemandem, der so viel lese wie Helen, sei irritierend und zugleich
anregend; er wünsche, er könne ihr etwas zu lesen geben, das sie
die anderen Bücher zuklappen lasse.

Um zwölf kam er und küßte Helen und streichelte ihre Brüste
und küßte die kleine Jenny, immer wieder, während er ihr einen
Winteranzug anzog, den Walt auch schon getragen hatte – und vor
Walt hatte sogar Duncan ihn schon ein wenig getragen. Als Ellen
James mit dem Auto zurückkam, fuhr Garp Jenny zum Kindertagesheim. Dann ging er kurz in Buster's Snack and Grill, auf seine
übliche Tasse Tee mit Zitrone, seine eine Mandarine und seine eine Banane. Das war sein ganzes Mittagessen, ehe er lief oder rang,
erläuterte er einem neuen Lehrer der englischen Abteilung – einem
jungen Mann, der frisch von der Universität kam und für Garps
Bücher schwärmte. Er hieß Donald Whitcomb, und bei seinem
nervösen Stottern erinnerte sich Garp voller Zuneigung an den
verblichenen Mr. Tinch und den schnelleren Puls, den er immer
noch bekam, wenn er an Alice Fletcher dachte.

An diesem speziellen Tag hatte Garp nichts als den Wunsch, mit
irgend jemandem über Schreiben zu reden, und der junge Whitcomb hatte nichts als den Wunsch, ihm zuzuhören. Don Whitcomb würde sich später erinnern, daß Garp ihm erzählte, was für
ein Gefühl es sei, einen Roman anzufangen. «Es ist, wie wenn
man versucht, die Toten zum Leben zu erwecken», sagte er.
«Nein, nein, das stimmt nicht – es ist mehr, wie wenn man versucht, jedermann für immer am Leben zu halten. Sogar diejenigen, die am Ende sterben müssen. Die vor allem muß man am Le-

ben halten.» Zuletzt sagte Garp es auf eine Weise, die ihm zu gefallen schien. «Ein Romancier ist ein Arzt, der nur unheilbare Fälle sieht», sagte Garp. Der junge Whitcomb war so beeindruckt, daß er es aufschrieb.

Jahre später sollte Whitcomb seiner Biographie wegen von sämtlichen Möchtegern-Biographen Garps beneidet und verachtet werden. Whitcomb vertrat die Meinung, daß diese Blütezeit in Garps Schaffen (wie Whitcomb sich ausdrückte) im Grunde auf seinem Gefühl für die Sterblichkeit beruhte. Der Anschlag, den die Ellen-Jamesianerin in dem schmutzigweißen Saab auf Garp verübt hatte, habe, behauptete Whitcomb, Garp das Gefühl der Dringlichkeit vermittelt, das nötig war, um ihn wieder zum Schreiben zu bringen. Helen würde diese These unterstützen.

Es war keine schlechte Idee, obwohl Garp sicher darüber gelacht hätte. Er hatte die Ellen-Jamesianerinnen wirklich vergessen, und er war nicht mehr vor ihnen auf der Hut. Aber unbewußt mag er das Gefühl der Dringlichkeit, von dem der junge Whitcomb sprach, gespürt haben.

In Buster's Snack and Grill bezauberte Garp den jungen Whitcomb, bis es Zeit zum Ringtraining war. Auf dem Weg nach draußen (das Zahlen überließ er Whitcomb, wie der junge Mann sich später gutmütig erinnerte) lief Garp Dekan Bodger in die Arme, der gerade drei Tage wegen irgendwelcher Herzbeschwerden im Krankenhaus gelegen hatte.

«Sie haben nichts gefunden», beschwerte sich Bodger.

«Aber sie haben wenigstens Ihr Herz gefunden?» fragte Garp ihn.

Der Dekan, der junge Whitcomb und Garp lachten alle drei. Bodger sagte, er habe nur *Die Pension Grillparzer* mit ins Krankenhaus genommen, und da es ein so kurzes Buch sei, habe er es dreimal ganz lesen können. Es sei eine düstere Krankenhauslektüre, sagte Bodger, allerdings könne er zu seiner Freude mitteilen, daß er den Traum der Großmutter noch nicht gehabt habe; also wisse er, daß er noch eine Weile zu leben habe. Bodger sagte, die Geschichte habe ihm sehr gefallen.

Whitcomb würde sich daran erinnern, daß Garp in diesem Moment verlegen wurde, obwohl er sich offensichtlich über Bodgers

Lob freute. Whitcomb und Bodger winkten ihm zum Abschied zu. Garp vergaß seine gestrickte Skimütze, aber Bodger erklärte Whitcomb, er werde sie Garp bringen – in die Turnhalle. Dekan Bodger sagte zu Whitcomb, er besuche Garp gern dann und wann im Ringraum. «Er ist dort so in seinem Element», sagte Bodger.

Donald Whitcomb war kein Ringfan, aber er äußerte sich begeistert über Garps Schreiben. Der junge und der alte Mann waren einer Meinung: Garp war ein Mann mit bemerkenswerter Energie.

Whitcomb erinnerte sich, daß er dann in sein kleines Apartment in einem der Schülerheime zurückging und versuchte, alles aufzuschreiben, was ihn an Garp beeindruckt hatte; er mußte diese Arbeit unterbrechen, um das Abendessen nicht zu verpassen. Als Whitcomb zum Speisesaal ging, war er einer der wenigen Leute von der Steering School, die noch nichts von dem gehört hatten, was inzwischen passiert war. Es war Dekan Bodger, der – mit rotgeränderten Augen, das Gesicht plötzlich um Jahre gealtert – den jungen Whitcomb auf dem Weg zum Speisesaal aufhielt. Der Dekan, der seine Handschuhe in der Turnhalle liegengelassen hatte, hielt Garps Skimütze mit seinen kalten Händen umklammert. Als Whitcomb sah, daß der Dekan Garps Mütze immer noch hatte, wußte er – auch ohne Bodger in die Augen zu sehen –, daß etwas passiert war.

Garp vermißte seine Mütze, sobald er auf den verschneiten Fußweg hinaustrat, der von Buster's Snack and Grill zur Seabrook-Turnhalle und zum gleichnamigen Sporthaus führte. Aber statt zurückzugehen und sie zu holen, schlug er sein gewohntes Tempo an und lief zur Turnhalle. Sein Kopf war kalt, als er sie, in weniger als drei Minuten, erreichte; seine Zehen waren ebenfalls kalt, und er wärmte sich in dem dampfenden Trainerzimmer die Füße, ehe er seine Ringerschuhe anzog.

Er sprach im Trainerzimmer kurz mit seinem 65-Kilo-Mann. Der Junge bekam gerade den kleinen Finger an den Ringfinger gepflastert, damit etwas, das ein anderer Trainer für nichts weiter als eine Verstauchung hielt, besser heilen konnte. Garp fragte, ob eine Röntgenaufnahme gemacht worden sei; sie war gemacht worden, und der Befund war negativ. Garp klopfte seinem 65-Kilo-

Mann auf die Schulter, fragte ihn nach seinem Gewicht, runzelte die Stirn bei der Antwort – die wahrscheinlich eine Lüge war, und trotzdem noch ungefähr zwei Kilo zuviel – und ging, um sich umzuziehen.

Er ging noch einmal kurz ins Trainerzimmer, ehe er zum Training ging. «Nur um sich ein bißchen Vaseline an das eine Ohr zu streichen», erinnerte sich der andere Trainer. Garp hatte ein Boxerohr, und die Vaseline machte sein Ohr glatt: er glaubte, dadurch werde es geschützt. Garp rang nicht gern mit Kopfschutz; die Ohrenschützer hatten nicht zur vorgeschriebenen Ausrüstung gehört, als er Ringer gewesen war, und er sah keinen Grund, jetzt welche zu tragen.

Er lief mit seinem 70-Kilo-Mann anderthalb Kilometer auf der Hallenbahn, ehe er den Ringraum aufschloß. Garp forderte den Jungen auf dem letzten Stück zu einem Spurt heraus, aber der 70-Kilo-Mann hatte größere Reserven als Garp und schlug ihn am Ende um einige Meter. Dann «spielte» Garp im Ringraum mit dem 70-Kilo-Mann – an Stelle des Warmwerdens. Er legte den Jungen mit Leichtigkeit auf die Matte, ungefähr fünf- oder sechsmal, und trieb ihn dann ungefähr fünf Minuten – oder bis der Junge Zeichen von Erschöpfung zeigte – über die Matte. Dann erlaubte Garp dem Jungen, ihn umzuhebeln; Garp ließ sich von dem 70-Kilo-Mann auf die Schultern legen und verteidigte sich als Untermann. Aber in Garps Rücken war ein Muskel, der verkrampft war, der sich nicht so dehnen wollte, wie er es gern gehabt hätte, und deshalb bat er den 70-Kilo-Mann, mit einem anderen der Jungen zu spielen. Garp setzte sich an die gepolsterte Wand, schwitzte glücklich und schaute zu, wie der Raum sich mit seiner Mannschaft füllte.

Er ließ sie auf ihre Weise warm werden – er haßte Freiübungen auf Kommando –, ehe er ihnen die ersten Griffe demonstrierte, die sie trainieren sollten. «Holt euch einen Partner, holt euch einen Partner», sagte er routinemäßig. Und er fügte hinzu: «Eric? Holen Sie sich einen *härteren* Partner, oder Sie müssen mit mir arbeiten.»

Eric, sein 60-Kilo-Mann, hatte sich angewöhnt, mit dem zweiten 52-Kilo-Mann, der Erics Zimmerkamerad und bester Freund war, durchs Training zu purzeln.

Als Helen in den Ringraum kam, war die Temperatur auf rund dreißig Grad gestiegen und kletterte weiter. Die Jungenpaare auf den Matten atmeten bereits schwer. Garp sah aufmerksam auf die Stoppuhr. «Noch eine Minute!» brüllte er. Als Helen an ihm vorbeiging, hatte er eine Pfeife im Mund – deshalb küßte sie ihn nicht.

Sie würde sich an die Pfeife und den unterbliebenen Kuß erinnern, so lange sie lebte – was sehr lange sein würde.

Helen ging in ihre gewohnte Ecke des Ringraums, wo man nicht leicht auf sie fallen konnte. Sie schlug ihr Buch auf. Ihre Brillengläser beschlugen; sie wischte sie ab. Sie hatte die Brille auf, als die Krankenschwester den Ringraum betrat, an der Ecke des Raums, die am weitesten von Helen entfernt war. Aber Helen blickte nie von ihrem Buch auf, außer wenn einer der Jungen laut auf die Matte klatschte oder einen ungewöhnlich lauten Schmerzensschrei von sich gab. Die Krankenschwester schloß hinter sich die Tür des Ringraums und ging schnell an den ringenden Körpern vorbei auf Garp zu, der seine Stoppuhr in der Hand und seine Pfeife im Mund hatte. Garp nahm die Pfeife aus dem Mund und brüllte: «Fünfzehn Sekunden!» Das war zugleich die Zeit, die *ihm* noch blieb. Garp steckte die Pfeife wieder in den Mund und holte Luft.

Als er die Krankenschwester sah, hielt er sie irrtümlich für die freundliche Krankenschwester, die Dotty hieß und ihm bei der Flucht von der ersten feministischen Beerdigung geholfen hatte. Garp beurteilte sie einfach nach ihren Haaren, die eisgrau und auf dem Kopf zu einem Zopf in Schneckenform geflochten waren – es war natürlich eine Perücke. Die Krankenschwester lächelte ihm zu. Es gab wahrscheinlich niemanden, dessen Gegenwart Garp so sorglos machte wie eine Krankenschwester; er erwiderte ihr Lächeln und warf einen Blick auf die Stoppuhr: zehn Sekunden.

Als Garp wieder zu der Krankenschwester aufblickte, sah er die Pistole. Er hatte gerade an seine Mutter Jenny Fields gedacht und wie sie ausgesehen haben mußte, als sie, vor nicht ganz zwanzig Jahren, in den Ringraum gekommen war. Jenny war damals jünger als diese Krankenschwester, dachte er gerade. Wenn Helen aufgeblickt und diese Krankenschwester gesehen hätte, hätte sie vielleicht irrtümlich gedacht, ihre verschollene Mutter habe endlich beschlossen, aus ihrem Versteck hervorzukommen.

Als Garp die Pistole sah, bemerkte er außerdem, daß es kein richtiges Schwesternkleid war; es war ein *Jenny Fields Original* mit dem charakteristischen roten Herzen auf der Brust. Dann sah Garp die Brüste der Krankenschwester – sie waren klein, aber sie waren zu fest und jugendlich-aufgerichtet für eine Frau mit eisgrauen Haaren; und ihre Hüften waren zu schmal, ihre Beine zu mädchenhaft. Als Garp wieder in das Gesicht blickte, sah er die Familienähnlichkeit: die kantige Kinnpartie, die Midge all ihren Kindern mitgegeben hatte, die fliehende Stirn, die Fat Stews Beitrag gewesen war. Diese Verbindung gab den Köpfen aller Percys die Konturen gewalttätiger, todbringender Kriegsschiffe.

Der erste Schuß riß ihm mit einem spitzen *Piep!* die Pfeife aus dem Mund und hatte zur Folge, daß ihm die Stoppuhr aus den Händen flog. Er sackte etwas zusammen. Die Matte war warm. Die Kugel hatte seinen Magen durchschlagen und war in seiner Wirbelsäule steckengeblieben. Auf der Stoppuhr waren noch knapp fünf Sekunden Zeit, als Bainbridge Percy ein zweites Mal feuerte; die Kugel traf Garps Brust und schleuderte ihn, immer noch in Sitzhaltung, gegen die gepolsterte Wand zurück. Die sprachlosen Ringer, die nur Jungen waren, schienen unfähig, sich zu rühren. Es war Helen, die Pu Percy auf die Matte legte und sie daran hinderte, einen dritten Schuß abzugeben.

Helens Schreie weckten die Ringer aus ihrer Erstarrung. Einer von ihnen, das zweite Schwergewicht, nagelte Pu Percy mit dem Bauch nach unten auf die Matte und zerrte ihre Hand mit der Pistole unter ihr hervor; sein hochsausender Ellbogen riß Helen die Lippe auf, aber Helen merkte es kaum. Der erste 65-Kilo-Mann, dessen kleiner Finger mit dem Ringfinger verpflastert war, rang Pu die Pistole aus der Hand, indem er ihr den Daumen brach.

In dem Augenblick, in dem ihr Knochen *knackte*, schrie Pu Percy; selbst Garp sah, was aus ihr geworden war – der Eingriff mußte neueren Datums sein: in Pu Percys offenem, kreischendem Mund konnte fast jeder, der in ihrer Nähe war, die schwarze Ansammlung von Stichen sehen, die sich ameisengleich auf dem Stumpf dessen drängten, was einst ihre Zunge gewesen war. Das zweite Schwergewicht hatte solche Angst vor Pu, daß es sie zu heftig nach unten preßte und ihr eine ihrer Rippen brach; Bainbridge Percys kürzlich ausgebrochener Wahnsinn – eine Ellen-Jamesianerin zu werden – war ohne Zweifel schmerzhaft für sie.

«'ne!» schrie sie. «'mmte 'ne!» Ein «'mmtes 'n» war ein ‹verdammtes Schwein›, aber man mußte eine Ellen-Jamesianerin sein, um Pu Percy jetzt zu verstehen.

Der erste 65-Kilo-Mann streckte die Pistole auf Armeslänge von sich, mit der Mündung nach unten zur Matte und in eine leere Ekke des Ringraums. «'n!» würgte Pu ihn an, aber der zitternde Junge starrte auf seinen Trainer.

Helen hielt Garp fest; er begann, an der Wand nach unten zu rutschen. Er konnte nicht sprechen, das wußte er; er konnte nicht fühlen, er konnte nichts berühren. Er hatte nur einen geschärften Geruchssinn, sein kurzes Augenlicht und seine lebhafte Erinnerung.

Garp war zum erstenmal froh, daß Duncan sich nicht fürs Ringen interessierte. Dank seiner Vorliebe fürs Schwimmen blieb es Duncan erspart, das hier zu sehen; Garp wußte, daß Duncan jetzt gerade aus der Schule kommen oder schon am Swimmingpool sein würde.

Garp tat es leid für Helen – daß sie da war –, aber er war auch glücklich, ihren Duft ganz nahe bei sich zu haben. Er kostete ihn aus, neben jenen anderen intimen Gerüchen im Ringraum von Steering. Wenn er hätte sprechen können, würde er zu Helen gesagt haben, sie solle sich nicht mehr vor dem Sog fürchten. Er wurde sich zu seiner Überraschung bewußt, daß der Sog kein Fremder war, nicht einmal geheimnisvoll war; der Sog war sehr vertraut – als hätte er ihn schon immer gekannt, als wäre er mit ihm aufgewachsen. Er war nachgiebig wie die warmen Ringmatten; er roch wie der Schweiß sauberer Jungen – und wie Helen, die erste und letzte Frau, die Garp liebte. Der Sog, Garp wußte es jetzt, konnte sogar aussehen wie eine Krankenschwester: eine Person, die mit dem Tod vertraut war und dafür ausgebildet wurde, auf Schmerzen praktisch zu reagieren.

Als Dekan Bodger die Tür des Ringraums mit Garps Skimütze in der Hand öffnete, hatte Garp keinen Zweifel daran, daß der Dekan wieder einmal gekommen war, um die Rettungsmannschaft zu organisieren – um den Körper aufzufangen, der vom Nebengebäude des Krankenreviers, vier Stockwerke über der sicheren Welt, herabfiel. Die Welt war nicht sicher. Dekan Bodger, Garp wußte es, würde sein Bestes tun, um zu helfen; Garp lächelte ihn dankbar an, auch Helen – und auch seine Ringer; einige von ihnen weinten jetzt. Garp blickte sein schluchzendes zweites Schwergewicht, das Pu Percy auf die Matte preßte, voll Zärtlichkeit an; Garp wußte, was für eine harte Saison der arme, dicke Junge nun vor sich hatte.

Garp blickte Helen an; die Augen waren alles, was er bewegen konnte. Helen, das sah er, versuchte zurückzulächeln. Mit den Augen versuchte Garp, sie zu beruhigen: Keine Sorge – was soll's, wenn es kein Leben nach dem Tod gibt? Es gibt Leben nach Garps Tod, glaub mir. Selbst wenn es nur Tod nach dem Tod (nach dem Tod) gibt, sei dankbar für kleine Lichtblicke – manchmal gibt es zum Beispiel eine Geburt nach Sex. Und wenn du sehr viel Glück hast, gibt es manchmal Sex nach einer Geburt! O ja, dats tstimmt, wie Alice Fletcher sagen würde. Und wenn Leben in dir ist, sagten Garps Augen, besteht Hoffnung, daß Energie in dir sein wird. Und vergiß nie, Helen, es gibt die Erinnerung, teilten seine Augen ihr mit.

«In der Welt, so wie Garp sie sah», sollte der junge Donald Whitcomb schreiben, «sind wir verpflichtet, uns an alles zu erinnern.»

Garp starb, ehe man ihn aus dem Ringraum tragen konnte. Er war dreiunddreißig, genauso alt wie Helen. Ellen James war gerade zwanzig. Duncan dreizehn. Die kleine Jenny Garp würde bald drei werden. Walt wäre jetzt acht gewesen.

Die Nachricht von Garps Tod machte den sofortigen Druck einer dritten und vierten Auflage des Vater-und-Sohn-Buches *Die Pension Grillparzer* erforderlich. Ein langes Wochenende trank John Wolf zuviel und dachte daran, sich aus dem Verlagsgeschäft zurückzuziehen; manchmal war ihm speiübel, wenn er sah, wie ein gewaltsamer Tod das Geschäft förderte. Aber es tröstete Wolf zu wissen, wie Garp die Nachricht aufgenommen hätte. Selbst Garp hätte sich nicht vorstellen können, daß sein Tod besser sein würde als ein Selbstmord, was die Begründung seiner literarischen Ernsthaftigkeit und seines Ruhms betraf. Nicht schlecht für jemanden, der mit dreiunddreißig eine gute Kurzgeschichte und vielleicht anderthalb gute Romane – von dreien – geschrieben hatte. Garps ungewöhnliche Art zu sterben war so perfekt, daß John Wolf lächeln mußte, als er sich vorstellte, wie Garp sich darüber gefreut hätte. Es war ein Tod, dachte Wolf, der mit seiner wahllosen, dummen und überflüssigen – seiner komischen und häßlichen und bizarren – Art alles unterstrich, was Garp je darüber geschrieben hatte, wie die Welt funktioniert. Es war eine Sterbeszene, sagte John Wolf zu Jillsy Sloper, wie sie nur Garp hätte schreiben können.

Helen sollte bitter bemerken, wenn auch nur ein einziges Mal, daß Garps Tod in Wirklichkeit doch so etwas wie Selbstmord gewesen war. «In dem Sinn, daß sein ganzes *Leben* Selbstmord war», sagte sie geheimnisvoll. Sie würde später erläutern, sie habe damit nur gemeint, «daß er die Leute zu zornig machte».

Er hatte Pu Percy zornig gemacht; soviel zumindest war klar.

Er brachte andere dazu, daß sie ihm – geringen oder seltsamen – Tribut zollten. Dem Friedhof der Steering School wurde die Ehre zuteil, seinen Grabstein aufzunehmen, wenn auch nicht seinen Körper; wie der seiner Mutter, ging auch Garps Körper an die Medizin. Die Steering School beschloß außerdem, ihn zu ehren, indem sie eines ihrer restlichen Gebäude, das noch nicht nach jemandem benannt war, nach ihm benannte. Es war die Idee des alten Dekan Bodger. Wenn es ein Jenny Fields-Haus gebe, das Krankenrevier, argumentierte der gute Dekan, dann solle das Nebengebäude des Krankenreviers in Zukunft Garp-Annex heißen.

In späteren Jahren sollte sich die Funktion dieser Gebäude leicht ändern, obwohl sie ihren Namen, Fields-Haus und Garp-Annex, behalten sollten. Das Fields-Haus sollte eines Tages der alte Flügel des neuen Krankenhauses von Steering werden; der Garp-Annex sollte ein vorwiegend für Lagerzwecke benutztes Gebäude werden – eine Art Speicherhaus für Klinik-, Küchen- und Unterrichtsbedarf. Garp hätte die Vorstellung wahrscheinlich gefallen, daß ein Speicher seinen Namen trug. Er schrieb einmal, ein Roman sei «nur ein Platz zum Speichern – all der wichtigen Dinge, die ein Romancier im Leben nicht benutzen kann».

Ihm hätte auch die Vorstellung eines Epilogs gefallen – hier ist er also: ein Epilog, «um uns vor der Zukunft zu warnen», wie T. S. Garp ihn sich vielleicht ausgedacht hätte.

Alice und Harrison Fletcher blieben verheiratet, durch dick und dünn – ihre Ehe hielt nicht zuletzt deshalb, weil Alice Schwierigkeiten hatte, mit irgend etwas Schluß zu machen. Ihr einziges Kind, eine Tochter, spielte Cello, jenes große und sperrige und seidenstimmige Instrument, und zwar auf eine so anmutige Weise, daß die reinen, tiefen Klänge jedesmal für Stunden Alices Sprachfehler verschlimmerten. Harrison, der kurz darauf einen festen Lehrauftrag bekam und behielt, überwand seinen Hang zu seinen hübscheren Studentinnen ungefähr zu der Zeit, als seine begabte Tochter sich als ernsthafte Musikerin durchzusetzen begann.

Alice, die ihren zweiten Roman nie beenden sollte, sowenig wie ihren dritten oder vierten, sollte auch nie ein zweites Kind bekommen. Sie blieb im Schriftlichen geschmeidig flüssig und im Fleischlichen unfertig. Alice verliebte sich nie wieder in dem Maß in «andere Männer», wie sie sich in Garp verliebt hatte; selbst in ihrer Erinnerung war er eine Leidenschaft, die genug Kraft besaß, um zu verhindern, daß sie Helen je näherkam. Und Harrys alte Zuneigung zu Helen schien sich mit jeder seiner flüchtigen Affären weiter zu verflüchtigen, bis die Fletchers die überlebenden Garps kaum noch im Auge behielten.

Einmal traf Duncan Garp die Tochter der Fletchers in New York, nach ihrem Jungfernsolo mit dem Cello in jener gefährlichen Stadt; Duncan ging mit ihr essen.

«Sieht er so aus wie seine Mutter?» fragte Harrison das Mädchen.

«Ich kann mich nicht sehr gut an sie erinnern», sagte die Tochter.

«Hat er dir *Avantsen* gemacht?» fragte Alice.

«Ich *glaube*, nicht», sagte ihre Tochter, deren erster und meistgeliebter Partner immer jenes breithüftige Cello bleiben würde.

Die Fletchers, sowohl Harry als auch Alice, sollten in ihrem reifen mittleren Alter auf der Reise nach Martinique, wo sie die Weihnachtsferien verbringen wollten, mit dem Flugzeug abstürzen. Eine von Harrisons Studentinnen hatte sie zum Flughafen gefahren.

«Wenn man in Neuengland lebt», vertraute Alice der Studentin an, «ist man tsich einen Urlaub in der *Tsonne* schuldig. Nicht wahr, Harritson?»

Helen hatte immer gefunden, daß Alice «ein bißchen meschugge» sei.

Helen Holm, die meiste Zeit ihres Lebens als Helen Garp bekannt, sollte lange, sehr lange leben. Helen, eine schlanke, dunkelhaarige Frau mit einem interessanten Gesicht und einer präzisen Ausdrucksweise, würde ihre Liebhaber haben, aber nie wieder heiraten. Jeder Liebhaber litt unter Garps Anwesenheit – nicht nur in Helens unerbittlicher Erinnerung, sondern auch in den konkreten Dingen, mit denen Helen sich in ihrem Haus in Steering, das sie kaum je verließ, umgab: da waren zum Beispiel Garps Bücher und alle Fotografien, die Duncan von ihm gemacht hatte, und sogar Garps Ringertrophäen.

Helen sagte immer wieder, sie könne Garp nie verzeihen, daß er so jung gestorben sei und sie gezwungen habe, einen so großen Teil ihres Lebens allein zu sein – er habe sie außerdem so verwöhnt, erklärte sie, daß sie nie ernsthaft die Möglichkeit erwägen werde, mit einem anderen Mann zusammen zu leben.

Helen wurde eine der angesehensten Lehrkräfte, die die Steering School je gehabt hatte, obwohl sie ihre sarkastische Einstellung zu der Schule nie aufgab. Sie hatte dort einige Freunde, aber nur wenige: den alten Dekan Bodger, bis er starb, und den jungen Forscher Donald Whitcomb, der Helen so verfallen sollte, wie er Garps Werk verfallen war. Außerdem war da noch eine Frau, eine Bildhauerin, eine Künstlerin mit Wohnrecht – Roberta hatte Helen mit ihr bekannt gemacht.

John Wolf war ein lebenslanger Freund, dem Helen stückweise, aber nie ganz, den Erfolg vergab, den er hatte, als er Garp zu einem Erfolg machte. Helen und Roberta blieben sich ebenfalls nahe – Helen begleitete Roberta gelegentlich bei einem ihrer berühmten Zwischenspiele nach New York. Die beiden, die älter und exzentrischer wurden, kommandierten die Fields Foundation jahrelang herum. Ihre geistvollen Kommentare über die Außenwelt wurden in Dog's Head Harbor fast so etwas wie eine

Touristenattraktion; von Zeit zu Zeit, wenn Helen einsam war oder sich in Steering langweilte – als ihre Kinder erwachsen waren und woanders ihr eigenes Leben lebten –, zog sie ein paar Tage zu Roberta in Jenny Fields' altes Haus. Dort war immer etwas los. Als Roberta starb, schien Helen um zwanzig Jahre zu altern.

Sehr spät in ihrem Leben – und erst nachdem sie Duncan gegenüber geklagt hatte, daß sie alle ihre liebsten Zeitgenossen überlebt habe – wurde Helen Holm plötzlich von einem Leiden befallen, das die Schleimhäute des Körpers in Mitleidenschaft zieht. Sie sollte im Schlaf sterben.

Sie hatte es geschafft, viele zynische Biographen zu überleben, die auf ihren Tod warteten, damit sie sich auf alles stürzen konnten, was von Garp übriggeblieben war. Sie hatte seine Briefe, das unvollendete Manuskript von *Meines Vaters Illusionen*, die meisten seiner Tagebücher und Notizen gehütet. Sie erklärte all den Möchtegern-Biographen, genau wie *er* es getan hätte: «Lesen Sie das Werk. Vergessen Sie das Leben.»

Sie schrieb selbst mehrere Aufsätze, die in der Fachwelt sehr stark beachtet wurden. Einer hieß «Der Abenteuerinstinkt beim Erzählen». Es war eine vergleichende Untersuchung der Erzähltechnik Joseph Conrads und Virginia Woolfs.

Helen sah sich immer als Witwe mit *drei* Kindern – Duncan, der kleinen Jenny und Ellen James, die Helen alle überlebten und bei ihrem Tod viele Tränen vergossen. Sie waren zu jung und zu überrascht gewesen, um für Garp ebenso viele Tränen zu vergießen.

Dekan Bodger, der bei Garps Tod fast so viele Tränen vergoß wie Helen, blieb so treu wie ein Bullterrier, und so unermüdlich. Noch lange nach seiner Pensionierung suchte er nachts den Campus der Steering School ab, wenn er nicht schlafen konnte; dann und wann erwischte er Herumtreiber oder Liebende, die auf den Fußwegen herumschlichen oder sich an den schwammigen Boden drückten – unter den weichen Büschen, an den schönen alten Gebäuden und so fort.

Bodger blieb so lange in Steering tätig, wie Duncan Garp brauchte, um seine Abschlußprüfung zu machen. «Ich habe deinen Vater durchgebracht, mein Junge», erklärte der Dekan. «Ich werde dich auch durchbringen. Und wenn man mich läßt, werde ich bleiben, um deine Schwester durchzubringen.» Aber man zwang ihn schließlich, sich pensionieren zu lassen; man berief sich, wenn man allein war, neben anderen Problemen auf seine Angewohnheit, beim Gottesdienst Selbstgespräche zu führen, und auf die bizarren mitternächtlichen Festnahmen von Jungen und Mädchen, die nach dem Zapfenstreich draußen ertappt worden waren. Man erwähnte auch das öfter wiederkehrende Trugbild des Dekans: daß es der kleine Garp gewesen sei, den er – eines Nachts, vor vielen Jahren – aufgefangen habe, und keine Taube. Bodger weigerte sich, vom Campus zu ziehen, selbst als er im Ruhestand war, und trotz – oder vielleicht wegen – seiner Halsstarrigkeit wurde er der meistgeehrte Emeritus von Steering. Man holte ihn zu allen Schulfeiern; man geleitete ihn aufs Podium, stellte ihn Leuten vor, die nicht wußten, wer er war, und dann brachte man ihn wieder fort. Vielleicht duldete man sein sonderbares Benehmen, weil man ihn bei diesen würdigen Anlässen vorführen konnte; noch bis weit in die Siebziger sollte Bodger zum Beispiel – manchmal wochenlang ohne Unterbrechung – überzeugt sein, er wäre *immer* noch Dekan.

«Sie *sind* Dekan, wirklich», zog Helen ihn gern auf.

«Natürlich bin ich das!» polterte Bodger.

Sie sahen sich oft, und als Bodger tauber und tauber wurde, sah man ihn immer häufiger am Arm dieser netten Ellen James, die ihre eigene Art hatte, mit Leuten zu reden, die nicht hören konnten.

Dekan Bodger blieb sogar der Ringermannschaft von Steering treu, deren glorreiche Jahre bald aus dem Gedächtnis der meisten verschwanden. Die Ringer sollten nie wieder einen Trainer vom Format Ernie Holms oder auch Garps haben. Sie wurden eine Verlierermannschaft, und doch hielt Bodger immer zu ihnen und feuerte den armen Jungen von der Steering School, der auf den Rücken plumpste und gleich auf die Schultern gelegt wurde, die ganze zweite Runde an.

Bodger starb bei einem Ringkampf. In der All-Kategorie – bei einem ungewöhnlich ausgeglichenen Kampf – flunderte das Schwergewicht von Steering mit seinem ebenso erschöpften und mitgenommenen Gegner herum; wie gestrandete Walbabies zappelten sie nach der Oberhand oder nach Gutpunkten, während die Uhr ablief. «Fünfzehn Sekunden!» brüllte der Mattenleiter. Die großen Jungen mühten sich ab. Bodger sprang auf, stampfte und drängte. «Gott!» kreischte er – sein Deutsch brach sich zu guter Letzt Bahn.

Als die Runde zu Ende war und die Tribüne sich leerte, blieb der pensionierte Dekan zurück – tot auf seinem Sitz. Es bedurfte viel Zuspruchs von Helen, bis der empfindsame junge Whitcomb seinen Kummer über den Verlust Bodgers in die Gewalt bekam.

Donald Whitcomb schlief nie mit Helen, trotz aller Gerüchte unter den neidischen Möchtegern-Biographen, die danach gierten, Hand an Garps Eigentum und Garps Witwe zu legen. Whitcomb würde sein ganzes Leben, das er praktisch damit zubrachte, sich an der Steering School zu verstecken, ein mönchischer Eremit sein. Es war sein großes Glück, daß er dort Garp entdeckt hatte, kurz bevor Garp starb, und es war auch sein großes Glück, daß Helen sich mit ihm anfreundete und ihn bemutterte. Sie traute ihm zu, daß er ihren Mann womöglich noch kritikloser anbetete als sie.

Der arme Whitcomb würde immer «der junge Whitcomb» genannt werden, auch wenn er nicht immer jung sein würde. In seinem Gesicht wuchs kein richtiger Bart, und seine Wangen blieben immer rosig – unter seinen braunen, seinen grauen, seinen zuletzt schlohweißen Haaren. Wenn er sprach, würde es immer ein eifriges Stammeln sein, und seine Hände würden immer miteinander ringen. Aber ihm und keinem anderen würde Helen die Zeugnisse der Familie und des schriftstellerischen Schaffens Garps anvertrauen.

Er sollte Garps Biograph sein. Helen las alles bis auf das letzte Kapitel, mit dem Whitcomb jahrelang wartete: es war das Kapitel, das ihr Lob sang. Whitcomb war *der* Garp-Forscher, die höchste Garp-Autorität. Er besaß die Mickrigkeit, die ihn zum Biographen prädestinierte, scherzte Duncan immer. Er war vom Standpunkt der Familie Garp ein guter Biograph; Whitcomb glaubte alles, was Helen ihm erzählte, er glaubte jede Notiz, die Garp hinterlassen hatte – oder jede Notiz, von der Helen ihm *erzählte*, daß Garp sie hinterlassen habe.

«Das Leben», schrieb Garp, «ist leider *nicht* so gebaut wie ein guter altmodischer Roman. Vielmehr endet es, wenn sich diejenigen, die sich erschöpfen sollen, erschöpft haben. Alles, was bleibt, ist die Erinnerung. Aber selbst ein Nihilist hat Erinnerungen.»

Whitcomb liebte Garp sogar in seinen schrulligsten und prätentiösesten Augenblicken.

Unter Garps Sachen fand Helen folgende Mitteilung.

«Was auch immer meine verdammten letzten Worte waren, sag bitte, es seien diese gewesen: ‹Ich habe immer gewußt, daß das Streben nach Vortrefflichkeit eine tödliche Angewohnheit ist.›»

Donald Whitcomb, der Garp absolut unkritisch liebte – so wie Hunde und Kinder lieben –, sagte, dies seien tatsächlich Garps letzte Worte gewesen.

«Wenn Whitcomb es sagt, dann waren sie es», sagte Duncan immer.

Jenny Garp und Ellen James – auch sie waren damit einverstanden.

> *Es war eine Familienpflicht – Garp vor den Biographen*
> *zu bewahren,*

schrieb Ellen James.

«Und warum nicht?» fragte Jenny Garp. «Was schuldet er der *Öffentlichkeit*? Er sagte immer, er sei nur für andere Künstler dankbar, und den Leuten, die ihn *liebten*.»

> *Wer sonst verdient es also, jetzt ein Stück von ihm zu haben?*

schrieb Ellen James.

Donald Whitcomb erfüllte sogar Helens letzte Bitte. Obwohl Helen alt war, kam ihre letzte Krankheit plötzlich, und ausgerechnet Whitcomb verteidigte den Wunsch, den sie auf dem Sterbebett äußerte. Helen wollte nicht auf dem Schulfriedhof von Steering beerdigt werden, neben Garp und Jenny und ihrem Vater und Fat Stew – und all den anderen. Sie sagte, der *Gemeinde*friedhof reiche ihr völlig. Sie wollte auch nicht der Medizin dienen; da sie so alt war, sei sie überzeugt, daß von ihrem Körper wenig übrigbleiben werde, das irgend jemandem von Nutzen sein könne. Sie wolle verbrannt werden, erklärte sie Whitcomb, und ihre Asche solle in den Besitz von Duncan und Jenny Garp und Ellen James übergehen. Nach der Beisetzung eines Teils der Asche könnten sie mit der restlichen Asche tun, was sie wollten, aber sie sollten sie *nirgends* auf dem Gelände der Steering School verstreuen. Sie wolle verdammt sein, sagte Helen zu Whitcomb, wenn die Steering School, die keine weiblichen Schüler zugelassen habe, als sie in dem Alter gewesen sei, jetzt irgendeinen Teil von ihr bekomme. Der Grabstein auf dem Gemeindefriedhof, erklärte sie Whitcomb, solle einfach die Inschrift bekommen, sie sei Helen Holm, die Tochter des Ringtrainers Ernie Holm, und habe die Steering School nicht besuchen dürfen, weil sie ein Mädchen gewesen sei; außerdem sei sie die liebende Ehefrau des Romanciers T. S. Garp gewesen, dessen Grabstein jeder auf dem Schulfriedhof der Steering School sehen könne, weil er ein Junge gewesen sei.

Whitcomb erfüllte diesen Wunsch, der Duncan besonders amüsierte.

«*Das* hätte Dad bestimmt gefallen!» sagte Duncan immer wieder. «Mann, ich höre ihn richtig!»

Und wie sehr Jenny Fields Helens Entschluß begrüßt haben würde, darauf wiesen Jenny Garp und Ellen James bei jeder Gelegenheit hin.

Ellen James sollte Schriftstellerin werden, als sie groß war. Sie hatte «das, worauf es ankommt», wie Garp vermutet hatte. Ihre beiden Mentoren – Garp und der Geist seiner Mutter Jenny Fields – würden sich für Ellen irgendwie als eine zu große Hypothek erweisen; ihretwegen würde sie nie viel Sachliches oder Belletristisches schreiben. Sie wurde eine sehr gute Lyrikerin – obwohl sie natürlich keine richtigen Dichterlesungen machen konnte.

Ihr wunderschöner erster Gedichtband, *Reden an Pflanzen und Tiere*, hätte Garp und Jenny Fields sehr stolz auf sie gemacht; er machte Helen sehr stolz auf sie – sie waren gute Freunde, und sie waren auch wie Mutter und Tochter.

Ellen James würde die Ellen-Jamesianerinnen natürlich überleben. Garps Ermordung trieb sie noch tiefer in den Untergrund, und wenn sie im Laufe der Jahre gelegentlich hervorkamen, dann großenteils verkleidet und sogar verlegen.

Hallo! Ich bin stumm,

lauteten ihre Mitteilungen zuletzt. Oder:

Ich hatte einen Unfall – kann nicht sprechen. Aber ich schreibe ganz gut, wie Sie sehen.

«Sie sind doch nicht eine von diesen Ellen-Soundsos?» wurden sie gelegentlich gefragt.

Eine was?

lernten sie zu antworten. Und die ehrlicheren von ihnen schrieben:

Nein. Nicht mehr.

Jetzt waren sie nur noch Frauen, die nicht sprechen konnten. Ohne aufzufallen, arbeiteten die meisten von ihnen hart, um herauszufinden, was sie tun *konnten*. Die meisten von ihnen halfen dann, auf konstruktive Weise, denjenigen, die auch irgend etwas nicht tun konnten. Sie waren sehr geschickt darin, benachteiligten Menschen zu helfen, und sie waren sehr geschickt darin, Menschen zu helfen, die sich zu sehr bemitleideten. Ihre Etiketten fielen immer mehr von ihnen ab, und eine dieser sprachlosen Frauen nach der anderen legte sich eine Bezeichnung zu, die sie mehr verdient hatte.

Einige von ihnen bekamen für die Dinge, die sie taten, sogar Stipendien der Fields Foundation.

Einige von ihnen versuchten natürlich weiterhin, Ellen-Jamesianerinnen zu sein – in einer Welt, die bald vergaß, was eine Ellen-Jamesianerin war. Manche Leute dachten, die Ellen-Jamesianerinnen seien eine Bande von Kriminellen, die um die Mitte des Jahrhunderts kurz von sich reden machte. Andere verwechselten sie ironischerweise mit eben den Leuten, gegen die die Ellen-

Jamesianerinnen ursprünglich protestiert hatten: den Vergewaltigern. Eine Ellen-Jamesianerin schrieb Ellen James, sie habe aufgehört, eine Ellen-Jamesianerin zu sein, als sie ein kleines Mädchen gefragt hatte, ob sie wisse, was eine Ellen-Jamesianerin sei.

«Eine, die kleine Jungen vergewaltigt?» antwortete das kleine Mädchen.

Es gab auch einen schlechten, aber sehr erfolgreichen Roman, der ungefähr zwei Monate nach Garps Ermordung erschien. Es brauchte drei Wochen, um ihn zu schreiben, und fünf Wochen, um ihn zu veröffentlichen. Er hieß *Bekenntnisse einer Ellen-Jamesianerin*, und er trug erheblich dazu bei, die Ellen-Jamesianerinnen noch mehr zu verrückten Außenseitern zu machen. Der Roman war natürlich von einem Mann geschrieben. Sein letzter Roman hatte *Bekenntnisse eines Pornokönigs* geheißen, und der vorletzte hatte *Bekenntnisse eines Kinderhändlers* geheißen. Und so fort. Er war ein durchtriebener, böser Mensch, der ungefähr alle sechs Monate in eine andere Haut schlüpfte.

Einer seiner grausam-gezwungenen Witze in *Bekenntnisse einer Ellen-Jamesianerin*, war der, daß er die Erzählerin und Heldin als eine Lesbierin schildert, der erst *nach* dem Abschneiden ihrer Zunge klar wird, daß sie sich auch als Geliebte disqualifiziert hat.

Der Erfolg dieses vulgären Machwerks genügte, um einige Ellen-Jamesianerinnen in tödliche Verlegenheit zu bringen. Es kam sogar zu Selbstmorden. «Bei Leuten», schrieb Garp, «die nicht sagen können, was sie meinen, kommt es immer zu Selbstmorden.»

Aber am Ende machte Ellen James sie ausfindig und freundete sich mit ihnen an. Es war, dachte sie, genau das, was Jenny Fields getan hätte. Ellen veranstaltete zusammen mit Roberta Muldoon, die eine große tragende Stimme hatte, Rezitationsabende. Roberta pflegte Ellens Gedichte zu rezitieren, während Ellen neben ihr saß und aussah, als wünschte sie sich verzweifelt, ihr Gedicht selbst rezitieren zu können. Das lockte eine Menge Ellen-Jamesianerinnen, die sich wünschten, auch *sie* könnten sprechen, aus dem Versteck. Ein paar von ihnen wurden Ellens Freundinnen.

Ellen James sollte nie heiraten. Sie mag dann und wann einen Mann gekannt haben, aber mehr weil er ebenfalls Lyriker war, und weniger weil er ein Mann war. Sie war eine gute Lyrikerin und eine glühende Feministin, die glaubte, daß sie so leben sollte wie Jenny Fields, und die ans Schreiben glaubte – mit der Energie und der persönlichen Vision eines T. S. Garp. Sie war, mit anderen Worten, hartnäckig genug, um eigene Meinungen zu haben, und außerdem war sie nett zu anderen Leuten. Ellen würde einen lebenslangen Flirt mit Duncan Garp haben – der im Grunde ihr jüngerer Bruder war.

Ellen James' Tod sollte Duncan viel Kummer bereiten. Ellen wurde, in fortgeschrittenem Alter – ungefähr zu der Zeit, in der sie Roberta als Leiterin der Fields Foundation nachfolgte –, Langstreckenschwimmerin. Ellen konnte zuletzt mehrmals über die breite Meerenge von Dog's Head Harbor schwimmen. Ihre letzten und besten Gedichte benutzten das Schwimmen und «des Ozeans Lockung» als Metaphern. Aber Ellen blieb ein Mädchen aus dem Mittelwesten, das den Sog nie richtig verstand; an einem kalten Herbsttag, als sie zu erschöpft war, erwischte er sie.

«Wenn ich schwimme», schrieb sie an Duncan, «muß ich daran denken, wie anstrengend, aber auch elegant die Diskussionen mit Deinem Vater waren. Außerdem kann ich fühlen, wie begierig das Meer ist, an mich *heran*zukommen – an meine trockene Mitte, mein landumschlossenes kleines Herz heranzukommen. Meinen landumschlossenen kleinen Hintern, würde Dein Vater sicher sagen. Aber wir necken einander, das Meer und ich. Ich nehme an, *Du* schmutziger Kerl sagst jetzt, das sei mein Ersatz für Sex.»

Florence Cochran Bowlsby, die Garp besser unter dem Namen Mrs. Ralph kannte, sollte ein Leben frivoler Ausgelassenheit führen, ohne je einen Ersatz für Sex zu finden – oder, so schien es, zu brauchen. Sie machte tatsächlich ihren Dr. phil. in vergleichender Literaturwissenschaft und bekam schließlich von einer großen und konfusen Englischfakultät, deren Angehörige einzig und allein das Entsetzen vor ihr verband, einen festen Lehrauftrag. Sie hatte, zu verschiedenen Zeitpunkten, neun der dreizehn ordentlichen Professoren – die abwechselnd in ihr Bett gelassen und dann wieder hinausgeekelt wurden – verführt und verhöhnt. Ihre Studenten sprachen von ihr als «Lehrbombe», so daß sie wenigstens anderen Leuten, wenn schon nicht sich selbst, ein gewisses Selbstvertrauen auf einem anderen Gebiet als dem des Sex demonstrierte.

Ihre geschlagenen Liebhaber, deren eingezogene Schwänze Mrs. Ralph an die Art und Weise erinnerten, wie Garp einmal ihr Haus verlassen hatte, sprachen so gut wie überhaupt nicht von ihr.

Von Mitgefühl überwältigt, war Mrs. Ralph bei der Nachricht von Garps schrecklichem Tod eine der ersten, die an Helen schrieben. «Er hatte etwas Verführerisches», schrieb Mrs. Ralph, «dessen Nichtmaterialisierung ich immer bedauert, aber respektiert habe.»

Helen wurde die Frau, mit der sie gelegentlich korrespondierte, schließlich richtig sympathisch.

Roberta Muldoon hatte ebenfalls Gelegenheit, mit Mrs. Ralph zu korrespondieren, deren Antrag auf ein Stipendium der Fields Foundation zurückgewiesen wurde. Roberta war einigermaßen überrascht über die Mitteilung, die Mr. Ralph daraufhin der Fields Foundation schickte.

Steckt es euch sonstwohin,

lautete die Mitteilung. Mrs. Ralph ließ sich nicht gern zurückweisen.

Ihr eigenes Kind, Ralph, sollte vor ihr sterben; Ralph wurde ein recht guter Journalist und kam, wie William Percy, in einem Krieg ums Leben.

Bainbridge Percy, die Garp besser unter dem Namen Pu kannte, sollte lange, sehr lange leben. Der letzte einer ganzen Reihe von Psychiatern würde behaupten, er habe sie rehabilitiert, aber vielleicht kam Pu Percy einfach mit einem solchen *Widerwillen* aus der Analyse – und einer Reihe von Nervenkliniken –, daß sie nur deshalb nicht wieder gewalttätig wurde.

Wie man es auch schaffte, Pu wurde jedenfalls nach sehr langer Zeit wieder für soziale Kontakte freigegeben; sie trat wieder ins öffentliche Leben ein, als funktionierendes, wenn auch nicht sprechendes Mitglied der Gesellschaft, mehr oder weniger ungefährlich und (schließlich) nützlich. Als sie fünfzig war, begann sie sich für Kinder zu interessieren; besonders geschickt und geduldig arbeitete sie mit den geistig behinderten. Durch diese Arbeit kam sie oft mit anderen Ellen-Jamesianerinnen zusammen, die auf ihre unterschiedliche Art ebenfalls rehabilitiert – oder zumindest weitgehend umgemodelt – waren.

Fast zwanzig Jahre lang sollte Pu ihre tote Schwester Cushie nicht erwähnen, aber ihre Zuneigung zu Kindern brachte sie irgendwann durcheinander. Mit vierundfünfzig schaffte sie es, schwanger zu werden (kein Mensch konnte sich vorstellen, wie), und sie wurde wieder zur Beobachtung in eine Nervenklinik eingewiesen, wo sie felsenfest glaubte, sie würde im Kindbett sterben. Als das nicht geschah, wurde Pu eine aufopfernde Mutter; außerdem setzte sie ihre Arbeit mit den Behinderten fort. Pu Percys eigenes Kind, eine Tochter, für die die gewalttätige Vergangenheit ihrer Mutter in ihrem späteren Leben ein schwerer Schock sein würde, war zum Glück *nicht* behindert; sie hätte Garp übrigens an Cushie erinnert.

Pu Percy, sagten manche Leute, wurde ein positives Beispiel für alle, die endgültig die Todesstrafe abschaffen wollten: ihre Rehabilitation war so beeindruckend. Nicht nur für Helen und Duncan Garp, die sich bis ins Grab hinein wünschen sollten, daß Pu Percy in dem Moment gestorben wäre, als sie im Ringraum von Steering ihr letztes «'n!» geschrien hatte.

Eines Tages *würde* Pu natürlich sterben; sie würde in Florida, wo sie ihre Tochter besuchte, einem Schlaganfall erliegen. Es war für Helen ein kleiner Trost, daß sie Pu Percy überlebt hatte.

Der treue Whitcomb würde beschließen, Pu Percy so zu charakterisieren, wie Garp sie einst, nach seiner Flucht von der ersten feministischen Beerdigung, charakterisiert hatte. «Ein androgynes Scheusal», sagte Garp zu Dekan Bodger, «mit einem Gesicht wie ein Frettchen und einem Verstand, der von fast fünfzehn Jahren Windelntragen völlig aufgeweicht ist.»

Die offizielle Biographie Garps, die Donald Whitcomb *Wahn und Leid: T. S. Garps Leben und Werk* betitelte, wurde von den Teilhabern John Wolfs, der das gute Buch nicht mehr gedruckt erleben sollte, veröffentlicht. John Wolf hatte viel Mühe darauf verwandt, daß das Buch sorgsam herausgebracht wurde, und er hatte vor seinem zu frühen Ableben in der Eigenschaft eines Redakteurs für Whitcomb gearbeitet – und den größten Teil des Manuskripts durchgesehen.

John Wolf starb in relativ jungen Jahren in New York an Lungenkrebs. Er war ein sorgsamer, gewissenhafter, hilfsbereiter und sogar eleganter Mann – die meiste Zeit seines Lebens –, aber seine tiefe Rastlosigkeit und sein unheilbarer Pessimismus ließen sich nur betäuben und kaschieren, indem er, seit er achtzehn war, pro Tag drei Schachteln Zigaretten ohne Filter rauchte. Wie viele vielbeschäftigte Männer, die sonst Gelassenheit und Souveränität ausstrahlten, rauchte John Wolf sich zu Tode.

Der Dienst, den er Garp und Garps Büchern erwies, ist unschätzbar. Obwohl er sich wahrscheinlich hin und wieder für den Ruhm verantwortlich machte, der am Ende zu Garps gewaltsamem Tode führte, war Wolf ein viel zu kultivierter Mann, um bei einer so engen Betrachtungsweise zu verweilen. Mord war nach Wolfs Meinung «ein immer beliebterer Amateursport unserer Zeit»; und «wahre politische Gläubige», wie er fast alle Leute nannte, waren schon immer die geschworenen Feinde des Künstlers – der, wie arrogant auch immer, auf der Überlegenheit einer *persönlichen* Vision bestand. Außerdem, das wußte Wolf, lag es nicht nur daran, daß Pu Percy eine Ellen-Jamesianerin geworden war und auf Garps Provokation reagiert hatte; ihr Groll reichte bis in ihre Kindheit zurück und war möglicherweise durch die Politik verschärft worden, wurzelte aber so tief wie ihr langes Bedürfnis nach Windeln. Pu hatte sich in den Kopf gesetzt, daß Garps und Cushies Neigung, miteinander zu bumsen, für Cushie letzten Endes tödlich gewesen war. Zweifellos war sie zumindest für Garp tödlich gewesen.

John Wolf, ein Profi in einer Welt, die zu oft das Zeitgenössische anbetete, das sie selbst geschaffen hatte, behauptete bis an sein Ende, auf kein Buch sei er so stolz wie auf die Vater-und-Sohn-Ausgabe der *Pension Grillparzer*. Er war natürlich auch stolz auf die frühen Romane Garps und bezeichnete *Bensenhaver und wie er die Welt sah* später als «zwangsläufig – in Anbetracht der Gewalttätigkeit, der Garp ausgesetzt war». Aber es war *Die*

Pension Grillparzer, die Wolf froh machte – sie und das unvollendete Manuskript von *Meines Vaters Illusionen*, das John Wolf liebevoll und traurig als «Garps Heimkehr zu seiner richtigen Art zu schreiben» betrachtete. Jahrelang arbeitete er editorisch an dem unordentlichen ersten Entwurf des unvollendeten Romans; jahrelang diskutierte er mit Helen und mit Donald Whitcomb über seine Verdienste und seine Mängel.

«Erst nach meinem Tod», beharrte Helen. «Garp hätte nichts aus der Hand gegeben, wenn er nicht gefunden hätte, es sei fertig.» Wolf war einverstanden, aber er starb vor Helen. Es blieb Whitcomb und Duncan überlassen, *Meines Vaters Illusionen* zu veröffentlichen – beträchtlich posthum.

Duncan verbrachte viele Stunden bei John Wolf, als Wolf unter Qualen an Lungenkrebs starb. Wolf lag in einer New Yorker Privatklinik und rauchte manchmal eine Zigarette durch einen Plastikschlauch, der in seinem Hals steckte.

«Was Ihr Vater wohl dazu sagen würde?» fragte Wolf Duncan. «Würde es nicht genau zu einer von *seinen* Sterbeszenen passen? Liegt es nicht auf derselben grotesken Linie? Hat er Ihnen einmal von der Prostituierten erzählt, die in Wien starb, im *Rudolfinerhaus*? Wie hieß sie doch?»

«Charlotte», sagte Duncan. Er stand John Wolf sehr nahe. Wolf hatte die frühen Zeichnungen, die Duncan für *Die Pension Grillparzer* gemacht hatte, zuletzt sogar richtig gemocht. Und Duncan war nach New York gezogen; er erzählte Wolf, daß er Maler und Fotograf werden wollte, habe er zum erstenmal irgendwie gewußt, als er – am Tag der ersten feministischen Beerdigung in New York – aus John Wolfs Büro auf Manhattan hinuntergeblickt habe.

In einem Brief, den er Duncan auf dem Sterbebett diktierte, teilte John Wolf seinen Teilhabern mit, daß Duncan Garp die Erlaubnis haben solle, aus seinem Büro auf Manhattan hinunterzublicken, solange der Verlag in dem Gebäude untergebracht sei.

Noch jahrelang würden Sekretärinnen hereinkommen und sagen: «Verzeihung, es ist der junge *Garp*. Er will wieder aus dem Fenster sehen.»

Duncan und John Wolf verbrachten die vielen Stunden, die

John Wolf zum Sterben brauchte, mit Gesprächen darüber, wie gut Garp als Schriftsteller war.

«Er wäre etwas sehr, sehr Besonderes geworden», sagte John Wolf zu Duncan.

«*Wäre*, vielleicht», sagte Duncan. «Aber was könnten Sie mir auch anderes sagen?»

«Nein, nein, ich lüge nicht; das ist nicht nötig», sagte John Wolf. «Er hatte die Vision, und er hatte immer die Sprache. Aber vor allem die Vision; er war immer persönlich. Er kam nur eine Weile vom Weg ab, aber mit dem neuen Buch war er wieder auf dem richtigen Kurs. Er war wieder bei den richtigen Impulsen. *Die Pension Grillparzer* ist sein liebenswertestes Werk, aber nicht sein originellstes; er war noch zu jung; es gibt andere Schriftsteller, die diese Geschichte hätten schreiben können. *Zaudern* ist als Idee originell und als Erstlingsroman glänzend – aber es ist ein Erstlingsroman. *Der Hahnrei fängt sich* ist sehr lustig und sein bester Titel; es ist auch sehr originell, aber es ist ein Sittenroman – und ziemlich schmalspurig. *Bensenhaver und wie er die Welt sah* ist natürlich sein originellstes Werk, selbst wenn es eine für Jugendliche verbotene Schnulze ist – was es ist. Aber es ist so krude; es ist ungare Kost – gute Kost, aber *sehr* ungar. Ich meine, wer will so etwas? Wer hat solche Perversionen nötig?

Ihr Vater war ein schwieriger Bursche; er gab nie einen Zoll nach – aber das ist der springende Punkt: er folgte immer seiner Nase; wohin sie ihn auch führte, es war immer *seine* Nase. Und er war ehrgeizig. Er wagte schon am Anfang, über die *Welt* zu schreiben – als er noch ein Jüngling war, beim Himmel, aber er versuchte es trotzdem. Dann konnte er eine Weile – wie eine Menge Schriftsteller – nur über sich selbst schreiben; aber er schrieb außerdem über die Welt – es kam nur nicht so sauber durch. Dann ödete es ihn langsam an, über sein Leben zu schreiben, und er fing wieder an, über die ganze Welt zu schreiben; er fing gerade an! Und, Jesus, Duncan, vergessen Sie nicht, daß er noch ein *junger* Mann war! Er war dreiunddreißig.»

«Und er hatte Energie», sagte Duncan.

«Oh, er hätte noch eine Menge geschrieben, das ist keine Frage», sagte John Wolf. Aber er fing an zu husten und mußte aufhören zu reden.

«Aber er konnte einfach nicht relaxen», sagte Duncan. «Also was soll's? Hätte er sich nicht auf jeden Fall selbst ausgebrannt?»

Den Kopf schüttelnd – aber vorsichtig, um den Schlauch in seiner Kehle nicht zu verlieren –, fuhr John Wolf fort zu husten. «Er nicht!» keuchte Wolf.

«Er hätte einfach immer weitermachen können?» fragte Duncan. «Glauben Sie das wirklich?»

Der hustende John Wolf nickte. Er würde hustend sterben.

Roberta und Helen würden natürlich zu seiner Beerdigung kommen. Die Klatschmäuler würden zischeln, weil man in der kleinen Stadt New York oft vermutet hatte, John Wolf habe sich um mehr als Garps *literarischen* Nachlaß gekümmert. Für jemanden, der Helen kannte, war es kaum wahrscheinlich, daß sie jemals eine derartige Beziehung mit John Wolf hatte. Jedesmal wenn Helen hörte, daß man sie mit jemandem in Verbindung brachte, pflegte sie nur zu lachen. Roberta Muldoon reagierte da heftiger.

«Mit John Wolf?» sagte Roberta. «Helen und Wolf? Das soll wohl ein Witz sein.»

Robertas Überzeugung war wohlbegründet. Irgendwann, als sie ein Zwischenspiel in New York City absolvierte, hatte Roberta Muldoon ein oder zwei Techtelmechtel mit John Wolf gehabt.

«Wenn ich mir vorstelle, daß ich dir früher beim Spielen zugeschaut habe!» sagte John Wolf einmal zu Roberta.

«Du kannst mir *immer* noch beim Spielen zuschauen», sagte Roberta.

«Ich meine Football», sagte John Wolf.

«Es gibt bessere Sachen als Football», sagte Roberta.

«Aber du machst so viele Sachen so gut», sagte John Wolf zu ihr.

«Ha!»

«*Wirklich*, Roberta.»

«Alle Männer sind Lügner», sagte Roberta Muldoon, die *wußte*, daß dies stimmte, weil sie einmal ein Mann gewesen war.

Roberta Muldoon, ehemals Robert Muldoon, Nr. 90 der Philadelphia Eagles, sollte John Wolf – und die meisten ihrer Liebhaber – überleben. Sie würde Helen nicht überleben, aber Roberta lebte lange genug, um sich endlich mit ihrem neuen Geschlecht wohl zu fühlen. Als sie auf die Fünfzig zuging, äußerte sie Helen gegenüber, daß sie unter der Eitelkeit eines Mannes in mittlerem Alter *und* den Ängsten einer Frau in mittlerem Alter leide, «aber», fügte Roberta hinzu, «diese Perspektive ist nicht ohne Vorteile. Jetzt weiß ich immer, was die Männer sagen werden, ehe sie es sagen.»

«Aber das weiß *ich* auch, Roberta», sagte Helen. Roberta lachte ihr beängstigend tragendes Lachen; sie hatte eine Angewohnheit, ihre Freunde an sich zu drücken, die Helen nervös machte. Einmal hatte sie eine Brille von Helen zerbrochen.

Roberta hatte ihre ungeheure Verschrobenheit erfolgreich zurückgeschraubt, indem sie Verantwortungsbewußtsein entwickelte – vor allem für die Fields Foundation, die sie so energisch leitete, daß Ellen James ihr einen Spitznamen gegeben hatte.

Captain Energy.

«Ha!» sagte Roberta. «Garp war Captain Energy.»

Roberta wurde auch in dem kleinen Ort Dog's Head Harbor sehr bewundert, denn Jenny Fields' Besitz war in den alten Zeiten nie so reputierlich gewesen, und Roberta nahm weit mehr Anteil an den Gemeindeangelegenheiten, als Jenny es je getan hatte. Sie war zehn Jahre lang Sprecherin des Schulbeirats – obwohl sie natürlich nie selbst ein Kind bekommen konnte. Sie war die Organisatorin und Trainerin und große Werferin der Frauen-Softball-Mannschaft von Rockingham County – zwölf Jahre lang das beste Team im Bundesstaat New Hampshire. Vor langer Zeit hatte der bewußte dumme, schweinische Gouverneur von New Hampshire vorgeschlagen, Roberta solle sich einem Chromosomentest unterziehen, ehe man sie zur Teilnahme am Titelkampf zulasse; Roberta hatte vorgeschlagen, der Gouverneur solle kurz vor Spielbeginn – auf dem erhöhten Wurfmal – zu ihr kommen «und sehen, ob er wie ein Mann kämpfen kann». Die Sache verlief im Sand, und – die Politik ist nun einmal so – der Gouverneur warf als Ehrengast den ersten Ball. Roberta verpatzte beinahe das Spiel, trotz Chromosomen und allem.

Und es ist dem Sportleiter der Steering School zuzuschreiben, daß man Roberta den Posten des Sturmtrainers der Football-Mannschaft von Steering anbot. Aber der ehemalige Linksaußen lehnte höflich ab. «All diese kernigen Jungs», sagte Roberta genießerisch. «Ich käme furchtbar ins Schleudern.»

Ihr Lieblingsjunge war ihr Leben lang Duncan Garp, den sie bemutterte und beschwesterte und mit ihrem Parfüm und ihrer Zuneigung überschüttete. Duncan liebte sie; er war einer der wenigen männlichen Gäste, die je nach Dog's Head Harbor kommen durften, obwohl Roberta wütend auf ihn war und ihn fast zwei Jahre lang nicht mehr einlud – nachdem Duncan eine junge Lyrikerin verführt hatte.

«Der Sohn seines Vaters», sagte Helen. «Er ist bezaubernd.»

«Der Junge ist *zu* bezaubernd», sagte Roberta zu Helen. «Und diese Lyrikerin war labil. Außerdem war sie viel zu alt für ihn.»

«Du redest, als wärst du eifersüchtig, Roberta», sagte Helen.

«Es war ein *Vertrauens*bruch», sagte Roberta laut. Helen stimmte ihr zu. Duncan entschuldigte sich. Selbst die Lyrikerin entschuldigte sich.

«*Ich* habe *ihn* verführt», erklärte sie Roberta.

«Nein, das hast du nicht», sagte Roberta. «Du *konntest* es gar nicht.»

All das war eines Frühlingstages in New York vergeben, als Roberta Duncan mit einer Einladung zum Essen überraschte. «Ich bringe übrigens ein umwerfendes Mädchen mit, extra für dich – eine Freundin», teilte Roberta ihm mit, «wasch dir also die Farbe von den Händen, und wasch dir die Haare und versuche, nett auszusehen. Ich habe ihr gesagt, daß du nett bist, und ich weiß, daß du es sein *kannst*. Ich glaube, du wirst sie mögen.»

Nachdem sie Duncan auf diese Weise mit einer festen Freundin versorgt hatte, die eine Frau *ihrer* Wahl war, fühlte Roberta sich irgendwie besser. Nach langer Zeit kam heraus, daß Roberta die Lyrikerin, mit der Duncan geschlafen hatte, *gehaßt* hatte – das war das eigentliche Problem gewesen.

Als Duncan ein paar hundert Meter von einem Krankenhaus in

Vermont entfernt mit seinem Motorrad stürzte, war Roberta als erste bei ihm; sie hatte weiter im Norden Ski gelaufen; Helen hatte sie angerufen, und Roberta schlug Helen beim Wettlauf zum Krankenhaus.

«Im Schnee Motorrad zu fahren!» polterte Roberta. «Was hätte dein Vater dazu gesagt?» Duncan konnte kaum flüstern. Sämtliche Gliedmaßen schienen in Streckverbänden zu hängen; es gab Komplikationen mit einer Niere, und, was sowohl Duncan als auch Roberta damals noch nicht wußten, einer seiner Arme würde abgenommen werden müssen.

Helen und Roberta und Duncans Schwester Jenny Garp warteten drei Tage, bis Duncan außer Gefahr war. Ellen James war zu mitgenommen, um zu kommen und mit ihnen zu warten. Roberta schimpfte die ganze Zeit.

«Wozu zum *Teufel* muß er sich auf ein Motorrad setzen – mit einem Auge? Was für ein peripheres Sehen ist *das*?» fragte Roberta. «Die eine Seite ist doch immer blind!»

Genauso war es auch passiert. Ein Betrunkener hatte ein Rotlicht überfahren, und Duncan hatte das Auto zu spät gesehen; als er versuchte, dem Auto auszuweichen, hatte der Schnee ihn festgehalten und, ein fast bewegungsloses Ziel, dem betrunkenen Fahrer dargeboten.

Alles war gebrochen.

«Er ist zu sehr wie sein Vater», trauerte Helen. Aber, Captain Energy wußte es, in mancher Hinsicht war Duncan *nicht* wie sein Vater. Duncan hatte nach Robertas Meinung keine *Richtung*.

Als Duncan außer Gefahr war, hatte Roberta vor seinen Augen einen Nervenzusammenbruch.

«Wenn du ums Leben kommst, ehe ich sterbe, du kleiner Hurensohn», weinte sie, «wird es mich *umbringen! Und* wahrscheinlich auch deine Mutter – und möglicherweise Ellen –, aber mich ganz bestimmt. Es wird mich absolut *umbringen*, Duncan, du kleiner Bastard!» Roberta weinte und weinte, und Duncan weinte auch, weil er wußte, daß es stimmte: Roberta liebte ihn und war, auf diese Weise, schrecklich empfänglich für alles, was ihm passierte.

Jenny Garp, die erst im ersten Collegejahr war, ging ab, damit sie bei Duncan in Vermont bleiben konnte, während Duncan genas. Jenny hatte die Abschlußprüfung an der Steering School mit Glanz bestanden; sie würde keine Schwierigkeiten haben, ans College zurückzukehren, wenn Duncan sich erholt hatte. Sie bot dem Krankenhaus ihre Hilfe als unbezahlte Lernschwester an, und sie war eine große Quelle der Zuversicht für Duncan, dem eine lange und leidvolle Rekonvaleszenz bevorstand. Duncan hatte natürlich einige Erfahrungen, was das betraf.

Helen kam jedes Wochenende von Steering herüber, um ihn zu besuchen; Roberta fuhr nach New York, um den beklagenswerten Zustand von Duncans Wohnatelier zu beheben. Duncan hatte Angst, daß alle seine Bilder und Fotografien und seine Stereoanlage gestohlen würden.

Als Roberta zum erstenmal Duncans Wohnatelier betrat, stellte sie fest, daß dort ein dünnes, biegsames Mädchen wohnte, das Duncans überall mit Farbe bespritzten Sachen trug; das Mädchen war nicht gerade ein As in Geschirrspülen.

«Jetzt heißt's ausziehen, Schätzchen», sagte Roberta, nachdem sie mit Duncans Schlüssel die Wohnungtür aufgeschlossen hatte. «Duncan ist wieder im Schoß der Familie.»

«Wer sind Sie denn?» fragte das Mädchen Roberta. «Seine Mutter?»

«Seine *Frau*, Schätzchen», sagte Roberta. «Ich war schon immer scharf auf jüngere Männer.»

«Seine *Frau*?» sagte das Mädchen und glotzte Roberta an. «Ich wußte gar nicht, daß er *verheiratet* ist.»

«Seine Jungs kommen gerade mit dem Fahrstuhl hoch», erklärte Roberta dem Mädchen, «Sie benutzen also besser die Treppe. Seine Jungs sind fast so groß wie ich.»

«Seine *Jungs*?» sagte das Mädchen; es floh.

Roberta ließ das Atelier putzen und bot einer jungen Frau, die sie kannte, an, dort einzuziehen und sich um die Wohnung zu kümmern; die Frau hatte sich gerade einer Geschlechtsumwandlung unterzogen, und sie hatte das Bedürfnis, ihre neue Identität in einer neuen Umgebung zu erfahren. «Es ist genau das richtige für dich», sagte Roberta zu der neuen Frau. «Sie gehört einem süßen jungen Mann, aber er wird noch monatelang fort sein. Du kannst dich um seine Sachen kümmern und von ihm träumen, und ich werde dir Bescheid sagen, wann du ausziehen mußt.»

In Vermont sagte Roberta zu Duncan: «Ich hoffe, du bringst endlich Ordnung in dein Leben. Hör auf mit Motorrädern und mit dem Herumtreiben – und hör auf mit Mädchen, die nicht das geringste über dich wissen. Mein Gott: mit Fremden zu schlafen. Du bist noch nicht dein Vater; du hast noch nicht einmal angefangen zu *arbeiten*. Wenn du wirklich ein Künstler *wärst*, Duncan, dann hättest du keine *Zeit* für all den anderen Scheiß. Vor allem nicht für den Scheiß mit der Selbstzerstörung.»

Captain Energy war der einzige Mensch, der so mit Duncan reden durfte – jetzt, wo Garp nicht mehr da war. Helen konnte keine Kritik an ihm üben. Helen war zu glücklich, daß Duncan noch lebte, und Jenny war zehn Jahre jünger als Duncan; alles, was sie tun konnte, war zu ihm aufblicken, und ihn lieben und dasein, während er so lange brauchte, um zu genesen. Ellen James, die Duncan heftig und besitzergreifend liebte, geriet seinetwegen so außer sich, daß sie ihren Notizblock und ihren Bleistift fortschleuderte – und dann hatte sie natürlich nichts zu sagen.

«Ein einäugiger, einarmiger Maler», jammerte Duncan. «O Mann.»

«Sei froh, daß du wenigstens noch einen Kopf und ein Herz hast», sagte Roberta zu ihm. «Kennst du etwa viele Maler, die den Pinsel mit *beiden* Händen halten? Zum Motorradfahren braucht man zwei Augen, du Dummkopf, aber zum Malen nur eines.»

Jenny Garp, die ihren Bruder so liebte, als wäre er ihr Bruder *und* ihr Vater – weil sie zu jung gewesen war, um ihren Vater wirklich zu kennen –, schrieb Duncan ein Gedicht, während er sich im Krankenhaus erholte. Es war das erste und einzige Gedicht, das die junge Jenny Garp je schrieb; sie hatte *nicht* die künstlerische Ader ihres Vaters und ihres Bruders. Und allein Gott weiß, was für eine Ader Walt gehabt haben mochte.

> *Hier liegt der Älteste, rank und schlank,*
> *ein Arm ist fort, doch der andere langt,*
> *ein Auge leuchtet, das andere brach,*
> *aber die Familienerinnerungen sind wach.*

Dieser Sohn seiner Mutter muß nun aufpassen
auf die Reste des Hauses, das Garp hinterlassen.

Es war ein unbeholfenes Gedicht, aber Duncan liebte es.

«Ich werde auf mich aufpassen», versprach er Jenny.

Die junge Transsexuelle, die Roberta in Duncans Wohnatelier untergebracht hatte, schickte Duncan Genesungswünsche aus New York.

Den Pflanzen geht es gut, aber das große gelbe Bild ne-
ben dem Kamin hat sich gewellt – ich glaube, es war
nicht richtig gespannt –, also habe ich es von der Wand
genommen und zu den anderen in die Speisekammer
gestellt, wo es kälter ist. Ich liebe das blaue Bild und
die Zeichnungen – alle Zeichnungen! Und die, von der
Roberta mir gesagt hat, sie sei ein Selbstporträt von Ih-
nen – die liebe ich besonders.

«O Mann», stöhnte Duncan.

Jenny las ihm alles von Joseph Conrad vor, der Garps Lieblingsschriftsteller gewesen war, als Garp ein Junge war.

Es war gut für Helen, daß sie ihre beruflichen Pflichten hatte, die sie von ihren Sorgen um Duncan ablenkten.

«Der Junge wird sich wieder aufrappeln», versicherte Roberta ihr.

«Er ist ein junger *Mann*, Roberta», sagte Helen. «Er ist kein *Junge* mehr – obwohl er sich zweifellos so aufführt.»

«Für mich sind sie alle Jungen», sagte Roberta. «Garp war ein Junge. *Ich* war ein Junge, ehe ich ein Mädchen wurde. Duncan wird für mich immer ein Junge sein.»

«O Mann», sagte Helen.

«Du solltest irgendeinen Sport anfangen», sagte Roberta zu Helen. «Um zu relaxen.»

«Bitte, Roberta», sagte Helen.

«Versuch's mit *Laufen*», sagte Roberta.

«*Du* läufst, ich werde lesen», sagte Helen.

Roberta lief dauernd. Als sie weit in den Fünfzigern war, vergaß sie immer öfter, ihr Östrogen zu nehmen, das ein Transsexueller sein Leben lang nehmen muß, um eine weibliche Körperform zu behalten. Der Mangel an Östrogen und das übertriebene Laufen bewirkten, daß sich die Form von Robertas großem Körper vor Helens Augen langsam wieder zurückverwandelte.

«Manchmal weiß ich einfach nicht, was mit dir *los* ist, Roberta», sagte Helen zu ihr.

«Es ist irgendwie aufregend», sagte Roberta. «Ich weiß nie, wie ich mir am nächsten Tag vorkomme; ich weiß auch nie, wie ich am nächsten Tag aussehe.»

Roberta machte drei Marathonläufe mit, nachdem sie fünfzig geworden war, aber sie bekam Probleme mit platzenden Blutgefäßen, und ihr Arzt riet ihr, kürzere Strecken zu laufen. Zweiundvierzig Kilometer waren zuviel für einen ehemaligen Linksaußen in den Fünfzigern – «die alte Nummer 90», wie Duncan sie gelegentlich aufzog. Roberta war ein paar Jahre älter als Garp und Helen, und man hatte es ihr auch immer angesehen. Sie lief wieder die alte Zehn-Kilometer-Strecke, die sie und Garp früher gelaufen waren, zwischen Steering und dem Meer, und Helen wußte nie, wann Roberta plötzlich schwitzend und keuchend und nach der Dusche japsend bei ihr in Steering aufkreuzen würde. Roberta hatte immer einen weiten Morgenmantel und verschiedene Sachen zum Umziehen in Helens Haus hängen, extra für diese Gelegenheiten, wenn Helen von ihrem Buch aufsah und Roberta Muldoon in ihrem Laufzeug erblickte – die Stoppuhr, als wäre sie ihr Herz in der großen, paßgeübten Hand haltend.

Roberta starb in dem Frühling, als Duncan in Vermont im Krankenhaus lag. Sie hatte am Strand von Dog's Head Harbor Zwischenspurts gemacht, hatte aber aufgehört zu laufen und war auf die Veranda heraufgekommen, wo sie über «ein Pochen» hinten im Kopf – oder vielleicht in den Schläfen – klagte; sie könne es nicht genau lokalisieren, sagte sie. Sie setzte sich auf die Verandahängematte und blickte auf das Meer und ließ sich von Ellen James ein Glas Eistee holen. Ellen schickte Roberta durch eine der Stipendiatinnen der Fields Foundation eine Mitteilung auf die Veranda hinaus.

Zitrone?

«Nein, nur Zucker!» rief Roberta.

Als Ellen den Eistee brachte, leerte Roberta das Glas mit wenigen Schlucken.

«Das ist sehr gut, Ellen», sagte Roberta. Ellen ging hinein, um Roberta noch ein Glas zu machen. «Sehr gut», sagte Roberta wieder. «Mach mir bitte noch so eins!» rief Roberta. «Ein *ganzes Leben lang* möchte ich nur das!»

Als Ellen mit dem Eistee zurückkam, lag Roberta Muldoon tot in der Hängematte. Etwas hatte gepocht, etwas war geplatzt.

Wenn Robertas Tod Helen traf und ihr viel Lebensmut nahm, so hatte Helen doch Duncan, um den sie sich kümmern mußte – eine willkommene Ablenkung nunmehr. Ellen James, der Roberta eine große Stütze gewesen war, wurde durch ihre plötzliche Verantwortung vor allzu großem Kummer bewahrt – sie war ganz damit beschäftigt, Robertas Position bei der Fields Foundation zu übernehmen; eigentlich war dieses Paar Schuhe einige Nummern zu groß für sie, wie man so sagt. Übrigens Größe 46. Die junge Jenny Garp hatte Roberta nie so nahegestanden wie Duncan; es war Duncan, der es, immer noch in Streckverbänden, am schwersten nahm. Jenny blieb bei ihm und tröstete ihn immer wieder, aber Duncan konnte sich an Roberta und all die Anlässe erinnern, bei denen sie die Garps – besonders Duncan – herausgehauen hatte.

Er weinte und weinte. Er weinte so sehr, daß man einen Gipsverband um seine Brust wechseln mußte.

Seine transsexuelle Mieterin schickte ihm ein Telegramm aus New York.

ICH WERDE JETZT AUSZIEHEN. JETZT, WO R. NICHT
MEHR IST. WENN ES IHNEN IRGEND ETWAS AUSMACHT,
DASS ICH HIER BIN, DANN ZIEHE ICH AUS. NOCH ETWAS.
KOENNTE ICH DAS BILD VON IHR HABEN. DAS VON R.
UND IHNEN. ICH NEHME AN, SIE SIND ES. MIT DEM FUSS-
BALL. SIE HABEN DAS TRIKOT MIT DER 90 AN, DAS IH-
NEN ZU GROSS IST.

Duncan hatte nie auf ihre Karten, ihre Berichte über das Befinden seiner Pflanzen und den Zustand seiner Bilder geantwortet. Jetzt antwortete er ihr im Geist der alten Nummer 90 – wer sie auch sein mochte, dieses arme, konfuse Jungen-Mädchen, zu dem Roberta, Duncan wußte es, nett gewesen wäre.

Bleiben Sie bitte so lange, wie Sie möchten [schrieb er ihr]. *Aber ich würde die Fotografie auch gern haben. Wenn ich wieder auf den Beinen bin, werde ich extra für Sie einen Abzug machen.*

Roberta hatte ihm gesagt, er solle Linie in sein Leben bringen, und Duncan bedauerte, daß er jetzt nicht mehr imstande sein würde, ihr zu *beweisen*, daß er es konnte. Er fühlte jetzt Verantwortung und staunte über seinen Vater, der Schriftsteller *gewesen* war, als er so jung war – der Kinder gehabt hatte, der *Duncan* gehabt hatte, als er so jung war. Duncan faßte in dem Krankenhaus in Vermont viele Entschlüsse; er würde die meisten von ihnen auch ausführen.

Er schrieb an Ellen James, die noch außer Fassung war, um zu kommen und ihn über und über eingegipst und verschient zu sehen.

Es ist an der Zeit, daß wir beide an die Arbeit gehen, obgleich ich einiges aufzuholen habe – um Dich einzuholen. Jetzt, wo 90 nicht mehr ist, sind wir eine kleinere Familie. Wir wollen aufpassen, daß wir nicht noch jemanden verlieren.

Er hätte seiner Mutter gern geschrieben, daß er alles tun wollte, damit sie stolz auf ihn sein konnte, aber er wäre sich albern vorgekommen, wenn er es ihr gesagt hätte, und er wußte, wie rauh seine Mutter war – wie wenig *sie* jemals Trost und Zuspruch brauchte. So zeigte er der jungen Jenny seine neue Begeisterung.

«Verdammt noch mal, wir brauchen Energie», erklärte Duncan seiner Schwester, die eine Menge Energie hatte. «Das ist es, was dir entgangen ist – weil du den Alten Herrn nicht richtig gekannt hast. Energie! Man muß selbst welche entwickeln!»

«*Ich* habe genug Energie», sagte Jenny. «Jesus, was denkst du eigentlich, was ich die letzte Zeit *gemacht* habe – denkst du vielleicht, ich hätte mich nur um *dich* gekümmert?»

Es war an einem Sonntagnachmittag; Duncan und Jenny sahen

immer die Profi-Footballspiele in Duncans Krankenhausfernseher. Es war ein weiteres gutes Omen, daß die Station von Vermont an diesem Sonntag das Spiel aus Philadelphia übertrug. Die Eagles waren drauf und dran, von den Cowboys eingepackt zu werden. Auf das Spiel kam es jedoch nicht an. Es war die Zeremonie vor dem Spiel, über die Duncan sich freute. Die Flagge stand für den ehemaligen Linksaußen auf halbmast. Die Anzeigetafel blitzte 90! 90! 90! Duncan bemerkte, wie die Zeiten sich geändert hatten; jetzt gab es zum Beispiel überall feministische Beerdigungen; er hatte gerade von einer sehr großen in Nebraska gelesen. Und in Philadelphia brachte der Sportreporter es fertig, ohne Stocken zu sagen, daß die Flagge für *Roberta* Muldoon auf halbmast wehte.

«*Sie* war ein großartiger Sportler», brummte der Reporter. «Hände, die man nicht vergißt.»

«Ein außergewöhnlicher Mensch», stimmte der zweite Reporter zu.

Der erste Mann redete wieder. «Ja», sagte er, «sie tat eine Menge für . . .» und er strampelte sich ab, während Duncan darauf wartete zu hören, für *wen* – für Freaks, für Überkandidelte, für sexuelle Irrläufer, für seinen Vater und seine Mutter und ihn und Ellen James. «Sie tat 'ne Menge für Leute mit 'nem *komplizierten* Leben», sagte der Sportreporter, sich selbst *und* Duncan Garp überraschend – aber mit Würde.

Die Kapelle spielte. Die Dallas Cowboys bekamen den ersten Ball gegen die Philadelphia Eagles; die Eagles würden übrigens nicht viele Bälle bekommen. Und Duncan Garp konnte sich vorstellen, wie sein Vater die Bemühungen des Reporters ausgekostet hätte, taktvoll und freundlich zu sein. Duncan malte sich aus, wie Garp und Roberta sich daran weideten; er fühlte irgendwie, daß Roberta dabei war – um das Loblied auf sich zu belauschen. Sie und Garp würden sich königlich über die verlegenen Worte amüsieren.

Garp würde den Reporter nachäffen: «Sie tat 'ne Menge für neue Vaginas!»

«Ha!» würde Roberta röhren.

«O Mann!» würde Garp brüllen. «O Mann.»

Als Garp getötet wurde, erinnerte sich Duncan, hatte Roberta gedroht, ihre Geschlechtsumwandlung *rückgängig* machen zu lassen. «Ich wäre lieber wieder ein Kerl», wimmerte sie, «als zu glauben, daß es in dieser Welt Frauen gibt, die sich über diesen dreckigen Mord von dieser dreckigen *Fotze* freuen!»

Hör auf! Hör auf! Sag dieses Wort *nie wieder!*

kritzelte Ellen James.

Es gibt nur Menschen, die ihn liebten, und Menschen, die ihn nicht kannten – ob Männer oder Frauen,

schrieb Ellen James.

Dann hatte Roberta Muldoon sie alle der Reihe nach hochgehoben; sie drückte sie – feierlich, ernsthaft und großherzig – auf ihre berühmte Weise an sich.

Als Roberta starb, rief eine *sprechende* Person unter den Stipendiatinnen der Fields Foundation Helen an. Helen, die – wieder einmal – um Fassung rang, rief ihrerseits bei Duncan in Vermont an. Helen riet der jungen Jenny, wie sie Duncan die Nachricht überbringen solle. Jenny Garp hatte von ihrer berühmten Großmutter Jenny Fields viel Feingefühl im Umgang mit Bettlägerigen geerbt.

«Schlechte Nachrichten, Duncan», flüsterte die junge Jenny und gab ihrem Bruder einen Kuß auf den Mund. «Die alte Nummer 90 hat den Ball verloren.»

Duncan Garp, der sowohl den Unfall, der ihn ein Auge kostete, als auch den Unfall, der ihn einen Arm kostete, überlebte, wurde ein guter und ernsthafter Maler; außerdem war er eine Art Pionier auf dem künstlerisch suspekten Gebiet der Farbfotografie, die er mit seinem Malerauge für Farbe und seines Vaters hartnäckigem Bemühen um eine *persönliche* Vision weiterentwickelte. Er machte keine absurden Bilder, da können Sie sicher sein, und er verlieh seinen Bildern einen unheimlichen, sinnlichen, beinahe erzählerischen Realismus; wenn man wußte, wer er war, konnte man leicht sagen, dies sei eher die Auffassung eines Schriftstellers als eine Technik, wie sie zum Malen gehörte – und ihm vorwerfen, was man auch tat, er sei zu «literarisch».

«Was immer *das* bedeuten mag», pflegte Duncan zu sagen. «Was erwarten sie eigentlich von einem einäugigen, einarmigen Künstler – und dem Sohn von Garp? Keine Mängel?»

Er hatte immerhin seines Vaters Sinn für Humor, und Helen war sehr stolz auf ihn.

Für einen Zyklus, den er *Familienalbum* nannte – die Periode seines Schaffens, die ihn am bekanntesten machte – muß er an die hundert Bilder gemalt haben. Es waren Bilder nach den Fotografien, die er als Kind aufgenommen hatte, nach dem Augenunfall. Es waren Bilder von Roberta und seiner Großmutter, Jenny Fields; von seiner Mutter beim Schwimmen in Dog's Head Harbor; von seinem Vater beim Laufen am Strand, mit seinem verheilten Kiefer. Dann gab es eine Serie von einem Dutzend kleiner Bilder von einem schmutzigweißen Saab; die Serie hieß *Die Farben der Welt*, weil, sagte Duncan, alle Farben der Welt in den zwölf Fassungen des schmutzigweißen Saab sichtbar seien.

Es gab auch Kinderbilder von Jenny Garp; und bei den großen Gruppenporträts – meist nach der Phantasie, nicht nach irgendwelchen Fotografien – sagten die Kritiker, das leere Gesicht oder die wiederholt auftauchende (sehr kleine) Gestalt mit dem Rücken zur Kamera sei jedesmal Walt.

Duncan wollte keine Kinder haben. «Zu verwundbar», sagte er zu seiner Mutter. «Ich könnte es nicht ertragen, zuzusehen, wie sie groß werden.» Damit meinte er, daß er nicht ertragen könnte, zuzusehen, wie sie *nicht* groß wurden.

Da er so fühlte, hatte Duncan das Glück, daß Kinder in seinem Leben kein Problem waren – sie waren nicht einmal eine Sorge. Er kam von seinem viermonatigen Krankenhausaufenthalt in Vermont heim und fand in seinem New Yorker Wohnatelier eine außerordentlich einsame Transsexuelle vor. Sie hatte die Wohnung so eingerichtet, als hätte bereits ein richtiger Künstler darin gewohnt, und infolge eines seltsamen Prozesses – es war fast eine Art Osmose seiner Sachen – schien sie bereits eine Menge über ihn zu wissen. Außerdem war sie in ihn verliebt – allein von seinen Bildern her. Noch ein Geschenk Roberta Muldoons an Duncan! Und es gab einige Leute – zum Beispiel Jenny Garp –, die sagten, sie sei sogar schön.

Sie heirateten, denn wenn es je einen Jungen ohne heimliche Vorurteile gegen Transsexuelle gab, dann war es Duncan Garp.

«Es ist eine Ehe, die im Himmel geschlossen wurde», sagte Jenny Garp zu ihrer Mutter. Sie meinte natürlich Roberta; Roberta war im Himmel. Aber Helen war ein Naturtalent, wenn es darum ging, sich um Duncan zu sorgen; seit Garp gestorben war, hatte sie einen großen Teil der Sorgen übernehmen müssen. Und seit Roberta gestorben war, kam es Helen vor, als habe sie *alle* Sorgen übernehmen müssen.

«Ich weiß nicht, ich weiß nicht», sagte Helen. Duncans Ehe machte sie ängstlich. «Diese Roberta!» sagte Helen. «Sie hat immer ihren Willen bekommen!»

Aber so gibt es wenigstens keine unerwünschte Schwangerschaft,

schrieb Ellen James.

«Oh, hör auf!» sagte Helen. «Ich *wollte* doch gern Enkelkinder haben, verstehst du. Wenigstens eins oder zwei.»

«Ich werde sie dir geben», versprach Jenny.

«O Mann», sagte Helen. «Wenn ich dann noch lebe, Kleines.»

Leider würde sie dann nicht mehr leben, obwohl sie Jenny noch schwanger *sehen* und imstande sein würde, sich *vorzustellen*, daß sie Großmutter sei.

«Sich etwas vorzustellen ist besser, als sich an etwas zu erinnern», schrieb Garp.

Und Helen mußte gewiß froh darüber sein, daß Duncans Leben in eine feste Bahn kam, wie er Roberta versprochen hatte.

Nach Helens Tod arbeitete Duncan sehr intensiv mit dem mickrigen Mr. Whitcomb; sie veröffentlichten eine respektable Edition von *Meines Vaters Illusionen*. Wie die Vater-und-Sohn-Ausgabe der *Pension Grillparzer* illustrierte Duncan auch *Meines Vaters Illusionen*, oder jedenfalls den Torso – das Porträt eines Vaters, der ehrgeizig und aussichtslos auf eine Welt hinarbeitet, in der seine Kinder sicher und glücklich sein werden. Die Illustrationen, die Duncan beitrug, waren in der Hauptsache Porträts von Garp.

Irgendwann nach Erscheinen des Buches wurde Duncan von einem alten, sehr alten Mann besucht, an dessen Namen Duncan sich nicht erinnern konnte. Der Mann behauptete, an einer «kritischen Biographie» Garps zu arbeiten, aber Duncan fand seine Fragen irritierend. Der Mann fragte immer wieder nach den Ereignissen, die zu dem schrecklichen Unglücksfall führten, bei dem Walt ums Leben kam. Duncan wollte ihm nichts sagen (Duncan *wußte* nichts), und der Mann ging – biographisch gesehen – mit leeren Händen. Der Mann war natürlich Michael Milton. Duncan hatte den Eindruck gehabt, dem Mann fehle irgend etwas, obwohl Duncan nicht hatte wissen können, daß Michael Milton der Penis fehlte.

Das Buch, das er angeblich schrieb, kam nie ans Licht, und niemand weiß, was aus ihm – dem Autor – wurde.

Wenn sich die Welt der Rezensenten, nach Erscheinen von *Meines Vaters Illusionen*, darauf beschränkte, Garp bloß als einen «exzentrischen Schriftsteller», einen «guten, aber keinen großen Schriftsteller» zu bezeichnen, so machte es Duncan nichts aus. Um mit Duncan zu sprechen, war Garp zu «originell» und hatte «das, worauf es ankommt». Garp war immerhin ein Mensch gewesen, der zu blinder Treue zu zwingen vermochte.

«*Einäugige* Treue», nannte es Duncan.

Er hatte seit langem eine Geheimsprache mit seiner Schwester Jenny und mit Ellen James; die drei hielten zusammen wie Pech und Schwefel.

«Auf Captain Energy!» pflegten sie zu sagen, wenn sie zusammen tranken.

«Transsex ist der beste Sex!» sangen sie manchmal, wenn sie betrunken waren, was Duncans Frau verlegen machte – obwohl sie zweifellos der gleichen Meinung war.

«Wie steht's mit der Energie?» pflegten sie einander zu schreiben und am Telefon zu fragen und zu telegrafieren, wenn sie wissen wollten, was los war. Und wenn sie viel Energie hatten, entfalteten, charakterisierten sie einander als «voller Garp».

Duncan sollte zwar lange, sehr lange leben, aber er sollte unnötigerweise und ironischerweise *wegen* seines ausgeprägten Sinns für Humor sterben. Er sollte sterben, während er über einen seiner eigenen Witze lachte, was zweifellos zur Familie Garp paßte. Es war bei einer Art Initiationsparty für einen neuen Transsexuellen, einen Freund seiner Frau. Duncan verschluckte sich an einer Olive und erstickte innerhalb weniger Sekunden schallenden Gelächters. Das ist eine schreckliche und törichte Todesart, aber alle, die ihn kannten, sagten, Duncan hätte nichts dagegen gehabt – weder gegen diese Form des Sterbens noch gegen das Leben, das er gehabt hatte. Duncan Garp sagte immer, daß sein Vater unter Walts Tod mehr gelitten habe, als irgend jemand in der Familie unter irgend etwas anderem gelitten habe. Und der Tod bleibt Tod, welche Todesart man auch wählt. «Zwischen Männern und Frauen», so hatte Jenny Fields einmal gesagt, «ist allein der Tod gleich verteilt.»

Jenny Garp, die auf dem Gebiet des Todes viel mehr Anschauungsunterricht hatte als ihre berühmte Großmutter, hätte ihr nicht zugestimmt. Die junge Jenny wußte, daß zwischen Männern und Frauen nicht einmal der Tod gleich verteilt wird. Männer müssen auch mehr sterben.

Jenny Garp sollte sie alle überleben. Wenn sie bei der Party gewesen wäre, bei der ihr Bruder erstickte, hätte sie ihn wahrscheinlich retten können. Zumindest hätte sie genau gewußt, was zu tun sei. Sie war Ärztin. Sie sagte immer, es sei die Zeit in dem Krankenhaus in Vermont gewesen, als sie sich um Duncan gekümmert habe, was sie zu dem Entschluß brachte, sich der Medizin zuzuwenden – nicht die krankenpflegerische Vergangenheit ihrer berühmten Großmutter, weil Jenny Garp diese nur aus zweiter Hand kannte.

Die junge Jenny war eine glänzende Studentin; wie ihre Mutter nahm sie alles in sich auf – und alles, was sie lernte, konnte sie wiedergeben. Wie Jenny Fields bekam sie ihr Gefühl für Menschen daher, daß sie viel in Krankenhäusern war – wobei sie ertastete, welche Freundlichkeit möglich war, und erkannte, welche nicht.

Als Assistenzärztin heiratete sie einen jungen Arzt. Jenny Garp gab ihren Namen allerdings nicht auf; sie blieb eine Garp, und in einem beängstigenden Kleinkrieg mit ihrem Mann sorgte sie dafür, daß ihre drei Kinder ebenfalls Garps sein würden. Sie sollte sich schließlich scheiden lassen – und wieder heiraten, aber ohne

Eile. Die zweite Ehe entsprach ihren Vorstellungen. Der Mann war Maler, viel älter als sie, und wenn noch jemand von der Familie am Leben gewesen wäre, um an ihr herumzukritisieren, hätte er zweifellos warnend gesagt, daß sie offenbar etwas von Duncan in dem Mann sehe.

«Na und?» hätte sie dann gesagt. Wie ihre Mutter hatte sie ihren eigenen Kopf; wie Jenny Fields behielt sie ihren eigenen Namen.

Und ihr Vater? In welcher Beziehung ähnelte Jenny Garp ihm – den sie nie richtig gekannt hatte? Sie war schließlich noch ein Baby, als er starb.

Oh, sie *war* exzentrisch. Sie hatte die Angewohnheit, in jede Buchhandlung zu gehen und nach den Büchern ihres Vaters zu fragen. Wenn man sie nicht am Lager hatte, pflegte sie Bestellungen aufzugeben. Sie hatte das Gefühl eines Schriftstellers für Unsterblichkeit: wenn man gedruckt da ist und im Regal steht, lebt man. Jenny Garp hinterließ in ganz Amerika falsche Namen und Adressen; die Bücher, die sie bestellte, würden an *irgend jemanden* verkauft werden, argumentierte sie. T. S. Garp würde nicht vergriffen sein – wenigstens nicht zu Lebzeiten seiner Tochter.

Sie betätigte sich auch eifrig für die berühmte Feministin, ihre Großmutter Jenny Fields; aber wie ihr Vater kümmerte sie sich nicht sehr um das *schriftstellerische* Werk von Jenny Fields. Sie bedrängte die Buchhandlungen nicht, *Eine sexuell Verdächtige* im Regal zu haben.

Vor allem ähnelte sie ihrem Vater in der Art, wie sie ihren Beruf ausübte. Jenny Garp wandte ihren medizinischen Verstand der Forschung zu. Sie würde keine Privatpraxis haben. Sie würde nur dann ins Krankenhaus gehen, wenn *sie* krank war. Statt dessen arbeitete Jenny eine Reihe von Jahren eng mit dem Connecticut Tumor Registry zusammen; sie leitete zuletzt eine Abteilung des National Cancer Institute. Wie ein guter Schriftsteller, der sich liebevoll um jedes Detail kümmern muß, verbrachte Jenny Garp Stunden damit, die Gewohnheiten einer einzigen menschlichen Zelle zu registrieren. Wie ein guter Schriftsteller war sie ehrgeizig; sie hoffte, sie würde den Krebs von Grund auf kennenlernen. In einem gewissen Sinne tat sie das auch. Sie sollte daran sterben.

Wie andere Ärzte schwor auch Jenny den heiligen Eid des Hippokrates, des sogenannten Vaters der Medizin, womit sie versprach, sich ungefähr so dem Leben zu verschreiben, wie Garp es einst dem jungen Whitcomb beschrieben hatte – auch wenn es dabei um den Ehrgeiz des Schriftstellers gegangen war («. . . wie wenn man versucht, jedermann für immer am Leben zu halten. Sogar diejenigen, die am Ende sterben müssen. Die vor allem muß man am Leben halten»). Daher war die Krebsforschung nicht deprimierend für Jenny Garp, die sich gern so beschrieb wie ihr Vater einen Romancier beschrieben hatte.

«Ein Arzt, der nur unheilbare Fälle sieht.»

In der Welt, so wie ihr Vater sie sah – das wußte Jenny Garp –, brauchen wir Energie. Ihre berühmte Großmutter, Jenny Fields, hatte die Menschen einst in «Äußerliche», «lebenswichtige Organe», «Abwesende» und «Hoffnungslose» eingeteilt. Aber in der Welt, so wie Garp sie sah, sind wir alle unheilbare Fälle.

Die Kapitel

Lesefutter

C 2271/4